Dolores Redondo À espera de um dilúvio

Tradução
Ana Maria Pinto da Silva

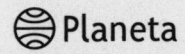

● Planeta

Copyright © Dolores Redondo Meira, 2014
Copyright © Editora Planeta do Brasil, 2023
Copyright da tradução © Ana Maria Pinto da Silva, 2022
Publicado em acordo com Pontas Literary & Film Agency.
Título original: *Esperando al diluvio*
Todos os direitos reservados.

Wouldn't It Be Good
Words and Music by Nicholas Kershaw
Copyright © 1984 IMAGEM SONGS LTD.
All Rights Administered by IRVING MUSIC, INC.
All Rights Reserved Used by Permission
Reprinted by Permission of Hal Leonard LLC

Preparação: Ligia Alves
Revisão: Bárbara Parente e Caroline Silva
Projeto gráfico e diagramação: Márcia Matos
Adaptação de capa: Emily Macedo
Imagem de capa: Magdalena Russocka/Trevillion Images

Dados Internacionais de Catalogação na Publicação (CIP)
Angélica Ilacqua CRB-8/7057

Redondo, Dolores
  À espera de um dilúvio / Dolores Redondo. - São Paulo: Planeta do Brasil, 2023.
  496 p.

  ISBN 978-85-422-2338-5
  Título original: Esperando al diluvio

  1. Ficção espanhola I. Título

  23-4346   CDD 860

Índice para catálogo sistemático:
1. Ficção espanhola

Ao escolher este livro, você está apoiando o manejo responsável das florestas do mundo

2023
Todos os direitos desta edição reservados à
EDITORA PLANETA DO BRASIL LTDA.
Rua Bela Cintra, 986 – 4º andar
Consolação – 01415-002 – São Paulo–SP
www.planetadelivros.com.br
faleconosco@editoraplaneta.com.br

Editora Planeta Brasil | 20 ANOS

Acreditamos nos livros

Este livro foi composto em Freight Text Pro e impresso pela Geográfica para a Editora Planeta do Brasil em setembro de 2023.

Para Luisa Vareiro, por partilhar com todos os seus vizinhos, quiséssemos ou não, sua paixão por Mocedades e, em particular, por "Amor de Hombre". Em muitos momentos você foi a pessoa mais divertida da minha vida. Obrigada.

Ao meu amigo, o escritor Domingo Villar, que partiu enquanto eu terminava este romance. Também creio que do outro lado há sol, tem que haver para pessoas como você.

Para Neme, Bego e Olatz, vocês sabem bem por quê.

Para Eduardo, o meu amor de homem, que jamais me fará chorar, salvo se te passar pela cabeça partir antes de mim.

A história é a minha musa. Reescrever a história segundo os meus próprios requisitos é o meu trabalho como romancista. Eu distorço, revejo, reinvento e saqueio a história, e volto a reconstruí-la como um quadro em larga escala.

JAMES ELLROY, no epílogo de
Dália Negra

Não se trata de uma aula de história.

BENEDICT CUMBERBATCH, em resposta a
Sam Elliott pelas suas críticas a *Ataque dos cães*

Desaparecer significa com frequência sofrer uma perda de identidade ou uma perda de lugar; às vezes pressupõe perder uma vida.

ANDREW O'HAGAN, em *The Missing*

Sobre À espera de um dilúvio

Entre os anos de 1968 e 1969, o assassino que a imprensa batizaria como John Bíblia matou três mulheres em Glasgow. Jovens, morenas, com idades compreendidas entre os vinte e cinco e os trinta e dois anos. Eu havia conhecido todas elas na discoteca Barrowland, o assassino nunca foi identificado e o caso ainda continua sem solução. Trata-se de uma das investigações mais extremas da história criminal da Escócia.

No entanto, a sombra projetada de Bíblia não caiu no esquecimento, nem para a sociedade escocesa nem para a investigação policial.

Em 1996, Donald Simpson, em seu livro *Power in the Blood*, afirmava ter conhecido um homem que lhe confessou ser John Bíblia. Além disso, contou que esse homem havia tentado matá-lo e que tinha provas de que sempre agira em Glasgow. É fato que nesse intervalo de tempo existem crimes sem solução que poderiam ser atribuídos a ele, alguns na costa oeste escocesa e dois em Dundee, em 1979 e em 1980; em todos eles, as vítimas apareceram nuas e estranguladas como as de John Bíblia. Naquela época, o *Scotland on Sunday* afirmou que a polícia de Strathclyde tinha obtido novas provas sobre a investigação de Bíblia baseadas no DNA extraído do sêmen encontrado na terceira vítima (e preservado graças ao bom trabalho de um agente que nos anos 1960 recolhera a prova, apesar de naquele tempo os testes de DNA pertencerem ao âmbito da ficção científica). A polícia iniciou uma operação para comparar o DNA com o de todos os possíveis criminosos violentos conhecidos pelo sistema. Um desses criminosos, John Irvine McInnes, tinha se suicidado em 1980, motivo pelo qual se usou uma amostra fornecida por um familiar como comparação. O resultado produziu dados suficientes que justificaram o pedido de exumação do cadáver. No entanto, não se obteve correspondência total (tenhamos em conta que, em

1996, os testes de DNA ainda não haviam alcançado o nível de precisão dos que são feitos nos dias de hoje). Contudo, já naquela época se levantou uma enorme dúvida sobre o perfil do delinquente. Os jornais da época sugeriam que John Bíblia pode ter se assustado com a investigação, mas, com os conhecimentos criminalísticos atuais, sabemos que isso era muito pouco provável, tal como era o fato de um assassino parar de matar durante os onze anos anteriores a seu suicídio. Acontece que, além disso, John Irvine McInnes fez parte da fila de reconhecimento facial pela irmã de Helen Puttock, uma das vítimas, que não o reconheceu, apesar de ter passado grande parte da noite junto de Helen e do homem que acabaria por matá-la, e inclusive percorrido um trecho da viagem de volta para casa com eles no mesmo táxi. Em 1996, tornou a repetir o que tinha dito da primeira vez: aquele homem não era John Bíblia. A polícia o descartou.

No fim da década dos anos 2000, começou-se a especular sobre a possibilidade de que um assassino em série e estuprador chamado Peter Tobin fosse John Bíblia. Após a realização das análises pertinentes e dos estudos de personalidade, a polícia também acabou por descartá-lo. Em janeiro de 2022, a BBC lançou um documentário intitulado *The Hunt for Bible John*. Nos dias de hoje, o caso John Bíblia continua em aberto e, para nós, continua vivo.

No verão de 1983, eu tinha catorze anos. Havia viajado para a Galícia com meus tios pela primeira vez na vida e, para mim, foi o verão da música. Como acontece com frequência com as recordações, sou incapaz, e além disso me recuso a atribuir datas definidas demais para elas. Que diferença faz se aquilo que me marcou aconteceu um mês antes ou depois? Ou se Nik Kershaw já tinha publicado seu álbum ou não? Ou se "Wouldn't It Be Good" acabou se transformando num hino para mim?

Foi o início da minha adolescência, o primeiro verão sem meus pais, tomar consciência do interesse que despertava nos rapazes... e a música. Até então a música provinha do que ouviam meus pais, da coleção de fitas cassete do meu avô e do repertório dos arraiais em Trincherpe. Alguém me perguntou nesse verão: de que tipo de música você gosta? Passei boa parte das férias pensando na resposta. No dia em que embarquei no trem para voltar ao País Basco, levava na bolsa um par de vinis comprados na Vázquez Lescaille, em Pontevedra, com o dinheiro que um parente me deu ao me conhecer. A partir desse instante, a música se transformou em algo fundamental em minha vida.

A outra coisa de que me lembro daquele mês de agosto de 1983 foi a viagem de volta para casa de trem. Ia sozinha, mas sob os cuidados de alguns conhecidos dos meus tios, que iam trabalhar no porto de Santurce. Até Burgos correu tudo bem, mas assim que entramos no País Basco, a velocidade do trem começou a diminuir até quase parar em alguns trechos. As pessoas se aglomeravam nos corredores tentando ver alguma coisa pelas janelas. Eu consegui um bom lugar e observei algo que chamava bastante a atenção. À medida que nos aproximávamos de Bilbao, havia uma grande quantidade de objetos de todo tipo presos nas copas das árvores altíssimas às margens do rio Nervión. Objetos que então me pareceram bem absurdos: lençóis, casacos, luvas, sapatos, tigelas de plástico, bolsas, roupas de todo tipo. Não sei por que motivo lembro em particular de um pijaminha de bebê. Talvez porque nessa época minha irmã tivesse apenas dois anos e meio. Havia muitos operários trabalhando nos trilhos, lembro de suas capas de chuva amarelas. Quando o trem descreveu uma curva apertada, pude ver como aqueles homens estavam atarefados, reforçando com sacos de areia as áreas laterais onde a água havia arrastado parte do aglutinante que sustentava a linha do trem. À medida que avançávamos, o cenário ia se tornando cada vez mais desolador. As pessoas murmuravam algo sobre uma grande inundação que, tendo em vista a altura das árvores onde os objetos haviam ficado presos, deveria ter sido impressionante. Muito antes de entrar na cidade o trem parou e, como que em uma compensação por sua imobilidade, os rumores começaram a circular no interior a toda velocidade. Falavam de mortos, de desaparecidos, de uma grande destruição, de um dilúvio bíblico. Eu me mantinha firme, agarrada ao corrimão debaixo da janela, escutando tudo aquilo e rezando para que não fosse verdade. Então o trem voltou a se movimentar devagar e, pouco a pouco, fomos entrando em Bilbao.

Sempre que me lembro disso, pareço estar vendo uma dessas fotografias da Segunda Guerra Mundial onde tudo é cinzento, apenas uma escala entre o branco e o preto. A destruição era tremenda, via-se tudo coberto por uma pátina pardacenta de lama. Toneladas de galhos de árvores arrancados pela raiz, plásticos e mais roupas arrebatadas pela força da água de varais e de lojas, ou dos corpos que haviam sido arrastados. Uma miscelânea de objetos que me pareceram ainda mais absurdos. Brinquedos, manequins que mantinham sua pose elegante arremessados no meio do lodo e dos escombros, luvas de trabalho, ferros retorcidos, carros de rodas para cima. Aquilo era a grande Bilbao. Eu conhecia a cidade e me lembro de que a primeira vez que a vi pensei que era assustadora de tão grande, escura, poderosa, e, no entanto, agora ela estava na minha frente com suas vergonhas expostas, repleta de lama, triste e derrotada. Era agosto, mas me lembro do frio causado pela desolação. A angústia de ver aquela cidade titânica num estado como esse foi avassaladora. Comecei a chorar. Se a poderosa Bilbao estava assim, como estaria minha casa?

Em 1983, não existiam telefones celulares. A última vez que havia falado com minha mãe tinha sido apenas um dia antes de iniciar a viagem. Nessa época, quando se estava de férias, telefonava-se para casa quando muito uma vez por semana. Talvez devêssemos recuperar esse bom hábito. O restante dos passageiros do trem não parecia ter notícias mais frescas do que eu. Uma mulher que ia para Irun percebeu que eu estava chorando e tentou me consolar ao mesmo tempo que mandava os outros calarem a boca para não me angustiarem mais. Ela me disse que havia telefonado para sua casa na noite anterior e que lá as chuvas não haviam causado tantos estragos, embora houvesse regiões de Guipúscoa muito afetadas.

— Com certeza na sua casa estão todos bem, não se preocupe.

Passamos várias horas parados nas imediações de Bilbao, e ali desceram os que se dirigiam a Santurce diante da impossibilidade de chegar à estação. Os operários que trabalhavam nos canais falavam em dezenas de mortos, desaparecidos, animais afogados, edifícios destruídos, empresas varridas da face da Terra. Quando o trem por fim começou a se movimentar, voltamos pela linha de onde tínhamos vindo, no meio de uma paisagem de campos alagados, correntezas abertas em toda parte, e aquilo que as inundações haviam arrastado espalhado por todo lado.

Quando cheguei a Donostia, estava tudo bem, minha família estava a salvo e nem sequer tinham ficado sabendo que o que havia acontecido em Bilbao fora tão grave. No início da tarde, assistimos ao noticiário regional da Televisão Espanhola e, embora tivessem dado a notícia, usaram imagens de arquivo, uma vez que as comunicações tinham ficado de tal maneira afetadas que conseguir as imagens reais teria sido impossível.

Aquele foi o verão da música e foi também o verão em que comecei a escrever.

Escrever este romance me custou trinta e nove anos. Sei que comecei a concebê-lo naquele dia no trem. Hoje volto a Bilbao para terminar esta história, que, como vocês poderão ver, não é um tratado histórico nem um guia de ruas. Tomei algumas liberdades, já tinha avisado a vocês de que me recuso a ser minuciosa com as recordações: metade delas é real, a outra metade é fruto do amor pela minha terra, da necessidade de música na minha vida, do medo que passei naquele dia e do prazer que segue me submetendo à doce tortura de sair incólume de todas as catástrofes que minha mente faz questão de imaginar para me roubar o sono.

Sou uma escritora de tempestades.

O garoto
Harmony Cottage

O garoto parou no batente da porta. Tremeu ao sentir o intenso frio do exterior. Passeou o olhar pela superfície tranquila das águas do lago, que brilhavam sob a luz da lua cheia, e, depois, dirigiu-o para o céu. O choro incipiente obscureceu sua visão. Não queria fazer isso. Queria voltar para dentro, para junto do aquecimento, queria ler uma história e adormecer ali. Quando adormecia no chão diante do fogo, ninguém se incomodava em levá-lo para a cama, e desse modo ele podia descansar.

Lá de dentro chegaram até ele as vozes urgentes e exigentes.

— Feche a porta de uma vez por todas e faça o seu trabalho, pequeno Johnny, se não quiser que eu vá aí e te dê uma surra.

Ele se agarrou à porta atrás de si a fim de parar de ouvi-las. Fechou os olhos e duas grossas lágrimas deslizaram pela sua pele, que já começava a perder o calor. Com a mão livre, afastou-as do rosto quase com fúria. Chorar não adiantava nada. Estava sempre repetindo a mesma coisa, mas, cada vez que tinha que fazer, o choro surgia de novo. Avançou carregando o pesado balde de madeira na direção de uma das laterais da casa. Havia ali um pequeno tanque de pedra debaixo do bico de uma torneira antiga. Pendia de um cano meio solto que descia pela parede da casa desde a colina. Apoiada na parede havia uma velha tábua de lavar roupa, uma escova de madeira de cerdas duras e uma lata que continha o sabão de soda que elas fabricavam com os restos da banha de cozinhar. Ele pousou o balde no chão e teve que usar as duas mãos para abrir a torneira enferrujada. Ainda era possível fazê-lo ali, e, à medida que o inverno avançasse e as temperaturas fossem baixando, a quantidade de água que brotava da bica se tornaria mais escassa, até acabar congelando. Então ele teria que se deslocar até a beira do lago, e seria ainda pior.

O tanque era fundo. Mesmo que ficasse nas pontas dos pés, não conseguia tocar o fundo com o braço esticado. Quando era menor, de vez em quando e durante o verão, tinham dado banho nele ali. Às vezes pensava que, se alguém com problemas de locomoção, como a tia Emily, que tivera poliomielite na infância, caísse de cabeça no tanque, era provável que morresse. Imaginá-la esperneando enquanto se afogava lhe deu uma pequena satisfação.

Quando conseguiu abrir a torneira no máximo, deixou que a água corresse com abundância, batendo no fundo da pedra do tanque. Arregaçou as mangas da camiseta muito acima dos cotovelos, assegurando-se de que tinham ficado bem presas. Pegou a tábua, tão usada que as pequenas saliências arredondadas destinadas a esfregar a roupa estavam furadas e quase niveladas com o restante da madeira. Encostou-a na beirada.

Inclinou-se sobre o balde e afastou a tampa. O cheiro era enjoativo e ainda não havia tocado nele. Ele sabia que, assim que começasse a mexer em seu conteúdo, o fedor impregnaria suas narinas, infiltrando-se em sua boca e se colando ao céu da boca, onde permaneceria durante horas. Fizesse o que fizesse, não seria capaz de tirá-lo dos dentes, da língua, e cada golfada de ar levaria agarrada aquela pestilência. Um novo ataque de choro sacudiu o garoto, agitando seu corpo franzino, e ele foi obrigado a se agarrar ao tanque, dominado pela náusea. Tossiu e sentiu os olhos ardendo ao mesmo tempo que um riso convulso de sofrimento curvava sua boca como a de um palhaço triste.

Olhou para a parede lateral da casa, certo de que ninguém viria. Era indiferente quanto tempo demorasse para realizar essa tarefa, uma hora ou cinco. A única coisa que sabia com certeza era que não podia voltar para dentro de casa sem ter terminado. Tentando manter o rosto o mais afastado possível do balde, voltou a inclinar-se e, às cegas, enfiou a mão lá dentro até roçar no pano, depois o puxou e de imediato uma baforada podre espalhou-se ao redor. Mas o pior era tocar naquilo. Estava ligeiramente morno. Sempre estava, tanto fazia que o tivessem mantido no parapeito ou num canto do banheiro, onde a janela arrancada do caixilho permanecia sempre aberta.

Estava apodrecendo. Ele era um rapaz do campo, sabia o que acontecia quando alguma coisa apodrecia. Sem olhar, jogou-o em cima da tábua e deixou que o jato de água corresse arrancando da superfície os coágulos pretos e por vezes tão grossos que pareciam pequenas criaturas em decomposição. Com as pontas dos dedos, pegou um pouco de sabão de soda e a escova de madeira e, já completamente arrebatado pelo choro e pelas náuseas, começou a limpar o sangue.

John Bíblia
Glasgow, 1983

John se demorou de propósito diante do grande espelho que ficava perto dos lavabos. Enquanto fingia ajeitar a roupa, observou a mulher através do reflexo.

Havia muitos homens na discoteca naquela noite, mas isso não o preocupava: deixá-la sozinha no balcão depois de tê-la convidado para beber alguma coisa era um risco calculado. Enquanto puxava com suavidade os punhos da camisa, viu a jovem recusar a companhia de dois sujeitos que se aproximaram dela e dirigir um olhar esperançoso na direção da área dos banheiros. Estava esperando por ele.

Ele tinha consciência de que ela também podia vê-lo, pelo menos parcialmente, por isso de vez em quando se virava um pouco para a direita como se estivesse falando ou escutando o que alguém, invisível para ela, lhe dizia.

Ela havia contado que se chamava Marie, e até podia ser verdade, em lugares como aquele nunca se sabia; em diversas ocasiões havia descoberto mais tarde, pela imprensa, que o nome que lhe tinham dado não era o verdadeiro.

No seu caso, sempre que lhe perguntavam o nome, respondia:

— John. Meu nome é John.

E o pronunciava com segurança e com a voz um pouco mais alta que o normal. Não fazia grande questão de sublinhá-lo ou de se destacar, por isso, se por acaso alguém se lembrasse do nome do homem com quem a moça tinha saído, talvez um garçom ou algum dos casais que se sentavam mais perto deles, diria:

— Creio que ouvi o sujeito dizer que se chamava John, sim, tenho certeza, ele disse que se chamava John.

Gostava de imaginar a cara dos policiais ao ouvir o nome. Era uma travessura e mais um risco calculado, mas não se expunha muito além disso. Esforçava-se para que tudo o que pudessem se lembrar dele não servisse para nada.

Confirmou no espelho sua aparência. Os sapatos limpos, o jeans passado a ferro, o blazer azul-marinho e a camisa branca. O cabelo castanho apresentava matizes arruivados conforme a luz incidia sobre ele, e o usava penteado com um corte simples. Asseado. Adorava aquela palavra. *Asseado*. Era assim que o haviam descrito anos antes as poucas testemunhas que se recordavam dele: um jovem alto, magro, cabelo castanho, aspecto asseado, nada mais... Bom, sim, talvez tenham mencionado um ou outro dente torto. Uma bobagem que já havia corrigido fazia algum tempo.

Forçou um sorriso na frente do espelho e observou satisfeito seus dentes brancos e alinhados. Com dedos hábeis, retirou um grão invisível de pó da ombreira do casaco e, através do reflexo, voltou a se concentrar na jovem.

John tinha uma estratégia sagaz e discreta que consistia em se posicionar em algum lugar do balcão perto da entrada do local. Foi assim que a viu. Ela chegou com duas amigas que faziam parte do grupo que acabava de descer do ônibus. Observou a maneira como caminhava. Por experiência própria, sabia que as moças tinham um jeito diferente de se movimentar "naqueles dias". Ela usava uma calça escura e escolhera uma blusa comprida e folgada que cobria seu quadril, o que contrastava com as amigas, que vestiam top e minissaia. John era um grande observador do mundo feminino e sabia que muitas vezes os grupos de amigas costumavam se vestir de modo semelhante. Contudo, a roupa não era o único indício. Ele a seguiu a distância, misturando-se no meio das pessoas que abarrotavam o local. Viu quando ela foi dançar com as outras garotas, embora depois de um tempo tenha abandonado a pista e ficado perto de uma coluna bebendo Coca-Cola e sorrindo para as amigas, que continuavam a dançar.

A escuridão e o ambiente barulhento da discoteca permitiram que John se postasse atrás dela de modo a poder sentir seu cheiro enquanto fingia observar a pista. Aspirou seu aroma. Notou o suave suor de suas axilas, misturado com uma água-de-colônia de notas adocicadas que parecia estar na moda entre as garotas, e aquele outro odor, metálico, salobro e ácido. Franziu um pouco o lábio superior sem conseguir conter um esgar de asco. E quase simultaneamente sentiu a ereção retesar seu membro sob o tecido do jeans.

Sem nunca perdê-la de vista, afastou-se alguns passos e enfiou a mão direita no bolso do casaco. Com as pontas dos dedos, acariciou o cetim da fita vermelha que tinha guardado ali. Pensou em Lucy e, repreendendo-se, mordeu a parte interior da bochecha até que a dor anulou a outra sensação, recuperando depois a compostura.

Depois foi fácil, sempre era. A fórmula funcionava perfeitamente havia anos, com ligeiras alterações. Ele iria parar ao lado dela e começaria a falar, diria que também não gostava de dançar e que estava pensando em beber alguma coisa, ela gostaria de acompanhá-lo? Ela olharia para ele e veria o que todos viam: um homem jovem, mas não um garoto. Limpo, bem-vestido ainda que sem ostentação, educado, amável. Asseado. E que reparara, com toda a probabilidade, na única garota que usava calça e uma blusa larga em toda a discoteca.

Ele falaria sobre qualquer coisa, evitando assuntos conflituosos. Faria alguns elogios nada exagerados e deixaria escapar que tinha emprego, que na realidade não gostava muito de lugares como esse, que o que adorava fazer era conversar, coisa que, com aquela barulheira, era quase impossível, que seu carro estava no estacionamento e que podiam ir para onde ela quisesse. E iria acrescentar rapidamente, antes que ela tivesse tempo de se opor ao que quer que fosse, que, como é óbvio, ficaria muito feliz em levá-la para casa se fosse isso que ela quisesse. E a garota aceitaria porque ele era encantador, porque ela havia chegado ali de ônibus, porque todas queriam um namorado com carro próprio. Aceitaria, apesar de nos jornais se falar a toda hora e a todo instante da quantidade de jovens que haviam desaparecido e embora, com toda a certeza, tivesse escutado milhares de vezes os avisos para não entrar em carros de desconhecidos. John sabia o que ela responderia quando ele propusesse, apesar de tudo e embora não devesse fazê-lo "naqueles dias". Era até provável que a grande vadia aceitasse ter relações sexuais quando ele insinuasse isso. Então ele iria espancá-la com fúria, com violência, eliminando a cada pancada a maquiagem e o sorriso. Arrancaria sua roupa e a rasgaria, e, com suas próprias meias, o cinto ou o sutiã, iria estrangulá-la até que parasse de gritar enquanto a estuprava. E depois iria levá-la para casa, a fim de dormir junto das suas irmãs, deixando que o lago purificasse aquela mulher. Era um incômodo, mas era assim que devia ser feito. Em outros tempos, ele a teria deixado estendida na rua ou num parque, teria procurado em sua bolsa os absorventes internos ou os externos e os teria colocado em cima do cadáver para recordar àquelas vadias que não deviam se aproximar de um homem quando estivessem menstruadas.

O simples fato de pensar nisso causou um intenso formigamento em sua região genital. Mordeu com força a parte interior da bochecha ao mesmo tempo que a encarava de longe no espelho e, quando se sentiu preparado, voltou para perto dela.

"I got it bad"
Doeu em mim

Glasgow, 1983

O inspetor Noah Scott Sherrington chegou à passagem de nível quando o semáforo ficou vermelho e as luzes das laterais da linha do trem começavam a piscar. Ele conhecia aquele lugar nos arredores de Glasgow, dirigira por ali todas as noites nos últimos quinze dias e sabia que a cancela ainda demoraria uma eternidade para descer, tempo suficiente para que os quatro carros que o separavam daquele que seguia tivessem tempo de passar. Um, dois, três, e...

— Não, não, não, não... — sussurrou quando o motorista que se encontrava à sua frente parou o veículo.

Scott Sherrington freou de repente e o capô do velho automóvel ficou a escassos centímetros da traseira do veículo que o antecedia. As luzes de freio juntaram-se às intermitências vermelhas da linha do trem, arrancando milhares de reflexos sangrentos da lataria molhada. Scott Sherrington sentiu uma ligeira náusea ao olhar para elas.

Contrariado, levou as mãos ao rosto e o sentiu coberto de suor frio. O ar do interior do veículo tornou-se de repente irrespirável para ele. Procurando a tecla do vidro elétrico, esmurrou a porta até que topou com a manivela manual, acionando-a entre resmungos. Por um instante se esquecera de que não estava no seu carro. Aquele era um Escort que, tinha certeza, fora um dos primeiros a sair da fábrica de Halewood em Knowsley, quando nos bons tempos ainda o fabricavam ali. Um carro infiltrado, de disfarce e sem dúvida um que ninguém podia negar que cumpria sua função. Tão velho e cinzento, em todos os níveis, que era difícil alguém reparar nele ou olhar para ele duas vezes.

O frescor da noite entrou pela janela do carro, gelando o suor sobre sua pele. Sentiu um ligeiro alívio ao inspirar fundo o ar frio que a tempestade empurrava terra adentro vindo do mar do Norte, afastando o calor dos últimos dias, naquele estranho verão escocês. Ergueu um pouco a cabeça, a tempo de ver que o carro que estivera seguindo ultrapassava a área da passagem de nível e suas luzes traseiras se perdiam na escuridão da noite. Pensou por um instante em acelerar para ir atrás dele. Enquanto suspirava, exausto, deixou que a chuva molhasse seu rosto e quase de imediato se sentiu melhor e mais calmo. A chuva sempre exercera esse efeito nele. Voltou a se sentar ereto e subiu um pouco o vidro. Reparou que a água que se havia infiltrado no interior do veículo tinha molhado a manga de seu casaco e começava a formar uma pequena poça sobre o tapete de borracha a seus pés. Olhou para ela, entediado, pensando que isso não fazia diferença. Agora tanto fazia. Sabia muito bem onde podia encontrar Angus Bennett. Fazia dez dias que o seguia, e todas as noites tinha feito exatamente a mesma coisa.

Bennett trabalhava numa empresa de extintores náuticos. Quando saía do trabalho, dedicava-se a dirigir dando voltas pelos armazéns do porto do rio Clyde e do parque industrial vizinho em um horário em que a maioria das oficinas já estava fechada e as prostitutas ocupavam o lugar. Alguns carros dispersos estacionados aqui e ali, e as moças plantadas no meio deles envoltas em casacos que abriam sempre que passavam possíveis clientes, mostrando que por baixo usavam apenas roupa íntima. Às vezes reduzia a marcha e passava mais devagar na frente de uma, mas não parava. Depois de fazer isso mais ou menos durante uma hora, saía da zona dos armazéns e, seguindo a mesma rota, atravessava aquela passagem de nível a fim de parar três quilômetros mais à frente numa discoteca que havia nos arredores da cidade. Permanecia ali durante uma hora, no máximo duas. Nunca tomava mais do que dois copos, e depois voltava dirigindo por sete quilômetros até a casa onde vivia sozinho.

Noah Scott Sherrington inspirou fundo e expeliu o ar devagar. Sentia-se muito cansado. Aquilo não levava a lugar nenhum e ele sabia disso.

Nos últimos dois meses tinha seguido dois sujeitos, além de Bennett. Três suspeitos. Centenas de horas. Charles MacLaughlin, outro ladrão de discotecas, com a mão meio leve no trato com as mocinhas, já tivera duas mulheres e pelo visto andava à procura da terceira. E também Daniel Garrat. O mais desconcertante dos três. O que melhor se enquadrava no perfil de John Bíblia. Tinha pouco mais de quarenta anos, o que se encaixava na teoria de que, apesar do rosto de criança, poderia aparentar os tais vinte e três ou vinte e quatro que se supunha que tinha na época dos crimes da discoteca Barrowland. A princípio pensava que ele vivia com a mãe, mas depois descobriu que eram a mãe e o namorado desta que moravam com ele, talvez porque contribuíssem para o pagamento das despesas, uma vez que Garrat não durava muito tempo nos empregos que arranjava. Scott Sherrington descobriu que não era mau funcionário, mas, sem dúvida devido ao gosto pela noite e pelas discotecas, chegava muitas vezes atrasado para trabalhar, o que lhe valera a demissão, pelo menos nos dois últimos empregos. Ainda assim, Garrat conseguia, sabe-se lá por quê, trocar de carro com certa frequência e ter no bolso o suficiente para sair toda noite a fim de percorrer as discotecas de Glasgow. No entanto, suas namoradas não eram conhecidas, não se dava muito bem com as garotas. Tinha sido detido algumas vezes devido a confusões dentro de casa, brigas com a mãe e com o namorado dela. Um mês e meio seguindo seus passos. Nada.

O que lhe parecera duvidoso em Bennett, o ato de perambular pelos círculos frequentados por prostitutas, limitando-se a olhar para terminar depois numa discoteca e continuar a olhar, ficara bem claro naquela mesma noite quando o viu parar na frente da porta de uma oficina de conserto de rádios automotivos. O suspeito repetiu sua rotina dirigindo devagar entre as ruas vazias, lançando olhares furtivos às prostitutas, que, quando o viam se aproximar assim tão devagar, vinham a seu encontro para se oferecer. Um observador que não o conhecesse, como conhecia Scott Sherrington, poderia ter pensado que andava à procura de alguém ou de alguma coisa, mas o policial sabia que era essa sua rotina. Olhar sem comprar. Talvez procurasse se aquecer o suficiente, observando as que cobravam pelo serviço, para depois descarregar sua fúria na jovem que concordasse em acompanhá-lo para fora da discoteca. Contudo, durante essas duas semanas nunca o vira falar com mulher nenhuma, nem com as que cobravam, nem com as que observava de longe na pista de dança. Por isso, quando o viu parar e sair do carro, pensou que, assim como em outras ocasiões, o sujeito iria urinar. Reparou então que a porta da oficina de rádios automotivos se abria um pouco. Uma rápida troca de palavras com o sujeito que se encontrava lá dentro enquanto se dirigia à traseira do veículo e tirava um saco de lona que denunciava a forma retangular e pontiaguda de quatro ou cinco toca-fitas, manifestamente roubados. Nada, mais uma vez.

Scott Sherrington olhou entediado para fora. As luzes vermelhas continuavam a piscar nas laterais da linha do trem. Conseguiu ver por cima do carro as cancelas que continuavam levantadas.

Levou a mão à boca do estômago e, por um momento, pensou estar com uma indigestão. Sentia-se cheio, empanturrado, embora o mais provável era que fosse fome, as duas sensações eram bem parecidas, pois não comera nada desde o início da tarde. Olhou para o relógio e disse para si mesmo que talvez não fosse tarde para dar um pulo no pub para comer alguma coisa. Isso o fez pensar no detetive-sargento Gibson. Franziu a sobrancelha ao fazer isso. Cruzara com ele ao sair do departamento, bem a tempo de vê-lo tirar um preso da sala de interrogatórios entregando sua custódia à guarda de dois policiais fardados.

Gibson, a gravata afrouxada, o colarinho da camisa meio torto, a barra da camisa prestes a saltar por um dos lados sob a barriga incipiente.

— O nosso amigo Billy aqui cantou como um passarinho. É o assaltante de lojas de bebidas que estávamos procurando.

O amigo Billy não mostrava muito melhor aspecto do que Gibson. O rosto avermelhado, em especial o nariz. Não usava gravata, mas o colarinho da camisa também parecia torcido e aberto até o meio do peito, faltavam alguns botões e, no peitilho, quatro ou cinco manchas de sangue, bastante vermelhas, ovaladas, como um cacho de uvas roxas.

O olhar de Scott Sherrington deteve-se um par de segundos mais naquelas manchas enquanto pensava: *Gravitacionais, por gotejamento*. Gibson percebeu e se apressou a explicar:

— Ele sofreu uma hemorragia nasal, por causa do calor... — Inclinou-se um pouco a fim de perguntar ao detido. — Não é verdade, amigo?

O homem respondeu com um gesto cansado, semelhante a um assentimento.

Noah seguiu seu caminho enquanto pensava que tinha sido má ideia estrear sapatos nesse dia. Seus pés estavam doendo.

— Sherrington. — Gibson o interrompeu usando, como sempre, a metade mais inglesa de seu nome. Empurrou de uma só vez com o salto do sapato a porta atrás de si para que esta se abrisse por completo e o detetive McArthur, que continuava lá dentro, pudesse ouvi-lo.

Do interior da sala de interrogatórios, que alguns chamavam de "fábrica de bofetadas", chegou até ele o odor nauseabundo de suor, gases e hálito viciado que saiu como uma névoa flutuando na fumaça dos cigarros.

— Vamos ao pub comemorar. O sargento McArthur, os caras dos Furtos e alguns colegas de escala. Por que não vem conosco?

— Não posso, sinto muito — respondeu Noah, sem que seu tom de voz deixasse transparecer em absoluto o que sentia. — Hoje tenho umas coisas para fazer — acrescentou, dirigindo-se à saída.

Gibson alcançou-o já na rua e se aproximou dele até quase lhe roçar. Por enquanto não chovia, a temperatura tinha descido abaixo dos dois dígitos depois de um dia quente para a Escócia. O frescor do exterior arrancou da pele de Gibson o vapor viciado que trazia colado ao corpo. Fedia como um cão molhado.

— E o que é que você tem para fazer de tão importante? Perseguir o John Bíblia?

— Nunca disse que era o John Bíblia — respondeu Noah.

O detetive Gibson tentou sorrir enquanto lhe oferecia um cigarro, que Sherrington aceitou.

— Claro que não — respondeu, com sarcasmo —, até porque o John Bíblia está morto.

Scott Sherrington fitou-o nos olhos enquanto tragava o cigarro.

— Não há provas disso.

Desta vez o sorriso do detetive-sargento Gibson saiu magnífico.

— Ou seja, quer dizer que sim, que você está atrás do John Bíblia — disse, virando-se para olhar para trás, como se estivesse à espera de ter público. — Pois então vou te dizer tudo o que você está fazendo de errado.

Scott Sherrington negou com a cabeça e se muniu de toda a paciência enquanto olhava na direção do carro. Seus pés o estavam matando.

— Você está cometendo três erros nisso que anda fazendo — elucidou Gibson, brandindo diante de seu rosto os dedos manchados de nicotina. — Primeiro, o John Bíblia está morto e não é possível capturar um fantasma. Segundo, você se acha capaz de conseguir o que toda a polícia escocesa não foi capaz durante anos de investigações.

Ele percebeu a intenção ao dizer "escocesa"; era de conhecimento geral que Noah Scott Sherrington havia se formado em Londres. Alguns não o perdoavam por isso. Para ele, era indiferente. Deixou sair o ar pelo nariz demonstrando seu desdém, mas não disse nada.

— Mas o terceiro é o mais grave — prosseguiu Gibson. — Acontece que você parece ter esquecido que está na "Marinha", e a ofensa que isso pressupõe.

Noah ergueu os olhos na direção daquela sólida construção que parecia pairar sobre eles. O velho edifício da Anderson Street, em Partick, lembrava uma escola pública dos anos quarenta. Era a sede da força policial das margens do rio Clyde, conhecida como a Divisão Naval. No fim dos anos sessenta e início da década de setenta foi transformada no principal centro de investigações da operação encarregada de capturar John Bíblia: interrogatórios, filas de reconhecimento, declarações de testemunhas, retratos falados...

E não, não era coincidência que Scott Sherrington tivesse solicitado ser transferido para ali, embora entendesse que fosse incompreensível que um inspetor pedisse a integração a uma equipe antiquada e caindo aos pedaços que já exibia em suas paredes o aviso governamental de "propriedade condenada", que era como chamavam os edifícios destinados a ser demolidos, objeto do grande projeto urbanístico de Glasgow. Porém, o que escapava à maioria era que continuava a manter em seus porões diversos calabouços mórbidos de azulejos rabiscados com milhares de nomes e o maior acervo de documentação sobre o caso John Bíblia. Noah sentiu uma gota de água no rosto.

Ergueu os olhos, o ar estava agitado e carregado de umidade. O mês de agosto havia começado com uma promessa de verão que durara poucos dias, mas nessa manhã o céu começou a fechar pouco depois do raiar do dia. A princípio não tinham dado importância a isso, porque as nuvens se deslocavam a partir das ilhas Shetland, mas pelo rádio chegavam notícias de que em Aberdeen estava caindo um dilúvio.

Pode ser que Gibson tenha sentido então a diferença de temperatura do exterior e começado a ajeitar a roupa, enfiando a camisa na calça e endireitando a gravata. Foi nesse momento que Scott Sherrington reparou nas manchinhas escuras no peitilho. Quase microscópicas, por aspersão, formando uma fila ascendente e com tamanha força que a maior acumulação de sangue estava concentrada na parte superior das gotículas. O tipo de gotinha de alta velocidade que se verificaria ao desferir um soco em cheio no nariz do amigo Billy, por exemplo.

Gibson pareceu ter melhorado seus modos, além da indumentária, quando voltou a falar.

— Noah, você devia vir, é um momento de comemoração. Este é o tipo de coisa que cria companheirismo.

Companheirismo ou conchavo?, pensou Scott Sherrington, ciente de que desta vez Gibson tinha usado seu primeiro nome.

— Talvez outro dia... — respondeu, avançando na direção do carro.

— Não tem outro dia, o dia é hoje. Vá por mim...

Naquele momento, Gibson não lhe pareceu um sujeito tão ruim, inclusive era possível que tivesse boas intenções.

— Não é nada pessoal, tenho coisas para fazer — respondeu ao mesmo tempo que abria a porta do carro.

— Você está aqui há três meses. No início podia até ser engraçado ter chegado com o seu sobrenome bombástico, as suas camisas engomadas e as suas técnicas da Scotland Yard, mas as pessoas estão começando a falar.

Noah se virou para olhar para ele.

— E estão dizendo o quê?

— Sabe como são essas coisas, não é só por acreditarem, como eu, que você está perdendo tempo com toda essa sua teoria sobre o predador, John Bíblia, ou seja lá o que for... Há quem ache que é uma história da carochinha. Você não tem nada, Sherrington, não há denúncias, nem suspeitos, não há vítimas, não há caso.

— É Scott Sherrington, como o prêmio Nobel de Medicina — ele respondeu, com calma —, e existem todas essas garotas que desapareceram de casa...

— Porra, Noah! Elas devem estar trabalhando como putas em Aberdeen, atendendo os trabalhadores das plataformas de petróleo ou em Londres. Todo mundo sabe que agora as meninas estão loucas para ser estrelas da música pop.

Scott Sherrington baixou a cabeça ao mesmo tempo que negava, mas Gibson prosseguiu:

— Estamos nos anos oitenta, porra! Todas elas querem ser uma Bonnie Tyler ou uma Cyndi Lauper, "Girls Just Want to Have Fun". Não há predador nenhum. Essas garotas fugiram de casa, pintaram o cabelo de cor-de-rosa ou de roxo e estão fazendo backing vocal em alguma banda, como a tal Fredrica Bimmel: tanto rebuliço e no fim ela estava com os Dancing Pigs ou seja lá que merda de nome eles têm.

Scott Sherrington acabou de fumar o cigarro. Sim, a garota Bimmel tinha se juntado a um bando de vagabundos que supostamente compunha música.

— Nunca incluí a Fredrica na minha lista, não se encaixa no perfil e já tinha fugido de casa outras vezes. Em todos os casos dos desaparecimentos que eu investigo, as garotas eram morenas, não muito altas, magras, com obrigações familiares. — Omitiu na presença de Gibson que todas estavam menstruadas no momento do desaparecimento, assim como as vítimas de John Bíblia. — Acontece que, além do mais, elas não se enquadram em absoluto no tipo de menina que foge de casa.

— Isso é porque a imagem que você tem delas é a foto que os pais trazem na carteira: educadinhas, com as unhas limpas e a saia do comprimento que a mamãe manda usar.

— E a Clarissa O'Hagen? — ele perguntou, olhando para Gibson e fingindo calma.

Clarissa tinha dezesseis anos. Era a mais velha das três filhas de Peter e Marisa O'Hagen. Marisa falecera de câncer um ano antes. Peter não era um sujeito ruim, trabalhava na zona portuária do rio Clyde em Glasgow e dizia-se que nos fins de semana enchia a cara um pouco além da conta, mas era um bêbado sossegado, meio lamuriento, mas não violento. Clarissa, que continuava a estudar no liceu, passara a fazer as vezes de mãe das duas irmãs mais novas. Um sábado, três meses antes, tinha ido a uma discoteca com duas amigas.

Clarissa não quis dançar, ainda estava de luto pela mãe. Da pista de dança, as amigas viram um homem se aproximar dela, e ficaram conversando por um bom tempo; quando voltaram a olhar, os dois tinham desaparecido.

Gibson mordeu o lábio superior e uma parte dos pelos compridos de seu bigode ruivo se enfiou na sua boca.

— Sim — admitiu —, a garota O'Hagen.

— Ela adorava as irmãs, ainda estava de luto pela morte da mãe, era responsável, tirava boas notas...

— O que você quer que eu diga? É verdade que ela parecia uma boa menina, mas pode ser que estivesse cheia de tanto se esforçar, era muita coisa para alguém tão jovem. Ou vai saber, pode ser que num dos dias em que o pai chegou meio bêbado passou dos limites com ela, sabe como é, substituta da mãe para tudo...

Scott Sherrington negou, enojado, atirando o cigarro no chão.

— Acho repugnante que você possa insinuar uma coisa tão asquerosa sem provas. O'Hagen é um bom homem que está devastado pelo desgosto, e, se tivesse acontecido o que você está dizendo, Clarissa nunca teria deixado as irmãs sozinhas numa situação como essa. Tenho certeza disso.

— As amigas disseram que o cara com quem a viram conversar estava bem-vestido e que não parecia ser dessas bandas — replicou Gibson. — Vá por mim, as moças de Glasgow passam a vida toda tentando feito loucas caçar um desses sujeitos que trabalham nas plataformas de petróleo, para que eles as tirem daqui e comprem uma casa bonita para elas em Saltcoats. — Disse a última frase olhando ao redor, como se ele mesmo estivesse farto da cidade. — Todo mundo quer sair daqui, Sherrington, todo mundo menos você, pelo visto. E isso é outra coisa que levanta suspeitas.

Noah ergueu uma sobrancelha, intrigado.

— Surpreso? — Gibson atirou a guimba do cigarro para o meio dos carros estacionados e apoiou as mãos nos quadris antes de falar. — Olha, meu amigo, acho que você está enganado, não é um mau sujeito, mas sou dos que acham que ter instrução demais não é bom para um policial. Você está cheio de minhoquinhas na cabeça, mas isso passa, já vi outros como você, e as minhocas se enterram na areia depois que você passa alguns anos na "Marinha" e percebe que todas as técnicas, ciências e teorias aqui não servem para nada. E é por isso, porque eu acho que você não é um mau sujeito, que insisto para você fazer as coisas bem-feitas. Estou tentando te ajudar porque acho que você está enganado, mas há quem já esteja começando a pensar que toda a sua investigação secreta não passa de um pretexto.

Noah revirou os olhos ao mesmo tempo que negava.

— Não, não é secreta, e não é isso...

— Não, isso sem dizer que você é antissocial, o que eu também acho...

Scott Sherrington olhou para Gibson sem compreender. O detetive esticou a camisa sobre o peito e olhou para ambos os lados da rua antes de sussurrar:

— Eles acham que você é dos Assuntos Internos, acham que pode estar aqui por causa do caso McArthur, por conta de Alfred, o "Carcaças".

O caso "Carcaças". Noah compreendeu então o empenho de Gibson para que McArthur ouvisse a conversa quando tiraram da sala Billy, o assaltante da hemorragia nasal. Um mês antes de ser transferido para lá, um preso, Alfred Galt, vulgo "Carcaças", um ladrão que devia o apelido ao seu trabalho de cortador de frangos no matadouro municipal de Glasgow, faleceu nos calabouços depois de passar mais de seis horas com McArthur na sala de interrogatórios, aquela espelunca que os policiais não hesitavam em apelidar de "a fábrica de bofetadas".

— Isso é uma estupidez — ele sentenciou.

— O que não é estupidez é o fato de que o Graham te mandou para cá da noite para o dia. Quem é que no seu juízo perfeito iria pedir para ser transferido do DIC de Edimburgo para "A Marinha" em Partick? Ele te coloca na Homicídios, mas sem te integrar em nenhum grupo; faz você passear pelo departamento, mas sem nenhum caso concreto, perseguindo fantasmas, e você é mais antissocial que uma toupeira. — Deve ter achado graça na sua tirada, porque sorriu um pouco antes de repetir: — É isso mesmo, como "uma toupeira".

— Uma baita estupidez — voltou a dizer Noah, encaminhando-se na direção dos carros estacionados.

— Se é assim, por que você não prova...? Venha até o pub com os caras, coma qualquer coisa, por todos os santos! Você está pálido como um morto! E depois encha a cara como um homem normal.

A chuva se intensificou, e Gibson deu dois passos para trás até ficar protegido pela cobertura do toldo da delegacia.

Scott Sherrington aproveitou a retirada do outro e entrou no carro.

— Depois falamos, Gibson — disse, enquanto fechava a porta.

As luzes vermelhas continuavam a piscar e as cancelas começaram a estremecer.

Estava perseguindo John Bíblia?

A mera menção de seu nome deixava qualquer policial escocês, reformado ou na ativa, de cabelo em pé, e mais ainda na "Marinha".

No fim dos anos sessenta, o assassino que a imprensa batizou como John Bíblia, e que jamais capturaram, ceifou a vida de três mulheres que havia conhecido na discoteca Barrowland. Patricia Docker foi a primeira, seguindo-se por Jemima McDonald e Helen Puttock. Para os maiores de vinte e cinco anos, as noites de quinta-feira eram perfeitas para conhecer pessoas, passar um tempo divertido com homens que sempre se chamavam John ou com mulheres que sempre se chamavam Jane. Era um desses lugares discretos em que se podia deslizar a aliança para dentro do bolso, conhecer uma garota ou um rapaz, dançar e quem sabe consentir em ser acompanhada até em casa, sem que ninguém esperasse que fossem dadas grandes explicações sobre suas vidas. Calculava-se que tinha sido assim que aconteceu. As três tinham aparecido mortas, com indícios de grande violência, no trajeto que conduzia às suas casas. Quando a polícia começou a considerar a hipótese e a admitir que havia um assassino em série nas ruas de Glasgow, John Bíblia parou. Ou talvez não... Com exceção das mulheres desaparecidas, que Noah havia incluído em seu perfil vitimológico, não havia pista evidente de novas atuações de John Bíblia, embora tenha havido alguns crimes estranhos na costa oeste e mais dois em Dundee, no estuário do Tay, em 1979 e em 1980, que apresentavam certa semelhança com os assassinatos de Bíblia. Tentativas que haviam dado errado? A gestão das investigações não fora exemplar, mas Noah pôde constatar que, embora os cadáveres tivessem sido abandonados ainda com roupa, e pelo menos num dos casos a vítima não fora estrangulada, todas as garotas estavam menstruadas no momento de sua morte.

As cancelas começaram a descer.

Um carro atravessou a toda velocidade em sentido contrário. As barreiras quase roçaram o teto do veículo. A intensa cor laranja do Ford Capri era familiar para ele, e, embora tenha passado como um foguete junto dos carros parados, Scott Sherrington teve tempo de se virar e reconhecer a placa. John Clyde. Fizera parte de sua lista de suspeitos no ano anterior enquanto estivera destacado em Edimburgo. O que fez recair a suspeita sobre ele foi descobrir, ao rever casos antigos, que duas moças, que se encaixavam perfeitamente no perfil vitimológico que havia desenvolvido, tinham desaparecido nos anos setenta no mesmo campus onde Clyde estudava. Ele não conseguira determinar que John as tinha conhecido ali, nem sequer se haviam frequentado as mesmas aulas, mas Clyde estava na lista dos que abandonaram os estudos nos meses anteriores ou posteriores ao desaparecimento das jovens. Myriam Joyce e Helena Patrickson. Morenas, magras, não muito altas. As duas estavam menstruadas quando sumiram. À semelhança dos casos recentes de Glasgow, os desaparecimentos foram tratados como fugas. As duas não eram boas alunas e em algum momento tinham tornado pública sua intenção de abandonar o curso.

Também mantinham uma relação complicada com os respectivos namorados, o que as levava a sair sozinhas de vez em quando. Ambas ostentavam um cabelo escuro bonito, coincidência ou não. A última vez que foram vistas estavam acompanhadas de um jovem simpático, não tão bonito a ponto de ser inesquecível nem tão feio a ponto de ser recordado. Um rapaz normal de ar confiante, desses com quem uma jovem falaria sem receio.

Scott Sherrington fez as verificações de rotina com todos os nomes da lista. No caso de Clyde, pediu referências à polícia de Killin, a localidade onde sempre havia vivido. John Clyde: filho de mãe solteira, fora criado com ela e com suas duas tias. Depois de abandonar os estudos de Filologia na Universidade de Edimburgo pouco antes de terminar o curso, havia retornado à sua pequena aldeia perto do lago, e, desde então, não trabalhara de maneira consecutiva nem sequer por dois meses. Constava um ou outro bico como guia nos barcos para turistas onde uma das tias trabalhava e uma temporada como recepcionista no hotel local, onde a outra fazia limpeza e a mãe era camareira. O trabalho não fora feito para John Clyde. Scott Sherrington pressentia que se tratava de um desses jovens que acham que nada é bom demais para eles e que, de alguma maneira misteriosa, conseguem convencer desse fato todos os que suam a camisa para manter o emprego. De outro modo não haveria explicação para o fato de a mãe e as tias continuarem a cuidar dele como se fosse uma criança.

Noah se lembrou do rosto dele na foto da carteira de motorista que acompanhava o relatório da polícia de Killin. De acordo com aquele documento, acabava de fazer trinta e sete anos, mas conservava um desses rostos de menino que o faziam parecer mais jovem do que na realidade era. Vestia-se bem, era asseado e bom de conversa. Mostrava-se cordial com os vizinhos e educado com as mulheres. No entanto, nunca haviam conhecido nenhuma namorada sua, embora isso não quisesse dizer nada. Scott Sherrington demorou algum tempo para descartar Johnny Clyde: bastaram um passeio pelas redondezas da sua casa, uma noite observando-o de longe numa discoteca e a leitura do relatório da polícia de Killin. Johnny Clyde era a indolência em pessoa. Nessa época nunca o viu ultrapassar o limite de velocidade, não parar num sinal de *pare* ou beber uma gota além da conta. Por isso, ao vê-lo agora atravessando com tudo a linha do trem quando as cancelas começavam a descer, pareceu sem dúvida digno de atenção.

Ele observou os faróis traseiros do Capri afastando-se na noite. Sentiu que sua pulsação acelerava, deixou sair todo o ar dos pulmões enquanto tentava se acalmar e tomou a decisão. Deu ré apenas o suficiente para poder manobrar o carro e mudar de faixa a fim de seguir John.

Manteve-se a uma distância prudente, deixando alguns carros entre eles, embora tenha podido constatar que o jeito de dirigir de Johnny não era o seu habitual essa noite. Ao ato de atravessar a linha do trem quando as cancelas começavam a descer e os sinais vermelhos acesos se juntavam outros aspectos dignos de nota. Não voltou a ultrapassar nenhum semáforo, mas conduzia acima do limite permitido, reduzindo um pouco a marcha quando se aproximava de uma área habitada e voltando a acelerar de imediato. O Ford Capri não tinha traseira, o vidro se prolongava até a linha dos piscas, o que lhe conferia aquele peculiar desenho esportivo que o caracterizava. Deu-lhe a sensação de que John Clyde transportava no porta-malas de seu Capri uma carga volumosa e flácida. Ao passar por cima de uma pequena lombada nos arredores de uma área urbana, Scott Sherrington teve certeza de ter vislumbrado o que quer que fosse que ele ali levava oscilar e subir, durante uns segundos, pelo vidro traseiro do carro. Noah pressentiu que o nervosismo de John estava diretamente relacionado com a natureza da carga que havia ali atrás. Uma carga que, apesar de estar coberta por uma lona ou por uma manta, era comprometedora o suficiente para poder alterar o tranquilo Johnny Clyde.

No mesmo instante em que viu o Capri ultrapassando a passagem de nível, Noah teve o pressentimento de que algo extraordinário estava acontecendo. Não saberia explicar o que era, não seria capaz. Contudo, no peito, no pescoço, nos pulsos, em todas as partes de seu corpo onde podia sentir a pulsação, palpitava a sensação poderosa de ter farejado a presa, de ter encontrado a ponta solta, de estar a uma peça de completar o quebra-cabeça. Tentou se conter fazendo respirações profundas que enchiam de vapor os vidros do carro. A chuva gelada que vinha do nordeste continuava a se intensificar com gotas tão densas e carregadas que, mesmo com os limpadores ligados na velocidade máxima, só conseguia ver a estrada por um segundo a cada passagem. Com as costas da mão limpou o para-brisa uma ou duas vezes, e ao fazê-lo sentiu o frio do exterior aliviar a febre que ardia em sua pele.

Sabia para onde ele ia. John estava a caminho de casa. Killin era uma bucólica povoação turística com apenas setecentos habitantes, encerrada numa das belíssimas regiões de *glens* arborizados, pertencente ao município de Stirling e atravessada pelas cascatas do rio Dochart às margens do lago Katrine, nos Trossachs. Esse era o nome comum que se costumava utilizar para designar toda a região que englobava os bosques, os *lochs*, com seus inúmeros braços de água, seus lagos confinados e suas ilhotas. Clyde continuava residindo ali, sustentado pela mãe e pelas tias, no meio daquele paraíso. Afastada da aldeia, mas ainda pertencente à mesma localidade, sua casa era solitária e decrépita, uma casa que alguém com um grande senso de humor havia batizado de Harmony Cottage.

Quarenta minutos depois, o Capri chegou às proximidades do lago Katrine, e, embora as estradas se tornassem ali muito mais sinuosas,

Johnny Clyde não reduziu a velocidade. Aquele era seu território, conhecia-o como a palma da mão. Scott Sherrington não podia dizer o mesmo. Havia explorado a área quando efetuara a verificação de rotina de Johnny Clyde um ano antes, mas seu conhecimento estava longe de dominar as centenas de passagens estreitas e a variabilidade de uma paisagem tão mutável.

Clyde só abrandou um pouco a velocidade nos trechos em que a estrada atravessava os lugarejos que circundavam o lago, e Scott Sherrington teve certeza de que se limitava a evitar o zelo de algum policial local que pudesse mandá-lo parar a fim de lhe passar uma reprimenda.

Harmony Cottage ficava a menos de um quilômetro e meio dali, entrando à direita. Ultrapassaram a zona das docas onde os pontões se estendiam até junto da água, os barcos amarrados nos costados quase nem se viam à escassa luz das lâmpadas do cais ofuscadas pela chuva que aumentava de intensidade.

Por um instante, a dúvida pairou sobre Noah: haveria a possibilidade de Clyde estar simplesmente retornando para casa? De ter pressa para chegar por alguma razão? Talvez tivesse prometido à mãe chegar a uma determinada hora? Apesar de Johnny ser mimado pelas mulheres da família, esse tipo de relação muitas vezes costuma estar sujeito a normas de subserviência inexplicáveis para as outras pessoas.

Scott Sherrington ofegou, sentindo que sufocava de pura angústia, e para sua surpresa Johnny seguiu pela estrada que subia a colina na direção contrária e se embrenhou no bosque.

Não havia nenhuma povoação por aquelas bandas. Para ir até a localidade mais próxima era mais lógico contornar o lago do que atravessar os bosques no meio da noite. Alguns trechos daquela estrada desciam até a margem por áreas alagadiças que muitas vezes, durante a primavera, com as fortes chuvas que vinham do mar do Norte, se tornavam impraticáveis. E essa noite o mar do Norte estava desabando sobre suas cabeças. De acordo com as previsões meteorológicas, o auge da tempestade alcançaria Glasgow dentro de apenas meia hora, mas já se fazia sentir ali com toda a sua força.

Scott Sherrington começou a ficar preocupado. Estava ciente de que a partir daquela estrada se abria um sem-número de ramais que conduziam a regiões de grutas e penhascos arborizados e, no sentido contrário, a pequenas enseadas naturais que o lago formava. Perseguir alguém por uma estrada sinuosa no meio da noite complicava muito as coisas. Os faróis do carro brilhavam por entre as árvores feito estrelas cadentes, e Scott Sherrington receou que o denunciassem. A escassa luz da lua em quarto minguante desaparecia por alguns momentos entre as pesadas nuvens negras, mas nem mesmo com o céu limpo ele teria sido capaz de atravessar o bosque, que se cerrava cada vez mais à medida que avançavam. A opção de dirigir às escuras ficava descartada por completo se não quisesse acabar sepultado no lago levando como caixão aquele carro velho. Apagou os faróis altos, deixando ligadas somente as lanternas, e se concentrou em seguir de longe as luzes traseiras do Capri, que perdia em cada curva e voltava a recuperar um pouco mais à frente. Abriu a janela do carro para poder seguir a difusa linha branca que delimitava a estrada no acostamento e que às vezes desaparecia no meio do líquen e do musgo que teimavam em ocultá-la.

Aumentou a distância quando viu a trama que as árvores formavam sobre a estrada, que se cerrava tanto que dava a sensação de estar atravessando um escuro túnel ferroviário, mas ao mesmo tempo tinha a vantagem de protegê-los da chuva e do barulho que esta fazia, permitindo que Scott Sherrington pudesse ouvir o ronronar do motor adulterado do Capri. Se não fosse por isso, talvez não tivesse chegado a perceber que John diminuía a velocidade antes de mudar de rumo e dava início a um lento avanço por um caminho em que a grama havia crescido a ponto de apagar as marcas dos pneus. Uma passagem descendente que teria passado despercebida para todos que não a conhecessem como Clyde. As árvores que haviam fechado o caminho no último trecho abriram-se pela parte lateral do caminho, disseminando-se até desaparecer na margem aberta do lago. As nuvens deslocando-se a toda velocidade lá em cima abriram clareiras por onde assomava a lua, iluminando a superfície plúmbea e encrespada do Katrine. As águas escuras assemelhavam-se naquela noite a um mar tempestuoso que empurrava seu conteúdo para fora de seus limites. O Capri parou a dez metros da margem, debaixo da copa da última grande árvore. Não havia para onde escapar. Scott Sherrington desligou as luzes do seu carro e conduziu-o para um dos lados do caminho enquanto sentia que o terreno sob as rodas começava a ceder, amolecido pela chuva intensa. *É impossível*, pensou, *que as rodas do Capri já não estejam ficando enterradas na margem lamacenta do lago.*

O detetive Scott Sherrington apalpou a arma que trazia debaixo do casaco, tirou-a do coldre e, às escuras, retirou o carregador e deslizou a ponta do polegar pela extremidade arredondada da munição enquanto ia contando as balas. Com um clique certeiro e um golpe seco com a palma da mão, deslizou de novo o carregador, ergueu a arma e levou-a ao rosto até sentir o frio do aço a fim de se munir de coragem. Suspirou. O coração latejava a toda velocidade. Tentando tranquilizar-se, recapitulou mentalmente tudo o que sabia sobre John Bíblia ao mesmo tempo que o transpunha para John Clyde e enumerava as razões por que um ano antes o havia descartado da lista de suspeitos.

Clyde tinha agora trinta e sete anos, então deveria ter vinte e três, no máximo vinte e quatro, em 1969.

Scott Sherrington pensava que John Bíblia se limitara a ter sorte no início. Naquela época, Clyde estudava em Edimburgo (na universidade onde desapareceram duas jovens alguns anos mais tarde) e não tinha automóvel. Mudar-se de uma cidade para outra teria sido um problema, e essa foi uma das razões que o levaram a descartá-lo. No entanto, quando, no ano anterior, Noah incluíra o perfil das duas garotas do campus de Edimburgo em sua lista de possíveis vítimas, descobrira que Clyde costumava dirigir o Morris escuro de uma de suas tias. Scott Sherrington tinha gravadas a ferro e fogo na memória cada uma das declarações das testemunhas dispersas dos crimes de John Bíblia. Muito embora não estivesse disposta a jurar de pés juntos, uma delas achava ter visto de relance e por breves instantes Patricia Docker na noite de sua morte perto da entrada de Queens Park, junto a um ponto de ônibus. Viu quando um Morris 100 Traveller parou na frente dela, mas não tinha certeza se a moça havia ou não entrado no carro.

Um indício e uma série de pontos contra, a razão principal para descartar Johnny Clyde fora uma questão de caráter. Johnny Clyde simplesmente lhe parecera pueril demais para ter o bom senso de parar, de se distanciar de seus crimes, de não retornar uma vez mais àquele território de caça que havia sido tão propício, mas sobretudo de evoluir, de levar seus atos a outro nível. John Bíblia evoluíra desde seu primeiro crime.

Abandonara a primeira vítima na rua, em frente a uma garagem; para a segunda escolhera um parque escuro e silencioso à noite onde não pudesse ser encontrada até a manhã seguinte; abandonara a terceira numa "propriedade condenada". Demoraram vinte e quatro horas para encontrar o cadáver. Estrangulara a primeira com suas próprias meias; quanto à segunda e à terceira, assegurou-se de arranjar a arma, levando consigo um pedaço de corda comum de estender roupa. Aprendia depressa e com a prática.

Três mulheres atraídas na mesma discoteca, que foram vistas com um homem de quem quase ninguém se lembrava muito bem, nem sequer a irmã da última vítima, Helen Puttock, que passara parte da noite com eles e os acompanhara por um bom tempo no táxi, embora tenha sido a partir de sua descrição que se realizara o primeiro retrato falado. As demais testemunhas estavam de acordo quanto ao fato de que ele havia dito que se chamava John. O apelido Bíblia foi, como costuma ser, uma invenção da imprensa baseada no fato de uma das testemunhas se lembrar vagamente de tê-lo ouvido citar as Escrituras (apesar de não estar bem certa disso). Não obstante, a possibilidade de o ter feito, aliada à descrição de um homem educado, correto e tão pretensioso a ponto de citar os salmos, deu origem ao nome "John Bíblia", e essa foi a outra razão de peso que fez Johnny Clyde ser descartado. Não se enquadrava no perfil de um assassino como John Bíblia a temeridade de se apresentar com seu verdadeiro nome.

Os jornais da época os haviam catalogado como "crimes selvagens". As três vítimas estavam menstruadas. Numa análise bastante simplista, esse aspecto levou os investigadores a pensar que de algum modo isso irritava o assassino; que era o fato em si de as mulheres estarem no período menstrual que motivava que acabassem mortas, talvez porque se recusassem a ter relações sexuais por essa razão, e isso o enfurecia.

Scott Sherrington tinha revisto quase todo o material relativo a John Bíblia. Centenas de policiais haviam se acabado de trabalhar nesse caso, mas era um fato comprovado que no fim dos anos sessenta a coleta e o armazenamento de provas não eram o forte da polícia escocesa, nem da de nenhum outro lugar. Os resíduos biológicos não haviam sido conservados como deve ser feito em uma época em que realizar um teste de DNA era menos provável do que viajar até a Lua. Os poucos objetos recuperados haviam permanecido durante anos abandonados e bolorentos no porão da "Marinha" até que, depois do encerramento daquela equipe, foram removidos para as instalações do DIC de Edimburgo para continuar a criar mofo. Por sorte havia fotos. Não eram fantásticas, mas Scott Sherrington as estudara milimetricamente, e o que havia visto nelas ia muito além dos crimes violentos, selvagens e irracionais que aparentavam ser à primeira vista.

Entre o caos anárquico que reinava nos locais dos crimes, com os objetos das bolsas espalhados às vezes mais perto, às vezes mais longe dos corpos, sem nenhum sentido, Scott Sherrington havia encontrado o ritmo, a cadência. Toda aquela confusão escondia uma intenção, uma busca, a busca de um objeto: a de um absorvente higiênico ou de um absorvente interno. Apesar da desordem reinante, tinham aparecido colocados com todo o cuidado debaixo das costas ou nas axilas das vítimas, de maneira tão estudada que para um olho não treinado era apenas algo aleatório. Ninguém percebe isso até a terceira vítima. Scott Sherrington não gostava das lendas sobre crimes, jamais iria alimentá-las, mas havia algo que o fascinava em John Bíblia, e era ter descoberto que ele possuía um propósito. O fato de as três estarem menstruadas no momento em que foram assassinadas não podia ser uma coincidência. Noah estava ciente de que, nos anos oitenta, assim como nos sessenta, a menstruação era, para a maioria dos homens da época, um impedimento transitório para ter relações sexuais nesses dias em que as esposas sentiam dores e se mostravam irritadiças e, em alguns casos, ainda que poucos, a garantia de evitar uma gravidez.

Havia uma coisa em que o detetive Gibson tinha razão: Noah Scott Sherrington acreditava que John Bíblia continuava vivo e que continuava a matar, mas também tinha certeza de que durante aqueles catorze anos evoluíra o suficiente para tomar consciência dos avanços da ciência forense. Qualquer delinquente sabia que um cadáver era uma testemunha e que, com os meios de que se dispunha em 1983, as impressões digitais, os vestígios e os indícios que deixara espalhados ao redor das três mulheres que assassinara em 1968 e 1969, era muito provável que tivessem levado à sua detenção.

Ele abriu a porta do carro e saiu para o exterior. Andou de costas até contornar a parte traseira do Escort. Desviou-se da passagem e caminhou agachado no meio das árvores que iam se tornando cada vez mais frondosas, ainda que mais escassas, à medida que iam descendo até o *loch*. Avançou se escondendo atrás dos troncos e procurando entre o matagal os exíguos raios da luz da lua, que de vez em quando se infiltravam por entre as densas nuvens de tempestade. O estrondo que as árvores faziam era fenomenal. Os galhos batiam uns nos outros, e Scott Sherrington teve a sensação de que caíam por toda parte pedaços da ramagem quebrada pela fúria do vento. Tentou se concentrar, se não o fizesse, corria o risco de caminhar ao acaso e acabar na outra extremidade do bosque. Como se alguém tivesse escutado suas preces, as luzes traseiras do Capri brilharam no escuro como os olhos de um monstro lendário. O terreno formava ali uma planície, e a folhagem espessa da árvore debaixo da qual Clyde havia estacionado parecia ter mantido o solo razoavelmente compacto à sua volta, mas pela ladeira inclinada atrás dele a água descia formando um pequeno regato natural de água lamacenta. As luzes dianteiras do carro se projetavam na direção da margem, iluminando os pingos de chuva, que como cortinas embaladas pelo vento ondulavam diante dos faróis do Capri.

Scott Sherrington teve um sobressalto. Sem se dar conta, tinha se aproximado muito, demais. Deu um passo para trás com precipitação, tentando se abrigar atrás do tronco de uma árvore e maldizendo o modo como os galhos rangiam debaixo de seus pés. Uma das luzes traseiras do Capri escureceu quando Johnny se interpôs na frente dela a fim de abrir a porta traseira. Tirou algo lá de dentro e, sem fechá-la, dirigiu-se à margem do lago. Num primeiro instante, Scott pensou que se tratasse de uma arma, uma caçadeira, dessas que abundavam na região. Mas, quando Clyde passou diante dos faróis do carro, Scott Sherrington pôde ver que era uma pá.

Johnny avançou até ficar a uns bons quatro metros da margem. Deteve-se contemplando o lago e ergueu o rosto como se os raios, os trovões ou a enorme quantidade de água gelada que já o havia ensopado até os ossos fizessem parte dele. Levantou os braços abertos em cruz, emulando Freddie Mercury, e Scott Sherrington observou incrédulo o espetáculo que se proporcionava diante de seus olhos e debaixo da chuva. John ficou assim durante alguns segundos, como se em sua mente escutasse uma grande ovação, depois baixou os braços e começou a cavar.

Ele o viu escavar com a pá o lodo amolecido da margem. Trabalhava em um bom ritmo, ajudado pelo terreno macio. Noah se agachou o quanto pôde para evitar que a luz vermelha da porta traseira denunciasse sua presença e se aproximou do carro.

Não era um vulto muito grande. O fardo estava coberto por uma manta com um estampado de tartã escocês e debruns de plástico preto. Até mesmo no pequeno porta-malas do Capri sua presença era insignificante. Scott Sherrington se ajoelhou e sentiu a terra afundar debaixo de seu peso feito manteiga amolecida. Ergueu a cabeça por um dos lados do automóvel para se assegurar de que Johnny continuava cavando. Deslizou os dedos entorpecidos pelo frio por debaixo do fardo no ponto onde Clyde o havia dobrado para evitar que lhe escapasse sem querer. As pontas de seus dedos roçaram a pele lisa e gélida do corpo que se encontrava por baixo, e como uma mola ele afastou a mão, apreensivo. Já não era necessário, mas ainda assim ergueu a manta. Uma mulher pequena, mas não era uma criança. Seguindo o protocolo, Noah procurou a pulsação colocando os dedos em seu pescoço e depois apalpou o maxilar, que começava a apresentar os primeiros sinais de *rigor mortis*. A pele do rosto parecia envelhecida por causa da maquiagem danificada e das pancadas recebidas, o ventre era uma colina aberta que denunciava a forma de bolsa comum nas mulheres que geraram filhos mais de uma vez. Tinha tatuados três nomes no braço que estava à vista. O mais provável é que fossem dos filhos: Sam, Gillian e Andrew, emoldurados por flores e borboletas. Entre suas pernas Johnny Clyde deixara enrodilhada toda a roupa da jovem. Em cima da pilha, uma calcinha de cor clara indeterminada ainda revelava a mancha escura do sangue menstrual. *Como todas as vítimas de John Bíblia*. Esse havia sido um dos grandes mistérios para os estudiosos do perfil daquele assassino: como é que faria para arrancar de mulheres que acabava de conhecer uma informação tão sensível como essa? Talvez quando propunha que mantivessem relações íntimas, será? Era, como haviam pensado os investigadores da época, a frustração diante da recusa delas o que desencadeava sua ira? Noah nunca acreditara nisso nem por um instante.

Sentiu a náusea invadir sua cabeça, revirou os olhos tentando vencê-la sem perder o equilíbrio, e reparou que aquela bola que fora se formando em seu estômago subia pelo seu peito, deixando-o de novo com aquela sensação de indigestão que o havia acompanhado desde a tarde. Pensou que ia vomitar, mas era impossível; fazia horas que não comia nada. A náusea se apoderou de sua garganta, e Scott Sherrington prendeu a respiração, esforçando-se para não tossir, embora tivesse certeza de que, no meio daquela barulheira infernal, John não poderia ouvi-lo nem mesmo se gritasse seu nome. Esperou paciente que a angústia cedesse e, num gesto de infinito respeito, voltou a cobrir o cadáver.

A tempestade se intensificou, as nuvens cobriram por completo o céu e apenas os relâmpagos iluminavam de vez em quando, sobre as colinas, a noite mais escura. Noah avançou de lado na direção do campo aberto, evitando que as luzes dos faróis do carro denunciassem sua presença. Caminhava meio agachado, estava encharcado até os ossos, a água escorria pelo seu rosto e se enfiava em seus olhos, obrigando-o a piscar e ofuscando sua escassa visão. Ele arquejou. Os nervos estavam pregando nele uma peça de péssimo gosto. Estava ciente de sua situação, do perigo que corria, mas havia mais alguma coisa. Era como se aquelas luzes vermelhas da linha do trem continuassem a piscar para ele nas extremidades dos olhos, no limite até onde chegava sua visão periférica. Um sinal de aviso, de alarme, de que não fora capaz de se desembaraçar a partir do momento em que o Ford Capri de John Clyde havia atravessado a linha a toda velocidade, ou teria sido antes? Usou a manga ensopada do casaco para enxugar o rosto. A força da água em direção ao lago arrastava o solo debaixo de seus pés, sentia-se afundar a cada passo que dava. A terra macia da planície que se tinha acumulado diante da margem do lago passara a fazer parte dele, e a leve inclinação da ladeira atrás de si contribuía para que a água descesse rapidamente, arrastando a terra escura até as profundezas.

Ele se encontrava a cerca de dez metros da cova que Johnny tentava abrir quando o ouviu gritar. Foi quase um rugido, pura frustração. Num gesto instintivo, Scott Sherrington atirou-se no chão. Levantou a cabeça muito devagar e viu que Clyde havia se deslocado uns quatro metros e meio para sua esquerda, fora do alcance dos faróis. Escavava a terra ali com a pá, mas então se afastou mais uns dois metros para a frente, mais perto da margem, e começou de novo a cavar. Noah não entendeu nada; partia-se do princípio de que estava abrindo uma cova para enterrar aquela pobre jovem. Johnny tornou a gritar, e o uivo de ira foi audível no meio da tempestade. Como um louco, sem sentido nem direção, às cegas, Johnny começou a dar voltas para cima e para baixo, para a esquerda e para a direita, atirando pazadas de lama aqui e além, pela imensa ribeira lamacenta que era a margem do lago. Da encosta da colina continuavam a chegar torrentes de água na direção da enseada inundada, que se juntavam às ondas que o vento empurrava para a terra, como se tentasse esvaziar o lago. Johnny estava enterrado no lodo até as panturrilhas e continuava a escavar pedaços de lama quase líquida que escorriam da pá. Caiu de joelhos, como se um dos raios que cruzavam o céu o tivesse fulminado, e, abandonando a pá, usou as próprias mãos para amontoar a lama, formando um monte arredondado que era visível de longe. Um enorme relâmpago iluminou a noite, e Scott Sherrington teve certeza de que, se tivesse a cabeça levantada, Johnny o teria visto. No entanto, Johnny só tinha olhos para aquilo que emergia da terra. Era um crânio. Já devia estar ali havia algum tempo, porque quando o iluminou, a luz do raio arrancou reflexos esbranquiçados dos ossos lavados pela chuva. Clyde ficou de pé e avançou, esforçando-se para tapar com as mãos o horror que brotava de outra cova que se abria.

Scott Sherrington voltou a ouvi-lo gritar.

— Nãããããão, não, não...

Caiu de novo no chão.

Clyde se deslocou de lado sem nem sequer tentar se pôr de pé, arrastando-se pelo lodo até se ajoelhar diante de outra cova que emergia. Continuou a empurrar com as mãos porções líquidas de lama que atirava para cima dos crânios de suas vítimas, tentando em vão voltar a enterrá-las. Seu cemitério particular abria-se aqui e ali, mostrando sem misericórdia o seu conteúdo.

Noah contou três. Três flores escuras brotando do lodo. Tremeu, aterrado, diante da força da prova: Johnny Clyde era John Bíblia, e aquele, o seu cemitério particular. Segurou a arma com as duas mãos enquanto se punha de pé e se certificava uma vez mais de que a havia destravado. Avançou chapinhando com ruído, se bem que no meio daquele estrondo nem ele mesmo era capaz de se ouvir. Colocou-se atrás de John, que continuava a choramingar ao mesmo tempo que jogava lama sobre os restos acinzentados de um corpo que já quase aflorava sobre as águas. Scott Sherrington gritou:

— Polícia! Não se mexa!

John continuou a jogar sobre o cadáver o lodo que extraía do solo com as mãos, como se não o tivesse ouvido.

— John Clyde, considere-se preso! — gritou, batendo em sua cabeça com o cano da arma. — Deite no chão! No chão!

Contudo, John não se deitou no chão. John continuou a cavar a lama numa tentativa vã de cobrir o rosto do cadáver. John parecia alheio ao mundo, John delirava absorto. Então, quando Noah já começava a pensar que teria de derrubar o alienado, este se virou de lado, batendo nas pernas do policial com a pá com que estivera a remexer no meio da lama enquanto fingia cavar. Scott Sherrington caiu no chão e perdeu a arma ao mesmo tempo que John se atirava para cima dele, batendo com a pá sobre seu peito. Noah tomou de imediato consciência da situação. Sem dúvida ele, que era mais forte que John, pesava pelo menos vinte quilos a mais do que ele, mas o lodo o atrapalhava, dificultando os movimentos de suas pernas, que estavam presas na lama. John não largava a pá, e as torrentes de água que desciam pela colina lhe cobriam o rosto por alguns momentos, impedindo-o de respirar. Noah tentou se erguer a fim de tomar ar e, lutando contra o instinto de agarrar as extremidades da pá, soltou a mão direita e com o punho cerrado esmurrou com todas as forças o rosto de John Clyde, que, apesar da vantagem que tinha, caiu de lado como um boneco. Noah se endireitou até ficar de joelhos ao mesmo tempo que procurava desesperado a arma no meio do lodo e da água. Não enxergava nada. Esqueceu a arma e se precipitou sobre John, que, aturdido, segurava a cabeça no lugar em que Noah havia batido. Tentou se virar, o que lhe valeu mais dois socos, um no rosto e outro no flanco, que o deixou estendido de barriga para baixo. Sem lhe dar tempo para reagir, Noah se sentou em cima dele, ciente de que agora era John quem lutava com desespero para tirar o rosto do lodo. Torceu seus braços para trás das costas e, enquanto o segurava, procurou com a outra mão as algemas que trazia presas ao cinto. Enfiou as argolas nos pulsos dele e chegou a ouvir o peculiar estalo quando estas se fecharam sobre a carne. E só então se levantou e puxou John até deixá-lo de joelhos a fim de permitir que respirasse.

A chuva amainou um pouco, as nuvens abriram uma clareira e a lua iluminou os dois homens.

Primeiro foi como um ligeiro soluço, como quando alguém tomado pela angústia inspira de modo profundo e entrecortado; depois, o gemido foi perfeitamente audível. Um pranto profundo e tenebroso que parecia vir de todos os lados. Ambos se detiveram ao notar o movimento ao redor, e Noah virou a cabeça na direção das luzes do Capri enquanto se perguntava como era possível. A mulher do carro estava morta havia horas. Um movimento mais próximo chamou sua atenção. Os corpos das damas do lago, as donas e senhoras daquele cemitério particular, libertados pela força da tempestade, saíram flutuando, arrastados para fora de seus túmulos em direção aos amorosos braços de água dos Trossachs.

Um espetáculo impressionante.

John ofegava de joelhos. Noah também precisava respirar. Inspirou fundo, e essa foi a última vez que o fez. O infarto que andara a rodeá-lo durante as últimas horas, que lhe havia enviado mensagens a tarde toda, fulminou-o com a mesma velocidade com que brilhou o raio que cruzava o céu nesse exato momento. O inspetor Noah Scott Sherrington já estava morto quando chegou ao chão.

John Bíblia

John tinha o rosto cheio de lama e as mãos algemadas atrás das costas. Arquejava com esforço tentando recuperar o fôlego quando o corpo caiu ao seu lado.

Num primeiro momento pensou que o homem havia escorregado no lodo e que se levantaria de imediato, mas, à medida que os segundos iam passando e viu que continuava imóvel, fitou-o com atenção.

Ficara algo de lado, com o pescoço torcido pendendo sobre o ombro esquerdo.

John o empurrou com o joelho e o corpo tombou, flácido, ficando de barriga para cima com os olhos arregalados e a boca aberta, como se a morte o tivesse surpreendido no meio de um suspiro.

John o encarou, incrédulo diante de sua sorte. Se não tivesse as mãos algemadas atrás das costas teria tomado seu pulso, mas, em face da impossibilidade de fazê-lo, debruçou-se sobre o rosto até que seu nariz e sua boca ficaram sobre os do policial. Permaneceu assim durante alguns segundos até constatar que não respirava. Estava morto. John não sabia ao certo o que tinha se passado. Lera bastante sobre a morte e sabia que existiam casos em que era possível sucumbir repentinamente. Ignorava se tinha sido isso ou se um raio o havia atingido, contudo havia uma realidade que se impunha: o sujeito estava morto. Teve muita dificuldade para retirar a chave das algemas do bolso do cadáver. Com ela apertada na curva da palma da mão, endireitou-se. Seria complicado para ele regressar a Harmony Cottage pelas encostas enlameadas, mas não ia se arriscar a tentar tirar as algemas ali: se a chave escorregasse da sua mão, jamais seria capaz de encontrá-la. Com a ponta do pé empurrou a cabeça do policial, que oscilou, virando-se para o lado contrário. À escassa luz dos faróis do Capri, observou o rosto. Ensopado, cheio de lama e limo, era difícil se lembrar de tê-lo visto alguma vez. O movimento nas covas, que continuavam a se abrir ao seu redor como flores do mal, arrancou-o de sua abstração.

Apesar de o mais lógico para qualquer um ser apressar-se diante da urgência, John sabia que era precisamente nos momentos de máxima pressão que mais atenção se devia dar aos sinais, e ele havia se transformado num especialista em decifrar sinais quando Deus lhe enviou o primeiro no dia em que fez treze anos.

Deteve-se por uns instantes a fim de olhar ao redor e tomar consciência do que os sinais significavam.

A tempestade se afastava acendendo luzes fugazes além das colinas que encerravam o lago. As imundas mulheres que flutuavam para fora de suas covas em direção às águas que desciam. A lua que abria caminho por entre as nuvens que se deslocavam a toda velocidade, iluminando as margens do Katrine. E o policial morto a seus pés.

Inspirou fundo o ar carregado de eletricidade e ozônio, levantou a cabeça, orgulhoso, e sorriu. Sabia muito bem o que devia fazer. Então voltou a ouvir aquele gemido, que parecia vir de todos os lados. O pranto agonizante se cravou em seus ouvidos. O sorriso morreu em seus lábios. Aquilo também era um sinal. Tremendo de medo, afastou-se do lago correndo em direção ao interior do bosque.

O garoto

O garoto não sabia o motivo, mas era importante que, assim que terminasse de lavar os trapos, os deixasse bem esticados sobre a grama e sob a luz da lua para que o orvalho da manhã os refrescasse. Essa parte também iria lhe tomar um bom tempo. Um a um, foi espremendo os panos, tentando eliminar a água depois de sacudi-los com um golpe seco, que soava como uma chicotada, e estendendo-os sobre o feno. Só podia voltar para casa depois de ter se assegurado de que o trabalho estava bem-feito. Então, já seria muito tarde e elas estariam dormindo, mas a lareira ainda estava acesa, alimentada pelo último carregamento de lenha que sempre colocavam antes de ir para a cama a fim de manter a casa aquecida até o amanhecer.

O garoto estaria exausto e teria muito frio. No entanto, não entraria de imediato. Sempre devia levar algum tempo para conseguir se acalmar o suficiente e parar de chorar. Se acordassem ao ouvi-lo chorar, ficariam irritadas.

Empurrando a porta, observaria o interior: a única luz na casa era a do fogo ardendo devagar na lareira. Escutaria com atenção durante alguns minutos até confirmar que apenas ele estava acordado naquela casa, e então trancaria a porta atrás de si. Evitando as tábuas que rangiam no assoalho, iria se aproximar devagar a fim de se aquecer. Estenderia uma manta puída que usavam para tapar a lenha e ali deitaria, aproximando suas mãozinhas entorpecidas de tão geladas do ferro fundido da lareira até adormecer. Durante o inverno, a água do tanque chegava a estar tão gelada que muitas vezes amanhecia com os dedos avermelhados e inchados pelas frieiras que ardiam, mas isso não fazia diferença para ele.

Sonhando com o calor da lareira e o odor de musgo e madeira que desprendia da manta sobre a qual dormiria, sacudiu um dos panos e, virando-o dos dois lados, certificou-se de que não restava uma única mancha. Era fácil: o sangue era preto à luz da lua. Estendeu o último trapo sobre a erva, e quando levantou as mãos, viu as linhas escuras que manchavam seus dedos debaixo das unhas e até as cutículas. Expirou todo o ar dos pulmões e sentiu que a náusea avançava em sua barriga e subia quente até a cabeça. Soltou um gemido, um ganido, como o de um cachorro ferido. E, expondo as mãos debaixo da luz da lua, quase gritou ao ver o sangue coagulado tingindo sua pele até fazer parte dele. Como que por artes de bruxaria, o cheiro de peixe podre, ovelha morta, cadáver e podridão penetrou em seu nariz como se, em vez de restos de sangue coagulado, tivesse as mãos mergulhadas no balde. Arquejando de puro pânico, correu até junto do tanque, abriu a torneira, cravou os dedos na massa disforme de sabão de soda e, com a escova de cerdas de madeira, esfregou suas pequenas mãos tentando libertar-se daquela imundície, daquele horror. O garoto continuou a esfregá-las com todas as suas forças até que as manchas negras que tinha debaixo das unhas se fundiram com o sangue que brotava dos pontos onde a pele era arrancada. Contudo, o garoto continuou a esfregar e a gritar horrorizado, e soube que nunca mais poderia parar quando, ao expor de novo as mãos sob a luz prateada da lua, viu que haviam se tingido completamente de preto.

"You don't know how bad I got it"
Você não sabe como foi ruim para mim

— Senhor, senhor, está me ouvindo?

A voz chegava até ele de muito longe.

— Como se chama? O primeiro nome?

Outra voz respondeu.

— Noah, ele se chama Noah.

— Noah, abra os olhos — ordenou a primeira voz.

Ele os abriu, embora não conseguisse ver nada. A luz era branca e feria, além disso se sentia muito cansado. Queria dormir. Fechou os olhos e se deixou arrastar até a inconsciência.

Todavia, a voz insistiu. Falava muito alto, e seu tom era imperioso.

— Noah, eu sei que você está acordado, abra os olhos e olhe para mim. Não tente falar, pois isso vai doer. Abra os olhos devagar, confie em mim. — Havia algo em sua voz que lhe fez lembrar o senhor Parks, seu professor da escola primária.

Obedeceu, e dessa vez conseguiu ver mais alguma coisa. Um rosto masculino, ainda que bastante desfocado. Ficou agoniado e sentiu que a náusea atormentava sua garganta. Tentou abrir a boca, mas não conseguiu. Foi invadido pelo pânico.

— Noah, você está na unidade de cuidados intensivos do hospital de Edimburgo. Sou o doutor Handley. Me escute com atenção, você está com um tubo endotraqueal na garganta. Se compreendeu o que eu disse, pisque duas vezes.

Ele apertou os olhos com força.

— Você está ligado a um ventilador, mas acreditamos que já consegue respirar sozinho. — E, dirigindo-se a alguém que Noah não podia ver, perguntou: — Ele respondeu bem aos testes de respiração espontânea?

— Nem arritmia ou febre.

De novo o rosto diante de seus olhos.

— Muito bem, segurem as mãos dele. Vamos extubar.

Ele ouviu o gorgolejar que emitia o aspirador ao mesmo tempo que sentia o tubo subir por sua garganta e o doutor Handley lhe ordenar:

— Respire!

Foi o que ele fez. O ar tinha gosto de álcool, de metal, e estava quente.

— Há quanto tempo estou...? — Sua voz fraquejou. O médico tinha razão: tinha doído tanto que tentou, por instinto, levar as mãos à garganta. Não conseguiu. Ouviu o tilintar metálico das grades da cama ao sacudi-las.

— Dois dias — respondeu o médico.

— Chefe Graham, preciso falar com ele — sussurrou, tentando assim deter as lâminas que rasgavam sua garganta.

— Você ainda não pode receber visitas, mas não se preocupe, o chefe da polícia esteve aqui fora o tempo todo. Já está por dentro de tudo.

Continuava a sentir a presença do tubo na traqueia, embora soubesse que não estava mais ali.

— É o John Clyde. Diga isso a ele.

— Ele já sabe de tudo, descanse — repetiu, taxativo, o médico.

Noah fechou os olhos. Adormeceu de imediato.

O doutor Handley entrou no quarto, fechou com cuidado a porta atrás de si e ficou parado durante alguns segundos observando o homem que ocupava a cama junto à janela. Noah havia se levantado, estava sentado com as pernas dobradas e rodeadas pelos braços. O relatório dizia que tinha quarenta e dois anos. Magro e robusto, sua palidez contrastava com o cabelo escuro e farto que caía em ondas na nuca e sobre a testa. Olhava pensativo para a janela a sua direita. Mesmo em repouso, sua postura tinha algo de urgência e de dinamismo que Handley, que era cardiologista havia mais da metade de sua vida, interpretou como algo negativo. Cerrou os lábios, contrariado, antes de chamar a atenção de seu paciente enquanto se aproximava da cama.

— Noah Scott Sherrington.

Noah se virou para ele em expectativa. De novo aquela energia.

— Suponho que o senhor seja o cardiologista — respondeu, estendendo uma mão que o médico apertou: — Quando acha que eu poderia receber visitas, ou pelo menos falar no telefone? É importante que eu fale com o meu chefe. Não me deixaram nem ver os jornais — disse, olhando incrédulo ao redor.

— Não se preocupe, o senhor Graham tem acompanhado tudo desde que o senhor foi internado. Ele nos disse que o senhor não tinha parentes, então foi autorizado a visitá-lo na unidade de cuidados intensivos.

Handley fez um gesto apontando para a superfície da cama e Noah se afastou um pouco a fim de permitir que se sentasse.

— Como se sente, Noah? Posso te chamar de Noah?

Scott Sherrington assentiu com firmeza e segurança.

— Sim, bem, muito bem.

O médico sorriu, indulgente.

— Não sente nenhum desconforto?

— Bom... — Exibiu um sorriso forçado. — Estou um pouco cansado, a garganta e as costelas estão doendo — disse, levando uma das mãos ao flanco —, mas a enfermeira falou que é normal, por causa das manobras de... — Interrompeu-se sem terminar a frase.

— Reanimação cardiorrespiratória — disse o doutor Handley.

— Acho que a enfermeira disse ressuscitação...

Handley percebeu o peso obscuro com que Noah revestiu a palavra.

— Do que você se lembra daquele dia, Noah? Me conte tudo de que conseguir se lembrar, em detalhes. É importante.

Noah ergueu os olhos para a esquerda num claro gesto de tentar fazer isso mesmo.

— Eu estava perseguindo um suspeito. Parei numa passagem de nível. E então vi um carro atravessar a linha do trem em sentido contrário, de um jeito... Bem, reconheci a placa e decidi segui-lo.

Era possível perceber a experiência que tinha em apresentar relatórios. O doutor Handley reparou que ele se limitava a narrar fatos, não sensações.

— Depois me dei conta — prosseguiu — de que ele ia para a região dos lagos, para a casa dele. Dirigi mais ou menos quarenta quilômetros atrás dele até a margem do Katrine. Surpreendi o suspeito... digamos, num delito. Nós lutamos, lutamos por um bom tempo, consegui algemá-lo... e... nada mais. — Noah parou, abandonou o tom profissional que mantivera durante todo o relato e, desconcertado, acrescentou: — Depois nada. — Desviou o olhar na direção da janela e ali o deixou vagar. Triste.

Handley trouxe-o de volta com sua pergunta.

— Não se lembra de ter sentido nenhum sintoma estranho durante o dia? Fadiga extrema, falta de ar, inquietação.

— Não.

O médico fitou-o, desconfiado.

— Ou então as pernas ou os pés inchados? Sentiu algum desconforto?

— Sim, mas eu estava usando sapatos novos. Achei que fosse por causa disso — disse, encolhendo os ombros.

— Deixe-me adivinhar. Comprou um par novo porque os outros estavam apertados.

— Sim.

— Talvez um número maior, mas também estavam apertados, não é verdade?

O doutor Handley escreveu algo no seu relatório.

— Suor sem causa aparente, calor ou frio repentino, palpitações, sensação de urgência ou de perigo...?

Noah foi assentindo a cada uma de suas palavras.

— E indigestão — acrescentou. — Tive uma sensação parecida com fome o dia todo, mas sabia que não iria conseguir engolir nada, como se tivesse comido até me empanturrar.

— E não achou isso estranho? Que podia estar acontecendo alguma coisa com você?

— Sim, uma intuição.

— Como? — surpreendeu-se Handley.

— Instinto, um palpite, um pressentimento. É difícil de explicar, eu já tinha sentido isso outras vezes, e sempre tinha a ver com alguma coisa que estava prestes a acontecer. Quando as luzes vermelhas da passagem de nível começaram a piscar, eu tive esse pressentimento tão nítido que poderia ter agarrado com as duas mãos, e, quando vi o Capri atravessando a linha do trem a toda velocidade, eu soube, uma certeza palpável e tão evidente que não tive dúvidas de espécie nenhuma.

— Uma intuição — repetiu o médico —, ou os sintomas de um ataque cardíaco.

Noah procurou o olhar do médico exigindo respostas.

— Então não há dúvida, certo? Foi um infarto? Conheci um cara aqui em Edimburgo, um policial de ronda, Joe Chambers, que sofreu um infarto enquanto estava no carro com o parceiro. Ele teve sorte, estava muito perto de um hospital, pode ser até que tivesse sido este mesmo. Quando voltei a vê-lo, tinha emagrecido trinta quilos e parado de beber e fumar. Agora trabalha nos escritórios.

Handley fitou-o, compassivo. Tal como esperara assim que o viu: primeiro fingia que não se tinha passado nada, agora tentava negociar.

— Noah, hoje vou repetir os exames que eu fiz antes, mas até mesmo naqueles que nós fizemos quando você chegou, os níveis de colesterol, glicemia e glóbulos vermelhos estavam normais. Olhe bem para você, não tem nem meio quilo a mais. As suas funções renal e hepática estão normais, e, apesar de saber que você fuma, os resultados dos seus exames não me revelam uma vida de excessos. Há uma grande diferença entre o que aconteceu com o seu conhecido, talvez alguma obstrução por excesso de gordura, e o que aconteceu com você.

— Mas o que eu tive foi um infarto, não foi? — perguntou, confuso.

— Você sofreu um ataque, sim, mas por outras razões. O seu coração está doente, Noah, muito doente, e, embora o estilo de vida possa ter influência, o que acontece com você não é a mesma coisa que aconteceu com esse homem. Chama-se miocardiopatia dilatada.

Noah olhou para o médico fixamente.

— Parece ser uma coisa muito grave.

— A questão é a seguinte, Noah. Eu gostaria de não ter que ser tão direto, mas é imprescindível que você saiba disso o quanto antes. A sua vida vai mudar a partir deste momento, e você precisa ter todas as informações. De acordo?

Noah assentiu devagar.

— De acordo — sussurrou. — Cardiomio...

— Miocardiopatia dilatada — apressou-se Handley a corrigir pegando uma pasta que continha várias folhas de papel. — Com certeza que aconteceu nesse momento, enquanto você estava lutando, pelo esforço excessivo que você estava fazendo. Medo, nervosismo, fadiga física, mas teria acontecido do mesmo jeito a qualquer outro momento. Ia acontecer. Compreende?

Noah voltou a cerrar os lábios, contrariado.

— Mas eu não me lembro de nada, nem da dor, nem de cair. Achava que um infarto avisasse e que doesse horrores.

— É um mecanismo de defesa, o cérebro bloqueia momentos de grande sofrimento. Mas no seu caso, além disso, foi muito rápido, um ataque massivo, aquilo que se conhece como um infarto fulminante que o fez entrar em parada cardiorrespiratória. Morte súbita.

Noah levou uma mão à boca. Por entre os dedos, sua voz soou abatida.

— Quer dizer então que é verdade? Eu estive morto.

O médico assentiu.

— Sim, é verdade.

— Mas então como é possível...?

— Contribuíram para isso várias circunstâncias que foram propícias para você: o fato de um dos caçadores que o encontrou ter sido enfermeiro no exército e se lembrar da técnica de reanimação cardiorrespiratória. Não conseguiu, mas as manobras dele mantiveram o coração funcionando no mínimo. A baixa temperatura da água sem dúvida jogou a seu favor. Quando você chegou ao hospital, ainda estava muito frio, e isso protegeu o seu cérebro dos danos causados pela falta de oxigênio, e foi uma das razões por termos optado pela reanimação. Mas você ficou em parada cardiorrespiratória durante um bom tempo.

Handley pôs um gráfico diante de seus olhos.

— O eletrocardiograma é claro. Você apresenta o que nós chamamos de um bloqueio de ramo esquerdo, mas poderá ver isso melhor aqui — disse, desdobrando um rolo de papel contínuo que estendeu ao longo de todo o comprimento da cama. — Este é um ecocardiograma bidimensional modo M, e mostra o seu coração cortado num único plano. É o exame de diagnóstico mais exato de que nós dispomos nos dias de hoje. — A impressão mostrava as cavidades do coração. O médico havia traçado segmentos para medir os diâmetros das cavidades.

Noah estava enjoado. Engoliu em seco, esforçando-se para prestar a máxima atenção.

— Veja, o diâmetro telediastólico do ventrículo esquerdo é de seis centímetros e meio — disse Handley, apontando. — O normal é mais ou menos quatro centímetros. E uma fração de ejeção, que é a força com que o seu músculo projeta o sangue, é de vinte e cinco por cento. O normal é que estivesse acima de sessenta por cento. Isso, Noah, significa que a força da contração do músculo cardíaco está duas a três vezes abaixo do normal. A doença fez o músculo ceder, como um saco de plástico que foi forçado até ficar maior, e agora ele não consegue voltar ao seu estado inicial. É uma disfunção grave.

— Já entendi — respondeu com rapidez, quase como se quisesse mudar de assunto, mas sem desviar os olhos dos espaços escuros do ecocardiograma do seu coração. — E qual é o tratamento?

O médico suspirou.

— Noah, não existe tratamento. É claro que existem alguns medicamentos que podem ajudar para facilitar a sua vida; diuréticos para retenção de líquidos, para evitar esse inchaço nos pés, e você vai ter que eliminar o sal da sua alimentação. E também tomar digitalina, um tônico que vai ajudar a manter o ritmo do seu coração. Além disso, vou receitar para você nitroglicerina, para o caso de sentir dificuldade em respirar novamente... São uns comprimidinhos para colocar embaixo da língua, depois eu explico em detalhes, e também a dose, quando você for para casa. No entanto, o trabalho mais importante vai ter que ser seu, adaptando o seu estilo de vida à sua nova situação.

Noah interrompeu a explicação.

— O que você quer dizer quando afirma que não existe tratamento? E todos esses medicamentos que você mencionou?

— Noah, a miocardiopatia dilatada é uma doença fatal.

— Fatal — repetiu Noah, surpreso. — Daqui a quanto tempo?

— É impossível saber. Alguns meses...

Noah o encarou, espantado.

— Quantos meses?

— Você ainda é um homem jovem e forte. Quatro, seis... Um pouco mais se você se cuidar.

— Um pouco mais... — Noah ensaiou uma careta que alguém que observasse de fora poderia ter tomado por um sorriso, e o doutor Handley soube que era o desespero aflorando. — E o que se pressupõe que seja tomar cuidado? Que tipo de vida vou passar a levar?

Handley levou alguns segundos para responder.

— Você não vai poder voltar ao trabalho, não deve fazer nenhum tipo de esforço, por exemplo, levantar peso, subir muitas escadas ou correr. Tudo deve passar a acontecer mais devagar. Evitar o esforço psicológico excessivo, o sofrimento. Vai ter que modificar a sua alimentação e os seus hábitos; o álcool é um veneno para o seu coração, além, é claro, do cigarro, das refeições muito fartas, nada de sal...

Noah o escutava entre incrédulo e aborrecido, chegando a negar com a cabeça antes de levantar as mãos, depois tapou os olhos e as deixou cair pouco a pouco, quase com fúria, como se num ato de impotência quisesse arrancar a consternação do seu rosto. Cerrou os punhos junto à boca e abriu os olhos devagar.

— E o que foi que provocou isso? O senhor disse que os meus exames estão bons.

— Neste momento é impossível saber. Pode ser que tenha relação com determinadas doenças ou com os seus tratamentos, mas eu revi os seus relatórios clínicos e não aparece nada digno de nota. Um simples vírus, como o que provoca o catarro, pode ter sido o causador. Alguns dos meus colegas dizem que a doença tem certos aspectos hereditários, mas o senhor Graham me contou que os seus pais já faleceram há muitos anos e, segundo eu entendi, num acidente doméstico... então é impossível estabelecer a relação.

Mas Noah já não ouvia nada. Murmurava algo em voz baixa.

— Alguns meses.

— Noah. — Handley disse seu nome como uma chamada de atenção, ciente do momento de confusão que ele vivia.

— E os transplantes? Li um ou outro artigo sobre isso.

O médico suspirou, contrariado.

— Isso não passa de ficção científica, Noah. Na França e nos Estados Unidos conseguiram alguns progressos com animais, mas nos poucos casos em que o procedimento foi realizado em seres humanos não se consegue uma sobrevivência além de dois ou três dias depois do transplante.

— Quer dizer então que não tem nenhuma saída? Quero a verdade. Vou morrer?

Handley odiava essa parte.

— Sinto muito, Noah.

"You got it easy"
Para você é fácil

Noah sabia que estava sonhando, porque nos últimos três dias aquele pesadelo surgia vezes sem conta. Tinha consciência de que se encontrava numa mistura de sonho e de recordação bastante vívida. Voltava a sentir a água gelada escorrendo pelo rosto, os pés enterrados no lamaçal do lago Katrine. Ouvia de novo, até mesmo acima do barulho do vento, o estalido das algemas se fechando em torno dos pulsos de John Clyde, e inclusive sentia o esforço de se levantar puxando John para evitar que aquele desgraçado se afogasse no lodo de seu cemitério. Sentia a golfada de ar úmido, tão necessário, entrando em seus pulmões enquanto um raio iluminava as águas encrespadas do lago. E então deixava de ser um sonho e se transformava numa recordação. Uma pancada, como uma onda de choque quente e seca, que agora sabia ser o ataque que o estava matando. E mais nada. Sentia como o calor se desvanecia depressa, e as trevas o envolviam. E em seguida, nada... Permanecia rodeado pela gélida escuridão que se colava à sua pele de maneira obscena, tanto que logo em seguida começava a penetrar em seu nariz, na boca, nos olhos... E então acordava.

Noah Scott Sherrington abria os olhos de imediato, porque sempre que recuperava a consciência seu primeiro objetivo era assegurar-se de que continuava vivo, e a única maneira de saber isso era verificar se ao separar as pálpebras conseguia ver a luz. No entanto, o que viu assim que abriu os olhos foi o estojo azul que Graham havia trazido para ele no dia anterior. Incomodado, virou-se para a janela para não precisar vê-lo enquanto se lembrava da conversa.

Devia ter percebido quando Graham o abraçou. Os homens escoceses de sua geração só abraçavam outros homens, seus filhos, pais e irmãos, quando estavam muito bêbados ou nos funerais. Graham tinha sido seu chefe durante os últimos doze anos e, durante os últimos dez, também seu melhor amigo, e em todo esse tempo Noah não se lembrava de ter ido além do simples aperto de mão ou de uma palmada nas costas. Mas ontem, quando entrou no quarto, abraçou-o. Isso devia ter dado uma pista a ele, mas estava tão sedento de notícias que se concentrou em escutar tudo que Graham tinha para lhe contar.

— E quanto ao John Clyde? — perguntou assim que o chefe o largou.

— Você é uma lenda e tanto, meu rapaz — declarou Graham, sorrindo. — No país inteiro não se fala em outra coisa, e na equipe todos continuam espantados com o seu empenho em perseguir o John Bíblia durante tanto tempo. Você vai ficar na história, Scott Sherrington.

— John Clyde ou John Bíblia, tanto faz. Só quero saber se ele falou — insistiu.

— E o maldito sacana se chama John. John. Que atrevimento! — disse Graham, incrédulo.

— O que foi que ele declarou?

Graham fitou-o com ar sério.

— Noah, eu fiz questão de te contar pessoalmente. Quando você ficou inconsciente, Clyde fugiu. E no momento não temos pista nenhuma.

Noah deixou sair todo o ar dos pulmões enquanto erguia os olhos para o teto.

Graham apressou-se a atenuar sua decepção.

— Mas nós vamos apanhá-lo. Depois de catorze anos, você conseguiu identificar o maldito John Bíblia. Noah, agora sabemos quem é e como se chama. Pusemos em alerta as estações de trem e os aeroportos. O pessoal da Yard aposta que ele pode continuar escondido na região dos Trossachs. Estamos fazendo uma busca nos bosques à procura dele, apesar de ser muito complicado por causa dos estragos que o temporal causou; tem estradas interditadas, árvores derrubadas, deslizamentos... Caminhar pela margem do Katrine sem ficar enterrado na lama até os joelhos é impossível. O carro dele e o seu continuam atolados no lamaçal perto do lago. Se bem que, por outro lado, nós descobrimos que o carro de uma das tias do Clyde não está na casa.

— Então foi por isso que não me deixaram ver os jornais — raciocinou Noah.

E foi nesse momento que se verificou o segundo sinal. Quando Graham respondeu a seu comentário com aquela inclinação de cabeça hesitante, e o modo como cerrou a boca enquanto inspirava o ar pelo nariz, que no fundo significava *Sim, mas não foi só por isso*, e, como é óbvio, a rapidez com que se agarrou à seguinte observação de Noah para evitar dizer a verdade sem pensar.

— Maldição. Distribuíram a foto dele?

Graham hesitou.

— Esse é outro problema. Só temos a cópia que os caras do trânsito guardaram da carteira de motorista.

— Isso é impossível. Tem que haver fotos.

— Nem uma para amostra, e as que aparecem em documentos oficiais são tipo três por quatro e em preto e branco, até há pouco tempo ainda eram permitidas.

— Procurem na casa dele, é filho único e sobrinho único. Agora todo mundo tem uma Polaroid, a mãe dele deve ter centenas de fotografias.

Graham negou com a cabeça.

— Há uma de grupo da escola e uma ou duas aparições na imprensa local com a equipe de natação da época da adolescência, mas depois que nós ampliamos são só um aglomerado de pontinhos. Aliás, eu tinha pensado em mandar o desenhista falar com você, se estiver de acordo, com a sua descrição...

Noah cobriu o rosto com as mãos. Quando as afastou, estava consternado.

— Quase não o vi no escuro enquanto nós lutávamos, porque só os faróis do Capri estavam acesos. Eu não conseguia ver nada, a chuva, a tempestade. Se fechar os olhos, me vem à cabeça o retrato falado de John Bíblia que estava pendurado na parede da minha sala.

— Mas você o investigou...

— Investiguei como o fiz com todos os alunos que abandonaram o curso no ano em que desapareceram as garotas da universidade. Falei com a reitora, pedi referências à polícia de Killin e eles me mandaram a foto da carteira de motorista. Dei uma volta pela casa dele, cheguei a vê-lo de longe. — Noah fez uma pausa e levou a mão à boca, como se odiasse o que ia dizer. — Descartei. Achei que era covarde, um preguiçoso. Tinha abandonado os estudos, não trabalhava, continuava na casa da família... — Noah olhou para seu chefe e fez uma expressão próxima da admiração. — Você tem noção? Ele estava o tempo todo se preparando para uma eventual fuga. É evidente que apagou todos os seus rastros. Estamos em 1983, todo mundo tem fotografias; mas o que é impossível é que administrativamente não existam imagens. Bibliotecas, colégios, liceus — disse quase para si mesmo. — O que nós sabemos sobre as vítimas?

— Nós encontramos seis cadáveres na água, mais dois enterrados na margem e a do carro. Nove no total.

— A do carro — repetiu Noah, enquanto num lampejo se lembrava dos nomes tatuados, com toda a certeza dos filhos, que adornavam a pele dela. Era curioso, não se lembrava de nada referente aos últimos dias, mas nos seus lábios afloraram esses nomes tatuados na pele da mulher: — Sam, Gillian e Andrew — murmurou.

— O quê? — perguntou Graham.

— Não, nada — respondeu. — Só que... encontraram algum indício de que pudesse haver ali alguma mulher viva?

— Não, claro que não. Você viu alguém?

— Não, mas ouvi. Ouvi essa mulher chorar e gemer, soluçando...

— Tem certeza? No meio da tempestade... talvez possa ter sido o vento. Nada aponta para a possibilidade de haver uma mulher viva, o que também não se encaixaria no *modus operandi* dele, concorda?

Noah pensou nisso. O choro era das poucas coisas de que se lembrava com nitidez sobre aquela noite.

— Foi no momento exato em que a tempestade começou a diminuir, eu já tinha algemado o Clyde, um instante antes de...

Graham o encarou, entre comovido e apreensivo.

— Porra, Noah!

Scott Sherrington baixou os olhos, balançando a cabeça de leve.

— Contando com a do carro, são nove cadáveres, por enquanto — prosseguiu o policial, tentando se recompor. — Não descartamos a hipótese de escavar as margens das enseadas perto da casa dele para ver se tem mais.

Noah negou com a cabeça enquanto refletia sobre isso.

— Não. Naquela noite, quando ele chegou àquele lugar, eu o vi fazer uma coisa muito esquisita, como se escutasse aplausos. Acho que ele deve ter enterrado todas juntas, como um grupo de irmãs na morte. Vocês têm que continuar a procurar por aquelas bandas.

Graham fitou-o, consternado. Fazia isso sempre que o ouvia expor o comportamento de um assassino daquela maneira.

— Os cadáveres estão em diferentes estados de decomposição — prosseguiu Graham —, dos mais antigos restam apenas alguns ossos, mas poucos. Os caras de Londres estão convencidos de que podem estar ali há mais de dez anos. Há muito trabalho pela frente, mas nós já partimos do princípio de que vai ser impossível estabelecer a identidade de alguns dos cadáveres. Todos os corpos estavam nus e não tinham colares nem brincos, nenhum objeto que sirva para identificá-los. Ele tirou e guardou tudo. Durante as buscas eles foram encontrados enfiados sem nenhuma ordem dentro de uma caixa. A única esperança nesses casos é que exista uma radiografia dental.

Noah escutava com atenção, quase como se guardasse como um tesouro cada informação que Graham lhe fornecia.

— Vieram técnicos forenses de todo o país. Há investigadores de todos os grupos trabalhando nisso, da polícia galesa, irlandesa e até a maldita da Scotland Yard, porque as características do crime se encaixam em mulheres desaparecidas por todo o Reino Unido, entre elas as estudantes de Edimburgo que você contabilizou no seu perfil das vítimas. — Graham se interrompeu e pareceu até um pouco incomodado. — O detetive-sargento Gibson fez a ponte. Ele falou com a família do Clyde. Ele e o McArthur conduziram o primeiro interrogatório sob o meu comando.

Noah suspirou. Gibson podia ser tão ruim como qualquer outro.

— Está certo, eu quero falar com ele.

— Recolheram todo o material que estava na mesa, mas presumiram de imediato que se tratava apenas da ponta do iceberg. Eu mesmo autorizei que entrassem no seu apartamento. Espero que você compreenda.

Noah assentiu enquanto pensava nas paredes da sua sala de estar e cozinha cobertas de mapas e de recortes, e no que teriam pensado ao ver os diferentes retratos falados que tinham sido feitos de John Bíblia durante aqueles catorze anos. O primeiro datava de novembro de 1969 e fora publicado pela imprensa com base na descrição de Jeannie Puttock, a irmã de Helen Puttock, a última vítima da discoteca Barrowland. Caixas de papelão cheias de declarações de testemunhas. Montes de pastas, milhares de fotocópias, e o conteúdo de seu congelador. Esperava que não tivessem revistado ali.

Graham deve ter achado que era agora, quando se encontrava tão pensativo, o melhor momento para ir dando algumas explicações.

— Noah, eu quero falar contigo sobre isso, sobre ler todo o seu material e entrar na sua casa. Não foi somente por ser imprescindível para a investigação.

Noah fitou-o com a máxima atenção.

Graham voltou a fechar a boca, deixando sair o ar pelo nariz com aquele seu gesto que revelava o quanto era difícil falar.

— Eu sei que o médico explicou em que estado você chegou aqui. Alguns caçadores te encontraram de madrugada. Por sorte, um deles sabia fazer manobras de reanimação cardiorrespiratória. Mas o cara contou para todo mundo que, quando te levaram no helicóptero da guarda florestal dos lagos, você estava mais morto do que a minha avó.

Noah o encarava, sem compreender aonde ele pretendia chegar.

— Isso foi o que a imprensa noticiou. Que você faleceu no lago enquanto tentava prender o John Bíblia.

— Ah — murmurou Noah, pensativo. — Pode ser que isso aja a nosso favor. Se o John Clyde tiver acesso à imprensa, vai pensar que morri, e, segundo você me falou, parece que neste momento eu seria a única pessoa capaz de identificá-lo.

Um sorriso rasgado se desenhou no rosto de Graham. Afinal de contas, as coisas não tinham ido tão mal como ele pensava.

— Foi isso mesmo que eu pensei. Que ele não vai se sentir tão acuado e pode ser que isso o leve a cometer algum erro. Os caras da Scotland Yard querem mandar alguém para te interrogar e ver se tem mais alguma coisa que você possa acrescentar e que não conste dos relatórios. Querem saber o que foi que levou você até um suspeito que já tinha descartado; é evidente que tudo vai depender de você se sentir forte para isso ou não.

— Vou falar com o Gibson.

— O Gibson é só uma ponte. Noah, você sabe muito bem como são essas coisas. É a sacana da Yard, existem uns protocolos que nós precisamos respeitar, e o seu método vai abrir um precedente. Já ligaram do FBI para documentar e investigar os pormenores dessa sua teoria da vitimologia.

— Você disse que o Gibson interrogou a família. Só vou falar com ele.

— Noah, eu te conheço há muito tempo. Estou falando para o seu bem...

— Se quiserem o seu relatório para o FBI ou para a Yard, ele vai ser o meu intermediário, ou eu vou estar me sentindo tão mal que não vou poder receber ninguém.

Graham bufou enquanto sorria.

— Ele vem conversar assim que você se sentir com ânimo e disposição.

— O quanto antes.

— Obrigado, Noah, com certeza ninguém sabe tanto sobre o John Bíblia como você. Eu tinha certeza de que você era cuidadoso, mas a equipe de Londres admitiu que nunca tinha visto uma investigação apresentada sob esse ponto de vista.

— Quando foi que fizeram as buscas na casa dele?

— No mesmo dia em que você foi internado. Na casa não havia nada, mas no quintal dos fundos tem um barracão que adaptaram nos tempos em que ele estudava para que tivesse um lugar tranquilo para os livros e a música, sabe como é. Foi ali que nós encontramos a caixinha onde guardava algumas coisas que pertenceram às moças. Dezenas de brincos, pulseiras, colares não identificados e sem marca, na sua maioria bijuterias, algumas inclusive de plástico. Todas juntas, remexidas, amontoadas, como se tivessem sido jogadas ali sem nenhum cuidado. Começamos a mostrá-las aos parentes, imagino que alguns deles consigam reconhecer se pertenciam às suas filhas, embora não sirva para identificá-las.

— Vai servir para saber que alguma delas é a sua filha e que eles podem, por fim, parar de procurar.

— Sobre isso, Noah, o pai de Clarissa O'Hagen identificou o corpo da filha. O cadáver estava entre aqueles que saíram flutuando em direção ao lago. Ainda era possível reconhecê-la.

Noah assentiu, pesaroso. Andara com a fotografia daquela jovem na carteira durante os últimos meses, e, embora tivesse certeza de que algo de ruim tinha acontecido com ela, havia momentos em que acalentava a esperança de que Gibson tivesse razão e que a pobre Clarissa houvesse fugido com um homem capaz de resgatá-la da vida que levava.

— O que foi que vocês conseguiram arrancar da família do Clyde?

— Estavam em estado de choque, bastante abaladas. Colaboraram, mas achamos que elas não sabiam de nada. Nós as mantivemos detidas durante quarenta e oito horas, separadas umas das outras. Nós apertamos aquelas mulheres, pode acreditar. Eu já tinha te contado que os interrogatórios foram conduzidos pelo Gibson e pelo McArthur. Não sabiam de nada.

— Poderiam não saber de nada, mas uma delas teve que emprestar o carro para ele. Você disse que o Capri continuava perto do lago e que na casa estava faltando um carro.

— Sim, o Ford Fiesta de uma das tias dele. Nós estamos procurando. Ela afirma que costuma deixá-lo na calçada com a chave no contato e que qualquer um pode levá-lo do caminho de acesso... Essa parte do caminho não se vê da casa, então ela também não sabe dizer ao certo desde quando o carro deixou de estar ali.

Scott Sherrington levantou uma mão enquanto evocava a imagem de Harmony Cottage, a casa que John Clyde dividia com a mãe e as tias. Pôs as ideias em ordem e, enquanto tocava nos dedos, foi enumerando.

— Nós precisamos de uma lista de todas as pessoas com quem ele se relacionava, todos os lugares para onde viajou alguma vez na vida ou com os quais ele ou os membros da família pudessem estar relacionados. Ele não contava que isso pudesse acontecer, foi obrigado a fugir, mas duvido que um tipo como ele deixasse as coisas ao sabor do acaso. Só o fato de não ter fotos já nos dá uma pista de que de certa forma ele tinha previsto essa eventualidade. Além do mais...

Graham começou a negar com a cabeça enquanto escutava. Noah se deteve.

— O que foi?

— Pare.

— Parar com o quê?

— Pare com esse jeito de falar, "nós precisamos"... Como se você comandasse ou fosse comandar a investigação. Eu sei quantos anos você dedicou a isso, eu sei como é importante para você, e foi por isso que te contei tudo o que nós sabemos, mas agora a sua saúde vem em primeiro lugar...

— A minha saúde está ótima — respondeu Noah, cortante.

— Não, não está.

— Deixe que disso me encarrego eu. Com o devido respeito, Graham, não é da sua conta.

— Ah, é sim. Falei com o seu médico e sei que ele te explicou com todos os pormenores a gravidade da sua doença. Noah, te dizer isso é muito duro para mim, mas você está fora da investigação. Não pode voltar.

Noah o encarou, muito sério, durante alguns segundos e depois estalou a língua.

— Ah, ele disse, foi? E então onde é que fica o sigilo entre médico e paciente?

— Além de seu superior, sou o seu melhor amigo, e não se trata de esconder uma doença venérea ou o fato de ser diabético. Ele me disse que vocês conversaram e que você pediu que ele fosse sincero.

Noah olhou de soslaio na direção da mesinha de cabeceira onde repousavam dois livros sobre gestão do luto que o médico tinha trazido, e que tinha virado com a capa para baixo para que ninguém pudesse ler os títulos.

— Ele não tinha esse direito — protestou, indignado.

O constrangimento de Graham aumentava cada vez mais.

— No comissariado vão considerar isso como ferimento no cumprimento do dever. Vão te dar uma boa indenização e o salário integral. Além disso, eu propus que você receba duas medalhas, o que já foi aprovado, e isso deixa você numa posição bastante confortável. Você vai poder levar uma vida decente até...

— Até a minha morte.

— Não era isso que eu ia dizer — respondeu Graham, alarmado. Pôs-se de pé e dirigiu-se a uma maleta que deixara em cima de uma cadeira junto à porta. Tirou uma caixinha lá de dentro, suspirou quase bufando e se aproximou de novo da cama. — Sinto muito do fundo da alma. Eu sempre gostei muito de você e apostei na sua maneira de agir, mas não estou aqui para informá-lo do andamento da investigação...

Nesse momento, Noah desejou ter morrido no lago. Os olhos se encheram de lágrimas e ele os fechou apertando com força para não ter que vê-lo. Não era preciso, soubera o que havia dentro da caixa no momento em que viu o estojo azul. Um relógio banhado a ouro, o presente de aposentadoria que por tradição todos os policiais recebiam em seu último dia de trabalho.

"You don't know when you've got it good"
Você não sabe quando tudo corre bem para você

Assim como havia feito o doutor Handley, o sargento Gibson parou na entrada do quarto e observou Scott Sherrington demoradamente, talvez por idênticas razões. A diferença consistia no fato de Gibson ser bem mais transparente e direto que o médico. Quando Noah percebeu sua presença e se virou para ele, Gibson disse:

— Não diga nada. Eu sei que te devo um pedido de desculpas, meu amigo. Bom... lamento ter insinuado que você podia ser uma informante. Garanto que todo mundo na "Marinha" está impressionado com a sua investigação, e quando fomos à sua casa e vimos o que você tinha lá... Bom, eu tiro o meu chapéu. Todos nós tiramos.

Scott Sherrington o encarou sem pestanejar, como se esperasse muito mais.

Gibson pareceu entendê-lo.

— Estou querendo dizer que espero que aceite as nossas desculpas, sabe como é, os caras dos Assuntos Internos viraram uns sacanas ultimamente.

— É que ultimamente os detidos começaram a morrer bastante sob a custódia de vocês, e as denúncias por agressão começaram a se acumular.

— Quanto a isso, o McArthur também mandou desculpas. No fim os caras dos Assuntos Internos nos ferraram, mas não foi tão mal como seria de esperar. Ele não vai ser suspenso, mas vai precisar se consultar com o psiquiatra até receber alta.

— Acho pouco.

— O que você quer que eu te diga? — disparou Gibson, encolhendo os ombros, ao mesmo tempo que se aproximava mais da cama. — Os caras como o McArthur são bons agentes, da velha guarda, dão o sangue pelo trabalho, e às vezes sacrificam o casamento e a saúde.

— Ninguém está dizendo o contrário.

— Sim, mas algumas coisas não vão mudar.

— Vão ter que mudar, Gibson, esse jeito de agir está desatualizado, ouça o que estou te dizendo.

— Até pode ser que sim, mas por enquanto está funcionando.

Noah se preparava para replicar, mas de repente se sentiu cansado demais. Contemplou o estojo azul que repousava em cima da mesinha de cabeceira. Talvez Gibson tivesse razão e algumas coisas sempre fossem iguais.

Gibson também reparou no estojo.

— Nós estávamos pensando em dar uma festa em sua homenagem na delegacia ou no pub, mas o chefe Graham disse que você não pode beber nem fumar, e só faríamos você se sentir constrangido. Ainda mais agora, com toda essa confusão, seria impossível. "A Marinha" parece ter retrocedido catorze anos no tempo. Tem lousas, caixas, fotocópias, fotos e policiais por todo lado.

— O Graham me contou que você interrogou as mulheres — interrompeu Noah.

— A mãe e as tias. A mulher não, por ser menor.

Noah olhou para Gibson chocado.

— Espera, você disse a mulher? Deve ser engano. No outono, eu investiguei o Clyde e não havia menção a nenhuma esposa, nem uma namorada, nem sequer uma amiga especial.

Gibson coçou a cabeça.

— Sim, já vimos que não constava nada nas suas anotações. Não tínhamos certeza se não havia atualizado ou se não sabia. Pelo visto não estão casados há muito tempo, pouco mais de seis meses. Foi ela que abriu a porta para mim; quando a vi, achei que fosse uma das tias. O Graham tinha dito que viviam com ele a mãe e as irmãs mais novas dela, quase da mesma idade do próprio John.

— Você falou com ela?

— Não, porque quando eu estava me preparando para fazer isso apareceram a mãe e as tias e me informaram de que aquela era a mulher de John, ainda por cima menor, que estava sob a tutela do marido e, na ausência deste, da mãe dele; por esse motivo, não podíamos falar com ela em hipótese alguma.

— Uma menor, não compreendo... — repetiu Scott Sherrington, olhando fixamente para Gibson como se este tivesse a resposta. — Uma esposa não se encaixa de maneira nenhuma no perfil, e menos ainda uma criança. Vocês a investigaram?

— Sim, Maggie Davidson, de um povoado bastante próximo do outro lado do lago. E, sim, tem dezessete anos. Órfã de pai e mãe desde pequena. Sempre viveu com o irmão, dez anos mais velho, que é pescador de bacalhau no Canadá e por isso passa longas temporadas fora, enquanto dura a época de pesca, entre seis e oito meses. Portanto, a menina ficava sozinha a maior parte do tempo. Uma prima afastada passava de vez em quando para dar uma olhada nela. Dizem que o irmão autorizou o casamento no Natal passado, e que no fundo ficou aliviado quando a garota se mudou para a casa da família do Clyde.

— Não se encaixa de maneira nenhuma — declarou Noah, levantando-se da cama e caminhando até o pequeno armário que fazia as vezes de guarda-roupa. Olhou lá para dentro. Num dos cabides estava pendurada a troca de roupa que Graham havia trazido de casa. Um saco plástico com o logotipo do hospital continha a roupa ainda suja de lama que vestia quando foi internado, a carteira com os documentos e os sapatos, cobertos por uma película de pó fosco, como se alguém os tivesse passado pela torneira. Pegou a carteira, os sapatos e o cabide com a roupa e depois fechou a porta.

— Pelo que me consta, alguns assassinos de mulheres eram casados... — ponderou Gibson.

— Sim, por questão de reputação social. Uma mulher normal, uma vida respeitável, sem se destacar, um entre muitos. Mas neste caso uma menor, e órfã, não se encaixa... — Enquanto estendia a roupa em cima da cama, deteve-se como que afetado por uma ideia. — Como ela é fisicamente?

— Simpática, sorridente, pálida, cabelo escuro na altura dos ombros — Gibson disse, colocando quatro dedos no meio do pescoço —, gorducha...

— Sério?

Gibson posicionou os braços ao longo do corpo e afastou-os dos quadris de modo considerável.

— Isso se encaixa menos ainda. É um predador que vive com a mãe e as tias, não precisa de uma esposa para passar despercebido. Ele já passava despercebido. E o que me confunde mais é o motivo de ter escolhido uma mulher tão diferente daquelas que o atraem — disse.

— Vai ver que, para ser uma esposa tolerável, ela tenha que ser diferente, assim não existe tentação — sugeriu Gibson.

Noah olhou pensativo para o sargento.

— Não é uma teoria ruim, mas não me convence, não num momento em que ele estava tão ativo e tão confiante. Não levantava suspeitas, tinha conseguido arranjar um lugar seguro para colecionar as vítimas e tinha um sistema para atrair as mulheres que a polícia não havia detectado.

— Mas você sim.

Noah não respondeu.

— Mas é verdade que ele controlava os passos dos investigadores — prosseguiu Gibson. — Assinava quatro jornais, e tenho certeza de que conseguir que entregassem para ele nesse lugar devia ser bem difícil. Ele não se desfazia deles, amontoava tudo em pilhas no barracão que usava como estúdio.

Noah desatou o laço que prendia o pijama do hospital e o tirou.

— Ele precisava dos jornais para se manter informado, para estar a par das denúncias, dos desaparecimentos, das novas investigações que eram conduzidas, e desse modo ter a certeza de que continuava invisível para a polícia. O tipo de relação que mantinha com a família apontava mais para o solteirão que mora com a mãe e as tias do que para alguém que se casa de repente com uma menor a fim de levá-la para morar com ele. Ela é só mais um problema, mais uma pessoa a quem prestar contas. Não entendo por que ele faria isso se, embora ela seja muito mais jovem agora e relativamente fácil de manipular, daqui a alguns anos uma jovem esposa pode se tornar um estorvo e querer saber aonde vai, com quem esteve e coisas do gênero...

Gibson assentiu, revirando os olhos como se soubesse perfeitamente a que ele se referia.

— No início do meu casamento, a minha mulher cheirava as minhas camisas. Ela conseguia farejar um perfume feminino melhor do que um cão.

— É a isso mesmo que eu me refiro; uma esposa, no caso de Clyde, é a mesma coisa que arranjar sarna para se coçar.

Noah vestiu a camisa.

— Eu gostaria de falar com ela, ou pelo menos de vê-la pessoalmente.

— Ah!

— O que foi?

Gibson começou a coçar a nuca e Noah percebeu que ele sempre fazia isso quando se sentia embaraçado.

— Bom, depois de interrogar a família nós as deixamos ir embora. Elas não sabiam de nada. E hoje a polícia da região nos informou que elas abandonaram a casa.

— Como pode?

— Bom, ninguém pensou nessa possibilidade, não as proibimos de viajar, nem exigimos que permanecessem na aldeia. A verdade é que não imaginamos que fossem se mandar. As três mulheres tinham empregos fixos, e há muitos anos eram proprietárias da chácara, da casa familiar de toda a vida, nada apontava para...

— E vocês não sabem onde elas estão...

— Alguns vizinhos dizem que elas atravessaram o oceano. Falamos com alguns colegas de trabalho e com o chefe da mãe, que nos contaram que pelo visto tinham família, tios paternos ou primos que emigraram há muito tempo para Nova York, mas também é para lá que vai todo mundo, não é? Depois vai saber onde é que se enfiaram.

Noah fitou-o, desolado.

— Nós pusemos uma patrulha para vigiar a casa para o caso de voltarem. Todos os aeroportos foram avisados, e não consta que tenham comprado passagens. Também temos o irmão da jovem esposa no Canadá, se bem que a prima afirma não acreditar que tenham ido para lá, porque parece que os irmãos não eram muito chegados.

— Verificaram os portos? — perguntou Noah.

— Você iria para os Estados Unidos de barco?

— Bom, o médico me avisou que eu não posso andar de avião se não quiser que o coração exploda em pleno voo. Se eu tivesse que ir, essa seria a única maneira.

Gibson balançou a cabeça como se descartasse a imagem mental do coração de Scott Sherrington explodindo.

— Ninguém mais atravessa o oceano de barco.

— Por que não?

— Ah, porque são no mínimo oito ou dez dias no meio do mar, talvez até mais — disse Gibson.

— Estamos em Glasgow, faz centenas de anos que nós estamos olhando para o mar e imaginando a América do outro lado. É importante determinar para onde eles podem ter ido. Com certeza vão se encontrar com ele.

Noah começou a abotoar a camisa e foi então que Gibson se deu conta de que ele estava se vestindo.

— Posso saber o que você está fazendo?

— Me vestindo. Não te contaram? Me deram alta, e hoje você vai ter que ser a minha babá e tomar conta de mim.

— Ah, claro! Vou te levar para a casa, é claro...

— Mas primeiro você vai me levar a Killin, até o lago, para ver a casa da família do Clyde.

O rosto de Gibson se alterou e ele perdeu a compostura.

— Não, porra! Você não pode me pedir uma coisa dessas. O chefe Graham me mata.

— Não mata se não descobrir. Você vai dar com a língua nos dentes?

— Porra! Ele disse que o seu estado é muito grave. Se acontecer alguma coisa com você enquanto está comigo, é capaz de ele me pendurar pelas bolas.

— Pode ficar descansado, não pretendo morrer hoje — respondeu Noah, inclinando-se para a frente de modo a amarrar os cadarços dos sapatos, que constatou que nesse momento estavam um pouco largos. Quando se endireitou, sentiu um ligeiro enjoo, que disfarçou enquanto fingia sacudir uma mancha invisível nas pernas da calça.

— Você também não pretendia fazer isso naquele dia e olha só... — respondeu Gibson. — Lamento. — Desculpou-se de imediato, coçando a nuca e sem saber em que buraco se enfiar.

Noah terminou de se vestir, guardou no bolso interior do blazer as receitas dos medicamentos que tinha que tomar e o envelope com o timbre do hospital que uma enfermeira havia trazido e passou os olhos ao redor rapidamente. Os livros sobre a gestão da própria morte e o estojo azul continuavam em cima da mesinha de cabeceira. Ele caminhou para a porta. Quando passou por Gibson, pôs uma mão em seu ombro.

— Não se preocupe, você tem razão, mas o médico me falou que, sem alterações nem aborrecimentos, eu consigo aguentar seis meses. Além do mais, como é que você ia se responsabilizar por alguém que já está morto? Ou será que você ainda não sabia? Noah Scott Sherrington faleceu às margens do lago Katrine quando tentava prender John Bíblia. Saiu em todos os jornais. — Noah deteve-se. Sentiu-se péssimo. Tinha tentado fazer uma piada, mas as palavras pesavam, e aquela frase tinha todo o peso de uma lápide sobre o seu túmulo.

Gibson olhava para ele com certo ar de perplexidade. Reteve-o segurando-o pelo braço.

— Espere, o chefe contou para nós. Sobre o fato de você ter morrido, e isso... — elucidou de forma desajeitada. — Sempre me fiz essa pergunta. Suponho que nós, os policiais, perguntamos com muito mais frequência que o resto das pessoas do mundo: o que é que se sente?

Noah se soltou da mão de Gibson e suspirou, aborrecido.

— Não me lembro de nada daquele momento. Estava algemando o Clyde, ouvi o estalo das algemas se fechando e nada mais. Acordei no hospital — disse, dirigindo-se à porta.

— Bom, o chefe Graham falou que você ouviu a *caoineag*.

— Ouvi o quê?

— Você sabe, a *caoineag*, a chorona, o demônio da água que chora na escuridão quando alguém vai morrer.

Scott Sherrington virou-se de frente.

— Eu conheço a lenda, e não ouvi um espírito chorar. Ouvi uma mulher, pode ser que tenha sido o vento, mas não era nenhum demônio. Se foi o vento, acho que não podem me censurar por ter confundido, porque naquele momento os cadáveres de várias mulheres assassinadas estavam saindo da tumba.

O detetive-sargento baixou a cabeça. Estava se coçando com as duas mãos.

Noah saiu para o corredor sem verificar se Gibson tinha ido atrás dele. Havia bastante atividade no hospital àquela hora da manhã. Os carrinhos de limpeza encostados às paredes misturavam-se com outros repletos de lençóis lavados, e com os médicos e suas comitivas de alunos, que faziam a ronda matinal pelos quartos dos pacientes.

Viu o doutor Handley se aproximar com sua equipe de jovens cardiologistas. Tinham um ar de guarda pretoriana ou de senadores romanos rodeando o césar. A maioria o seguia inclinando o corpo para a frente a fim de escutar o que ele dizia, mas até mesmo os que caminhavam mais perto dele ficavam um passo atrás. Handley se deteve ao vê-lo e com um gesto fez sinal aos médicos para que continuassem. Como numa ação espelhada, Scott Sherrington fez o mesmo, parou na frente do médico e ambos esperaram que Gibson os ultrapassasse antes de falar.

— Você está com bom aspecto — saudou-o o doutor Handley, cordial.

Scott Sherrington sorriu com ironia, com aquele sorriso que tantas vezes havia ensaiado nos últimos dias e que não chegava a subir até seus olhos.

— Pois então deve ser a única coisa boa que tenho.

O doutor Handley negou com a cabeça e, sem um único resquício do sorriso inicial, disse:

— Escute, Noah, essa atitude não te faz bem nenhum. Estou falando sério.

Noah se preparava para replicar, mas o médico o interrompeu:

— Sim, já sei o que você vai me dizer, que tanto faz, que vai morrer logo, mas todos vamos morrer logo.

Scott Sherrington fitou-o, ressentido.

— Todos vamos morrer, Noah, e sempre nos parecerá cedo demais. Se nos revelassem um ano antes quando iria acontecer, seria inevitável termos a sensação de que o tempo nos escapou. O que eu quero dizer é que você podia ter morrido naquele lago na outra noite, mas não foi isso que aconteceu. Você já viu morrer muita gente, jovens com a vida toda pela frente e anciãos que se supunha que já tinham feito tudo na vida, e no último instante todos se agarram à vida com desespero. O único segredo desta vida é viver até o último segundo, Noah. Aproveite o seu tempo.

Scott Sherrington baixou a cabeça como se as palavras de Handley tivessem acabado de silenciá-lo ou se sentisse envergonhado. Quando voltou a falar, o tom de voz estava muito mais baixo.

— É sobre isso mesmo. Tive algumas recordações daquele momento.

— Sim, já expliquei a você que o cérebro bloqueia as recordações traumáticas. Elas costumam voltar aos poucos.

— Não me refiro ao ataque, mas sim a um momento depois. — Ele levantou a cabeça e olhou para o doutor Handley. — Quando eu estava morto.

— Compreendo... você está se referindo à morte súbita.

— Eu me refiro ao tempo em que estive morto. O senhor diz que conheceu outros na mesma situação que eu. O que foi que eles contaram? Eles se lembravam de alguma coisa?

— Pois então. — Olhou para ele com interesse renovado, como se percebesse tudo. — Muitos mencionam a paz, a ausência de dor, a sensação de acolhimento, um túnel escuro, uma luz no fundo, os familiares que morreram antes. Alguns chegaram inclusive a descrever todas as pessoas que os assistiram na urgência, como se tivessem observado essas pessoas de fora do seu próprio corpo, e repetindo palavra por palavra tudo o que disseram.

— Mas é uma alucinação, não é verdade? Pela privação de oxigênio ou por causa dos medicamentos.

— Bom, é verdade que há quem diga que é por causa do efeito das drogas ou da anestesia, mas no seu caso seria preciso descartar essa hipótese, uma vez que a parada cardiorrespiratória não aconteceu durante uma intervenção. Na minha opinião, essa teoria das alterações cerebrais diz muito pouco sobre o conhecimento da consciência por parte de quem a combate. A atividade cerebral está profundamente ligada à consciência, e você estava inconsciente. Reunia dois dos três requisitos para estar morto. Levantou três dedos. — Sem batimento cardíaco, sem respiração, sem atividade cerebral.

Noah, que ouvira tudo aquilo com os olhos no chão, ergueu-os, fitou com atenção os dedos longos e esguios do médico e suspirou, desolado.

— Obrigado por tudo, doutor Handley — disse, estendendo a mão para o homem e dando a conversa por encerrada. Contudo, o médico perguntou:

— O que foi que você viu, Noah?

Ele tentou fugir, mas o médico se manteve firme.

— Você viu alguma coisa?

Ele assentiu, transfigurado, enquanto sentia o calor fugir de suas faces.

O doutor Handley tentou detê-lo para exigir respostas, mas Noah se soltou da mão dele e, virando-se na direção do corredor, encaminhou-se para os elevadores, onde Gibson o aguardava.

"It's getting harder"
Está ficando mais difícil

As ruas de Edimburgo pareceram estranhas para ele apesar de ali ter residido apenas alguns meses antes, e durante os dois anos anteriores. Tinha um apartamento moderno no bairro financeiro, alugado, é óbvio, pois com seu salário teria sido impossível comprar uma casa numa cidade em que os apartamentos de dois cômodos mais cozinha e banheiro já atingiam os seis dígitos. Tinha se instalado no banco do passageiro no carro de Gibson, depois de afastar do assento embalagens de alimentos, algumas com restos grudados. Uma seleção de açúcares, sais e gorduras imprescindíveis na alimentação escocesa por antonomásia, e que justificavam sem sombra de dúvida a barriga incipiente do detetive-sargento, que naquele ritmo não tardaria a se ver no dilema de prender o cinto por cima ou por baixo da barriga. Noah olhava pensativo através do vidro sujo da janela do carro enquanto atravessavam a capital escocesa por ruas que lhe pareceram estranhas, iluminadas por aquele sol de agosto. Sentia-se um pouco enjoado, e a sensação foi aumentando quando tentou ler algum artigo da pilha de jornais que enchiam o banco traseiro e que Gibson havia trazido, por fim, de Glasgow. Não disse nada, não queria assustar Gibson. Permaneceu em silêncio durante quase todo o trajeto pensando por vezes em John Bíblia e por vezes na conversa que tivera com o doutor Handley. Deixou que os raios de sol, que penetravam filtrados pelo vidro empoeirado do para-brisa, amornassem seu corpo. Tinha vestido o casaco, mas ainda assim estava com frio.

Demoraram menos de duas horas para percorrer os cerca de cento e cinquenta quilômetros que separavam Edimburgo do lago Lomond e dos

Trossachs, mais concretamente, de Tarbet. No centro da cidade não havia observado nenhum indício de que a tempestade tivesse causado problemas. À medida que iam se afastando da zona urbana, começaram a ser mais evidentes os danos causados pela água, e ao chegar às proximidades do lago os efeitos destrutivos da tempestade já se viam por todo lado. Gibson parecia querer compensar o silêncio constrangedor entre eles e não parou de falar durante todo o trajeto.

— Li no jornal que é uma depressão de níveis altos,[1] que ocorre quando chega uma massa de água fria vinda do mar e que se choca com outra mais quente em terra... E, claro, nos dias anteriores tinha feito calor demais... o fato é que caíram mais de duzentos litros por metro quadrado nesta região, e em questão de minutos. Não causou grandes estragos em Tarbet, além de uns barcos afundados no lago, galhos quebrados e lama por toda parte; mas em Killin várias encostas de colinas vieram literalmente abaixo, há muitos trechos de estradas cortados por terra, pedras e árvores derrubadas. A região onde te encontraram está tão coberta de lodo que ainda não foi possível resgatar de lá o Capri nem o Escort. Você teve sorte de aqueles caçadores terem um barco, pois se eles precisassem remover você pela estrada ainda estaria lá.

Noah não achou essa opção assim tão ruim.

— Os nossos técnicos forenses trabalharam com lodo até a cintura, mas nos últimos dias parou de chover e o lamaçal está começando a secar. Quando os caras da Scotland Yard chegaram, mandaram trazer um monte de tábuas e construíram uma espécie de passarela que impede que eles afundem enquanto trabalham.

O Bay Tarbet Hotel fora eleito como centro de operações. Assim que entraram na povoação observaram as elevações características que a coroavam e os carros da polícia que enchiam o estacionamento.

— Quer? — perguntou Gibson, apontando com o queixo para os distintos muros do edifício.

Noah não disse nada, mas fez um gesto indicando que continuassem.

A estrada até Killin estava desobstruída, ainda que nos acostamentos se vissem amontoados galhos e pedras, e o asfalto tinha desaparecido debaixo

---

[1] Fenômeno meteorológico a que os espanhóis dão o nome de gota fria. (N. T.)

de uma fina camada de lama que o sol havia secado, tingindo tudo de uma cor amarelo-palha, que só as próximas chuvas acabariam por levar consigo.

Gibson mostrou sua identificação nos postos de controle. No último, um dos carros-patrulha os informou.

— A imprensa está obcecada para chegar ao cemitério daquele louco. Além de procurar o Clyde, passamos o dia expulsando os jornalistas e os fotógrafos do monte — explicou o policial fardado. — E acabaram de aparecer mais dois corpos... A coisa vai ficar muito difícil.

Quando chegaram ao cruzamento onde se aproximavam do lugar onde Noah havia duvidado se John dirigiria para casa ou continuaria rumo às entranhas dos bosques, Gibson parou o carro.

— Agora é contigo — exclamou, sentando-se mais à frente e deixando pender do volante as mãos moles.

— Para a casa.

— Tem certeza de que não quer ir lá? A equipe toda vai ficar satisfeita em te ver, o mérito é seu. Se encontraram esses dois corpos, é porque ontem você insistiu com o chefe.

Não, não precisava regressar àquele lugar, via-o cada vez que fechava os olhos.

— Para a casa — respondeu Noah, apontando para a estrada que conduzia ao lago.

Um veículo da polícia vazio fechava a estreita passagem que levava até a moradia. Saíram do carro e percorreram o restante do caminho a pé. Scott Sherrington nunca tinha estado tão perto de Harmony Cottage. Quando investigou John, meses antes, chegou a passar pelo espaço situado a cerca de cinquenta metros, fingindo tratar-se de um transeunte. Se de longe a construção já havia parecido decrépita, de perto e depois da tempestade parecia ameaçar desabar.

A caixa de correio que havia no caminho de acesso devia ser o único elemento da propriedade que tinha recebido uma demão de tinta nos últimos vinte e cinco anos. O nome da casa fora escrito por cima em letras brancas, mas o poste se apoiava numa vedação que estava derrubada em alguns trechos e era inexistente em outros. A casa, de um único piso, tinha sido construída junto a um talude natural que a colina formava na sua descida até o lago e que, ao mesmo tempo, lhe fornecia proteção e a ocultava em parte. Noah observou que um trecho de cerca de um metro e oitenta da encosta tinha desmoronado, enchendo de terra o quintal. Na parte lateral havia um velho tanque de pedra. A parte da frente dava para o lago, e na entrada crescia um canteiro de lavandas bem cuidadas, embora se vissem folhas e ervas daninhas enredadas no meio das flores roxas. Ao se aproximarem da porta, surpreenderam o policial que montava guarda. Ele estava sentado no chão encostado à fachada desleixada e desbotada, onde eram visíveis resíduos das diferentes demãos de tinta que a haviam revestido em algum momento. O homem segurava o boné da farda entre as mãos enquanto deixava que o sol de agosto lhe amornasse o rosto. O detetive-sargento Gibson esperou até se aproximar antes de tossir de forma ruidosa. O policial se levantou como que impelido por uma mola, indeciso entre pôr o boné e cumprimentar.

— Senhor, desculpe, senhor, sargento, inspetor — disse, atrapalhado.

Gibson tirou uma caneta do bolso interior do casaco e assinou o adesivo da faixa selada antes de o policial fardado abrir a porta.

Não era nenhum palácio, mas, em comparação com o exterior, Noah se surpreendeu com o bom estado da casa. A partir da entrada principal se acessava uma sala onde se viam as portas dos quartos. A da cozinha estava aberta, e dali chegou até eles um odor diluído, uma mistura de bolacha, couve cozida e chá. A sala era uma miscelânea de um amontoado de móveis novos e velhos encostados às paredes. Uma profusão de xícaras e pires, alguns bastante antigos, em cristaleiras, suportes para pratos e prateleiras. Almofadas com motivos florais e tapeçarias baratas que reproduziam cenas de caça e ninfas. A sala de estar era dominada por um quadro bordado que representava uma sarça em chamas e o lema em latim da Igreja Presbiteriana: *Nec Tamen Consumebatur*, Êxodo, 3:2.

— "E, no entanto, não se consumia" — citou Noah, ao mesmo tempo que assumia a carga da frase e o peso que, para um homem como John Clyde Bíblia, teria significado ser criado rodeado por mulheres da família e sob a dimensão de um lema como esse.

Treinado como estava para assistir a cenas de buscas policiais, Scott Sherrington conseguiu distinguir a desordem que haviam deixado os detetives e a passagem empoeirada dos caras das Impressões Digitais, e imaginar como se encontrava a sala antes. *Inútil*, pensou. Recolher impressões digitais só servia se conseguissem compará-las com as originais. A datiloscopia, sem dúvida o avanço mais importante na história da ciência aplicada à investigação policial, não havia evoluído muito nos últimos anos. Em cada congresso da polícia se falava da criação de um registro nacional de impressões digitais e dados a que seria atribuído o nome de "Holmes", mas isso era a única coisa de que dispunham, o nome. Todo o restante não passava de um sonho. A Interpol fazia esforços tremendos para avançar naquele campo, mas a resistência do governo britânico em partilhar com seus colegas europeus informações sobre delinquentes era notória.

A mesma sala servia de acesso aos outros cômodos. Havia além disso um banheiro de dimensões razoáveis e três quartos, dois deles bastante pequenos, um sem janela e repleto de armários, o que o fez pensar que talvez em outros tempos os dois tivessem sido um só.

Não o surpreendeu constatar que o maior era o de John. Uma personalidade hedonista e vaidosa não podia se contentar com menos. Uma cama grande e um armário espaçoso repleto de peças de roupa de qualidade. Cores neutras, sóbrias, de bom corte e bastante atemporais. Não parecia faltar nada. Noah observou o grande espelho no interior da porta. Havia outro de corpo inteiro na parede em frente à cama. Imaginou John parado ali a observar a sua aparência, e de repente viu a si mesmo. A palidez se estendia desde a testa até o pescoço, profundas olheiras escuras circundavam-lhe os olhos, parecia ter perdido pelo menos cinco quilos nos cinco dias que passara no hospital.

O conteúdo das mesinhas de cabeceira tinha sido despejado em cima da cama. Nada de interesse. Agendas, medicamentos, bilhetes, tíquetes de compras e coisas do gênero, que haviam sido fotografados e etiquetados, já deveriam estar ocupando várias mesas da sala principal do departamento de homicídios da "Marinha". Num dos lados da cama, uma pequena estante completamente vazia. Com certeza os caras da Yard estavam interessados em saber o que ele lia. Noah também gostaria de saber.

— O cara tinha uma bela coleção de livros — comentou Gibson.

— Não podiam ser tantos assim, considerando o tamanho da estante.

— Aqui só tinha algumas dezenas, mas o barracão estava lotado.

— Falaram com os vizinhos?

— Sim, o de costume. Disseram que parecia um bom sujeito, que era educado, embora bastante reservado. A mãe e as tias, muito trabalhadoras. A mãe é a mais velha e era solteira quando teve o John; na época foi uma vergonha para a família, expulsaram de casa e passaram anos sem lhe dirigir a palavra, típico de uma aldeia pequena. Quando a avó faleceu, as duas irmãs mais novas foram morar com ela. Essa é a versão oficial, mas umas mulheres me contaram outra. Que o velho abusava da filha mais velha, quando a menina engravidou a mãe a expulsou de casa, e poucas semanas mais tarde o velho saiu para comprar cigarro e nunca mais voltou.

Noah deu uma breve vista de olhos pelo quarto de dormir que as três mulheres haviam partilhado e se surpreendeu ao ver que às três camas individuais haviam acrescentado um quarto colchão. Isso só podia ter uma explicação: a jovem mulher de Clyde dormia com elas. Ele percebeu nesse momento que não havia visto roupa de mulher no quarto de John, nem nada que revelasse que ali tivesse havido algum objeto pessoal de sua mulher. O quarto menor estava quase atravancado pela presença de dois armários antigos. Os guarda-roupas mostravam a pressa com que haviam tirado o respectivo conteúdo, deixando algumas peças de roupa para trás, uma caixa grande de papelão que continha algumas bolsas, antiquadas e bolorentas, e várias peças de vestuário fora de moda. Sem dúvida o que mais chamava a atenção era um vestido de noiva barato, que pendia como um fantasma em seu cabide.

— É isso! — exclamou Noah, dirigindo-se a Gibson. — Fotos de casamento. Se ele se casou há pouco tempo, tem que haver fotos do casamento; nenhuma mulher no mundo concordaria em não ter nem que fosse uma única fotografia do enlace. Pergunte para os fotógrafos da região, na paróquia ou no cartório de registro civil.

Antes de sair do cubículo, voltou e tornou a analisar o conteúdo da caixa de papelão. Abriu com dificuldade o zíper de uma das bolsas. O zíper, todo estragado pela umidade, estava esverdeado, mas os enfeites metálicos do exterior ainda reluziam. Tirou lá de dentro um punhado de papéis amassados e endurecidos pela umidade e examinou a etiqueta. Com cuidado, desdobrou um par de folhas. Eram velhos programas da paróquia a que pertencia a família de Clyde. Voltou a deixá-los no mesmo lugar.

A cabana era de madeira e parecia sepultada entre a fachada traseira da casa e o talude meio desmantelado pela tempestade. Ele viu que alguém havia estendido uma lona azul sobre a lama para poder chegar à entrada do barracão.

Três das quatro paredes da construção estavam ocupadas por prateleiras, agora vazias. Uma mesa, um abajur de metal, um sofá velho coberto por uma manta e uma poltrona de couro. A única nota de cor, que contrastava com a madeira acinzentada das paredes, era conferida por um velho tapete de lã e uma estufa de querosene cor de laranja brilhante.

— Onde foi que encontraram a caixa de joias onde estavam guardados os brincos?

Gibson dirigiu-se à parte mais baixa da construção e apontou para um buraco na viga.

— Bom, não era um porta-joias, era uma antiga lata de chá. Havia brincos, colares, pulseiras, anéis, presilhas, tudo remexido. O pai de Clarissa O'Hagen vasculhou no meio daquilo tudo depois de identificar a filha. No dia em que a garota desapareceu usava os únicos brincos de valor da mãe. Não estavam lá. Procuramos nas lojas de penhor, pode ser que tenham rendido algumas libras...

— Identificações, bolsas, roupa, calcinhas...?

— Nada.

— Só uma velha lata de chá... — resmungou Scott Sherrington, entredentes, enquanto negava de leve com a cabeça.

— E o que não parece certo para você? — perguntou Gibson, ressabiado.

— A ausência de método. Você viu o estado em que está o quarto dele, como este lugar está arrumado. Os norte-americanos dividem os sujeitos como ele em dois grupos: organizados e desorganizados; estes últimos são bastante caóticos, chegando ao extremo de poderem guardar um dedo humano num frasco de picles e depois deixá-lo na geladeira durante anos, chegando inclusive a esquecer que o têm ali. No extremo oposto estão os que são de uma organização absoluta, como o Clyde. A vida, as roupas, o quarto, este barracão. Tudo em torno de John Clyde fala de ordem e asseio. Essa lata é um local de despejo, não uma coleção de troféus. No caso das vítimas de 1968 e 1969, ele levou consigo as bolsas, e em outros casos, todas as roupas. Segundo me disse o Graham, os corpos encontrados no lago também estavam nus, ele tirou deles tudo o que pudesse identificá-los, mas existe uma diferença entre isso e guardar um troféu como lembrança. Os troféus dele devem estar em algum lugar.

Gibson o ouvia com a boca entreaberta e as mãos apoiadas nos quadris. Deixou sair todo o ar pelo nariz enquanto confessava:

— Não entendi nada.

Saíram do barracão e, depois de se despedir do guarda que estava em serviço, percorreram em sentido inverso o acesso ao caminho principal. Entraram no carro, que se aquecera um pouco com o sol. Scott Sherrington baixou o vidro e se virou de modo a disfarçar a ligeira camada de suor que cobrira sua testa devido ao escasso esforço de percorrer o caminho até o veículo. Deu por si olhando para o vazio enquanto pensava se seria assim todos os dias. A brisa que soprava da superfície do lago arrastou até a estrada principal uma nuvem de pó fino que se elevou desde a planície contígua à propriedade.

— Pare o carro.

Gibson obedeceu enquanto perguntava:

— O que foi? Você está bem?

— Você não viu?

— A poeira? Aqui todas as estradas são de terra.

Scott Sherrington abriu a porta e saiu do carro.

— Mas a terra está úmida... Como você explica que a poeira se levante assim?

Acharam os restos da fogueira a cerca de duzentos metros além do limite da propriedade, oculta atrás de uma rocha e cercada de pedras arredondadas. Não era muito grande, menor que uma fogueira de acampamento. Os resíduos esbranquiçados demonstravam que era posterior às chuvas. Não havia restos de lenha. Noah se agachou e tomou entre os dedos uma espiral de papel calcinado que se desfez assim que a tocou. A terra ainda desprendia o característico odor do querosene, proveniente, era quase certeza, do depósito daquela estufa cor de laranja do estúdio de John Clyde. Enquanto Gibson voltava ao carro a fim de alertar pelo rádio a equipe de Perícia, Noah estudou a direção do vento e o modo como as cinzas se elevavam no ar. Seguindo o percurso, avançou pelo campo examinando os vestígios empoeirados agarrados às folhas de mato alto roçado pela brisa. Ao longe julgou distinguir algo e, quando se aproximou, viu que se tratava de um pedaço de papel, grosso, quase um cartão. Estava tingido por um suave tom de sépia que não soube se era devido ao efeito do fogo ou do tempo. Num dos lados, surgiam duas linhas paralelas de cor indeterminada, e, no outro, a impressão lateral característica de um postal. Se alguma vez houve algo escrito ali, tinha sido consumido pelas chamas. Contudo, na parte da impressão reservada à descrição da fotografia ainda se podiam ler as palavras ... *Andrew, Printed in Eng...*

Ouviu atrás de si a respiração ofegante de Gibson, que avançava pela colina, e por instinto escondeu o papel na mão fechada em punho.

— Você acha que ele fez isso antes de fugir? — perguntou Gibson, apontando para os restos da fogueira.

— Não, acho que foi feita pela mãe e pelas tias, pode ser até que por essa jovem esposa que ele tem. Ele não tinha como saber se eu estava sozinho ou se tinha toda a polícia da Escócia atrás de mim. Acho que, embora não estivesse esperando que acontecesse agora, já tinha previsto essa possibilidade há muito tempo. Quando chegou o momento, soube perfeitamente o que fazer. — Olhou para Gibson assentindo, quase como se a ideia fosse sua. — Isso significaria que elas também sabiam. Não creio que estivessem necessariamente por dentro do plano todo, mas tenho certeza de que de alguma maneira receberam as instruções exatas, e, depois de entendidas e decoradas, destruíram a mensagem. Não foi uma fogueira grande, mas não correram o risco de fazer o serviço na lareira de casa.

— Os colegas das Impressões Digitais e Perícia estão vindo. Encontrou alguma coisa?

— Não, só cinza — respondeu Noah.

À medida que descia a ladeira em direção ao carro, ele deslizou o cartãozinho para dentro do bolso interior de seu casaco.

"Just keeping life and soul together"
Apenas mantendo a vida e a alma juntas

As janelas do seu apartamento davam para um beco contíguo a Earl Street, não recebiam incidência direta do sol nem sequer durante o verão. Agradeceu a frescura ao entrar. Subir os dois andares que o separavam da rua cobrira sua testa de suor, apesar de ter parado alguns minutos para descansar no patamar do primeiro andar. No entanto, assim que passou pela porta, começou a sentir frio. A sala tinha um ar desolado. Uma fina camada de pó cobria os móveis. Noah percebeu que alguém havia deixado uma janela aberta, talvez algum dos policiais que ali estivera. Um erro que ele havia aprendido a evitar durante o tempo em que morava naquele apartamento. O trânsito constante em Earl Street levantava uma mistura oleosa de pó e de fumaça de motores que colava em todas as superfícies. Fechou a janela, o que diminuiu de forma notável o barulho no interior, e se virou para contemplar a sala. Sem as pastas, os recortes de jornais e as fotocópias que forravam a mesa de jantar e a parede diante do sofá, havia apenas um maço de cigarros, um cinzeiro cheio de bitucas e meia garrafa de Laphroaig de dez anos. *Minha vida se resume a isso*, pensou, suspirando. Inclinou-se a fim de pegar o maço de cigarros e sacudiu-o, constatando que ainda restavam alguns. *Muita consideração dos rapazes*, pensou. Se tivesse sido uma busca normal, a meia garrafa e os cigarros teriam desaparecido.

Conseguiu dar um jeito de mandar Gibson embora depois de deixar em cima do sofá a pilha de jornais, um saco de papel com o logotipo de uma farmácia, outro gordurento com alguma coisa para comer, que Gibson havia insistido em comprar na mercearia lá de baixo, e o estojo azul com o relógio.

— Você esqueceu no hospital, estava em cima da mesinha de cabeceira. Eu peguei depois que você saiu.

Scott Sherrington fitou-o com atenção durante alguns segundos. Não havia dúvidas de que Gibson era bem-intencionado, mas havia um ditado sobre as boas intenções e o inferno estar cheio delas. Deu-se conta então de que ainda segurava na mão o maço de cigarros. Pegou a garrafa de uísque e, agradecendo a Gibson, depositou ambas as coisas nas suas mãos enquanto o acompanhava até a porta.

Logo que esta se fechou, caminhou até a cozinha, abriu a geladeira e o pequeno compartimento interior que separava o congelador. Constatou que uma fina camada de gelo cobria a caixa de pastéis de atum que havia no fundo. Ninguém havia tocado nela.

Sentou-se no sofá encostado à parede, agora vazia. Ainda era capaz de se lembrar da disposição de cada um dos recortes dos jornais *The Scotsman* e *The Glasgow Herald*, com as chamativas manchetes próprias dos anos sessenta "Capturem o monstro", "John Bíblia mata outra vez", "O assassino com cara de menino" dispostas ao lado dos retratos falados, dos rostos das vítimas estendidas no chão e de quando ainda se encontravam cheias de vida. Agora apreciou as cores brilhantes do papel pintado, que imitava grossas serpentinas horizontais que percorriam ondulantes o aposento, e o modo como em apenas alguns meses havia amarelado ao redor do lugar onde estavam os artigos, fruto do cigarro consumido enquanto contemplava aquela parede.

Tirou o pedacinho de papel do bolso do casaco. Aproximou-se da parede e teve que se agachar a fim de apanhar um dos percevejos vermelhos que estavam espalhados pelo chão. Quando se levantou, sentiu uma ligeira náusea. Respirou fundo e, antes de fixar o cartãozinho na parede, examinou-o de ambos os lados enquanto decidia qual deles continha mais informações. O sentido em que estavam impressas as letras permitiu a ele adivinhar a posição correta do fragmento da fotografia que permanecia intacto. Copiou num papel o texto existente no verso e o colocou ao lado do postal com o desenho de duas linhas paralelas e horizontais virado para a frente. Recuou alguns passos e se sentou. As náuseas eram cada vez mais intensas. Estava na hora de tomar a medicação, mas se lembrou de que não tinha comido nada desde o café da manhã no hospital. Pegou o saco de papel engordurado e abriu as embalagens. Peixe, batata frita e chouriço, bem no estilo de Gibson. Lembrando-se da advertência do doutor Handley sobre a digestão pesada, optou pelo fish and chips, que ainda estava morno, e pensou que quando chegasse o momento poderia se matar com o chouriço.

Não estava com apetite. Ingerir alimentos tinha se transformado num autêntico exercício de controle. Ainda tinha as vias respiratórias irritadas por causa do efeito do ventilador, e além disso, desde o dia do ataque cada pedaço de comida caía em seu estômago como uma bola enorme que ia crescendo pelo trato digestivo. A sensação era a de saciedade absoluta, como se os alimentos ingeridos multiplicassem lá dentro o seu tamanho, esmagando os pulmões e impedindo-o de respirar. Ele tirou os medicamentos do saco e leu as bulas com atenção; era irônico que aquelas porcarias que iam mantê-lo vivo fossem na sua origem venenos capazes de matá-lo. Engoliu os comprimidos de diurético empurrando-os com duas colheradas do tônico. Fechou os olhos e esperou enquanto escutava em seu ouvido interno os batimentos do seu coração se regularizando, compassados como o tambor de um barco de escravos.

A náusea foi cedendo. A impressão de empanzinamento cessou, e foram diminuindo a dor de cabeça, o zumbido nos ouvidos e a sensação de pânico que tinha. Ele olhou apreensivo para o estojo azul e o pousou em cima da mesinha de apoio ao lado do sofá. Começou a examinar os jornais.

O caso John Bíblia ocupava a primeira página em todos. Na falta de um bom retrato de John, muitos deles haviam optado por fotos de sua mãe e suas tias saindo de "A Marinha" com os casacos sobre a cabeça numa tentativa infrutífera de esconder os rostos, e também de Harmony Cottage vista de longe. As manchetes não eram muito diferentes dos anos sessenta: "John Bíblia revelado", "Descoberta a identidade do assassino mais famoso da Escócia", "John Bíblia identificado"... Só havia uma diferente, e ele a achou de mau gosto: "As damas do lago". Era assim que se intitulava, emulando o imortal poema de Walter Scott inspirado no lago Katrine. Estava acompanhado por uma das fotos às quais Gibson deve ter se referido quando lhe falara dos problemas com a imprensa. Nela, e embora fosse em preto e branco, via-se uma planície lamacenta que não conseguiu identificar (apesar de ali ter morrido), com as fitas de isolamento da polícia dispostas ao redor de várias covas abertas e de outros tantos cadáveres cobertos com lençóis, todos alinhados junto à margem. Ele derrubou a pilha de jornais e deixou que se espalhassem no chão. Estava esgotado e sonolento. Um calafrio percorreu seu corpo. Foi se cobrir com a manta de lã que usava para esse efeito e reparou nesse momento que o desenho do tartã escocês era muito parecido com o daquela outra manta, a que cobria a mãe de Sam, Gillian e Andrew. Nem sequer sabia seu nome.

Foi até o quarto e por um instante lhe passou pela cabeça tirar a roupa, deitar na cama e dormir; fugir do medo, da fraqueza, da fadiga constante e da desorientação com que tinha que se debater a toda hora e a todo instante para manter o controle de sua mente. Todavia, à medida que acalentava a ideia, também teve certeza de que se o fizesse não voltaria a se levantar, morreria ali. Pegou a colcha com flores da cama, uma herança do inquilino anterior, e, puxando-a, voltou para o sofá. Jogou a manta para trás, para onde não pudesse vê-la, embrulhou-se na colcha e, olhando para a parede vazia, fechou os olhos.

A água caía em seus olhos a rodo. As pestanas empapadas pesavam e se colavam umas às outras cada vez que piscava. Não via nada. A cada segundo que passava, esforçava-se para vislumbrar a presença de Clyde na frente dos faróis acesos do Capri. Mas era inútil. Como se a maior das enxaquecas estivesse a atormentá-lo, via tudo através de um prisma de múltiplas faces, todas elas desfocadas. Ouvia o estrondo da tempestade, os trovões retumbavam ao longe e os raios partiam árvores sobre as colinas que circundavam o Katrine. Voltava a ter o rosto enterrado no lodo, esforçando-se para respirar; seu coração pulsava com tanta força que doía. No seu ouvido interno a cadência do tambor soava como chicotadas, zás, zás, zás. Levantava John Clyde do chão. Já não se importava com a chuva. Sua garganta queimava, precisava de ar. Inspirava fundo e chegava a sentir o odor do lago, o da terra arrastada até a margem, o do ozônio perfurado pela tempestade, o do suor de John Clyde, o do cadáver em decomposição junto ao qual tombava.

E nesse momento soube que a última coisa que havia visto fora o rosto descarnado de uma das vítimas de John Bíblia. Sentiu uma tristeza imensa, mas ainda assim decidiu não acordar. Decidiu ficar ali, esperar um pouco mais, esperar para ver. Só que não se via nada. A escuridão foi começando a envolvê-lo com seu manto frio de gelatina, na mesma medida em que o terror se ia apoderando dele ao mesmo tempo que constatava que ali não havia nada. Muito de longe, ouviu o telefone.

Abriu os olhos e sentiu uma onda de calor envolvê-lo, banhando seu corpo de suor. Afastou a colcha no momento em que o telefone parou de tocar. Ofegante, ficou de pé para tirar o casaco e olhou ao redor como um astronauta que acabou de aterrissar num planeta desconhecido. A luz da manhã entrava por aquela janela onde nunca batia sol. Tudo lhe pareceu desconhecido. A paisagem, o ambiente. Fixou o olhar nos restos queimados do postal e pensou que parecia um pequeno barco navegando naquele mar psicodélico de serpentinas castanhas. Enquanto despia o que sobrava das roupas, dirigiu-se ao chuveiro.

Perder uma sensação gratificante era uma das coisas que mais detestava. A chuva fazia parte dele como da cidade de Glasgow. Gabava-se, a exemplo de muitos escoceses, de não ter guarda-chuva, e o efeito da chuva no rosto sempre fora sinônimo de liberdade. Lembrou-se de John levantando os braços debaixo da chuva como uma estrela do rock em comunhão com a tempestade, como se ele mesmo a tivesse provocado ou como se, de algum modo, fosse seu cúmplice. A sensação de liberdade se perdera para Noah. Desde que acordara no hospital, a água no rosto tinha se transformado no prelúdio da morte, e nem sequer enquanto tomava banho era capaz de ouvir a sensação fatídica que lhe causava. Inclinou a cabeça para trás a fim de lavar o cabelo e, quando fechou os olhos, regressou ao lago. Abriu-os, aterrado, e terminou de tomar banho evitando molhar o rosto. Pensou em como John Bíblia teria se sentido ao vê-lo cair fulminado. Tinha certeza de que aquilo deveria ter contribuído de forma notável para aumentar seu caráter narcisista. Deve ter se sentido invencível. Não obstante, como dissera a Gibson, John Bíblia não tinha como saber se era apenas ele ou toda a polícia de Glasgow que o estavam perseguindo. Quanto tempo teria demorado para chegar em casa e apanhar o imprescindível? Era provável que inclusive tivesse tudo preparado, como a mochila de um soldado de prontidão. A questão das fotos, o fato de não haver nenhuma sua, evidenciava que tinha tudo previsto. Scott Sherrington se convenceu disso ao mesmo tempo que calculava quanto custaria apagar as provas fotográficas de qualquer pessoa. Fotos da infância, fotos da escola, fotos da paróquia, com amigos, dos tempos de juventude, na universidade. Isso o fez lembrar que tinha visto uma foto de John Clyde; não era uma foto recente, mas Clyde quase não tinha mudado. Em 1969, e baseando-se nas descrições vagas das testemunhas, *The Glasgow Herald* o havia chamado "o assassino com cara de menino", e foi nisso que Noah pensou quando viu a fotografia dele pela primeira vez.

Sua imagem veio-lhe à mente com tamanha nitidez que foi como se a tivesse na sua frente. Tinha sido no ano anterior, quando estava destacado no DIC da capital e examinava de forma rotineira aqueles desaparecimentos de duas estudantes ocorridos dez anos antes. Ambas as jovens pertenciam ao campus da Universidade de Edimburgo e se encaixavam no perfil das vítimas de John Bíblia. A princípio não se dera grande atenção aos desaparecimentos: as duas eram moças desvairadas, não eram boas alunas e por várias vezes tinham falado em abandonar o curso, mas por coincidência uma delas era, além do mais, neta de uma das grandes benfeitoras da cidade, o que provocou grande repercussão por parte da imprensa. Noah solicitou à secretaria a lista de estudantes que tinham abandonado o curso depois do desaparecimento das meninas. Quatro pessoas: dois rapazes e uma moça, além de Clyde, com a diferença de que, ao contrário dos outros, John era bom aluno. Reuniu-se com a reitora e com o professor responsável, e, apesar de já se terem passado mais de dez anos, todos colaboraram para lançar qualquer tipo de luz sobre o desaparecimento das jovens, se bem que Scott Sherrington tenha desconfiado de que fora mais por causa do sobrenome ilustre. Uma vez que não tinha ordem judicial, não podiam deixá-lo sozinho com os processos no arquivo, mas não havia nenhum problema em consultá-los se eles estivessem presentes. De acordo com o professor responsável, a razão que Clyde alegou para o abandono escolar foi um problema de saúde de um familiar, a mãe, segundo achava recordar. Enquanto falavam, o professor pegou o histórico acadêmico de Clyde e abriu-o na frente de Noah. Na primeira página e presa com um clipe havia uma foto colorida e de tamanho razoável.

Ele saiu do banho e demorou apenas o tempo suficiente para se vestir e para fazer um telefonema para o campus de Edimburgo. Pegou o casaco e caminhou para a porta. Hesitou por um instante se deveria levar consigo o que guardava naquela caixa de pastéis que tinha no congelador, mas decidiu que, se não o haviam encontrado na primeira busca, ali estava em segurança. No entanto, num derradeiro impulso, aproximou-se de novo da parede, pegou o resto meio queimado do postal e a anotação que havia feito. Não era difícil passar pela cabeça de Gibson voltar ali e, ao ver que não abria a porta, decidir entrar. Não seria a primeira vez que a polícia de Glasgow vasculhava sua casa nos últimos dias.

"I'm sick of fighting even though I know I should"
Estou farto de lutar, apesar de saber que deveria

Scott Sherrington era um observador nato, vangloriava-se de ser capaz de analisar e de prever com bastante exatidão as atitudes dos outros, mas, quanto aos comportamentos românticos das mulheres, sempre tinha dúvidas.

A reitora estava à sua espera. Já na visita anterior, que fizera um ano antes, tivera a desconfiança de que a senhora Ferguson se insinuara para ele de alguma maneira. Ela perguntara se era casado e sorriu de um jeito especial quando respondeu que não. Hoje ele observou que, apesar de não usar nem um vestígio de outro tipo de maquiagem, tinha passado batom, talvez meio apressadamente. Tentou se lembrar se tinha os lábios pintados assim na visita anterior e teve certeza de que não.

— Inspetor, fico feliz em vê-lo. Vi nos jornais que havia falecido. É um prazer constatar que se enganaram. O senhor está com bom aspecto e está aqui, portanto deduzo que não foi nada grave — ela disse, segurando sua mão alguns segundos mais do que o necessário.

— Não, nada de importante — respondeu ele, evasivo.

— O seu telefonema foi uma surpresa, porque por coincidência hoje pensei em entrar em contato com o seu departamento — disse ao mesmo tempo que se sentava à mesa e lhe indicava uma cadeira para que fizesse o mesmo.

— Ah, é?

— Na sua visita anterior o senhor me disse que, se eu me lembrasse de mais alguma coisa a respeito dos ex-alunos sobre quem me fez perguntas, devia telefonar. — Ela fez uma pausa, olhando diretamente nos olhos dele.

— E a senhora se lembrou de alguma coisa...

— Não fui eu. Mas, depois do alvoroço que a imprensa armou em torno do John Bíblia, um professor veio falar comigo e disse que se lembrava de John Clyde das suas aulas, que por acaso também eram frequentadas pelas duas jovens desaparecidas faz agora onze anos. Foi uma surpresa e tanto para mim, porque, como eu lhe disse na visita anterior, não constava no histórico dele que o senhor Clyde tinha partilhado qualquer disciplina com aquelas garotas.

O interfone emitiu um zumbido e ela atendeu.

— Senhora reitora, o professor Martínez está aqui.

— Muito bem, mande-o entrar.

Martínez tinha em torno de sessenta anos e toda a sua aparência gritava *professor*: casaco de tweed, camisa bege, gravata marrom, sapatos oxford da mesma cor. Sentou-se na outra cadeira ao lado de Scott e esperou a indicação da reitora, que o convidou a falar:

— A primeira coisa que preciso dizer ao senhor é que não desejaria prejudicar ninguém com o que vou contar. Os senhores têm certeza de que o senhor Clyde é o John Bíblia?

— Sem sombra de dúvida — respondeu Scott Sherrington.

Satisfeito com a resposta, o professor Martínez olhou para a reitora e assentiu várias vezes antes de falar.

— Eu não teria lembrado disso se não fosse pelas notícias que saíram nos jornais. É óbvio que para mim é impossível esquecer as alunas que desapareceram, uma delas era neta de uma filantropa apoiadora da universidade, e na época o seu desaparecimento foi bastante comentado em Edimburgo. Se bem que, para ser bem sincero com o senhor, sempre acreditei que a fuga tinha sido voluntária. Este é um curso difícil e são muitos os alunos que o abandonam, inclusive no último ano, e essas duas jovens não tinham o desempenho muito bom. Na época tomaram o meu depoimento, e foi exatamente isso que eu disse à polícia, embora suponha que, tendo em vista os últimos acontecimentos, o caso mude de figura. Claro que antes seria necessário saber se essas duas meninas se encontram entre as pobres vítimas que foram encontradas...

Scott Sherrington se deu conta de que o professor Martínez divagava. Era uma daquelas pessoas que adoram ouvir a própria voz.

— A reitora me disse que o senhor se lembra de Clyde, embora não conste que o senhor desse aula para ele, pelo que julgo entender.

— Não, ele fazia Filologia Inglesa, e eu sou professor de Filologia Hispânica.

Noah fitou-o, esperando que o homem prosseguisse.

— Mas quando vi o nome dele na imprensa me lembrei de que, no semestre em que as minhas alunas desapareceram, esse rapaz veio falar comigo na minha sala e me pediu para assistir a algumas aulas na condição de ouvinte.

— Por que isso não consta no histórico acadêmico dele?

— Não consta porque ele não chegou a se matricular no curso. Filologia Hispânica é um curso muito difícil, muitos alunos me pedem para assistir a algumas aulas para ver se se convencem. Não imponho obstáculos.

— A quantas aulas John Clyde assistiu?

— Não sei dizer ao certo. Não presto muita atenção aos ouvintes, mas não chegou a completar um trimestre.

— Devo presumir que não era muito bom em filologia hispânica...

— Muito pelo contrário. Só falei com ele mais uma vez: veio conversar comigo no fim de uma das minhas aulas e me informou que eu havia cometido um erro num tempo verbal.

— Ele corrigiu o senhor?

O professor apertou os lábios com força e inspirou pelo nariz. O que disse em seguida deve ter sido difícil para ele.

— E ele tinha razão. O meu pai era espanhol. Garanto ao senhor que John Clyde falava espanhol como um nativo.

Noah avaliou a informação.

— Eu falo a língua muito bem, a minha mãe estudou alguns anos na Espanha, dava aulas particulares e em casa costumava falar comigo em espanhol quando era pequeno. Ele contou ao senhor como foi que tinha aprendido? — disse Noah, em espanhol.

O professor Martínez fitou-o como se tivesse proferido uma blasfêmia e chegou a inclinar um pouco o corpo para trás na cadeira a fim de demonstrar sua repulsa.

— Muitas pessoas acham que sabem falar um idioma, mas na maioria das vezes a sua pronúncia o torna incompreensível. E não, não perguntei nada a ele. Devo admitir que o tom do rapaz me pareceu vaidoso e petulante. Não incitava à conversa. Procurei a forma verbal numa gramática e fui obrigado a dar o braço a torcer e reconhecer que ele tinha razão. Ele sorriu, se virou e foi embora. Nunca mais retornou às minhas aulas.

— Compreendo por que o senhor se lembra desse episódio.

Sem responder, o professor ficou de pé. E, dirigindo-se apenas à reitora, disse:

— E agora, se me der licença, tenho uma aula para dar.

Vaidoso e petulante, pensou Scott Sherrington. Martínez também era um pouco assim. Depois que o professor saiu, Ferguson estendeu a ele uma pasta de cartolina que lhe pareceu familiar.

— Este é o histórico de John Clyde de que o senhor me falou por telefone.

Quando ele esticou a mão para pegar a pasta, ela estendeu a sua, propiciando um contato que não passou despercebido a nenhum dos dois. Ela sorriu, e Noah fez de conta que não tinha acontecido nada, concentrando sua atenção no histórico. Abriu a capa de cartolina, mas o espaço destinado à foto estava vazio.

— Eu me lembro de que havia uma foto colorida.

O espanto na cara da reitora foi genuíno.

— Sim, deveria estar aí — disse, apontando para o espaço. — Se bem que pode ser que tenha caído. Agora nós as colamos, mas há uns anos eram presas apenas com um clipe na parte superior. Vou pedir à minha secretária que solicite ao setor de arquivos para verificarem isso — ela respondeu, pondo-se de pé e saindo da sala.

Noah inspecionou a pasta de perto. Um fragmento diminuto de papel fotográfico ficara preso debaixo do clipe quando a foto foi arrancada do seu lugar. Ergueu os olhos, pensativo, e os fixou no quadro que havia por cima da lareira, atrás da mesa da reitora. Uma reprodução bastante boa da escuna Bounty navegando de velas abertas por águas tranquilas, se bem que, ao longe, o céu prateado entre as nuvens escuras ameaçava tempestade. Pareceu uma opção curiosa para a sala da reitora de uma universidade escocesa, ou talvez tenha sido escolhida de propósito.

A reitora retornou.

— Vão procurá-la, mas o arquivo é enorme e o documento tem mais de dez anos. Pode ser que a foto se tenha soltado e se perdido.

Scott Sherrington a encarou, pensativo.

— Vocês foram muito rigorosos na época em que me deixaram consultar o histórico na minha visita anterior. Suponho que a senhora tenha um registro de todas as pessoas que têm acesso ao arquivo.

— É verdade, temos um protocolo bastante rígido a respeito das informações. Como o informei na época, é possível consultar alguns dados, por exemplo, confirmar se um aluno estudou no nosso campus ou os dados relativos às licenciaturas, por exemplo. Outras universidades sempre nos pedem informações, e também empresas que querem checar algum currículo, mas o protocolo nos obriga a informar quem é o interessado sempre que alguém faz uma consulta relativa ao seu histórico.

Scott Sherrington abriu a boca, incrédulo.

— Quer dizer que depois da minha visita anterior informaram todas as pessoas de que a polícia havia consultado os seus históricos acadêmicos?

A reitora recostou-se na sua cadeira. Não lhe agradavam as conotações que aquela pergunta implicava.

— Permita-me recordar que o senhor não trouxe um mandado judicial. Nós colaboramos, e obviamente a natureza da conversa que tivemos continua a ser privada, mas foi cumprido o protocolo de informar os alunos de que o seu histórico tinha sido consultado.

Scott Sherrington não conseguiu disfarçar seu desagrado. Baixou a cabeça e obrigou-se a ser paciente antes de voltar a falar. Era melhor para ele não ofender aquela mulher, pois precisava de sua colaboração.

— Reitora Ferguson, poderia me dizer se alguém consultou este processo depois da minha visita?

Ela o encarou com a máxima atenção. Sem sorrir dessa vez. Levantou o fone do telefone, discou um número, fez a pergunta e pediu a uma tal Addison que viesse até a sua sala. Demorou alguns minutos, durante os quais, diante do crescente desagrado da reitora Ferguson, Scott Sherrington se dedicou a observar o quadro que tinha à sua frente.

A mulher ficou de pé junto à porta.

— Addison, diga ao inspetor Scott Sherrington o que me falou.

— Um dia depois de ter sido comunicado, o senhor Clyde pediu para consultar o seu histórico. Pediu para fazer cópias de algumas das páginas. Esse é um procedimento comum, muitos ex-alunos fazem isso.

— Foi a senhora que fez as cópias.

— Não, também é um procedimento habitual que os próprios alunos façam isso. Existe uma fotocopiadora de uso público na recepção da secretaria.

— A senhora verificou se faltava algum documento quando ele os devolveu? Deu pela falta da fotografia do dossiê?

A mulher ficou vermelha como um tomate.

— Não verifiquei — respondeu, dirigindo-se à reitora. — Era o histórico dele, por que razão iria roubar algum documento?

— Muito bem — cortou Ferguson, fazendo um sinal para que saísse. — Lamento — disse quando ficaram a sós. — Não sei como pôde... — Calou-se ao dar-se conta de que o inspetor não estava prestando atenção nela e que seu olhar continuava fixo no quadro. Ela mesma olhou para a pintura com curiosidade.

Noah levantou a mão, colocando o indicador e o polegar diante dos olhos e fechando o direito de modo a entrever a pequena porção do quadro que se vislumbrava entre seus dedos. Uma faixa de madeira exposta percorria o casco negro do navio, desenhando outra faixa horizontal.

— É um barco... — murmurou.

Ferguson virou-se, intrigada.

— Sim, é a escuna Bounty, a do famoso motim — disse, confusa com a obviedade.

— Não — respondeu ele —, é a linha de flutuação de um barco.

A reitora não respondeu, embora tenha franzido os lábios, irritada. Noah não pôde evitar sorrir ao se dar conta de que agora sim havia perdido qualquer chance com ela. Olhou para o telefone que repousava sobre a mesa de mogno.

— Eu poderia fazer um telefonema?

"The cold is biting through each and every nerve and fibre"
O frio morde através de cada nervo e fibra

Enquanto dirigia de volta a Glasgow, o céu foi escurecendo até se tornar cinzento. Quando entrou na cidade da chuva, as primeiras gotas grossas e límpidas caíram sobre o para-brisa do carro.

Ele se sentia bem. Repleto de uma energia que não voltara a sentir desde a noite em que quase prendeu John Bíblia. Lançou um olhar furtivo à sacola da farmácia que havia colocado no banco do passageiro a fim de tê-la mais perto de si enquanto pensava. Precisava se acostumar à sua presença, estava ciente de que precisava dela para viver, mas soube também que a vontade que o segurava era tão enérgica como uma dose de digitalina.

O telefonema para a brigada de Tráfico e Comércio não fora muito esclarecedor no início. Brown, seu contato, tinha saído para almoçar e o sujeito que atendeu o telefone se mostrou bastante pessimista.

— Andrew é um nome bastante comum. Deve haver centenas de barcos chamados *Andrew*, ou que contenham essa palavra no seu nome.

— Pode descartar os barcos de pesca. Acho que poderia ser um barco de passageiros, importante o suficiente para terem imprimido um postal com a sua imagem.

— Mesmo assim... — respondeu, desanimado e entediado, o seu interlocutor.

Scott Sherrington percebeu que não conseguiria arrancar nada dele.

— Escute, vou estar neste número durante os próximos quinze minutos. Se o Brown regressar, peça para ele me telefonar. Caso contrário, diga que eu telefono depois. Ele não deve ligar para a delegacia, porque estou fora da cidade. Entendeu?

Esperou enquanto seu interlocutor tomava notas.

Ele teve certeza de ter esgotado a paciência da reitora Ferguson. No momento em que o telefone tocou, ela tentava explicar que não dispunha de mais tempo e que ele teria que aguardar o telefonema perto do cubículo de sua secretária. No entanto, pegou o fone e passou para ele.

Scott Sherrington expôs a Brown sua teoria sobre o barco de passageiros.

— Pois sinto muito dizer a você que o meu colega tem razão. *Andrew* é um nome muito comum, mas o tema do postal reduz bastante as possibilidades. Se você não estiver com pressa, posso consultar os registros comerciais. Se emitiram postais, devem constar dos arquivos, claro que apenas os dos últimos dois anos, o que existir antes disso está nos livros de contabilidade. Posso levar semanas.

— Não posso esperar. Preciso de uma pista para seguir, o que quer que seja. Tem alguma ideia?

— Bom, na minha opinião, se imprimem postais, tem que ser uma grande empresa. Se nos limitarmos aos barcos de passageiros eu posso ter a resposta já amanhã. Se bem que...

— O quê?

— Tem certeza de que o barco se chama *Andrew*?

— Não mesmo. É o que está escrito no postal, mas falta a maior parte — disse, mudando o telefone para a outra orelha de modo a segurá-lo com o ombro ao mesmo tempo que procurava o cartãozinho no bolso interior do casaco. Depositou-o em cima da mesa.

— Sim, Andrew é o que se vê.

— Se existir a possibilidade de não se ver parte do nome, estou aqui pensando que poderia ser MacAndrews.

— MacAndrews... — repetiu Noah.

Ele varreu a mesa com o olhar e localizou a lupa que descansava ao lado do abridor de cartas combinando. Apontou para ela olhando para Ferguson, que a alcançou sem se dar ao trabalho de disfarçar seu aborrecimento.

Examinou o verso do postal e constatou que, na extremidade queimada, antes do A de Andrews havia uma pequena impressão em tinta preta. Poderia ser a cauda da letra C.

— Me fale desse MacAndrews.

— Desses. MacAndrews não é um barco, é a maior empresa britânica de transporte marítimo — elucidou Brown —, e talvez a mais antiga. Mas não fazem transporte de passageiros, embora não possamos descartar a hipótese de que mandassem emitir postais promocionais para os seus clientes.

— Aqueles dos contêineres?

— Os próprios.

— Onde fica a sede?

— A principal está em Liverpool, apesar de os cargueiros também saírem de Greenock. Eles transportam especialmente aço da British Steel, que carregam em Liverpool, e também uísque a partir do porto de Greenock.

— Você sabe se vão para a Espanha?

— Vão para o mundo inteiro.

Ele subiu rápido e concentrado o último lance de escadas, porque ouviu tocar o telefone ao passar pela porta da rua. Quando atendeu, estava ofegante.

A voz de Gibson soou com uma preocupação genuína.

— Porra, meu amigo, você está se sentindo bem?

— Sim, não se preocupe — respondeu, tentando recuperar o fôlego.

— Mas que diabo andou fazendo para ficar assim?

— Levantando do sofá — mentiu.

Ouviu Gibson suspirar.

— Escuta, o Graham me mata se souber que eu te contei, mas você tinha razão. Encontramos os nomes da mãe, das tias e da mulher no registro de passageiros de um barco que partiu ontem para Nova York. Já demos o alerta e a polícia portuária vai estar à espera delas assim que desembarcarem. Pedimos que eles se limitem a monitorar os lugares para onde elas vão. Aos olhos da lei elas não cometeram nenhum delito. Ninguém disse a elas que deviam ficar aqui, mas pelo menos saberemos onde elas estão. Se me permite, dou o braço a torcer e quero ser como você quando crescer. Achei alucinante você saber que elas pretendiam viajar de barco.

Ele não saberia explicar, mas havia na herança genética do povo de Glasgow um fascínio natural pelo alto-mar, uma propensão a contemplá-lo, a sonhar com o que havia do outro lado e a cruzá-lo em busca do sonho americano dos filmes de Hollywood. E também a fazê-lo da mesma maneira que o haviam feito seus antepassados, enfiar numa trouxa os seus escassos pertences e atravessar o mar, como se o tempo de percurso fosse uma espécie de incubação uterina necessária para renascer ao avistar a ilha Ellis. E de repente se pegou pensando nessa incubação, nesse processo necessário para desaparecer e voltar a nascer, e também a pensar em John Bíblia. Desaparecer pressupõe com frequência uma perda de identidade...

— Nós localizamos o fotógrafo que revelou as fotos do casamento. Pelo visto foi o próprio Clyde quem as tirou com uma câmera simples. Ele acha que se lembra, porque lhe chamou a atenção o fato de só ter uma fotografia do casal, todas as outras eram da moça e das outras mulheres. Ele levou os negativos embora junto com as fotos reveladas. É o procedimento habitual. Mas o fotógrafo ficou com uma cópia de uma das fotos. Bastante boa, da noiva sozinha. Fez uma ampliação e a manteve em exibição durante uns dias na vitrine da loja. Mandei uma cópia para você por um mensageiro. Já devia ter chegado.

Scott Sherrington grunhiu como resposta. Tinha pressa e nenhum interesse especial em continuar a ouvir o detetive-sargento, queria desligar o telefone e dar mais uma passada de olhos nessa história do renascimento, da nova identidade, da nova vida. No entanto, Gibson interpretou a coisa de outro modo.

— Se você está pensando em ir para Nova York, tire isso da cabeça, é uma péssima ideia. Além do mais, já estamos considerando a possibilidade de mandar alguém para lá.

— Como se chama o barco?

— *Isabella*, por quê?

Scott Sherrington sorriu antes de responder.

— Dou minha palavra de honra de que não vou para Nova York — respondeu, enquanto pensava: *John Bíblia não está lá.*

— E tem outra coisa... — hesitou Gibson. — Aquilo que você falou sobre os troféus e o modo como John Bíblia os colecionaria.

Scott Sherrington aguardou em silêncio.

— Já tinham dito que ele guardava muitos livros, documentos, cartas, folhas de papel. Dentro de um arquivo do tipo acordeão encontraram um conjunto de envelopes, desses acolchoados e forrados de plástico por dentro. Todos identificados com lugar e data, e arquivados por ordem alfabética. Os lugares estão distribuídos por todo o Reino Unido, mas não há um único nome de mulher. No interior de cada um havia um absorvente, em alguns um absorvente interno, todos eles sujos de sangue.

— Meu Deus! — sussurrou Noah.

— E isso não é tudo. Eu te falei que tínhamos encontrado nove cadáveres de mulheres: dois enterrados, seis no lago e o do carro. E com os dois novos que apareceram hoje de manhã totalizam onze.

— Sim.

— São dezenove envelopes.

Quando desligou o telefone, ele olhou ao redor. De novo aquela sensação de astronauta num planeta empoeirado, desconhecido e hostil. Um pensamento ocupou por inteiro a sua mente: *Não quero morrer aqui.*

Dirigiu-se à cozinha, abriu a geladeira e o compartimento do congelador e retirou a caixa de pastéis coberta de gelo. Sacudiu-a sobre a pia antes de tirar uma agenda preta de tamanho médio e um revólver embrulhado num trapo besuntado de óleo. Com muito cuidado, pousou a arma em cima do console do fogão, depois abriu a agenda e foi virando as folhas, verificando a caligrafia apertada com que havia escrito tudo o que sabia sobre John Bíblia. Com a agenda na mão, caminhou até o quarto, jogou uma mochila de viagem em cima da cama e foi colocando dentro dela algumas peças de roupa, escondendo a agenda entre as meias. Antes de sair do quarto, pegou a moldura que continha a fotografia de seus pais, contemplou-a por alguns instantes, dobrou o suporte que a mantinha de pé e a colocou com cuidado no meio da roupa. De volta à cozinha, examinou o revólver. Era um Smith & Wesson 10, discreto e confiável, estava em bom estado. Sem querer, fixou o olhar no distintivo que Graham lhe exigiria que devolvesse dentro de alguns dias. Guardou-o. Do armário do corredor tirou cinco caixas de munição. Jogou dentro do saco as receitas que lhe haviam dado no hospital e a sacola da farmácia que agora o acompanhava em toda parte.

Fechou o zíper e olhou para a que havia sido sua casa nos últimos meses. Como se estivesse na borda de um poço, se sentiu atraído pelo espaço vazio na parede onde reluzia colorido o papel pintado, onde a nicotina não havia apagado seu brilho.

Não quero morrer aqui, escutou dentro de sua cabeça. A madeira do assoalho rangeu em algum lugar como um passo interrompido. Olhou ao redor mais uma vez, apreensivo.

— Adeus — sussurrou.

Fechou a porta atrás de si, e a corrente de ar provocada roçou sua nuca como um suspiro. Teve nesse momento um de seus pressentimentos e soube que estava destinado a morrer ali. Uma visão de Gibson arrombando a porta do apartamento quando certa manhã não fora abri-la. Iria encontrá-lo morto na frente daquela parede vazia onde só ele era capaz de ver a história de um assassino, seu cadáver enrolado na colcha de flores, quiçá ressecado pelo calor que naqueles dias assolava a Escócia ou bolorento devido à umidade do rio Clyde, mas coberto por aquele pó esbranquiçado e alienígena que acabaria por sepultar tudo. Deu-se conta de que de algum modo estava mudando o destino, e isso não agradava ao destino. Quase pressentiu a presença sinistra da morte que deixava atrás de si, e foi forçado a reprimir o impulso de desatar a correr escada abaixo. Não se voltou para olhar para trás, e ao chegar à porta da rua deteve-se apenas por tempo suficiente para deixar a chave na caixa do correio e tirar o envelope com a foto que Gibson lhe havia mandado. Chovia quando saiu para a rua, mas não se importou de molhar o rosto.

Demorou um pouco mais de quatro horas e meia para percorrer os trezentos e cinquenta quilômetros que separavam Glasgow de Liverpool. Inclusive em duas ocasiões precisou procurar um posto de gasolina onde parar a fim de usar o banheiro. Os diuréticos não lhe davam trégua, a cada duas horas a necessidade de urinar era imperiosa. A princípio, qualquer um podia pensar que a digitalina, sendo um veneno, seria a substância que lhe causaria mais transtornos. Avisado pelo cardiologista para que bebesse bastante líquido, comprara uma garrafa de água mineral num posto de gasolina, mas ainda assim as cãibras nas pernas o atacavam, os diuréticos acrescentavam mais fadiga à que já era própria da miocardiopatia dilatada, e, dada a situação e sua perspectiva de vida, também não podia ter certeza de que a depressão e a irritabilidade pudessem ser atribuídas apenas aos comprimidos diuréticos.

Em comparação com Glasgow, Liverpool pareceu-lhe deserta no início da tarde. Ele dirigiu pelo centro em direção ao porto, hesitando entre continuar e estacionar na lateral para passar os olhos pelo mapa. Noah já tinha estado por três vezes naquela cidade; a primeira quando era pequeno, com os pais; as outras duas, já adulto, no estádio para ver uma partida de futebol de seu time, o Celtic de Glasgow, que venceu em ambas as ocasiões. Noah não era um grande aficionado, mas naqueles anos a magia do Celtic havia feito muita gente sonhar. Era impossível esquecer as datas dos jogos, eram os tempos de John Bíblia, mas também os de Jock Stein no comando do Celtic. *Glasgow, capaz do melhor e do pior*. Na temporada de 1966-1967 tinham conquistado o direito de toda a Europa lhes chamar os "Leões de Lisboa". E na época de 1969-1970 estiveram prestes a repetir a façanha se não tivessem sido travados pelo Feyenoord. Foram bons e maus tempos.

À medida que se aproximava da zona do Royal Albert Dock, voltou-lhe com mais força a lembrança daquela primeira visita com os pais. Como acontecia com quase todas as recordações que guardava da infância, era impossível para ele estabelecer a data, mas se lembrava da maneira como os edifícios de tijolo vermelho, aço e pedra haviam ficado gravados em sua memória. Quase evocava o pai lhe explicando que eram o primeiro sistema de armazenamento incombustível do mundo. Ao passar na frente de um dos armazéns, viu um grupo de jovens sujos e apáticos que se amontoavam junto à porta. Alguns deles estavam sentados no chão, outros se moviam para a frente e para trás, sem sair do lugar, quase como se se embalassem com essa forma característica de andar de zumbi dos viciados em heroína.

— Incombustíveis — sussurrou Noah, referindo-se em parte aos velhos depósitos vermelhos e abandonados e a uma geração inteira sepultada em vida sob a influência das drogas.

Tinha lido em algum lugar que a câmara municipal tinha um projeto de reforma de toda aquela área. Ele esperava que não fossem tão selvagens como em Glasgow, ao mesmo tempo que se perguntava em que momento Liverpool tinha deixado de ser o berço dos Beatles para se transformar na caverna incombustível. O terminal marítimo estava silencioso e desenxabido, como se tivesse sido concebido para albergar um volume de utilizadores muito maior que o real. Havia um longo balcão de mármore, mas no atendimento ao público estava apenas uma pessoa, uma jovem que exibia as partes laterais da cabeça rapadas, e o cabelo louro, pintado de roxo nas pontas, preso num rabo de cavalo. Contrastava com o penteado o casaco azul demasiado grosso para agosto e a camisa branca do uniforme, que levava como adorno um pequeno lenço ao pescoço, ao estilo das comissárias de bordo nos aviões.

Encaminhou-se diretamente para ela e sentiu certo desconforto enquanto a jovem o examinava do seu lugar. Na frente dela e em cima do balcão havia uma placa de plástico que indicava seu nome: Lisbeth.

— Olá, Lisbeth, preciso de informações sobre os barcos que partem para a Espanha.

— Claro, senhor, em que porto pretende desembarcar?

— Quero informações sobre as companhias que viajam para a Espanha.

— Mercadoria ou passageiros?

— Passageiros.

— Há um serviço de ferry com viagens semanais para diversos portos que permitem viajar com o seu carro.

— Para que portos?

— Pasaia, Bilbao, Vigo...

— E quando foi que partiu o último barco de passageiros com destino à Espanha?

— Na quarta-feira passada à meia-noite. Foi o ferry Liverpool-Vigo.

Na quarta passada à meia-noite John Clyde estava atolado até os joelhos no lodo do lago Katrine. Não tivera tempo para isso.

— Tem certeza de que não partiu mais nenhum barco para a Espanha?

— Absoluta. É um serviço semanal. O próximo sai amanhã à noite, à meia-noite.

Ele agradeceu, mas permaneceu no mesmo lugar com as mãos apoiadas sobre o mármore do balcão enquanto pensava em qual seria seu próximo passo. A jovem deve ter interpretado esse gesto como sinal de decepção.

— Sinto muito não ter podido ajudá-lo.

— Ah — respondeu ele, sorrindo pela primeira vez em muitos dias —, não se preocupe, me ajudou muito. — Virou de costas a fim de se afastar do balcão e quase esbarrou num homem que entrara correndo no terminal. Trazia uma mochila grande nas costas, desculpou-se desajeitadamente e se dirigiu à moça.

— Preciso chegar o quanto antes ao porto de La Rochelle — disse, atirando os documentos em cima do balcão. Ela consultou um registro, viu as horas no seu relógio e respondeu:

— O *Marianne* zarpa para Marrocos hoje às dez da noite, faz escala em La Rochelle.

— Acabou de me salvar a vida — comemorou o homem, com um alívio visível.

Ele escutou quando a moça forneceu a ele o número da doca e o nome do comandante diante de quem deveria apresentar-se.

Scott Sherrington, que havia recuado até junto do conjunto de sofás de napa da sala de espera, aguardou até o homem acabar de arrumar seus documentos. Ao passar do seu lado, o sujeito voltou a pedir desculpas.

— Lamento pelo que aconteceu há pouco.

Noah ergueu uma mão ao mesmo tempo que balançava a cabeça.

— Não tem importância.

Ele voltou ao balcão.

— Moça, me diga uma coisa. O que foi que acabou de acontecer aqui? Por que você vendeu um bilhete para aquele homem se acabou de me dizer que hoje nenhum barco vai partir?

— O senhor me perguntou pelos barcos de passageiros.

— Um passageiro pode viajar em outro tipo de barco?

Ela sorriu.

— Ah, não, esse homem é marinheiro. Pode ser que o seu barco tenha zarpado sem ele, ou que ele precise chegar para embarcar a tempo em outro porto. Todos os cargueiros reservam alguns lugares para essas situações.

— E será que concordariam em levar outra pessoa que não fosse marinheiro?

— Bom, isso depende do comandante, mas as regras valem apenas para os profissionais do mar e seus parentes diretos. É uma espécie de condição especial proporcionada pelo sindicato.

— E se alguém se apresentasse dizendo que é um marinheiro que precisa chegar a um determinado porto?

Ela inclinou um pouco a cabeça para o lado, desconfiada, embora sem deixar de se mostrar amável.

— Para isso ele deveria possuir a documentação que comprovasse. Uma cédula marítima é imprescindível para fazer o embarque.

— E com esse documento eu poderia chegar a qualquer porto?

— Sim, é uma identificação internacional.

— Você tem o registro de todas as pessoas que pedem para viajar desse modo?

Ele teve certeza de que nesse momento a jovem tinha começado a pensar que podia se tratar de um inspetor da empresa. Viu quando ela ergueu os ombros e ajeitou o casaco antes de responder.

— Claro que sim.

Scott Sherrington sacou o distintivo e mostrou a ela por breves momentos. Tinha consciência de que se encontrava fora de sua jurisdição.

— Preciso ver esse registro.

— Ah, vou avisar o senhor McGinlay.

A jovem percorreu o balcão todo até a extremidade oposta. Bateu em uma porta e de imediato saiu por ela um homem de cerca de quarenta anos vestido com um uniforme igual ao dela, com exceção do lenço no pescoço. Ele olhou para Scott Sherrington enquanto ouvia o que a moça lhe dizia e fez um gesto para que ele se aproximasse.

Noah caminhou até ele. Quando chegou ao fundo do balcão, o homem levantou uma parte de um tampo rebatível.

— Entre por aqui — disse, indicando sua sala para ele.

Noah voltou a sacar a carteira com sua identificação. No entanto, o homem o impediu.

— Não é necessário — disse, apontando para uma cadeira na frente de sua mesa. — Diga, por favor.

— Lisbeth me explicou que é possível viajar num cargueiro como passageiro se a pessoa possuir uma cédula de navegação.

— É verdade, trata-se de uma cortesia entre marinheiros.

— Estou desconfiado de que um delinquente pode ter embarcado desse modo.

O homem inclinou a cabeça para o lado enquanto ponderava sobre o assunto.

— É muito possível, se se tratar de um marinheiro e ele tiver a cédula de navegação.

— Me diga uma coisa: como se faz para obter esse documento?

— Bom, não é coisa que se arranje assim do dia para a noite. Primeiro é necessário ter formação básica em marinharia, salvamento e segurança marítima; obtém-se numa escola náutica, de pesca ou num estabelecimento politécnico de formação. É uma espécie de certificado de aptidão e é emitida na Capitania Marítima do porto correspondente.

— Lisbeth disse que é uma cédula. É uma cédula?

— Chama-se cédula marítima ou de navegação, apesar de parecer mais um passaporte — disse McGinlay, abrindo uma gaveta. — Vou mostrar a minha para o senhor.

Parecia mesmo um passaporte, embora um pouco maior.

— Com licença — disse Noah, pegando o documento a fim de examiná-lo, e abrindo-o na primeira página. Uma foto de frente em preto e branco e uma chocante descrição física: cor do cabelo, castanho; cor dos olhos, azuis; cor da pele, branca; tatuagens, bíceps direito; estatura mediana, altura um metro e oitenta, peso oitenta quilos; além da nacionalidade, do cargo e de uma parte disponível para averbar a lista de embarques. Noah pensou que, à exceção da tatuagem, ele mesmo poderia encaixar-se naquela descrição, pelo menos antes de ter perdido tanto peso. — É curioso esse pormenor da descrição física — comentou Scott Sherrington.

— Bom, não serve apenas para distinguir um homem, mas também para poder identificar um corpo no caso de... — Ele ficou de pé, dirigiu-se à porta e dali pediu a Lisbeth que lhe trouxesse o registro.

— Ah, já entendi — afirmou, olhando para a cédula de navegação com ar pensativo. Até onde chegava o que sabia sobre Clyde, este nunca se havia aproximado da costa. Obter aquele salvo-conduto implicaria dar passos que deixavam um rastro extenso demais.

Lisbeth retornou com um livro de contabilidade de capa dura. Colocou-o em cima da mesa e apontou para uma página.

— Nos últimos tempos só tivemos dois pedidos além daquele que o senhor acabou de presenciar. Dois marinheiros pediram para viajar num cargueiro com destino à Espanha, a Bilbao, para ser mais precisa. John Murray e Robert Davidson. Viajaram no *Lucky Man*, um cargueiro de grande tonelagem.

— De que companhia?

— MacAndrews Containerships.

Ele olhou para Lisbeth e sorriu. MacAndrews de novo.

— Foi você que atendeu esses homens? Consegue se lembrar deles?

— Bom, está tudo no livro. Murray era um trabalhador da própria empresa que devia assumir funções em Bilbao; o outro chegou em cima da hora, apesar de isso não ser estranho, o senhor bem viu o homem que apareceu aqui agora há pouco. Lembro do Davidson porque houve um problema com os documentos dele. A foto estava manchada e borrada, parece que o cartão tinha sido molhado.

Noah se forçou a pensar. Davidson, esse nome lhe dizia alguma coisa, tinha certeza de já ter ouvido falar dele em algum lugar, mas não conseguia se lembrar onde. Aquela maldita medicação cobria sua mente com um halo de frustrante confusão.

— Descreva esse homem. Como é que ele era?

— Não sei... — hesitou ela —, também não prestei muita atenção. Normal, suponho.

— Faça um esforço, é importante.

— Pois então... vinte e poucos anos, talvez trinta, quem sabe um pouco mais até, não sei... Alto, magro, sem barba, cabelo castanho ou talvez ruivo, não lembro da cor dos olhos, nada fora do comum.

Noah assentiu, compreensivo.

— Nada fora do comum — sussurrou. — Mas você afirma que ele acabou embarcando, e o senhor — dirigiu-se ao encarregado — me disse que é necessário apresentar vários certificados para conseguir a cédula de navegação.

— As cédulas de navegação se perdem, molham, extraviam. Podem ser renovadas comprovando a identidade de outro modo, e se acontecer no exterior, a renovação é feita no consulado mais próximo, do mesmo modo que se obteria um passaporte numa embaixada caso tivesse perdido o seu. Fazer uma nova é um procedimento relativamente simples. Também pode ser usada para obter outros documentos de identificação.

— E mais ainda se estiver prestes a embarcar e tiver o documento original — observou Lisbeth. — Expliquei para ele onde fica a Capitania Marítima e a cabine de fotos instantâneas mais próxima. Ele voltou em menos de uma hora.

— Quer dizer então que a Capitania Marítima fica perto...

— Aqui ao lado — respondeu McGinlay, fazendo um gesto na direção da parede atrás dele.

— E o que é que seria necessário para renovar a cédula?

— A própria cédula, caso a pessoa tenha; se não tiver, um documento que comprove a identidade e duas fotos três por quatro.

— Bom, creio que vou fazer uma visita à Capitania Marítima, mas antes disso me diga qual é o próximo barco que parte para Bilbao.

Lisbeth sorriu.

— Nem preciso consultar. É um cargueiro que opera nessa rota regularmente há dois anos. Parte hoje de madrugada e é o *Lucky Man*, o mesmo barco que levou esses marinheiros para a Espanha.

Ele agradeceu aos dois e não lhe passou despercebido o modo como se entreolharam ao ver a dificuldade que teve para se levantar da cadeira. Já havia transposto o balcão quando se virou de novo para eles.

— Desculpem, vocês sabem se a MacAndrews distribui cartões-postais da empresa?

Lisbeth sorriu.

— Há um expositor cheio deles perto da entrada.

Noah tirou do bolso o pedaço de cartão e o comparou com os postais expostos. Colocou o fragmento queimado sobre um dos postais e viu que correspondia perfeitamente.

"My broken spirit is frozen to the core"
Meu espírito destroçado está congelado até a medula

O comandante do *Lucky Man* chamava-se Lester Finnegan e era o retrato vivo do laconismo que se espera de um lobo do mar. McGinley avisara-o por rádio e esperava tenso e rígido como uma estaca no exterior da ponte. Scott Sherrington demorara apenas o tempo suficiente para efetuar uma breve visita à Capitania Marítima. Constatou que um homem, que podia encaixar-se na descrição de John Clyde, havia solicitado a renovação de sua cédula de navegação em nome de Robert Davidson. O funcionário não se recordava, era apenas mais um marinheiro que renovava sua cédula. Cedendo à insistência do inspetor, concordou em procurar a cópia do registro. Noah não estranhou que lhe faltasse a foto.

    O comandante o autorizou a subir a bordo do barco com um movimento de cabeça e examinou sua aparência sem lhe tirar os olhos de cima, enquanto o via subir com grande dificuldade pelas escadinhas entre um tombadilho e o outro. Após um rápido e forte aperto de mão, convidou-o para entrar na ponte. Noah demorou um pouco para recuperar o fôlego, e isso pareceu chamar de novo a atenção do comandante, mas depois, enquanto conversavam, evitou olhá-lo nos olhos entretendo-se, a sacudir grãos de pó invisíveis dos monitores, dos painéis e dos aparelhos da ponte de comando. Para Noah era indiferente; havia conhecido outros como ele.

    — Comandante Finnegan, imagino que já lhe adiantaram que preciso de informações relativas aos dois homens que transportou no seu barco na viagem anterior que fez até Bilbao. Pelo que sei, um deles era um trabalhador da própria empresa que devia assumir funções nessa cidade, e o outro, um marinheiro, passageiro de última hora.

— Um — respondeu o comandante.

Noah olhou para ele sem compreender.

— Não entendi.

— Estou dizendo que só levei um até Bilbao.

— Então... Apenas um embarcou.

— Não, senhor, embarcaram os dois. Mas o senhor disse que eu levei os dois homens para Bilbao, e só chegou um.

Noah suspirou.

— Porque... — disse, convidando-o a falar.

— Fizemos escala em La Rochelle, uma parada técnica para desembarcar alguns contêineres. Ninguém estava autorizado a sair do navio, mesmo assim um deles desembarcou.

— Qual dos dois?

O comandante não respondeu. Aproximou-se do depósito da ponte e do seu interior retirou uma cédula de navegação e a abriu na primeira página. Era a de Robert Davidson. Faltava a fotografia.

— Faz alguma ideia do que aconteceu com a foto?

— Não, só sei que quando a entregou ela estava no lugar.

— E quanto à descrição? Aqui está escrito que ele media um metro e setenta e cinco, cabelos e olhos castanhos, estatura mediana. O senhor diria que bate com o que consta aqui?

— Me pareceu um pouco mais alto. Não reparei nos olhos. Ele estava usando óculos escuros e depois não voltei a vê-lo de frente.

Scott Sherrington suspirou. Por que é que não achava isso estranho?

— Por que isto ficou com você? — perguntou, apontando para o documento.

— É a norma. As cédulas de navegação de todos os tripulantes e profissionais que viajam no barco ficam aos cuidados do comandante, mesmo os que não estejam inscritos, e aqui continuam até que alguém as reclame. — Para que não restassem dúvidas, ele a levou para o depósito e guardou-a de novo.

— Não lhe pareceu estranho que ele decidisse desembarcar em La Rochelle deixando aqui os seus documentos?

— Não é a primeira vez que um marinheiro fica em terra por vontade própria ou por distração, enrolado com uma mulher, bêbado ou preso. O barco tem hora marcada para partir e não espera por ninguém, mas parece que neste caso ele se arrependeu da intenção de ir até Bilbao. Mudou de ideia.

— Por que o senhor acha isso? Alguém o viu sair do barco?

— O outro homem, o tal Murray. Foi ele que avisou que o Davidson não ia voltar.

— Falou com ele? O homem deu alguma explicação? Quem sabe tenha contado sobre os seus planos?

— Ele falou com o contramestre, contou que o Davidson tinha desembarcado e que não iria regressar.

— E o senhor achou isso factível?

— E por que não acharia? Os dois dividiam o camarote, e eu os vi no camarote conversando e fumando durante todo o percurso. Dava para notar que tinham se dado bem.

— O que você pode me contar sobre John Murray, o outro homem? Consta que trabalhava na MacAndrews. O senhor o conhecia?

— Não, ele tinha acabado de ser contratado e estava viajando para Bilbao para assumir o seu novo cargo. Uma semana antes a empresa me notificou de que eu deveria levá-lo para lá.

— E sabe que cargo era esse?

— Não perguntei. E ele era um sujeito que não gostava muito de falar.

Olha quem fala, pensou Noah.

— Diria que ele e o Davidson eram parecidos?

— É possível, eram mais ou menos da mesma altura, mas o Murray era mais corpulento, como um rochedo — disse, permitindo-se a pequena piada, mas sem deixar que sua expressão o denunciasse, e prosseguiu no mesmo tom. — Cabelo escuro, com barba. Os olhos, não sei...

— Certo — respondeu Noah, pensativo.

E pela primeira vez em toda a conversa e sem precisar ter as informações arrancadas à força, o comandante Finnegan continuou a falar.

— Mas não era um marinheiro. Suponho que ele tinha uma cédula de navegação porque é obrigatório passar nas provas de segurança e competência para trabalhar nas plataformas de petróleo. Tinha sido esse o seu último emprego. A cédula tinha sido emitida no Comando de Aberdeen. — Cruzou os braços sobre o peito, dando por concluída sua vasta exposição, e olhou para o horizonte numa pose que devia ser habitual nele.

Noah dirigiu o olhar através do vidro da ponte, adotando uma postura e uma expressão muito parecidas com as do comandante Finnegan. Começava a anoitecer, as luzes vermelhas e verdes que indicavam as manobras no porto começavam a ser visíveis na parte lateral das docas.

Sua cabeça doía. Ele levantou a mão e a levou à testa. Reparou então que estava gelada. Deixou que as pontas dos dedos repousassem ali, aliviando a sensação enquanto ordenava as ideias. John Bíblia tinha embarcado sob o nome de Robert Davidson no primeiro barco que partiu para a Espanha. Fazia todo o sentido, dado o vasto conhecimento que tinha da língua. Seria sua melhor opção se tivesse decidido sair do país, mas havia desembarcado em La Rochelle. Por quê? Teria se sentido ameaçado em algum momento? Teria decidido desembarcar apenas para despistar, assumir ali uma nova identidade e depois seguir viagem até a Espanha? Por que ele deixaria para trás uma documentação que acabara de ser emitida? Teria mais documentos com aquele nome? Lisbeth e McGinlay tinham dito que seria fácil renová-los num consulado se estivesse na posse do original. Noah sabia alguma coisa sobre falsidade ideológica, e poucas vezes esta era edificada em cima do nada. As identidades falsas eram na sua maioria usurpações de identidade a partir de documentos legais roubados, ou do uso de identidades de pessoas falecidas, ou recém-falecidas antes de a confirmação chegar ao sistema.

— Comandante, posso ver de novo essa cédula de navegação?

O comandante foi até o depósito, abriu-o e entregou o documento. Noah o abriu na primeira página e leu a relação de companhias de navegação onde Robert Davidson havia prestado seus serviços. Embarcou pela primeira vez mal completada a maioridade, e toda a sua vida profissional até então tinha sido passada navegando em companhias anglo-canadenses.

Apontando para uma página com o dedo, colocou-a diante dos olhos de Lester Finnegan.

— Diga-me, comandante, alguma dessas companhias de navegação é familiar para o senhor?

— Sim, já tinha verificado na época. São todas empresas de pesca de renome, bacalhoeiras na sua maioria.

Então, fez-se luz em sua cabeça.

— Já sei quem é Robert Davidson — ele disse em voz alta.

O comandante Finnegan dirigiu um olhar à cédula e de novo a Scott Sherrington.

— Então não é o sujeito que transportei no meu barco?

Scott Sherrington negou. Era sua vez de ser lacônico. Nem assim Finnegan se alterou.

Zarpar em plena noite é como abandonar o mundo numa viagem para lugar nenhum. Do convés superior, ele observou como o *Lucky Man* ia manobrando de modo a deixar a bombordo as luzes vermelhas e a estibordo as verdes, ao mesmo tempo que se dirigia para a embocadura do porto.

Respirou a brisa cálida que se deslocava sobre a superfície do mar em direção à costa e se sentiu endossado pela efervescente sensação de ter encontrado a pista. Tudo se encaixou no momento em que se lembrou de onde havia escutado o sobrenome Davidson antes. Era o sobrenome de solteira da esposa adolescente de John Clyde, que tinha um irmão pescador de bacalhau em Saint-Pierre-et-Miquelon, na Terra Nova, perto da costa canadense.

Não descartava a hipótese de John ter roubado a cédula de navegação do cunhado conhecendo as possibilidades que aquele documento lhe proporcionava. Quando desse pela falta da antiga, o verdadeiro Davidson só precisaria solicitar uma nova usando seus documentos. Embora também fosse possível que a cédula lhe tivesse chegado às mãos na forma de um desses achados casuais enquanto bisbilhotava na casa da namorada, agora mulher, e Clyde aproveitou a oportunidade.

Em contraste com a euforia que sentira quando abandonou seu apartamento de Glasgow, uma imensa melancolia o invadiu à medida que se afastava da costa britânica. Decidiu permanecer no convés até que as luzes do litoral se perdessem no horizonte, como se realizasse uma espécie de homenagem. Ia morrer, e com certeza que esse momento chegaria longe da sua terra. Sentiu-se prostrado por uma profunda tristeza por algo que havia desterrado apenas de maneira semiconsciente. Desde que soube que iria seguir os passos de John Clyde, pensou que deveria ter ido se despedir no cemitério de Glasgow. Cumprir sempre a pé o ritual de atravessar a ponte dos suspiros, pelo acesso junto à catedral de Saint Mungo, e visitar o túmulo de sua família a fim de se despedir dos pais. No entanto, prevalecia a convicção de que não regressaria, de que a morte o ceifaria longe de casa, de que de alguma maneira morreria nos próximos dias, o que o impediu de fazê-lo. Suspirou e sentiu o coração bater compassado. Em poucos dias se tornara especialista em escutar o motor de sua vida, em ser capaz de notar a mais ínfima mudança em seu ritmo, com a consciência de que a qualquer momento pararia.

Contemplou o céu naquela noite sem lua. Estava repleto de estrelas que se estendiam até os costados do barco, e ao mesmo tempo pareciam frias e longínquas no meio daquela desoladora escuridão. A proa do barco perfurava a noite infinita rumo ao alto-mar, e, quando deixou de haver uma única luz delatora da presença do resto do mundo, Noah sentiu-se mais mortal do que nunca em toda a sua vida. De maneira inconsciente, recuou até ficar com as costas coladas à vigia, onde a escuridão não podia alcançá-lo.

Notou o aroma do café acabado de fazer que saía pelos respiradouros junto à ponte, misturado com o do salitre, e isso o fez desejar um daqueles potes metálicos cheio de café puro até em cima e um cigarro que fumaria com calma olhando para o céu. A evocação o levou a imaginar John Bíblia fingindo ser amigo de seu companheiro de viagem; conversando, fumando, quiçá partilhando intimidades, falsas no caso de John Bíblia, autênticas no caso do outro. Aquele interesse em criar laços preocupava-o. Não era a atitude de alguém que abandona seu país fugindo da justiça. Não podia ter certeza, claro que não, mas não era em vão que havia passado anos em busca da pista, quase invisível, de um predador. Uma pessoa como essa não se poria a estabelecer relações sociais se pudesse evitá-las.

Scott Sherrington estava acostumado ao impalpável, ao invisível. Tinha sido capaz de adivinhar a presença sub-reptícia de um assassino sem possuir um único cadáver e de determinar que esse assassino era o mítico John Bíblia, e fizera tudo isso com um único dado e um pressentimento; todas as mulheres que constituíam sua coleção estavam menstruadas no momento em que desapareceram.

Os pressentimentos não têm fundamento científico, não se sustentam com provas, são puro instinto, apenas isso, uma ligeira mudança na cadência do batimento cardíaco que um homem que estava morto é capaz de detectar como mais ninguém. Muito tempo antes havia aprendido que os pressentimentos são algo que só interessam a cada um e que devem manter-se em segredo.

Em todas as delegacias onde havia trabalhado sabiam que Noah defendia a teoria de que havia um grande predador ativo na Escócia, mas se abstivera de afirmar que julgava se tratar de John Bíblia. A maioria dos investigadores afirmava que John Bíblia estava morto, mas Noah sabia que era mais o desejo daqueles policiais de justificar que, depois de catorze anos e após a maior operação de caça a um homem na história da polícia escocesa, não só não tinham conseguido sua detenção como nem sequer sabiam quem ele era. E era aí que morava o perigo, segundo o critério de Scott Sherrington: era o de que, sem saber quem era, optassem pela saída mais fácil ao decidir que estava morto. Ele não gostava nada das saídas fáceis, e quando, em certa ocasião, havia sugerido que talvez o Bíblia tivesse mudado seu *modus operandi* evoluindo para outros comportamentos, tinham olhado para ele como sempre faziam. Por isso, sugerir que havia um assassino em série, quando não havia conhecimento nem prova de cadáver algum, era uma ideia tão exótica como viajar para outra galáxia.

Era curioso, porque essa crença generalizada no seio da polícia não havia tocado a população do mesmo modo. Entre os anos de 1969 e 1974, os retratos falados de John Bíblia tinham sido publicados nos jornais com certa regularidade. Nos primeiros anos dezenas de policiais trabalharam no caso. "A Marinha" se transformou no centro de operações. Tomaram-se centenas de depoimentos, falou-se com todas as possíveis testemunhas, familiares, amigos das vítimas, clientes da Barrowland, taxistas, motoristas de ônibus, a tal ponto que quase não restou ninguém no bairro que não tivesse passado em um ou outro momento por "A Marinha".

A obsessão entre a população levou muitos a julgarem ter reconhecido o rosto do retrato; no porto, no estádio de futebol, na Marks & Spencer, em qualquer pub da cidade... E levou a polícia a facultar um cartão que garantia que o portador não era John Bíblia de modo a evitar os linchamentos, ou os aborrecimentos, na melhor das hipóteses. "Pelo presente a polícia de Glasgow atesta que o portador deste documento não é John Bíblia."

No início dos anos setenta, Hugh Cochrane apresentou na BBC um aterrador documentário sobre John Bíblia e a natureza de seus crimes. Terminou sua intervenção com uma citação da Bíblia, o versículo vinte e quatro do capítulo vinte e três do Livro de Jeremias: "Poderá alguém ocultar-se em lugares escondidos sem que Eu o veja? – oráculo do Senhor". John Bíblia continua vivo no imaginário dos escoceses e perambula entre os habitantes de Glasgow, de modo real e cotidiano. As denúncias sobre os presumíveis avistamentos prolongaram-se durante quase dez anos, muito tempo depois de a polícia tê-lo dado como morto.

As luzes que haviam iluminado o convés se apagaram, deixando apenas uma pequena luminária na proa e nos costados. Sobre os mastros, as luzes de posição e um pequeno holofote cujo feixe de luz caía exatamente sobre sua cabeça. Noah virou-se para a ponte e viu que o comandante Finnegan o observava. Lacônico até a morte. Se sentira algum tipo de curiosidade quando revelou a ele que sabia quem era Davidson, disfarçou-o com perfeição. Contudo, não era um idiota. Adivinhou de imediato que pretendia seguir a pista daquele sujeito e que queria fazê-lo no *Lucky Man*. Só lhe perguntou se ia desembarcar em La Rochelle ou se os acompanharia até Bilbao.

Noah ponderou e se deixou levar mais uma vez pelo seu pressentimento.

— Não, vou até Bilbao.

— De qualquer forma, vamos chegar a La Rochelle amanhã à tarde. Ficaremos pouco tempo no porto, apenas o necessário para descarregar quatro contêineres. O senhor tem dezoito horas para pensar no assunto.

O interior do barco cheirava a óleo diesel, café e cigarro. Ele desceu pela escada principal até o compartimento que servia de sala de jantar, junto à cozinha. O contramestre, a quem Murray havia informado de que Davidson tinha desembarcado em La Rochelle, contou a ele que não se recordava de nada que chamasse a atenção em nenhum dos dois homens. Na primeira parte da viagem, Davidson só veio até o convés acompanhado por Murray.

Davidson abandonou o navio em La Rochelle. Não, ele não o viu, Murray o comunicou quando se preparavam para zarpar.

— Tivemos tempo bom na primeira parte do percurso, mas quando saímos do porto francês fomos afetados por uma marejada na zona do golfo da Biscaia. Murray passou o restante do percurso sem sair do camarote. Fui até lá algumas vezes para ver se ele estava bem ou se precisava de alguma coisa. Ouvi-o vomitar do outro lado da porta. Sofreu bastante, o pobre diabo. Quando chegamos a Bilbao ele estava tão rouco que saiu com um cachecol no pescoço. Quase não conseguia falar.

— Suponho que foi por isso que o comandante Finnegan disse que ele não era um marinheiro.

— Não era mesmo, disso pode ter certeza.

O homem conduziu Scott Sherrington por um estreito corredor até o camarote que na viagem anterior havia sido ocupado por aqueles homens e em que agora viajaria sozinho. Os colchões de espuma estavam enrolados como fardos de gordura amarela em cima dos beliches, que enchiam todo o aposento. No fundo havia dois armários de metal que iam do chão ao teto e que Noah podia tocar com a mão. Havia uma escotilha que ficava um pouco acima da linha de flutuação sobre a água, que de vez em quando salpicava o vidro enchendo-o de gotas. Quando o contramestre acendeu a luz do abajur preso ao beliche, os pingos brilharam, dando a sensação de que o vidro estava partido. Lá fora tudo era escuridão. Ele olhou apreensivo para o beliche embutido enquanto pensava nos homens que decidiam viver sua vida dessa maneira, e lhe veio à mente o que pensariam as associações defensoras dos direitos dos presos e suas reclamações sobre o tamanho das celas se vissem aquele camarote. Fez a cama com os lençóis que o contramestre havia fornecido e, esgotado, deitou-se no beliche encaixotado. Aspirou o tecido do travesseiro, cheirava bem, mas o colchão tinha um ligeiro odor de salitre e umidade, e não quis pensar se não cheiraria também a suor. Escutou o motor do barco vibrando através dos tabiques metálicos. Apoiou a mão na parede e viu que havia um desenho infantil colado no canto com fita adesiva. Dava para ver que se encontrava ali fazia muito tempo. Um barco vermelho e verde sulcava um mar de um azul inverossímil repleto de peixes coloridos, incluindo uma baleia-azul que nadava na superfície projetando seu jato de água no ar, como num cumprimento. Na proa, um boneco assinalado com uma seta que dizia "*Daddy*".

Não percebeu quando caiu no sono; depois, com exceção dos raros momentos em que foi até a sala de jantar para comer alguma coisa, e das horas em que durante a noite se dedicou a contemplar aquele céu de conto de fadas, não fez outra coisa a não ser dormir. Era como se todo o esforço em sobreviver dos últimos dias lhe tivesse apresentado a conta. Quando acordava, sentia que emergia de um lugar incerto. Abria os olhos como fazem as crianças no meio da noite e via o círculo, ora luminoso, ora escuro, da escotilha, que como uma lua de adereço vigiava seu sono. Aquele ronronar do motor e o suave balanço, algo tranquilizador e básico, mergulharam-no num sono de que quase não saiu durante as trinta horas que durou o trajeto. Regressava do convés convencido de que era impossível conseguir dormir mais, porém, assim que se deitava no beliche e apoiava a palma da mão de encontro à parede metálica para sentir o motor, voltava a adormecer com uma facilidade própria da infância.

O garoto

O garoto adora as espirais de vapor que flutuam sobre a piscina, a luz fluorescente que torna tudo branco, a maneira como a água desliza sobre sua pele; mas acima de tudo adora o cheiro do cloro e a sensação de higiene, de limpeza, que sente na piscina com cloro.

O garoto põe a cabeça fora da água. Lá em cima na bancada dá pela presença de Lucy Cross, que o fita amuada sem o perder de vista.

O garoto está furioso. Mergulha a cabeça de novo e dá uma série de vigorosas braçadas com as quais consegue descarregar parte de sua frustração enquanto repete na mente: *abster-vos de carnes imoladas a ídolos, do sangue, de carnes sufocadas e da imoralidade. Abster-vos...* De todas as palavras, o garoto só conhece o significado de duas, *sangue* e *sufocadas*. Mas recita na cabeça a ladainha até se acalmar. É o cloro, com certeza.

O garoto gosta de nadar, sempre gostou, desde que era muito pequeno e aprendeu com a mamãe no lago. Quando tudo corria bem, quando vivia sozinho com ela e ela o ensinava a dar umas braçadas na margem. Antes de todo o mal, antes de elas terem chegado. O garoto se dá conta do quanto perdeu; os tempos felizes junto da mãe, sua infância, a tranquilidade de dormir uma noite inteira, e nadar no lago. É invadido por uma grande tristeza ao pensar no passado, por isso o garoto costuma evitar pensar, fica muito infeliz se o fizer e está cansado de se sentir assim. Contudo, na piscina é livre. Tem certeza de que tem alguma coisa a ver com o cloro. O desinfetante entra em seus olhos, nas orelhas, e através dos seus poros penetra em todos os recantos do seu corpo, purificando-o. É o único momento em que consegue se sentir limpo. Vai nadar durante horas até todo o seu corpo começar a doer, os olhos avermelhados e a pele esticada e ressecada devido ao efeito do ácido. Vai sentir coceira durante horas e sua derme vai se tornar esbranquiçada e começar a escamar como a pele de um peixe morto ao sol, mas não se importa.

Ele põe a cabeça para fora e vislumbra Lucy de novo. Sente os olhos dela cravados na pele cada vez que uma parte de seu corpo assoma à superfície da água. A presença dela o deixa furioso. Está furioso por tê-la perdido. Lucy Cross é sua amiga desde o jardim de infância. Ele gostava de seu riso límpido, de seus dentes meio separados, de seu cabelo cacheado ruivo, de seus olhos entre o verde e o cinzento. Durante anos as outras crianças riam deles, dizendo que eram namorados. O garoto fingia ficar bravo, mas no fundo se sentia orgulhoso, porque Lucy era a menina mais bonita de todo o distrito de Tarbet, e era sua amiga...

Agora não mais. Não pode mais ser, e nunca poderá ser, porque Lucy mudou. O garoto está ciente de sua maldição, sabe de onde provém e por isso as amaldiçoa. É por causa delas, é por sua culpa que nunca mais poderá aproximar-se de Lucy sem sentir náuseas, náuseas e essa outra sensação... desejo.

Só de pensar nisso, sente uma tremenda excitação e seu órgão sexual se retesa dentro do calção de banho. Sente nojo de si mesmo. Mergulha a cabeça e dá mais uma série de braçadas fortes com intensos puxões que o percorrem desde o ombro até o traseiro. Quando chega à extremidade da piscina está exausto, põe a cabeça para fora e se permite contemplá-la, apenas para se pôr à prova.

Ela está magoada. Faz três dias que assiste todos os dias aos seus treinos. Fica ali repleta de frustração e de censura, vendo-o nadar. À espera dele.

Ao vê-lo, ela levanta a mão e faz uma saudação, como se fosse possível que durante os três quartos de hora que ali se encontra ele não a tivesse visto.

Ele não responde à saudação na esperança de que ela desista. Quantas manifestações de desprezo estará disposta a suportar antes de o deixar em paz? O garoto espera que não muitas mais, espera que ela se canse e vá embora. No entanto, ele sabe que ela não o fará, que permanecerá ali. Quando o garoto sai da água, ela se dirige à saída dos balneários e o aborda.

— Olá, eu vi você nadar. Como você está? O que aconteceu com você? Por que não está falando comigo? O que foi que eu te fiz? Se eu fiz alguma coisa que te aborreceu, você devia me falar. Não pode me ignorar para sempre...

Lucy estende uma mão e agarra o garoto pelo antebraço. Vai ficar ao seu lado. E então ele a cheira. Há no seu odor algo que lhe faz lembrar a menina que ele conheceu, sabonete de rosas, pão e bolachas. E sangue. Quase consegue imaginá-lo quente, salobro, oxidado, quase preto, fluindo entre as pernas dela. Fecha os olhos, apertando-os com força, e com um puxão se solta da mão dela.

— Não chegue perto de mim, nunca mais. Você me dá nojo — ele diz, quase cuspindo.

O garoto avança pelo corredor o mais rápido que pode, mas ainda assim escuta o choro dela, que penetra em seu cérebro como um prego de culpa. O garoto se odeia por tratá-la dessa forma, mas acredita que é a única maneira de afastá-la dele e, além do mais, disse a verdade. Sente nojo de Lucy, mas há algo mais, algo que só ela provoca nele, uma sensação nova, algo que nunca tinha sentido antes. Volta a sentir a tensão de seu pênis dentro das calças. Ouve um murmúrio ao longe. Um grupo de pais com os filhos preparados para uma aula avança na sua frente pelo corredor. O garoto repara na porta de serviço, enfia-se ali, tranca-se dentro de um cubículo, baixa as calças e, enquanto olha para seu sexo, vai recitando mentalmente: *Abster--vos de carnes imoladas a ídolos...*

"I don't wanna to be here no more"
Não quero mais estar aqui

Scott Sherrington ouviu pancadas na escotilha e um estalo como o de uma câmara frigorífica ao abrir a porta, compensando a pressão. Antes da voz do contramestre, chegou até ele o aroma do café, que o transportou como que por encanto de volta à realidade.

— Senhor, o comandante quer lhe falar.

O comandante Finnegan dirigiu-lhe um olhar de soslaio quando o viu surgir na ponte. Com um gesto, que pouco mais era do que um ligeiro assentimento, convidou-o a entrar. Noah não disse nada. Limitou-se a aguardar. Estava começando a gostar da maneira como Lester Finnegan se comportava.

— Recebi uma mensagem de rádio da Capitania Marítima de La Rochelle. Estão solicitando minha presença como representante da MacAndrews, e pensei que talvez o senhor estivesse interessado em me acompanhar.

Noah se limitou a continuar a olhar em silêncio na direção do horizonte, à espera de que ele prosseguisse.

— Um fiscal portuário que inspecionava os contêineres reparou esta manhã que o selo de um dos nossos havia sido adulterado. Trata-se de um dos que descarregamos na viagem anterior, e que hoje deveriam embarcar num trem com destino a Marselha. Fizeram a abertura do contêiner para uma inspeção mais minuciosa e encontraram lá dentro um cadáver.

Desta vez o comandante Finnegan tinha conseguido surpreendê-lo. Ele se virou, espantado.

— O senhor vai ter problemas, comandante?

Lester Finnegan balançou a cabeça de leve.

— Não. Os selos sempre são verificados antes do embarque ou desembarque de cada contêiner do barco. Esses contêineres costumam transportar aço da melhor qualidade, ou vinte toneladas de uísque engarrafado e etiquetado, em paletes, e prontos para o consumo. O roubo de carga é mais comum do que gostaríamos. Dependendo da marca do uísque, por exemplo, a carga de um barco pode alcançar milhões de libras no mercado ilegal. Obviamente a mercadoria está no seguro, e o controle dos selos garante que ela estava intacta quando foi desembarcada. Seja o que for que aconteceu com esse contêiner, foi depois de ficar sob a responsabilidade do porto de La Rochelle. Em trinta anos apenas uma vez tive problemas com dois contêineres. Foi durante uma tempestade, e sei muito bem onde eles estão: no fundo do oceano.

Um veículo da Autoridade Portuária de La Rochelle os aguardava no cais. Noah pensou que iriam para a Capitania Marítima ou para a Administração do Porto, mas em vez disso os levaram para as dependências da corporação de bombeiros portuários. Um carro oficial com o logotipo da Capitania estava estacionado diante da entrada.

Scott Sherrington não falava francês e se perdeu um pouco enquanto o comandante, um oficial e o chefe dos bombeiros, acompanhado por um cabo, conversavam com Finnegan. O comandante respondia de forma sucinta, em francês. Ainda assim, ficou patente que os dois oficiais conheciam Finnegan e tinham consideração por ele. Eles os conduziram ao longo de um corredor e através da oficina onde se encontravam dispostos os equipamentos de extinção náutica, e de novo através de outro corredor. Finnegan lhe informou para onde iam quase no mesmo momento em que Noah reconheceu a sala por seu aspecto inconfundível.

— Eles querem que eu ajude na identificação do cadáver, pelo menos para descartar que se trata do passageiro que abandonou o *Lucky Man*. Pelo visto não tinha documentos.

Dirigiram-se a um dos frigoríficos e Noah reparou quando os dois bombeiros que os acompanhavam recuaram quando a porta se abriu.

O fedor era nauseabundo. Mesmo antes de se abrir o saco que continha o corpo refrigerado, Noah percebeu que se encontrava num estado muito avançado de decomposição. Vibrante, picante, adocicado, como o vômito, o queijo fermentado, o leite azedo, o fel ou a diarreia. O odor era característico da primeira fase, a mais ativa.

Um dos bombeiros abriu o zíper. O aspecto do corpo correspondia aos sinais olfativos. Dessecado em certas partes e parcialmente liquefeito em outras, intumescido e infestado de fauna cadavérica.

Todos os presentes taparam o nariz e a boca com a mão. O comandante Finnegan tirou do interior do casaco a cédula de navegação que Davidson havia deixado no *Lucky Man* quando abandonou o barco e a entregou ao oficial mais graduado. Sem se aproximar demais, passou os olhos no cadáver, olhou para o oficial e negou com a cabeça, depois perguntou em francês:

— Uma semana? Tem certeza?

Pelo menos foi o que conseguiu entender, e sabia ao que ele se referia, e sim, podia ficar nesse estado em apenas uma semana. Um contêiner metálico uma semana ao sol durante o mês de agosto no porto de La Rochelle podia atingir temperaturas próximas dos sessenta graus durante o dia. Finnegan havia contado a ele que esses contêineres tinham grelhas de ventilação para facilitar o arrefecimento durante a noite, o que explicava a presença de insetos. O corpo apresentava todos os sintomas de duas ações conjuntas: dessecação parcial e uma intensa atividade de insetos. Por um lado, o efeito do calor nas horas mais quentes do dia fizera com que a pele escurecesse e adquirisse um aspecto acastanhado, embora se pudesse distinguir perfeitamente que se tratava de um homem de raça branca. Os pelos escuros de uma farta barba cobriam boa parte do rosto, mas a secura contraíra os lábios, deixando à mostra a língua inchada e escura. O mesmo acontecera com o pênis e o saco escrotal, dessecados quase até desaparecer, algo que um olhar menos treinado podia ter chegado a confundir com lesões nos órgãos genitais. Por outro lado, o cadáver apresentava uma exagerada infestação de insetos. Sem dúvida que as temperaturas elevadas tinham agido como incubadora para os ovos, que já eram larvas na maioria dos casos, inclusive ele chegou a distinguir uma ou outra pupa letárgica devido ao frio da câmara frigorífica. A atividade dos vermes debaixo da camada mais externa da pele conferia uma curiosa sensação de movimento rastejante a toda a sua derme, como um coração em fibrilação. Noah fez um esforço para afastar aquela imagem da mente.

Ele pediu com um gesto uma luva e a lanterna que um dos bombeiros trazia presa no cinto. Acendeu-a sobre o rosto do cadáver e agradeceu que os olhos, ao contrário, dessecados, tivessem escapado à ação dos necrófagos, muito provavelmente porque no momento da morte o havia surpreendido com os olhos fechados. A córnea havia perdido a transparência e tinha se transformado numa névoa albuminosa, o sinal de Stenon-Louis, ou o que os peritos castrenses denominavam olhos de peixe, mas por baixo era perceptível a mancha esclerótica de Sommer-Larcher, quase ovalada, que se estendia para ambos os lados do globo ocular, na transversal, formando um segmento elíptico; ainda assim eram visíveis as petéquias conjuntivais de um vermelho brilhante sob as pálpebras. Noah apagou a lanterna e deu um passo para trás.

O chefe dos bombeiros falou e o comandante Finnegan foi traduzindo o que ele dizia.

— A pele escureceu tanto que é difícil constatar a presença de lesões. A autópsia está prevista para amanhã; o médico-legista poderá confirmá-lo, mas acham que ele ficou trancado e que morreu devido ao calor excessivo. Ele queria saber se eu podia reconhecer o homem que abandonou o meu barco na viagem anterior. Mas eu receio muito que não seja capaz de identificá-lo no estado em que se encontra — desculpou-se. — Em outras circunstâncias eles ficariam inclinados a pensar que poderia se tratar de um passageiro clandestino que tentava chegar a Marselha, mas o que os confunde é o fato de o cadáver ter aparecido despido; pode ser que a temperatura tenha subido tanto no interior do contêiner que ele mesmo tenha tirado a roupa, mas de momento ainda não a encontraram.

Noah negou.

— Foi estrangulamento com laço e feito por trás, com uma peça de roupa bastante grossa, por isso as marcas não estão visíveis. Pode ter sido um cachecol, um lenço grande, inclusive uma camiseta. Decerto perdeu primeiro a consciência, mas demorou bastante para morrer e foi por privação de oxigênio. A pessoa que o matou tirou a roupa dele para que não fosse possível determinar sua nacionalidade devido às etiquetas nas peças.

O comandante fez a tradução para os franceses, que já olhavam para ele com estranheza.

— Eles perguntaram se o senhor é médico-legista — transmitiu Finnegan.

Noah voltou a acender a lanterna sobre o rosto do cadáver e com um gesto da mão pediu que se aproximasse.

— Estão vendo estas pequenas manchas vermelhas ao redor da córnea? Se pudéssemos puxar a pálpebra para trás, veríamos muitíssimas mais. São pequenos vasos capilares que arrebentam por causa da privação de oxigênio. E diga a eles que não sou médico-legista. — E num sussurro acrescentou: — Já quase não sou nada.

John Bíblia

Bilbao era Glasgow. John Bíblia sorriu à medida que observava a rua Bidebarrieta, que se estendia diante de seus olhos. Úmida, suja e amoral como Glasgow. Já se respirava um certo ambiente festivo, apesar de ainda faltarem alguns dias para a abertura oficial das festividades da Semana Grande do País Basco. Quase ao mesmo tempo que John, tinham começado a chegar à cidade os feirantes, os mercadores e os vendedores, os vagabundos que viajavam o verão inteiro de festa em festa e um bando de meio punks, meio hippies a quem as pessoas chamavam "pés negros". Dormiam, fornicavam e defecavam em qualquer lugar, escandalizando a conservadora sociedade bilbaína, e mantinham a polícia entretida com suas inúmeras altercações com o restante dos cidadãos. Eram o assunto de conversa nas ruas, nos bares e nos mercados, e qualquer um estaria disposto a afirmar que eram portadores de tantos piolhos e carrapatos que corria o boato de que as autoridades estavam pensando em prendê-los só para que tomassem banho. Tal como em Glasgow, a prostituição, o tráfico de drogas e os roubos de toca-fitas ligados aos dependentes químicos monopolizavam a atenção policial, e, como se tudo isso não bastasse, o clima político era responsável pelos confrontos da "guerra das bandeiras" de outros festejos do País Basco; todas as tardes aconteciam altercações entre os manifestantes e a polícia na zona das Siete Calles e os arredores de La Ribera. John ouviu soar ao longe, cada vez mais espaçados, os impactos das balas de borracha que a polícia de choque disparava. O confronto com a polícia em algumas ruas contrastava com o ambiente, quase de normalidade, do restante do Casco Viejo:[2] grupos

---
2 Centro histórico medieval da cidade de Bilbao, um bairro animado com zonas turísticas famosas como Siete Calles (Sete Ruas) e o mercado de La Ribera. (N. T.)

de amigos *txikiteando*,[3] casais de namorados de mãos dadas, famílias com crianças pequenas que saíam dos restaurantes depois de jantar...

E as mulheres... John Bíblia deteve-se diante da vitrine de uma loja, que àquela hora se encontrava fechada, apenas para contemplar seu reflexo no vidro. O cabelo mais curto e escuro ficava bem nele, realçava sua pele e o azul dos olhos. Perguntou-se por que nunca se teria lembrado de usá-lo assim. Dava-lhe um ar mais duro, mais de marinheiro e menos infantil do que seu modo habitual de se pentear, mas sobretudo tinha a ver com a cor. Apesar de tanto nas descrições dos jornais como nos retratos falados sempre mencionarem o cabelo castanho-arruivado, ou ruivo, nunca tinha decidido mudar a cor, talvez porque teria sido mais chamativo e chocante que ele não tivesse aquele castanho-avermelhado do restante da família. John sabia que ser como todos era fundamental para passar despercebido, mas agora podia se dar a esse luxo. Sorriu. Gostava de si mesmo, gostava de Bilbao, mas sobretudo gostava das mulheres daquela cidade, e elas gostavam dele.

Bilbao constituíra uma opção em seu plano de fuga; mas muitas vezes, chegado o momento da verdade, tudo se precipita, tudo acontece com rapidez excessiva. Muito embora confiasse como ninguém no destino, e no que o futuro lhe havia reservado, fora dominado por algumas dúvidas. Em Bilbao seria apenas um inglês numa cidade espanhola, porque ali tudo o que vinha da Grã-Bretanha era inglês. O domínio da língua era um ponto que jogava a seu favor, e sua aparência, asseada e confiável, sempre o havia ajudado; no entanto, não tinha certeza se isso se enquadraria nos gostos das jovens bascas. Depois, durante a viagem no *Lucky Man*, o aparecimento daquele marinheiro solitário fora providencial para completar o plano e dissipar as dúvidas que o futuro lhe apresentava.

Observou um grupo de jovens que passavam rindo. As bilbaínas eram generosas em sorrisos e em olhares de admiração quando cruzavam com ele. Bem mais desinibidas do que as moças de Glasgow. Conhecer pessoas parecia ser o esporte da moda naquela cidade, e encontrar o olhar de uma mulher disposta a rir, e a aceitar tomar um drinque, era infinitamente mais fácil do que na Escócia. Bilbao era pura efervescência em água suja; com

---

[3] Tradição basca que consiste em grupos de amigos andarem de bar em bar bebendo pequenos copos de vinho. (N. T.)

saias de babados, com tops rosa-fúcsia, verde-pistache, amarelo-canário. As garotas tinham os lábios pintados de cor-de-rosa e argolas de cores néon penduradas nas orelhas, e os homens as convidavam para tomar san franciscos, coco locos ou champanhe... entretanto, a duas ruas de distância, a polícia reprimia os distúrbios por causa da guerra das bandeiras. Três bares mais à frente, os traficantes faziam seu negócio sem que ninguém parecesse se importar com isso. Do outro lado do rio partiam os trens, e em Las Cortes as putas fumavam sossegadas à porta dos antros enquanto esperavam os funileiros e os estivadores. Horas roubadas à noite, em que a cidade se transformava. Ao amanhecer, as sirenes que tocavam chamando para o trabalho soariam como as trombetas do juízo final e todos, como almas penadas, voltariam a começar um dia que tinha apenas um propósito: que chegasse uma nova noite.

Retomou o passeio caminhando atrás de um grupo de mulheres jovens para poder aspirar o aroma da água-de-colônia da moda entre as garotas bascas; bergamota, tangerina e tomilho no Azur que usavam as mais novas, e lavanda e feno nas mais velhas. Fazia várias horas que não chovia, e os perfumes dos que saíam bem-arrumados para desfrutar da noite bilbaína misturavam-se com o cheiro amoniacal da urina dos bêbados da noite anterior. Os grupos fedorentos de punks que começavam a chegar à cidade para passar as festas, o hálito dos *txikiteros* que fediam a vinho e o dos adolescentes que cheiravam a hortelã-pimenta dos chicletes Cheiw. John Bíblia gostava de Bilbao, porque Bilbao era Glasgow. *Não, é melhor do que Glasgow, é a Glasgow dos anos sessenta, quando ainda não havia perdido a esperança,* pensou. Bilbao apresentava as duas vertentes. Há lugares onde sabemos que se chegou ao fundo do poço e outros onde se pode ter certeza de ter alcançado o êxito. Nos últimos anos, a cidade escocesa parecia entristecida e deprimida de maneira incontornável. Tudo surgia coberto de uma pátina de fracasso, de tristeza contagiada pela degradação luminosa dos edifícios, pela umidade e pelo mofo preto, que tornava difícil imaginar um futuro. O plano de urbanização que havia abarrotado de terrenos baldios o que outrora foram ruas animadas, a taxa de desemprego, os apartamentos cada vez mais caros, os jovens entediados e aborrecidos fazendo parte de gangues que se entretinham em intimidar as velhinhas do bairro quando estas iam às compras ou se encontravam para se socar entre eles nos terrenos baldios. As prostitutas pálidas e famélicas, seminuas debaixo de casacos fora de moda que haviam pertencido a suas mães, amontoavam-se ao redor de fogueiras alimentadas com lixo. Não restavam dúvidas de que ele preferia Bilbao. Era um desses lugares estranhos tão carregados de oportunidades como de infortúnios, tudo dependia da capacidade e do poder de observação de cada um, e John era um observador nato.

Ele se encaminhou até a avenida e atravessou debaixo do arvoredo. Apoiou-se na balaustrada da ponte sobre o rio. Reparou numa dupla de drogados que se injetava ao abrigo do muro de uma das estreitas escadas que desciam até as águas sujas da ria e virou a cabeça, enojado. A heroína estava causando estragos ali, a exemplo do que acontecia no seu país. De vez em quando uma ou outra jovem dependente química oferecia sexo em troca do que custava uma dose, em Somera ou nas imediações de San Francisco; contudo, as profissionais do sexo localizavam-se em Las Cortes, na outra margem do rio, e exerciam a prostituição em bares de alta rotatividade e bordéis com sua característica luz vermelha por cima da porta ou em discretos apartamentos de luxo na Gran Vía de don Diego López de Haro. Não gostava de putas, odiava-as e tinha medo delas em igual proporção. Com sua violenta proposta, a voz quebrada e esse cheiro de cachorro molhado e sêmen rançoso, elas lhe davam ânsia. Em Bilbao, apesar de tudo, embora fosse uma espelunca com propensão para o vício, obtivera-se uma espécie de equilíbrio entre a miséria dos flagelados recém-chegados à cidade, as pensões para operários e os locais de luxo. Bilbao parecia reger-se por patamares, como se se tratasse de uma bancada, uma escadaria com diferentes níveis por onde, se se fosse esperto, se podia subir com rapidez, porque o que distinguia Bilbao de Glasgow era o dinheiro.

Em Bilbao o trabalho sobrava. As siderúrgicas, as fundições, os estaleiros, o porto e as exportações forneciam sustento a milhares de homens que saíam todas as noites para a cidade com o bolso cheio de "massa" quente, que gastavam com a alegria de marinheiro embriagado. Bilbao destinava-se a satisfazer as perversões e os apetites de todos os gostos e bolsas; pensões e hotéis cinco estrelas; bingos, loterias, táxis e carros de aluguel; restaurantes para saborear a oferta do dia ou os pratos mais caros e seletos; bares, pubs, charcutarias, mercearias, material náutico e roupa de trabalho ao lado de lojas elegantes onde comprar a moda mais recente de Paris ou de Londres, as bolsas mais caras; o tráfico de haxixe e com toda a probabilidade de ser a maior porta de entrada de heroína da Europa, junto com a Galícia. Igrejas, capelas, lojas de bebidas, executivos e estivadores, armadores e ferreiros; filhinhas de papai e criadas, todas confluíam para os mesmos lugares: as discotecas. Ele constatara que os clubes noturnos e os pubs onde tocavam música aos berros e as garotas que iam dançar todas as noites proliferavam por toda a cidade. Já havia percorrido quase todos. Arizona, Chentes, Ovni, La Jaula, Garden...

Era cedo, por isso essa noite iria pelo menos a duas discotecas. Bilbao era um território de caça perfeito, mas ainda não encontrara uma maneira segura de se desfazer depois "do sacrificado". Não conhecia a cidade o suficiente e ainda precisava explorar todas as possibilidades. Virando-se de novo para o rio, aspirou o fedor viciado da água, que com a subida da maré trazia notas de sal e cheirava a esgoto. Na outra margem reparou no movimento rasteiro das ratazanas que saracoteavam à solta e livremente no meio do lixo que se decompunha na estação de triagem, perto de Abando. A colza e o líquido fétido que escorriam dos vagões, parados durante vários dias debaixo de sol, haviam tingido o solo, que se encontrava enegrecido de tal maneira que o fez se lembrar do limo da margem do lago Katrine. Os metais pesados, o óleo e a ferrugem arrastados pela ria durante anos tinham se depositado nas margens, endurecendo as orlas numa espécie de sedimento ressecado e compacto que tornava impossível cavar nele. As águas da maré baixavam hoje lentas e tão imundas que qualquer objeto lastrado seria invisível e com o tempo teria ficado sepultado no fundo lodoso ou quiçá arrastado até sua desembocadura em Santurce. Mas o constante tráfego marítimo do rio revolvia os fundos e as águas e faria flutuar os corpos.

Só no início de sua atividade tinha sido tão imprudente a ponto de abandoná-las no meio da rua. Com o tempo deu-se conta de que alguém como ele não tinha necessidade de correr o risco de deixar uma pista com cada uma delas. Não era um desses assassinos depravados de que a imprensa norte-americana falava. Retardados, impulsivos e desconhecedores do que a ciência poderia fazer com as impressões digitais, os pelos, a saliva ou o sangue. Contudo, acima de tudo, não precisava disso. Não tinha nada para demonstrar, ninguém a quem desafiar. *Mais vale ser paciente do que ser valente, dominar-se a si mesmo em vez de conquistar cidades.* John havia aprendido a ser valente quando entendeu que tinha um propósito, que o desejo impulsivo que o havia movido no início se devia a uma ordem superior. Essa era a razão por que nunca o tinham capturado, pela qual tinha sabido em cada momento o que devia fazer, como devia proceder. Seu guia superior em sua infinita sabedoria lhe mostrara como devia agir. Ele ergueu os olhos para o céu em busca do sinal e, apesar da poluição luminosa da cidade, conseguiu ver brilhar uma ou outra estrela. Não havia sinal de nuvens. Se tinham caído quatro gotas de água na manhã anterior foi muito, o céu não dava pistas de que fosse chover tão depressa, e o rio descia demasiado lento. Ele precisava esperar. O clarão das luzes azuis atrás dele o fez se voltar na direção do Casco Viejo. Os furgões da polícia começavam a se retirar atravessando a ponte na frente do teatro Arriaga. As luzes da rua iluminavam o Arenal com seus halos alaranjados, e a cidade fervilhava de desejo ansiando pelo ambiente festivo. Ele viu passar outro grupo de moças e se virou para elas, aspirando o aroma com que perfumavam a noite bilbaína. Lançando uma derradeira vista de olhos para o céu, forçou-se a não se preocupar mais; ele iria lhe dar o sinal quando fosse o momento certo; entretanto, o lugar onde elas esperavam ainda tinha capacidade para mais algumas.

Bilbao. Quinta-feira, 18 de agosto de 1983

Noah ouviu as pancadas como se o som lhe chegasse de muito longe. Não se sobressaltou. Despertou pouco a pouco, como se emergisse das profundezas abissais. Muito devagar, sentou-se no beliche ouvindo o motor de fundo. Quando pousou os pés no piso de metal, a vibração subiu pelos seus ossos como uma pulsação alheia e estranha. Permaneceu assim durante alguns minutos enquanto avaliava seu estado físico na penumbra, quebrada apenas pela escassa luz que entrava pela escotilha. Evitou o leve enjoo. Sentia-se melhor do que nos últimos dias. Do outro lado da porta de seu camarote ouviu a agitação dos marinheiros que se preparavam para alcançar terra firme. Amanhecia quando enveredaram pela entrada do porto de Bilbao por Santurce.

Noah obteve a primeira impressão daquele lugar a partir da proa do *Lucky Man*. A temperatura era boa, mas uma chuva miudinha caía constante à medida que subiam a enseada. Respirou fundo tomando uma golfada de um ar úmido e ferroso que lhe trouxe aromas familiares. Ergueu os olhos para o céu coberto e plúmbeo que prometia perdurar enquanto a água, que caía quase invisível, começava a pesar sobre sua roupa. Sentiu um arrepio ao perceber a umidade no rosto. Com imensa raiva, afastou o capuz da capa que o comandante lhe havia emprestado e fechou os olhos, obrigando-se a acalmar os nervos e a reconciliar-se com aquela sensação que sempre fora de prazer. Manteve-se firme na proa, junto à amurada de estibordo, ciente de que estava sendo observado pelo comandante Finnegan, que não tirava os olhos de cima dele lá da ponte de comando.

Noah prestou atenção a cada pormenor com que o presenteava a subida da ria em direção ao interior da cidade. Esperava que aquela sensação inicial lhe fornecesse uma pista para conseguir entender a razão que o havia levado até ali. Esvaziou a mente e tentou por um momento se pôr na pele de John Bíblia, pensar como ele, ver através de seus olhos. E, enquanto subiam o rio, teve certeza de que Bíblia não tinha ido para lá assim sem mais nem menos, tinha escolhido esse lugar, e o motivo era simples: Bilbao era como Glasgow, e o Nervión era o rio Clyde. Seu lodo revolvido pelas hélices dos barcos, os esgotos de águas residuais vertendo no rio as suas águas, entre castanhas e vermelhas, por intermédio de açudes de pedra encravados nos muros que sustentavam a cidade. As siderúrgicas e as fábricas que abundavam na margem surgiam fumegantes e gigantescas entre as estações de triagem e os vagões de mercadoria e de passageiros. O trabalho, a cidade, as pessoas, as mercadorias, o óleo e as ratazanas, as imponentes fachadas dos edifícios e a lama das margens. Tudo se misturava em Bilbao de maneira obscena, lasciva, como se a cidade, sem saber para onde crescer, tivesse se limitado a supurar o bom e o mau em todas as direções.

As gruas, como esqueletos de cavalos mitológicos dotados de vida como que por encanto, deslocavam-se pelas margens do rio levantando suas mandíbulas metálicas sobre os porões abertos dos cargueiros. E as fachadas imponentes e cobertas de fuligem de alguns edifícios sombreavam de escuro as espirais neobarrocas dos palácios. Até o nevoeiro resvalava indolente pelas colinas.

Bilbao é Glasgow, pensou. E Glasgow tinha sido o primeiro território de caça de John Bíblia, um território a que só havia renunciado quando, depois do terceiro crime, a pressão policial se tornou insuportável. Ele se perguntava até que ponto Bilbao suportaria.

O *Lucky Man* atracou num cais a que davam o nome de "Campa de los Ingleses" e que compreendia uma vasta extensão de argila amarela e prensada que se estendia até o interior a partir das docas e se encontrava ao longe rodeada por uma área de grama e arbustos. Centenas de contêineres coloridos com o logotipo da MacAndrews acumulavam-se na margem. Noah deduziu que, se não tivesse chegado até ali atravessando a cidade, imaginaria que estava num lugar muito diferente. O Nervión subia a partir daquele trecho por entre margens repletas de árvores, e, embora as fachadas das casas fossem visíveis no meio das folhas das acácias, davam ao observador a impressão de uma cidade limpa, sossegada e relaxada que nada tinha a ver com a que havia deixado para trás conforme ia subindo o rio.

A passagem pela alfândega foi reduzida a uma rápida vista de olhos pelos seus documentos por parte de um guarda aduaneiro, a quem evitou mostrar as suas credenciais de polícia. Passou pela Campa de los Ingleses até chegar a uns edifícios velhos e viu que numa das extremidades havia um par de balizas desconjuntadas, de tamanho oficial, mas com a rede de náilon rasgada em vários pontos, onde havia sido substituída por outra de cor azul. Apertava na mão um papelzinho onde o comandante Finnegan escrevera para ele o endereço das pensões onde costumavam se hospedar os marinheiros e as três notas de cem pesetas que lhe dera, sem aceitar uma única libra em troca. Entrou num táxi que o levaria através de menos de um quilômetro até as Siete Calles de Bilbao. Seria pelo dinheiro.

Ele olhou ao redor. O Arenal não tinha areia. *Pode ser que tenha tido em algum momento, por isso o nome*, deduziu. Era o coração da avenida, que ocupava apenas meio quilômetro e depois se prolongava até a Universidade de Deusto. De um lado, uma igreja de portada barroca e as fachadas do Casco Viejo; do outro, e junto a um palácio que viria a saber mais tarde que se tratava do teatro Arriaga, uma ponte sobre a água ferrosa. Na outra margem, a estação ferroviária de La Naja e o terminal de ônibus, constituído por um par de toldos e alguns bancos, emitia um burburinho abafado de vozes humanas audível inclusive acima do barulho do rio, e, estendendo-se para a direita, uma estação de triagem lamacenta e suja que reluzia em parte pelo efeito da chuva e em parte pelo do óleo acumulado no solo opalino. Viu um trem de passageiros que se movia devagar e dois homens com capas amarelas que caminhavam junto a ele, quase à mesma velocidade. Eram sete e meia da manhã e a rua fervilhava de atividade, pessoas que iam e vinham, algumas delas abrigadas debaixo dos respectivos guarda-chuvas; a maioria, tal como os escoceses, preferia cobrir a cabeça com chapéus impermeáveis ou com os capuzes dos casacos. Achou cedo demais para procurar uma pensão, ainda corria o risco de cruzar com alguns hóspedes retardatários durante o café da manhã.

Entrou no café Boulevard. Todas as mesas e bancos que rodeavam o balcão encontravam-se ocupados. Observou que os fregueses não pareciam se importar, levantavam a mão para chamar a atenção dos garçons e pediam cafés. Muitos os tomavam bebendo da xícara e segurando o pires com a outra mão. Havia um misto de umidade entranhada na roupa, cheiro de café e ambiente de trabalho que o agradou de imediato e o fez sentir-se em casa.

Ele localizou um banco livre e se sentou com a mochila entre as pernas. Estava cansado.

— *Arrantzale*, o que é que vai ser?

Noah olhou confuso para o empregado que acabava de lhe dirigir a palavra.

— Desculpe... — murmurou.

— *Arrantzale*, é pescador, não é?

Noah deu-se conta de que, com aquela capa verde e a mochila, era exatamente o que parecia. Assentiu sorrindo.

— Vou tomar um café. E um desses — disse, com a melhor pronúncia espanhola possível, apontando para um tabuleiro repleto de pães de leite e açúcar.

— Excelente escolha, cavalheiro.

Quando lhe pareceu que já se tinha passado um período de tempo razoável, pediu outro café e outro bolo, até deixar que o relógio assinalasse as nove da manhã. Depois de pagar o que consumiu com o dinheiro do comandante Finnegan, pegou a mochila e saiu para as ruas do Casco Viejo deixando para trás o estabelecimento tão concorrido como quando havia chegado. Tinha parado de chover.

Procurou um banco onde trocar libras por pesetas. Encontrou uma sucursal do Banco de Vizcaya onde deviam estar acostumados a trocar divisas, porque não fizeram nenhum tipo de objeção. Solucionado o problema do dinheiro, caminhou sem pressa, prestando atenção ao nome das ruas e fazendo anotações mentais de todas as informações que aquele lugar lhe proporcionava. Na rua Bidebarrieta, as lojas começavam a levantar as portas de enrolar: alfaiatarias, sapatarias, lojas de roupas para criança. As pessoas iam e vinham. Havia grupos que se detinham a conversar em frente às lojas. Viu mulheres solitárias com seus carrinhos de compras ou sacos de lona ainda vazios, e outras, mais madrugadoras, que regressavam do mercado com verduras e peixe.

Abordou um homem que abria nesse momento a porta de uma tabacaria para lhe fazer uma pergunta. O homem se virou na direção da rua Víctor e explicou a ele como chegar à praça Unamuno, depois a partir daí era sempre em frente. Sem ter grandes certezas de ter compreendido bem as indicações, ele continuou a caminhar, ciente por fim de que não fazia diferença e de que quase preferia deixar-se levar. Ter uma ideia clara sobre um determinado lugar era uma mistura de coleta de dados objetivos e de sensações subjetivas. Ele observou que, à medida que se embrenhava pelas Siete Calles, as paredes se cobriam de grafites, alguns chegavam a fazer alusão ao ETA; outros, supunha, estavam escritos em basco, porque foi impossível decifrá-los. As fachadas das casas eram tão escuras e lúgubres como as do Arenal; a estreiteza das ruas e o céu ainda bastante encoberto não contribuíam para que a luz chegasse até ali. Faltavam paralelepípedos no calçamento, as poças formadas pela chuva recente eram escuras devido à fuligem que a água havia arrastado ao deslizar pelas paredes; nas esquinas, os canos desaguavam diretamente no chão. Em contraste, o bairro exibia pormenores que denotavam um passado glorioso e um presente desordenado que havia prosperado sem orientação nem método, como um adolescente desengonçado com muito dinheiro nos bolsos. Sem saber como, deparou-se com a catedral. E, ao levantar a cabeça, inspirou fundo, impactado pela beleza do templo. Contornou-o meio encostado às fachadas das lojas para poder admirar a construção de suas torres, de suas janelas de vitrais, a solidez da pedra viva. E de repente se viu diante das vitrines de uma confeitaria que, segundo a placa da fachada, abrira as portas ao público em 1910. Ficou ali parado contemplando os quadrados de caramelos embrulhados à mão e que não soube identificar, porque ignorava o que era malvaísco. Ao procurar nos cruzamentos a referência à rua onde se encontrava, descobriu que tinha chegado. Rua Tendería.

Avistou ao longe uma placa que sobressaía da fachada e anunciava a pensão Toki-Ona. Precisou recuar alguns passos na rua estreita para poder ver o aspecto do prédio: estreito, de três andares e venezianas grená. Uma mulher assomou à porta.

— Procura uma pensão? — ela perguntou, apontando para Noah e para a bagagem que transportava.

— Sim, obrigado — respondeu ele, aproximando-se.

— Ah! É inglês — disse ela, reconhecendo o sotaque. — Pois está com sorte. Hoje mesmo vagaram dois quartos, e além disso temos três hóspedes do seu país. Com certeza vai gostar deles — acrescentou ao ver a reação de Noah.

— Há quanto tempo estão aqui os seus hóspedes?

— Um deles há alguns meses, os outros há uma semana mais ou menos; mas vão ficar bastante tempo, vieram para trabalhar no porto. O senhor também?

— Mais ou menos — respondeu Noah, enquanto dava dois passos para trás e pensava que precisava se desfazer daquela capa. — Desculpe, me enganei. Estou procurando outro endereço.

O sorriso da mulher se transformou num esgar conforme Noah prosseguia caminho rua abaixo. A segunda pensão recomendada pelo comandante ficava na calçada do outro lado da rua, apenas dois números mais à frente. Quando Noah chegou à entrada, viu que a mulher da pensão Toki-Ona ainda olhava para ele, furiosa, da porta. Havia três placas de latão no vão da porta: J. Vidaurreta, um advogado de direito comercial no segundo andar; N. Elizondo, um psiquiatra no quinto, e a pensão La Estrella, no primeiro. Tocou a campainha. Abriram a porta para ele sem fazer perguntas.

A velha escada de madeira estava visivelmente inclinada na direção do interior do prédio, como se o vórtice de um tornado girasse no espaço vazio ou como se toda a casa se curvasse em direção a um poço no centro da construção. Cheirava a igreja. Ele apertou várias vezes o interruptor, mas não surtiu efeito algum, por isso iniciou a subida iluminado pela escassa luz leitosa que vinha de cima através de uma claraboia. Subiu com dificuldade, enquanto pensava que a sensação devia ser terrível quanto mais subisse, pois, à medida que ia alcançando o primeiro andar, começava a ter a impressão de que se precipitaria na direção da greta escura do espaço entre as balaustradas.

Quem abriu a porta foi uma mulher de cerca de cinquenta anos, magra, com o cabelo apanhado num coque apertado e vestida de uma cor indeterminada, escura. Por cima da roupa um peitilho incompatível, como um avental de alegres flores brancas e azuis. A mulher esperou com ar de impaciência que ele atingisse o último lance de escadas.

Noah não tinha forças para cumprimentar e a mulher não o fez. Permitiu que ele entrasse afastando-se para o lado. Depois fechou a porta e avançou pelo corredor, assegurando-se de que ele seguia atrás dela.

— O quarto é individual, o banheiro, coletivo, fica no fundo do corredor. Meia pensão: café da manhã e jantar. Limpeza diária do quarto, roupa lavada e engomada uma vez por semana, troca de lençóis e toalhas também uma vez por semana. O senhor poderá usar o chuveiro duas vezes por semana. O preço é de duzentas e cinquenta pesetas por dia, porque não acredito que o senhor esteja interessado numa tarifa por hora... Se for por mais de uma semana, duzentas e vinte e cinco por dia; se pretender ficar mais de um mês, apenas duzentas.

A mulher tirou do bolso do avental uma chave com que abriu a porta. Era um quarto interior. Tinha uma janela grande com postigos de madeira, mas dava para um pátio coberto por uma claraboia, extensão que constituía a única iluminação do vestíbulo. Noah se debruçou. Dezenas de cordas a todas as alturas, que se estendiam por vários metros de janela a janela, repletas de lençóis e roupas azuis de trabalho. Cheirava a detergente e a água sanitária. Vindo de algum apartamento ouvia-se o som de um rádio, que dava a hora certa. Tal como a senhora o avisara, o quarto não dispunha de banheiro, mas sim de um lavatório e de um bidê, o que fez Noah desconfiar de que também alugava os quartos por hora.

Como se lhe tivesse lido o pensamento, a mulher replicou:

— Esta é uma casa decente. Todos os meus hóspedes estão em Bilbao para trabalhar. Deitam e levantam muito cedo, não vieram cá para as festas.

— As festas?

— As festas patronais iniciam no sábado e duram uma semana, mas ainda assim não se admitem visitas femininas nos quartos, e não gosto de hóspedes barulhentos. Espero que não se esqueça disso.

— Algum inglês está hospedado aqui?

— Não, isso é um problema?

— Muito pelo contrário.

— Fica com o quarto?

— Sim.

— Acompanhe-me até a cozinha para anotar os seus dados. A primeira semana é paga adiantado.

Noah se preparava para pousar a mochila no chão, mas a mulher o apressou.

— Primeiro o pagamento.

— Por que La Estrella? — perguntou enquanto ia seguindo a mulher pelo corredor.

— Não sei, foi o meu marido quem deu o nome, o meu falecido marido.

A cozinha estava limpa e arrumada. Não havia nada em cima das superfícies, e Noah reparou que todos os armários, assim como a geladeira, tinham cadeado. A janela dava para a rua por onde tinha vindo e quase ficava frente a frente com a pensão Toki-Ona.

— Não tem outro quarto que dê para a rua?

— De momento não, mas o senhor que o ocupa vai embora dentro de alguns dias. Se quiser posso mudá-lo depois, mas é mais caro.

— Está certo, me avise quando ficar vago. Por agora vou pagar uma semana, embora seja provável que fique mais tempo — disse, entregando a ela quatro notas de quinhentas pesetas, e ciente de que ela não tirava os olhos do rolo apertado de notas. A mulher as pegou e guardou no mesmo bolso de seu estranho avental, de onde tirou o troco. Noah estendeu a mão a fim de pegar o dinheiro, mas ela o deixou na mesa. A seu lado colocou um molho de chaves.

Quando entrou de novo no seu quarto, Noah viu através de uma porta entreaberta um quarto que dava para a rua. Apontando para ele, perguntou:

— E este?

— Este é o meu quarto, senhor Scott.

Ele se virou para fitá-la. Percebera algo de estranho na maneira como o havia dito. Estaria flertando? Decidiu não dar importância.

— Tem uma lista telefônica?

— Está aí — respondeu ela, apontando para um aparador no corredor.

Noah pegou a lista e olhou ao redor, desconcertado.

— E o telefone?

— Para ligar para o seu país, não é verdade? — disse, desconfiada. — Temos um, é claro, mas é só para emergências. Não se permite fazer telefonemas na pensão. Existe uma cabine bem perto da saída, na esquina.

Noah entrou no quarto, fechou a porta atrás de si e deixou a mochila no chão perto de um antigo guarda-roupa de duas portas que parecia um caixão duplo. Sentou-se na cama, que soou metálica quando o colchão se moveu. Abriu a lista em cima dos joelhos e procurou. Todas as listas telefônicas do mundo tinham um mapa das ruas. Tirou uma pequena navalha do bolso e com um golpe limpo separou o mapa e constatou que a folha surrupiada era imperceptível. Depois procurou vários números de telefone que foi anotando na pequena agenda retirada de seu congelador. Quando terminou, devolveu a lista telefônica a seu lugar no corredor, voltou para o quarto e colocou seus escassos pertences dentro do guarda-roupa. Tomou dois comprimidos do diurético, mediu com a tampa do frasco a dose de digitalina e a engoliu depois dos comprimidos. Pôs a foto dos pais em cima da mesinha de cabeceira e dedicou alguns segundos a olhar ao redor, familiarizando-se com o lugar e evitando responder à pergunta que lhe retumbava na cabeça e que repetia de forma incessante o que estaria fazendo ali. Tirou da mochila de viagem o distintivo que o identificava como inspetor, meteu-o no bolso interior do casaco e depois acomodou a arma sobre o quadril, no flanco direito. Pegou as chaves que a senhoria lhe tinha dado e saiu de novo para a rua.

A cabine telefônica tinha uma porta articulada que estava emperrada e permanecia aberta. Ele demorou bastante para perceber de quantas moedas necessitaria e chegou à conclusão de que não tinha uma quantidade suficiente. Entrou no primeiro bar que encontrou, em frente à pensão Toki-Ona. Bar Casino.

Em Glasgow dizia-se que nunca era cedo demais para tomar o primeiro copo. Ele conhecia vários policiais que madrugavam para ter tempo de conseguir o nível alcoólico adequado antes de ir trabalhar, mas nem em sonhos pensou que em Bilbao pudesse encontrar algo semelhante. Apesar de logo de manhã cedo ter visto as confeitarias abarrotadas de gente tomando o café da manhã, surpreendeu-o constatar o quanto o bar estava concorrido, embora passasse pouco das dez e meia da manhã. Uma mulher de cerca de trinta e cinco anos atendia uns bebuns na outra ponta do balcão, mas veio falar com ele assim que o viu. Ela vestia uma calça bege e uma blusa listrada de azul. Usava as mangas arregaçadas até os cotovelos e trazia como única joia um relógio de aço. O cabelo escuro e ondulado ia até um pouco abaixo dos ombros. Sorria.

— Bom dia, o que deseja tomar?

— Desculpe, poderia trocar uma nota em moedas? É para o telefone — achou-se obrigado a explicar.

— Claro que sim — disse ela, pegando a nota. Foi até o caixa e voltou sorrindo com as moedas. Ao contrário da mulher da pensão, entregou as moedas em sua mão e ficou olhando para ele até que ele abandonou o local.

Da cabine, ligou para todas as pensões que havia localizado na planta com a ajuda da lista telefônica. Em mais três estavam hospedados cidadãos ingleses ou irlandeses. Noah constatou que na maioria dos casos seus interlocutores não estavam muito certos da diferença. Como é óbvio, evitou perguntar diretamente por Murray ou por trabalhadores da MacAndrews, já que isso poderia provocar a curiosidade do hoteleiro e fazê-lo comentar o fato depois com os hóspedes. Não tentou disfarçar seu sotaque, pois o fato de um cidadão inglês desejar se hospedar numa pensão onde houvesse outros compatriotas não levantava nenhuma suspeita. Descartou os que se encontravam hospedados havia mais de uma semana, e não deixou de espantá-lo a facilidade com que obteve aquela informação. Depois de desligar, telefonou para os escritórios da MacAndrews em Bilbao e se informou sobre o horário de funcionamento. *Das oito à uma e das duas e meia às cinco e meia*. Perguntou por John Murray. Ignorando o apelo da telefonista, que lhe pediu que não desligasse enquanto passava a ligação, apoiou a mão no gancho e cortou a comunicação. Procurou a localização dos escritórios no mapa e calculou que ainda tinha tempo para descansar um pouco e tomar um banho antes de os trabalhadores da MacAndrews saírem para almoçar.

O céu tinha limpado à medida que a manhã avançava e a temperatura subira notavelmente. Assim que saiu para a rua, deu-se conta de que o blazer, sobre a camisa de manga comprida, era grosso demais para aquele clima. Ainda assim, achou-o suportável enquanto caminhava entre as ruas sombrias perto da catedral. Consultou o mapa e calculou que demoraria cerca de quinze minutos para chegar à rua Bertendona. Teve que sair das Siete Calles em direção ao teatro Arriaga e, atravessando a ponte, chegar à estação até a zona chamada Abando. Quando ali chegou, não aguentava mais o casaco. Disfarçando, mudou a arma de posição, despiu o blazer de sarja e o dobrou com cuidado sobre o braço direito. Embrenhou-se na zona atrás do apeadeiro da estrada de ferro, perambulou por ali observando o comércio local e examinando seu próprio reflexo nas vitrines enquanto voltava a pensar que precisava comprar outras roupas. Caminhava devagar a fim de se cansar o menos possível. Chegou à porta dos escritórios pouco depois do meio-dia. Ainda era cedo, mas preferira sair com algum tempo de antecedência para poder conhecer essa zona de Bilbao e ter certeza de que John Murray não saía do trabalho antes disso.

Durante a hora seguinte pelo menos, uma dúzia de homens entrou e saiu dos escritórios. Mensageiros, carteiros, operários. À uma hora em ponto abriu-se a porta e surgiu um homem de meia-idade com um imponente bigode branco. Uma jovem vestida com uma calça castanha e uma blusa bege foi encontrá-lo, solícita. Esperaram alguns segundos enquanto o homem apressava as secretárias que ainda se encontravam lá dentro. Três mulheres jovens, que envergavam vestidos de tons pastel muito semelhantes, cabelos encaracolados e argolas nas orelhas. O homem do bigode grisalho fechou a porta a chave, disse algo que Noah não conseguiu ouvir e, levantando a mão em jeito de despedida, saiu pela rua em direção ao norte. As mulheres se dirigiram apressadas em sentido contrário até a porta de uma pastelaria. Ali três delas se despediram e entraram no local; a da calça castanha seguiu o caminho. Noah observou que as três mulheres haviam se sentado ao redor de uma mesa junto à vitrine e observavam a quarta através das cortinas da pastelaria. Também viu que a jovem se voltou para trás uma vez para olhar.

Noah hesitou entre voltar para a pastelaria e tentar arranjar um lugar perto das secretárias ou se concentrar na que continuava a caminhar sozinha. Podia ser que morasse perto, que fosse almoçar em casa... mas houve algo em sua expressão quando se virou para trás a fim de olhar para a pastelaria que o levou a decidir ir atrás dela.

Quando ficou mais próximo, percebeu que, apesar de no início ter pensado que as outras garotas pareciam mais jovens, era muito provável que aquela fosse mais ainda. Com certeza sua maneira de vestir o havia confundido: a roupa castanha em contraste com as cores usadas pelas outras jovens, a blusa folgada enfeitada com um laço, o cabelo preso num rabo de cavalo e uns sapatos baixos e demasiado fechados para a época do ano e para uma menina da sua idade.

A jovem caminhou em bom ritmo até entrar na rua seguinte, ali abrandou o ritmo e chegou inclusive a parar junto a algumas lojas, observando as vitrines com verdadeiro interesse. A maioria dos estabelecimentos comerciais já tinha fechado àquela hora, mas Noah viu como ela se demorava diante de uma sapataria e de uma loja de bolsas. Havia na maneira como examinava o conteúdo das vitrines um desejo reprimido. Ela observava o interior escuro dos locais como uma criança diante de uma confeitaria, e Noah a viu ajeitar a roupa diante do reflexo de sua própria imagem nos vidros apagados enquanto suspirava. A jovem prosseguiu em seu passeio até chegar a uma avenida principal, a Gran Vía. Noah a alcançou enquanto esperava paciente na faixa de pedestres a oportunidade para atravessar para a outra calçada. Ali se encaminhou a uma grande banca de jornais que havia junto ao arranha-céu do Banco de Vizcaya. Cumprimentou o jornaleiro e este, ao vê-la, tirou das prateleiras duas revistas, *Jazmín* e *Bianca*. Ela lhe entregou uma nota e esperou para receber o troco apertando as revistas de encontro ao peito. Depois deu meia-volta a fim de voltar por onde viera, mas, incapaz de se conter, começou a folheá-las enquanto esperava que o semáforo mudasse junto à faixa de pedestres.

Noah não conhecia essas publicações, mas ao aproximar-se do quiosque viu que se tratavam de fotonovelas românticas. Reparou também que possuíam ali uma variedade mais do que aceitável de jornais ingleses. *The Times, The Sun, The Guardian*. Pensou que mais tarde teria que voltar ali e nesse momento apertou o passo a fim de alcançar a jovem, que já estava atravessando a rua, seguindo pelo mesmo caminho e fazendo Noah pensar que se dirigia de novo aos escritórios da MacAndrews. Numa das ruas, a garota enveredou na direção do rio, perto da estação ferroviária. Localizou um banco vazio, sentou-se e, depois de olhar para os dois lados como se se preparasse para fazer algo ilegal, abriu uma das revistas sobre os joelhos, tirou da bolsa um sanduíche, que desembrulhou apenas pela metade, e começou a comer enquanto lia.

Noah voltou a vestir o casaco, embora o tenha deixado aberto, pois abotoado evidenciava mais ainda a perda de peso dos últimos dias. Aproximou-se com ar decidido.

— Desculpe, posso me sentar?

— Ah! — A garota quase engasgou. A revista escorregou até cair no chão enquanto com uma mão tapava a boca e com a outra segurava o sanduíche.

— Não foi minha intenção incomodá-la, mas poderia ter a amabilidade de me conceder alguns minutos da sua atenção? Eu gostaria de conversar com você.

Ela assentiu, sorrindo com timidez enquanto apanhava a revista do chão.

— O senhor é inglês, não é?

— Sou. Gostaria de lhe fazer umas perguntas relacionadas com o seu trabalho; você trabalha na MacAndrews, não é verdade?

Ela pareceu subitamente decepcionada, e Noah passou os olhos na revista pousada nos joelhos da garota. Na capa, um homem vestido com um elegante smoking abraçava uma jovem envolta num vaporoso vestido de noite. Noah percebeu que a jovem presumira que suas intenções fossem românticas. Sacou o distintivo e, depois de olhar para os lados de um modo muito semelhante ao que ela usara antes, mostrou a ela discretamente.

— Eu me chamo Gibson e sou detetive particular — mentiu sorrindo de leve ao fingir se passar pelo detetive-sargento.

— Ah, um detetive, como nos filmes!

Noah voltou a sorrir enquanto se dava conta de que isso satisfazia, pelo menos em parte, a necessidade de aventura da jovem.

— Estou em Bilbao para investigar um caso e creio que você poderia me ajudar.

Os olhos dela se arregalaram e seu lábio inferior tremeu um pouco.

— Eu me chamo Olga — ela disse, estendendo a mão para ele. Ele a apertou por breves momentos.

— Muito bem, Olga, estou investigando um dos funcionários da MacAndrews que acabou de ser admitido na empresa.

— O senhor Murray?

— Exato.

— Ele parece amável e é educado — relatou ela, desconfiada, como se tais qualidades o tornassem, de algum modo, mais perverso. — O senhor o está investigando por quê? É um ladrão? Um assassino?

— Muito pior...

Ela abriu os olhos e se inclinou um pouco na direção de Scott Sherrington demandando uma confidência.

— É um sedutor.

Ela aspirou uma golfada de ar ruidosamente.

— Ele seduziu uma herdeira inglesa rica, os dois se casaram e ele conseguiu que ela passasse todas as propriedades que tinha para o nome dele, mas pouco depois ela descobriu que ele já tinha sido casado mais duas vezes, sempre com mulheres muito ricas; aliás, quando se casou com ela, ainda era casado com a anterior. Quando o escândalo explodiu, ele fugiu. Nós achamos que o senhor Murray e o sedutor são o mesmo homem.

Olga tapou a boca com a mão.

— Incrível, e as meninas comentando que ele era charmoso... Eu não achei assim tanto, educado sim, mas um pouco tímido.

— Olga, preciso da sua ajuda. Me diga uma coisa: ficou alguém nos escritórios?

— Não, nós saímos para almoçar todos ao mesmo tempo. O senhor Goñi volta a abrir as portas às duas e meia — disse ela, olhando para o relógio e, com certa pena, o almoço meio por terminar.

— Pode continuar, se quiser — ele a incentivou, apontando para o sanduíche. — É a sua hora de almoço e eu estou roubando seu tempo.

Ela negou, embrulhou o que sobrou e guardou com cuidado na bolsa, que tinha ar de bem conservada, mas um pouco gasta nas alças e na parte inferior. Tirou uma maçã e começou a mordiscá-la enquanto Noah ia falando.

— É possível que o senhor Murray tenha saído mais cedo? Hoje de manhã telefonei para o escritório perguntando por ele e a pessoa com quem falei se ofereceu para transferir a ligação.

— Então foi o senhor! — disse ela, sorrindo. — Falou comigo, sou eu quem atende todas as chamadas de fora e depois transfiro a quem de direito. O caso é que o senhor Murray está nos novos escritórios do porto. É lá que ele trabalha. A missão dele é agir como elo entre os serviços aduaneiros. Os escritórios da rua Bertendona são meio antigos, da época em que toda a atividade estava concentrada no interior de Bilbao, mas a ideia é que a administração acabe se mudando toda para o novo porto de Santurce. Falou-se em remanejar a empresa inteira para lá, mas por enquanto eles mantêm os escritórios porque é aqui que nós temos os arquivos de clientes desde o ano de mil oitocentos e pouco.

Noah estava decepcionado.

— Então quer dizer que o senhor Murray não divide o escritório com você, apesar de ser você quem passa as chamadas recebidas.

— As ligações feitas também passam por mim. A empresa tem uma política de privacidade muito rigorosa. Nós somos uma das mais antigas da Europa e a mais antiga do Reino Unido, os nossos envios têm prestígio e são seguros, e as remessas valem milhões e milhões de pesetas.

Noah sorriu. Olga era uma funcionária dedicada. Ele disse isso a ela e a moça o fitou, satisfeita.

— O meu trabalho é importante. Só estou aqui há dois meses, mas o senhor Goñi diz que está muito satisfeito comigo.

— Não duvido.

— Eu sou o elo entre ele e a empresa e com o exterior, e falamos muitas vezes por dia, embora o senhor Murray tenha uma salinha nas docas porque, devido ao seu trabalho, passa o dia inteiro andando de um lado para o outro, entre Santurce e a Cova dos Ingleses, onde descarregam alguns dos contêineres, nos barcos, nos serviços aduaneiros... Ele vai para o escritório no fim do dia para resolver assuntos burocráticos com o senhor Goñi. Entrega as guias de remessa e depois vai embora.

— E faz isso a que horas?

— Por volta das sete.

— Você sabe se ele tem carro?

— Para falar a verdade, não, não sei, mas tem um carro atribuído pela empresa.

Noah fez uma anotação mental.

— É claro que, como todos os fiscais portuários, ele também usa os batelões.

Noah olhou para ela com ar inquiridor.

— São umas lanchas pequenas para subir o canal do rio desde o porto de Santurce até a Cova dos Ingleses. Às vezes servem para chegar aos barcos ou para subir nos rebocadores, mas principalmente para uma pessoa se deslocar mais depressa de um ponto ao outro da ria.

— Cova dos Ingleses... — repetiu Noah. — Sabe por que tem esse nome?

— Dizem que antigamente havia ali um cemitério onde eram enterrados os seus compatriotas. Todavia, se houve algum, não resta nem sinal disso. O que sempre houve e continua a haver ali é um campo de futebol. Também se diz que a paixão enorme por essa modalidade esportiva que existe em Bilbao chegou com os marinheiros ingleses.

Noah sorriu. Essa menina era um verdadeiro tesouro.

— Olga, preciso que me faça um favor.

Ela assentiu, convencida.

— Primeiro preciso saber de que maneira as grandes festividades da cidade vão afetar a atividade da sua empresa.

— Está se referindo à Aste Nagusia... Isso é fácil, para a atividade portuária não há feriados. O senhor Goñi vai tirar o dia do feriado. As secretárias vão trabalhar em horário reduzido, mas todo o pessoal das docas e, é claro, eu, vamos cumprir o nosso horário de trabalho normal de portas fechadas, exceto amanhã, que é o *chupinazo*, e no fim de semana. A empresa nos compensa, não pense o senhor que não.

Scott Sherrington assentiu, satisfeito.

— Preciso que me faça o seguinte. É muito importante para mim ter certeza se o senhor Murray e o sedutor que eu persigo são a mesma pessoa. Seria de grande ajuda ter acesso às referências do Murray, onde trabalhava antes, como foi contratado, quem o entrevistou e todos os dados relativos ao seu local de nascimento e família. Se ele está se fazendo passar por outra pessoa, vai ser fácil descobrir. Mantenha-se atenta a tudo o que se diz dele. Tenho certeza de que as suas colegas apreciam bastante as fofocas.

Ela assentiu devagar.

— O senhor quer que lhe conte sobre o que se fala...

Noah apressou-se a especificar:

— Eu compreendo a política de privacidade da sua empresa. Não estou interessado absolutamente em nenhuma atividade relacionada com o trabalho que vocês desempenham, e por isso a sua lealdade com a MacAndrews não estará em jogo. Mas quero que você me diga se alguma mulher telefonar para ele ou se deixam algum recado, especialmente se vier dos Estados Unidos. Você acha que consegue fazer isso?

— Ah, claro que sim. Aliás, ele já recebeu vários telefonemas — respondeu ela.

— Ah, é?

— O senhor Murray me avisou no primeiro dia que iria receber mensagens pessoais, da sua família, segundo me disse. Me pediu que o avisasse. E, agora que o senhor está dizendo, sempre são telefonemas de mulheres,

mulheres diferentes. Não tenho como saber se elas ligam dos Estados Unidos porque não deixam nenhum recado, só dizem que ligaram, mas as mulheres que telefonam falam inglês.

— Lembra-se dos nomes?

— Não deixam nenhum nome, dizem: "Ele sabe quem é, diga apenas ao senhor Murray que eu liguei". E é isso que eu faço. No fim do dia, transmito o recado a ele: "Uma mulher telefonou para o senhor". E elas têm razão: ele nunca pergunta pelos nomes delas, então deve saber quem é que liga.

— Ele retorna as chamadas na empresa?

— Não.

Noah pensou.

— E outra coisa: o sujeito que eu procuro muda de aparência com muita frequência. Como bom sedutor vigarista que é, não permite que tirem muitas fotos, quase não existem imagens dele. Nós sabemos que ele mudou o cabelo em diversas ocasiões, pôs óculos, barba, bigode... Não sei que aspecto tem agora.

— Bom, não é nada do outro mundo, também não é feio, não quero dizer isso. Passa despercebido, embora se vista bem e tenha um ar...

— Asseado — terminou ele.

Ela assentiu, fascinada.

— O que é que eu posso fazer para ajudá-lo?

— Hoje à tarde, quando o Murray sair do escritório, acompanhe-o até a porta com um pretexto qualquer e se despeça dele lá. Eu vou estar observando e saberei que é ele.

Olga assentiu, nervosa, mordiscando o lábio inferior. Precisava regressar ao seu local de trabalho.

Noah viu as horas em seu relógio. Tirou uma nota de cinco mil pesetas da carteira e estendeu para ela de maneira discreta. Ela o encarou quase assustada.

— A família da mulher dele é muito rica e pagam muito bem, portanto, se você vai se tornar uma colaboradora, isto é o justo.

Olga pegou o dinheiro e o apertou no punho fechado.

— É só um adiantamento. Vou pagar você por cada informação que receber. Vou ligar para o escritório todos os dias para saber se há alguma novidade. Fale apenas se for seguro. Se não for, responda simplesmente "não" e eu vou esperá-la aqui na saída do expediente.

— Isto é muito emocionante — disse ela, sorrindo.

— Mais uma coisa: nunca saia com ele, em hipótese alguma.

Olga negou com a cabeça.

— E eu acho que ele não iria reparar em mim. Sou o oposto de uma herdeira rica.

Noah voltou a reparar em sua bolsa puída, as roupas algo antiquadas, mas limpas e engomadas com capricho, do mesmo modo que guardara para mais tarde o que sobrou do sanduíche e a maneira como as outras secretárias olharam para ela.

— Mas você é muito bonita, e até mesmo os tipos como ele às vezes agem por impulso.

A jovem baixou os olhos e ele se despediu dela apontando para a nota que ela continuava a apertar na mão, com uma frase que jamais pensou que diria a uma mulher.

— Olga, compre uma coisa bonita para você.

Ela assentiu sorrindo.

Noah regressou à banca de jornais da Gran Vía e comprou o *The Times*, o *The Sun* e o *The Guardian*. Não tinham o *The Scotsman* nem restavam jornais franceses, mas, em vez de pagar adiantado o fornecimento de jornais para uma semana, o jornaleiro prometeu fazer o possível para lhe conseguir os jornais escoceses no dia seguinte.

— Não sei o que acontece nos últimos tempos. Em toda a minha vida só vendi um jornal escocês, e esta semana não fazem outra coisa a não ser pedir por eles.

Ele se sentiu tentado a perguntar quem mais comprava jornais escoceses dele, mas achou que chamaria atenção demais.

A caminho da pensão e com os jornais debaixo do braço, deu-se conta de que não havia comido nada desde o café e os pães de leite da manhã. Entrou na estação ferroviária e pediu um sanduíche de tortilha de batata e uma cerveja imperial, e tomou tudo enquanto folheava os jornais ingleses. Em todos continuavam a aparecer artigos dedicados a John Bíblia. Retratos falados, fotos da pequena povoação de Killin e uma ou outra alusão à grande tempestade que se abatera sobre a Escócia. O *The Guardian* dedicava uma monografia às vítimas. Mesmo em preto e branco, Noah reconheceu o rosto de menina de Clarissa O'Hagan. Para aquela fotografia ela se penteara arrepiando o cabelo de um jeito que não a favorecia, como se fosse uma peruca. Lembrou-se nesse momento de que ainda trazia sua fotografia na carteira. Abriu-a e resgatou do fundo de um compartimento uma pequena foto três por quatro. O rosto de uma adolescente tímida que tentava sorrir, com o cabelo solto até os ombros e repartido ao meio. Guardou-a de novo e deixou ficar o resto do sanduíche; de repente havia perdido o apetite.

Apesar da frugalidade do almoço, sentiu um intenso torpor à medida que caminhava em direção à pensão e especulava se teria comido depressa demais ou se era devido à grande quantidade de horas que deixara passar entre as refeições. A temperatura, que começava a aumentar, não ajudava. Quando passou pela ponte, voltou a tirar o casaco. Entreteve-se por um minuto a observar as águas turvas da ria, que corria debaixo dos seus pés, agora com o sol do início da tarde. O passeio o levou até a porta principal do teatro Arriaga. O primor da fachada enegrecida pelo fumo das siderúrgicas ficava parcialmente oculto por uma estrutura de madeira. Por cima da entrada principal, e ocupando o frontispício, ao primeiro piso tinha sido acrescentada uma galeria de madeira como um miradouro bastante tosco, que lhe dava um aspecto de estar em obras. O lugar parecia abandonado, e por cima de algumas das janelas tinham sido pregadas placas com anúncios desbotados pela chuva. Imaginou que em tempos remotos deveria ter constituído um espaço único para observar a cidade – ideia de algum homem ilustre da época –, decerto bastante concorrido e requintado, hoje decadente e abandonado. Causava um efeito de tristeza, ampliado pela visão parcial dos vestígios de algumas cortinas brancas, porém acinzentadas pelo pó e pelo tempo. As portadas, que haviam sido de um verde-garrafa brilhante, tinham escurecido, e o conjunto parecia tão artificial no edifício como o cabelo de estopa numa boneca.

Voltou a pensar em Clarissa O'Hagan e naquele penteado que não a favorecia em nada. Olhou com certa tristeza para o teatro Arriaga e em seguida embrenhou-se nas ruas dirigindo-se às Siete Calles.

O interior da pensão estava fresco e silencioso. Noah descalçou os sapatos e as meias e examinou os pés. Quase não notava a presença dos tornozelos, e os dedos pareciam inchados. Deixou aberta a janela que dava para o pátio, e do andar de baixo flutuou a música proveniente de um rádio com o volume alto demais. Espiou e viu que a maioria das janelas estava aberta, mas com as cortinas fechadas. A corrente de ar do pátio que se infiltrava por debaixo daquela claraboia translúcida as fazia ondular para o exterior, enfunando-as como as velas de um barco. Gostou da ideia, fechou as cortinas e deixou a janela aberta de par em par, ao mesmo tempo que chegavam aos seus ouvidos a hora certa da Rádio Nacional com os apitos de praxe. *São três horas da tarde, duas horas nas Canárias.* Ouviu as notícias deitado na cama enquanto observava os pés e prestou uma atenção especial quando no final da peça a voz do locutor disse: *Serviço de emergência da Rádio Nacional. Desapareceu de sua casa a jovem bilbaína Elena Belastegui. Solicita-se que entre em contato com sua família.*

Noah levantou-se da cama e se encaminhou descalço até a janela. Havia mais alguns avisos: dirigidos a pessoas que se encontravam ausentes em viagem, por assuntos familiares graves, por doenças, pedidos para que as pessoas telefonassem para casa ou para os hospitais de todo o país, mas, sem sombra de dúvida, os que mais chamaram sua atenção foram os que pediam ajuda. *Desapareceu de sua casa a jovem... solicita-se a quem possa fornecer pistas sobre o seu paradeiro que entre em contato com este número de telefone ou com a delegacia de polícia mais próxima.* Em alguns dos casos, o aviso ia acompanhado de uma descrição física e até da roupa que usava no momento do desaparecimento.

O dono do rádio mudou para outra estação que tocava música. Noah voltou para a cama enquanto pensava que precisava comprar um aparelho, e sem demora. Estendeu-se, aspirou o odor da roupa lavada que vinha do pátio e folheou os jornais, separando algumas páginas e descartando o restante. Recortou com os dedos os retratos de John Clyde que apareciam nos diferentes jornais. Um deles não passava de um monte de manchas desfocadas, resultado da ampliação de uma foto três por quatro em preto e branco. Noah deduziu que se tratava da fotografia da carta de motorista de Clyde, de que o chefe Graham lhe tinha falado, tirada anos antes e de qualidade tão ruim que Noah chegou à conclusão de que nem sequer se parecia com o homem que ele havia conhecido. A segunda era um retrato falado mais nítido e parecido, mas voltava a apresentar todos os problemas e discrepâncias desse tipo de reconstituição. O texto que o acompanhava mencionava que, diante da ausência de imagens fotográficas de John Clyde, conhecido como John Bíblia, muitos artistas de todo o país tinham se oferecido para elaborar retratos com base nas descrições dos poucos vizinhos que tinham tido contato com ele e que se lembravam dele. E este voltava a ser o aspecto mais generalizado, porque, a exemplo do que acontecera em 1968 e 1969, todas as pessoas que haviam tido algum tipo de relação com John Clyde pareciam sofrer de amnésia. Suas descrições eram tão vagas e imprecisas, e em alguns casos inclusive contraditórias, que o resultado era, consequentemente, desfocado e equivocado.

A música parou e um locutor que disse chamar-se Ramón García cumprimentou em tom festivo os ouvintes que telefonavam para oferecer músicas aos seus amigos, irmãos, colegas de trabalho, às crianças da escola e ao próprio locutor. Os oferecimentos se prolongaram durante alguns minutos, e enquanto escutava aquelas vozes olhou para a janela e se concentrou na hipnótica cadência com que as cortinas ondulavam para fora, para voar de novo para dentro alguns segundos mais tarde, como se todos aqueles tecidos corridos na frente das janelas abertas fossem a pleura pulmonar de uma grande criatura que respirava a partir do próprio coração do prédio. O torpor foi-se apoderando dele, que se recostou e adormeceu, embora não tivesse mergulhado num sono muito profundo, chegando até a ter certeza de ter ouvido a hora certa do rádio pelo menos uma vez.

A criatura que respirava no pátio sustivera a respiração, enfunando as cortinas para o exterior, mas as soltou no momento exato em que Noah abria os olhos. O tecido de poliéster deslizou sobre o caixilho da janela e voltou ao seu lugar com um suave silvo. O relógio assinalava as seis da tarde. Noah examinou os pés. Inclinou-se para a frente e massageou os tornozelos, que voltavam a apresentar seu aspecto habitual. Calçou-se, foi até o guarda-roupa e colocou sobre a língua um par de comprimidos do diurético. Não tinha copo, por isso debruçou-se sobre o lavatório e bebeu diretamente da torneira um gole suficiente para empurrar os comprimidos. A água tinha um sabor adocicado e um ligeiro odor de lodo que o transportou como que por encanto para as obscuras margens do lago Katrine.

Levantou a cabeça demasiado depressa demais e sentiu de imediato o enjoo atacá-lo. Agarrado ao lavatório, demorou uns segundos para recuperar o equilíbrio e poder abrir os olhos. Quando o fez, deparou com sua imagem refletida no espelho. A barba de três dias escurecia seu rosto, mas as olheiras arroxeadas, que lhe haviam ficado como recordação da estada no hospital, pareciam ter cedido depois do sono que implicara a travessia no *Lucky Man*. De maneira geral, estava com a aparência muito melhor do que seria de esperar de alguém que vive seus derradeiros dias sobre a face da Terra. Fixou o olhar no fundo de seus olhos: o azul havia recuperado a profundidade e o metal do espelho devolveu a eles a intensidade turva do desespero, que mantinha reprimido e acorrentado no mais fundo de sua alma. Desviou os olhos, decidido a não ver. Passou os dedos pelo cabelo ondulado e escuro e pegou o casaco de sarja, quiçá apropriado para o verão escocês, mas inadequado para Bilbao, e saiu para a rua.

Às dez para as sete, Noah se plantou numa porta na frente dos escritórios da MacAndrews. Às cinco para as sete, John Murray apoiou a mão na maçaneta interior da porta do escritório. Noah observou que se detinha, como se alguém o tivesse chamado do interior. Viu Olga se aproximar e perguntar alguma coisa. Ele se esgueirou lá para fora como que a verificar a temperatura e se virou de novo para dentro a fim de responder. Nesse espaço de tempo, ela já tinha chegado à porta e ficado ao lado dele. O homem saiu para a rua e ela se despediu, voltando para trás do balcão da recepção e desaparecendo da vista de Noah.

Ele observou o homem que se dizia chamar John Murray. Parado diante da entrada dos escritórios, entreteve-se acendendo um cigarro. Noah chegou um pouco à frente, renunciando ao refúgio que a porta lhe proporcionava, a fim de se assegurar do que estava vendo. Tinha certeza de que Clyde não fumava. Nunca o tinha visto fazê-lo. Recapitulou na mente suas lembranças até se convencer de que não havia um único cinzeiro em Harmony Cottage. Podia ser que não fumasse em casa por respeito às mulheres de sua família, mas também não se recordava de haver cinzeiros em seu refúgio nos fundos da casa, embora fosse possível que os caras da

Perícia os tivessem levado embora. Talvez fosse um hábito relativamente recente, inclusive parte de sua nova camuflagem. Noah estava longe demais para ter certeza se ele engolia a fumaça ou se só fingia fumar. Murray deu um par de tragadas no cigarro olhando para ambos os lados da rua, como se não soubesse muito bem que rumo tomar, mas Noah soube que se limitava a demorar seu tempo para pôr as ideias em ordem. Estava pensando. Ele se virou para trás durante três ou quatro segundos a fim de olhar, pensativo, para o interior dos escritórios e para o lugar que Olga ocupava. Um calafrio percorreu as costas de Scott Sherrington enquanto se perguntava se tinha feito bem em envolver a menina e se não a teria posto em perigo. Murray atirou o cigarro no chão e iniciou a marcha na direção do rio.

Noah saiu da porta e o seguiu, embora se tenha detido por um segundo a fim de verificar a marca do cigarro da bituca que Murray jogara fora. Embassy, a mesma que, segundo as testemunhas, fumava John Bíblia em 1969.

À medida que caminhava a certa distância, tentou recordar-se da maneira como John Clyde se movia, mas em sua mente pareciam confluir as lembranças de todos os homens que havia seguido nos últimos dois anos. Lembrava-se de que Clyde usava o cabelo bastante comprido e de uma cor castanho-arruivada. O homem que seguia pelas ruas de Bilbao tinha o seu cortado curto e, inclusive à luz do sol no declínio das sete da noite daquele mês de agosto, parecia bastante escuro. Talvez o traço mais característico de John Clyde fosse a preocupação com as roupas que vestia. Noah recapitulou na cabeça o guarda-roupa de Clyde em Harmony Cottage. As peças de bom corte, atuais, sóbrias e de cores neutras que nada tinham a ver com as calças justas e os blusões de motoqueiro que vestiam alguns jovens. O homem que atendia pelo nome de John Murray vestia agora uma calça de trabalho, calçado de proteção e uma camisa e um casaco com o logotipo da MacAndrews. Podia ser John Clyde tanto quanto Noah conseguia recordar, mas sem dúvida que estava mais próximo do John Bíblia dos retratos falados de 1969 do que do retrato de John Clyde que os jornais escoceses publicaram.

Murray não se demorou com distrações. Dirigiu-se ao Casco Viejo atravessando a ponte e entrando na zona pela rua Correo. Caminhava a bom ritmo, como se tivesse pressa, e Noah sentiu o coração acelerar à medida que tentava por todos os meios não o perder de vista. Espiava por cima das cabeças da multidão, que àquela hora parecia ter combinado sair para a rua simultaneamente. Alcançou-o porque ele parou para comprar cigarros na mesma tabacaria onde Noah pedira informações de manhã. Esperou por ele de costas, fingindo ver uma vitrine, ao mesmo tempo que vigiava o reflexo no vidro. Murray virou em direção à catedral e avançou pela rua Tendería até a entrada da pensão Toki-Ona e entrou no prédio.

Noah passou direto, mas ainda teve tempo de vê-lo subindo as escadas. Enquanto comemorava a feliz coincidência, prosseguiu até a porta de sua pensão. Tocou a campainha do interfone, esperou que a porta se abrisse e se posicionou no interior escuro do vão da escada sem perder de vista a entrada da pensão Toki-Ona.

Apenas dez minutos mais tarde Murray voltou a descer.

Assim que saiu à porta, deteve-se e acendeu um cigarro do mesmo modo que havia feito na frente dos escritórios da MacAndrews. Separavam-no dele uns meros quatro metros, e Noah pôde observá-lo bem. Trocara de roupa. Calça jeans engomada e uma camisa azul cujos punhos havia dobrado com cuidado até o antebraço. O cabelo também parecia diferente, úmido ou talvez com gel. Deu uma profunda tragada no cigarro, atravessou a rua e entrou no bar Casino, bem em frente. Noah o seguiu.

De manhã não reparara que o local era tão comprido. Tinha um balcão que fazia esquina com a porta e que se estendia até o fundo, onde se localizavam o depósito, a cozinha e os banheiros. Se de manhã lhe parecera animado, agora o achou abarrotado.

Viu que Murray parou no balcão, quase na entrada, perto de dois homens que bebiam cerveja. Um deles o recebeu com uma palmada nas costas. Noah se dirigiu ao fundo do estabelecimento a fim de poder observá-los discretamente. Ao passar ao seu lado, e mesmo acima da barulheira que havia no bar, reconheceu o inconfundível sotaque irlandês do homem que cumprimentou Murray.

Noah localizou um dos escassos bancos e se sentou na extremidade do balcão junto à entrada da cozinha e a uma pilha de jornais encostada à parede. Um espelho inclinado ocupava todo o fundo do balcão, e debaixo dele as garrafas estavam alinhadas em prateleiras escalonadas. Também uma aparelhagem de som de onde provinha a toada que se ouvia como música de fundo, e que era quase inaudível devido à algazarra das conversas e das gargalhadas, e uma estatueta de uma santa diante da qual ardia uma vela pequena. Noah reparou que atendia no balcão a mesma mulher que vira de manhã. Ela usava um jeans azul, e as mangas da camisa arregaçadas abaixo dos cotovelos lhe davam um ar decidido e enérgico, o cabelo ondulado roçava seus ombros e Noah viu o modo como o afastava para trás com um movimento da cabeça. Aproximou-se sorrindo.

— Olá outra vez.

Noah fitou-a, surpreendido por ela se lembrar dele.

— Hoje de manhã você precisava de trocados para o telefone...

Noah assentiu, embaraçado, e ela sorriu de novo.

— Tenho boa memória. O que vai tomar?

Noah ficou desconcertado. Não pretendia beber nada. Começou a se perguntar o que poderia beber. A última vez que havia entrado num pub em Glasgow pedira cerveja ou uísque. Uma passada de olhos pela superfície do balcão foi suficiente para constatar que a maioria dos presentes bebia vinho em copos pequenos.

A mulher continuava a sorrir quando lhe disse:

— Então, se quiser pensar um pouco, não tenho pressa.

— Vinho tinto — respondeu, tímido.

— Um especial ou um copo de três?

Ele apontou com um gesto para o grupo de bebedores mais próximo e para seus copos pequenos. Ela colocou um copo numa calha metálica encostada ao balcão. Serviu um copo de vinho curto e rápido e o colocou na frente dele, sem deixar de sorrir.

— Inglês, não é?

Noah assentiu sem deixar de lançar olhares furtivos à outra extremidade do balcão, esperando que os homens não pudessem ouvir dali o que ela dizia.

— Há muitos compatriotas seus em Bilbao. Como aquele grupo ali — disse, apontando para a entrada. — Michael e os amigos, não sei se os conhece. Podia-se até dizer que combinaram todos de vir para cá passar a Semana Grande.

Noah não sabia o que fazer. A última coisa que desejava era revelar sua presença, e menos ainda ser obrigado a cumprimentá-los ou a falar com eles. Reparou nesse instante no modo como tudo se havia precipitado nos últimos dias. Estava em Bilbao seguindo um pressentimento e agira de maneira tão intuitiva e instintiva que não tivera tempo de pensar em nada. Não sabia o que pedir num bar, não sabia como justificar sua presença em Bilbao e não contara que houvesse tantos britânicos na cidade. O mais desconcertante era a natureza daquele lugar, o fato de que, apesar de se encontrar na grande Bilbao, as Siete Calles pareciam pulsar como uma aldeia onde todo mundo se conhecia, falava ou pedia explicações. Baixou um pouco a cabeça, quase se escondendo no meio da freguesia enquanto negava com discrição. Ela pareceu compreender.

— Ah — exclamou, ao mesmo tempo que o sorriso se apagava dos lábios. E nesse momento outro freguês reclamou sua atenção.

— Maite, outra rodada aqui.

Noah memorizou o nome dela enquanto estendia a mão para o monte de jornais encostados na parede e abria um ao acaso. Só queria apenas baixar a cabeça e fingir interesse suficiente nas notícias de modo a poder escapar ao escrutínio e às perguntas da mulher do sorriso rasgado a quem os fregueses chamavam Maite. O grupo da entrada escutava o que um deles dizia: o mais baixo, o irlandês que devia ser o tal Michael, contava algo que fazia rir os outros. Ele gesticulava e falava muito alto. Até mesmo no meio da algazarra do bar, Noah chegou a distinguir uma ou outra das palavras que dizia. Sim, irlandês, sem margem de dúvida.

Um rapaz parou perto de Noah e olhou para ele demoradamente, com descarado atrevimento. A princípio ele o ignorou, mas, ao ver que persistia em sua atitude, observou-o disfarçadamente, valendo-se do espelho do balcão. Era tão alto como Noah e muito magro. O cabelo escuro e bem curto e o rosto alongado. Deu-se conta de que era muito jovem, um adolescente, mas observou também que havia em sua expressão um interesse e uma inocência genuínos, de menino muito menor, uma curiosidade que no início ele havia tomado por insolência. Uns olhos escuros bonitos e os dentes do arco superior meio projetados para fora de um modo que o impedia de fechar a boca por completo. Um de seus braços parecia paralisado, um pouco voltado para trás a partir do cotovelo rígido. Também tinha os dedos da outra mão crispados, e com eles segurava um saco de compras com duas baguetes. Rendido diante da evidência de que o rapaz não iria embora, Noah olhou para ele com ar de interrogação. Reparou então que o rapaz estava acompanhado por um cão de porte médio, branco e preto. Um cruzamento de pastor escocês, talvez, com uma raça menor. O animal tinha se sentado ao seu lado e só tinha olhos para o menino.

O rapaz aspirou o ar ruidosamente antes de falar.

— F-força, leões! — disse, com uma leve gagueira.

Falava com alguma dificuldade, mas Noah julgou tê-lo entendido e isso o deixou em total desconcerto.

— O quê? — respondeu, enquanto sua mente tentava estabelecer a ligação que levava aquele rapaz desconhecido a mencionar a equipe de futebol de Glasgow.

O rapaz apontou para o jornal que Noah segurava entre as mãos. Reparou nesse momento que se tratava de um jornal esportivo. Havia uma foto de uma equipe vestida de branco e vermelho. Tal como os pôsteres que enfeitavam o bar...

A *equipe local, Athletic de Bilbao*, pensou com rapidez, enquanto o rapaz apontava ao mesmo tempo para o jornal.

— O Athletic, os le-leões.

Noah sorriu conforme assentia olhando para o rapaz, surpreendido com a coincidência de a equipe de Bilbao, assim como a de Glasgow, ser conhecida como "os leões".

Não teve tempo de dizer nada. Maite saiu pela porta lateral que dava para a cozinha e se dirigiu ao garoto.

— Obrigada por ter ido fazer a compra, Rafa. Não sabe o favor que me fez — disse, tirando o saco das mãos dele. — Quer um suco de uva?

O rapaz assentiu, olhando para a moeda que Maite lhe havia deslizado para a mão. Noah reparou então que o grupo do irlandês com quem Murray bebia estava saindo do bar. Murmurou uma desculpa, deixou em cima do balcão umas moedas e saiu atrás deles.

Todas as dificuldades que podia implicar segui-los pelos pubs de Glasgow diluíam-se em Bilbao. A rua estava apinhada de gente, como numa festividade popular importante, embora fossem homens em sua maioria, em grupos ou isolados. Compreendeu de imediato que aqueles pequenos copos, que mal continham dois goles de vinho, e não sem razão eram chamados de *txikitos*, constituíam o motor de uma maneira de conviver que impedia que as pessoas ficassem muito tempo no mesmo bar. Pediam uma rodada, conversavam por um tempo e poucos minutos depois tinham terminado a bebida. Saíam para a rua e caminhavam com toda a tranquilidade os poucos metros que os separavam do local seguinte. Observou que aqueles que iam em grupos se revezavam para pagar as rodadas e eram, de maneira geral, bebedores mais sociáveis que os escoceses. Riam e falavam, alguns grupos cantavam na rua, inclusive no interior dos bares, canções que os amigos acompanhavam em coro. Mas também havia homens sozinhos, mais ao estilo de Glasgow. Entravam nos estabelecimentos, colavam os cotovelos no balcão e jogavam em cima dele algumas moedas, em certos casos sem dizer uma palavra. Noah começou a perceber que se tratava de um ritual habitual, algo cultural.

O grupo de Michael entrou num bar que dava para a praça Unamuno e que distava menos de cinquenta metros do bar de Maite. Qualquer atenção que pudessem ter prestado nele era dissimulada pela quantidade de fregueses que havia em cada taberna. Num desses locais houve uma agitação quando o proprietário saiu de trás do balcão e começou a esmurrar com os punhos a porta do banheiro enquanto gritava para quem estava lá dentro que saísse. Noah olhou curioso para seu vizinho de balcão.

— Drogados — sussurrou o outro, com desprezo. — Eles se enfiam nos banheiros para se picar. Faz uns dias apareceu um morto no banheiro do bar Las Cortes. São uma praga.

Quando saíram do local, os irlandeses seguiram por uma rua adjacente e estreita que penetrava no Casco Viejo, em direção ao norte. Nas duas horas seguintes seu roteiro levou-os por oito bares diferentes, e em cada um pediram uma rodada de vinho. Quando chegaram ao terceiro, Noah já tinha desenvolvido uma técnica para passar despercebido. Sem levantar a cabeça em demasia, deixava em cima do balcão a quantia exata para pagar o vinho e murmurava entredentes *tinto*, tal como vira outros fazerem. Em cada taberna o empregado servia o *txikito* num daqueles copinhos e Noah observou que, na maioria dos casos, se limitavam a passar uma água entre um freguês e o seguinte. A quantidade era sempre igual, apenas dois dedos mal medidos de vinho, mas a qualidade variava. O primeiro, no bar Casino, o de Maite, tinha parecido decente, mas não soube muito bem se era devido ao seu raro hábito de beber vinho ou se a qualidade da pinga ia piorando à medida que se embrenhava naquela rua, visto que cada vez pareciam mais ácidos. A princípio ficara preocupado que reparassem nele, mas percebeu de imediato que os bebedores faziam quase o mesmo percurso, pois em muitos dos bares deparou com homens que reconheceu do bar anterior. Ainda assim, e para não tornar evidente sua presença, evitou entrar em alguns, limitando-se a esperar perto da porta do boteco seguinte, que em muitos casos estava separada da anterior apenas pela divisória que distinguia os locais.

Murray e o grupo de Michael pediram comida em alguns bares. Pequenas porções que traziam em recipientes de barro fumegantes e que comiam se servindo em conjunto. Não era má ideia. Não havia comido nada desde o sanduíche do início da tarde, mas também havia observado que os homens que bebiam sozinhos nunca pediam comida. Tal como em Glasgow.

Embora tivesse bebido pouco e as doses de vinho fossem apenas de um par de goles, as consequências começavam a ter implicações que não havia previsto. Uma dor surda intensificava-se na boca do estômago, queimava como se tivesse ingerido água sanitária. Ele se sentia mal. Os sapatos estavam apertados outra vez e a vontade de urinar tornou-se cada vez mais urgente. Suspirou aliviado ao ver o empregado colocar uma dose de lulas fritas diante do grupo de Murray. Rezando para que não se fossem embora durante sua ausência, não teve remédio a não ser ir ao banheiro. Franziu o nariz ao constatar que os urinóis dos bares de Bilbao eram tão asquerosos como os de Glasgow. Um mictório de louça amarelada repleto de salpicos que pouco mais era como uma latrina no chão e, cobrindo o piso, uma massa infecta, mistura de serradura e urina, onde seus sapatos se enterraram. Não havia espelho, mas seria capaz de jurar que seu rosto estava pegando fogo. Nos dois bares seguintes limitou-se a fingir que bebia, molhando apenas os lábios, mas a acidez, a dor crescente no estômago e o enjoo se intensificaram.

Por volta das dez e meia, Noah percebeu que havia menos gente na rua. Talvez por terem ido para casa jantar. Às onze, e depois de tê-los seguido por dez bares sem sair da mesma rua, o grupo se deixou ficar para trás à porta da última taberna enquanto se despedia.

Noah tinha se embrenhado na travessa, confundindo-se com a multidão que falava na porta de outro bar quando os viu sair. Demoraram-se alguns minutos conversando até que o irlandês chamado Michael e o sujeito mais sério se dirigiram rua acima, até onde Noah se encontrava. Murray fez o sentido contrário, voltando pelo mesmo caminho. Noah se apressou a ir atrás dele ao mesmo tempo que sentia que o rebordo dos sapatos mordia sua pele inflamada dos tornozelos. Murray alcançou a praça Unamuno, perto das pensões, mas continuou rua abaixo contornando a praça Nueva até desembocar no Arenal. A freguesia, que começava a escassear nos bares de *txikiteo*, não parecia reger-se pelas mesmas normas dos cafés e dos restaurantes da avenida, que pareciam tão animados como de manhã.

Quando saiu para a artéria principal, Murray mergulhou de repente no meio do mar de gente, e durante alguns segundos Noah julgou tê-lo perdido de vista até voltar a localizá-lo caminhando apressado perto da igreja de São Nicolau. Apertou o passo e quase ficou colado às costas dele, no momento exato em que Murray tirava um chaveiro do bolso e se inclinava para abrir a porta de um veículo estacionado junto ao muro lateral do templo. Noah retrocedeu até a rua principal ao mesmo tempo que verificava qual era o sentido de circulação daquela rua e constatava que teria que sair por onde ele se encontrava. Analisou a nova informação com urgência. Ele tinha um veículo. Como não? Se John Murray era mesmo John Bíblia, um veículo era imprescindível para sua encenação.

Ofegante, Noah retornou. Seu rosto ardia como se tivesse adormecido debaixo do sol. Os pés o matavam e ele sentia o cinto se cravar no traseiro, apertando a arma de encontro ao seu corpo; além disso, tinha voltado a necessidade premente de urinar. Ao ver o veículo de Murray manobrar de modo a sair devagar até a entrada da rua, Noah correu para junto de um grupo de táxis parados perto da calçada e abriu a porta do primeiro da fila diante do teatro Arriaga.

— Quero que siga aquele carro.

O taxista fitou-o com a máxima atenção: o rosto avermelhado e suado, a acidez do hálito, o sotaque inglês e o modo de falar, que decerto se encontrava bastante afetado pelo vinho.

— Não vou levá-lo a lugar nenhum, amigo — respondeu o taxista. — Vá para casa curar o porre — disse, inclinando-se para um dos lados a fim de agarrar a maçaneta da porta. Com um puxão, fechou-a na cara desfigurada de Scott Sherrington, que sem desistir se inclinou de novo para falar através da janela aberta.

— Não estou bêbado.

E enquanto o dizia se deu conta de que sim, estava bêbado, ou pelo menos assim parecia, mas além disso estava muito doente. Ficou ali de pé, vendo o veículo de Murray imiscuir-se no trânsito e atravessar a ponte junto ao teatro na direção de Abando.

John Bíblia

Ele dirigia por uma avenida iluminada e solitária. John Bíblia estava em paz. Sempre ficava depois de fazer. Tinha consciência de que não devia se deixar arrastar por aquela plácida sensação, não enquanto não tivesse terminado o trabalho. Olhou para trás para ver o vulto amorfo que o corpo da mulher morta formava debaixo da manta. Não precisava se preocupar, Bilbao estava do seu lado. Meteu a mão no bolso a fim de roçar os dedos pelo suave cetim da fita de Lucy. Sentiu-se melhor de imediato. Baixou o vidro da janela e aspirou o odor da cidade. Ferrugem, águas fecais, fumo de chaminés e um leve aroma salobro subiam o canal do rio desde o mar. Esticou a mão esquerda para fora da janela e enquanto acelerava sentiu o ar pestilento acariciar sua pele; num arroubo de otimismo, ligou o rádio do veículo e aumentou o volume do som, permitindo que a música de David Bowie reafirmasse sua confiança. Acariciou de novo a fita de Lucy e, como que por magia, voltou a pensar nela.

O garoto

O garoto atravessava o bosque carregado com a mala da escola. Precisava se apressar: uma grande massa de água proveniente do oceano descarregaria aquela tarde nas colinas, tornando o caminho impraticável. Na primavera, quando se intensificavam as chuvas, todas as encostas que iam dar no lago se cobriam de inúmeras cascatas, fontes e regatos, que corriam para depositar as suas águas no lago Katrine. O caminho de terra, que transitava junto à margem e conduzia até sua casa, ficava então inundado, e a única maneira de chegar a Harmony Cottage era através do bosque, atravessando a região de *glens* arborizados nos Trossachs, onde os inúmeros regatos ainda corriam confinados entre as rochas e o musgo dos *glens*. O garoto adorava viver junto ao lago. Quando era pequeno, uma vez havia perguntado à mãe por que é que não moravam numa das casinhas do centro da aldeia. Ela tinha respondido: *A vergonha vive nas imediações.* O garoto na época não percebeu, mas não fazia diferença, porque gostava de viver ali. O lago era bonito durante o ano inteiro, exceto nas noites sem lua, em que sentia um pouco de medo. Sua estação do ano preferida era o verão, porque podiam nadar no lago, inclusive no início do outono. Depois, as águas ficavam tão escuras e geladas que pareciam feitas de chumbo, mas em todo caso era na primavera que eram mais perigosas. As inúmeras tempestades que chegavam do mar do Norte, e que os bosques dos Trossachs atraíam como um ímã, conseguiam alterar a configuração de todos os arredores do lago numa única noite, arrastando ladeiras inteiras para seu interior, sepultando no fundo árvores centenárias que ficavam enterradas no lodo. Os leitos se enchiam de caudal e faziam rolar pelas colinas rochas milenares, que formavam os famosos lagos confinados da região, com dezenas de novos *lochs* com seus numerosos braços de água, criando e fazendo desaparecer pequenas ilhas.

O garoto subiu um pouco a colina para passar sobre um riacho agitado pela área mais estreita encravada entre duas grandes rochas. Adorava o modo como o bosque cheirava depois da chuva. A madeira molhada, o musgo verde, os liquens prateados que cobriam as rochas e a parte norte do córtex das árvores. O odor era mineral, poderoso e fresco. Agora não chovia, mas a suave brisa que de vez em quando agitava as copas das árvores deixava cair sobre o garoto as gotas prateadas que as folhas haviam retido até esse momento. Um trovão retumbou ao longe. O garoto levantou a cabeça. Lucy Cross esperava por ele ali.

— Olá — disse ela com timidez.

Ao longo dos anos recordaria esse momento em tantas ocasiões que de tanto analisá-lo sabia que ao vê-la tinha se sentido feliz. Como poderia ser de outra maneira se a amava?

Tinha certeza de haver sorrido, e talvez fosse isso mesmo que encorajou a menina a se aproximar quase até roçar nele.

— Não sei o que está acontecendo com você, não sei por que está tão bravo, mas não acredito em você, Johnny Clyde.

O garoto olhava para ela extasiado. Ela tinha prendido parte do cabelo vermelho com uma fita brilhante da mesma cor, estava tão bonita! Inspirou fundo o ar ao seu redor. Ansiava pelo seu perfume de bolachas e rosas. Sorriu.

Lucy Cross deu mais um passo.

— Não acredito que você me odeia, mas se me odiasse não faria diferença, porque eu te amo, Johnny Clyde.

O garoto não conseguia se mexer, não queria se mexer, mas não era preciso. Ela avançou até que seus corpos se tocaram, e então beijou. Quando no futuro se lembrasse disso, seria inevitável levar os dedos à boca. Seus lábios estavam quentes, contrastavam com a frescura do bosque. Ficou muito quieto, como se receasse que o milagre daquele beijo se quebrasse se ele se mexesse, entretanto, em sua mente ressoavam quatro palavras: *Eu também te amo.*

A vítima

Primeiro ela ouviu a música do rádio. David Bowie cantava "Let's Dance". Até teve tempo para pensar no quanto gostava daquela música antes de cheirar a acidez adocicada do vômito que se derramava, escorrendo por suas faces, pelo pescoço e pelos ombros nus, como uma sopa quente. Abriu a boca procurando um pouco de ar e soube que tinha que engolir tudo o que não havia chegado a sair pela boca se quisesse voltar a respirar. Foi como engolir vidros. Sentiu um intenso ardor no estômago, no lugar onde ele a havia atingido, e a sensação de náusea a invadiu de novo, mas nada comparável à dor no pescoço e na garganta. Abriu os olhos e, através do tecido áspero da manta que a cobria, chegou a vislumbrar uma espécie de óvnis luminosos que passavam de forma cadenciada sobre sua cabeça. Tentou mexer os braços e descobriu que o direito estava preso debaixo do seu corpo, talvez até deslocado.

Quase conseguia distinguir, sem o ver, o volume inchado que formava o osso encostado no assento traseiro do veículo. Sentiu a umidade que jorrara entre suas pernas e que começava a esfriar, evidenciando sua presença. Ciente de cada soco recebido, sentia-se espancada, cansada e muito triste. De alguma maneira soube que ia morrer, e isso lhe causou uma profunda tristeza, uma insuportável sensação de desperdício, de afronta e de ofensa. Debaixo do braço esquerdo sentiu a aspereza tosca dos tapetes do carro. Levantou a mão, procurando o rosto, e achou-o intumescido, inchado, pegajoso de sangue, muco e lágrimas. Aterrada, tateou com dedos desajeitados até encontrar o pano apertado em volta de seu pescoço, e até reconheceu pelo tato o suave cetim do lenço que naquela noite pusera como adorno. Essa era a única peça de roupa que conservava. Estava nua. Sentiu a presença de sua roupa amontoada no chão do carro a seu lado e a correia da bolsa cravando-se em sua pele. Afastou a manta do rosto. E constatou que os óvnis luminosos que voavam sobre sua cabeça eram na realidade as luzes dos postes das avenidas, que iluminavam a passagem do veículo em que o homem, que a dera por morta, transportava seu corpo. Do ângulo em que tinha a cabeça colocada, conseguia ver o teto, parte do vidro da janela e o puxador plano da porta. Tentou virar o pescoço, mas sentiu o puxão de seu próprio cabelo.

Sentia tanta pena, tanta lástima por sua própria morte, que mal era capaz de reprimir o choro. Pensou em sua casa. Na irmã mais nova, com quem dividia o quarto, e na maneira como a menina deixava, cada vez que saía, um de seus bichos de pelúcia em cima da cama, esperando por ela. Soube que não voltaria a vê-la, e isso a entristeceu tanto que sua mente viajou até em casa, à presença diante de um prato de tortilha de batata que a mãe deveria ter deixado no forno para que comesse alguma coisa quando chegasse, ao aroma do cachimbo do pai, que cochilaria com o rádio ligado até ouvi-la chegar. Pensar neles a encheu de uma coragem que não julgava possível. Levantou a mão direita até tocar na peça plana do puxador da porta, deslizou os dedos por baixo e empurrou com todas as forças. Não aconteceu nada. A porta continuava no seu lugar. Talvez o homem que acabaria com ela a tivesse fechado trancando-a por fora. Com a vista toldada pelo choro e pelos socos, apertou os olhos com força e empurrou de novo. Percebeu então um leve movimento e abriu a boca com falta de ar ao mesmo tempo que compreendeu que não se tratava de uma porta de batente, mas sim de uma daquelas que se deslocam sobre um trilho lateral. Empurrou-a de leve e a porta deslizou silenciosa e lenta em direção à traseira do veículo, permitindo que a frescura da noite bilbaína levasse consigo o odor do vômito e do sangue e lhe despenteasse o cabelo. Com o vislumbre de um sorriso, deixou cair a mão flácida, que ficou do lado de fora do veículo, à semelhança de seu cabelo comprido, que não se encontrava preso debaixo do corpo, mas sim entalado na porta. Sentiu uma enorme felicidade, uma gratidão imensa por poder acariciar o ar de sua cidade, que cheirava a ferrugem e à promessa de chuva; por ter aquele derradeiro indício de vida. Estendeu a mão na direção do monte de roupa que repousava a seu lado, puxou a alça da pequena bolsa vermelha, ergueu-a passando-a pelo rosto e atirou-a para fora do veículo. A porta chegou ao final de seu percurso e travou com um clique sonoro. O veículo freou. Ela não pôde evitar o gemido de dor ao sentir o corpo projetado contra a massa entorpecida que formava seu ombro. Começou a chorar.

O bêbado

Juanito Mendi era um bêbado. Também havia sido, junto com o irmão, o herdeiro de uma das empresas mercantes mais importantes do porto de Pasajes. Sua família, os Mendi, tinha erguido um império com os bacalhoeiros que iam até o Gran Sol. Saturnino Mendi, "o Velho", enviuvara no dia em que nasceu Juanito e, a partir desse momento, comandou a educação de seus dois filhos com a mesma mão de ferro, o mesmo espírito de trabalho e a mesma austeridade com que havia erguido os alicerces de sua empresa. Quando considerou que já tinham idade suficiente, pôs os dois à frente de diferentes departamentos da empresa, na esperança de que aprendessem alguma coisa. Contudo, os irmãos Mendi se interessavam mais pelo que havia no fundo do copo do que em gerir uma empresa mercante de tanto prestígio na história da povoação. Saturnino dizia que não tinham nem honra, nem dignidade, nem amor-próprio. Às vezes dizia coisas piores. Mesmo numa época em que ver homens bêbados pelas ruas era algo rotineiro, as bebedeiras dos Mendi se transformaram em motivo de chacota em Pasajes, e na vergonha de seu pai. Os marinheiros, que mal se atreviam a cumprimentar o velho, riam dos filhos nos bares, incapazes de compreender que aqueles meninos ricos tivessem necessidade de procurar o abismo no fundo de uma garrafa. Os bêbados Mendi deixaram de ser dois. Juanito Mendi, "o Bêbado", tinha enterrado o irmão na primavera anterior, e dois dias mais tarde o pai voltara a deserdá-lo pela vigésima vez. Era sempre a mesma coisa. Saturnino Mendi aos gritos, insultando-o, esganiçando-se a um palmo de seu rosto ao mesmo tempo que amaldiçoava o momento em que o filho veio ao mundo e a maneira feroz como sua vida inútil levara a de sua amada esposa. *Esvaiu-se em sangue*, era sempre assim que dizia. Depois desatava a chorar, caía de joelhos diante do farrapo que era o seu filho e proferia as palavras mais cruéis: *Você é um merda*. Juanito Mendi, "o Bêbado", não dizia nada. Juntava as mãos como se rezasse, como se estivesse mergulhado num refúgio de paz que lhe permitia inclusive fechar os olhos. Sabia que o velho detestava que fizesse aquilo. Mas Juanito não podia fazer mais nada. Levantava-se e ia-se embora, decidido como sempre a nunca mais voltar.

Havia muito tempo estava farto de San Sebastián, do Donosti das pessoas de bem de Madri e dos almofadinhas. Para ele, uma mistura de beatos e putanheiros bem-vestidos. Fugindo de tudo isso, havia adotado o hábito de perambular de festa em festa. Uma prática habitual entre os vagabundos, os batedores de carteira e os bêbados. Juanito Mendi era um bêbado, mas não dormia na rua, não era um vagabundo. Gostava de pensar assim, imaginava que de alguma maneira lhe conferia certa dignidade. Com a parca mesada que o pai ainda não lhe havia retirado, tinha o suficiente para pagar uma mísera pensão e destinar o que sobrava à bebida. Seja como for, passava muitas horas na rua. Antes, enquanto vivia em Pasajes, costumava beber nos bares, mas desde que adotara aquela nova vida passara diretamente do copo para a garrafa. Durante o dia costumava procurar um banco sossegado, à sombra, onde não houvesse crianças. À noite preferia as áreas de aglomeração ou as imediações das avenidas principais. Juanito, "o Bêbado", aprendera que era muito perigoso se afastar da proteção dos postes que iluminavam a rua, porque qualquer grupo de desalmados podia dar uma surra nele e jogá-lo no rio. Passara a última hora sentado na grama de um canteiro, ao abrigo de um arbusto florido, enquanto dava conta da última garrafa do dia. Era uma zona tranquila, afastada das comemorações do centro do Casco Viejo. O bar mais próximo, que costumava fornecer vinho para ele, acabava de baixar as portas. Juanito Mendi pensou que já estava na hora de bater em retirada. Na verdade, acabava de se pôr de pé quando, do interior de um veículo que passava perto dele, atiraram quase a seu lado uma pequena bolsa vermelha de mulher. Ela ficou estendida na calçada molhada, muito perto do meio-fio. Não vinha mais nenhum carro, por isso Juanito saiu do meio dos arbustos e parou na calçada, bem ao lado da bolsa. Olhou para ambos os lados. A rua estava deserta. Viu então que um veículo branco tinha parado cerca de vinte metros adiante. A porta da frente se abriu e o condutor saiu. Juanito se inclinou para a frente, não sem um certo esforço para manter o equilíbrio, e, agarrando a bolsa pela alça, levantou-a, estendendo-a na direção do homem do carro. Mas, em vez de vir falar com ele, o sujeito contornou o veículo. Foi então que Juanito viu a mão. De mulher, muito pálida, crispada, e uns cabelos escuros e compridos que pendiam para fora do veículo de uma maneira que naquele momento achou muito esquisita. Mais tarde, naquela mesma noite, quando não conseguiu parar de pensar nisso, acabaria por deduzir que ela devia estar deitada no chão do veículo para que seu cabelo ficasse pendurado daquele jeito. O condutor empurrou a mão da mulher para dentro e recolheu o cabelo como se se tratasse de um simples pacote. Correu a porta lateral e olhou para Juanito Mendi, que, mesmo bêbado como estava, percebeu que aquela era uma situação perigosa. Talvez tenha sido apenas uma questão de segundos, o tempo que o condutor calculou se valia a pena percorrer os menos de vinte metros que os separavam. Por fim, e depois de um ar de avaliação, o homem voltou para o veículo e prosseguiu seu caminho. Juanito Mendi, "o Bêbado", já vira aquela expressão outras vezes, a de um profundo desprezo, de *bah, você não passa de um bêbado, um merda.*

Abriu a bolsa e vasculhou o interior: um documento de identidade, um batom, coisas próprias de garotas, duzentas pesetas em notas e mais vinte e cinco em moedas. Pegou o dinheiro, guardou no bolso e depois, com todo o cuidado, pendurou a bolsa no arbusto florido pela parte que era mais visível da calçada. Porque Juanito Mendi era um bêbado, mas não era um merda.

Bilbao. Sexta-feira, 19 de agosto de 1983

Noah ignorava como havia conseguido regressar à pensão. Em sua mente imperava um vazio que durava desde o momento em que perdeu de vista os faróis traseiros do veículo de Murray, entre o trânsito fluido da noite bilbaína e o instante em que o primeiro jato de água sobre seu rosto o transportou como que por encanto para aquela outra noite debaixo de chuva na margem do lago Katrine.

Lembrava-se vagamente de ter entrado na pensão escura e silenciosa, de ter chegado a seu quarto e de ter arrancado a camisa da pele febril e avermelhada; de vencer o impulso de se atirar em cima da cama onde iriam encontrá-lo morto no dia seguinte e do pensamento que, como uma ordem urgente, clamava em sua mente gritando que, a qualquer preço, precisava baixar aquela febre e saciar aquela sede. Cambaleando e vestido apenas com os sapatos e a calça, chegara ao banheiro no fundo do corredor. Correu o ferrolho e só teve tempo de se ajoelhar na frente do vaso sanitário. O vômito viscoso e escuro parecia sangue, mas cheirava a vinagre. Demorou bastante até conseguir se pôr de pé. Abriu a torneira do chuveiro e se sentou na borda da banheira a fim de descalçar os sapatos. O nó dos cadarços estava esticado e apertado devido à inflamação dos pés, e, apesar de ter tentado tirá-los aos puxões, só obteve êxito com um deles, e, ao levantar o pé para tentar desatar o outro nó, perdeu o equilíbrio e caiu de costas dentro da banheira, batendo com o ombro no rebordo de uma saliência destinada ao sabonete. Teve consciência, até mesmo naquelas circunstâncias, do quanto estivera perto de quebrar o pescoço. Chegou inclusive a pensar no lado cômico da morte, depois de todas as suas preocupações quanto à possibilidade de seu coração poder parar a qualquer momento, pois estivera prestes a partir o pescoço de encontro à saboneteira vazia de uma pensão imunda. O jato de água bateu em seu rosto, e a viagem até aquela outra noite foi tão rápida e aterradora que ele se obrigou a abrir os olhos para ter certeza de que continuava vivo.

Impossível calcular quanto tempo esteve ali, recostado na banheira, ainda com a calça vestida e apenas um sapato calçado. De vez em quando abria a boca para deixar que se enchesse de água morna, que engolia com esforço, numa tentativa de se redimir por dentro. Podia ter sido apenas alguns minutos, ou o par de horas que no dia seguinte lhe juraria a dona da pensão. E, embora tenha prometido a si mesmo que não fecharia os olhos em hipótese alguma, a certa altura deve tê-lo feito. Adormeceu. A água fria, gelada, acordou-o. Aturdido, teve tempo de reconhecer, pelos azulejos de tom verde deslavado, que ainda se encontrava na pensão, e nesse momento a luz se apagou. Permaneceu assim, com os olhos abertos no escuro e deixando que a água gelada caísse em cima dele, até que reuniu a força necessária para se endireitar. Pôs um pé, aquele que ainda tinha sapato, para fora da banheira, e se inclinou de modo a dar uma palmada no interruptor da luz. Foi inútil. Era um apagão geral. Regressou a sua posição original debaixo do jato do chuveiro. *Tudo igual a Glasgow*, pensou.

Não gostava do escuro, mas foi obrigado a reconhecer que a água gelada havia dissipado a sensação de ardor em sua pele, a pressão por trás dos olhos, e inclusive, na vertical e às escuras, recuperara o sentido do equilíbrio. Passados alguns minutos e quando sua vista se acostumou à penumbra, vislumbrou uma suave linha de luz que se desenhava por debaixo da porta. Concentrado naquele pequeno reduto de segurança, permaneceu debaixo do jato do chuveiro, permitindo que, como um batismo no Jordão, aquela água o purificasse.

O dragão respirava. Seu bafo soava como um silvo de poliéster. Abriu os olhos e a primeira coisa que viu foi o pulmão inchado da besta que do interior do pátio bocejava, enfunando todas as cortinas. Esteve assim por alguns segundos, encurralado na cadência de inspiração e expiração que fazia ondular os cortinados a seu bel-prazer, virando-os para dentro do quarto ou aspirando-os na direção do pátio. Havia muita luz. Levantou o pulso esquerdo a fim de ver as horas no relógio. Uma dor lancinante sacudiu seu ombro no lugar onde havia batido, e quase simultaneamente o sinal das três da tarde soou no perpétuo rádio do vizinho do andar de baixo. Estava com muita sede. Engoliu em seco e acompanhou o movimento colocando a mão no peito de modo a escutar o coração. Continuava ali, apesar de tudo. Ergueu as sobrancelhas e suspirou com desagrado ao constatar, quando se endireitou, que ainda estava vestido com a calça e calçado com um pé do sapato, por conta do qual estivera a ponto de morrer. Usando os dedos do outro pé como alavanca, conseguiu descalçá-lo sem esforço do pé agora desinflamado. Uma passada de olhos na superfície da mesinha de cabeceira o lembrou de que não ficara tão afetado a ponto de se esquecer de tomar os medicamentos. O frasco de comprimidos diuréticos estava tombado e a tampa de enroscar, que não fora capaz de voltar a colocar em seu devido lugar, ao lado do frasco de digitalina. Os comprimidos de nitroglicerina continuavam intactos na respectiva embalagem. Enfiou um par de diuréticos na boca e os empurrou com um gole da beberagem que tomou do próprio frasco. Esperou dois minutos, com os olhos postos no pulmão do dragão, antes de se pôr de pé. Acabou de tirar as roupas ainda úmidas enquanto se olhava no espelho. As olheiras dos primeiros dias passados no hospital haviam regressado: entre o rosado e o vermelho, desenhavam-se perfeitas e inflamadas debaixo de seus olhos. A palidez e a barba de três dias não contribuíam em nada para melhorar sua aparência. Examinou o exíguo conteúdo do nécessaire à medida que voltava a se lembrar de que precisava comprar produtos de higiene, lâminas de barbear e garrafas de água para evitar ter que beber diretamente daquela torneira enferrujada.

Ah, e camisas, pensou enquanto afastava com um pé dois botões perdidos que arrancara daquela que usava na noite anterior. Embrulhou-se numa toalha enquanto dava uma olhada profissional no quarto, avaliando o que queria que a dona da pensão visse quando ali entrasse para arrumar a cama. Enfiou no nécessaire a pistola, a carteira com sua identificação, o dinheiro e os medicamentos. Saiu para o corredor. Ia ter que dar razão àquela mulher, os hóspedes da La Estrella eram tão discretos, ou madrugadores, que ainda não havia cruzado com nenhum deles.

Não se encontrava nem há um minuto debaixo do chuveiro quando faltou luz de novo. Talvez porque soubesse que era de dia, ou porque se encontrava muito mais consciente, desta vez não se importou. Mas se importou, sim, que nesse momento a água começasse a sair gelada. É provável que a baixa temperatura tenha sido sua salvação na noite anterior, mas agora seu corpo todo doía, sentia-se machucado como se tivesse levado uma surra, sentia fisgadas em cada músculo e sabia que só a água quente seria capaz de aliviá-lo um pouco. A dona da La Estrella começou a esmurrar a porta.

— *Mister* Scott, saia daí imediatamente! — gritou, autoritária. — Fui bem clara quando disse ao senhor: dois banhos semanais e, obviamente, não pode ficar duas horas de cada vez aí dentro.

Depois desse sermão, voltou a bater na porta em sequências de sete pancadas, que Noah identificou como a maneira tradicional de bater das forças da lei. Só lhe faltara gritar "polícia" no final. Acompanhava os gritos com aquela sucessão de pancadas tão seguidas que Noah tinha muita dificuldade em perceber o que ela dizia. Era algo sobre o consumo de água quente.

Scott Sherrington olhava incrédulo para a porta. A luz voltou e faltou, voltou e faltou de novo, ao mesmo tempo que chegava à conclusão de que era a proprietária da pensão quem a acendia e apagava do lado de fora e, talvez, quem a havia cortado na noite anterior. A última vez a deixou acesa por tempo suficiente para Noah constatar o quanto a porta oscilava a cada pancada que a proprietária da La Estrella desferia do outro lado, enquanto pensava que era impossível que estivesse batendo na porta daquela maneira apenas com as mãos.

Noah fechou os olhos numa tentativa de ordenar seus pensamentos. A dor no ombro se intensificava debaixo do jato de água fria, e as imagens de seus pesadelos regressavam com força cada vez que faltava a luz.

— Escute, minha senhora, estou muito doente, preciso que volte a ligar a água quente ou não vou poder sair daqui — falou, dirigindo a voz para a porta.

A mulher continuou a gritar e a bater na porta como se não o tivesse ouvido.

Noah experimentou inspirar o ar de maneira mais profunda, mas foi impossível.

— Por favor — disse, tentando levantar a voz, que saiu abafada.

Outra saraivada de pancadas como resposta.

Ele sentia a pulsação acelerar à medida que o pânico aumentava. Ia ter um infarto. Tentou engolir um pouco de água numa tentativa de limpar a garganta, mas a pressão no peito era enorme, e, embora não tivesse nada no estômago exceto os medicamentos que acabara de ingerir, teve certeza de que ia vomitar, e se o fizesse vomitaria as próprias entranhas, vomitaria o coração, que batia descompassado pressionando seu esôfago e a traqueia como se fosse sair pela boca. Começou a tremer ao mesmo tempo que os olhos se enchiam de lágrimas ardentes de terror e de pura raiva.

— Escute, falaremos assim que sair — tentou negociar. — *I'm sick. I'm not feeling well, I need a few minutes*.

— Estou pouco ligando para a merda que está dizendo. Não entendo! Não entendo nada! — gritou ela.

Tinha falado em inglês? Devia tê-lo feito, muito embora não tivesse certeza, quase não conseguia pensar com clareza. Queria apenas que a luz voltasse, que as pancadas na porta cessassem, que a mulher parasse de gritar, e que ele conseguisse respirar outra vez.

— *I'm sick* — repetiu, ofegante, ciente desta vez de o ter dito em sua língua materna.

— Não entendo o que diz, quantas vezes vou ter que repetir? Não entendo a sua língua — gritou ela, esmurrando a porta de novo.

Tremendo, ele saiu da banheira. Tateando, tirou a carteira do nécessaire e pegou uma nota, uma das grandes, impossível saber de que valor no escuro. Com as poucas forças que lhe restavam, lançou os punhos de encontro à porta, fazendo com que tanto as pancadas como os gritos do outro lado cessassem subitamente. Agachou-se e deslizou a nota por debaixo da porta. Os dedos ágeis da proprietária da La Estrella a puxaram pela outra ponta.

— *You know what I mean now? Damn witch!* — gritou com todas as suas forças.

Um segundo de silêncio, dois...

A luz voltou ao mesmo tempo que a voz de novo moderada da proprietária.

— Perfeitamente, *mister* Scott.

Nu, ofegante e encostado à porta do banheiro, Noah alcançou o nécessaire que permanecia em cima da tampa do vaso e o esvaziou a seu lado. Pegou o frasco de minúsculas pérolas cor de marfim, introduziu um comprimido de nitroglicerina debaixo da língua e, deslizando até ficar sentado, esperou enquanto tentava se abstrair do cenário de angústia que se desenrolava à sua volta: a toalha amarrotada no chão, o exíguo conteúdo do nécessaire espalhado, o tremor que sacudia seus membros, o bater dos dentes e a certeza de que ia morrer. Concentrou-se em visualizar as informações que havia decorado da bula daquele veneno, que tivera a esperança vã de nunca ser obrigado a usar; o relaxamento da musculatura vascular, a dilatação dos leitos venosos e arteriais, os vasos sanguíneos se abrindo de modo a permitir o fluxo do sangue. Esperou e esperou, um minuto, outro, e pouco a pouco chegou a calma como uma onda suave e outra, e outra. A água do chuveiro voltou a fumegar pelo efeito do vapor muito antes de Noah estar pronto para voltar a tentá-lo.

De volta ao quarto, examinou sua aparência no espelho: não era muito melhor do que antes do chuveiro. Tinha permanecido mais de uma hora debaixo do jato sentado na banheira, deixando que a água quente apaziguasse a dor muscular e a sensação de desidratação que o fazia sentir a pele tão esticada que parecia que a qualquer momento poderia estalar como o esqueleto de uma esponja morta. Deixou cair a toalha e observou seu corpo. Nunca na vida tinha se sentido tão cansado, tão frágil e vulnerável. Amolecidos pela água quente, os músculos pesavam, e persistia neles um formigamento parecido com fisgadas. A pele, pálida por natureza, estava avermelhada pelo efeito do calor e desenhava vergões como pétalas vermelhas aqui e ali. Uma intensa mancha negra arroxeada se estendia desde a parte superior da omoplata direita até quase o meio das costas, no lugar onde havia batido na noite anterior. E às olheiras se juntava agora a irritação nos olhos devido à água quente. Colocou quatro dedos da mão direita sobre o peito, quase como se auscultasse a si mesmo com eles, e sentiu a cadência compassada da máquina da vida. Olhou para os três frascos de medicamentos agora alinhados sobre a prateleira do lavatório e, de forma inconsciente, procurou com a ponta da língua a pequena úlcera que se havia formado no lugar onde colocara o comprimido de nitroglicerina. Aquela pequena pérola venenosa proporcionara a ele uma experiência ao mesmo tempo caótica e aterradora, porque o pânico e a sensação certeira de que ia morrer o tinham obrigado a estar presente de uma maneira que não se lembrava em sua primeira experiência com a morte junto ao lago Katrine. Examinou por mais um instante a figura patética que o espelho lhe devolvia e que quase nada restava do homem que havia sido apenas quinze dias antes. Cerrou a boca e os olhos com força a fim de reprimir o soluço, mas as lágrimas escaparam por debaixo de seus cílios e deslizaram pelo seu rosto. Ignorando-as, manteve os olhos fechados até abafar o choro por completo. Não havia tempo para isso.

Quando abriu os olhos examinou ao redor, angustiado. Tinha que sair dali. Sua aventura com o vinho barato do dia anterior estivera a ponto de lhe custar a vida, mas, além disso, tinha-o feito perder um tempo precioso. Precisava telefonar para a secretária da MacAndrews, comprar os produtos de higiene de que necessitava e estar pronto na hora em que Murray saía do emprego a fim de segui-lo de novo. Hoje teria que renunciar aos jornais ingleses; já estava tarde para isso. Contudo, a razão principal era não se sentir com forças para ir até lá. Teria que economizar recursos, porque esta noite não podia permitir que Murray escapasse bem debaixo de seu nariz.

Vestiu a camisa lavada e a calça, que permaneciam secas. Através da janela aberta do pátio, chegou-lhe de novo a voz de Ramón García, o locutor que atendia os pedidos dos ouvintes que aquela hora dedicavam canções aos amigos e familiares. De repente se pegou pensando a quem poderia oferecer uma música. Seus pais tinham morrido havia dez anos, a única pessoa a quem podia chamar de amigo era o chefe Graham e nem sequer lhe havia contado que ia sair do país. Tivera algumas namoradas, num passado tão longínquo que parecia outra vida. Com uma delas chegou a contemplar a possibilidade de constituir família, de fazer dela aquela que o esperasse em casa. Mas, quando teve que escolher entre continuar em Londres e se mudar para a capital da Escócia a fim de prosseguir com sua investigação, não teve dúvidas. Nem ela. Escutou os primeiros compassos de uma música que muitos ouvintes tinham pedido e prestou atenção à letra quando Ramón García anunciou o título: "Poker para un Perdedor".

> *Brindaré por ti,*
> *recordando cómo y cuando me fui,*
> *huracán sin timón,*
> *mi pasado en el espejo se hundió.*
> *Del ayer ya no queda nada*
> *solo un juego aún por terminar,*

ese poker que nunca se acaba,
poker para dos, poker para dos,
poker para un perdedor.[4]

Ele perderia aquela partida, já sabia disso, mas a sua acabava de fato. Então pensou que o mais triste de tudo não era não ter a quem oferecer uma música, e sim saber que nunca alguém pediria uma para ele.

Imóvel na frente do espelho, examinou de novo a aparência de sua roupa. A camisa estava um pouco amarrotada, mas o blazer de sarja conservava a dignidade e disfarçava o aspecto geral desgraçado. Guardou o distintivo e o dinheiro no bolso interno e colocou o revólver perto do rim direito. Olhou pensativo para os frascos de medicamentos tentando decidir como iria levá-los consigo. Por fim, optou por deixar o frasco do tônico, e enfiou no bolso direito do blazer dois comprimidos do diurético e uma daquelas pérolas venenosas que hoje o haviam trazido de volta à vida. Chegou à conclusão de que sem dúvida se sentiria muito melhor se conseguisse comer alguma coisa e tomar um café doce e bem forte, quem sabe no bar lá embaixo. Sem querer se pegou pensando no jeito de sorrir de Maite, o que fez com que um sorriso também aflorasse em seus lábios.

Como se uma voz o tivesse chamado em sua frente, olhou-se no espelho e sua expressão ficou congelada no rosto.

— Que diabo você está fazendo? — sussurrou para o homem do reflexo. Sua imagem devolveu-lhe um olhar perplexo carregado, não obstante, de compreensão e de silenciosas respostas que Noah não quis escutar. Estalou a língua com desagrado enquanto balançava a cabeça, negando qualquer possibilidade à imagem perturbadora do espelho.

Desceu até a porta da rua encostado à parede e evitando tocar no corrimão; ainda assim, não foi capaz de evitar a sensação de que a inclinação das escadas em direção ao espaço aberto aumentara desde o dia anterior, de que o despenhadeiro imaginário, que ele conseguia vislumbrar entre as sombras

---

4 Brindarei a você,/ recordando como e quando parti,/ furacão sem rumo,/ o meu passado no espelho se afundou./ De ontem já não resta nada/ apenas um jogo ainda por terminar,/ esse pôquer que nunca acaba,/ pôquer para dois, pôquer para dois,/ pôquer para um perdedor. (N. T.)

do vazio, se abria rumo a um abismo infinito, talvez rumo às entranhas do dragão. Ao sair para a rua, obrigou-se a passar direto pela frente do bar de Maite, embora não tenha podido evitar olhar lá para dentro e avistar de relance o cabelo escuro da mulher.

O que você está fazendo?, voltou a perguntar a voz dentro de sua cabeça.

Na rua Bidebarrieta, localizou uma loja de roupas masculinas e um amável vendedor que a princípio não fez uma cara muito boa quando o viu entrar em sua loja, mas a melhorou substancialmente depois de examinar sua indumentária e avaliar a qualidade das peças que vestia. Apesar de não se encontrarem em seu melhor momento, ainda revelavam o bom corte da sua origem. Comprou duas calças, cinco camisas, meias, cuecas e um blazer bem leve para não sentir calor, mas encorpado o suficiente para ser capaz de disfarçar a arma de que já não se separaria mais. Ao passar na frente da tabacaria, viu entre os produtos para fumantes uma pequena garrafa de bolso prateada, que comprou depois de constatar que cabia no bolso interno do casaco. Na rua paralela, entrou na sapataria Ayestarán e adquiriu dois pares de sapatos: mocassins clássicos e sapatos de vela de couro macio que o vendedor lhe recomendou. Perguntou onde poderia comprar artigos de higiene.

— Há várias drogarias nesta mesma rua. Além delas, no fundo da Ribera, perto da igreja de Santo Antão, tem o supermercado Simago. Mas se for para aquelas bandas não demore muito. Hoje vai haver confusão.

Noah não entendeu do que se tratava a *confusão* até passar pelas Siete Calles. Todas paralelas, formavam um conjunto de travessas estreitas e algo inclinadas, com os nomes em basco de um modo que lhe pareceu bastante complicado e confuso, pois entre o nome de uma e o de outra apenas diferia uma sílaba. O visível cunho medieval denunciava que certamente tinham sido na origem o embrião arquitetônico da antiga Bilbao. Na desembocadura da Barrencalle, a rua que partia muito perto da catedral e que chegava até o rio, viu as viaturas de cor castanho-clara da Polícia Nacional bloqueando a saída para a Ribera. Respirava-se uma calma tensa, como uma dessas tardes de verão em que o ar se enchia de eletricidade estática antes de uma tempestade. A maioria da força policial devia permanecer no interior dos veículos, mas quatro policiais equipados com todo o material antimotim, incluindo capacetes e escudos, montavam guarda na entrada da travessa.

Havia muita gente na rua àquela hora: mulheres que voltavam das compras carregadas com sacos do Simago, grupos de *txikiteros*, que começavam a se reunir para sua ronda pelos bares, casais jovens com crianças no colo ou empurrando carrinhos de bebê... Todos transitavam entre eles fingindo uma ousada normalidade, quase provocadora. No máximo lançavam um olhar de desprezo na direção das viaturas, mas depois, quando passavam, faziam-no muito perto dos policiais, como se fossem invisíveis, ou fingindo que o impressionante equipamento antimotim não os intimidava, decididos a continuar com as suas vidas.

Noah cumprira o serviço militar na Irlanda. Reconheceu de imediato as mesmas expressões, a calma tensa, os olhares carregados de irreverência da população civil, até o modo atrevido e insolente como alguns passavam roçando pelos policiais num gesto de direito e liberdade, como se à sua passagem reivindicassem a rua para eles e ao mesmo tempo evidenciassem que eram seus capacetes, seus escudos e suas armas os que sobravam naquele retrato.

Sobre o conflito basco sabia o pouco que havia lido na imprensa inglesa, que sempre o comparava com a contenda irlandesa, inclusive o braço armado, o ETA, era muitas vezes relacionado com o IRA. Uma guerra que durava mais de vinte anos, nascida como resposta ao regime militar que havia governado o país até relativamente pouco tempo, e que reclamava a independência da região basca, pouco mais. Uma misteriosa cúpula dirigente oculta na França, atentados, carros-bomba, assassinatos, confrontos armados, roubos de armas e explosivos; e nos últimos anos, e com maior frequência, confrontos nas ruas e escaramuças com as forças policiais numa guerrilha, cada vez mais eficaz, que se estendia pelas artérias de todo o País Basco. Noah sabia que era ali que se encontrava a verdadeira ameaça, que a mensagem bizarra que os cidadãos enviavam ao passar roçando pelos policiais vestidos com equipamento antimotim era a mesma que havia conhecido nas ruas de Belfast, e que desdenhar dela era um erro que o governo inglês havia cometido, e que o governo espanhol parecia estar cometendo. Que nem todos os policiais nem os militares com seus capacetes, suas espingardas e seus escudos eram tão intimidadores como uma velhota com seu colar de pérolas e sua melhor bolsa de couro ao sair da missa, ou uma jovem mãe empurrando o carrinho de seu bebê. E que com sua expressão de infinito desprezo constituíam a mais afiada ponta de lança que uma sociedade podia empunhar contra seu governo. Que o modo como protestavam na rua, com orgulho e silêncio, era apenas um aviso, porque dentro de poucas horas cederiam seu lugar aos que vinham atrás. Noah também os reconheceu, como se estivesse vendo um projetor de cinema de suas recordações nas regiões mais conflituosas da Irlanda. Grupos de jovens calçados com tênis e peças de roupa neutras começavam a se concentrar na extremidade das Siete Calles, e Noah observou que em muitos casos usavam no pescoço lenços palestinos ou echarpes com que mais tarde tapariam o rosto.

Entrou no supermercado e comprou duas garrafas de água, uma caixa de bolachas, um pincel e espuma de barbear em barra, recargas para o aparelho de barbear e um sabonete. Quando se dirigia ao caixa, e num derradeiro impulso, acrescentou a suas compras uma água-de-colônia masculina, sem saber sequer como cheirava, e um exemplar de *El Correo Español – El Pueblo Vasco*, o jornal local. Passou os olhos pela primeira página. As manchetes enfatizavam o conflito pela "guerra das bandeiras" entre os grupos com representação na câmara municipal da cidade. O presidente da câmara declarava-se decidido a não hastear bandeira alguma na câmara durante a Aste Nagusia, a maior festa de Bilbao, "para evitar problemas e tensões durante os festejos", e o grupo socialista ameaçava não assistir aos atos oficiais se, junto com a bandeira basca e a da cidade, não hasteassem também a bandeira espanhola. A foto principal era da guerra no Iraque, e outra menor do cartaz da corrida de touros que abriria os festejos. Havia uma menção ao caso do filho de um diplomata russo que escrevera diretamente ao presidente dos Estados Unidos, Ronald Reagan, pedindo-lhe asilo político. Nada daquilo interessava a Noah. Enquanto esperava para pagar, abriu o jornal na página criminal e examinou com atenção as notícias até chegar a sua vez.

Quando saiu do supermercado, a situação na rua tinha se transformado. As pessoas caminhavam mais perto dos edifícios, deixando vazio o centro da rua, e se apressavam enquanto os comerciantes baixavam as portas de seus estabelecimentos e, inclusive, protegiam as vitrines com tábuas. *Como se se aproximasse uma grande tempestade*, pensou Noah.

Os jovens se aglomeravam na extremidade interna das Siete Calles caminhando de um lado para o outro, evitando parar, mas sem ir para muito longe. Trocavam uma palavra ou outra entre eles, mas não se olhavam de frente, toda a sua atenção concentrada em não perder de vista a outra ponta da travessa e o que ali acontecia.

Decidiu dirigir-se até a margem do rio, onde cada vez se agrupavam mais viaturas da polícia. Queria ver de perto o material antimotim que utilizavam em Bilbao. Caminhou pela beira do canal do rio, passando quase ao lado das "coelheiras" que se concentravam nas entradas das Siete Calles tapando as possíveis saídas em direção ao rio. Viu quando chegaram três tanques UR-416, uma adaptação do Thyssen Henschel UR-416 alemão. Deviam estar esperando que a situação ficasse muito tensa, eram veículos para o transporte de agentes antimotim: nove milímetros de chapa e pneus antifuro. Ao passar junto aos veículos, ouviu o ruído familiar do rádio da polícia, enquanto a traseira de uma viatura se abria e saíam oito policiais. Usavam capacetes com viseira, mosquetões, mauseres e cassetetes de borracha de cinquenta centímetros, borracha virgem forrada de aço. A maioria já tinha preparado as armas para lançar balas de borracha e granadas de fumaça. Demorou-se talvez mais do que devia na frente de uma viatura aberta. Ao ver as armas de gás lacrimogêneo, surpreendeu-o que ainda usassem gás CN. A cloroacetofenona tinha sido proibida em muitos países devido a sua grande toxicidade. Viu que traziam além disso lança-gases de mochila LGM/12 e reconheceu a máscara protetora S-61. Se lançassem aquela merda, as máscaras não seriam suficientes nem sequer para os policiais. Chamaram sua atenção as sacolas porta-material com o logotipo da Polícia de Choque impresso na parte da frente. Um agente dirigiu-se a ele.

— Está olhando o quê? Vamos circulando! — ordenou.

Noah obedeceu, baixando os olhos enquanto passava no meio dos agentes, que examinaram sua aparência, os sacos de compras que levava, sua roupa e o jornal que segurava debaixo do braço, enquanto decidiam se era apenas um transeunte curioso ou algo mais. Ele virou na direção do interior do beco, passando junto aos policiais que montavam guarda ali e aguardavam lançando olhares inquietos à crescente concentração de gente no outro extremo da rua.

Entrou na Barrencalle e avançou ciente de que os policiais que o observavam ainda não tinham decidido se sua presença ali era completamente inócua. Caminhou de olhos baixos e colados às lojas do lado esquerdo, que se apressavam em baixar as portas. O jornal que segurava debaixo do braço escorregou e caiu no chão, Noah inclinou-se para apanhá-lo e reparou então no cabeçalho de um dos incidentes. Uma notícia bastante concisa, apenas uma nota: *A Polícia Nacional recebeu a denúncia pelo desaparecimento da jovem Sandra Arcocha.*

Pousou os sacos no chão e levantou o jornal a fim de ler os pormenores.

A denúncia apresentada pela família na noite de ontem foi admitida como possível desaparecimento involuntário da jovem Sandra Arcocha, ao ser encontrada sua bolsa com documentos pelo serviço de limpeza da cidade. A jovem foi vista pela última vez na discoteca Yoko Lennon's de Bilbao.

Nada mais. Scott Sherrington reconheceu o aspecto da típica notícia de tragédia inserida na prensa na última hora, sem dúvida devido ao "amável e desinteressado" telefonema de um policial feito da própria delegacia. E, no entanto, sentiu que se aceleravam seu pulso e sua respiração. Um pressentimento. Levantou a cabeça no momento exato em que um rapaz que vinha, cabisbaixo também, em sentido contrário, chocou-se com ele. A batida no ombro o fez perder o equilíbrio, precipitando-o de encontro a uma vitrine, embora o jovem, num gesto rápido, o tivesse agarrado pela cintura, ajudando-o de imediato a recuperar a estabilidade. O sujeito murmurou uma desculpa quase sem levantar os olhos e se enfiou na porta do edifício mais próximo. Noah se deteve por um instante, avaliando o que acabava de acontecer, e, enquanto distribuía de novo o peso dos sacos que carregava, aproveitou para se certificar de que o homem o vigiava da parte de dentro da entrada do prédio.

Regressou à pensão. Leu de novo a notícia concisa no jornal, recortou-a e a guardou na carteira junto com a foto de Clarissa. Depois organizou as compras em cima da cama. Tirou a roupa amarrotada e, com a toalha embrulhada em volta da cintura, dirigiu-se ao banheiro no fundo do corredor. Passou circunspecto diante da porta aberta da cozinha, ciente de que a proprietária da La Estrella não tirava os olhos de cima dele a partir dali. Ela o cumprimentou com uma ligeira inclinação de cabeça antes de Noah entrar no banheiro.

Foi um banho breve, mas desta vez com sabonete. De volta ao quarto, encheu o lavatório com água morna e se barbeou. A música flutuava pelo pátio no meio da roupa estendida, e Noah teve certeza de reconhecer os acordes de uma música que já ouvira antes. Cantarolou-a enquanto escolhia uma das camisas novas, que combinou com a calça de tecido mais fresco e os mocassins de couro. Enquanto punha o relógio outra vez, calculou que Murray devia estar saindo do trabalho nesse momento... Pegou o blazer novo, transferiu seus objetos pessoais para os bolsos e despejou metade do tônico de digitalina na garrafa de bolso prateada, que, curiosamente, uma vez colocada no bolso interno, ficava na altura de seu coração. Olhou-se no espelho. Tinha emagrecido, e, com a barba recém-feita, isso ficava mais evidente. As olheiras continuavam ali, mas a vermelhidão nos olhos se atenuara. Pela primeira vez em muitos dias, Noah se reencontrou com uma imagem de si mesmo que guardava certa semelhança com o homem que havia sido. Antes de sair, abriu o frasco de água-de-colônia, pingou umas gotas na palma da mão e as aplicou pelo rosto e pelo cabelo, acabando de secá-las no casaco. Agarrou a pistola e, enquanto a colocava no lugar habitual, sobre o flanco, soube perfeitamente o motivo pelo qual aquele jovem o havia empurrado na rua.

Antes de apagar a luz, dirigiu um derradeiro olhar ao vaivém das cortinas onduladas pela exalação da criatura do pátio.

Noah se admirou com a maneira como a cidade havia aprendido a conviver com o conflito. Na rua Tendería, e nas proximidades da praça Unamuno, a rotina dos *txikiteros* e das gangues desenrolava-se com espantosa normalidade, apesar de que, ao longe, nos acessos de Belosticalle e Carnicería Vieja, ressoavam os impactos das balas de borracha. Quando passou, viu voar de volta pedras e paralelepípedos, em conjunto com os gritos daqueles que do interior das ruas exortavam a polícia.

O pequeno grupo de irlandeses capitaneados pelo ruidoso Michael já ocupava seu lugar habitual no canto do balcão junto à porta. Murray ainda não tinha chegado, mas Noah apostou que o faria em breve e optou por esperar no interior. Entrou silencioso, de cabeça baixa, e se dirigiu ao fundo do estabelecimento, que já estava bastante concorrido. Viu que Maite se inclinava sobre o balcão para beijar uma adolescente, magra, com o cabelo castanho na cintura, vestida com uma calça branca e uma blusa de linha cor-de-rosa. Estava junto com outra menina da mesma idade que podia muito bem passar por escocesa: a pele branca salpicada de sardas e um cabelo ruivo e ondulado. O homem que as acompanhava devia beirar os quarenta anos. Eles se despediram erguendo a mão e cruzaram com Noah enquanto se dirigiam à porta do bar. O homem parou como se tivesse esquecido alguma coisa, voltou atrás e se inclinou sobre o balcão a fim de dizer algo a Maite. Ela o encarou, negando, e ergueu os olhos com ar resignado. Dirigiu-se à caixa registradora, abriu-a, tirou duas notas, que amassou entre os dedos, voltou para junto do homem e as depositou em sua mão. Ele murmurou um agradecimento breve e saiu alcançando as adolescentes, que esperavam por ele na rua.

Noah ocupou seu lugar ao lado da porta da cozinha. A música que julgara ter reconhecido no rádio tocava como pano de fundo.

Ay, amor de hombre,
que estás haciéndome llorar una vez más.
[...]
Nube de gas.
que me empuja a subir más y más...[5]

Maite sorriu ao vê-lo de uma maneira que o deixou deslumbrado. Noah não conseguia tirar os olhos dela enquanto ela terminava de atender os fregueses, fascinado com a força e o afeto que emanavam de seus movimentos. Era evidente que gostava de seu trabalho, e toda ela exalava um dinamismo que parecia suficiente para manter acesa a iluminação pública de Bilbao. Ao passar na frente da aparelhagem de som, aumentou o volume e cantarolou a música enquanto se aproximava.

Ele ficou fascinado ao ouvi-la cantar. Havia algo em sua voz que lhe pareceu íntimo e muito sensual. Desejou-a nesse instante. Sorriu. Continuava a fazê-lo quando Maite parou diante dele.

— Essa música toca em todo lugar — disse Noah, como uma saudação.

---

5 Ai, amor de homem,/ que está me fazendo chorar uma vez mais./ [...] Nuvem de gás,/ que me impele a subir cada vez mais... (N. T.)

— Gosta? É de Mocedades, um grupo daqui, de Bilbao. Amaya Uranga, a vocalista, tem a voz mais bonita que já escutei.

— Não sabia... — ele se desculpou. — As pessoas pedem para ouvi-la a toda hora e a todo instante no rádio.

Maite riu.

— Sou culpada. Telefono todos os dias para pedir que a toquem. Você também ouve o programa de Ramón García?

— Bom, não exatamente. Um vizinho põe o rádio para tocar para o prédio inteiro ouvir. A propósito, talvez você possa me dizer: onde posso comprar um som?

— No El Corte Inglés, é claro, mas eu iria à Rádio Ortega. É uma loja antiga, e eles são especialistas. — Pegou um guardanapo de papel e anotou o endereço.

Noah repetiu o endereço, decorando-o.

Ela o encarava, divertida.

— E o que você vai tomar hoje, todo elegante como está? Um vinho?

Surpreso, Scott Sherrington baixou os olhos, contemplando suas roupas novas. Maite tinha reparado. Ficou com o interesse renovado enquanto respondia.

— Ah, não! Nem hoje nem nunca mais. Acho que vou tomar um café e alguma coisa para comer, embora não saiba o quê...

— Deixe isso comigo — respondeu ela, dirigindo-se à cozinha, de onde regressou passados alguns minutos com um daqueles tachinhos, que pareciam ser a maneira habitual de comer em todos os bares.

— Um café e deliciosas almôndegas para o inglês que veio para Bilbao — disse, colocando o pedido na frente de Noah.

Ele a fitou, sem compreender muito bem o que havia dito, mas também sorriu. Havia algo na maneira como Maite sorria que era caloroso e contagioso, como a recepção de boas-vindas numa festa.

— "Um inglês veio para Bilbao" é uma música que costumam cantar os *txikiteros* há muitos anos, que fala de um homem do seu país que chegou a esta cidade para ver o canal do rio e o mar, mas se apaixonou pelas mulheres de Bilbao e nunca mais conseguiu ir embora.

Ele baixou os olhos, sorrindo, e perguntou de imediato.

— E é assim que você pretende me chamar?

— Acontece que você já sabe como eu me chamo, mas eu tenho que te chamar de algum jeito, já que é um freguês habitual e eu ainda não sei o seu nome.

— Eu me chamo Noah.

— Ah! Que bonito, soa muito bem. Tem tradução para o espanhol?

— Sim, como Noé.

— Noé, o do dilúvio?

Ele assentiu.

— E o que é que faz em Bilbao, Noah?

Ele refletiu sobre a pergunta por um instante, ficou triste ao fazê-lo.

— Suponho que estou à espera do dilúvio.

— Bom, em Bilbao chove muito, isso eu garanto, mas daí a acabar em dilúvio...

Fitou-a e voltou a sorrir, não conseguiu evitar.

— O próximo dilúvio sempre está para chegar.

— É horrível você pensar assim — respondeu ela, mais séria.

— Por quê?

— Os dilúvios são sinônimo de destruição.

O rosto de Noah se tornou sombrio, enquanto à sua mente retornava a imagem dos corpos vindo à tona, saindo das respectivas campas, e o som semelhante a um soluço que havia escutado enquanto desabava no chão.

— Ou de purificação... — opinou ele.

Ela voltou a sorrir apontando para as mãos dele.

— Você não usa aliança, Noah. Tem uma senhora Noé à sua espera na arca?

Ele olhou para as mãos, surpreso com o interesse dela. *Mãos vazias*, pensou, entristecido.

— Não, não sou casado. E você? — disse, fazendo um gesto na direção da porta do bar e se referindo ao homem que acabava de sair.

Ela olhou para lá como se ainda perdurasse uma presença.

— Está se referindo àquele lá? — respondeu, determinada e meio divertida. — Nós fomos casados. É o pai da minha filha, Begoña, aquela menina tão bonita de cabelo comprido, com certeza você a viu entrar. Nós éramos muito jovens, estávamos apaixonados e quando engravidei nos casamos, porque era o que todo mundo fazia, mas éramos duas crianças, não fazíamos a mínima ideia do que um casamento implicava. Kintxo não estava preparado para ser um marido, mas é um bom pai. Você tem filhos?

O interesse dela devolveu-lhe o sorriso, embora também o tenha desconcertado. O mero fato de Maite demonstrar o mínimo interesse por ele o espantava.

— Não, nunca me casei e também não tive filhos. — Sem querer, sua voz soou carregada de sofrimento.

Ela o fitou com interesse crescente.

— E por quê?

— Como? — perguntou, tentando ganhar tempo.

— Por quê? Por que um homem como você não é casado?

Alguns meses antes teria respondido que não sabia, mas nos últimos dias tivera a oportunidade de aprender mais sobre si mesmo do que em toda a sua vida. Não tinha se casado, não comprara uma casa na praia, não tivera filhos, não desfrutara de férias boas. Passara o último Natal na casa do chefe Graham e o feriado de Hogmanay[6] trabalhando. Não conseguia se lembrar de quando tinha sido a última vez que comemorara o dia de seu aniversário, e os objetos mais valiosos de sua vida eram a foto de seus pais falecidos, a arma que transportava na anca e o pequeno bloco de anotações sobre um assassino em série. A resposta era que havia desperdiçado sua vida. Agora sabia disso, mas não podia dizer. Quem dera tivesse tido chance...

Ao ver que ele não respondia, Maite cerrou os lábios e encolheu os ombros de leve, perturbada.

— Desculpe, Noah, não queria aborrecer você. Você me disse que preferia ser discreto — disse, dirigindo um olhar ao grupo junto à porta —, e eu não faço outra coisa a não ser interrogá-lo. É evidente que um homem não é obrigado a se casar, há muitas razões... Talvez você seja... Gosta de...? — Fez um gesto de leve na direção dos fregueses do bar.

Ele não entendeu muito bem no início o que ela queria dizer, mas com o gesto ficou óbvio.

---

6 A maneira como os escoceses designam o último dia do ano, 31 de dezembro. (N. T.)

— Não. — Sorriu de novo, embora Maite tivesse percebido que não o fazia de forma tão aberta como antes. — Não, não é isso.

Um freguês impaciente fez sinal a Maite da outra extremidade do balcão para que lhe trouxesse a conta. Ela foi falar com o homem e o atendeu enquanto Noah não parava de olhar para ela. Quando regressou, Noah disse:

— Posso lhe fazer uma pergunta?

— Sim, claro, pergunte o que quiser — respondeu Maite, de novo animada.

Noah não podia evitar sorrir quando olhava para ela. Ciente de que estava parecendo um completo imbecil, baixou os olhos a fim de tentar se controlar.

— É muito simples, Maite — disse, voltando a encará-la. — Se você me der uma boa resposta prometo pensar no assunto, vou encontrar uma resposta sincera e satisfatória para você.

— Negócio fechado! — exclamou ela, surpreendendo-o de novo enquanto lhe estendia a mão por cima do balcão.

Noah a segurou. A mão de uma mulher trabalhadora, forte e fria por causa da água com que estava sempre lavando os copos. Sem a soltar, olhou-a nos olhos e disse:

— A pergunta é a seguinte: por que você me perguntou isso, Maite? Se a resposta não me parecer uma frivolidade, prometo responder a você.

Foi ela quem baixou os olhos enquanto retirava a mão, vermelha. Noah não conseguia acreditar no que via, estava encantado. Aquela mulher era simplesmente maravilhosa.

Ela pareceu refletir sobre o assunto, mas apenas por um segundo. Sustentou seu olhar e disse:

— Porque você é muito atraente, Noah, o inglês. É surpreendente que um homem como você esteja sozinho.

Do canto do balcão, o grupo dos irlandeses reclamava a atenção de Maite. Murray acabava de se juntar a eles.

— É uma boa resposta — concluiu Noah enquanto ela se afastava. — Vou cumprir minha promessa.

Ele comeu todo o pratinho da refeição examinando disfarçadamente os gestos de Murray e comparando-os com as lembranças que guardava de John Clyde. Depois, enquanto bebia aos poucos o aromático café, dedicou um olhar ao restante da clientela. A sua direita, mais ou menos no meio do balcão, um homem que lhe pareceu familiar o estava observando. Baixou de repente a cabeça quando Noah pousou os olhos nele. Ele o reconheceu de imediato. O jovem que havia se chocado com ele na rua, de um modo talvez não tão acidental assim. Tirou da pilha à sua esquerda um dos jornais esportivos e fingiu ler as notícias até que outro homem entrou no bar e se reuniu ao grupo dos irlandeses. Noah ficou desconcertado. Da mesma idade indefinida, compleição e altura que John Murray. Cabelo um pouco mais claro, entre castanho e ruivo. A semelhança com Murray era inegável, não o suficiente para confundi-lo em plena luz do dia, mas sim para corresponder à descrição do retrato falado.

Permaneceram no bar mais alguns minutos, mas, quando Noah viu que pediam a conta a Maite, adiantou-se e saiu antes deles. Partindo do princípio de que iriam se dirigir à rua dos bares onde haviam estado no dia anterior, caminhou apressado, atravessando a praça Unamuno, e esperou misturado entre os integrantes de um grupo que cantava diante de um bar uma canção sobre uma mulher muito bela chamada Lola.

Seu jovem perseguidor foi o primeiro que viu. Caminhava apressado, procurando entre a multidão. Quando o localizou, deteve-se junto da vitrine de uma loja e acendeu um cigarro, disfarçando. Alguns metros atrás surgiu o grupo do irlandês. Noah viu que passavam direto pelo primeiro bar da rua onde haviam estado no dia anterior. Ele foi obrigado a escolher. Arriscou e entrou no seguinte, pediu um vinho que não bebeu e esperou de cabeça baixa no balcão. Alguns segundos mais tarde, Michael e seu grupo entravam no bar. Noah percebeu que o mais velho e o novo integrante faziam uma rápida varredura sobre as cabeças dos fregueses, reconhecendo alguns e descartando-os com o mesmo gesto. Alguns segundos depois, o sujeito que havia se transformado na sombra de Noah entrava no bar. Incrível. Ou era um imbecil ou o cúmulo do descaramento. Tão alto como Noah, calculou que deveria ter vinte e três, no máximo vinte e quatro anos. Atlético, sem ser robusto demais, embora ele tivesse percebido que a postura que adotava, meio encolhido, enquanto tentava disfarçar sua presença, era o que o fazia parecer menos corpulento. Usava uma jaqueta bomber quente demais para a tarde bilbaína, e Noah percebeu que só havia uma boa razão para isso: a mesma que o levava a vestir um blazer apesar do calor.

Estava armado. Nesse momento decidiu que precisava se encarregar dele antes de poder se concentrar em John Murray e seus novos amigos.

Atirou umas quantas moedas sobre o balcão e saiu do bar. Tinha anoitecido, e os candeeiros da rua tinham sido acesos havia pouco, ainda conservando esse halo mortiço dos primeiros momentos. Seguindo o mesmo caminho de volta à praça Unamuno, dali acelerou o passo a fim de tentar obter certa vantagem. Fez um esforço para não olhar para trás, certo de que sua sombra o perseguia. Estava pensando em virar na direção da rua Tendería, mas viu que a rua Cueva Altxerri, que conduzia à praça, estava mais livre. Dirigiu-se para lá, quase em frente ao café Bilbao, virou à direita, abrigou-se no pórtico que descrevia o arco de acesso à praça Nueva e esperou.

Noah estava ciente de que se encontrava em desvantagem. Podia ser que seu perseguidor não fosse muito hábil em tentar passar despercebido, mas era jovem e mais forte do que deixava transparecer; quando havia esbarrado nele na rua, agarrara-o impedindo que caísse sem denotar grande esforço, e Scott Sherrington sabia perfeitamente que não se encontrava em seu melhor momento.

Quando chegou junto ao arco onde Noah se abrigava, o jovem abrandou o passo quase até parar, enquanto passava os olhos no interior da praça numa tentativa de localizá-lo. Noah deu um passo à frente, saindo do escuro atrás dele, e, puxando-o, arrastou-o até a parte coberta, encostando o cano de sua Smith & Wesson no pescoço do rapaz. Sem dizer nada, desengatou o gatilho para que o outro pudesse ouvi-lo. Não foi preciso mais nada. O jovem levantou as mãos discretamente, sem erguê-las demais, e em voz baixa disse:

— Não dispare, sou da polícia.

Noah deslizou a mão pela cintura do rapaz em busca da arma que havia intuído. Lá estava ela. Até mesmo na penumbra foi capaz de reconhecê-la. Uma Star de nove milímetros. Colocou-a em sua própria cintura.

— Então quer dizer que é da polícia, hã? E a sua identificação, onde está?

— No bolso direito.

Noah pensou. Podia ser uma armadilha. Deslizando o cano da arma pelas costas do homem, encostou-o na cintura dele e percebeu que tremia.

— Use os dedos. Tire do bolso com cuidado e não faça nenhuma asneira se não eu arrebento os seus rins.

O sujeito obedeceu. Tirou uma carteira e a abriu, mostrando um distintivo dourado com esmalte azul e vermelho. Dizia "Ertzaina 1269".

— Que corporação é essa?

— Ertzaintza.

— Da Polícia Nacional, da Guarda Civil?

— Da Ertzaintza. Polícia autônoma do País Basco — disse o jovem. Falava depressa, sem levantar o tom de voz, esforçando-se para que os tremores que sacudiam seu corpo não chegassem a sua voz.

Noah olhou de novo para o distintivo.

— Mikel Lizarso. Ertzaintza. É basco isso? O que significa?

— Qualquer coisa como "zelador do povo".

Noah aceitou a explicação. Lembrava-se de ter lido na imprensa que havia uma nova corporação da polícia, e apenas uns separatistas extravagantes como os bascos, ou os irlandeses, poriam na sua polícia um nome tão fabuloso como zeladores do povo.

— Muito bem, vou te mostrar uma coisa. Mas não se mexa.

O rapaz assentiu enquanto Noah mudava a arma de mão a fim de tirar sua própria identificação. Abriu-a na frente dos olhos do jovem.

— Inspetor Scott Sherrington, polícia escocesa.

Desta vez o rapaz não conseguiu se conter. Virou-se e o encarou, surpreso.

— Polícia?

Scott Sherrington voltou a cravar o cano da pistola na cintura dele.

— Ainda não acabamos. Por que está me seguindo?

— Não sabíamos que você era da polícia, e o seu comportamento desde que chegou tem sido suspeito.

— Desde que cheguei? Está me seguindo desde que eu cheguei?

O ertzaina se limitou a olhar para ele sem responder.

— Suspeito por quê?

— Você chegou no *Lucky Man*. Temos informações que apontam para que o comandante Lester Finnegan poderia estar tirando da Irlanda membros do IRA que agiriam como uma ponte com o ETA.

— Chegar a bordo do *Lucky Man* não me parece razão suficiente.

— Além do mais, você se dedicou a seguir o grupo de irlandeses, e o que aconteceu hoje à tarde, chegar tão perto dos policiais nacionais, era evidente que você estava examinando o armamento.

— E o empurrão na rua?

— Eu precisava verificar se você estava armado e constatei que sim — respondeu, presunçoso.

Noah suspirou. Guardou a arma. O rapaz se virou devagar até olhar de frente para ele.

— Pode me devolver agora a arma e a minha identificação? — perguntou, estendendo uma mão, que ainda tremia de leve.

— Parece, "zelador do povo", que você ainda tem muitas coisas para me explicar, e creio que te cairia bem um copo — disse, apontando com o queixo na direção da porta do café Bilbao. — É a primeira vez, não é?

O rapaz olhou para o bar e, ao mesmo tempo que assentia, perguntou:

— A primeira vez do quê?

— A primeira vez que alguém aponta uma arma para você. Não precisa ficar com vergonha, é normal tremer. Esse copo vai te fazer bem — garantiu, pondo a mão na cintura dele, quase no mesmo lugar onde para antes lhe apontara a arma, empurrando-o com suavidade em direção à porta do estabelecimento.

Deixou que o rapaz escolhesse uma mesa e o observou do balcão enquanto o empregado servia os dois uísques com gelo que havia pedido. O ertzaina Mikel Lizarso havia dominado seus tremores e escolheu se sentar em um lugar perto da grande janela que dava para a rua, que lhe permitia ver a porta do café e ao mesmo tempo o acesso aos banheiros.

Talvez não seja tão esperto assim, pensou Noah, avaliando sua atitude. Pegou os dois copos e se sentou na frente dele em silêncio, à espera de que começasse a falar. O rapaz não o fez. Era evidente que não confiava por completo. Pode ser que tivesse sofrido um grande susto e que se encontrasse numa situação complicada, mas não ia abrir o bico assim sem mais nem menos.

— O que você quer saber?

Noah sorriu de leve. De acordo com as perguntas que fizesse, determinaria o quanto sabia. Para Noah não fazia diferença.

— Comece pelos irlandeses. O que você sabe sobre eles e que relação eles têm com o *Lucky Man*?

Mikel Lizarso assentiu condescendente antes de começar a falar.

— Pois então comecemos por Michael Connolly, "o *Leprechaun*".

Noah ergueu uma sobrancelha quando ouviu o apelido.

Lizarso esboçou um leve sorriso.

— É assim que ele é chamado. Pequeno e barulhento como um duende irlandês, foi o primeiro a chegar, há três meses. A polícia britânica nos alertou. Veio no *Lucky Man*. Membro do IRA há anos, mesmo assim é um peão de pouca importância. Supõe-se que o enviaram como linha da frente para estabelecer os primeiros contatos com membros do ETA. Não é considerado perigoso demais, não anda armado e, como você teve chance de verificar, a discrição nele prima pela ausência. É esse tipo de falastrão que acaba dando com a língua nos dentes além da conta. Nós achamos que no fundo o enviaram para cá para se livrar dele, e o cara está encantado. Sai todos os dias para beber e acaba bêbado a ponto de cair, mas aos domingos vai à missa sem falta. Trabalha no porto como operador de grua. Há quinze dias chegou Cillian Byrne, "o Tenebroso", que é o mais alto e o mais sério, está hospedado na mesma pensão que os outros e se supõe que seja um soldador à procura de emprego. Nós achamos que ele entrou no país de carro através da fronteira de Irun. Depois temos John Murray, chegou apenas uma semana antes de você no *Lucky Man*, e o último do grupo é o que tem uma grande semelhança com Murray, deste sabemos apenas que se chama Collin. Apareceu ontem em cima da hora na mesma pensão. A polícia inglesa ainda não enviou dados, mas achamos que estão todos aqui pela mesma razão. Suponho que você deve estar a par do conflito que está se formando nos últimos dias. A "guerra das bandeiras" vai gerar uma tensão bem maior do que se previa. Em San Sebastián já houve graves confrontos, mas julgamos que vão se agravar aqui. Amanhã começam as festas da cidade, o presidente da câmara já tornou pública a sua intenção de não expor nenhum símbolo nem bandeira na varanda do município, nem sequer o estandarte de Bilbao.

— Li no jornal a esse respeito.

— Desse jeito ele espera conter os protestos que acontecem cada vez que, numa câmara municipal do País Basco, se hasteia a bandeira da Espanha. Mas os nossos informantes dizem que o governador civil pretende ordenar à polícia do Estado que entre na câmara municipal, se necessário à força.

E que icem a bandeira espanhola na varanda no momento exato em que se lançam os fogos do início das festividades. Milhares de pessoas vão se reunir na frente do município para celebrar esse acontecimento, e já prevemos que vai haver altercações na rua. As forças de segurança do Estado também estão se preparando. Nesse momento estão a caminho de Bilbao destacamentos da Polícia Nacional oriundos de vários aquartelamentos da Espanha. Sabemos que haverá uma época crítica depois disso. O presidente da câmara é a autoridade máxima da cidade, e o fato de o governador ordenar que a polícia entre à força numa câmara municipal, que representa a autoridade do povo de Bilbao, é o cúmulo!

Ele fez uma pausa, negando com a cabeça, como se ele mesmo não acreditasse. E depois prosseguiu:

— Uma coisa como essa poderia fazer entornar o caldo entre os políticos, mas também na rua. Nós detectamos a presença de membros históricos do ETA perto da fronteira, na França. E foram localizados em Bilbao e arredores vários indivíduos especializados em guerrilha urbana provenientes de toda a Europa. Acreditamos que o que aconteceu em San Sebastián será uma piada em comparação com o que pode ocorrer aqui. Os confrontos podem durar dias. As Siete Calles de Bilbao são como uma fortaleza, como a maioria das cidadelas, e além disso são o terreno fértil perfeito para contatos entre os membros do ETA e do IRA.

Noah quase não tinha molhado os lábios no seu uísque.

— Por que vocês acham que o comandante do *Lucky Man* está envolvido?

— Bom, Lester Finnegan tem origem irlandesa...

— Isso é a mesma coisa que partir do princípio de que você, por ser basco, pertence ao ETA — argumentou Noah.

— Não é a mesma coisa. Vários desses caras chegaram aqui no barco dele, o que é suficiente para considerá-lo suspeito.

— Isso não quer dizer nada. Eu mesmo viajei nesse barco e constatei que é relativamente fácil obter um bilhete se você tiver uma cédula de navegação.

— Você simpatiza com o comandante Finnegan, não é?

Noah voltou a olhar para o rapaz com interesse. Ele era esperto.

— Não temos nada de concreto contra o Finnegan, mas há semanas que os nossos informantes insinuam que um carregamento de armas proveniente da Irlanda pode chegar a Bilbao a qualquer momento. Como uma espécie de presente de boa vontade do IRA para o ETA antes do encontro que está sendo preparado no sul da França. A fronteira está muito vigiada, não vão arriscar cruzá-la por ali. Achamos que vai chegar por via marítima.

— E vocês acreditam que será no *Lucky Man*.

— Não temos como saber, mas também não descartamos essa hipótese.

— O que vocês sabem sobre John Murray?

— Irlandês, órfão de pai e de mãe, foi criado na Escócia pelo avô já falecido. A polícia inglesa não tem conhecimento da sua militância direta no IRA. Trabalhou durante vários anos como conexão postal nas plataformas de petróleo em Aberdeen. No entanto, há um mês entrou em contato com um dirigente do IRA. Foram vistos juntos, jantando durante um dos períodos de descanso de Murray em terra firme. Quinze dias depois, ele optou por um cargo na MacAndrews de Bilbao, e como eu disse, chegou no *Lucky Man*. Ele se hospedou numa pensão no Arenal, no dia seguinte o grupo de Michael entrou em contato com ele e se mudou para junto deles, se instalando na pensão Toki-Ona.

Ele fez uma pausa enquanto pensava.

— Agora que eu sei que você é policial, imagino que para vocês também seja suspeito.

Noah ignorou o comentário.

— Isso é tudo o que vocês têm sobre ele?

— Sim, uma vida medíocre. Se a polícia inglesa não tivesse detectado esse contato com o IRA, teria passado completamente despercebido. Por que você está tão interessado? Acham que ele pode ser mais importante do que pensamos?

— Não sei nada sobre o IRA ou o ETA além do que publicam nos jornais. Não pertenço à brigada antiterrorismo, sou detetive de homicídios.

— E veio atrás do Murray?

— Escute, ertzaina Mikel Lizarso: outro homem, o homem que eu estou perseguindo, saiu de Liverpool a bordo do *Lucky Man* ao mesmo tempo que o Murray. O nome é o de menos, porque ele estava viajando com documentos roubados, falsificados ou as duas coisas. Estava previsto que chegassem os dois homens a Bilbao, mas só um desembarcou.

— John Murray — comentou Lizarso.

Noah assentiu.

— Durante a minha viagem até aqui, as autoridades portuárias de La Rochelle pediram ao comandante Finnegan que identificasse um cadáver que apareceu num dos contêineres da MacAndrews no porto francês. Pelo estado do cadáver foi impossível reconhecer, mas correspondia à idade, estatura e descrição física de John Murray. O fato é que o Murray garantiu ao comandante que o outro passageiro tinha decidido abandonar o barco sem avisar em La Rochelle.

Lizarso, que escutava com a boca entreaberta, assentiu, compreendendo.

— Você acha que o Murray pode, na realidade, ser o outro cara...

— Acho que, caso se trate do tipo de sujeito que estou perseguindo, ele teria feito qualquer coisa para esconder o seu rastro, e matar não é coisa que seja difícil para ele.

— Nesse caso, se não é um terrorista, é o quê?

— Você sabe o que é um assassino em série?

Lizarso encolheu os ombros.

— É como um assassino em massa?

— Não, é mais complicado. Um assassino em massa é isso porque comete vários crimes, sem mais nem menos, às vezes todos ao mesmo tempo, como numa chacina. Os assassinos em série não têm obrigatoriamente que ter um vínculo com as vítimas, e entre um crime e outro existe sempre um intervalo de tempo que pode ser de um dia, de um mês ou inclusive anos. Eles não matam por causa da ira. Os atos deles são pensados e calculados. Um agente do FBI, um tal de Robert Ressler, faz uns anos que está tentando catalogar comportamentos com base no estudo de homens que estão presos.

— Na academia nós estudamos vários casos, a maioria na Espanha. Rosamanta, o *Arropiero*, envenenadoras como Campins... Eram quase dementes, a maioria deles foi considerada inimputável por serem loucos.

— O tipo de assassino a que eu me refiro não tem nada a ver com essa descrição; é inteligente, pode ter feito um curso universitário, tem boa aparência e dirige um bom carro. Um cara agradável.

— Então... você está se referindo a um assassino como o do zodíaco, o da Califórnia.

Noah assentiu.

— Também mata casais?

— Mulheres.

Lizarso semicerrou os olhos e franziu a sobrancelha.

— E por que a polícia escocesa não nos informou de que tínhamos um indivíduo desses no nosso país?

— Porque a polícia escocesa não sabe que ele está aqui. Aliás, eu também não sei com certeza absoluta. Estou aqui seguindo um pressentimento.

Lizarso abriu os olhos de repente, surpreso.

— Não é aquele assassino que conseguiu fugir durante a detenção? O assassino santo, o assassino das Escrituras ou coisa que o valha. Li a notícia na imprensa inglesa.

— Você lê a imprensa inglesa?

— O que você acha? Estou investigando possíveis terroristas ingleses.

— Irlandeses — salientou Noah.

— Irlandeses — admitiu o outro.

Noah pegou a carteira e do seu interior tirou um recorte com o retrato falado de John Bíblia que não era mais do que uma versão daquele que durante os anos setenta foi publicado quase todos os dias nos jornais escoceses, só que um pouco mais velho. Colocou-o em cima da mesa.

— Bíblia. John Bíblia.

— É isso mesmo, John Bíblia — disse Lizarso, mexendo no recorte enquanto o examinava. — Parece com o Murray, parece com o Collin, inclusive até parece com um dos meus colegas de trabalho. Na verdade, ele me lembra uma versão mais jovem de várias pessoas que eu conheço.

Noah suspirou, entediado, como resposta.

— E você acha que ele está aqui?

Noah assentiu.

— E por que você não informou a polícia escocesa?

— Já te disse, eles estão conduzindo a investigação oficial. Eu não tenho nenhuma prova da minha desconfiança, é apenas um palpite. É óbvio que eu os informaria se tivesse alguma coisa de concreto, mas por enquanto não é nada mais que uma aposta pessoal. Quanto às polícias daqui, neste momento, a título oficial, sou um turista, digamos que não estou na ativa.

— Como assim, está suspenso?

— Estou me recuperando...

Lizarso abriu muito os olhos, compreendendo.

— Você é o policial que estava perseguindo o homem...

Noah assentiu.

— Ele te machucou?

Assentiu de novo. Odiava mentir, mas não deixava de ser assim, de alguma maneira.

Lizarso avaliou suas palavras.

— Pois é, um traste é um traste. Suponho que quando se anda atrás de alguém assim, é impossível deixá-lo escapar.

— Suponho que sim — admitiu Scott Sherrington.

O ertzaina deve ter se sentido identificado e seguro nesse momento, porque se atreveu a sugerir:

— Bom, agora que já fomos sinceros um com o outro, você vai devolver o meu distintivo e a minha pistola?

— Claro, mas, para que ninguém nunca fique sabendo que eu te desarmei e te tirei a identificação, você vai ter que fazer algo mais por mim.

O ertzaina Lizarso corou até a raiz dos cabelos.

Noah evitou olhar para ele para não o envergonhar ainda mais. Entretanto, tirou da carteira o recorte de jornal que havia guardado nessa mesma tarde.

— Esta garota, Sandra Arcocha, desapareceu de uma discoteca em Bilbao. A Polícia Nacional registrou a denúncia, porque o serviço de limpeza encontrou a bolsa e as coisas dela espalhadas por aí. Ouvi no serviço de emergência da Rádio Nacional que também deram falta de outra menina. — Tirou do bolso interior do casaco uma pequena agenda preta e leu o nome. — Elena Belastegui. Há duas coisas que eu preciso saber: se desapareceram mais garotas em circunstâncias semelhantes, ainda que não tenha sido registrada a denúncia, e o que sem dúvida vai ser mais complicado para você descobrir: se estavam menstruadas no momento do desaparecimento.

John Bíblia

John passara vinte e quatro horas no inferno.

Estava nascendo o dia quando chegou à pensão, assustado, esgotado, ensopado em suor frio e doente de angústia. Enfiou-se na cama, embora faltassem menos de duas horas para o despertador tocar. Os ombros e os quadris doíam, assim como as mãos e os olhos, e se sentia fisicamente doente cada vez que pensava na menina chorando no interior do contêiner. John pegou um travesseiro e o levou ao rosto ao mesmo tempo que ofegava com rapidez numa tentativa de acalmar a ansiedade e os tremores que sacudiam todo o seu corpo, e de evitar que os outros hóspedes da pensão o ouvissem. Estava tão cansado como nunca estivera na sua vida, e teria dado qualquer coisa para poder fechar os olhos, nem que fosse apenas por um minuto; mas cada vez que tentava fazê-lo voltava a ver o rosto sujo de sangue, de muco e de vômito, e ouvia de novo os soluços dela. Durante um instante, quase ao amanhecer, tinha conseguido relaxar o suficiente para se sentir de novo tranquilo. E foi então que a recordação que trazia sepultada na mente desde o dia do aniversário de seus treze anos voltou. Aquele pensamento recorrente chegara a se transformar num pesadelo vívido depois do desaparecimento de Lucy. Cada vez que atravessava o bosque, e todos os dias antes de adormecer, evocava a imagem da menina balançando nas águas rápidas do riacho, o modo como seus cabelos se espalhavam como as varetas de um leque e como a água a fazia se deslocar ladeira abaixo até chegar ao lago ao mesmo tempo que entrava em seus olhos abertos, que fitavam o céu plúmbeo. Nos dias que se seguiram desde o desaparecimento de Lucy até o dia do seu aniversário de treze anos, pensava nisso o tempo todo, chegou a ficar tão obcecado com aquele pensamento que sua mente ia compondo que a paranoia chegava na forma de ataques de pânico que se sucediam, e que ele mesmo provocava de maneira masoquista e autoinfligida, e que cresciam quase a ponto de matá-lo.

No dia anterior ao seu aniversário, nadava no lago. Seus movimentos eram amplos, precisos, deslocando a água que deslizava sobre sua pele. Mergulhava a cabeça a cada braçada e abria os olhos no fundo abissal e escuro do Katrine, depois emergia de costas, inspirando fundo o ar que lhe enchia os pulmões. Tudo era calma e controle. Houve um segundo em que pensou que tudo estava em ordem, e esse foi o sinal para que o outro John que vivia em sua mente chamasse Lucy. O nome subiu aos seus lábios como se lhe brotasse da alma. *Lucy*, sussurrou, consciente de que era ele mesmo que invocava o fantasma, e de que voltaria a fazê-lo, ignorando a voz que gritava em sua cabeça, enlouquecido pelo medo. Em seguida ouviu o gemido que chegava até ele de longe, como se viajasse sobre a superfície do lago. Estava tão ciente de que não era real como de que, de alguma maneira, era. O garoto se deteve. Batia com as pernas de leve para se manter à tona enquanto apurava o ouvido, permitindo que o pânico se apossasse dele. Ouviu-se um profundo suspiro atrás dele, e o garoto se virou rapidamente no momento em que um forte puxão o arrastou para o fundo. O eco do choro viajava pela água como se uma criatura submarina soluçasse sepultada nas profundezas. O garoto não via mais nada além da luz lá em cima, perdendo-se num enorme túnel que percorria em sentido contrário à medida que uma força imensa o puxava para baixo. Então o garoto baixava os olhos e conseguia ver uma mão descarnada que, com seus dedos compridos como espinhaços quebrados, aprisionava seu tornozelo. O garoto gritava, e sua boca se enchia da água negra do lago, depois se abandonava ao pânico e empreendia um regresso atabalhoado e enlouquecido, em que seu único objetivo era chegar à margem antes de ver Lucy, que o arrastava consigo para o fundo do Katrine.

Não voltara a se lembrar disso desde o dia em que fizera treze anos. Assustado, sentou-se na cama, enterrando com força as mãos nos lençóis encharcados, e começou a tremer. Acabava de interpretar o primeiro sinal.

Um longo banho quente o fez se sentir melhor. No entanto, o alívio durou pouco. Vomitou o primeiro café da manhã assim que o bebeu, e a partir daquele momento não conseguiu reter nada no estômago, nem sequer água.

Ainda assim, foi trabalhar numa tentativa de agir com a máxima naturalidade. Não adiantou. No meio da manhã, começou a sentir uma intensa e dolorosa dor de barriga. Passou mais de duas horas sentado no vaso sem conseguir se levantar dali, embora tivesse certeza de que não podia restar nada dentro dele. Por fim, foi forçado a pedir permissão para sair do trabalho e retornou à pensão. Ali trancado, vomitando todos os líquidos com que tentava vencer a desidratação, tinha se sentido ainda pior, e nem sequer acariciar a fita de Lucy fora capaz de lhe apaziguar a alma, revivendo vezes sem conta cada pormenor, cada erro da noite anterior.

Ele dirigia calmamente em direção ao cais, ouvindo Bowie cantar no rádio. Baixara a janela do carro para deixar que o ar da noite bilbaína levasse consigo parte do odor dos fluidos que emanavam do cadáver, e agora compreendia que isso o fizera perder alguns segundos de reação antes de se dar conta de que a porta lateral estava aberta. Quando ouviu o clique, o primeiro pensamento foi que por descuido não a havia fechado bem. Parou o veículo na rua deserta, saiu do carro e ao contorná-lo viu que o braço da menina pendia frouxo para fora. John o empurrou para dentro a fim de voltar a fechar a porta e nesse momento percebeu que ainda estava viva. Um movimento chamou sua atenção ao longe, e viu aquele sujeito que da beira da rua segurava a bolsa da garota, que com certeza tinha caído no chão quando a porta se abriu. Demorou menos de um segundo para catalogá-lo. Um merda. Havia conhecido dezenas como ele. No tempo que passara praticando sua atividade, cruzara com muitos assim, bêbados que voltavam para casa de madrugada, trabalhadores sonolentos e remelentos que saíam cedo, motoristas de ônibus amargurados, taxistas que não se metiam na vida dos outros, porteiros de discoteca que olhavam para o outro lado; montes de merda que, com seu tédio, acabavam como cúmplices silenciosos.

O restante do trajeto até a zona de contêineres na Campa de los Ingleses tinha sido um inferno. Por alguma razão ela continuava viva, e de alguma maneira conseguira afrouxar o suficiente o lenço que apertava seu pescoço. Sua respiração era entrecortada, gutural e borbulhante, um profundo arquejo, como o de um animal moribundo. Estava chegando ao fim da avenida e virou à esquerda a fim de penetrar na zona portuária. Para chegar ao setor onde se armazenavam os contêineres, precisava dar uma volta completa até a entrada e dirigir pelas docas debaixo das gruas. John passou direto pela guarita dos guardas do porto, que àquela hora estava às escuras. Desde que um comando terrorista do ETA tinha metralhado um dos postos de acesso ao porto de Pasajes, as guaritas de vigilância evitavam acender as luzes interiores. Colado ao para-brisa do carro trazia o crachá que o autorizava a entrar na zona portuária. Na qualidade de inspetor, tinha nível e autoridade suficientes para entrar nas instalações de sua empresa a qualquer hora do dia e da noite, mas preferia não ser obrigado a dar explicações; era melhor que ninguém soubesse que se encontrava ali. Reduziu a velocidade, embora fosse impossível saber se havia alguém observando do lado de dentro. Em nenhuma das visitas anteriores para deixar sua carga havia detectado o mais ínfimo movimento nas docas, não havia nenhuma razão para pensar que hoje ia ser diferente; mas John tinha um palpite, um terrível pressentimento, porque, quando as coisas começavam a correr mal, corriam muito mal. E, como se pelo simples fato de mencioná-la tivesse invocado a má sorte, a menina começou a chorar. E, ao contrário daquelas respirações guturais e abafadas, próprias de um cavalo selvagem, o choro brotou nítido, agudo, audível; e, como se fosse um viajante no tempo, transportou-o até aquela noite às margens do lago Katrine, até o instante em que John se encontrava meio sufocado, e o policial o puxava a fim de tirar sua cabeça do lodo, e um relâmpago furioso rasgava o céu. Aquele choro. O mesmo que voltava a ouvir agora.

Aterrorizado, John freou com força e desligou o motor. Tremendo, voltou-se para a parte traseira do veículo e afastou a manta que cobria o rosto de sua vítima, fitou-o e não viu mais nada além de um vulto disforme. Toda a área de contêineres da Campa de los Ingleses carecia de iluminação. Os guindastes contavam com fortíssimos holofotes que funcionavam ao mesmo tempo que trabalhavam e que, obviamente, estavam apagados. Ouvir aquele choro surgir do escuro o deixou todo arrepiado. Com dedos nervosos, acionou sobre sua cabeça a luz interior do carro, que acendeu, amarelada e fraca. O rosto e o pescoço da garota estavam inchados. O lenço com que a havia asfixiado quase desaparecera sepultado entre sua pele.

O queixo, o peito e parte do cabelo estavam sujos de vômito. A boca aberta deixava entrever os dentes manchados de sangue. Os olhos quase fechados pelos socos que John havia desferido nela e rasos de lágrimas que haviam deslizado pela sua pele, limpando algumas partes, formando sulcos como rios num mapa. Um profundo lamento brotou de sua boca acompanhado por aquele som horrível que fazia ao tentar inspirar. Ele a encarou, espantado e aterrado ao mesmo tempo. E ela redobrou o choro. Desesperado, John Bíblia se virou de novo para a frente a fim de olhar lá para fora através do para-brisa. Estava muito perto do local, e se chegasse ficaria mais seguro, mas não podia correr o risco de tirá-la do veículo chorando desse jeito. Levou as mãos ao rosto, consternado, tentando pensar, tentando entender os sinais. O que significava tudo aquilo? O choro da mulher se cravava em seu cérebro como uma broca, e o eco do que aquilo significava o mortificava.

John arquejava, o fôlego acelerado e a respiração da menina tinham embaçado os vidros, e foi obrigado a esfregar com as mãos para conseguir ver alguma coisa do lado de fora. Tudo parecia tranquilo, como nas outras noites. Nem um movimento sequer. Decidido e furioso, virou-se para a mulher e passou entre os dois bancos, montando sobre seu corpo. Ela gemeu em pura lamentação e continuou a soluçar e a suspirar através da traqueia meio partida, como um anel de plástico barato. Enojado, ele se debruçou sobre ela para poder alcançar as pontas do lenço que haviam ficado presas na nuca da menina. O odor acre do vômito misturado com o sangue o enlouquecia. Encontrou por fim as pontas de seda, envolveu-as em seus dedos... Permaneceu assim, imóvel, horrorizado, morto de medo. Soltou as pontas do lenço e levou as mãos à boca apertadas em punhos crispados que mordeu com força. Tremendo de pura indignação, voltou ao banco do motorista. Deu a partida e dirigiu durante os menos de quinhentos metros que o separavam de um dos contêineres, vazio e em desuso havia muito tempo. Havia servido até então para ele guardar lonas, cordas e plásticos, de que necessitava para embrulhar os cadáveres até se parecerem apenas com mais um fardo de carga; e também um lugar onde deixar o carro escondido enquanto levava os corpos na lancha até o esconderijo no rio. Parou o veículo e saiu resolvido a deixar de ouvir aquele choro horrível. Esperou vinte minutos, sentindo como o pânico o penetrava até a pele, e torturado pela estúpida covardia que o impedia de voltar para o carro. Esperaria até que estivesse morta. Isso porque, em nome do bom Deus, não voltaria a tocar nela! Tinha certeza de que a jovem não conseguiria aguentar muito mais. Ouvira perfeitamente o som característico da traqueia se quebrando. Estava morrendo, porra! Então, por que não morria?

Contudo, vinte minutos mais tarde, quando voltou a abrir a porta do veículo, ela continuava a soluçar. Impotente, sem saber muito bem o que fazer, ele se obrigara a se afastar o suficiente para que a influência daquele choro maldito o deixasse pensar. Não funcionou, mesmo a distância continuava a ouvi-lo como se tivesse ficado gravado em seu cérebro para sempre. Caminhava furioso no meio das poças, tentando se esconder, protegido pelos contêineres, tentado a esmurrá-los com os punhos e sabendo que ceder à fúria, que já o rondava, era um erro. Esgotado, deixou-se cair de joelhos no chão, juntou as mãos e elevou uma prece. Não foi uma oração tradicional e comum, entre John Bíblia e Deus nunca o era; desde que, aos treze anos, Deus tinha operado um milagre e lhe havia mostrado o que tinha que fazer, John Bíblia nunca mais voltara a rezar como antes. Levantou as mãos entrelaçadas, levando-as ao rosto, e, olhando para o céu, perguntou: o que você quer que eu faça?

Deus não havia respondido. Ficou ali, à espera, nunca saberia durante quanto tempo. Aterrado e vazio, com essa solidão que só pode sentir o filho abandonado. John já tinha experimentado aquele terrível silêncio em outras ocasiões, quando durante anos bradou aos céus enquanto esfregava os panos ensanguentados no tanque, sem obter uma resposta, até que deixou de fazê-lo. Assentiu devagar enquanto começava a compreender o desígnio e que, às vezes, quando não havia resposta, essa era a resposta. Desabotoou a camisa e com os dentes arrancou um pedaço de tecido da barra dela, depois puxou até arrancá-lo, voltou a usar os dentes para arrancar dois pequenos pedaços que umedeceu de saliva antes de introduzi-los nos ouvidos. O mais rápido que pôde, abriu as portas do contêiner e voltou para o veículo. Deu a partida, marcha a ré e meteu-o dentro do contêiner até que sentiu uma pancada. Olhou pelo retrovisor, certificando-se de que ainda não havia alcançado o fundo, e por um instante sentiu pânico ao imaginar que as rodas pudessem ter ficado presas num dos blocos de sucata abandonados lá dentro e que não fosse capaz de sair dali. Engatou a primeira e, muito devagar, constatou que o carro se mexia. Saiu, abriu a porta lateral do veículo e puxou os braços da jovem até que o corpo caiu para fora. Depois jogou uma lona por cima dela e saiu com rapidez, fechando a porta e abafando os soluços, que ainda assim persistiram em seu ouvido interno mesmo depois de se ter afastado vários quilômetros.

"Wouldn't it be good to be in your shoes?"
Não seria bom estar no seu lugar?

O ertzaina Mikel Lizarso examinou Scott Sherrington com interesse enquanto o inspetor voltava a dobrar cuidadosamente o retrato falado de John Bíblia.

— Posso ficar com isso?

Noah entregou a ele.

— Claro, publicam todos os dias nos jornais escoceses. Da Escócia, não da Inglaterra — sublinhou. — A propósito, eu os consigo num quiosque que fica perto do Banco de Vizcaya, na Gran Vía; o jornaleiro deixou escapar que nos últimos tempos houve mais gente demonstrando interesse pelos jornais escoceses. Daria muito na vista se eu perguntasse, mas vocês podiam dar uma volta por ali para tentar descobrir alguma coisa.

— Não é uma coisa tão estranha assim, há muitos estrangeiros em Bilbao.

— Não estamos falando de jornais de atualidades políticas ou financeiras. São tabloides cujo âmbito se limita à Escócia, e em alguns casos, apenas a Glasgow. Acho que há muito poucas possibilidades de um grupo ligado ao IRA se interessar minimamente pelo que acontece na Escócia, e isso nos daria uma pista bastante clara.

Lizarso fitou-o, pensativo.

— Não vai parar de segui-lo, certo?

Noah suspirou e respondeu em voz baixa:

— Não. Não posso. E esta noite, por sua causa, fui forçado a desistir, mas, se esse for o cara que eu acredito que seja, não vai perder tempo, vai voltar a matar se é que já não o fez, e isso eu não posso permitir.

O rapaz suspirou como que se munindo de toda a paciência.

— Pois então você vai ter que arranjar um álibi.

— Álibi? Não compreendo.

— Um álibi, uma desculpa para não levantar suspeitas. É habitual a presença de cidadãos ingleses em Bilbao, mas não tanto a ponto de você poder passar despercebido. Você fala muito bem, mas o seu sotaque inglês te denuncia.

Noah suspirou, aborrecido.

— Sou escocês, e já percebi isso.

Lizarso prosseguiu como se nada fosse.

— Bilbao é uma grande aldeia num vale sossegado, as pessoas vão te massacrar com perguntas querendo saber o que você faz aqui, qual é a sua profissão. Começar uma conversa e se interessar pelos outros faz parte da tradição do *txikiteo*. A terceira vez que você entrar no mesmo bar, vão colocar o vinho em cima do balcão sem você precisar pedir, vão saber se você toma branco, tinto ou clarete. Se você bebe sozinho ou se espera pelo seu grupo, se costuma levar a quantia certa ou se paga com notas, e depois de quatro dias já vão saber como você se chama e onde trabalha.

— Sim, também já percebi isso.

— Além do mais, a Maite gosta de você, é normal que ela se interesse por você.

Noah ergueu uma sobrancelha e fitou-o, surpreso.

Lizarso sorriu admirado e entusiasmado em igual proporção ao se dar conta de que agora era ele quem dominava a situação.

— Como? Um agente tão sagaz e não percebeu nada? Pelo amor de Deus! Assim que você entra, ela vai logo falar contigo.

— Ela fala com todo mundo.

— Mas não como fala contigo.

— Eu não vejo nada de estranho — replicou Noah, embaraçado. — Além do mais, acho que tem um marido que continua rondando por ali.

— O Kintxo? Que nada! Há anos que estão separados. Ela não, mas ele inclusive já teve outros relacionamentos, embora nunca durem muito tempo. Suponho que em parte é porque o homem não é lá muito amigo do trabalho. Passou pelo porto, pela metalurgia, chegou até a experimentar trabalhar na marinha mercante ou nas plataformas de petróleo, passou alguns anos fora, mas voltou. Ele cuida da filha, e de vez em quando passa pelo bar e arranca algum dinheiro da Maite, mas não existe nada entre os dois.

— Você está muito bem informado.

— Já te disse que estou seguindo os irlandeses há três meses, sou freguês habitual desse bar e, vai por mim: um dia também me fizeram perguntas. Oficialmente sou estudante do quarto ano de direito em Deusto, e posso te dizer desde já que nunca vi a Maite se interessar tanto por ninguém.

— Não, não é verdade — respondeu Noah, evasivo.

Mikel sorriu, encolhendo os ombros.

— Como quiser, mas é melhor preparar uma boa resposta para quando te perguntarem alguma coisa. A Maite vai fazer isso, mas os outros também. Ou melhor, vai deixando pistas. As pessoas não gostam de se convencer do que julgaram adivinhar, e não há nada de que gostem mais do que ver as suas suspeitas confirmadas. Por isso, se eu fosse você ia começando a deixar cair umas migalhas.

— Migalhas?

— Sabe como é, como na história infantil, indícios para que as pessoas vão tirando as suas conclusões. Mas alguma coisa você vai ter que fazer. Os irlandeses estão confiantes, e a última coisa que nós queremos é que, quando começarem a fazer perguntas a seu respeito — disse, apontando para ele —, reparem em nós. — Ampliou o gesto na direção dele próprio. — Nós estamos com essa operação há meses, nos encontramos num momento muito delicado e achamos que nos próximos dias pode acontecer um contato que andamos esperando há semanas. Você está ciente da situação político-social que se vive agora aqui?

Noah encolheu os ombros.

— Isso não me interessa.

Lizarso se levantou da cadeira e se inclinou um pouco para a frente antes de falar. Nesse instante pareceu mais velho, como se de repente lhe tivessem caído em cima mais cinco ou seis anos.

— Veremos, Scott Sherrington. Esta é a minha terra, a minha pátria, e o que acontece aqui é muito grave. Vivemos um momento histórico, a criação da Ertzaintza vai mudar tudo, andamos há anos tentando parar esta guerra, mas existem muitos interesses no meio, tanto do lado terrorista como da parte de alguns elementos do Estado, pessoas interessadas em que isto não acabe. Você já viu como o ambiente está quente nas ruas com o assunto das bandeiras. Mas não se deixe enganar, isso é apenas uma fachada. Se por ordem do governador a polícia tomar à força a câmara municipal, isso vai ser interpretado a nível político como uma ofensa grave que terá uma resposta nas ruas, e no meio desse rio agitado se espera um encontro entre as cúpulas do ETA e do IRA. Ou por acaso você acha que os nossos amigos irlandeses estão aqui só para beber cerveja? Estamos vigiando essa gente faz três meses, temos o telefone da pensão onde se hospedam sob escuta, e eu os sigo todos os dias. Por isso, não me importa se você se interessa ou não por política, estou pouco ligando se você é inglês ou escocês; se quiser que eu te ajude, trate de arranjar um bom álibi, uma explicação plausível para o motivo de você estar aqui, alguma coisa que não faça ninguém desconfiar, porque, se você não fizer isso, pode aparecer em Arkaute e gritar em um megafone que você me desarmou. Não vou te ajudar.

Noah levantou as duas mãos e mostrou as palmas para ele em sinal de paz.

— Está bem, então vamos procurar esse álibi. E, para sua tranquilidade, não faço a mínima ideia do que seja Arkaute.

O jovem ertzaina suspirou e relaxou a sua expressão, apoiando-se de novo nas costas da cadeira.

— Arkaute é a sede da academia da Ertzaintza. O lugar onde todos os ertzainas se formam para ser a melhor polícia para a nossa terra.

Noah assentiu sem deixar de olhar para ele. Seu idealismo era quase cômico.

O rapaz retomou seu ponto de vista.

— Você precisa de um álibi que não possa ser desmontado com quatro perguntas. As pessoas que trabalham no porto, nas siderúrgicas ou nos estaleiros se conhecem, pelo menos de vista. E, quando não é assim, é muito fácil descobrir.

— E não acontece o mesmo com os estudantes? Ninguém se pergunta por que você não frequenta as aulas?

— Na verdade eu frequento algumas, também fazemos vigilância dentro das universidades, por isso já conquistei fama de péssimo aluno. Sabe como é, muitas festas e poucos livros. Em todo o caso, agora estamos de férias e o ano letivo só inicia em outubro.

Noah assentiu, pensativo.

— Teria que ser uma profissão que me permitisse flexibilidade de horários...

— Você está sempre lendo os jornais esportivos — observou Lizarso.

— Não leio, acredite. Folheio os jornais para evitar falar com os fregueses.

— Mas você sabe que o Athletic venceu a liga espanhola de futebol.

— Sim, é impossível não perceber — disse Noah, apontando para um pôster com o título de campeões que havia acima do balcão do bar.

— O que talvez você não saiba — advertiu Lizarso — é que a segunda equipe, o Athletic B, também foi campeão. Foi uma verdadeira proeza. No jogo de 8 de maio, e a duas rodadas do fim do campeonato, foi proclamado campeão da segunda divisão B.

— Caramba, é impressionante — admitiu Noah, sem grande interesse —, mas não vejo como é que isso...

— Desde que terminou o torneio correm boatos de que chegaram uns olheiros para estudar os meninos das nossas equipes jovens.

— E?

Lizarso ergueu as mãos diante do óbvio.

— Você é inglês.

— Escocês.

— Inglês, no caso — disse, sorrindo.

Ele tirou um guardanapo de papel do suporte que havia em cima da mesa, tirou do bolso interno do casaco uma caneta e começou a escrever. Demorou apenas um minuto. Virou o pedaço de papel, colocando-o diante de Scott Sherrington.

Era uma lista de nomes, ou melhor, de sobrenomes.

Iru, Murúa, Bakero, Salinas, Andrinúa, Azpiazu, Kortajarena, Eguileor, Arrien, Rastrojo, Oskar.

Noah fitou-o com ar de interrogação.

— Esta é a escalação do jogo do dia 8 de maio — respondeu o ertzaina.

— Decore-o, e de vez em quando peça uma caneta emprestada num bar, escreva dois ou três nomes num guardanapo, como eu acabei de fazer, e depois amasse o papel e deixe em cima do balcão. Não há um empregado de mesa em toda Bilbao que não reconheça esses nomes, nem um que seja idiota a ponto de não tirar as próprias conclusões e, além disso, ficar calado com uma fofoca tão suculenta como essa.

— Não é ruim — admitiu Noah, pondo-se de pé.

— Você não tomou o uísque — disse Lizarso, olhando para o copo com seu líquido cor de âmbar intacto.

— Não bebo, além disso é muito tarde, e por sua causa hoje perdi a oportunidade de seguir o meu homem — recordou-o de novo, irritado.

Lizarso ignorou a censura e, levantando-se, foi atrás dele.

— Então, se não bebe, por que foi que pediu?

— Em Roma, faça como os romanos.

Bilbao. Sábado, 20 de agosto de 1983

Nessa noite, o inspetor Scott Sherrington voltou a sonhar que morria. Ter consciência de que era um sonho não mitigava, em absoluto, o horror da sensação. Tornou a ouvir o choro triste que era audível acima do ruído da tempestade. O momento em que o choro foi tão nítido e angustiante que o obrigou a se virar na direção do carro de Clyde, certo de ter ouvido soluçar aquela infeliz. O modo como John Bíblia ergueu o rosto coberto de lama. Depois veio a onda, como um golpe de calor e de frio no plexo solar. Tudo se apagou, mergulhando-o na mais absoluta escuridão. Então as trevas começaram a se mover, a se liquefazer como algo orgânico e disforme que começou a se decompor até pouco mais do que gelatina. Primeiro sentiu que subiu por ele, envolvendo com uma fina capa as suas mãos, pernas, torso, nariz e boca. A escuridão penetrou nele tentando apoderar-se de todo o seu ser, e nesse momento o pânico era tão grande que acordou.

Abriu os olhos, ciente da força com que o coração batia em seu peito, e, apesar de o bom senso o intimar a esquecer o sonho, esforçou-se para relembrá-lo, até se obrigou a fechar os olhos a fim de reter as lembranças que já se evaporavam como um vampiro à luz do sol. As jovens arrancadas de seus túmulos, o estrondo da tempestade, os raios iluminando as colinas que rodeavam o lago, John Bíblia levantando a cabeça para respirar, o som do choro que vinha de toda parte. E o modo como Bíblia se virou, nesse exato momento. Em sua cama da pensão La Estrella, Scott Sherrington abriu os olhos para a brancura do teto ao mesmo tempo que sussurrava:

— Eu também ouço.

A certeza tinha-o acompanhado durante o restante da manhã, como uma informação que achava valiosa, mas que não sabia como utilizar.

Entre a praça Moyúa e a rua Marqués del Puerto, a vitrine da Rádio Ortega era uma exposição colorida da tecnologia da época, máquinas de escrever

Olivetti de todas as cores, dispostas em degraus num expositor coroado com o nome da marca. Toca-discos portáteis em maletas cor de laranja, verde e azul, aparelhagens de alta-fidelidade instaladas em móveis tão grandes como uma máquina de lavar. Toca-fitas normais e duplos, e rádios de todos os tamanhos. No meio dos aparelhos, as capas dos vinis da moda. Leu os nomes com interesse: Francisco, Camilo Sesto, Julio Iglesias, Mari Trini, Tino Casal. Só viu um disco em inglês e era um *single*. Nik Kershaw, "Wouldn't It Be Good". Sobre todos eles reinava Mocedades. Pelo menos uma dúzia de cópias formava um altar para o grupo local, que alguém havia salpicado de papéis picados dourados e serpentinas da mesma cor. Os seis integrantes posavam na capa vestidos de preto e tão elegantes como se fossem à ópera. Na verdade, na contracapa apareciam numa escadaria que podia muito bem pertencer ao La Scala de Milão. Ao entrar na loja, reconheceu os graves do inconfundível violoncelo dos primeiros acordes daquela música. O som vinha de uma magnífica aparelhagem de som situada de forma estratégica em frente à porta. Noah deteve-se para escutar enquanto um funcionário engravatado se aproximava satisfeito e sorrindo. Teve que admitir que a música era magnífica, uma orquestra sinfônica inteira acompanhava a voz de Amaya Uranga. A letra era uma mistura de versos poderosos, passionais e algo mortificantes, mas a música era grandiosa.

— É maravilhosa, não é mesmo? — exclamou o vendedor assim que parou na sua frente.

Noah assentiu.

— A música... — conseguiu dizer.

— Bom, a música não é deles, é o *intermezzo* da zarzuela "A Lenda do Beijo", pouca gente sabe disso.

Ele examinou a expressão de Noah, quem sabe procurando decepção.

— Magnífica música — sussurrou.

— É o que eu digo, que diferença faz, se no final se consegue algo tão belo. Scott Sherrington assentiu sem saber muito bem a que se referia o vendedor.

— Se o senhor é uma dessas pessoas que sabem apreciar as coisas boas, talvez esteja interessado em adquirir uma boa aparelhagem como esta.

Noah despertou de seu estado de ensimesmamento.

— Ah, não. Só quero um rádio.

O vendedor dirigiu um derradeiro olhar à aparelhagem de som, talvez meio decepcionado, virou-se fazendo um sinal e conduziu-o até o interior do estabelecimento.

Ele retornou caminhando com tranquilidade no frescor da manhã, que começava a clarear depois de ter amanhecido bastante enevoada. Fez uma parada na banca de jornais. Sua aventura com o vinho tinto ordinário da outra noite não o havia apenas impedido de seguir seu suspeito: as consequências na manhã seguinte o impediram de telefonar para a secretária da MacAndrews e de ir buscar seus jornais. Dez, já que, além dos que lhe interessavam, agora também precisava de três jornais esportivos. Apesar de ainda não ter se atrevido a indagar sobre quem mais comprava os jornais escoceses, não descartava a hipótese de o jornaleiro comentar o fato com os outros fregueses, como fizera com ele. E, se assim fosse, preferia que o interesse pelas questões futebolísticas predominasse. Ao ver o monte de jornais, perguntou-se se as informações que Olga tinha que lhe dar também se teriam acumulado dessa maneira. Embora não acalentasse nenhuma esperança de que houvesse alguém na MacAndrews num sábado de manhã, telefonar para Olga tinha sido a primeira coisa que fizera assim que saiu de casa. A ligação foi parar em uma secretária eletrônica com um número para emergências e o convite para deixar uma mensagem. Enquanto voltava a pensar em seu erro, balançou a cabeça em negativa, observando a pilha de jornais. O jornaleiro tinha-os distribuído em dois sacos, e Noah acomodou num deles o embrulho com o rádio. Carregado com os volumes, começou a descer a avenida em direção às Siete Calles; quase no Casco Viejo, começou a se sentir fraco. Sem fôlego, teve que parar duas vezes fingindo interesse nas vitrines das lojas que encontrou pelo caminho. Sua respiração foi ficando mais profunda e rápida, quase ofegava, e já sabia o que vinha depois. Quando sentiu o primeiro indício de enjoo, entrou numa pastelaria. Lá dentro, tanto o pessoal que atendia no balcão como a clientela eram todos mulheres. Encontrou uma mesa no fundo e se sentou quase de costas para a entrada, fingindo ler seus jornais de modo a dissuadir os olhares curiosos. Pediu um café à garçonete; enquanto esperava, abriu a garrafa de bolso e, virando-se de lado, deu um gole disfarçado.

Quando a garçonete voltou, sentia-se muito melhor.

— Senhor, posso pôr umas gotas de conhaque ou de uísque no seu café, se quiser...

Scott Sherrington percebeu o que aquilo parecia.

— Ah, não. É um remédio, obrigado.

— Sim, claro — respondeu ela, cortante, enquanto regressava a seu lugar atrás do balcão.

Embora tenha apenas tomado um gole de café, ficou ali um bom tempo enquanto recuperava as forças. Um a um, foi analisando os jornais em busca de notícias relacionadas com ele mesmo, com John Bíblia ou com os progressos da investigação. Foi separando as páginas, e quando terminou, tinha pouco mais de uma dúzia de folhas que voltou a guardar no saco junto com o rádio. Depois de aliviado o peso de sua carga, deixou em cima da mesa uma pilha de jornais ingleses, um café quase intacto e uma generosa gorjeta.

Tinha chegado ao quarto fazia apenas dez minutos, tempo suficiente para desembrulhar o rádio, prender o fio e, depois do penoso esforço de afastar a mesinha de cabeceira a fim de encontrar uma tomada, conseguiu ligar o aparelho. Sintonizou a mesma emissora para onde as pessoas ligavam para pedir músicas. Sentiu-se um pouco idiota ao perceber sua estranha alegria ao escutar o locutor em seu quarto. A bonita voz áspera de Bonnie Tyler e os primeiros acordes de "Total Eclipse of the Heart" foram suficientes para mergulhá-lo na mais absoluta melancolia.

— *Total eclipse...* — sussurrava no momento em que julgou ouvir umas pancadas na porta. Baixou o volume do rádio e as ouviu com clareza.

— *Mister* Scott, está lá fora um amigo seu que veio visitá-lo — chegou-lhe a voz da proprietária da La Estrella do outro lado da porta. Quando abriu, interrogou a mulher com o olhar ao verificar que só ela estava ali.

— O seu amigo está à sua espera na porta da rua — disse, com toda a amabilidade de que foi capaz. — O senhor sabe muito bem que são proibidas as visitas, se bem que, tratando-se do senhor, eu poderia abrir uma exceção.

A mulher fez uma careta. Scott Sherrington teve certeza de que tentava sorrir. Não conseguiu. Passou na frente dela, fechando a porta do quarto atrás de si.

— Não se preocupe, seja como for eu já ia sair.

— Como quiser — respondeu ela, repetindo o mesmo esgar. Scott Sherrington não teve certeza se o irritava mais quando era uma bruxa hostil ou quando tentava ser agradável.

O ertzaina Lizarso esperava por ele no patamar. Nem sequer o cumprimentou. Sua respiração era calma, mas o rosto brilhava de uma maneira que fez Scott Sherrington pensar que tinha corrido até ali.

— Encontraram absorventes internos na bolsa da garota.

Havia três estabelecimentos comerciais nas proximidades do local onde o serviço de limpeza tinha encontrado a bolsa: uma loja de linhas de costura, cuja proprietária não sabia nada sobre o assunto; uma mercearia, gerida por um casal jovem, que também não vira nada; e o bar Avenida, um estabelecimento sem graça iluminado por lâmpadas fluorescentes que distribuíam sua luz fúnebre e mortiça sobre os fregueses. O chão estava coberto de pacotes de açúcar vazios e bitucas esmagadas. O balcão era revestido de azulejos verdes e a superfície de madeira brilhava sob sua capa de verniz.

Pediram dois cafés enquanto esperavam que o bar esvaziasse. Mikel pegou o distintivo e se identificou como ertzaina.

— O serviço de limpeza encontrou uma bolsa vermelha pendurada num arbusto na frente do seu bar. O senhor a viu ou faz ideia de como foi parar ali?

O proprietário do bar Avenida cruzou os braços e se encostou no balcão.

— Foi há coisa de uns dois dias, talvez três. Já tínhamos fechado. Costumamos deixar as portas baixadas pela metade para o chão secar depois de lavar. Eu me agachei para jogar a água fora e vi um freguês pendurar a bolsa no arbusto ali em frente — disse, apontando com o queixo na direção da rua.

— Um freguês do seu bar?

O homem hesitou.

— Bom, um freguês habitual não, é um desses beberrões que vêm passar as festas. Ele compra vinho em garrafas aqui e sai bebendo por aí. Não incomoda, não dá problemas.

— Sabe como ele se chama?

— Bom, eu sei o que ele diz, mas não passa de um bêbado — disse, encolhendo os ombros diante do óbvio. — Às vezes ele começa a falar sozinho sem que ninguém lhe pergunte nada. Chama-se Juanito e conta que o pai é um armador rico de Pasajes, vai saber. As roupas que ele usa são de boa qualidade, mas está precisando de um bom banho, sabe como é, até pode ser que essa história seja verdade.

— Ele costuma andar por esta região?

— Para algum lugar numa pensão... Mari! — gritou, virando-se para a cozinha. — Em que pensão Juanito, "o Bêbado", disse que estava hospedado?

Uma mulher de rosto afogueado assomou por entre umas cortinas feitas de miçangas da mesma cor dos azulejos que revestiam o balcão.

— Numa perto da doca dos ingleses, na pensão Mazarredo, ou pode ser que seja na casa Sánchez... — respondeu a mulher enquanto voltava para a cozinha.

Começavam a entrar fregueses e o dono estava ansioso para terminar a conversa.

— Obrigado pela sua ajuda. Só mais uma coisa: o senhor viu o que havia dentro da bolsa?

— Quando saímos, a minha mulher abriu. Tinha documentos dentro, e coisas de moças, sabe como é, maquiagem e esse tipo de coisa. Não havia dinheiro. Pensamos que alguma menina tinha perdido e deixamos ali, as pessoas costumam voltar quando perderam alguma coisa. O melhor é deixar à vista e pronto.

Era quase meio-dia quando localizaram a pensão, e, embora tivessem ido até a porta, não tinham esperanças de que a essa hora tão avançada da manhã o homem ainda se encontrasse ali. Uma jovem abriu a porta para eles e os convidou a entrar. Juanito Mendi os recebeu na cozinha do albergue. Uma panela fervia no fogão e o aroma acebolado do alho-poró e da cenoura enchia o ar.

— Porrusalda[7] — murmurou Mikel.

---

[7] Prato típico do País Basco, que consiste num guisado tendo como base o alho-poró. (N. T.)

O homem convidou-os a sentar e apontou para o bule de café que tinha em sua frente, desculpando-se.

— Sinto muito não poder convidá-los, mas o café é só para os hóspedes e a dona mede direitinho.

Noah observou o homem. Ainda jovem, não mais de trinta anos, e o dono do bar Avenida tinha razão: suas roupas eram de boa qualidade, mas estavam folgadas nele, como se tivesse perdido peso com rapidez. Scott Sherrington reconheceu todos os sinais do alcoolismo em estado avançado. A musculatura flácida, a pele acinzentada, os olhos aquosos, os movimentos lentos, a profunda tristeza. Soube que aquele homem era um moribundo, assim como ele. A única diferença consistia no fato de Noah não querer morrer e Juanito Mendi sim.

Mikel contou a ele que o serviço de limpeza tinha encontrado a bolsa que havia deixado pendurada no arbusto. Nem sequer lhe concedeu a opção de negar esse fato.

— Estamos interessados em saber como ela foi parar nas suas mãos. Onde foi que a encontrou?

Mendi demorou alguns segundos enquanto bebia o que sobrava da xícara de café. Depois falou pouco, mas tudo o que disse foi valioso.

— Eu estava me preparando para voltar à pensão, já era tarde. Não sei que horas eram, o bar já estava fechando as portas. A bolsa caiu perto de mim. Eu a apanhei e dei uma olhada na estrada. Um carro branco tinha parado uns metros mais à frente. O motorista saiu e eu achei que viria buscá-la, mas então ele foi até o outro lado do veículo e fechou a porta lateral que estava aberta. Dava para ver uma mão e o cabelo comprido de uma mulher saindo por aquele lado. Ele a empurrou para dentro, fechou a porta e ficou olhando para mim... de uma maneira... — Fez uma pausa e fixou seus olhos tristes nos dois homens.

— Seria capaz de reconhecer esse homem se voltasse a vê-lo?

Juanito Mendi quase sorriu.

— Era tarde, eu tinha andado o dia inteiro por ali — disse com ar de explicação, se bem que os dois homens perceberam que a uma hora dessas Juanito Mendi já tinha sua cota diária de álcool mais do que atestada. — E o cara era normal, comum, parecia jovem, embora também pudesse ser mais velho...

Noah negou com a cabeça enquanto pensava que esse sempre fora o maior trunfo de John Bíblia: ser normal, comum.

Mas então Juanito, "o Bêbado", disse algo surpreendente:

— Se eu voltasse a vê-lo, sem dúvida nenhuma o reconheceria.

— Por quê? — perguntou Noah.

— Porque quando ele olhou para mim pensou em me matar. — Ele observou os dois homens, quase como se os desafiasse a contradizê-lo. — Logo depois mudou de ideia, mas pensou. — Disse isso com uma serenidade avassaladora. E Scott Sherrington teve certeza de que, de alguma maneira, Juanito Mendi lamentava que não tivesse acontecido. Um suicida vocacional.

De volta ao Casco Viejo, Noah fez questão de percorrer os arredores da igreja de São Nicolau, onde duas noites antes tinha visto John entrar num carro branco. Encontraram pelo menos quatro veículos que podiam se encaixar nas lembranças nebulosas de Noah e na descrição que Juanito Mendi havia fornecido, e mais um quinto estacionado em frente ao café El Tilo.

Ao entrar no bar de Maite, notaram um silêncio inusitado por parte da freguesia. No rádio, as notícias sobre os distúrbios na câmara municipal falavam de uma entrada forçada por parte da polícia, por ordem do governador, a fim de colocar a bandeira espanhola na varanda do edifício. A sessão plenária havia sido suspensa e se falava em escaramuças nas proximidades da câmara municipal, mas, do mesmo modo que no dia anterior, o espírito festivo parecia impor-se à tensão política e no Arenal, em Bidebarrieta, na rua Correo ou em Artecalle, o ambiente convidava ao vermute de sábado à espera de que naquela tarde se lançassem, ainda não se sabia de onde, os fogos que dariam início à Aste Nagusia.

Maite sorriu fingindo surpresa ao ver Noah entrar no bar na companhia de Lizarso.

— Caramba! O inglês que veio para Bilbao e o futuro advogado, que alegria!

Perturbado, Noah dirigiu-se aos fundos do estabelecimento seguido pelo ertzaina. Maite foi falar com eles, apesar de no caminho ter se entretido a mudar o rádio de estação, optando por outra com música e acendendo a velinha que havia na frente da pequena imagem de madeira.

— Que santa é essa? — sussurrou Noah a Lizarso.

Em vez de responder, Mikel se dirigiu a Maite.

— Maite, você escutou isso? Que santa é essa, perguntou o *mister*.

— Qual santa? A *Amatxu*? — disse fingindo indignação. — É a Nossa Senhora de Begoña, a padroeira de Bilbao e da Biscaia. A minha filha, assim como muitas moças e mulheres de Bilbao, tem o seu nome, embora em casa nós a chamemos de Bego. E quanto a *Amatxu* é porque é assim que os bilbaínos a chamam de um jeito carinhoso, alguma coisa parecida com mãezinha. Quer dizer então que agora vocês dois são uma quadrilha — disse, dirigindo-se a Mikel. — Você devia levá-lo ao mealheiro dos *txikiteros*.

— A basílica fica numa colina sobre as Siete Calles — explicou o ertzaina. — Existe um ponto na esquina da rua Pelota com a Santa María em que se pode ver Begoña, e está assinalado por uma estrela no chão. Tem muita tradição, existe um mealheiro dos *txikiteros*, onde os grupos oferecem donativos a *Amatxu* e cantam para ela no seu dia, onze de outubro.

— E acendem uma vela para pedir alguma coisa a ela? — perguntou Noah, sem deixar de olhar para Maite.

— Claro — respondeu ela, fitando-o diretamente nos olhos e sorrindo.

— E o que é que você pede? — replicou Noah.

Ela riu, atirando a cabeça para trás. Seu riso foi límpido, cálido. Um sorriso aflorou aos lábios de Noah enquanto a via rir. Lizarso observava os dois, achando graça.

— Isso são assuntos particulares, Noah, o inglês — ela respondeu, com ironia.

— Eu não sei — interveio Mikel —, mas dizem que muitas bilbaínas rezam para ela assim:

Nossa Senhora de Begoña,
me dê outro marido,
porque o que eu tenho
não dorme comigo.

— Sério? — interrogou-a Noah.

— Eu não peço maridos, eu peço amor — disse ela, afastando-se depois de servir duas cervejas para ele.

Assim que a mulher se afastou, foi como se toda a boa energia tivesse desaparecido com ela.

Noah se entreteve brincando com o copo, e Lizarso observou o ar carregado de melancolia com que de vez em quando olhava para a mulher, que continuava a trabalhar de um lado para o outro no balcão. Scott Sherrington era um tipo estranho, parecia um grande policial, um desses comprometidos seriamente com seu trabalho. Contudo, havia mais alguma coisa, algo que não lhe contara e que Mikel pressupunha que seria de importância vital. Tinha a ver com o modo como falava e olhava para Maite. Era evidente que gostava dela, mas, nesse exato momento, enquanto a observava, fazia-o como se ela fosse desaparecer a qualquer momento, como se pesasse sobre ela uma sentença inevitável, como se por alguma razão que só ele conhecia não pudesse amá-la. Como se de algum modo aquilo estivesse vetado para ela. Pensou então que tinha visto essa expressão naquela manhã nos olhos de Juanito Mendi.

O ertzaina Lizarso aproximou um pouco mais o seu banco do de Noah e, inclinando-se para a frente a fim de evitar que os outros fregueses pudessem ouvi-lo, sussurrou:

— Você acha que, como ele disse, o Mendi seria capaz de reconhecer esse homem numa fila de reconhecimento?

Noah pensou no assunto.

— A questão não é se o reconheceria ou não, mas sim quem o levaria a sério. Você o viu. Pode ser que hoje fosse capaz de fazê-lo, mas e daqui a três dias? É um alcoólatra, e se há alguma coisa que sei reconhecer é quando alguém está nas últimas. Dentro de três dias ele pode estar morto. — Noah baixou os olhos, ciente de que podia estar falando de si mesmo.

Lizarso fitou-o um pouco confuso. De novo aquele sinal, de novo aquele olhar. Mikel chegou a pensar em perguntar, mas Noah se antecipou.

— Esse sempre foi o talento de John Bíblia, o assassino pardo, o monstro invisível. Esteve em lugares públicos na companhia de centenas de pessoas, e ninguém foi capaz de fornecer uma descrição além de imprecisões.

— Nem mesmo você.

Noah abriu a boca e inspirou fundo o ar. Não respondeu.

— Eu não queria insinuar nada, acontece que... Não te contei tudo.

Noah olhou-o de frente, exigindo respostas.

— Eu fiz a lição de casa. Suponho que você não saiba que alguns dos comandos que nós temos na Ertzaintza provêm do Exército ou da Polícia Nacional. Bom, é uma coisa temporária, até que os ertzainas do nosso contingente vão sendo promovidos... mas pelo menos nós temos comunicação com outras corporações da polícia, porque esses da Guarda Civil não nos dão nem água...

— Resumindo — instou Noah.

— Pelo menos mais uma garota está desaparecida.

— O quê? — Noah se deu conta de que havia falado muito alto, chamando a atenção dos fregueses que se encontravam mais perto. Percebeu nesse instante que em algum momento os irlandeses tinham entrado no bar. Nem John Murray nem o chamado Collin tinham se juntado a eles ainda. Inclinou-se para a frente e baixou a cabeça a fim de ouvir Lizarso.

— Uma com certeza. Delia Vázquez, vinte e três anos. Criada numa boa casa de Bilbao, dessas que têm muitos empregados. Os patrões apresentaram queixa na Polícia Nacional. Parece que trabalha há dois anos nessa casa e é uma moça de confiança. Está desaparecida desde o seu dia de folga, e não levou bagagem nem nenhum dos seus pertences. Foi vista pela última vez com as amigas na discoteca Arizona. É uma casa muito frequentada por criadas de casas de família, muito grande e muito famosa em Bilbao. As amigas dizem que a viram conversando com um rapaz. Foi por isso que eu te falei da fila de reconhecimento. Se alguém pudesse apontá-lo.

— As amigas dela forneceram uma descrição do homem que viram?

O ertzaina bufou antes de responder.

— Sim, não o viram muito bem, era um tipo normal. Cabelo curto, estatura normal, peso normal...

— Você disse que uma garota desapareceu com certeza, mas e a outra?

— A outra ainda está aguardando confirmação. Hoje de manhã, antes de ir falar com você, dei um pulo na casa onde trabalhava a primeira garota, e outra das empregadas me disse que estão acontecendo umas coisas estranhas nos últimos tempos, que Delia não era a primeira menina a desaparecer da discoteca Arizona. Na polícia não constam mais queixas. Talvez esta noite possamos dar uma volta por ali e fazer umas perguntas.

Noah fitou-o abalado e disse, muito baixinho:

— É ele. Está repetindo as mesmas coisas passo a passo, não está vendo?

Mikel balançou a cabeça como se achasse isso inconcebível.

— Mas é uma coisa tão incrível, duas vezes seguidas, e na mesma discoteca?

— É assim que ele gosta de caçar. Em Glasgow levou três vítimas da discoteca Barrowland.

Lizarso fez um gesto na direção da porta. John Murray e Collin acabavam de se juntar a Michael e ao "Tenebroso", mas não ficaram no bar. Pagaram a rodada e saíram para as ruas de Bilbao. Lizarso avançou e saiu à entrada do bar para se assegurar do rumo que tomavam, enquanto Noah esperava que Maite lhe trouxesse a conta.

Ela se inclinou de modo que só ele pudesse ouvi-la, e ele imitou o gesto. Estava muito perto. Noah conseguia cheirar o perfume do sabonete em sua pele, seus cabelos roçaram nele por breves momentos, e teve que fechar os olhos diante da onda de sensações que isso lhe causou.

— É por conta da casa — sussurrou Maite.

Noah fitou-a, surpreso. Nos últimos três meses em "A Marinha" havia frequentado todos os dias o mesmo pub e o dono nunca deixara de lhe cobrar a despesa.

— Por quê? — perguntou, ainda que tenha sentido de imediato que essa não era a resposta certa.

— Porque eu quero — disse ela, determinada. — Ou você é desses que se recusam a aceitar o convite de uma mulher?

Noah sorriu encantado. Gostava de tê-la assim tão perto, e chegou inclusive a pensar como seria tocar nela.

— Porque não me passou pela cabeça, porque para ser sincero é a primeira vez que uma coisa dessas me acontece. Nem sei o que eu devo fazer, além de te agradecer, claro.

— Não acredito. — Ela riu. — Se você se sentir em dívida, pode remediar o assunto pagando qualquer coisa para mim.

Não pensou sequer, a resposta saiu sincera de seus lábios.

— Gostaria muito, Maite.

Houve algo no modo como falou que não deixou margem para dúvidas.

Sim, gostaria muito, sim, desejava isso, sim.

Ela se afastou um pouco e fitou-o nos olhos. Então Noah soube que cometera um erro. O que estava fazendo?

Ele se despediu de forma desajeitada e saiu atrás de Lizarso, que o aguardava lá fora.

Os irlandeses viraram nesse momento para a rua María Muñoz. Havia um grande número de bares de ambos os lados, e as pessoas se dividiam entre o interior dos estabelecimentos e a rua, com os copos na mão. Brindavam batendo os copos de vinho e se revezavam para segurar um prato com croquetes ou lulas empanadas. Noah ficou surpreso ao verificar que, mais ou menos no meio da rua, havia uma base da Polícia Nacional. Ao passar na frente da porta, Lizarso apontou para um bar que estava fechado.

— O Mikeldi, situado em frente à porta da base da então Polícia Armada, foi reduto de resistência durante os anos do franquismo, e dizem que, entre as inúmeras irreverências do proprietário do Mikeldi para com os seus vizinhos da frente, a mais famosa lhe valeu uma detenção e seis meses de fechamento disciplinar do seu estabelecimento. No dia do atentado contra Carrero Blanco, o presidente do governo de Franco, em plena ditadura, ele pôs na porta do seu bar um cartaz que dizia: "Hoje só vendemos vinho tinto. O branco está pela hora da morte".

Lizarso riu ao se lembrar do episódio e teve que explicar as circunstâncias políticas daquele momento. Noah não conseguiu ver a graça da piada, além do talento do dono do Mikeldi para as metáforas.

— Não me admira que os irlandeses se sintam tão à vontade aqui. No fundo vocês são muito parecidos, bascos e irlandeses — respondeu Noah.

— É mesmo? Somos parecidos em quê?

— No senso de humor, e nessa sua pretensão de independência.

Lizarso ergueu as sobrancelhas, surpreso.

— Vamos ver. Me explique isso.

— Sou capaz de entender muitíssimo bem a repressão durante uma ditadura militar. Mas você é um policial, uma hora me faz um discurso sobre a importância de deter o poder oculto que opera por trás do terrorismo na sua terra, traz com orgulho na carteira um distintivo que diz ser o zelador do povo, e no minuto seguinte parece justificar, quase falando com respeito, uma presumível resistência do seu povo contra "o inimigo". Cumpri o serviço militar na Irlanda, inclusive tive uma namorada ali. Cansei de ouvir o discurso patriótico dos que defendiam o Exército Republicano Irlandês, chamam de *exército*, eles se autodenominam *resistência*, mas não passam de um grupo terrorista, assim como o ETA. Não faça essa cara — disse ao ver o ar de reprovação do rapaz. — Eu aprecio o idealismo, acho que no fundo existe um pouco disso em todos os policiais do mundo, até mesmo nos que acabam se corrompendo. Caso contrário, seria impossível que alguém quisesse ser policial. Mas me deixe lembrá-lo de algo que você me disse: "Um traste é um traste". E é isso que nós somos para eles.

— Não é assim no caso da Ertzaintza. O povo gosta de nós e nos respeita. Somos uma polícia criada precisamente para reduzir a tensão policial a que as forças de ordem governamentais mantêm o nosso povo sujeito. Não sei quanto tempo você viveu na Irlanda, mas não pode imaginar o que significa para as pessoas normais estar sob um estado policial em que todas as pessoas são tratadas como suspeitas, em que a falta de respeito acontece todos os dias e em que as pessoas veem os policiais como inimigos, pessoas pouco confiáveis, violentas, selvagens, hostis; não como protetores, mas sim como delinquentes.

— O mesmo discurso que se ouve na Irlanda — sentenciou Noah.

— Escute, Scott Sherrington, no País Basco a polícia do Estado mete medo. Não estão aqui para proteger e servir, estão para perseguir e imobilizar. Detenções arbitrárias, revistas pessoais desrespeitosas, situações de abuso, provocações quando os cidadãos vão a uma delegacia para fazer uma denúncia. E, sobretudo, violência desencadeada contra civis evidentemente pacíficos, justificada pela perseguição aos que armam confusão. Sem sair das Siete Calles, vão te contar centenas de histórias sobre como a polícia armada entrou nos bares do nada, distribuindo porrada em todos que se encontravam lá dentro, homens, mulheres, idosos e até crianças; histórias de policiais bêbados que sacavam a arma, punham em cima do balcão e pediam mais um copo, de garotos obrigados a permanecer durante horas encostados em uma parede e com os braços levantados enquanto a polícia procedia a uma identificação rotineira do seu documento de identificação, que demora no máximo alguns minutos.

— Não é algo que se restrinja à Irlanda ou ao País Basco. Conheci na Escócia policiais assim — disse Scott Sherrington enquanto pensava no detetive McArthur da delegacia da "Marinha". — Pessoas que enfiam no corpo quatro uísques antes de ir trabalhar de manhã, policiais a quem se vê a mão levantada com muita facilidade. Na última delegacia onde estive, chamavam a sala de interrogatórios de "a fábrica de bofetadas", por que será? Essa maneira de proceder é um mal endêmico nos policiais de todo o mundo.

— Alguma coisa vai ter que mudar.

— Existem coisas que não mudam — ele respondeu, dando-se conta de imediato de que estavam reproduzindo quase palavra por palavra a conversa que tivera com Gibson. Negou, enojado, com a cabeça. — Desculpe — disse de súbito, olhando para Lizarso. — Você tem razão, eu mesmo tive esta conversa num tom muito semelhante com um dos meus colegas. Só que naquela época era eu que gritava ideais, e era ele quem defendia que a velha escola era eficaz e que algumas coisas nunca mudariam.

O jovem ertzaina Lizarso assentiu, compreensivo.

Scott Sherrington prosseguiu:

— Acontece que me parece que o seu idealismo é muito perigoso...

— Não compreendo — respondeu de novo, na defensiva, o ertzaina.

— Acho que é ótimo querer mudar as coisas, querer ser um policial melhor, proteger e servir, e tudo isso...

— E tudo isso — repetiu Lizarso, com sarcasmo.

— Aonde eu quero chegar é que se trata de um pensamento quase infantil imaginar que os que violam a lei vão fazer distinções entre você e outro tipo de polícia, que vão ver você de maneira diferente. Você acha que, se multar alguém por uma infração de trânsito, se algemar um sujeito que bateu na mulher ou se desmantelar uma célula terrorista, vão olhar para você de maneira diferente pelo fato de ser o zelador do povo? Acredita mesmo que esses caras não vão te chamar de "policial", não vão te dar um soco, ou não te darão um tiro, dependendo do uniforme que você vestir?

— Você não compreende, nós somos a polícia deste povo. Somos o povo, nunca vamos nos virar contra a nossa própria gente.

— Mas antes de mais nada você é um policial. Não se esqueça disso.

Quando estive na Irlanda tive que desmantelar grupos hostis formados por pessoas não muito diferentes daquelas que bebiam cerveja comigo no pub. Como você acha que agiria se te dessem ordens para trabalhar numa manifestação contra pessoas que estão jogando pedras, que acham que você não passa de um cão inimigo? Você chegaria perto deles e diria "por favor, sou o zelador do povo, vá para casa e fique calmo"?

Lizarso baixou a cabeça. Parecia de repente muito ofendido.

— Não quero continuar com esta conversa. Você não entende nada.

Mantiveram-se num silêncio constrangedor no bar seguinte, enquanto ouviam rir os irlandeses que não faziam outra coisa a não ser brindar. Noah não pôde evitar olhar para Mikel. A expressão dele era a de uma criança aborrecida, e Noah se sentiu péssimo com isso. Por que tinha dito tudo aquilo? Por que isso lhe importava, afinal? Afinal de contas, Lizarso era um bom rapaz, que viria a ser um grande policial num cenário que se encarregaria de lhe dar suas próprias rasteiras e de cobrar o preço que todo bom policial acaba pagando: a descrença perante a sociedade, o inevitável pesar que é causado por ter que lidar todos os dias com a parte obscura do mundo e a sensação irremediável, que acabaria por atingi-lo mais dia menos dia, de que tudo vai por água abaixo. Contudo, eram batalhas que cada policial precisava enfrentar sozinho, e depois de filtrá-las por suas próprias entranhas, decidir se ainda lhe restava um pouco de fé na raça humana ou se, pelo contrário, se bandeava para o outro lado a fim de passar uma noite nos calabouços de modo a deixar sair o demônio alimentado com a degradação do mundo. Dar vazão ao ódio, ao fracasso como pai e como marido, à vergonha de aceitar subornos, à lamentável decadência de dormir apenas com putas; deixar sair toda aquela bile contra um desgraçado, como Alfred, "o Carcaças", e abrir assim um abismo onde se está condenado a mentir com a cabeça bem erguida para os caras dos Assuntos Internos, e a conseguir dormir só depois de ingerir meia garrafa de uísque.

Lizarso não era rancoroso. No bar seguinte, pediu uma caneta ao garçom e intimou Noah a anotar uma daquelas listas destinadas a forjar seu álibi identitário. Scott Sherrington escreveu de cor vários dos nomes dos membros da equipe B e os mostrou ao ertzaina, que assentiu e sorriu antes de deixar o papel debaixo do copo vazio.

Ao sair do bar, Noah viu o rapaz que fazia as compras para Maite acompanhado de seu cão na porta de uma das tabernas, e partiu do princípio de que estava fazendo compras para os bares da região, mas Mikel o advertiu:

— Acho que o Rafa está nos seguindo.

— Nesse caso, ele é muito melhor sombra do que você — ironizou Noah.

O rapaz caminhava com tranquilidade no meio das pessoas. Parava de vez em quando, olhando com aquele descaramento próprio da infância, observando os pormenores, detendo-se extasiado perto de um grupo que conversava, ouvindo as conversas alheias, sempre acompanhado do cão de porte médio e pelo sedoso que não descolava de sua perna. Reconheceu então aquilo que havia dito Juanito Mendi, o olhar com que se julgava e se catalogava de uma assentada, e chegou à conclusão de que dizer alguma coisa ao rapaz não valia a pena. Um merda. Um pobre idiota. Não soube por quê, mas ter consciência desse conceito lhe provocou uma profunda melancolia.

Perambular em grupo de bar em bar mudava por completo a perspectiva do *txikiteo*. Os irlandeses pareciam estar em seu ambiente e, passado um tempo, Noah começou a vislumbrar o atrativo que possuía aquela tradição para os homens bascos. Como era sábado, muitos homens estavam hoje acompanhados pelas respectivas mulheres, não tantas como haveria no domingo, segundo Lizarso, mas muitas mais do que as que tinha visto no decurso dos dias anteriores. As festas teriam início dentro de poucas horas, e o número de pessoas nas ruas pareceu duplicar passado o limite da uma e meia da tarde. Os grupos cantavam na frente dos bares, em plena rua. Eram canções em basco de que não conseguia identificar nem uma única palavra, mas que, no entanto, soavam tão doces e melancólicas que teve certeza de que falavam de separação, de solidão e de distância. Ficou sabendo por Lizarso que a rua dos bares que havia frequentado enquanto seguia os irlandeses nos últimos dias, e que subia desde a praça Unamuno, chamava-se Iturribide. Mas que todos a conheciam como a passagem dos elefantes, *por causa das trombas que por ali se viam*, explicou o ertzaina. Noah assentiu, reconhecendo diante de um incrédulo Mikel Lizarso, que, em sua primeira experiência *na passagem*, ele mesmo havia contribuído para a lenda com uma tromba devido ao porre de que não tomara consciência que tinha até um taxista a ter mencionado no Arenal. Arrematou o episódio anedótico com um *achei que ia morrer*, de que Lizarso riu muito, e que acabou por fazê-lo rir também, diante do absurdo daquela situação de que só ele sabia a verdade.

Foram experimentando as especialidades de cada bar para acompanhar o vinho. A comida era gostosa, saborosa, quente e perfumava as ruas diante dos estabelecimentos, abrindo o apetite dos transeuntes com o aroma das gambas grelhadas e dos croquetes de presunto. Noah hesitou entre o vinho de La Rioja que Lizarso propunha: o álcool e sua medicação não se davam muito bem. Contudo, depois de prová-lo, apreciou a diferença entre o vinho forçado de sua primeira incursão no *txiketeo* e pediu um. A cada dentada e a cada gole sentiu-se melhor, mais próximo, como se sempre tivesse feito parte daquelas ruas, daquele bairro. As Siete Calles de Bilbao tinham esse poder, o de fazer uma pessoa desejar se sentir parte de tudo o que significavam. Alguém deslizou para sua mão um panfleto com as letras das canções que os *txikiteros* cantavam. Sorriu enquanto homens que não conhecia passavam os braços sobre seus ombros de modo a incluí-lo em seus cânticos, balançando ao compasso de suas vozes de barítono.

Avançaram seguindo os irlandeses até a parte mais estreita da rua e aí degustaram os *pinchos morunos*[8] e os "cogumelos" do bar Fez y Melilla, e um pouco mais à frente os mexilhões selvagens de La Mejillonera, muito perto do colégio dos Maristas.

Noah sentia-se bem, o vinho de La Rioja não tinha nada a ver com aquela porcaria que havia tomado no primeiro dia e, acompanhado pelos saborosos *pinchos*, seu estômago se encontrava estável como havia muito não estava nos últimos tempos. Sentiu o calor aflorar em sua face, e, se não fosse pela arma que trazia, teria despido o casaco novo, que, apesar de seu tecido mais leve, começava a incomodá-lo. Arremataram com um café que, embora só tenha bebido dois goles, lhe pareceu o melhor que havia provado na vida, no café Altuna, na rua paralela à passagem dos elefantes.

---

[8] Tipo de carne assada no espeto de origem árabe muito difundida na culinária espanhola. (N. T.)

Eram quatro e meia da tarde quando Noah regressou à La Estrella. Os irlandeses acabavam de se recolher à pensão, e Lizarso despediu-se até algumas horas depois, prometendo conseguir arranjar um veículo com que pudessem seguir Murray naquela noite. Scott Sherrington sentou-se na cama pensativo enquanto escutava o frufru do tecido causado pelo vaivém das cortinas aspiradas até o interior do pátio. Com a mão esquerda erguida na frente do rosto, observava as linhas que lhe sulcavam a pele. As pontas dos dedos pareciam arder com uma energia que brotava de dentro e sentiu como as lágrimas que lhe brotavam dos olhos contribuíam para fazê-las arder ainda mais.

Sentiu que tudo se quebrava a seu redor. A sensação agradável que o havia acompanhado durante horas se transformou em migalhas com a energia frustrada que brotava de sua mão. Apesar do pequeno atrito com Lizarso, a experiência de ir *txikitear* com ele fora extraordinária para Noah. Embora oficialmente não fizessem outra coisa a não ser seguir os irlandeses, aquele costume adotado o fizera pensar e, por alguns momentos, não pensar, no que na última semana se tinha transformado em um luxo. Ser capaz de manter a mente desanuviada, de criar a ilusão de que podia ser mais um homem bebendo vinho pelas ruas de Bilbao, saboreando os *pinchos morunos* ou as gambas *a la plancha*, tentando acompanhar as letras das canções que os grupos cantavam pelas ruas, sorrindo, esquecendo-se de que era um cadáver ambulante. Abraçara a miragem porque precisava um pouco de tudo aquilo, da ilusão de estar vivo, da confiança ignorante com que todos vivemos nossas vidas sem pensar que a morte espreita.

Havia regressado à pensão com o estômago reconfortado, e essa sensação de indolência que convida à sesta despreocupada numa tarde qualquer de agosto. Conversando sossegado com Mikel sobre abençoadas ninharias, que por fim nada tinham a ver com sua profissão, nem com a possibilidade de os grupos terroristas negociarem, nem com a opressão dos povos, nem com o desejo de justiça ou com o monstro que andava solto pelas ruas de Bilbao. Tinham se despedido diante da catedral, mas, quando passou na frente do bar de Maite, Noah a viu à porta. O estabelecimento estava vazio, a porta ondulada meio baixada, e ela varria amontoando na entrada guardanapos de papel usados e bitucas esmagadas. Maite interrompeu sua tarefa assim que o viu parado diante da porta da pensão. Olhara para ele de maneira serena, com o sorriso reprimido e uma expressão em que Noah achou ter vislumbrado um misto de anseio e de prudência. Com a chave a meio caminho na frente da fechadura, ele também se deteve. Desejou ter deslizado a chave de novo no bolso, ter percorrido os quase dez metros que separavam a porta da pensão da entrada do bar. Desejou se plantar diante dela, que sempre parecia mais baixinha quando estava do lado de fora do balcão. Desejou ter podido admirar de perto o modo como seu cabelo ondulava e o gesto com que ela o segurava com os dedos, pondo-o atrás da orelha. Desejou um daqueles sorrisos seus e imaginou a honra de ser, por uma vez, o único destinatário daquele gesto.

Mas, em vez disso, rodara a chave na fechadura. E tinha se despedido de Maite erguendo silencioso uma mão, vendo como ela repetia a saudação devagar, quase com uma nota de tristeza, que se estendera até roçar os dedos de Noah como uma onda provocada pelo desejo insatisfeito de suas mãos em tocar-se. Mergulhou na penumbra fresca da escada do prédio à medida que a porta descrevia seu percurso até se fechar, levando consigo a escassa luz que penetrava do exterior.

Maite

Parada junto à entrada de seu estabelecimento, Maite viu Noah desaparecer atrás da porta da pensão enquanto se perguntava, perplexa, o que acabara de acontecer.

Era a primeira vez que se viam sem que o balcão do bar os separasse, e, embora não se considerasse uma especialista em comportamento masculino, havia acontecido algo entre eles naquela manhã, algo pequeno, o início de alguma coisa, tinha certeza disso. E, agora, a reação de Noah era a última coisa que poderia esperar. Teria se enganado tanto assim?

Olhou para a entrada do prédio e viu que a porta começava a se fechar devagar. Encostou a vassoura na parede e, cedendo ao impulso, foi atrás dele.

Chegou bem a tempo de impedir que a porta se fechasse. Empurrou-a para dentro e viu quando ele se virou, surpreso ao vê-la.

— Maite...

— Noah, eu queria falar contigo — disse, avançando até se postar na frente dele.

Noah assentiu, muito sério.

— Não sei muito bem, talvez até você ache estranho, ou sou eu que estou enganada, mas hoje mais cedo, de manhã, quando você esteve no bar, bom, me pareceu que você estava muito diferente... e fiquei surpresa quando agora você quase nem me cumprimentou...

Noah permaneceu em silêncio, fitando-a entre o espanto e a dúvida.

— Bom — prosseguiu ela, nervosa, enquanto alisava mechas de cabelo com os dedos —, pode ser só a minha imaginação, mas eu queria ter certeza de que não foi nada que eu tenha feito, ou dito, que possa ter aborrecido você.

O esboço de um sorriso triste se desenhou nos lábios de Noah à medida que negava com a cabeça.

— Não, Maite, você não me fez nada, é impossível que você me aborreça.

Ela deu um passo à frente, colocando-se diante dele.

— Tem certeza?

Ele se preparava para responder, mas em vez de fazê-lo soltou um profundo suspiro, incapaz de dizer mais alguma coisa. Também não poderia ter feito isso, porque, erguendo-se na ponta dos pés, Maite o beijou.

Foi um beijo breve, terno e prudente, que ela sustentou três segundos antes de Noah a abraçar, retribuindo, durante um, dois, três, quatro, cinco segundos, antes de se afastar.

Maite o encarou e mais uma vez não compreendeu nada. Noah mantinha os olhos fechados e em seu rosto uma expressão próxima do choro, que tentou ocultar com as mãos.

— O que está acontecendo? — perguntou ela, alarmada, ao vê-lo soluçar, ferido. — Me diga o que está acontecendo, Noah — exigiu, tentando segurar as mãos dele a fim de afastá-las do rosto.

Ele recuou, evitando que lhe tocasse, ao mesmo tempo que via a dor que se desenhava no rosto da mulher.

— Desculpe, Maite, não pode ser, é um erro.

— Mas por quê? O que você está dizendo? — ela perguntou, subindo o tom de voz.

— Eu não sirvo para você, Maite. Não sou homem para você. Não sou homem para ninguém.

Ela não respondeu. Em seu rosto refletia a decepção, e talvez a incredulidade. Deixou cair as mãos de ambos os lados do corpo e, virando de costas, recuou na direção da porta e saiu.

Doutora Elizondo

Noah entrou no quarto, que lhe pareceu mais vazio e mais triste, sentou-se na cama e chorou em silêncio durante muito tempo.

Depois lavou o rosto com água fria para tentar eliminar o sinal das lágrimas de seus olhos. Pegou o casaco, os remédios, a chave da pensão e saiu para o corredor. Assomando ao vão das escadas, ergueu os olhos para a luz que entrava pela claraboia e fazia brilhar o verniz do corrimão nos andares de cima. Começou a subir, surpreso ao constatar que, como havia receado, a cada piso os degraus se inclinavam um pouco mais na direção do espaço aberto das escadas. A sensação era, não obstante, compensada pela luminosidade crescente à medida que subia. No quinto andar havia duas portas. Por cima de uma delas se via uma placa de latão com o nome do psiquiatra, que, ao contrário da placa da porta da rua, ainda não havia perdido seu brilho. Apertou a campainha e ouviu o som viajando pelo interior da casa. Um homem de cerca de sessenta anos abriu a porta. Vestia um terno completo, o cabelo grisalho. Um sorriso amável, porém, nada exagerado. Não lhe deu tempo para falar.

— Entre e aguarde na sala. Estamos quase terminando. Ainda me faltam cinco minutos.

Noah entrou na sala que o homem lhe indicou. Havia um par de poltronas e meia dúzia de cadeiras descombinadas. No centro, uma velha mesinha de apoio abarrotada de revistas. Em vez de se sentar, Noah aguardou junto à janela que dava para o pátio. Calculou que era provável que aquela sala ficasse bem acima de seu dormitório quatro andares abaixo, mas era magnífico o modo como a luz entrava ali, apesar de o dia ter começado a ficar enevoado, causando-lhe a sensação de que se encontrava em outro lugar, em outro prédio, inclusive em outra cidade.

O homem cumpriu sua promessa e retornou passados cinco minutos.

— A doutora vai recebê-lo agora.

Noah fitou-o, surpreso.

— A doutora? Pensei que o senhor...

O homem pareceu achar graça da confusão.

— Ah, não. Sou um paciente. Entre, ela está esperando — disse, apontando para a porta aberta no corredor.

Acompanhando suas palavras, uma figura feminina apareceu na ombreira, mas a luz do fundo da sala em contraste com a penumbra do corredor impediu que Noah pudesse distinguir suas feições até ficar bem perto dela. Tão alta como ele, seu rosto era sério, porém amável. Calçava mocassins e vestia uma calça cinzenta com uma camisa masculina que, no entanto, não conseguia apagar seu ar atraente. Tinha o cabelo arruivado preso num coque de onde escapavam algumas mechas que mal chegavam aos ombros. Usava óculos de armação escura para – Noah tinha certeza – aparentar que era mais velha, porque as lentes não lhe pareceram ser de grau. Cumprimentou Noah estendendo para ele uma mão forte, enquanto lhe indicava duas cadeiras de visita diante de sua mesa de trabalho.

— Sou a doutora Elizondo. Queira fazer o favor de entrar, senhor...?

Noah estendeu a mão para ela enquanto murmurava seu nome, mas hesitou antes de entrar no consultório.

— Não se preocupe, não precisa ficar — disse ela ao perceber sua dúvida —, mas, já que veio até aqui, poderíamos pelo menos conversar um pouco.

— Sinto muito — ele se desculpou, sentando-se. — Se eu pareci... Acontece que eu não esperava que fosse assim.

— Refere-se ao fato de eu ser uma mulher ou de ser jovem? — perguntou ela, muito calma.

Noah suspirou, pondo-se de pé.

— Desculpe, isso foi um erro. Eu não gostaria de parecer mal-educado, mas simplesmente esperava... não sei o que esperava.

— Não, não se preocupe. Sente-se, por favor. Me diga, o que é que você pretendia encontrar?

— Não sei. Pode me atender agora? Não tem mais pacientes? Pensei que teria que marcar uma consulta.

Ela apontou para um relógio que havia em cima da mesa, virando-o para ele.

— É a hora do *chupinazo*. Não tenho mais consultas esta tarde. Então, se quiser me contar o que o trouxe até aqui...

Noah voltou a se sentar, embora o tenha feito na ponta da cadeira, com as mãos apoiadas nos braços. Voltou a suspirar antes de falar.

— O início das festas — murmurou. — Talvez eu esteja empatando você. Não quer assistir?

— Com toda a bagunça que aconteceu esta manhã na câmara municipal, parece que o presidente da câmara decidiu enfim soltar os fogos na esplanada de Begoña, perto da basílica. Mas não tenho muita certeza de que tudo vai correr com tranquilidade, e não sou fã de confusões, por isso, se decidir ficar, posso atendê-lo agora.

Noah julgou detectar certa censura na voz dela.

— Não foi minha intenção aborrecê-la. Acontece que a senhora não se parece em nada com os psiquiatras que conheci até o momento. Suponho que eu estava esperando ver um homem, alguém mais velho.

Ela ignorou a referência a seu sexo e a sua idade e se interessou de imediato pelo restante das informações.

— Foi tratado por quantos psiquiatras, senhor Scott?

— É Scott Sherrington. Um sobrenome composto. — Sorriu embaraçado enquanto ela anotava o nome. — Não, não me expliquei bem. No meu trabalho, às vezes somos obrigados a frequentar sessões de terapia depois de passar por situações, digamos, *traumáticas*.

— Bombeiro, policial?

— Policial.

— E o senhor se viu *obrigado* a frequentar sessões de terapia em alguma ocasião?

— Há seis anos. O meu parceiro faleceu durante um tiroteio fora de serviço. Eu não estava com ele.

— Você acha que ter frequentado sessões de terapia o ajudou naquela época?

— Não — respondeu, taxativo.

— Por quê?

— Não se ofenda, mas naquele momento eu só precisava entender o que havia acontecido.

— E por que você acha que precisa de um psiquiatra agora?

— Preciso de respostas para coisas que estão acontecendo comigo e que não consigo explicar.

— E desta vez é diferente: não só precisa compreender como também precisa de ajuda.

Ele balançou a cabeça devagar.

— Quer falar de alguma dessas *coisas*, senhor Scott Sherrington?

Noah fitou-a demoradamente antes de responder.

— Doutora Elizondo, o que é que a senhora sabe sobre a morte?

Ela pareceu surpresa e ao mesmo tempo reconfortada com a pergunta. Sem deixar de olhar para ele, inclinou-se para trás, recostando-se na poltrona, enquanto levava ao rosto uma mão com que acariciou o maxilar de leve. Permaneceu alguns segundos em silêncio e, quando respondeu, seu semblante havia mudado.

— Senhor Scott Sherrington, sou uma especialista.

Noah fitou-a de novo, examinando-a. Teria sido precipitado em sua avaliação? Seria válido o pressentimento que o havia conduzido até a porta dela?

Desconfiado, perguntou:

— Como poderia ser? Quantos anos você tem? Acredito que ainda não tenha chegado aos trinta, a sua idade ainda pesa mais deste lado.

— Deste lado? Qual é o outro? Explique isso.

Em algum momento ele havia começado a se sentir menos constrangido. Inclinou-se para trás e se recostou na cadeira, apoiando nela suas costas.

— O peso dos mortos — disse, devagar. Dizê-lo em voz alta foi como uma catarse, como se tivesse aberto uma torneira. Olhou na direção da luz que entrava pela janela e começou a falar: — É como se, ao nascer, a balança estivesse totalmente inclinada para o lado da vida. Enquanto somos pequenos, todas as pessoas que conhecemos, os pais, os irmãos, os amigos, os pais dos amigos, todos estão desse lado. Do lado dos vivos. Até mesmo na juventude, quando começamos a ter consciência da morte, sempre é a de alguém que não nos toca muito de perto. Depois morrem os nossos pais, os amigos dos pais, os pais dos amigos, um amigo, os professores, e a balança começa a pender para o outro lado. É o peso dos mortos.

— É isso que o tortura? Há mais mortos do que vivos na sua balança?

— Suponho que já faz um tempo que sim. Nunca tinha pensado nisso. Até agora.

— E o que foi que mudou?

O olhar de Noah abandonou a janela e pousou com infinita tristeza sobre os olhos daquela mulher tão jovem.

— Estou morrendo.

Ela se surpreendeu e inclinou um pouco a cabeça, atenta aos seus gestos.

— Em sentido figurado...? Porque está sofrendo muito?

— No sentido literal. Sofro de uma doença cardíaca. Miocardiopatia dilatada. Me deram quatro meses de vida se tiver sorte, porque a verdade é que eu posso morrer a qualquer momento, neste exato instante, inclusive.

A doutora Elizondo assentiu devagar à medida que assimilava as circunstâncias.

— Lamento muito. Não há dúvida de que é uma situação delicada para qualquer um que precise enfrentar um momento crítico como esse. O luto, quer seja o próprio ou o alheio, é uma das situações mais difíceis e desconcertantes que um ser humano pode experimentar. A confusão, o choque de sentimentos, o medo lógico, são apenas algumas das situações que devem ser enfrentadas enquanto vão se sucedendo as fases distintas que com frequência atravessam as pessoas que vivem a sua situação. Acho que é muito justo da sua parte procurar ajuda. Não podemos evitar o inevitável, mas podemos ajudar para que a situação difícil seja menos dolorosa.

— Não me respondeu, senhora doutora.

— Não entendi.

— O meu cardiologista me deu vários livros sobre o processo. Conheço todas as fases do luto. A negação, a negociação, a etapa da raiva, a depressão e a aceitação. Estou ciente de que não me resta muito tempo, e talvez por isso em apenas uma semana já passei por todos os estágios do luto. A negação durou pouco, apenas cinco minutos no hospital, entre o momento em que o meu médico me contou e a evidência do eletrocardiograma. Assim como a negociação. O aspecto devastador do meu estado físico não dá margem a qualquer negociação, pois, assim que baixo a guarda, a morte me ronda de um jeito tão selvagem e evidente que admitir que vou morrer não tem nada de aceitação, e tudo de imposição. A raiva é o que eu controlo melhor. Sou policial e desempenhei bem as minhas funções durante toda a vida, aprendi a canalizá-la na busca, dando a ela um objetivo. Quanto à depressão... — Soltou um profundo suspiro antes de prosseguir: — Estou nesse poço desde o primeiro dia, e a verdade é que, diante da iminência da minha morte, também aceitei que ela vai me acompanhar até o fim.

Ela assentiu muito devagar, incentivando-o a continuar.

— Mas não é disso que eu quero falar. Antes de prosseguir, preciso que responda à minha pergunta. O que você sabe sobre a morte, doutora Elizondo? O que você sabe sobre as experiências de quase morte? E sobre as pessoas que estiveram mortas e que voltaram?

— Foi isso que aconteceu com você?

— Um ataque do coração fulminante provocou minha morte súbita há alguns dias. Zás, uma tremenda onda de calor e de frio, como se o vento atravessasse o meu corpo, e um segundo depois eu estava morto. Morri, e ainda estaria morto se não fosse porque uns caras, talvez até uns caçadores clandestinos que procuravam caça e pesca nas águas agitadas após a tempestade, me encontraram no meio do lodo gelado e me levaram para um hospital que tem um cardiologista excelente. Morri, estive morto oficialmente, sem pulso, sem batimentos cardíacos. Durante muitos, muitos minutos.

Afastando a lapela do casaco, Noah tirou do bolso interno os comprimidos e o frasquinho de digitalina.

— Ah! — exclamou ela, surpresa de verdade, enquanto examinava as caixas dos medicamentos. Noah reparou que ela inclusive abriu a garrafa de bolso e cheirou o conteúdo.

— Se chegar a haver uma próxima consulta, vou trazer os relatórios do hospital — disse ele, guardando de novo os remédios. — Mas, bom, até aí é tudo mais ou menos normal, um morto como qualquer outro, com a diferença de que eu ressuscitei, como o sacana do Lázaro. Se o amigo de Jesus desse consultas de psiquiatria, pode acreditar que eu iria falar com ele. Contudo, não conheço ninguém que tenha estado morto, e claro que não espero tanto de você, só preciso saber o quanto você entende, o que está decidida a admitir sobre esse assunto, inclusive se está disposta a aceitar que existe alguma coisa sobre o que falar, ou se vai me dar uma palestra sobre alucinações produzidas pelo cérebro. Precisa esclarecer para mim antes que possamos continuar sequer a considerar essa possibilidade, porque não tenho tempo a perder.

A mulher permaneceu quieta durante alguns segundos, fitando-o. Depois assentiu devagar enquanto cerrava os lábios e tomava uma decisão. Afastou um pouco a cadeira da mesa. Inclinou-se e abriu uma gaveta na parte de baixo. Lá de dentro tirou um retrato emoldurado e apoiou-o no suporte, girando-o para que Noah pudesse vê-lo. Era uma foto de família em preto e branco. Uma família posando na frente de uma casa de campo. Nela se viam um homem e uma mulher, bastante jovens, e quatro crianças. Três meninas e um bebê que a mulher segurava no colo. Pareciam felizes.

— Esta é a minha família, e esta aqui — disse apontando para uma das meninas na foto, a menor — sou eu. Eu estava fazendo quatro anos no dia em que esta foto foi tirada. Os meus tios de San Sebastián, que tinham vindo passar o dia conosco, tinham uma câmera nova e tiraram a foto na frente da nossa casinha. Lembro que uns dias antes, e de maneira inexplicável, eu tinha começado a me recusar a ir para a cama. Ficava enrolando na sala de estar até pegar no sono no sofá, e o meu pai tinha que me levar no colo para o quarto que eu tinha com as minhas irmãs, e, mesmo assim, se por acaso acordasse no meio da noite, eu descia até a sala e dormia até de manhã no sofá perto da porta. Exatamente uma semana depois de tirarmos esta foto, uma noite enquanto todos dormiam, acordei assustada ouvindo uma voz de mulher que me chamava com insistência. *Acorda, acorda*. Abri os olhos. Sentada ao meu lado havia uma gata, sem dúvida de que se teria esgueirado pela janela da cozinha, ao menos foi isso que eu achei naquele momento. Era pequena e magrinha, de pelo preto e brilhante e olhos verdes. Eu gostava muito de animais e fiquei contente ao vê-la, embora também tenha ficado surpresa, porque sabia que a minha mãe não me iria deixar ficar com ela. Eu levantei para olhar para ela e então o senti. Um som como se o vento do norte soprasse dentro da casa, e junto com ele o calor. Como se em algum lugar houvesse um secador de cabelo funcionando a todo vapor ou como se tivessem acabado de abrir a porta do forno quente diante do meu rosto. Respirei fundo e senti que o interior do meu nariz estava seco a ponto de doer, como se a pele lá dentro estivesse rachando no mesmo instante. E então voltei a ouvir a voz: *Saia daqui, vá embora*. Soou junto aos meus ouvidos como se quem falava comigo estivesse sentado perto de mim. A ordem não deixava margem a discussões. Uma voz adulta que eu nunca tinha ouvido antes, e que se dirigia a mim com a confiança de um familiar. Peguei a gatinha no colo, atravessei a sala até a entrada da casa e abri a porta. No exato momento em que passei pelo batente, o teto de madeira do segundo andar desabou, e foi como se a casa inteira explodisse com um barulho infernal de vento ardente e toros de madeira em chamas, que se projetaram voando na direção do gramado que havia na frente da casa. O meu pai, a minha mãe, as minhas duas irmãs mais velhas e o meu irmãozinho bebê morreram carbonizados naquele incêndio.

"Apesar de alguns anos mais tarde eu ter voltado lá para perguntar, os vizinhos que me encontraram se lembravam de muitos pormenores, mas não da gata pequena e preta. A partir daquele dia fui morar com os meus tios em San Sebastián. Eram muito bons e me tratavam muito bem, mas, à medida que os anos foram passando, percebi que insistir na história da gata que me acordou para me arrancar do incêndio deixou de parecer uma fantasia de criança pequena para eles, ou o reduto onde se escondia a culpa por ter sido a única que havia se salvado. Não sei quantos anos eu tinha, mas um dia me dei conta pela primeira vez da troca de olhares entre eles sempre que eu contava aquela história. Por isso, deixei de fazê-lo. Mas nunca esqueci, e aquela gata que não voltei a ver se transformou no motivo de eu ter ido estudar psiquiatria."

A doutora Elizondo soltou um profundo suspiro antes de acrescentar:

— Assim sendo, senhor Scott Sherrington, espero bem que a minha proporção de mortos a pesar na balança, e o meu discernimento sobre o processo de morrer ou não morrer, sejam satisfatórios para você.

Noah assentiu e até se permitiu uma brincadeira.

— Não tenho muito tempo, por isso espero que não me marque uma consulta para a semana que vem.

Ela sorriu.

— Noah, que tal voltar amanhã na mesma hora? — disse ela, chamando-o pelo primeiro nome pela primeira vez.

Ele ficou de pé e deu dois passos na direção da porta, mas se deteve antes de abri-la.

— Seria um truque muito sujo que você tivesse inventado uma história como essa só para conquistar a minha confiança.

A mulher não respondeu. Começou a desabotoar a camisa até a altura do umbigo, virou-se de costas para Noah e deixou escorregar a peça de roupa até que um dos ombros ficou completamente à mostra. A cicatriz media dois palmos. A pele tinha um aspecto áspero, branco e nacarado, como o interior de uma ostra, e ia do ombro até a omoplata, no lugar onde os destroços em chamas da sua casa a tinham atingido, projetando-a para o exterior e salvando sua vida.

"Even if it was for just one day?"
Mesmo que fosse apenas por um dia?

Às oito e meia, Mikel o aguardava na porta da La Estrella. Durante as duas horas seguintes repetiram quase o mesmo trajeto que durante a manhã haviam feito atrás dos irlandeses. Depois estes foram jantar no Víctor Montes na praça Nueva e permaneceram no local até bem depois da uma da manhã. Quando saíram, todo o grupo mostrava os efeitos de ter bebido boa parte das reservas de uísque pelo qual era famoso o estabelecimento. Michael, "o Leprechaun", fez várias tentativas de parar em diversos bares que encontraram no caminho de volta à pensão, mas "o Tenebroso" sussurrou algo em seu ouvido e o pequeno irlandês obedeceu. Juntos, como bons rapazes, regressaram à Toki-Ona. Mikel e Noah esperaram no interior escuro da escada da La Estrella e vinte minutos depois viram Murray sair. Tinha trocado de roupa e usava o cabelo penteado para trás com gel. Olhou por breves instantes para os dois lados da rua e saiu em direção à catedral e depois ao Arenal. Tiveram que fazer um esforço para conseguir segui-lo. Ainda havia muita gente na rua, mas Murray caminhava com ar decidido, esquivando-se dos grupos, como qualquer um que tivesse marcado um encontro e chegasse atrasado. Ao sair do Arenal, decidiram separar-se. Noah esperou na esquina perto da viela que ia dar na lateral do templo, onde Murray havia estacionado na outra noite e para onde o homem se dirigiu como um bom animal de hábitos. Mikel acelerou o passo na direção da Ribera para reconhecer o Renault 6 que lhe haviam emprestado, manobrou por entre a multidão que se encaminhava para as *txosnas* junto ao teatro Arriaga, e Noah entrou no carro no momento exato em que Murray passou na frente deles, dirigindo em direção à ponte.

Primeiro foram até a zona de Deusto. Murray estacionou quase à porta da discoteca Garden. Aproximou-se da entrada, mas constatou que nessa noite havia um show ao vivo e nem sequer chegou a entrar.

Entrou no carro e se encaminhou para outra casa noturna da região. Estacionaram a dois carros de distância de Murray na mesma avenida Madariaga, mas esperaram até ver se ele entrava no estabelecimento antes de segui-lo.

— Não é um lugar onde venham propriamente as jovenzinhas — comentou Mikel Lizarso. — Tem de tudo, mas de maneira geral a média de idade é de gente mais velha, e o ambiente é um pouco mais "duvidoso", por assim dizer, do que um local como o Arizona.

Não, Noah não esperava que John Bíblia voltasse ao Arizona. Isso teria sido imaturo demais e previsível. Se não foram capazes de apanhá-lo ao longo de todos esses anos era porque ele havia aprendido, ou, como dizia o Ressler, aquele investigador norte-americano do FBI, "havia evoluído". O enorme risco que correra no início dos anos setenta, repetindo como território de caça a Barrowland, devia ser sem dúvida uma das variantes que fora obrigado a introduzir em seu *modus operandi*. Em 1983 já havia câmeras de vigilância nas portas de muitos estabelecimentos, e Noah tinha certeza de que, em salões como o Arizona, onde havia com frequência shows ao vivo, deveria haver um sistema de vídeo para gravar os espetáculos. Se desaparecessem mais garotas ali, era provável que a polícia pedisse as gravações, e Bíblia não era um imbecil.

A entrada do Holiday Gold não era, nem de perto nem de longe, tão monumental como a da discoteca Barrowland dos anos sessenta em Glasgow. Ocupava uma pequena parte da fachada com portas de madeira escura flanqueando o nome do local escrito em duas cores. Uma parte da porta metálica que era visível sobre a entrada fez Noah pensar que não podia ser muito grande, e talvez por isso tenha se surpreendido ao encontrar um local espaçoso com um palco grande, e bem mais moderno do que poderia imaginar.

Depressa compreendeu por que Lizarso tinha empregado a palavra *duvidoso* para descrever a clientela do Holiday. A média de idade era superior a trinta anos, inclusive podia ser superior a trinta e cinco. Via-se uma ou outra mulher mais jovem, mas a maioria era composta por grupos de amigas, muito sorridentes, muito bem-arrumadas, que se sentavam juntas bem perto da pista de dança. Observou que dirigiam olhares de apreciação para os homens que passavam, enquanto cochichavam, inclinando-se na direção das amigas, comentários que as faziam gargalhar. Noah não estivera na Barrowland de Glasgow durante os primeiros assassinatos de John Bíblia, mas foi fácil deduzir que o perfil daquelas mulheres que iam com as amigas passar uma noite divertida, que deslizavam a aliança para dentro da bolsa e que sempre se chamavam Jane, não diferia muito do da clientela do Holiday. Murray deu uma volta pelo local antes de encontrar um lugar que o convencesse de ser balcão. Noah tinha pedido duas Coca-Colas a um garçom que o fitara com ar bastante surpreso, e que até insistira para que se animasse a tomar o refrigerante com *algo mais*. Estendeu uma a Lizarso, e se encostaram a uma das grandes colunas fingindo observar os grupos que dançavam na pista. Com os cotovelos apoiados no balcão, Murray se dedicou a beber aos poucos o que de longe parecia ser um uísque. Uma ou duas vezes o viram falando por breves instantes com mulheres que se aproximavam do balcão para pedir bebidas, mas seus avanços não foram adiante. Depois de um tempo, levantou-se e perambulou com o copo na mão até a pista. E foi então que Noah viu Collin. Ele observava Murray de longe, meio oculto por outra das grandes colunas que rodeavam a pista de dança.

— Você acha que é possível que tenham combinado de se encontrar aqui? — perguntou Lizarso.

— Não, faz um bom tempo que ele o tinha visto. Se tivessem combinado se encontrar, já teria chegado perto. Acho que não tem interesse em que o outro o veja. Ele o seguiu, assim como nós. Por alguma razão, desconfia dele.

— Você acha que, assim como você, ele pensa que o outro na realidade não é o Murray?

Noah refletiu sem deixar de observar o irlandês.

— Não, ele ainda não sabe o que não se encaixa. No entanto, desde a primeira vez que vi o Collin entrar no bar da Maite, e pelo modo como examinou e classificou todos os presentes, percebi que sem dúvida nenhuma é o mais perigoso de todo esse grupo. Ainda não receberam nenhuma informação sobre ele?

Lizarso negou.

— Como se fosse um fantasma.

Permaneceram no Holiday pouco mais de hora e meia. Murray abandonou em cima de uma mesa o seu copo quase intacto e saiu da sala, seguido a certa distância por Collin. Não caminhou para seu carro, começou a andar pela avenida, e Lizarso teve certeza de que se dirigia a outro dos bares da zona de Deusto.

Murray pagou o ingresso da sala Chentes, e Collin fez o mesmo poucos minutos depois. Enquanto davam um tempo antes de segui-los até o interior do estabelecimento, viram um homem que chegou apressado e começou a falar com um dos porteiros na entrada. Noah deu uma cotovelada em Lizarso.

— Não é...?

— Sim, é o Kintxo. O ex-marido de Maite.

Observaram enquanto ele negociou durante pouco mais de um minuto com o porteiro, que por fim o deixou entrar.

O Chentes era um ambiente cosmopolita, com uma clientela muito ao estilo do Holiday, talvez com um pouco mais de dinheiro. Havia homens engravatados, como se o início das festividades os tivesse surpreendido com a mesma roupa que tinham vestido para ir aos cartórios, aos escritórios de advogados ou às empresas de assessoria comercial. Garrafas de champanhe em cima de algumas mesas e taças sofisticadas de várias cores. Mulheres bem-vestidas e perfumes caros. Murray se enquadrava com o jeans engomado, a camisa branca e o blazer azul-marinho, mas as roupas pretas de Collin lhe davam certo aspecto punk que destoava no local. O espaço era um pouco menor que o anterior, e Collin permaneceu sentado numa área escura sem tirar os olhos de cima do camarada. Mais do mesmo. Noah e Lizarso pediram dois refrigerantes para disfarçar e Murray, que se manteve o tempo todo com os cotovelos colados no balcão, pediu um uísque que não bebeu. Uma ou duas vezes pareceu se interessar além da conta por alguma garota, mas duas horas mais tarde saiu do estabelecimento, foi até o carro, dirigiu até a zona das Siete Calles e estacionou de novo perto da igreja. Lizarso contornou o templo de modo a estacionar na mesma região, depois de ter deixado Noah no Arenal em frente à rua Correo, misturado com um numeroso grupo de rapazes e moças que vinham da zona das *txosnas* instaladas ao longo de toda a área ribeirinha junto ao teatro Arriaga. Noah atravessou ao mesmo tempo que aceitava o copo de plástico cheio de cerveja que uma garota lhe ofereceu. Parou para falar com eles diante de um caixa eletrônico enquanto esperava que Lizarso se juntasse a ele.

— O Collin chegou quase simultaneamente. Deve ter um carro em algum lugar por aí.

Apressaram-se virando à direita e surgiram pela rua Tendería. Tiveram que se refugiar junto à vitrine da Santiaguito a fim de observar de longe quando Murray entrou primeiro pela porta, e Collin esperou por ali cerca de quinze minutos antes de subir até a pensão.

— Não sei de qual dos dois desconfio mais, se do Murray ou do Collin — disse Lizarso, pensativo, quando viu Collin entrar por fim na pensão. — Se não fosse porque eu sei que é improvável, diria que ele se comporta como um policial.

Noah se virou de modo a olhar para a vitrine apagada. Os papéis brancos que embrulhavam os doces refulgiam, inclusive sob a luz escassa e amarelada da iluminação da rua junto à catedral.

— Não é um policial — disse enquanto inspecionava o conteúdo da vitrine. — Mas é, de todo esse grupinho, o que mais me preocupa. O único que se comporta como um soldado. — Apontou para as embalagens da vitrine. — O que é malvaísco? — perguntou Noah, de súbito.

Lizarso sorriu, surpreso pelo seu interesse.

— Ah, é uma planta medicinal, creio que para fazer os caramelos só empregam a raiz. São bons para a garganta, porque têm alguma propriedade calmante. A minha avó os levava para serem benzidos na festividade de San Blas em fevereiro, e depois dava um para nós sempre que nos via tossir, como se fosse um remédio. Sempre que a via, eu começava a tossir como um louco.

— E Santiaguito, por quê?

— Na verdade eu não sei ao certo. Dizem que o fundador, o senhor Santiago, era um homem de baixa estatura. Mas vai saber...

Quando Noah entrou de novo em seu quarto da La Estrella, sentia-se exausto e órfão de sono. Decidido a ser sincero consigo mesmo, admitiu que toda a sua melancolia provinha do fato de não ter visto de perto Maite mais do que naquele momento à porta do bar. Rodou o botão, que, com um ligeiro estalido e uma luz verde, indicou-lhe que o rádio estava ligado. Tirou a roupa e se deitou na cama às escuras, deixando que a verde fosse a única luz no quarto. Pegou o pequeno aparelho e o encostou na orelha a fim de escutar com atenção a letra da música.

> *Ven a radio madrugada*
> *si estás sola en la ciudad*
> *sin moverte de tu habitación.*
> *[...]*
> *No estás sola,*
> *alguien te ama en la ciudad,*
> *no tengas miedo*
> *que la alborada llegará.*
> *No estás sola,*
> *te queremos confortar,*
> *sal al aire,*
> *cuéntanos de lo que vas.*[9]

Pela primeira vez em muitos dias, não teve que fazer um esforço para conseguir, nem sequer teve consciência de quando adormeceu.

---

9 Trecho de uma música de Miguel Ríos: Venha à rádio de madrugada/ se está sozinha na cidade/ sem sair do seu quarto./ [...]/ Você não está sozinha,/ alguém te ama na cidade, não tenha medo/ que a alvorada chegará./ Você não está sozinha,/ queremos te consolar,/ saia para a rua,/ conte-nos o que procura. (N. T.)

Maite

Estava na cama havia horas. Ao longe, como um eco, a música do arraial soava retumbando sobre os telhados de Bilbao, não tão forte a ponto de impedi-la de ouvir os sons de sua própria casa em silêncio. A filha iria dormir na casa de uma amiga quando voltassem das festas, e sua ausência naquela noite a fez se sentir especialmente sozinha. A seu lado, em cima da mesinha de cabeceira, o rádio que mantinha ligado numa tentativa de ouvir alguma coisa que tirasse de sua cabeça o encontro que tivera com Noah.

Sem poder evitá-lo, recapitulava vezes sem conta cada uma das palavras dele, o que ela dissera, o que ele havia respondido; voltava a sentir a fúria que a havia dominado ao sair da entrada daquele prédio se sentindo uma imbecil. De todas as estúpidas razões que podia dar um homem para repudiar uma mulher, a mais insultuosa era sem dúvida a conveniência. Quem diabos ele pensava ser para lhe dizer o que era melhor para ela? Por acaso tinha seis anos de idade?

Era uma mulher adulta, podia muito bem tomar suas próprias decisões. É claro que havia relacionamentos que não eram convenientes para ela, mas para repudiá-las ou terminá-las havia ela, e infelizmente tinha experiência de sobra.

Deixou sair todo o ar pelo nariz enquanto controlava a raiva.

Contudo, havia mais alguma coisa, algo em que pensara durante o dia inteiro, e não tinha nada a ver com o que fora dito. Se eliminasse do encontro as malditas palavras, se ficasse apenas com os gestos, os olhares, os sorrisos, e voltasse a rever a cena como um filme do cinema mudo, a leitura era muito diferente.

E, tal como naqueles filmes antigos, a chave estava no beijo.

Reconheceu as notas de uma música de Miguel Ríos e aumentou um pouco o volume do rádio para poder ouvi-la. Enquanto o fazia, levou os dedos aos lábios e acariciou-os, relembrando cada instante daquele beijo.

Pode dizer o que quiser, Noah, o inglês, mas Betty Everett já disse: se um homem te quiser, você vai saber pelos beijos dele.

Bilbao. Domingo, 21 de agosto de 1983

Existe uma fase do sono denominada sono paradoxal. Ele tinha lido que, de maneira natural ou mediante aprendizagem, algumas pessoas podiam não só ter consciência do que acontecia com elas enquanto sonhavam como também chegavam a controlar o conteúdo e o desenvolvimento de seus sonhos – sonhos lúcidos, assim se chamavam. Não tinha chegado àquele processo de maneira fortuita, e estava muito longe de conseguir dominar o que sonhava, mas nos últimos dias tinha começado a desenvolver certo controle para retardar cada uma das imagens que se sucediam em sua mente quando voltava a reviver a sua tragédia.

Quando sonhava, tinha consciência de estar vivendo um pesadelo. Às vezes percebia que estava ouvindo uma voz vinda do rádio, a hora certa, e até mesmo aquele outro apito, como um monitor cardíaco, que não tinha certeza se era completamente real. Estava sonhando, sabia disso, mas isso não fora suficiente para diminuir o pânico que lhe causava aquele choro que constituía o prelúdio da própria morte. Ignorava se ouvira gemer um fantasma mítico, as almas das vítimas de John Bíblia ou se era um clamor de seu próprio espírito que gritava enlouquecido quando o abismo do nada se abria diante de seus pés. No entanto, tudo mudara a partir do momento em que havia se dado conta de que John Bíblia tinha ouvido com a mesma nitidez que ele. Esse horror havia se transformado numa agulha no palheiro, na última esperança, em que desejava acreditar com todas as suas forças, em que precisava acreditar, porque se aquilo, fosse lá o que fosse, que ambos tinham ouvido provinha do outro mundo, talvez houvesse uma esperança para ele. Era essa suposição que o fazia voltar a viver vezes sem conta aquela tortura e a tentar detê-la antes do último instante.

A água gelada caía sobre sua cabeça, as gotas batiam com tanta força em seus olhos que doíam. A tempestade rugia feroz e, no entanto, acima de todo aquele estrondo o bater de seu coração soava como um flagelo ecoando em seus tímpanos, ensurdecedor. E então uma voz invadiu seu sonho...

— Bom dia, Bilbao. O meu nome é Ramón García e este é o programa *Os Quarenta Melhores* da Rádio FM Bilbao. Aproveito para saudar todos os bilbaínos que comemoram o segundo dia desta Aste Nagusia de 1983, que neste dia chega carregada de eventos, como o tradicional encerramento, esporte rural, gigantones e cabeçudos e, para todos os apaixonados pelos touros, a grande corrida desta tarde em Vista Alegre. O céu está nublado sobre a cidade do Nervión, e, embora neste momento não chova, um aguaceiro madrugador nos acompanhou desde muito cedo, encharcando o encerramento que tantos bilbaínos adoram. Dentro de poucos minutos vamos abrir os nossos microfones para que todos os que quiserem possam oferecer suas músicas favoritas aos seus amigos ou aos seus entes queridos. Deixo vocês com Donna Summer e o seu tema "She Works Hard for the Money", que ocupa esta semana o número um da nossa lista dos Quarenta Melhores.

Noah abriu os olhos para a escassa claridade que se infiltrava entre os postigos de madeira que cobriam as folhas de sua janela do lado de fora. Virou a cabeça de leve e viu a sua esquerda a luz verde do aparelho de rádio brilhando como uma pequena esmeralda. Aumentou o volume para ouvir a música e procedeu à contagem habitual dos danos ao acordar. Uma ligeira náusea o acompanhava todas as manhãs, e iria se manter enquanto não urinasse e ingerisse algum líquido. Endireitou-se devagar, tentando contornar o enjoo que o sacudiria se cometesse o erro de se levantar depressa demais. Fez isso se apoiando nos cotovelos primeiro e se esticando para a frente devagar até tocar nos tornozelos. Os pés estavam normais, sem sinal de inflamação. Pousou-os no chão e esperou ainda alguns segundos antes de ficar de pé. Encaminhou-se até a janela e abriu as venezianas, deixando que a luz acinzentada que penetrava a partir da claraboia e o cheiro de detergente e água sanitária se infiltrassem no quarto misturados com o ar quente do pátio. Quando se virou, viu no chão um bilhete que alguém havia enfiado por debaixo da porta. A carta estava assinada pela dona da pensão, e se surpreendeu com sua caligrafia caprichada, onde lhe desejava um bom-dia, se desculpava porque tinha que ir à missa e o informava de que havia deixado o seu café da manhã na cozinha. Entreabriu a porta do quarto e ficou escutando.

A casa estava em silêncio, e no corredor pairava um agradável aroma de café que lhe abriu de imediato o apetite. A verdade é que em todos os dias que ali se encontrava ainda não tinha cruzado com nenhum dos hóspedes. Estava pensando nisso quando atrás de si ouviu a voz de Maite:

— Olá, bom dia.

Ele se voltou, encantado, quase à espera de a ver. Contudo, não havia ninguém, apenas as vozes que pairavam no ar vindas do aparelho de rádio encostado ao travesseiro de sua cama.

— Olá, como é o seu nome?

— Eu me chamo Maite. Sou daqui, de Bilbao.

Noah fechou a porta atrás de si e, sorrindo emocionado, encaminhou-se na direção da cama.

— *Egun on*, Maite, como é que você está vivendo a Aste Nagusia?

— Bem, Ramontxu, tenho que trabalhar...

— Pois é para isso mesmo que nós estamos aqui, para acompanhá-la enquanto trabalha e para desejar que em algum momento possa desfrutar da nossa Aste Nagusia.

— Sim, claro que sim — respondeu ela.

Noah se sentou na cama, perto do travesseiro, sorrindo incrédulo enquanto olhava para o aparelho. Sentia um nervosismo inexplicável.

— Vejamos então, Maite. Que música você gostaria que tocássemos? — perguntou Ramón García.

— Então, eu gostaria de ouvir "Amor de Hombre", de Mocedades.

O locutor riu, achando graça.

— Ora, Maite, que romântica. E a quem vai oferecer essa música?

Noah susteve a respiração enquanto sentia o estômago se contrair como se viajasse numa montanha-russa.

— Então, vou oferecer para o rapaz de quem eu gosto.

— E não vai nos contar o nome dele, Maite?

Noah tomou o rádio nas mãos, seus dedos vibrando com a voz dela.

— Ele sabe muito bem quem é...

O locutor voltou a rir.

— Nos dê uma pista, Maite, para que não reste nenhuma dúvida se ele estiver te ouvindo.

Ela hesitou.

— Bom, ele está à espera do dilúvio.

Noah fechou os olhos e deixou sair todo o ar dos pulmões enquanto um enorme sorriso aflorava em seu rosto.

— Pois me parece que ele está com sorte, Maite — respondeu Ramón García, falante. — Porque as previsões apontam que esta tarde já teremos uma bela chuva. Então, para você e para o rapaz de quem você gosta, aqui vai Mocedades e o seu "Amor de Hombre".

Ele escutou cada nota, cada inflexão da voz de Amaya Uranga, tentando vislumbrar entre a letra e a música uma mensagem que fosse só para ele. Depois que a música terminou, continuou a segurar o aparelho nas mãos durante alguns minutos, ansiando por voltar a ouvir a voz de Maite e olhando confuso ao redor enquanto sorria, decidindo se aquilo era verdade ou se não tinha passado de um sonho.

Tomou banho, fez a barba, vestiu-se, sem deixar de sorrir e repetindo cada uma das palavras que ela havia dito, como se só assim pudesse acreditar que eram verdadeiras. Carregou consigo o aparelho de rádio, relutando em se separar dele, ciente de que era improvável que ela voltasse a ligar, mas incapaz de se afastar do lugar de onde havia brotado sua voz. Depois que se arrumou, entrou por fim na cozinha e se surpreendeu ao ver uma mesa muito bem posta, onde se encontravam dispostos vários pratinhos com bolinhos, pãezinhos, um pequeno jarro de leite e uma cafeteira elétrica que continuava ligada à tomada para manter a bebida quente, e que era a causadora do aroma que se propagava por toda a casa. Serviu-se de uma xícara e, enquanto mordiscava um dos bolinhos, afastou as cortinas da janela para ver a rua.

Michael e "o Tenebroso" saíam nesse momento da pensão onde estavam hospedados. Dirigiram-se com ar determinado até a esquina da praça Unamuno com a rua Correo. Noah teve um pressentimento. Pousou a xícara em cima da mesa e abriu a janela, debruçando-se o mais que pôde. O ângulo não era muito bom, porque parte da reentrância do próprio prédio impedia que ele visse toda a largura da rua, mas seria capaz de apostar que tinham entrado na cabine telefônica. Fechou a janela e saiu para o corredor da pensão. Foi experimentando todas as portas do lado direito até chegar à do quarto da proprietária. Manuseou a maçaneta, que cedeu ante a pressão. O quarto estava arrumado, a cama feita e a colcha esticada com perfeição, até fazê-la parecer quase um monumento. Ele dirigiu um olhar preocupado na direção da porta da rua e entrou no quarto. Abriu a janela que dava para a cabine. Do ângulo que lhe proporcionava sua perspectiva de visão, conseguia ver as pernas da calça de um dos homens encostado à porta. Ficaram no interior da cabine pouco mais de dez minutos, depois saíram e regressaram à pensão onde estavam hospedados. Noah se preparava para fechar a janela quando viu Rafa, o rapaz que fazia as compras para Maite e para outros bares. Carregava um saco de plástico de onde saíam dois pães baguete. Detivera-se na esquina e mexia os braços, nervoso, na direção de alguém que Noah não conseguia ver. O rapaz avançou alguns passos e então Noah constatou que um grupo de quatro garotos, entre os dez e os doze anos, o perseguia, provocando-o. Um dos garotos aproximou-se e deu uma palmada num dos pães, que primeiro se retorceu, ficando meio pendurado, e depois caiu no chão molhado. Incapaz de se controlar, Noah gritou da janela:

— Ei! Vocês aí! Deixem-no em paz!

Todos os rapazes, incluindo Rafa, se viraram a fim de olhar para cima. O que havia partido a baguete fechou a mão num punho e esticou o dedo médio.

Noah voltou-se furioso e com ímpeto para o interior do quarto e deu de cara com a proprietária da La Estrella, que sorria.

— Caramba, *mister* Scott! Não posso dizer que não me sinta lisonjeada ao encontrá-lo no meu quarto. Vejo que já está muito melhor.

Noah fitou-a, surpreso, e tentou explicar que queria ver uma coisa que estava acontecendo na rua, que tinha sido só por isso que entrara ali, enquanto percebia ao mesmo tempo o sorriso insinuante da dona da pensão, começando a ficar cada vez mais horrorizado. Sem sequer fechar a janela, murmurou uma desculpa que depois não teve muita certeza de ter proferido em espanhol ou em inglês, abriu a porta da pensão e saiu disparado escada abaixo.

Ofegava quando chegou perto de Rafa, uma mistura do esforço para se apressar o mais que podia e do embaraço e da vergonha que sentia só de pensar no que poderia ter passado pela cabeça daquela mulher. Mas, ao ver o estado em que o menino se encontrava, esqueceu tudo o mais. Ele recuara até ficar encostado à parede. Tinha a cabeça baixa, as mãos crispadas e encolhidas de encontro ao peito e contemplava os restos do pão, que dois dos garotos estavam pisando no chão até reduzi-los a uma papa molhada e suja de lama e fuligem. Outros dois morriam de rir enquanto um dos que pisavam no pão lhe dizia:

— Está bom assim, idiota?

— Ei! — gritou Noah. Os quatro meninos desataram a correr na direção da rua Iturribide, misturando-se no meio da multidão.

Noah se postou na frente de Rafa, obrigando-o a olhar para ele.

— Rafa, você está bem?

O garoto assentiu.

— Tem certeza? Bateram em você?

Era evidente que estava nervoso e também zangado. Inspirou o ar de forma sonora antes de falar. Ergueu a cabeça e no instante seguinte deixou-a cair sobre o peito. Abriu a boca como se fosse dizer alguma coisa, inspirou fundo e por fim falou:

— Estragaram... o meu pão.

— Não se preocupe com isso agora — disse, tentando tranquilizá-lo.

— SSS-sim, mas estragaram o meu pão. — Tinha os olhos rasos de lágrimas. — É para a "catofueros".

— Para quem?

O rapaz repetiu com muita dificuldade, devido a uma mistura de lágrimas e nervos. Noah deduziu que tinha dito algo parecido com Cantón Fueros. Parecia o nome de um bar no Arenal.

Ele enfiou a mão no bolso e tirou algumas moedas.

— Não se preocupe, vamos comprar o pão outra vez. Eu vou contigo.

Tentou depositar as moedas nas mãos do garoto enquanto voltavam até a praça, mas este as contorcia e com tanto nervosismo que até o saco teria caído se não o levasse preso ao pulso. Incapaz de fazê-lo entrar, deixou Rafa perto da vitrine da loja, o tempo todo lançando olhares nervosos para o ponto da rua onde tinham ficado os restos pisados do pão. Comprou uma baguete ao mesmo tempo que o observava através do vidro da vitrine, voltou para junto dele e a guardou ao lado das outras no saco que o rapaz trazia. O menino pareceu-lhe aliviado de imediato.

— Obrigggado — disse, levantando a cabeça. Pela maneira como aspirava o ar antes de cada palavra, Noah percebeu que ainda estava muito nervoso.

— Tenho q-que levar o p-pão. Estão me esperando.

Noah começou a caminhar ao lado dele.

— Esses garotos costumam te chatear?

— A-A-Algumas vezes — disse, muito devagar. — Quando a Euri não está. — Seu passo era firme, mas caminhava como se no final de cada passo se pusesse um pouco nas pontas dos pés.

— Quem?

— A mi-minha cadela E-Euri.

Noah assentiu.

— É verdade, eu vi que ela estava contigo no outro dia.

— A Euri é-é a cadela da chuva. A mi-minha mãe a encontrou de-debaixo da chuva... É por isso que se chama Chuva. Ss-se a Euri estiver comigo eles n-nããо s-se atrevem.

— Malditos covardes! — indignou-se Noah.

— A Euri é-é mansa, não morde — elucidou o garoto, um pouco preocupado.

— Claro que não — respondeu Noah, comovido com a lealdade do rapaz para com sua cadela.

— Mas... eles não ss-sabem...

Noah estacou de repente e olhou para o rapaz. Tinha feito uma piada. Estava sorrindo. Ele também sorriu e estendeu uma mão para o menino.

— Quer que eu leve o saco para você?

— Posso levar sozinho.

Noah continuou a caminhar em silêncio ao lado dele.

— Não ss-ou idiota — disse então o rapaz.

— Não, claro que não — respondeu Noah, não muito seguro de si e por alguma razão se sentindo embaraçado.

— Eles dizem que eu sou idiota. — Ergueu a cabeça, atirando-a um pouco para trás enquanto aspirava o ar ruidosamente. — Mas não s-sou idiota.

— Deixou cair a cabeça e disse, muito devagar: — Paralisia ce-cerebral. — Aspirava o ar a cada dois requebros de voz.

Noah fitou-o, surpreso.

— O quê?

— Paralisia cc-cerebral. — Fez uma pausa e aspirou o ar de forma sonora. — Aconteceu quando eu nasci. A minha mãe diz que fffoi um acidente, que pode acontecer com qualquer um. Não s-sou idiota.

— Não pensei isso nem por um instante — disse Noah, muito sério.

— É-ééé porque eu falo mal — continuou ele, convencido.

Noah esperou, ciente do esforço que o menino estava fazendo.

— Há quem ache q-que ss-sou um tonto... porque eu falo mal.

Noah se deteve e o fitou.

— Rafa, eu também falo mal, e tenho que ir fazer xixi de hora em hora e não posso correr sem ter um ataque. Deve haver pessoas que pensam que eu sou um tonto.

Rafa sorriu.

— É verdade, você fala muito mal — disse, achando graça. — Mas não é-é um tonto.

— Não sou — respondeu Noah, sorrindo.

— Nem *mister* — disparou o menino de repente, rindo.

Noah ficou olhando para ele, petrificado.

— Nos baresss dizem que você é *mister*, mas que não ss-sabia quem eram os leões — explicou, recordando o momento em que viu Noah no bar de Maite pela primeira vez e fez um comentário com ele sobre a equipe de futebol local.

— Você é espertinho! — disse Noah, rindo.

— Eu sei m-muitas coisas.

Noah entrou no jogo dele.

— Sério?

— Que você n-não é um *mister* e que a Maite gosta de você.

— Pois talvez eu seja, sim, um pouquinho idiota, porque todo mundo parece ter percebido isso, menos eu.

Rafa estava muito mais calmo, e Noah aproveitou para perguntar:

— Você contou para alguém que acha que eu não sou um *mister*?

O garoto negou com a cabeça.

— Detetive — disse, em voz baixa.

— É isso que você acha que eu sou?

O garoto baixou ainda mais a voz.

— Detetive inglês. Pensão La Estrella investigando. E usa uma pistola, e o seu amigo também.

Noah fitou-o com autêntica admiração.

— Como é que você sabe onde estou hospedado?

— Também levo co-compras para as pensões... Aaa-lém disso, você estava debruçado na janela.

Noah levou uma mão à testa. Sorriu.

— Rafa, vou te pedir um favor. Você não deve contar isso a ninguém, porque eu sou um detetive secreto. Para poder resolver o caso que estou investigando, é importante que ninguém saiba qual é a minha profissão.

— Não v-vou contar para ninguém — disse, muito sério. — E v-vou ser o seu ajudante.

Noah fitou-o com muita atenção, ciente de que tinha ali um problema.

— Era isso que você estava fazendo ontem, enquanto me seguia?

— Ajudante — repetiu, e quase ao mesmo tempo começou a se balançar para a frente e para trás, de novo nervoso, enquanto apontava para o bar abarrotado de gente atrás dele. — Tenho que levar o pão — disse, correndo em direção ao interior do estabelecimento.

Noah entrou atrás dele, envolto de imediato num ambiente de fumaça que cheirava a marisco grelhado. Uma grossa camada de guardanapos gordurentos e cascas de gambas cobria vários centímetros do chão. No El Cantón de los Fueros, as pessoas elegantes de Bilbao descascavam crustáceos com as pontas dos dedos e batiam seus copos de martíni nos brindes dos domingos.

Ele viu quando Rafa se esgueirou pela porta lateral da cozinha. Por isso, pediu uma porção de gambas e um vinho, e esperou paciente que ele saísse. Se a conversa até ali havia sido interessante, precisava se preparar para a volta.

Mikel Lizarso

Sentado no catre onde havia passado parte da noite depois de deixar Noah na pensão, o ertzaina Mikel Lizarso olhou ao redor. O local ocupava metade dos porões do edifício da rua María Díaz de Haro destacado para ser a sede da brigada de Tráfico e Comércio da Ertzainzta em Bilbao. Na parte pública estavam os carros-patrulha, parte da oficina mecânica e o armazém, e oculta atrás de uma porta sem nenhum tipo de identificação encontrava-se a sala que Lizarso agora ocupava, alcançada através da área de serviço nos fundos da garagem. Devia medir cerca de três metros de altura, tinha dois exaustores e duas janelas pequenas e estreitas que davam para a parte traseira da fachada exterior, e oficialmente não estava ali. Sua existência era tão reservada que nem sequer podiam se comunicar com o próprio edifício a não ser por interfone. Sua unidade simplesmente não existia; quando os políticos se referiam a eles, chamavam de *Departamento Adjunto à Presidência*. Administrativamente, estavam destinados à proteção pessoal do *lehendakari* e seus conselheiros, mas em segredo constituíam uma espécie de Departamento do Interior, cuja criação oficial nunca seria admitida de maneira nenhuma num corpo de polícia com apenas um ano de trajetória. A maioria dos comandos da Ertzainzta provinha do Exército ou de outras polícias. As possibilidades de obter informações do Ministério do Interior do Governo de Madri ou a colaboração das áreas antiterrorismo das outras corporações da polícia eram inexistentes. Eram tão limitados que na Presidência do Governo Basco foi considerado urgente criar um grupo de fiéis, de patriotas idealistas, recrutados entre os policiais da primeira formação; vinte e dois homens e duas mulheres, com espírito suficiente para realizar um trabalho na sombra, que seria vital para o futuro de Euskal Herria, e que se organizou em cinco seções: contrabando, drogas, armas, ETA e explosivos, sobretudo Goma-2, o explosivo mais utilizado pela facção e cujo rastro constituía uma pista direta até o ETA. Lizarso se sentira feliz e orgulhoso por ter sido chamado para essa causa, eram o embrião do futuro. Departamento de Interior, criado sob a proteção do diretor da brigada de Tráfico e Comércio, que vinha da clandestinidade do Partido Nacionalista Basco e que já tinha experiência em permanecer na sombra.

Lizarso estava ciente, assim como todos os integrantes daquela unidade, de que sobreviviam jogando nas trevas, com mais empenho do que formação, pouco conhecimento e uma grande vontade de fazer um trabalho bem-feito, porque defendia de verdade cada uma das palavras que havia exposto a Scott Sherrington. Contudo, desde sua conversa com este último algo tinha mudado. Algo que o fazia ver com outros olhos o lugar onde havia trabalhado durante os últimos seis meses. Oito mesas dividiam-se de ambos os lados encostadas às paredes; numa delas, a foto do *lehendakari* Carlos Garaikoetxea; na outra, uma *ikurriña* de grandes dimensões; uma pequena divisória separava essa área da dos beliches de campanha para as noites de plantão. Havia também um televisor com um videocassete VHS que os acompanhava nos turnos de dezesseis horas de plantão. Atrás do murete – a razão por que sempre devia haver ali pelo menos um policial –, várias prateleiras e estantes continham trinta e cinco telefones de mesa, tipo gôndola, e inclusive um de parede, e um emaranhado de cabos que atravessavam o chão até outros tantos gravadores colocados em frente. Um móvel repleto de fitas destinadas às gravações, uma torre de listas telefônicas, um cesto de lixo abarrotado do celofane que cobria originalmente as fitas e outra prateleira onde iam guardando por ordem as fitas gravadas. Num dos lados, uma mesa e duas cadeiras, vários conjuntos de fones para escutar as gravações e um monte de cadernos para fazer anotações.

Pela primeira vez em todos os meses em que ali se encontrava, começara a se perguntar o que iria acontecer depois, que papel desempenhava na realidade em tudo aquilo, o que sucederia quando sua missão deixasse de ser quase um jogo de esconde-esconde e tivesse consequências na vida real de seu povo. O que aconteceria se no meio daquelas centenas de horas de escuta se extraísse uma mensagem capaz de mudar o curso dos acontecimentos políticos e sociais? O que sucederia se tivessem que dar um passo em frente que os obrigasse a deixar de ser meros pontos da peça de teatro que se desenrolava lá fora?

Mikel Lizarso sabia, soubera o tempo todo, e essa era a razão pela qual havia aceitado fazer parte daquela equipe, e o que mais o irritava era o fato de Scott Sherrington ter sido capaz de vislumbrar a fraqueza de Lizarso escondida atrás do idealismo que esgrimia.

Tinha vários jornais do dia espalhados em cima da cama. *El Correo* tinha como título "Bilbao quer ser uma festa" e acompanhava a notícia com uma foto do presidente da câmara na porta da basílica de Begoña ao lado da *chupinera* enquanto soltava fogos de artifício. Num dos lados, uma boneca quebrada no meio dos escombros ilustrava a notícia de um atentado com Goma-2 no quartel de Laredo, em que tinham ficado feridas uma menina e sua irmã mais nova. Em rodapé, destacava-se que o líder da OLP tinha sido assassinado em Atenas, e que na Argentina quarenta mil pessoas se manifestavam contra a lei da anistia. Lizarso se sentia enojado e irritado. Segurava sobre os joelhos um exemplar de um jornal escocês de oito dias atrás que lhe custara bastante conseguir. Relera vezes sem conta a notícia em que se relatava como o inspetor Scott Sherrington tinha falecido durante a tentativa de detenção de John Clyde, suspeito de ser o mítico assassino John Bíblia. O telefone tocou em cima de sua mesa. Lizarso preparava-se para se levantar a fim de atendê-lo, mas um policial que acabava de entrar e que seria quem o renderia no turno se adiantou e, depois de ouvir seu interlocutor, dirigiu-se a Lizarso:

— Um cara com sotaque inglês está perguntando por você.

Assim que Lizarso levou o fone ao ouvido, Noah despejou.

— Vocês estão perdendo tempo com o telefone da pensão. Há coisa de uma hora vi o Michael e "o Tenebroso" usando a cabine de onde estou te ligando, na esquina da minha rua.

— Coisa de uma hora? E o que você ficou fazendo durante todo esse tempo?

— Estive ocupado. Lembra-se do Rafa, o menino que estava nos seguindo ontem? Não engoliu que eu seja um *mister*. Na verdade, ele desconfia que eu seja policial e você também.

— Contou para alguém?

— Não, acho que não.

— Então precisamos tirar essa ideia da cabeça dele, seja como for.

— Receio que já seja tarde para isso. O menino não é bobo, isso eu te garanto. Ele percebeu coisas que à maioria das pessoas passariam despercebidas. Fui obrigado a admitir; não fazer isso seria muito arriscado. Falei para ele que estou numa missão secreta, e em contrapartida agora tenho um ajudante. O que você acha? O menino adora histórias de detetives.

— O que eu acho é que você é muito bom em contar histórias, detetive Scott Sherrington. Contou para ele que está oficialmente morto? Ou disse que está fazendo turismo?

Doutora Elizondo

Depois de telefonar para Lizarso, Noah tinha hesitado por um instante ao passar perto do bar de Maite, e o simples fato de pensar nisso conseguira deixá-lo tão nervoso que sentiu as palmas das mãos úmidas. Ainda não estava preparado, queria vê-la, sim, mas nem sequer sabia o que lhe diria.

Era evidente que alguma coisa estava acontecendo, algo que escapava por completo a seu controle. O que ele podia fazer? As circunstâncias não tinham mudado nem um pouco, e, no entanto, as palavras de Maite, aquela música, mudavam tudo. Cerrou os lábios e inspirou o ar pelo nariz enquanto tentava se acalmar e tomava consciência do caos de seus sentimentos, que o impeliam a ir à procura dela quando por outro lado só desejava evaporar no ar e desaparecer da face da Terra. Sentindo-se um covarde como nunca antes na vida, optou por adiar a visita e abraçou com alívio seu habitual passeio para ir buscar os jornais. As manchetes que ocupavam a primeira página dos escoceses o tinham obrigado a parar ali mesmo, perto do quiosque, a fim de ler a notícia. O retrato falado de John Bíblia surgia na capa de todos eles. "A polícia prende um suspeito", "John Bíblia detido", "A polícia apanha o monstro".

Ele leu e releu com cuidado o teor das matérias, que eram uma repetição de tudo o que já fora escrito nos dias anteriores. Em alguns lugares voltavam a mencioná-lo como o inspetor que havia falecido enquanto tentava prender John Bíblia. Parecia que, na verdade, a polícia mantinha preso um homem sem documentos que se recusava a se identificar e que correspondia ao retrato falado que fora feito a partir das descrições dos conhecidos de John Clyde; as palavras *o mantinham preso, sendo interrogado nas instalações da polícia, detido* e *todas as linhas de investigação continuam em aberto* guardavam um eco que para Scott Sherrington podia se traduzir como *não temos nada*.

Ainda assim, aquelas palavras o fizeram pensar. Chegou até a considerar a possibilidade de telefonar para Gibson e perguntar a ele. Guardou as páginas que lhe interessavam e, enquanto jogava o restante dos jornais num cesto de lixo, optou por esperar, mas dando margem para as dúvidas. Era admissível que estivesse enganado? Que tivesse errado em seu pressentimento? Seria possível que o homem morto em La Rochelle não passasse de um ladrão de contêineres que acabara assassinado por um parceiro do crime? Que Murray fosse apenas mais um idealista à procura de liberdade para seu povo, tendo-se juntado às piores companhias? Que as garotas que desapareceram em Bilbao estivessem de férias e andassem se divertindo pelo País Basco? Ou que aquele homem bêbado tivesse se enganado sobre o olhar que o homem do carro branco lhe deu?

Noah começou a se preocupar. Tinha abandonado seu país, sua pátria e o único lugar que podia chamar de casa para perseguir uma quimera. Talvez em seu desespero, ao ver que sua vida chegava ao fim, tivesse fundamentado sua própria fuga precipitada com base na ideia de que Bíblia fugira para a Espanha. Seriam todas as suas suposições uma fuga de sua própria realidade? Uma tentativa *kamikaze* de escapar da morte?

Noah subiu até o consultório da doutora Elizondo quase roçando pelas paredes que davam para a escada. Com certeza era um efeito da luz acinzentada que se infiltrava naquele dia sem força pela claraboia, porque outra coisa era impossível, mas seria capaz de jurar que as escadas estavam um pouco mais inclinadas na direção do vão do que na tarde anterior.

Foi ela quem lhe abriu a porta, e assim que entrou no consultório Noah percebeu que a doutora tinha deixado o retrato de família em cima da mesa.

Enquanto se dirigia à cadeira, ela lhe disse:

— Pensei muito na nossa conversa de ontem. Estou espantada por ver o grau de consciência que você tem dos diferentes estágios por que passa depois de saber que vai morrer.

Noah inspirou com um sobressalto ao ouvir essas palavras.

— Fui brusca demais? Podemos falar sem rodeios? Ou você prefere que evitemos a palavra *morte*?

— Usemos a palavra — anuiu Noah.

— Estou me referindo ao fato de que cada uma dessas etapas, a negação, a depressão, a raiva, a aceitação, a negociação estão carregadas de sensações e de experiências próprias, incomuns e surpreendentes, inclusive alucinantes, atrevo-me a dizer. Vivências que a maioria das pessoas nunca chega a experimentar e que são em si mesmas extraordinárias em psiquiatria. No entanto, você quer ir um passo além, e devo admitir que me desperta muita curiosidade saber sobre o que você quer conversar.

Noah desviou o olhar na direção da janela para fugir dos olhos inquiridores da doutora e começou a falar.

— Eu sonho todas as noites com o momento em que morri. Sei que é menos um sonho do que uma recordação. Volto a sentir todas as sensações com a mesma clareza que teria se as estivesse experimentado. Nas primeiras vezes senti muito medo, mas agora consigo quase sempre acordar antes do fim.

— Você já experimentou essa sensação estando acordado?

Noah assentiu.

— Sim, quando a chuva cai no meu rosto, como naquele momento, e em uma ou duas ocasiões quando estava no banho. Basta fechar os olhos e tudo volta a acontecer.

A doutora fez algumas anotações.

— Continue — incentivou-o.

— O que foi que você escreveu? — quis saber Noah.

Ela rodou o caderno para que ele pudesse ver.

— Estresse pós-traumático. Trata-se de um transtorno desencadeado por uma situação assustadora que costuma incluir pesadelos e angústia. Embora Kardiner já o tenha definido nos anos quarenta, creio que o termo psiquiátrico é oficial desde 1980. Foi inventado nos Estados Unidos a partir dos transtornos que apresentavam os ex-combatentes da guerra do Vietnã.

— Não sei quem é esse Kardiner... para mim parece normal ter pesadelos depois de ter entrado em combate.

— Abram Kardiner foi um psiquiatra norte-americano a quem devemos muito — disse a doutora Elizondo. — Não se trata apenas de ter pesadelos. A definição de Kardiner diz que as pessoas que padecem desse transtorno continuam a viver no mesmo ambiente emocional do acontecimento traumático, com pensamentos recorrentes em que chegam a sentir ou a agir como se episódios traumáticos se repetissem.

— Você acha que é isso o que acontece?

— Em parte, pode ser.

— Mas, independentemente da maneira como eu chego à recordação, há uma coisa que aconteceu naquela noite que escapa a toda a lógica. Já te contei como aconteceu, mas o que eu não te disse foi que, um instante antes de ter vindo o ataque, houve uma coisa estranha... ouvi uma mulher chorando.

A doutora Elizondo fitou-o como se não tivesse compreendido.

— Garanto a você que era impossível, porque a tempestade caía sobre as nossas cabeças, estávamos numa região desabitada e eu quase nem conseguia ouvir a mim mesmo enquanto gritava para o sujeito que eu estava tentando prender. E, no entanto, eu a ouvi com toda a nitidez. Um choro contido, contínuo, um gemido. Muito triste, aflito, e com tanta nitidez que tive certeza de que havia uma mulher chorando ali. Até me virei para olhar para o lugar onde tinha visto o corpo da última vítima. Eu tinha constatado que ela estava morta, e não era algo recente. Porém, mesmo que estivesse viva, teria sido impossível ouvi-la chorar daquela distância e com toda aquela barulheira. Foi como se ela estivesse dentro da minha cabeça. E essa foi a última coisa que eu ouvi.

— Pelas suas palavras, eu concluo que você descarta uma origem humana para o que ouviu.

— Foi a primeira coisa que perguntei quando acordei no hospital: se alguém havia presenciado, se havia uma testemunha, inclusive se era possível que a mulher que eu tinha tomado por morta ainda estivesse com vida e tivesse sido ela quem chorava. Sabe o que foi que me responderam?

A doutora Elizondo esperou em silêncio até que Noah prosseguiu.

— Existe uma lenda na Escócia chamada *caoineag*. Um demônio da água escocês, que assume a forma feminina, habita nas cascatas e nas correntes. Ela chora no escuro sem nunca se deixar ver, embora se possa ouvi-la com clareza. Dizem que quem tem a má sorte de escutá-la vai sofrer uma grande catástrofe ou morrer.

— A chorona — disse a doutora, assentindo. — É uma espiritualidade mitológica que se repete em muitas culturas. Não conheci ninguém que a tivesse experimentado, mas, entre os relatos de pacientes que viveram experiências de quase morte, há muitos que dizem ter ouvido um choro triste antes do fim. Talvez te interesse saber que em algumas culturas mitológicas se acredita que só o ouvem os assassinos quando a sua hora está prestes a chegar. Esse choro é o das vítimas cujas vidas ceifaram, que não descansam e que os avisam de que estarão à sua espera do outro lado.

Noah ergueu as sobrancelhas.

— Há outra coisa que não te contei: à medida que o sonho foi se repetindo, consegui relembrar mais pormenores. O que chama mais a atenção é o fato de eu saber com toda a certeza que o homem que eu estava tentando prender também o ouviu.

Ela se mexeu na cadeira, inquieta.

— Noah, por que você acha que os dois ouviram? Por que você acredita que ele também ouviu?

— Você quer dizer que talvez ele fosse o destinatário? — pensou sobre isso por um instante. — Não, não era para ele. Posso garantir que esse cara está vivo.

— Você também está, posso atestar.

Noah negou com a cabeça.

— E por que foi que eu ouvi se quem ia morrer era ele?

— Pode ser que fossem morrer os dois... — disse ela, com tranquilidade.

Noah olhou-a fixamente nos olhos durante alguns segundos, ficou de pé e se encaminhou para a janela. Lá fora tinha começado a cair uma chuva fraca. Virou-se a fim de encará-la de novo.

— Você já fez o diagnóstico de um paciente sem o ver? Quero dizer, já recebeu uma consulta sobre alguém que não tivesse vindo em pessoa à terapia?

— Sim, é bastante comum. Às vezes são os familiares que vêm quando se dão conta de que o seu ente querido apresenta alterações de comportamento, quando desconfiam de vícios ou de alcoolismo, ou nos casos em que o paciente se recusa a receber ajuda. Quase sempre eles recebem orientação para tentar reconduzir os comportamentos e estabelecer de novo um canal de confiança suficiente que os leve a aceitar vir à terapia. Eu os chamo de "pacientes enigma".

— E, sem estar na frente essa pessoa, você consegue fazer um diagnóstico apenas pelo que te contam sobre o que se passa?

— Está muito longe de ser um diagnóstico preciso. São necessários meses para isso, às vezes anos. Mas, se eu conseguisse reunir informações suficientes por parte da família, eu poderia me aproximar, pelo menos, em questões relacionadas com a conduta.

— Estaria disposta a fazer isso?

— A fazer o quê?

Noah percebeu que não seria fácil convencê-la. Ele precisava ser prudente com as palavras que empregava. E também reparou que em situações como esta lhe falhava o domínio do idioma.

— Estou perseguindo esse homem há muito tempo. Recapitulei cada uma das linhas de investigação que se seguiram durante catorze anos e continuo a ter a sensação de que alguma coisa não está certa. Tem a ver com a motivação. Sempre desconfiei que, se pudesse entrar na mente dele, saber como ele pensa e por que motivo faz o que faz, eu poderia prendê-lo.

— É uma teoria muito interessante, Noah, mas é você o meu paciente, não esse cara. Você percebe que é estranho isso que está me pedindo?

Ele não se rendeu.

— Há um policial norte-americano que se dedicou a compilar histórias de muitos assassinos presos com o intuito de estabelecer uma base comum de atuação entre eles. Ele chama isso de perfil comportamental e defende que, se nós pudermos determinar de onde surge o impulso, podemos nos adiantar ao próximo passo e detê-lo.

A doutora inclinou a cabeça para o lado enquanto o escutava. Desconfiado, Noah prosseguiu:

— Pelo que sei, foi uma psiquiatra que o ajudou a definir o tipo de pergunta que devia formular, a compreender de onde surgiam os aberrantes instintos dele. Pensei em pedir ajuda ao psiquiatra destacado para "A Marinha" em Glasgow, mas... digamos que a sua experiência com agentes bêbados que saem da linha não me pareceu a mais adequada para o caso.

Ela respondeu depois de alguns segundos. Sua voz denotava prudência ante o que se avizinhava.

— Eu sei o que é. Nunca fiz com um delinquente, e chamo isso de "estudo de personalidade provável".

Noah baixou a cabeça. Ela estava definindo as regras: *Nunca o fiz com um delinquente*. Quando ergueu os olhos, tentou ser o mais direto possível.

— Estou morrendo. Pude pensar no modo como vivi o meu tempo neste mundo, e acredite que pensei muito. Ainda assim, abandonei a minha casa e vim para cá atrás de um assassino. E fiz isso porque sinto que apanhá-lo é a única coisa que pode dar sentido não mais à minha vida — desperdicei a minha vida —, mas pelo menos à minha morte: que sirva para prendê-lo.

Ela negava, como se resistisse a ceder a seu discurso.

— Tenho uma pergunta, Noah, e preciso que você seja cem por cento honesto; vou saber se estiver mentindo para mim. Foi essa a razão que te trouxe ao meu consultório? Porque eu acho que você poderia ter me poupado...

Ele a interrompeu.

— Eu vim a este consultório porque estava com medo. Estou com medo e não sei nada, doutora. Preciso poder partir em paz, e para isso há várias coisas que necessito entender. Vim ao seu consultório porque não tenho ninguém com quem falar sobre isto e pressinto que se trata do tipo de coisa que só se pode conversar com um amigo íntimo, com uma mulher que nos ame ou com um perfeito desconhecido. O meu melhor amigo seria o ideal, porque também é um profissional com muita experiência, mas nem sabe onde estou, e para o amor já é tarde. Aqui só conheço o garoto que faz as compras nos bares e um jovem ertzaina carregado de ideais. Você é a minha única chance.

Ela sorriu de leve.

— Não foi muito lisonjeiro.

— Eu disse um profissional com muita experiência... — ele se permitiu gracejar.

— E esse jovem policial que você conheceu? Não seria mais lógico que fosse um policial a ajudá-lo numa questão policial?

— Ele não tem experiência, mas, além disso, o fato é que não se trata de uma questão policial. Os melhores policiais da Escócia trabalharam durante catorze anos no caso. Não é de técnica policial que eu preciso, mas sim de uma janela com acesso à mente desse cara.

— E você acha que isso te ajudaria a ter paz, Noah?

Ele assentiu.

— Sim, sim. Me ajudaria. Você vai fazer isso?

— E você me deu alternativa?

Ele negou.

— Está bem, vou te ajudar, mas só porque acho que, na realidade, a sua obstinação em apanhá-lo, numa situação tão extrema como a que está vivendo, é algo que precisamos trabalhar em terapia. E vou fazer isso com a condição de que dediquemos pelo menos metade da sessão apenas a você.

Noah inclinou-se para a frente e estendeu a mão para ela.

— Negócio fechado.

A doutora Elizondo apertou sua mão e não lhe escapou a súbita agitação, inclusive o brilho no rosto, até então apagado, de seu paciente.

— Por onde você acha que deveríamos começar?

— Justamente por onde não começaram aqueles que me precederam. Pelas primeiras vítimas e pelas circunstâncias que rodearam as mortes delas. Vou trazer para você informações sobre as três para que as examine. Você vai ver que a princípio elas não têm muita coisa em comum, exceto o lugar de onde ele as levou, o modo como morreram, e nesse momento estavam todas menstruadas. A polícia só percebeu que se encontrava diante do mesmo agressor depois da terceira vítima.

— Incrível.

— Leve em conta que naquela época nem havia agentes femininas na polícia. O desconhecimento daqueles detetives sobre o mundo da mulher era total. A questão da menstruação pareceu casual para eles. E, quando começaram a levá-la em consideração, chegaram à conclusão de que as agressões podiam estar motivadas pela recusa delas em ter relações sexuais por causa da menstruação.

— Uma teoria bastante pueril. Parece sustentada pela frustração do detetive de serviço. Posso imaginá-lo chegando em casa todo animado e a mulher vindo com essa informação. Não digo que não possa ser frustrante e capaz até de enfurecer algum tipo de homem, mas daí a se transformar num assassino de mulheres por causa disso...

— Sou da mesma opinião.

A doutora Elizondo pareceu refletir sobre o assunto.

— A motivação deveria ser mais elaborada. A pergunta é: de onde vem a raiva dele? Do fato de a mulher se recusar a fazer sexo nesses dias? Nesse caso, teríamos que partir do princípio de que nos outros dias ela estaria disposta, porque, caso contrário, ficamos sem motivação. Se supostamente nos encontramos diante de um homem frustrado porque ninguém quer ter relações sexuais com ele, seria indiferente que as mulheres estivessem menstruadas ou não, pelo que podemos deduzir que tem uma ligação direta com isso.

Noah se mostrou de acordo. A doutora prosseguiu.

— Além disso, é uma lenda quando se diz que as mulheres não têm disposição para o sexo nesses dias. É verdade que em alguns casos existe dor, mas em muitos outros esses incômodos duram apenas algumas horas. Para muitos casais, é sinônimo de uma questão higiênica pura e simples. Inclusive algumas mulheres acham que o sexo é muito satisfatório durante esses dias, talvez pelo relaxamento que pressupõe a certeza de que não vão engravidar.

— Não sabia disso — comentou Noah.

— Eu diria que o nosso paciente enigma odeia a menstruação. Ele as penetrava durante o estupro? Quero dizer, com...

— Sim.

— Esclareço esse ponto porque obter excitação sexual não é raro. Li casos de estupradores que têm vários orgasmos sem penetração. É a violência que os excita. Mas chegar a ter sexo quer dizer outra coisa. Vivas ou mortas?

— As autópsias da época não elucidam grande coisa. Ele deixava os absorventes internos ou externos limpos das mulheres sobre os corpos delas, ou colocados de forma aleatória, mas os absorventes usados, os internos e os externos, ele levava embora.

— Bom, isso confirma o que nós pensamos: a ligação direta com a menstruação. Mas eu diria que o vínculo que ele estabelece com o sangue menstrual nos aponta para algo mais profundo.

— Foi isso que eu sempre pensei. Não creio que ele as ataque porque estão no período menstrual. Ele as escolhe por essa razão.

— Isso é muito interessante — admitiu ela.

— Mas por quê? E, sobretudo, como? Como é que ele sabe? A maioria dos investigadores concorda que se trata de um tema delicado. Nem mesmo nos dias de hoje é normal que uma garota admita que está menstruada para um homem que acabou de conhecer.

A doutora Elizondo fez algumas anotações, consultou o relógio e disse:

— Tenho algumas teorias, mas tenho duas consultas para dar e, antes de prosseguir, preciso ler tudo o que você tem. Continuamos amanhã. Agora preferia que continuássemos a falar de você e das suas motivações.

Noah olhou lá para fora. Permaneceu em silêncio até que a doutora voltou a perguntar:

— Noah, eu gostaria que você me contasse a razão de estar aqui na realidade.

Ele se virou por um instante a fim de encará-la, mas dirigiu o olhar para a rua outra vez. Ela continuou.

— Você é um investigador, uma mente científica. Se mostra bastante firme diante de uma situação como a própria morte, que seria capaz de desequilibrar a maioria das pessoas. Inclusive nesta circunstância você decide fazer uma viagem que te trouxe até Bilbao, aceita o inevitável de cada uma das situações que te toca viver, sobrepondo-se a elas de uma maneira admirável. Mas eu sei que alguma coisa teve que acontecer, algo que te fez mudar ou duvidar... — Noah se virou de novo de modo a fitá-la enquanto a doutora apontava um dedo para ele. — E creio que vai bem além do fato de você achar que experimentou um fenômeno paranormal alguns segundos antes de morrer.

— Qual é a sua opinião sobre os pressentimentos, doutora Elizondo?

— Essa é outra pergunta destinada a que eu te explique até que ponto me parecem aceitáveis? A psiquiatra aqui sou eu, eu é que faço as perguntas, senhor Scott Sherrington.

Ele encolheu os ombros, sorrindo.

— A vida inteira eu acreditei nos pressentimentos. Estou em Bilbao por causa de um. Só quero saber a sua opinião.

— A minha opinião é que eles fazem parte da inteligência universal. Instinto e comportamentos estabelecidos para situações extremas, perigosas, arriscadas. Eu penso que o que chama a atenção é que eles afloram de maneira espontânea e sem uma fundamentação prévia. É isso que nos faz vê-los como algo quase mágico, mas no fundo se trata de uma interpretação das informações que recebemos de forma inconsciente.

— E até que ponto você os considera confiáveis?

— Depende. No seu caso devem ser, já que você persegue assassinos há anos. Tenho certeza de que você desenvolveu essa percepção. Contudo, seria um erro tomar todas as decisões com base no que os palpites te sugerem.

— Os palpites? — perguntou Noah.

— Muitas baboseiras foram escritas sobre a intuição feminina, por exemplo. É preciso ser muito crítico para evitar cair num viés cognitivo e acabar confundindo a intuição com a vontade de urinar.

Noah riu com gosto enquanto retornava à cadeira diante da doutora e voltava a se sentar.

— Não se preocupe, eu distingo perfeitamente: nos últimos tempos não aguento mais de uma hora sem ter que ir ao banheiro graças aos benditos diuréticos. Em todo caso, não compreendo isso do viés cognitivo.

— É uma armadilha, um atalho que o nosso cérebro toma para evitar que contrariemos a nós mesmos e, no fundo, servem para que pensemos que sempre temos razão. Ter razão é muito gratificante, é por isso que aceitamos sem hesitar. Se houver dúvidas, se pensarmos em algum momento que podemos estar enganados, é porque não estamos procedendo da maneira correta.

— Que grande alívio! — ele respondeu, desalentado. — Porque já começo a duvidar do meu instinto. Pode ser que eu tenha me enganado e não apenas em relação a esse cara.

— Você está se referindo a quê?

— Digamos que as coisas não estão resultando como eu tinha previsto. As notícias que chegam da Escócia, as pessoas que conheci aqui... Lizarso, o menino, já te falei deles, e... há uma mulher — disse, em voz muito baixa.

A doutora Elizondo ergueu-se em sua cadeira.

— Nunca conheci ninguém assim. Foi direta desde que a conheci, não me deu tréguas, não me dá alternativa, é decidida. — Ele sorriu um pouco ao dizer isso.

A doutora se apoiou na mesa, olhou-o nos olhos e, com ar muito sério, disse:

— Está apaixonado?

Noah fitou-a, desconcertado.

— É claro que não, isso é impossível. Eu não posso me apaixonar.

— Por que não?

— Por que não? Não seja absurda! Porque estou morrendo!

— Mas ainda está vivo, Noah.

Ele se recostou na cadeira, como que para se distanciar.

— Você não entendeu nada, doutora. Posso morrer a qualquer momento. Neste exato momento.

A doutora encolheu os ombros.

— Assim como eu, e esse jovem policial, o menino e essa mulher que desperta sentimentos em você — refutou ela.

Indignado, ele ficou de pé, incapaz de se conter.

— Sei muito bem o que você está tentando me dizer: que vamos todos morrer um dia. O meu cardiologista me disse a mesma coisa, só que vocês têm a sorte de viver na ignorância e não saber quando vai acontecer isso, enquanto eu sei que é algo iminente. Não tenho opções.

— Além de ser psiquiatra, sou médica, sei distinguir um cadáver quando o tenho na minha frente, e você está vivo; enquanto uma pessoa está viva, sempre existem opções.

Ele achou que ia responder, mas ficou calado olhando para ela, irritado.

Ela apontou para a cadeira e esperou que ele se sentasse.

— Você não parou para pensar que talvez o destino esteja te compensando de alguma maneira? Você não deve renunciar a viver cada segundo da vida que te resta. E se for a sua última oportunidade?

— E você não acha que isso é de um profundo egoísmo para com todas as outras pessoas? Com que direito posso entrar na vida de alguém se não posso ficar?

— Noah, o que é profundamente egoísta é não dar aos outros a oportunidade de decidir. Cada um deve fazer o seu caminho, e eu tenho a sensação de que os seus novos amigos não são do tipo que deixam os outros decidirem por eles. Se não, experimente e me conte o resultado na próxima sessão. Amanhã na mesma hora.

"Wouldn't it be good if we could wish ourselves away?"
Não seria bom se pudéssemos evaporar?

Assim que ele entrou no bar, viu que Lizarso já se encontrava sentado em seu lugar habitual, no fundo do estabelecimento. Noah consultou o relógio, não tinha se dado conta de que era tão tarde, e deduziu pelo semblante sério do ertzaina que já estava a sua espera fazia um bom tempo. Maite sorriu ao vê-lo, mas quando se sentou ao lado de Lizarso pôs na sua frente o café que havia pedido e fingiu estar ocupada observando-o de longe. Noah reparou que a pequena vela aos pés da Nossa Senhora de Begoña continuava acesa, e isso o fez se sentir bem de uma maneira que não seria capaz de explicar. Sem querer, viu-se de novo relembrando aquele beijo, até que percebeu o ar sério de Lizarso, que não disse uma palavra nesse intervalo.

Estava aborrecido, e com razão, mas quando o viu Noah quase sorriu. Mais uma vez aquele idealismo que lhe fazia lembrar uma versão mais jovem de si mesmo, uma versão com a vida inteira pela frente.

— Não era minha intenção mentir para você. — Noah baixou a cabeça e se inclinou para o ertzaina a fim de evitar que mais alguém pudesse ouvir o que dizia. — Tinha acabado de te conhecer, ainda não sabia quais eram as suas intenções e não menti abertamente, digamos que omiti informações. Você me perguntou se eu tinha sido ferido, e eu respondi que sim, e é verdade, embora não da maneira que seria de imaginar.

Lizarso escutava com atenção, mas sem dar mostras de que aquilo que ouvia o comovesse nem um pouco.

— Está certo, vou te contar o que foi que se passou. Eu o persegui, encontrei-o cavando uma sepultura, com um cadáver escondido no porta-malas do carro, mandei-o parar e erguer as mãos, nós lutamos e eu tinha acabado de pôr as algemas nele quando sofri um ataque do coração.

Desta vez Lizarso ergueu a cabeça, fitando-o chocado. Noah fez sinal para que ele se aproximasse de novo, e quando o ertzaina o fez prosseguiu:

— O cara aproveitou para fugir, uns caçadores me encontraram e isso salvou minha vida. Acordei num hospital. Os jornais noticiaram que eu tinha morrido e os meus superiores acharam que era melhor que o sujeito que nós estávamos perseguindo continuasse a acreditar nisso. Ele se esforçava muito para evitar que houvesse imagens atuais dele, e, se o único policial que o tinha visto por breves instantes estava morto, não teria nada a temer, e esse era o nosso maior trunfo. Se não te contei nada na época foi porque estou atrás de um pressentimento, certo de que o cara que eu persigo atende agora pelo nome de John Murray, mas os meus chefes não sabem nada sobre o assunto, aliás não sabem onde estou, nem que desconfio de que o Bíblia está aqui.

Lizarso levantou as duas mãos enquanto deixava sair o ar dos pulmões. Noah reparou que Maite o observava do outro extremo do balcão. Estava morrendo de vontade de falar com ela e se pegou pensando como tinha conseguido provocar tantos confrontos de uma vez só.

Lizarso se inclinou de novo na direção de Noah.

— Esses comprimidos que você sempre toma — disse quase para si mesmo. — Como é possível alguém como você sofrer um infarto? Não sei, você ainda é novo, é magro. Um infarto?

Noah olhou para Maite, que passava perto deles a caminho da cozinha, e então fez um sinal a Lizarso pedindo que baixasse a voz.

— Eu compreendo — prosseguiu o ertzaina — que para manter as aparências deixassem todos pensarem que você tinha falecido, mas o que eu não consigo entender é que você não informe o seu superior. Que diferença faz se está afastado? Está certo, é provável que não tivesse autorização para vir para cá, mas já está aqui, e está bem. O que importa é que haja progressos na investigação. Eu entendo que você tenha perseguido esse homem durante muitos anos, que resista a que seja outro a prendê-lo agora, mas é de uma tremenda irregularidade não informar o seu superior. Acho que, com o desaparecimento do marinheiro que vinha a bordo do *Lucky Man*, e os casos das garotas que sumiram de suas casas em Bilbao, há material mais do que suficiente para que te levem a sério.

Noah sorriu ao ouvir Lizarso. Não era um idealista, era um romântico.

— É mais complicado do que tudo isso.

— O que foi que você não me contou?

Lizarso podia ser um romântico, mas não era idiota.

Noah voltou a se inclinar, aproximando-se do ertzaina.

— Eu não disse que foi um infarto, disse que foi um ataque do coração. É outro tipo de doença, muito mais grave, e não estou afastado.

Lizarso encolheu os ombros sem entender.

— Estou fora.

— Como assim fora?

— A minha doença me incapacita por completo, estou fora da polícia.

— Está brincando comigo! — exclamou, fitando-o incrédulo.

Noah devolveu-lhe o olhar sem responder.

— Mas é assim tão grave a ponto de você não poder desempenhar tarefas administrativas?

Noah ergueu a cabeça para ver onde estava Maite. Ela atendia um grupo de pessoas do outro lado do balcão. Noah voltou a se inclinar na direção de Lizarso. Estava na hora de pôr à prova a teoria da doutora Elizondo.

— A minha expectativa de vida não é muito longa.

Lizarso voltou a se endireitar de modo a ver seus olhos. Em seu olhar havia choque, perguntas e, sobretudo, pena.

— Poucos anos?

Noah fechou os olhos, emocionado. Pelo amor de Deus, estava negociando!

Pousou uma mão no ombro e voltou a se aproximar dele.

— Poucos meses. — Sem lhe dar tempo para reagir, reteve-o, segurando-o pelo ombro. — Você precisa entender que eles nunca teriam permitido. Se soubessem que estou aqui, mandariam alguém para me afastar de imediato. Não posso me dar ao luxo de deixar que o John Bíblia volte a fugir. Não há nada contra o Murray, e antes que percebêssemos ele teria desaparecido.

Acredite em mim quando te digo que para ele é muito fácil embarcar num navio e sair daqui, ou se limitar a atravessar a fronteira com a França e dali para a América do Sul. E, mesmo que viessem a prendê-lo, não tinham do que acusar o Murray: um órfão que passou metade da vida adulta isolado numa plataforma de petróleo, sem antecedentes, sem família. A minha teoria é que o Bíblia ficou próximo do verdadeiro Murray durante a viagem, e quando o cara lhe falou da sua situação, viu que a identidade dele era perfeita para passar despercebido, sem o risco de familiares, antigos amigos ou antigas namoradas. Acho que a única coisa com que não contava é que ele pudesse ter uma filiação no Exército Republicano Irlandês. Não preciso te dizer como funcionam as colaborações entre as polícias da Europa, você sabe bem o que fariam com uma informação dessas num sistema policial em que a preferência vai para o terrorismo. Vai por mim, o nosso maior trunfo é ele acreditar que eu estou morto. Ele se sente seguro aqui, e foi por isso que voltou a caçar.

Fitou Mikel nos olhos de modo a envolvê-lo em sua pergunta.

— O que você acha que fariam os seus chefes se contássemos a eles que um tipo que pode fazer parte de um comando do IRA no País Basco também é suspeito de ser um assassino de mulheres? A que você acha que dariam prioridade?

Lizarso baixou os olhos e deixou sair todo o ar.

Noah não largou seu ombro.

— Estou apostando todas as fichas nessa história, o resto da minha vida, o resto do que sou, e agora dependo de você. Tenho na carteira a foto de uma moça muito jovem que deveria estar na casa dela cuidando das irmãs e que apareceu sepultada na margem lamacenta de um lago, só porque estava menstruada no dia em que o Bíblia cruzou o caminho dela. Quero deter esse homem, e é provável que seja a última coisa que eu faça. — Soltou o ombro de Lizarso e o encarou. — Aqui você tem toda a verdade. Estou nas suas mãos.

Lizarso negou com a cabeça, e, entre todas as coisas que podia ter dito nesse momento, mil e um obstáculos, muitas complicações, sem falar do descumprimento dos protocolos de atuação; entre todas elas, apenas formulou uma pergunta, e Noah teve que dar razão à doutora Elizondo. Lizarso tomava suas próprias decisões.

— Não sei. Você não deveria estar num hospital ou coisa parecida?

Noah esboçou um tênue sorriso e o encarou como um pai orgulhoso do seu filho.

— Não há nada que possam fazer por mim num hospital.

Lizarso ficou em silêncio e Noah receou que estivesse ponderando novas objeções, por isso ficou surpreso quando ele disse:

— De acordo com o investigador de que você me falou, Robert Ressler, esses caras costumam levar uma recordação de cada crime. Ele chama de "troféus", como os de caça, ou as taças que os esportistas ganham. O nosso homem também guardava troféus?

Noah assentiu enquanto sua mente retornava à descrição que Gibson lhe havia feito do arquivo tipo acordeão repleto de envelopes. Baixou a voz e se aproximou ainda mais de Lizarso para dizer:

— Absorventes femininos, absorventes internos, absorventes diários. Sempre sujos de sangue. Nos três primeiros crimes, deixou absorventes externos e internos sem uso espalhados ao redor dos cadáveres. Agora sabemos que levava com ele os usados. Guardava todos em envelopes numerados onde só estava indicado o local onde havia capturado sua presa.

— Também li que o Ressler disse que eles sempre têm os seus troféus por perto para poderem recriar de vez em quando o crime.

— Já sei no que você está pensando — disse Noah enquanto se virava para a entrada do bar como se pudesse atravessar as paredes e alcançar as janelas da pensão Toki-Ona.

— Você acha que ele os tem ali? — perguntou o ertzaina.

— Não sei, mas o Ressler tem razão quando afirma que eles gostam de manter essas coisas por perto. Quando revistamos a casa da família dele, encontramos os envelopes guardados num arquivo, num barracão que ele havia reformado para servir de refúgio. Tenho certeza de que ninguém mais além dele entrava ali.

— Então é provável que agora também ele guarde por perto, e neste momento o único lugar com privacidade é o quarto dele na pensão. E alguns envelopes não são o tipo de coisa que chama a atenção da dona quando entra para fazer a limpeza, quero dizer, não é a mesma coisa que colecionar olhos ou polegares. Se pudéssemos entrar lá e encontrar os envelopes, teríamos certeza.

— Eu entro lá quase todos os dias, para fazer as compras. — Rafa tinha parado junto deles enquanto falavam e os dois nem sequer tinham percebido.

A cadela preta e branca estava ao seu lado, atenta, sem o perder de vista nem por um segundo. Lizarso ficou olhando para ele e o menino lhe estendeu a mão.

— Rafa — disse, fazendo um gesto na direção de Scott Sherrington —, o a-a-ajudante.

Lizarso apertou sua mão.

— É mesmo? Ajudante de quem?

O garoto sorriu.

— Do *mister*, é c-claro. E esta é a Euri, a cadela da chuva. A minha *ama* a encontrou na chuva, toda molhada, quando está molhada parece muito pequena, mas quando está seca o ss-seu pelo é muito bonito — explicou, nervoso.

Logo em seguida, ele se inclinou para a frente, quase do mesmo modo que eles adotaram enquanto estavam conversando, e disse em voz baixa:

— Saíram às oito em ponto, todos juntos, e estiveram num bar da rua Pelota, ao lado do bar Lamiak, agora vêm para cá. Pararam na porta para conversar.

Lizarso levantou a cabeça e passou os olhos na direção da entrada, constatando que na realidade se encontravam ali. Assentiu olhando para Noah.

— Escute, ajudante, por que não toma um suco de uva? — disse Noah, levantando a mão a fim de chamar Maite. — E preste muita atenção: não quero que você ande atrás desses tipos, e menos ainda que entre no quarto de ninguém, ouviu bem o que eu disse?

O menino começou a choramingar.

— Mas eu s-sou o seu ajudante.

— Não é — disse, taxativo, Lizarso.

— Sim, claro que é — refutou Noah, reparando no bico que começara a se formar no rosto do rapaz. — Você é o meu ajudante, mas por isso mesmo tem que me ouvir. Os ajudantes não agem por sua conta e risco, sempre prestam atenção ao que o detetive diz para ele. Não é verdade?

O menino assentiu.

— Sim, mas eu o conheço. É um b-ba-bandido.

— Por que está dizendo isso? — interessou-se Lizarso.

— Ele joga pedras nas lâmpadas da rua, eu vi.

Noah prosseguiu:

— Entrar para fazer uma busca numa propriedade privada é uma questão policial. Você já deve ter visto nos filmes, sempre pedem um mandado do juiz.

— Sim — admitiu, chateado.

Noah se enterneceu ao vê-lo triste.

— Vamos lá, ajudante, a que horas você tem que estar em casa?

— Às de-dez.

— Muito bem, pois então até as dez você faz todas as compras, como sempre. Se os vir em algum bar, fale comigo e me conte. Você tem um disfarce excelente com o seu trabalho como moço de compras, e não quero que estrague tudo. Se começarem a te ver em lugares onde não deveria estar sem nenhuma compra nas mãos, podem desconfiar.

— É-é verdade.

— Vamos lá, repita o que eu te falei.

O rapaz aspirou duas vezes de maneira ruidosa antes de falar.

— Só nos bares para onde eu faço compras.

— Perfeito, agora beba o suco de uva — disse Noah, aproximando dele o copo que Maite havia deixado na frente deles. — E às dez em ponto, em casa. Um bom ajudante tem que descansar para estar bem desperto no dia seguinte.

— Eu estou bem desperto — disse o rapaz, orgulhoso.

— Conheci muitos policiais que nunca estiveram nem metade disso.

Maite saiu do balcão, entregou para ele uma sacola e umas moedas.

— Vá até a frutaria de Karmele e me traga dois limões e um raminho de salsa.

Noah observou como o rapaz se endireitava, fazia isso sempre que estava prestando atenção. Quando o menino se preparava para sair para a rua, Noah se inclinou na direção dele e disse:

— Não se esqueça: seja discreto, ajudante.

O rapaz sorriu, deixando à mostra todos os dentes do arco superior e parte das gengivas. Assim que saiu do bar, Lizarso o recriminou:

— Você acha que é uma boa ideia? Sério?

— Não faz mal nenhum. É um bom garoto, e mais esperto do que você pensa.

— Você é quem sabe... — disse Lizarso, pondo-se de pé e se dirigindo ao banheiro.

Assim que Maite viu Mikel se afastar, aproximou-se sorrindo de Noah.

— Eu gosto que você seja atencioso com o Rafa. Ele é um bom menino e muito trabalhador, faz compras para as pensões, os bares e até para o deão da catedral, mas sabe como é, há pessoas que não o tratam bem, e isso me tira do sério.

— Comprei um rádio — disse ele, sem mais nem menos.

Maite enrubesceu de repente e sorriu, evitando fitá-lo nos olhos.

Noah estava encantado, sentiu-se de súbito tão nervoso que não soube o que dizer. Olhou para a porta do bar e disse:

— O tempo está bom.

Ela riu com vontade.

— Bom? Mas não para de chover hoje.

Ele balançou a cabeça, incrédulo ante sua falta de jeito. Quando estava perto dela não sabia muito bem o que acontecia, ficava tudo de cabeça para baixo.

— Bom, estou dizendo que é um bom dia, em comparação com o meu país.

— Pois eu espero que pare de chover, porque esta noite há fogos de artifício no Arenal. Vão soltar na estação de triagem que há em frente, mas se chover muito vão precisar suspender. Os fogos da Semana Grande de Bilbao são famosos. Suponho que nunca tenha assistido.

— Não, nunca — admitiu ele, sorrindo.

— Estou pensando em fechar mais cedo para ir assistir. Talvez você queira me fazer companhia... Tenho certeza de que você vai gostar muito.

— Com certeza que sim. Eu adoraria, mas preciso fazer uma coisa importante esta noite e não vou poder.

O ertzaina Lizarso, que regressava do banheiro, se aproximou.

— Vamos? — disse, premente. — Há um restaurante peruano em Barrencalle de que me falaram muito bem, e eu quero jantar antes de ir às discotecas.

O sorriso de Maite se apagou de seu rosto. Olhou para Noah e inclinou de leve a cabeça, num gesto entre a decepção e a confirmação de algo que começava a pensar.

— Divirta-se bastante — disse, afastando-se ao longo do balcão. A caminho, soprou a vela que ardia aos pés da pequena Nossa Senhora de Begoña.

John Bíblia

John Bíblia aspirou o aroma do diesel cuspido sem queimar pelo tubo de escape da velha lancha, enquanto navegava descendo um trecho da ria. Dirigiu um olhar pensativo ao vulto que transportava e agradeceu por não poder cheirar mais nada. Além de todos os resíduos das docas, dos estaleiros navais e da metalurgia que tingia as águas da cor da ferrugem, a maioria das cidades como Glasgow ou Bilbao vertia diretamente as suas águas residuais no rio através de dutos sem grelha de proteção que agora lançavam suas imundícies à altura da cabeça de John. A chuva que havia começado a cair com força no meio da manhã quase não dera tréguas durante todo o dia e, aliada à maré quase cheia no Cantábrico, contribuía para aliviar a pestilência da ria ao cobrir o lodo de suas margens e afugentando as ratazanas para lugares mais elevados. Ele vislumbrava seus pequenos olhos amarelos fitando-o por entre as fendas do muro que continha o rio. As gotas tamborilavam de encontro ao capuz de sua capa de chuva e contra a lona com que havia embrulhado o corpo da jovem. Os estouros a quatro tempos do pequeno motor a diesel da lancha costumavam ser tão relaxantes e primitivos como os batimentos maternos no interior do útero, ou pelo menos era assim que ele imaginava que fosse. Mas hoje não. Hoje corria tudo mal, e John não sabia por quê. Olhou receoso para o corpo amortalhado que transportava. Tudo tinha corrido bem. Perfeito, como devia ser, como sempre tinha sido, até a outra noite. Um calafrio percorreu suas costas assim que pensou nisso.

John avistou ao longe a pequena construção. Pendendo sobre o rio à altura do Campo de Volantín, e só desde as águas do Nervión durante a maré alta, parecia uma casinha de boneca anexada aos diques da ria. Uma dessas construções caducas que proliferavam por toda a margem do rio;

no passado, tinham sido guaritas dos guardiões dos barcos, postos de vigilância, pequenos armazéns erguidos com parcos recursos para guardar todo tipo de apetrecho portuário, e, nos dias de hoje, viam-se abandonadas e em alguns casos meio arruinadas por todo o porto. Aquele casebre tinha chamado a atenção de John Bíblia na primeira vez que subia a ria na lancha da empresa do porto de Santurce até a Campa de los Ingleses. Procedendo a algumas indagações, tinha descoberto que sua gestão pertenceu aos antigos arrais de Uribiarte. No passado tinham utilizado o casebre para guardar objetos pessoais e ferramentas de seu trabalho nas lanchas que os bilbaínos denominavam *gasolinos*, que agora se encontravam fadados ao esquecimento e à ruína. Sua gestão havia recaído desde então para a junta de águas de Nervión, que no início havia previsto sua derrubada. Todavia, numa cidade em que a ria baixava com uma cor de laranja tipo ferrugem, o lixo acumulado no leito projetava as águas cada vez mais para cima a cada nova maré viva, e ratazanas tão grandes como gatos gordos devoravam os excrementos que eram vertidos diretamente na água, e a ideia de investir tempo e dinheiro para demolir o barraco, que não dava problemas, tinha ficado no esquecimento. Possuía apenas uma pequena fachada principal, tão enegrecida e suja como todas as de Bilbao, com uma porta que não permitiria nem um homem baixinho passar ereto, e duas janelas minúsculas. Estava embutida num dos lados debaixo de uma escada, que outrora deve ter servido como embarcadouro, e no lado oposto havia outro portão. John a visitou de madrugada no dia seguinte ao de sua chegada a Bilbao e constatou que podia atracar a lancha sob a saliência que formava o passeio na lateral. Ficava oculto para quem quer que estivesse lá em cima e quase invisível à noite para quem olhasse da outra margem em Uribitarte. A porta da frente estava fechada com um cadeado ferrugento; a da lateral, com uma corrente apenas amarrada. Com a preamar, a água chegava bem até o rebordo exterior, embora lá dentro as paredes denunciassem diversas marcas de marés vivas que a haviam alagado até diferentes alturas. Na primeira noite regressou de madrugada e, com um arpão, partiu a meia dúzia de lâmpadas de rua que se distribuíam entre as duas margens, a de Uribitarte, de um lado, e a de Campo de Volantín, do outro. Depois, e a partir da lancha, substituiu as fechaduras enferrujadas por duas correntes e dois cadeados novos.

Enquanto contemplava a lona que cobria o corpo, suspirou aliviado. Tinha demorado dois dias para recuperar seu habitual comedimento. Contudo, soube logo desde o início que não podia ter certeza de como interpretar o sinal enquanto não voltasse a matar, só então poderia ter certeza se o que havia acontecido se devia a algo acidental ou se era um sinal. John se considerava um grande analista. Tinha certeza de que a razão pela qual nunca seria apanhado se relacionava sobretudo com essa capacidade. Passara a infância pedindo um sinal aos céus, um sinal que chegara quando já não o esperava. E a partir daquele momento havia aprendido a observar, a interpretar, a estudar cada fato e todas as suas possíveis consequências. *Mais vale dominar-se a si mesmo do que conquistar uma cidade.*

John sabia que não era um homem fácil de dominar e que devia estar atento porque de tempos em tempos, quando algo desmoronava, voltava a receber uma daquelas indicações, um aviso aos navegantes que o advertia do perigo e o punha a salvo. Acontecera depois de Lucy Cross. Voltara a suceder depois do terceiro crime da Barrowland. Ocorreu de novo naquela noite nas margens do lago Katrine, quando o policial que o perseguia caiu fulminado. E agora tinha que decidir se aquilo da jovem do contêiner era um sinal ou não.

Regressara na madrugada seguinte, aterrado, transtornado e debilitado pela diarreia e os vômitos causados por seu estado de nervos. Hesitou entre abrir o contêiner ou não, porque em sua mente disparavam as visões em que ela se recuperava do ataque e esperava sentada num canto escuro a chorar, embrulhada na lona que deveria ter sido sua mortalha. No entanto, quando o abriu houve apenas silêncio. Levantou a lona e a observou. Estava morta. Ficou alguns minutos apontando a luz da lanterna para o rosto dela, incapaz de se mexer. Nem sequer parecia uma mulher. Ficara encolhida como um feto no ventre da sua mãe, como se no último instante tivesse regressado ali. Ajoelhou-se e apalpou um braço, os dedos das mãos, o maxilar. Estava completamente rígida, o que, além de tornar mais difícil transportá-la, o horrorizou. O *rigor mortis* costumava se instalar três ou quatro horas após a morte e atingia seu auge passadas doze horas, então era provável que se tivesse mantido viva a manhã inteira, e inclusive até as três ou quatro da tarde. John amortalhou o cadáver embrulhando-o com os plásticos e as cordas e evitando olhar para o rosto. Arrastou-o até o carro, dirigiu até a margem onde se encontrava a lancha e o levou para junto de suas irmãs, para o lugar onde o esperavam. E desse modo tudo terminou.

John levantou a cabeça para observar o trecho escuro do rio por onde penetrava. Depois de ter passado pelo casebre, virou tudo a bombordo até ficar contra a corrente, aproximando-se dos pilares que sustentavam todos os molhes, e baixou a cabeça quando a lancha passou por debaixo da saliência que formava o passeio. De um cano aberto na parede brotou uma massa escura e pestilenta que caiu direto nas águas do rio, produzindo um gorgolejo denso e abafado. O canal fedia apesar da chuva e de a maré estar subindo, embora ainda não tivesse completado a preamar. Ele sabia que deveria ter esperado, pois só com a maré cheia era possível acessar a partir de um barco bem à altura da porta. Amarrou a embarcação a descoberto e teve que manter o equilíbrio apoiando os pés nas amuradas a fim de soltar o cadeado da porta lateral. O corpo sacrificado hoje não fazia muito volume, mas seus escassos quarenta e cinco quilos eram difíceis de manusear quando era necessário manter o equilíbrio para conseguir levantá-lo à altura do peito. *Devia ter esperado*, voltou a repetir para si mesmo. Contudo, uma espécie de urgência, de inquietação, tinha se instalado em sua vida desde a outra noite, uma sensação que não lhe permitia sentir-se a salvo cem por cento, e que o exortava a se apressar e ao mesmo tempo a ser mais cuidadoso. Carregou-a nos ombros como um tapete, apoiou a parte superior do corpo no rebordo do portão aberto e a atirou na direção do interior da cabana. Depois se içou pelos seus braços e, passando por cima do cadáver, esgueirou-se para o interior do casebre. Agarrou-a pela parte superior do tronco e a arrastou para dentro, acomodando-a no meio das outras, e deixando sua cabeça virada para Deusto e os pés voltados para o teatro Arriaga. O casebre não era muito espaçoso. Apesar de ser preciso baixar a cabeça para passar pela porta, lá dentro ele podia endireitar-se e ficar de pé. Três corpos de largura por um de comprimento. John suspirou; começava a se preocupar.

Quando chegou à conclusão de que aquele era um bom lugar, fez isso levado pela segurança de sua estada em Bilbao; sua nova identidade e aquele lugar eram algo temporário, o sinal do que precisava fazer chegaria depois, tal como sempre chegara; não teve dúvidas de que isso aconteceria mais cedo ou mais tarde, do mesmo modo que havia acontecido nas margens do lago

Katrine. Só que agora sucedeu outra coisa, algo que tinha a ver com a finalidade, com o prazer e com Bilbao. Nunca havia se questionado a esse respeito, mas, desde a garota de quinta-feira, o prazer tinha se esvaído. E, embora hoje tudo tivesse corrido como era habitual, sem a mínima falha, a sensação agradável que havia acompanhado o sacrifício até então tinha se diluído até se transformar em puro trâmite. E depois havia Bilbao. Ele gostava de Bilbao, e tinha a ver com o fato de ser John Murray, um pobre diabo convencido de que lutava como os irlandeses por uma causa perdida, para acabarem bêbados de pátria e álcool todas as noites. A vida de Murray era muito fácil, sem família, sem passado... Sentia-se confortável na pele dele porque não se lembrava de nada assim em toda a sua existência. A camaradagem masculina, a sensação de pertencimento, o respeito dos outros homens...

Preparava-se para sair pelo portão lateral quando ouviu um profundo suspiro atrás de si.

Assustado, ele se virou para o interior e apontou a luz da lanterna para os corpos. Tudo estava imóvel. Saltou para a lancha e, erguendo-se de novo sobre a proa, colocou a corrente e o cadeado. Estava soltando a amarra quando voltou a ouvir o choro. Muito baixo, como se viesse de muito longe, talvez proveniente de baixo de uma mortalha amarrada com corda e plástico. Aterrado, e esquecendo por instantes a precaução de não acender uma luz que pudesse denunciá-lo, apontou a luz da lanterna para o pequeno postigo quase com certeza de que de imediato alguém o sacudiria a partir do interior, fazendo tilintar a corrente. Permaneceu assim durante alguns segundos. Imóvel, abalado a tal ponto que seu corpo começou a tremer. Muito devagar, retrocedeu pela coberta e, sem deixar de apontar a lanterna na direção da porta, deu a partida na lancha, manobrou-a e fugiu dali.

Apenas alguns segundos depois de a lancha ter ultrapassado o limite da zona escura que John havia se encarregado de criar, o homem que os observava no escuro, na margem de Uribitarte, saiu de entre as sombras.

John estava desconfortável, a noite não havia corrido bem para ele. Deitado na cama, permanecia acordado ouvindo os ecos da música do exterior, os rangidos da pensão, a porta da rua, um ou outro retardatário que inclusive chegou mais tarde do que ele. Tirou do bolso a fita vermelha de Lucy, aproximou-a do rosto e fechou os olhos. Lembrou-se dela, extasiado: tinha prendido parte do cabelo avermelhado com uma fita brilhante da mesma cor, era linda! Inspirou fundo o ar ao redor. Sentia saudade dela, ansiava por seu perfume de bolachas e rosas. Sorriu.

Lucy Cross deu outro passo na direção dele.

— Não acredito que você me odeia, mas se me odiasse não faria diferença, porque eu te amo, Johnny Clyde.

Não te odeio, clamava sua mente, *eu te amo*.

John regressou àquela cena, intacta em sua memória como se tivesse acabado de acontecer. Recordou os lábios quentes dela e como ficou muito quieto para não correr o risco de quebrar o milagre daquele beijo. Não tinha certeza de ter chegado a dizer *eu também te amo*, embora o tenha sussurrado milhões de vezes nos anos seguintes ao relembrá-lo.

John inspirou fundo, e o calor que brotava do corpo de Lucy penetrou nele, carregado do familiar aroma de bolachas, do sabonete de rosas, da lã lavada... E do sangue. E de repente foi como se pudesse sentir na boca o travo metálico do fluxo escuro que brotava do meio das pernas dela, provocando uma ereção imediata entre as dele. Um profundo arranque de vômito que surgiu do mais profundo de seu estômago subiu a sua boca e convulsionou seu corpo de puro asco, enquanto abraçava Lucy com todas as suas forças para evitar que ela percebesse isso. Levantou as mãos até o cabelo dela e puxou a fita de cetim, que deslizou suave sobre o cabelo sedoso da menina. Ela riu como se tivesse achado divertido, e chegou inclusive a se virar de costas pedindo que ele a colocasse no lugar. John o passou pela frente em torno do pescoço dela, deu uma volta simples na fita e apertou.

Bilbao. Segunda-feira, 22 de agosto de 1983

A vigilância noturna não trouxera nenhuma novidade. Seguiram John Murray até a discoteca Garden, onde ele ficou durante pouco menos de uma hora. Depois, sem sair de Deusto, foram à Tiffany's, até as duas e meia. E mais tarde até Chentes, que não parecia ter limite de hora para encerrar as atividades. O suspeito conversara com um par de mulheres, com a última em Chentes, durante um longo tempo, mas ao que tudo indicava o assunto não havia lhe agradado. Tinham voltado a cruzar na Tiffany's com o ex-marido de Maite, e, embora Noah não tenha chegado a vê-lo, Mikel jurava que também tinha visto Collin na porta. Assim, em momento algum tinha encontrado com Murray. Ambos estavam de acordo que tudo apontava para que Collin desconfiasse dele, e que era provável que também andasse a segui-lo.

Noah deu graças a Deus quando, passadas as três e meia, e depois da última garota o ter repudiado, Murray decidiu regressar à pensão. Eram quase quatro da manhã quando Noah entrou na La Estrella, com os pés terrivelmente inchados, a roupa umedecida da chuva que não parara de cair o dia inteiro e um insistente apito nos ouvidos, devido à música ensurdecedora das discotecas, que se misturava com o outro, intermitente, que chegava através da janela aberta do pátio. Tivera um sono curto e reparador, e às oito já estava acordado ouvindo a Rádio Ramontxu García, que dava bons-dias à cidade num outro dia festivo. *Apesar de uma chuva madrugadora ter surpreendido todos que assistem à largada dos animais na praça de touros, o Gangantúa, os gigantones e os cabeçudos farão parte de uma vistosa e colorida festa para grandes e pequenos na zona do Arenal bilbaíno. Por outro lado, será celebrada a segunda corrida de toureio a cavalo, e os festejos vão prosseguir sem descanso, com fogos de artifício, bandas e muita alegria.* Noah desligou o rádio, pesaroso, e com certeza absoluta de que hoje não haveria nenhum oferecimento de Maite. Suspirou ao mesmo tempo que observava a sua imagem no espelho, ciente da maneira como tudo o que tinha a ver com ela o afetava. A pergunta da doutora Elizondo voltou a ecoar em sua cabeça: estaria se apaixonando? Já estava? Baixou os olhos até o monte de medicamentos que repousavam em cima da prateleira do lavatório e os conduziu de novo até sua imagem refletida no espelho para responder a si mesmo.

— Seria uma loucura.

Depois de um banho quente, uma rodada de remédios e um café da manhã frugal, às nove horas entrou na cabine telefônica que havia perto da porta da pensão.

Ouviu a voz de Olga ao telefone.

— MacAndrews, bom dia, em que posso ajudar?

— Bom dia, Olga. Aqui fala o detetive Gibson.

Ouviu estalidos, um par de sons metálicos, e já começava a pensar que a chamada tinha caído quando a garota voltou a falar em sussurros.

— Pelo amor de Deus! Onde o senhor se meteu? Tenho muita coisa para lhe contar.

— Lamento, não pude ligar. Tive um problema de natureza delicada...

— Aguarde um momento, senhor — respondeu Olga, numa voz bastante clara.

Uma nova série de pancadas, assobios e rangidos.

E de novo a voz sussurrada.

— Na sexta-feira ligou uma mulher, duas vezes de manhã e três na parte da tarde. Só falava inglês, pela voz não parecia muito jovem, claro que, se esse tipo é assim tão depravado...

Noah quase pôde ver o sorriso de Olga desfrutando da situação.

— Deixou algum recado?

— Nas primeiras vezes foi como sempre, *diga que eu telefonei e blá-blá--blá*, mas à tarde ela falou que era a mãe dele, que fizesse o favor de ligar para ele, se bem que quem é que vai acreditar nisso?

Ele estava encantado com Olga. Teria dado uma boa detetive.

— E por que você não acreditou nela?

— Porque ela deixou o número de telefone. Que filho não sabe o telefone da mãe?

Noah sorriu.

— Você deu o recado para ele?

— Na verdade eu só tive chance de dar o recado hoje. Na sexta-feira, o senhor Murray veio trabalhar de manhã, mas deve ter contraído uma espécie de intoxicação alimentar. O assistente dele nos contou que ele passou mais de duas horas enfiado no banheiro sem parar de vomitar, e... bom, sabe como é. No meio da manhã teve que ir para casa.

— Você contou isso à mulher que telefonou para ele?

— Claro que não. Como eu falei, não acreditei que fosse mãe dele, e não vou dar esse tipo de informação a qualquer um que ligue para cá.

— Obrigado, Olga, ligarei de novo amanhã.

— Espere, ainda não terminei. A mesma senhora voltou a telefonar há dez minutos e deixou o número outra vez. Parecia bastante desesperada. Além disso, quando fui verificar a secretária eletrônica do fim de semana vi que havia pelo menos seis ligações em que alguém deixou disparar a gravação, mas desligou sem deixar nenhum recado. E, depois do episódio de hoje, tenho certeza de que não é a mãe dele. Entreguei a ele os dois recados, e o senhor Murray não achou muita graça, por assim dizer.

Noah anotou o número que Olga ditou para ele e desligou o telefone enquanto analisava os dados. Embora tivesse certeza de que ainda estaria dormindo, ligou para casa de Lizarso. Ouviu a secretária eletrônica.

— Anote este número. O John Murray recebeu pelo menos dois telefonemas de uma mulher, é muito provável que tenha sido a mãe, insistindo que ele ligue para ela. Só quero que você verifique de onde é o número. Nem pense em telefonar. Nos vemos hoje à tarde.

Quando saiu da cabine, havia uma mulher à espera debaixo de um guarda-chuva preto. Noah cumprimentou-a enquanto mantinha a porta aberta, pensando que ela entraria para fazer um telefonema, mas ela se dirigiu a ele, muito segura.

— É o senhor Scott Sherrington?

Ele a fitou, surpreso. Não a conhecia de lugar nenhum.

— Desculpe — disse ela —, talvez não se pronuncie assim. Sou a mãe do Rafa. Meu nome é Icíar.

— Ah... Icíar — conseguiu responder. — É um nome diferente. Acho que nunca tinha ouvido antes.

— É em homenagem a uma Nossa Senhora, a do santuário de Icíar, em Deba. É um nome muito antigo. Senhor Scott, eu gostaria de falar com o senhor sobre o Rafa.

A princípio ele pensou que teria por volta de quarenta e cinco anos, se bem que depois, enquanto tomava café com ela, observou que não tinha o cabelo pintado e não exibia um único cabelo branco. Eram as bolsas em volta dos olhos que lhe conferiam essa aparência de mais velha do que era na realidade. Era magra e alta como o filho, com o mesmo cabelo escuro e forte, só que ela penteava o seu num rabo de cavalo baixo que prendia com um grande gancho de tartaruga.

Quando lhe propôs o café, a mulher olhou nervosa ao redor como se não se sentisse muito à vontade no próprio bairro ou como se a proposta de Noah lhe parecesse inadequada. Ele ignorava se em Bilbao se considerava inadequado convidar uma mulher para tomar café e conversar, mas apostava que tinha mais a ver com o que os vizinhos poderiam dizer, então começou a caminhar enquanto falavam e ao chegar ao Arenal ela não levantou nenhuma objeção quando Noah lhe propôs entrar na chocolataria Lago.

— O Rafa me contou o que aconteceu com aqueles garotos, e que o senhor o ajudou.

— Não foi nada.

— Foi sim, senhor Scott. Posso ser sincera com o senhor, não posso?

Ele assentiu.

— A maioria das pessoas não compreende o que acontece com o Rafa, e as pessoas não respeitam aquilo que não compreendem.

Noah assentiu.

— Paralisia cerebral, o Rafa me contou.

— E sabe o que é isso, senhor Scott?

— Na verdade não sei muito bem, mas sei que não afetou em nada a inteligência do seu filho. O Rafa me disse que é de nascença.

— Em 1965, quando eu estava grávida do Rafa, não se tomavam grandes providências para o acompanhamento da gestação, apenas um ou outro exame ou análise, e além do mais a opinião de uma mulher que ia ser mãe pela primeira vez contava menos do que nada. Apesar disso, acho que tive uma gravidez bastante normal, enjoos no início, aumento de peso, mais sono... Mas no final da gravidez, quando pelos meus cálculos o tempo já havia terminado, continuei grávida. O médico desvalorizou a situação, pedindo que eu voltasse uma semana depois, e outra, e depois outra. Fazia dias que eu me sentia mal, desmaiei e acordei no hospital. Quando avaliaram o estado das águas, viram que a placenta tinha começado a descolar e a se decompor. Eu estava de mais de dez meses, quase onze segundo as minhas contas. Provocaram o parto e o Rafa nasceu, à primeira vista normal. Pesava três quilos, seiscentos e cinquenta gramas, um bebezão. O senhor já o viu.

— Sim, ele é muito alto.

— Eu o levei para casa e pouco tempo depois comecei a notar que havia alguma coisa que não estava bem. Com o pediatra aconteceu algo parecido com o que já tinha acontecido com o ginecologista. Ele me tratou como se fosse estúpida por ser o meu primeiro filho, alegando que o meu bebê não tinha nada. No entanto, eu me cansava muito quando ele mamava, dormia e não conseguia que ele ganhasse peso. Lembro que o médico chegou a me acusar de ser preguiçosa com a amamentação. Eu já tinha percebido desde o princípio, mas foi por volta do quarto mês, quando algumas vizinhas e amigas também começaram a perceber. O senhor tem filhos? Já pegou num bebê no colo, senhor Scott?

— Não tenho filhos, mas já peguei os bebês de alguns amigos.

— Lembra-se da sensação? É como um embrulho fofinho e morninho, os bebês têm a forma perfeita para serem acomodados entre os braços... E, quando nós os trazemos para perto de nós, eles mesmos moldam o seu corpinho para adaptá-lo ao nosso. É instintivo. Pois então, o meu bebê era como um bonequinho de madeira. As suas costas, braços e pernas estavam sempre tão rígidos como pequenas tábuas. Quando eu o aproximava do meu peito e do meu pescoço, o bebê permanecia tão rígido como se estivesse fazendo birra. Nunca senti o corpo dele relaxado e confiante junto ao meu. Nunca engatinhou, com dois anos e meio mal se segurava de pé, e tinha quase quatro anos quando conseguiu caminhar sozinho. Começou a falar muito pequeno, mas fazer isso de forma compreensível custou um pouco mais... O meu marido nos abandonou mais ou menos na mesma época.

— O Rafa me contou. Nós conversamos.

Ela o encarou, espantada.

— Ele lhe contou? Nunca fala sobre esse assunto. É claro que eu expliquei tudo a ele, que o pai não estava preparado, e que não deve guardar rancor dele. Mas a verdade é que foi horrível. Assim que atingiu a idade de ir para a escola, tentei fazê-lo frequentar o jardim de infância normal, mas não aceitaram a matrícula dele. Disseram que não podiam fazer nada por uma criança como ele. E foi como se nesse momento o meu marido tivesse se dado conta de que o Rafa nunca seria como as outras crianças. Ele me disse que não podia suportar mais, e foi embora. Não vou dizer que foi melhor assim, é evidente, mas acho que também não nos fez falta nenhuma. Eu ensinei o meu filho a andar, a falar, a ler e a escrever, a somar, as notas musicais e as cores e, quer saber, é muito esperto.

— Não tenho a mínima dúvida a esse respeito.

— Saí da casa dos meus pais quando ainda era muito jovem e comecei a trabalhar. Depois me casei, muito jovem também. Receio, senhor Scott, que a minha formação escolar seja bastante limitada. Ensinei ao meu filho tudo o que sei, mas não é suficiente, e para mim é terrível vê-lo marcando passo quando poderia progredir muito mais.

Noah fitou-a com respeito. Não entendia aonde ela pretendia chegar.

— Desculpe a minha ignorância: não existe nenhuma escola especializada, ou algo do gênero?

— Há alguns anos foi criada no País Basco uma associação que luta pelo bem-estar e pelos direitos dos nossos filhos, onde nos incluíram. Sabe como se chamava? Associação Pró-Subnormais.

— Subnormais significa...

— Que eles têm um desenvolvimento mental inferior ao que se considera normal.

— Mas o Rafa não...

— Não creio que tenha havido má intenção, inclusive é possível que tenham sido os próprios pais que deram o nome. A ignorância nos leva a pôr rótulos em tudo. E o pior dos rótulos é quando a própria pessoa os aceita. Seja como for, nem as patologias nem as necessidades das crianças com paralisia cerebral são as mesmas que as das crianças com síndrome de Down. Cada caso é um mundo por si mesmo. Foi por isso que há algum tempo eu e alguns pais de crianças com paralisia cerebral começamos a trabalhar num projeto destinado a ajudá-las na sua reabilitação física e na sua formação. Muitas delas são tão inteligentes como o Rafa. Temos certeza de que, com a reabilitação física adequada, atenção acadêmica e um bom terapeuta da fala, a maioria dessas crianças tem possibilidades de progredir.

— Isso é fantástico — respondeu Noah.

— Isso nos deu muito trabalho e precisamos de muitos anos para que a administração nos desse ouvidos. Começamos a nos reunir em 1975, nas instalações da Associação Pró-Subnormais de Bilbao, que nos deixava utilizá-las quando eles não as usavam. No início deveríamos ser quinze ou vinte pessoas, e pouco a pouco fomos sendo mais. Por fim, a Deputação Foral da Biscaia entendeu os nossos problemas e ficou do nosso lado. Já faz alguns anos que dispomos do nosso próprio centro especializado muito perto daqui. Chama--se Aspace: Associação das Pessoas com Paralisia Cerebral. Simples.

Noah assentiu com interesse. Ainda não tinha percebido muito bem se essa mulher queria lhe pedir um donativo ou lhe contar mais alguma coisa.

— Conseguimos contar com a colaboração de vários educadores, um massagista de reabilitação, um terapeuta da fala que vem três vezes por semana para ajudá-los com a dicção e um psicólogo voluntário que vai aos sábados. O centro tem refeitório, enfermaria, salas de aula, espaços de jogos e recreação, inclusive também temos uma pequena quadra de esportes bastante rudimentar, mas adequada para eles.

Noah havia um tempo estava brincando com a colher do café.

— Meus parabéns pela sua coragem e pelo seu empenho. Tenho certeza de que realiza um trabalho importante, mas não compreendo muito bem o que...

— O Rafa não quer nem ouvir falar do centro.

Noah fitou-a, muito surpreso. Rafa tinha dado a sensação de ser bastante seguro e, sem dúvida, muito consciente de quem e de como era.

— Por quê?

— Alguns rapazes, sobretudo os que têm mais consciência das suas limitações, acham que o lugar é, como dizer... humilhante. Sentem vergonha de frequentar um centro especial. O Rafa se fecha em copas cada vez que eu falo sobre isso com ele, me diz que não é idiota, e que não põe os pés no centro, caso contrário todo mundo vai pensar que é idiota.

— É verdade — assentiu Noah. — Quando falei com ele, insistiu muito nesse ponto, em dizer que não era idiota. Me disse que as pessoas pensavam isso porque ele não falava bem. Eu não dei grande importância.

— O terapeuta da fala poderia ajudá-lo muito com a dicção se ele aceitasse frequentar as suas consultas, e poderia acontecer o mesmo na formação. Tenho certeza de que ele está capacitado para prosseguir com os estudos... Não são apenas os garotos do outro dia, sabia? Nem foi a primeira vez. Desde que era pequeno temos sido obrigados a suportar os olhares de esguelha, os comentários e, quando não estou com ele, os insultos, os risos, e não só por parte de crianças, senhor Scott. As pessoas podem ser muito cruéis. É por isso que temos a Euri. Sei que devo deixar que ele saia sozinho, mas fico mais sossegada se a Euri for com ele. Já deve ter reparado que ela não é muito grande, mas essa cadela seria capaz de dar a vida pelo Rafa.

— A cadela da chuva.

— Ele lhe contou? O Rafa é extrovertido, pode ver que tem muitas compras para fazer todos os dias, e é algo que partiu dele, sem falar da ajuda que representa para o nosso rendimento familiar. Ele se levanta antes do amanhecer, sempre foi um garoto muito madrugador. Desde pequeno, vai dar um passeio com a Euri. É muito responsável, e não é tímido, mas não costuma andar por aí contando seus assuntos mais íntimos. É surpreendente o quanto ele se abriu com o senhor.

— Ele falou que a senhora a encontrou debaixo de chuva.

Ela abriu um sorriso rasgado pela primeira vez.

— Uma noite eu saí para pôr o lixo na porta e a encontrei. Estava toda encharcada. Mais do que um cão, parecia uma ovelha *latxa* molhada...

— Uma ovelha o quê?

— São umas ovelhas que têm uma pelagem de lã que chega até o chão. Eu a levei para casa e o Rafa ficou louco com ela. Ainda assim, preguei cartazes e fiquei atenta, certa de que alguém a reclamaria, porque é linda, já viu?

— Sim, é muito bonita. O Rafa me falou que quando está molhada parece muito pequena. É uma border collie?

— O veterinário me disse que não é de raça pura, mas para nós é indiferente. Eu nunca tinha tido um cão, e, para ser franca, não dá para imaginar como ela é com o Rafa. Olha para ele de um modo, cuida dele de uma maneira... Está sempre atenta ao que ele diz, a cada um dos seus movimentos e ao seu estado de espírito. Tem um pelo lindo, mas muito fino, e quando chove fica ensopada. Nós a ensinamos a se sacudir quando estalamos os dedos, e ela faz isso quantas vezes mandarmos — disse, rindo. — Contudo, outro dia reparei que estava com o pelo muito sujo e estava dando banho nela quando o Rafa saiu. Obriguei-o a prometer que voltaria mais tarde para buscá-la e ele assim fez, mas foi no mesmo dia em que esses garotos implicaram com ele. — O rosto dela se anuviou. — Esses baderneiros o chamaram de idiota. — Levou as mãos à boca, como se quisesse empurrar de volta lá para dentro aquela palavra e a fúria que sentia. — Quero que o senhor entenda que sinto orgulho do meu filho, eu o amo como é. A normalidade não existe, e, em todo o caso, ele é um rapaz normal e eu uma mãe normal, e como qualquer mãe me recuso a ficar de braço cruzado vendo o meu filho esbarrar em obstáculos que poderia superar... E é aqui que o senhor entra.

Noah fitou-a, intrigado.

— Eu?

— O Rafa me contou que o senhor é detetive...

Noah sorriu baixando a cabeça. Então era isso.

— Senhor Scott, o meu filho sonha em ser detetive desde que era pequeno, com isso e com dirigir um carro-patrulha. Sempre gostou dos filmes policiais, sabe como é, o tenente Columbo, McCloud, Kojak... Inclusive, quando era pequeno só brincava de polícia. E agora chega em casa dizendo que vai ser seu ajudante e que está participando de uma investigação.

Noah apertou os lábios e fechou os olhos durante um par de segundos. Odiava mentir, mas teria que fazê-lo.

— Não sou detetive, minha senhora. E a verdade é que em momento algum eu disse ao seu filho que era, mas ele acha que eu sou, e não vi mal nenhum em entrar no jogo dele. Pode ficar sossegada, prometo à senhora que não há nada que possa pôr em perigo o seu filho e posso desfazer o equívoco com ele, se a senhora quiser.

— O senhor não me compreendeu. Sei muito bem que o senhor não é detetive, todo mundo está comentando que há um olheiro em Bilbao, e compreendo que, devido à natureza do seu trabalho, também não pode andar por aí contando qual é a sua profissão. Imagino que este ano, com todo o alvoroço em torno do Athletic, o mercado de transferências deve ter ficado agitado. Somos torcedores do Athletic desde que o meu filho começou a ser aficionado, com cinco ou seis anos, mas tanto faz. Eu também não vejo nada de mau em o senhor entrar no jogo dele. Nada agradaria mais ao Rafa do que ser um detetive como os da televisão.

— Então?

Ela se inclinou para a frente, como se fosse fazer uma confidência.

— Ele não para de falar no senhor o dia inteiro, e, depois do que fez por ele quando esses meninos infernizaram a vida dele, o senhor se transformou no seu herói. Peço que entenda, o meu filho foi criado sem pai, e uma mãe pode fazer muitas coisas, mas também entendo a admiração dele pela figura masculina.

— O que a senhora quer que eu faça?

— Para começar, convencê-lo a ir ao terapeuta da fala. E depois às aulas e à reabilitação. Ele quer ser detetive, e tenho certeza de que vai ouvir o senhor.

Noah estendeu a mão por cima da mesa.

— Deixe por minha conta. Só cuide para que a Euri o acompanhe sempre.

Ela apertou a mão dele, sorrindo de novo.

Doutora Elizondo

A sessão vespertina com a doutora Elizondo decorreu em sua maior parte em silêncio.

Noah se recusara a sentar; apesar de estar exausto, mantivera-se de pé junto à janela olhando para a pátina brilhante com que a chuva cobria os telhados, as varandas e as ruas. Noah tinha se esquivado em cada visita a abordar o tema que na realidade o havia conduzido até sua porta. A razão pela qual todas as noites fazia questão de recordar os pormenores do momento de sua morte com a única esperança de que por trás da escuridão houvesse alguma coisa. Contudo, hoje não conseguia falar, não estava sendo um bom dia. A umidade se infiltrara em seus ossos, e, pela primeira vez desde o tempo em que se encontrava em Bilbao, seu casaco novo de verão lhe pareceu fraco.

— Doutora, à noite eu ouço um apito, como o que emite um monitor cardíaco, não me ocorre outra analogia melhor. Eu diria que vem de cima, do alto da claraboia. Se não for uma dessas alucinações auditivas de que você falava, também deveria ter ouvido.

— *Otus scops.*

— O quê? — Ele se virou a fim de olhar para ela. Hoje trazia o cabelo solto e parecia mais avermelhado.

— Uma pequena coruja, um mocho-d'orelhas, emite um som muito particular, até chamei um especialista em aves nos primeiros tempos que passei neste consultório.

— *Otus scops* — ele sussurrou, virando-se de novo para a janela.

Estava cansado. Depois de ter ido buscar os jornais, quase ao meio-dia, tivera que se deitar um pouco enquanto ouvia na Rádio Bilbao Santiago Marcilla em *Hora Trece*, onde comentaram que prosseguiam as buscas pela jovem que havia desaparecido de casa. Folheou os jornais; as notícias que chegavam da Escócia não eram animadoras. Todos os jornais diziam na capa que o suspeito confessara ser John Bíblia. Era subjacente a prudência oficial que ainda não dava por concluída a investigação, mas não parecia nada bom. Quando soou o sinal assinalando as treze horas, obrigou-se a comer duas bolachas, que causaram o mesmo efeito em seu estômago de ter comido um javali inteiro. Estar de pé aliviava a sensação de empanzinamento.

Respondeu por monossílabos às perguntas da doutora e, ainda assim, a sessão foi proveitosa. Os cinquenta minutos que devia passar trancado junto com ela o obrigavam a refletir sobre questões que evitava durante todo o dia. E também a tomar consciência de que, na maioria dos casos, tinha a resposta para todas as perguntas, ou pelo menos a resposta parcial. Estava ciente de que seu mal-estar se encontrava diretamente relacionado com sua bola fora de ontem, e com a reação de Maite. A maneira como, ao passar por ele, havia soprado a velinha que ardia aos pés da Nossa Senhora de Begoña dizia mais acerca de sua decepção do que mil palavras. E a sensação de vertigem que lhe oprimia o estômago tinha a ver com tudo o que precisava dizer a ela e não dizia. Não queria falar de Maite. Falou de Rafa e da mãe dele. E do passo que dera ao se abrir contando a verdade a Lizarso sobre a gravidade de seu estado de saúde. O apoio do ertzaina para prosseguir com a investigação lhe trouxera um grande alívio. No entanto, continuava a pesar sobre ele o fato de não ter contado que, de acordo com os jornais, a polícia tinha um suspeito detido na Escócia. De alguma maneira, Noah acreditava que, se fosse obrigado a contar tudo isso a Lizarso, não seria capaz de lhe contar apenas os fatos, o puro texto da notícia. Ou será que era possível que ele já soubesse? Pressentia que, se formulasse em voz alta o pressentimento que o levara até Bilbao, a profunda crença de que John Murray era John Bíblia, a certeza de que estava matando outra vez, o palpite de que aquelas jovens desaparecidas se encontravam enterradas numa margem lamacenta da ria, tudo o que se havia transformado na razão de sua existência nos últimos dias iria por certo desmoronar. Sabia que seria incapaz de lhe fornecer a informação como um mero dado e que, se tivesse que dizer em voz alta: *A polícia de Glasgow tem um suspeito detido que confessou ser John Bíblia*, seria ele, antes de Lizarso, quem perderia a confiança no que estava fazendo.

Ao ver que a sessão não progredia, a doutora Elizondo experimentou outra coisa.

— Que tal se continuarmos um pouco com o paciente enigma?

Ele se virou para fitá-la, subitamente interessado.

— Sim, muito bem.

— Ontem você me disse uma coisa que me fez pensar muito. Que ele não as ataca porque estão no período menstrual, mas que as escolhe por isso.

Noah assentiu.

— Não sei qual é a motivação dele, nem como consegue, mas é nisso que acredito.

— Eu iria um pouco mais longe — disse a doutora, muito devagar. — Ele as escolhe por isso, porque as odeia por causa disso.

— Ele as odeia, tenho certeza. Vi dezenas de fotos dos cadáveres, e o que faz com elas demonstra um ódio exacerbado.

— Mas todas as mulheres em idade fértil menstruam — declarou ela. — Ele teria que odiar todas as mulheres do mundo, inclusive é provável que odeie, mas por que nesse momento? Você disse ontem que alguns investigadores achavam que podia ser uma reação violenta quando elas se recusavam a ter relações sexuais, eu creio que pode ser provável que não seja por que elas se recusam a fazer sexo, mas sim porque aceitam fazê-lo.

— Ele escolhe as mulheres porque estão menstruadas, depois propõe a elas fazer sexo, e o que o enfurece é o fato de elas aceitarem?

— Nem precisa ser assim na realidade. O que eu quero dizer é que, com uma proposta e a sua aceitação, pode ser somente uma coisa que acontece na cabeça. O simples fato de elas aceitarem a companhia dele pode ser suficiente.

— Sem haver provocação.

— Não é necessária, está tudo na cabeça dele. Tudo o que acontece depois bebe desse ódio tão intenso.

De onde pode vir algo tão poderoso?, perguntou-se Noah. E a própria voz de sua mente respondeu: *Só há duas coisas na vida, amor e medo.*

A doutora estava lhe dizendo algo que o resgatou de seus pensamentos. Ele se virou a fim de olhar para ela e nesse momento uma forte tontura sacudiu sua cabeça. Deu um passo para trás, batendo com estrondo na janela, e, tal como havia aprendido a fazer, apoiou as costas, fechou os olhos e foi escorregando até ficar sentado no chão.

Abriu os olhos ao sentir os dedos frios da doutora medindo sua pulsação, primeiro no pulso, depois no pescoço. Ela foi até uma gaveta de sua mesa e voltou com um estetoscópio. Auscultou-o durante um tempo.

— Bom, o pulso está um pouco fraco, mas nada de preocupante. Em todo caso, você deveria descansar um pouco antes de tentar levantar. Deite-se, Noah. Deite-se no chão.

— É só um enjoo — ele tentou explicar, recusando-se a se deitar.

— Você tomou a medicação?

— Sim, mas comi pouco, deve ser fraqueza...

— Por que você comeu pouco? Está se sentindo cheio, como numa indigestão? — perguntou ela, de sobreaviso.

— Um pouco, mas não é isso.

Noah estendeu uma mão para que ela o ajudasse a ficar de pé. Ela o fez, ainda que reticente. Acompanhou-o até a cadeira.

— Está certo, Noah. Então, se não é isso, o que é?

Ele baixou a cabeça de leve e olhou de novo para a janela antes de falar.

— Tem a ver com ela.

— Com ela? Com essa mulher?

Noah assentiu.

— Você me falou das suas conversas com o Rafa, com a mãe dele, com o Mikel, mas ainda não conversou com ela, não é verdade?

— Ontem aconteceu um mal-entendido, pode ser que agora ela pense que não estou interessado nela... Eu sei que é um disparate, mas sinto como se tivesse voltado ao ponto de partida, e isso me deixa... não encontro a palavra certa... me desencoraja...? A sensação de ter o tempo se esgotando é cada vez mais premente.

— E por que você não faz isso, por que não fala com ela de uma vez por todas?

— Não faço isso pela mesma razão pela qual não conto tudo a Mikel, porque dizer em voz alta pressupõe aceitar que eu possa estar me enganando.

— Isso faz parte do jogo da vida, Noah. Arrisque. O que você tem a perder?

O alarme que indicava que os cinquenta minutos de consulta já tinham acabado soou com um insistente apito. A doutora se deteve enquanto Noah se encaminhava para a porta. Ele parou ali e respondeu à pergunta.

— O que eu posso perder, doutora Elizondo, é a única coisa que me resta, a esperança de que o meu pressentimento não tenha sido um engano, porque, se descobrir que é, nada em tudo isso vai fazer sentido.

Ela se levantou e foi atrás dele até a porta do consultório.

— Escute, Noah. Você deveria descansar um pouco. Esse enjoo não é um bom sinal.

— É apenas falta de ar. Me cansei muito subindo até aqui. Estas malditas escadas... — disse, apontando para o lance descendente. — Se continuarem a se inclinar assim, um dia destes um dos seus clientes vai acabar caindo no vão sem querer.

A doutora Elizondo seguiu-o com o olhar enquanto ele descia as escadas colado à parede.

"Wouldn't it be good to be on your side?"
Não seria bom estar do seu lado?

Devia estar aberto havia pouco tempo, porque tinha pouca gente no bar, apenas um pequeno grupo junto à porta. Noah viu que eram o ex-marido de Maite, sua filha Begoña e a amiga ruiva desta. Noah já as vira juntas outras vezes. A música tocava ao fundo como sempre, mas acima das notas de "Baby Jane", de Rod Stewart, Noah distinguiu uma discussão inflamada. E, embora todos tenham emudecido assim que o viram entrar, ficou bem claro que tinham brigado.

Ocupou seu lugar junto à cozinha no fundo do balcão e pediu um café do qual apenas tomou dois goles. Maite começou a esfregar o balcão, e os outros terminaram o que estavam consumindo em silêncio. Antes de ir embora, as meninas debruçaram-se sobre o balcão a fim de lhe dar um beijo, mas o homem saiu sem se despedir. A expressão de Maite era séria.

— Está tudo bem?

Ela se aproximou.

— Não, bom, sim, foi o pai da minha filha. Tinha combinado de se encontrar com a menina no Arenal, mas as garotas vieram até aqui porque a Edurne, a amiga da Bego, não estava se sentindo bem e queria tomar um chá de camomila, e esse idiota agora veio com essa história de que não quer que as meninas entrem no bar. Veja se tem cabimento, elas fizeram isso a vida toda! Que idiotice!

— E qual foi a razão que ele deu?

— Ele disse que não gosta da maneira como os homens olham para elas, que alguns dos frequentadores daqui têm uma queda por garotinhas.

Noah fez cara de sério.

— Olha, para mim também não me agrada que elas andem muito por aqui. Elas têm dezoito anos, são muito bonitas, e também percebo como olham para elas, é normal. Só que isso é uma paranoia que deu agora nesse homem, não querer que elas venham ao bar! Que não conversem com ninguém! E agora também está decidido que voltem mais cedo para casa, inclusive mais cedo do que no ano passado, e é normal que as meninas se revoltem, querem andar por aí à vontade. A Bego sempre foi muito responsável e nunca nos deu problemas nem desgostos. A menina não compreende que o pai invente de repente de restringir os horários dela, e tudo isso é porque corre um boato de que tem umas moças desaparecendo.

— Não é um boato, Maite. Ouvi no noticiário, saiu nos jornais...

— Pois então, durante as festas isso é normal: meninas somem, garotos desaparecem, alguns inclusive só vão aparecer em casa quando os festejos terminarem. E quanto à menina do bairro, não é a primeira vez que apronta.

Noah endireitou-se no banco.

— Desapareceu uma menina do bairro?

— A filha de um conhecido desta mesma rua, mas é uma garota bem maluquinha, já fugiu de casa outras vezes, mas sempre volta. Ela foi vista à noite em Gaueko, com um rapaz.

— Bom, talvez ele tenha razão quando diz que elas deveriam ter cuidado.

— Não, sem dúvida que entendo tudo isso, que ele está certo em adverti-las para que tomem cuidado quando andam por aí, mas você não viu o escândalo que ele fez por elas virem aqui ao bar, parece que ficou possuído. Agora veja, se a menina tem uma dor barriga, e precisa tomar um chá de camomila, vai para onde se eu trabalho aqui?

Noah mostrou-se interessado.

— Ela estava com dor de barriga?

— Coisa de mulher — explicou ela.

Coisa de mulher significava apenas uma coisa.

— Maite, você disse que o Kintxo não quer que elas falem com os clientes. Pode ser que ele tenha visto alguma coisa...

— Não sei, são boas meninas, educadas, cumprimentam todo mundo. E além do mais, o Kintxo não passa de um desconfiado, não gosta de ninguém, sobretudo dos ingleses. Os pais dele emigraram para a Inglaterra quando ele era pequeno, foi criado lá. Sempre diz que o trataram muito mal, que eram muito desagradáveis. Tem uma repulsa por eles que nem pode vê-los.

— Eu sou escocês — murmurou.

Ela encolheu os ombros, como se lhe fosse indiferente. Era evidente que ainda estava ressentida por conta do dia anterior.

— Mas ele mencionou alguém concretamente? E você, viu a menina falando com alguém?

Ela o encarou, intrigada e um pouco irritada também.

— Não sei. Por que está perguntando isso?

— Por nada — desistiu ele.

De repente, ele se sentiu incomodado sob seu olhar carrancudo.

— Escute, Maite, eu queria te pedir desculpas pelo que aconteceu ontem. Eu sei muito bem que o que o Mikel disse soou como se...

Ela o interrompeu. Um grupo de fregueses acabava de entrar no bar.

— Você não tem que me dar explicação alguma, Noah — disse, deixando-o ali plantado.

O garoto

O garoto está lendo na biblioteca. Tem o cartão do Departamento de Cultura Municipal desde que se entende por gente. Antes de as tias terem ido morar com eles, costumava esperar ali pela mãe quando saía da escola. Ela não queria que ficasse perambulando sozinho pelas ruas, porque receava que as outras crianças pudessem lhe fazer mal; acreditava que algumas pessoas sentiam aversão por eles, por causa de sua situação. O garoto não tem pai, e para ele tanto faz, também não tem avós, e isso lhe importa, porque é importante para a mamãe. Viveram sozinhos durante anos na casa junto ao lago e foram felizes, pelo menos ele era. Quando o garoto fez cinco anos, um dia a mamãe explicou a ele que a avó, que vivera todo esse tempo muito próximo dali sem que o garoto soubesse, acabava de morrer e que as tias, as irmãs mais novas da mamãe, iriam agora viver com eles. O garoto achou bom. As suas tias, que enquanto a avó fora viva faziam de conta que sua mãe não existia, foram viver com eles um dia depois de enterrar a velha. Eram mais novas do que a mamãe, e tinham o cabelo escuro em vez de arruivado, como o garoto e sua mãe. Eram bonitas, até mesmo a tia Emily, que coxeava por ter contraído poliomielite. Brincavam com ele, faziam cócegas na sua barriga até ele ficar com lágrimas aos olhos. Contavam para ele histórias antigas da família, a linhagem a que pertencia, histórias de pecado e de vergonha, histórias de ódio e de vingança. O garoto foi obrigado a ceder seu quarto para elas e voltou a dormir com a mamãe, como fazia quando era pequeno, mas também não se importou. Estava tudo bem, porque a mamãe estava contente. Parecia ter esquecido os anos de rejeição e de vergonha, e justificava o comportamento das irmãs por imposição de sua venerável mãe. A mamãe arrumou o quarto para elas e arranjou emprego para as duas; uma nos barcos turísticos do lago e a outra no mesmo hotel onde ela trabalhava. Foi então que voltaram a oferecer à mamãe o posto de governanta. Antes não pudera aceitá-lo, porque não tinha ninguém com quem deixar o garoto. O salário era melhor; o horário, desastroso. Precisava sair de casa noite fechada para chegar ao Tarbet antes do amanhecer e ter o trabalho todo preparado para quando os turistas mais madrugadores se levantassem.

No velho *cottage* só havia uma lareira na sala. A cama da mamãe era grande e ficava fria quando ela não estava, e então as tias começaram a levá-lo para o quarto delas.

O garoto gostava de seus jogos, de sua pele cálida, de seus seios duros, do calor de seus ventres. Dormia nu entre as duas, tocando seus corpos e guardando o segredo.

Contudo, às vezes elas ficavam doentes. Mal-humoradas e doloridas, seu ventre inchava e a barriga doía. Então elas empurravam o garoto para debaixo dos cobertores e, meio sufocado entre a lã e as coxas delas, obrigavam-no a beber o sangue do sacrifício até que, aliviadas, adormeciam. O garoto não gostava disso. Não queria fazê-lo. Chorou e se queixou, e chegou inclusive a ameaçar contar tudo à mamãe. Então elas disseram a ele que havia transgredido a lei de Deus, que havia bebido o sangue do sacrifício e que Deus nunca mais o perdoaria, que sua mãe deixaria de amá-lo, porque havia se transformado naquilo que ela mais odiava, e que, se contasse alguma coisa, ela iria se sentir tão envergonhada e enojada que uma noite, enquanto ele estivesse dormindo, ela o enfiaria num saco com pedras e o atiraria no lago para que se afogasse, como sucedera com o avô, porque era isso que faziam na sua família com os degenerados.

O garoto se tornou mal-humorado. Já não queria brincar com elas, já não havia calor nem sono tranquilo. O odor do sacrifício o deixava doente, e nesses dias tinha a sensação de que tudo nelas, a pele, o cabelo, o hálito, cheirava ao sangue que fluía entre suas pernas. Ficavam na cama o dia inteiro tapadas com os cobertores, suando. Bebiam o chá quente que ele lhes levava e só se levantavam para ir ao banheiro e mudar o pano ensanguentado que tinham mantido entre as pernas, e que substituíam por outro enxuto antes de voltar para a cama. Naqueles dias, o fedor que só ele parecia notar enchia a casa como uma nuvem pestilenta que pairava no vapor do hálito e no frio que se infiltrava por entre as janelas lascadas. Mas o pior era que o sacrifício estava morto e apodrecia assim que saía de seus corpos. Havia no banheiro um balde de madeira onde elas iam deixando os panos sujos de sangue que o garoto tinha que lavar, porque elas se encontravam fracas demais para fazê-lo. O cheiro era nauseabundo, causava tamanha repulsa nele que, naqueles dias, o garoto fazia as necessidades no exterior da casa, e chegava até a se lavar lá fora, no tanque, para não ser obrigado a entrar no banheiro e ver o balde que elas deixavam ao lado do vaso. Ele o evitava o mais que podia, ao mesmo tempo que dizia com os seus botões que não voltaria a fazê-lo; mas, quando os panos começavam a se acumular e a tampa nem fechava mais, era a sua própria mãe quem lhe dizia: "Ajuda as suas tias, estão muito doentes, e você sabe que eu chego exausta do trabalho".

No inverno, a água estava muito fria e custava mais tirar as manchas, mas no verão era pior. O balde tinha uma tampa de madeira, mas muitas vezes elas esqueciam de ajustá-la. As moscas entravam ali, punham seus ovos entre os restos coagulados nos trapos. O calor acelerava a decomposição, e mais de uma vez, quando o garoto despejou o conteúdo do balde sobre a tábua de lavar, encontrou larvas pequenas e amarelas alimentando-se do sacrifício. Ao vê-las, o garoto soube até que ponto era horrível o que o obrigavam a fazer, porque ele era como aquelas larvas.

O garoto pensou muitas vezes em contar à mamãe. Apesar das ameaças das tias, ele sabe que ela o ama, ou que o amou. Contudo, nos últimos tempos a surpreende observando-o em silêncio, como se soubesse coisas horríveis a seu respeito. O garoto não tem certeza se é imaginação sua ou se, no fundo, a mamãe sabe o que se passa durante as madrugadas quando vai trabalhar. Então não conta nada para ela, porque pressente em seu íntimo que ela já sabe de tudo. Isso o deixa muito triste por alguns momentos, outras vezes fica furioso. Por isso prefere não dizer nada, porque, se tivesse que confirmar que ela sabe de tudo...

Em cima da grande mesa vazia da biblioteca, o garoto lê, quase devora cada palavra do grosso volume que tem na frente. A senhora Thompson torceu o nariz enquanto lhe entregava o livro. *Acho que é complicado demais para você*, tinha dito.

O garoto lê com sofreguidão, com autêntica necessidade, devora as páginas com olhos arregalados de horror ao se reconhecer na criatura que descreve Bram Stoker.

Está desesperado, deverá aceitar que é um monstro? Deverá assumir que condenou sua alma? Existe alternativa para a expiação? Nas últimas semanas rondou em sua mente a possibilidade da confissão, de obter o perdão de Deus. No domingo anterior ficou para trás após a missa e esteve prestes a pedir ao pastor Pierce para se confessar, mas no último instante houve algo que o impediu de fazer isso. Algo que não o deixa dormir e que tem a ver com Lucy, com o dia em que ela mudou e com o que isso o fez sentir. Até então seria capaz de jurar sobre a Bíblia que detestava o que o obrigavam a fazer, que fora apenas um bode expiatório, que o haviam conduzido ao pecado sob falsos pretextos. No entanto, quando penetrou no aroma do sacrifício de Lucy, seu corpo reagiu como a um instinto animal e primitivo. Desejou beber de Lucy e ao mesmo tempo a odiou por isso. Nem sequer foi capaz de fitá-la nos olhos. *Você me dá nojo*, tinha dito para ela. E era verdade. Sentia nojo dela, sentia nojo de si mesmo. Correra para o banheiro, baixara a calça e, com os punhos fechados, esmurrara o pênis e os testículos até que a dor pôs fim ao instinto. E agora, enquanto lia como Drácula bebia de suas vítimas, longe de sentir a aversão que lhe causavam as tias, sentiu um formigamento entre as pernas que cresceu sob o tecido apertado da calça. A partir desse momento, começou a imaginar como seria beber de Lucy. Nesse dia, o garoto percebeu que o que as tias tinham dito para ele era verdade. Nesse dia, soube no que tinha se transformado: uma semente do mal, uma aberração que só se encontrava neste mundo para provocar outras.

Bilbao. Terça-feira, 23 de agosto de 1983

Noah estava acordado havia pelo menos uma hora, mas continuava na cama ouvindo rádio e fazendo anotações em seu caderninho preto. As idas às discotecas estavam cobrando seu preço. Em suas andanças noturnas procurava beber água ou um refrigerante, mas as horas no final do dia eram terríveis para seu corpo, intensificavam-se as palpitações, a periodicidade dos enjoos e a frequência com que precisava urinar. Tudo isso simultaneamente, porque, quando precisava ficar de campana sozinho, o receio de perder Murray de vista o obcecava. Quando chegava à La Estrella, tinha os pés tão inflamados que mal conseguia descalçar os sapatos. Por cima da voz do locutor, podia ouvir a chuva crepitando no telhado do pátio. Tinha deixado a janela aberta para ver o dragão respirar acompanhando o movimento das cortinas, e para ouvir o *Otus scops*, que, com seu canto, marcava o ritmo. Noah estava deprimido, sabia que em grande medida devia isso ao seu estado. Cabia a ele aceitá-lo como algo normal. Contudo, por outro lado, quando tentava racionalizar sua tristeza, encontrava mil e uma justificações para seus pensamentos sombrios. Seguir John Murray-Bíblia estava sendo exaustivo para ele. Na noite anterior, Mikel estava de serviço e não pudera acompanhá-lo, se bem que, para compensar, Murray se retirara antes das duas da manhã. Só que isso o levara a pensar se Murray não voltaria a sair depois de regressar à pensão. A menos que permanecesse a noite toda vigiando sua porta, não tinha como confirmá-lo. Fez isso durante vinte minutos plantado na porta da La Estrella, mas os pés e a cabeça doíam tanto que no fim acabou desistindo.

Não se tinha voltado a saber nada sobre as três mulheres desaparecidas até o momento; apesar de a Polícia Nacional só ter admitido a denúncia em relação a duas delas, eram três as jovens que continuavam sumidas de casa. Se se confirmasse o caso da garota do bairro sobre a qual Maite havia comentado, e que também fora vista pela última vez na companhia de um homem em Gaueko, na rua Ronda, passariam a ser quatro. Noah pensou em quão atroz chegava a ser o pensamento de um detetive, que podia transformar a possibilidade de um crime desumano na confirmação de algo que precisava saber. E o fato de que a polícia escocesa pudesse estar enganada em relação ao homem que tinha prendido, de algum modo, seria um triunfo para seu ego. Isso o fez se sentir ainda pior. Suspirando, largou o caderninho em cima da cama e se concentrou na voz jovial de Ramón García, que parecia estar de excelente humor. Inclusive para relatar que nesse dia a chuva também não daria tréguas, enunciou os atos oficiais dos festejos do dia e informou sobre o estado de saúde de um homem chamado Luis Villagas, ferido com gravidade na largada de novilhas em Vista Alegre, e que Noah conhecia de ouvir falar, uma vez que tinha se transformado em motivo de chacota nas conversas dos bares.

Quatro pancadinhas de leve na porta acompanhadas pela voz da dona da pensão La Estrella:

— *Mister* Scott, o seu amigo está aqui.

Noah saiu da cama assentando os pés doloridos no chão e se aproximou da porta mancando um pouco.

— Diga a ele que já vou, preciso me vestir — disse ao mesmo tempo que começava a vestir as calças.

A voz da proprietária soou tão próxima que a imaginou encostando os lábios na fresta da porta.

— Estou ciente do que lhe disse, mas abri uma exceção por se tratar do senhor, *mister* Scott. O seu amigo está aqui.

Quando abriu a porta, Mikel Lizarso, com o cabelo molhado da chuva, sorria com cara de sério, e mais ainda quando percebeu o olhar apreciativo que a proprietária da La Estrella lançava para o tronco nu do inspetor Scott Sherrington.

— Obrigado, minha senhora, é muito amável — disse Noah, fingindo não ver a cara que Lizarso fez quando entrou no quarto. Assim que fechou a porta, o policial desatou a gargalhar enquanto Noah o exortava com gestos a fazer silêncio.

— Bom, bom, agora você vai ter que me explicar por que razão essa encantadora bruxa do Oeste abre essas "exceções para o senhor, *mister* Scott" — disse, imitando a voz melíflua da dona da pensão.

— Tudo se consegue com essas notas verdinhas.

— Ah, para mim ela parece disposta a cobrar em carne.

Noah negou, enojado.

— Estou só informando — continuou a brincar Lizarso enquanto passava uma vista de olhos pelo quarto. Reparou nos medicamentos alinhados em cima da prateleira do lavatório, na pasta com o inequívoco logotipo de um hospital, na foto de um casal que partiu do princípio de que seriam os pais do amigo e num pequeno caderno preto que Noah se apressou a tapar com o travesseiro. — Adorei a maneira como você arrumou isto aqui.

— Bom, mas suponho que você não veio até aqui só para criticar a decoração — disse, sentando-se na cama.

— Não, tenho umas coisas para te contar. A primeira é que a menina que desapareceu ontem de casa já apareceu. Estava na farra com um namorado.

Noah suspirou ao mesmo tempo que pensava no que aconteceria se as outras garotas também aparecessem vivas... Ele teria se enganado tanto assim?

— Bom, fico contente por ela. A Maite me disse que isso era o mais provável. Qual é a segunda coisa?

A expressão de Lizarso era a do gato que comeu o canário; no entanto, ele se conteve.

— Primeiro você. Como foram as coisas ontem à noite?

— Antes que me esqueça, seria ótimo se você tentasse descobrir mais alguma coisa sobre o ex-marido da Maite. Pode ser que não seja nada, mas ontem a Maite me contou que ele se preocupa com o fato de a filha se relacionar com os fregueses do bar, a ponto de não querer que ela passe por lá. Ele falou para ela que sabe que "alguns têm uma queda por garotinhas" e, veja só que coincidência, Adune, a menina ruiva amiga da filha dela, ontem estava com dor de barriga. A Maite me deu a entender que ela estava naqueles dias.

Lizarso inclinou a cabeça enquanto refletia sobre isso, e Noah prosseguiu:

— Você me falou que o Kintxo tinha trabalhado uns tempos numa empresa britânica, mas a Maite me contou que a relação dele com o Reino Unido vai um pouco mais longe. Os pais emigraram quando ele era muito pequeno, e foi criado lá. A Maite disse que ele odeia os ingleses. Não faria mal nenhum descobrir onde ele morou exatamente, em que cidades e em que datas, e quando voltou.

— Aonde você pretende chegar? Você o considera suspeito?

— Pode ser que não leve a nada, mas não deveríamos deixar pontas soltas. Sobretudo porque ontem à noite, enquanto seguia o Murray, voltei a ver o Kintxo numa discoteca. Estava com uns amigos, e suponho que tenha sido apenas uma coincidência, mas depois do que aconteceu ontem, sou levado a me perguntar se não poderia estar se referindo ao Murray, e que talvez em algum momento tenha visto algo mais do que nós.

— Pode ser... Mas não vejo como descobrir isso sem nos denunciarmos. A única maneira de saber é perguntando para ele.

— É melhor não, enquanto não soubermos mais alguma coisa sobre o Kintxo e a relação que ele mantém com o Reino Unido.

— Você viu o Collin também?

— Não, não vi o Collin nas discotecas, embora não descarte a possibilidade de ele poder ter andado por ali, tinha muita gente. Mas, quando o nosso homem voltou à pensão, esperei mais ou menos vinte minutos para ter certeza de que não ia sair e então vi o Collin chegar. Ontem o Murray não saiu da rua Telesforo Aranzadi, primeiro esteve no Drugstore, é metade bar, metade discoteca.

— Conheço o lugar.

— E depois, na mesma rua, na calçada em frente, esteve no Bluesville, um lugar bem elegante, pelo menos no que diz respeito à clientela. Conversou por um bom tempo com uma mulher no segundo estabelecimento, mas a coisa não deve ter ido adiante. Às duas da manhã já estava de volta à pensão.

— O fato de ter voltado tão cedo também me deixa com a pulga atrás da orelha. Pode ter saído mais tarde...

— Sim, também pensei nisso.

— O que eu sei com toda a certeza é que ele levantou cedo. Você tinha razão sobre pôr uma escuta no telefone da cabine lá de baixo. Por enquanto não temos registro de nenhum telefonema da parte de "o Tenebroso" ou de Michael, mas esta manhã muito cedo, pouco antes de ter chegado o colega que me rendeu, às quinze para as seis, o Murray fez uma ligação da cabine.

— Como você pode ter certeza de que era ele?

— Porque ele ligou para o número que você me passou ontem.

Noah ficou de pé.

— Com quem ele falou? O que foi que ele disse?

Mikel sorriu e tirou um walkman do bolso interno do casaco, enquanto lhe entregava os fones.

— Pois é você que vai ter que me dizer. A pronúncia é tão difícil e falam tão rápido que quase não entendi nada.

Noah colocou os fones e a voz de John Murray soou no interior de sua cabeça.

Sou eu.

O tom era de uma profunda melancolia, John Murray falava muito baixinho, sem vontade, como se lhe custasse articular as palavras, contrastando com a alegria da mulher do outro lado da linha.

Até que enfim! Estávamos preocupadas. Como você está? Deixamos muitos recados.

Estou bem, disse, em tom cortante. *Preste atenção. Vocês precisam parar de me telefonar, entendeu? Não quero que me liguem.*

Não estou entendendo. Foi você mesmo quem nos deu este número, disse que era seguro. A voz denunciava decepção e contenção.

Pois não é mais. Não me liguem mais, entendeu? Categórico e com um toque de ameaça.

Entendi. Submissa. *Quando você vem? Quer que encontremos você aí?*

Não, não. Ainda é muito cedo, depois eu ligo. Cansado e evasivo.

Algum número seguro tem que haver. Estamos muito preocupadas, o dinheiro não vai durar muito, e você sabe que é questão de meses...

Me deixem em paz!, gritou, furioso. *Será que não percebem que, na minha situação, já tenho preocupações suficientes e preciso pensar em mim?*

Nós fizemos o que você mandou. Podíamos estar em casa, mas atendemos o seu pedido, estamos aqui por sua causa.

A mulher gemeu do outro lado da linha. Estava chorando.

Não, eu é que estou aqui por sua causa, malditas sejam.

Como você pode dizer isso, John? Fizemos tudo por você. Silêncio da parte de Murray. Durante alguns segundos não se ouviu outra coisa a não ser o choro da mulher. E de repente três pancadas seguidas no fone. E depois a voz de Murray, ameaçadora.

Cale a boca! Calem-se todas, parem de chorar! Maldição! O choro emudeceu de repente.

John, não faça isso.

Não fazer o quê, mamãe? Entediado.

Nos abandonar, John. Não nos abandone.

A chamada foi interrompida.

"The grass is always greener over there"
A grama é sempre mais verde do lado de lá

Noah se sentia muito mal, muito pior do que nos últimos dias. Sua deterioração física era evidente, mas, no meio de tudo, o que mais o preocupava, o que o irritava de uma maneira desconhecida nele, era a sensação de se dar conta de que estava perdendo as faculdades mentais.

Às vezes chegava a ter consciência da confusão de seus pensamentos. Tudo se misturava em sua cabeça num redemoinho de ideias que iam e vinham. A jovem que tinha regressado para casa e que só havia andado por aí a festejar, o sujeito que se entregara na Escócia confessando que era John Bíblia, o canto do mocho-d'orelhas no meio da noite, Kintxo, que vivera durante vários anos no Reino Unido, irritado porque *alguns têm uma queda por garotinhas*, e Maite, que deixara de acender velinhas para Nossa Senhora de Begoña. Não conseguia pensar. A sensação de enjoo e a confusão ofuscavam sua mente cada vez que tentava raciocinar, e a certeza de que tudo começava e terminava com Maite o mortificava.

Passara a manhã inteira lutando contra a necessidade de sair para ir ao quiosque buscar os jornais escoceses e telefonar para Olga, e o bom senso que lhe dizia que precisava descansar. A fraqueza nas pernas do início da manhã degenerara num incômodo formigamento, e a dormência começava a se espalhar por seus membros à medida que as horas iam passando. Tinha chegado a se vestir, mas quando se preparava para sair pela porta se sentiu tão agoniado que mal conseguiu voltar para a cama. O alívio inicial do descanso não durou muito. Depois de um tempo começou a ter dificuldade para respirar, e só quando se ergueu conseguiu aliviar um pouco esse incômodo. Engoliu mais dois diuréticos e uma colherada do tônico de digitalina, consagrou os trinta minutos seguintes a tentar dominar a angústia que sentia até conseguir se acalmar e eliminar a impressão de estar revivendo as sensações do dia em que morreu.

Em certo momento deve ter adormecido. A voz de Ramón García anunciou que eram cinco da tarde, e Noah se perguntou se aquele rapaz nunca ia para casa. Seu pulso voltou a bater compassado e recuperara a sensibilidade nas pernas. Mastigou quatro bolachas enquanto analisava sua aparência na frente do espelho. O cinto e os sapatos estavam apertados, mas o que mais chamava a atenção eram as bolsas de líquido que haviam se formado debaixo de seus olhos. Tentou aliviá-las molhando o rosto com água fria. Depois saiu para o patamar.

Começou a subir as escadas até o consultório da doutora Elizondo, mas antes de chegar ao terceiro andar já estava com falta de ar. Sentou-se num degrau, esforçando-se para recuperar o fôlego. Atirou a cabeça para trás a fim de ver um pouco daquela escassa luz do mês de agosto mais estranho de sua vida. Um halo amarelo se estendia ao redor da claraboia, e reparou então que as escadas tinham se entortado de tal maneira na direção do interior do vão que sem dúvida ele despencaria no vazio se tentasse subir por ali. Permaneceu imóvel, sentado. Escutando o ranger da madeira e o tamborilar suave da chuva no telhado, aspirando o odor do verniz e da cera. Aterrorizado. Isso porque, de todas as sensações que vinham se aglomerando nesse dia, a mais vívida era a de estar ficando sem tempo. Era evidente para ele que o doutor Handley estava enganado, não era questão de meses. *Alguns meses, se você se cuidar.*

A emoção premente do tempo a fugir dele, a confusão mental e todas as teorias que com tanto trabalho tinha andado a tecer desmoronavam como aquilo que eram: quimeras. Desvarios destinados a dar algum sentido a uma vida que escapava por entre seus dedos, e que, sabia agora, era uma vida inútil. Talvez não houvesse predador, talvez John Murray não fosse John Bíblia, talvez tudo aquilo não passasse do desvario de um desenganado, desequilibrado pela medicação e pela depressão, tentando dar um sentido não mais à sua vida, mas sim à sua morte. Se para alguma coisa tinham servido as sessões com a doutora Elizondo, era para chegar à conclusão de que o que lhe dava mais medo era do que não havia contado a Handley quando lhe perguntou no corredor do hospital, nem a Gibson quando este quis saber o que havia sentido ao morrer, nem sequer à doutora Elizondo. O que tinha visto enquanto esteve morto, muito depois do choro fantasmagórico, do soco que o derrubou, do frio e da escuridão, aquilo que o assustava mais do que morrer. A vida inteira se reduzia a duas coisas, amor e medo, e ele só tinha a segunda.

Desistiu. Quando conseguiu ficar de pé, desceu as escadas até a entrada da pensão, pegou o guarda-chuva e saiu para a rua ao mesmo tempo que dirigia de novo um olhar à escada e se perguntava como era possível que alguém subisse por ali.

Primeiro telefonou para Olga da cabine perto da porta do prédio. John Murray tinha recebido um telegrama internacional. Contudo, não tinha como saber o que dizia nem quem o enviara. Pensou que era uma boa moça quando viu que ficou preocupada diante da decepção de Noah por não ter nenhuma pista sobre a mensagem. Saiu da cabine debaixo de chuva e abriu o guarda-chuva muito devagar, envolto na confusão que o havia acompanhado desde manhã. Começou a percorrer as ruas adjacentes, sem rumo, e não soube ao certo o que estava procurando até que encontrou outra cabine telefônica. Parou na frente dela, ciente nesse momento de que tinha evitado usar a que havia junto à porta de sua pensão e que Lizarso mantinha sob escuta. Entrou, pegou o fone, verificando que estava funcionando, introduziu na ranhura das moedas várias de um duro.[10] Teve que discar o número, que sabia de cor, três vezes, porque em todas estava ocupado. Quando a voz familiar atendeu do outro lado, Noah se surpreendeu ao constatar que estava tão nervoso que mal conseguia falar.

— Olá, quem temos aqui conosco? — perguntou Ramón García, jovial.

— Olá — balbuciou.

— Caramba, parece que é um rapaz. Olá, qual é o seu nome?

— Eu queria oferecer uma música — disse Noah, tímido.

---

10 Nome que se dava antigamente às moedas de cinco pesetas. (N. T.)

— Pois ligou para o lugar certo, porque todas as tardes aqui, em *Os Quarenta Melhores* da FM, na frequência 89.5, oferecemos a quem quiser a canção que preferir. Você só precisa ligar como o nosso amigo para o número 487210. Qual é a música que você quer?

— "Wouldn't It Be Good", de Nik Kershaw.

— Caramba, que bela pronúncia! Dá para perceber que você é inglês, amigo. E a quem você deseja dedicá-la?

Noah percebeu que estava tremendo.

— À garota de quem eu gosto, a Maite, que é a garota mais bonita de Bilbao.

— Ah! Maite. Só nos resta saber como é que se chama o admirador da Maite.

Faltava-lhe o ar, e pela primeira vez durante todo o dia teve certeza de que não tinha nada a ver com sua doença.

— Eu me chamo Noé, como o do dilúvio.

— Muito bem, então, do Noé para a Maite: "Wouldn't It Be Good".

Ele desligou e durante alguns segundos ficou apoiado no gancho do telefone como se ele mesmo pendesse do fone. Em sua mente não podia evitar ver Maite ouvindo cada palavra de Nik Kershaw. Disse com os seus botões que talvez devesse ter oferecido uma música em espanhol, mas mais ninguém no mundo era capaz de explicar com exatidão como se sentia nesse momento tão bem como Kershaw.

Quando se virou para sair da cabine, viu Rafa acompanhado por Euri. Ele usava uma capa de chuva amarela, embora tivesse tirado o capuz, e o observava sorridente do lado de fora. A cadela ao seu lado não tirava os olhos de cima dele.

— V-você ofereceu uma música para a Maite — disse, como uma saudação.

Noah assentiu sorrindo, ciente de que Rafa o observava com atenção, a cabeça algo inclinada para o lado, mas sem tirar os olhos dele.

— É a sua namorada?

Noah se inclinou a fim de acariciar a pelagem suave de Euri, demorando assim alguns segundos para responder, enquanto avaliava as consequências de seu ato. A pergunta do rapaz não era descabida. Acabava de oferecer uma música a uma mulher na emissora de rádio de maior audiência de Bilbao. Acabava de admitir em público que gostava dela. Foi como se de repente se desse conta do que havia feito e das conclusões que daí tirariam.

— Não.

Não, pensou Noah. *Maite não é minha namorada e nunca poderá ser*. Que raio lhe tinha passado pela cabeça quando resolveu telefonar para a rádio? Olhou para o relógio: só tinha combinado de se encontrar com Lizarso dentro de duas horas, e agora, de repente, se sentia incapaz de aparecer no bar e ficar sozinho com ela. Nervoso como um adolescente, fechou os olhos por um segundo e suspirou, ciente da enrascada em que havia se metido.

— Por que não? — insistiu o rapaz, sem parar de olhar para ele.

Noah dirigiu os olhos para o céu, que continuava encoberto, e estendeu uma mão.

— Eu te conto se você vier comigo, agora que parou de chover. Estou aqui pensando que faz três dias que temos festejos e ainda não sei onde estão instaladas as *fairas*.

— A gente diz feiras. Você não fala direito — o menino riu, com os olhos brilhantes. — Ficam na rua Luis B-Briñas, perto de Bas-surto, quase ao lado do San Mamés.

— É perto?

— Para mim ss-sim, para você... é melhor ir de táxi.

Noah olhou para aquele rapaz extraordinário impressionado com seu poder de observação.

— Tem razão. Você acha que encontraremos algum que nos leve com a Euri? Mas antes precisamos passar pelo quiosque para buscar os meus jornais.

O restante da tarde tinha decorrido bastante melhor do que ele poderia imaginar, tendo em conta a manhã que tivera. Determinado, ignorou as luzes vermelhas e intermitentes, que em sua memória continuavam a brilhar com intensidade nas laterais da linha do trem daquela passagem de nível em Glasgow, sinal inequívoco de um pressentimento, ou de um ataque do coração. Apesar da previsão de chuva para o resto do dia, abrira-se uma clareira no céu bilbaíno e no panorama interior de Noah. Fazia quinze minutos que não chovia com intensidade, e, embora uma espécie de *smirr* muito fino mantivesse tudo molhado, todas as barracas da feira continuavam a funcionar com normalidade e havia grupos na frente das tômbolas comprando rifas e jogando cartões nos bingos ambulantes.

Noah fechou o guarda-chuva e vasculhou os bolsos à procura de um par de moedas para dar a uma menina que pedia esmola para comprar um sanduíche. Não lhe escapou o ar de reprovação com que alguns olharam para ele quando deu o dinheiro a ela. Estava descalça, chapinhando nas poças, apesar de levar numa das mãos um par de velhas botas Doc Martens. Parte da cabeça rapada, e o cabelo louro, despenteado e emaranhado levantado numa crista, provavelmente com cerveja. Enquanto se afastava, Noah reparou na pequena bolsa de pano pendurada a tiracolo e nos grossos alfinetes que a atravessavam de um lado ao outro. Um pensamento rápido cruzou sua mente e, quase ao mesmo tempo, perdeu-o. Durante algum tempo tentou evocar a ligação com tudo aquilo, mas só conseguiu pensar na foto de Clarissa O'Hagan que trazia na carteira.

Sorriu observando de longe Rafa, que dava voltas numa atração da feira. Sentia-se muito melhor do que durante o restante do dia, e tinha certeza de que sem dúvida haviam contribuído para isso as manchetes dos jornais escoceses. *The Scotsman* e o *Daily Record* destacavam em suas páginas o fiasco da polícia ao constatar que o sujeito que confessara ser o autor dos crimes de John Bíblia não passava de um no meio de tantos imbecis que chegavam ao ponto de se responsabilizar pela autoria de homicídios terríveis com o único objetivo de se sentir protagonistas.

Suspirou aliviado enquanto voltava a reconstruir suas teorias. Sentia-se apoiado e chegou a se autorrecriminar por não ter sido capaz de distinguir um perfil que durante todos os anos em que havia perseguido John Bíblia encontrara pelo menos meia dúzia de vezes. Na "Marinha" guardavam as fotos de uma coleção de lunáticos que haviam se apresentado em diferentes momentos para confessar ser o mítico assassino. Na maioria dos casos era fácil descartá-los porque se limitavam a repetir como papagaios o texto das notícias que foram surgindo nos jornais. Tipos medíocres, perdedores, desgraçados com uma vida desenxabida, que acabavam acreditando que confessar ser assassinos em série era a única maneira de brilhar. Contudo, de vez em quando havia um ou outro que dava um pouco mais de trabalho. Talvez porque seu caráter se encaixava, porque sua vida solitária acompanhava a razão por que no fundo desejavam com toda a alma ser ele, ser John Bíblia.

Sentado num banco, apalpou no bolso do casaco os recortes das notícias que, como sempre, havia selecionado nos jornais antes de se desfazer deles, exceto dos esportivos, com os quais passearia debaixo do braço o restante da tarde.

— *They are crazy*, Euri! O mundo está cheio de loucos — disse para a cadela, que o fitou com ar solene, dando-lhe razão. Ao longe viu passar de novo a garota *punk*. Tinha calçado as botas, mas sem apertar os cadarços. Tornou a reparar na bolsa e, seguindo um impulso, tirou a foto de Clarissa O'Hagan que trazia na carteira e a observou demoradamente enquanto pensava.

Os gritos de alegria do rapaz o arrancaram de suas reflexões. Levantou uma mão para cumprimentar Rafa, que fazia o mesmo cada vez que as voltas que dava o carrossel o aproximavam do lugar onde Noah e Euri esperavam. O menino estava se divertindo demais, andara no polvo, na lagarta louca e na roda-gigante. Custara-lhe um pouco convencer Rafa de que era melhor para ele esperar vendo-o aqui de baixo, com a cadela. A princípio confundira a decepção do garoto com receio de ir sozinho. Percebeu que desejava apenas partilhar essa experiência com ele quando reparou na maneira como o rapaz lhe acenava a cada volta e tentava lhe explicar o que sentira durante a corrida enquanto iam caminhando de uma atração até a seguinte.

Depois de observar durante alguns minutos e ver como as pessoas gritavam, não se atrevera com o barco pirata, uma versão sofisticada do Balancé, que ameaçava arremessar os passageiros em pleno voo pelos ares, nem com os carrinhos de bate-bate, se bem que a avaliar pelo brilho dos olhos dele Noah tenha percebido que os adorava; Rafa tocou com desdém no braço direito enquanto murmurava: *Não sei dirigir*. Ao passar pelas barraquinhas de tiro, o rapaz ficou olhando para as centenas de pelúcias que pendiam dos tetos e das paredes e sorriu feliz quando Noah lhe perguntou:

— Qual deles você quer?

Rafa apontou para o teto, de onde pendiam várias réplicas de um robô gigante.

Noah se aproximou da barraca e falou com o vendedor.

— São quantos tiros para o robô gigante?

— Não prefere o Dartacão? — perguntou o homem, dirigindo-se ao garoto.

Rafa olhou com desconfiança para o cão de pelúcia vestido de mosqueteiro que o homem lhe indicava e se aproximou mais de Noah de modo que só ele pudesse ouvi-lo.

— Esse é para os menores, prefiro o M-Mazinger Z.

— O robô — declarou Noah, em tom firme, dirigindo-se ao vendedor.

Ele se deu conta de que o homem o estava examinando, quem sabe avaliando as enormes bolsas que tinham se formado debaixo de seus olhos.

— Trinta e cinco paus — disse, provocador.

Noah tirou o dinheiro, pagou os bilhetes e esperou que o homem colocasse os pinos. O vendedor começou a se arrepender de não lhe ter pedido pelo menos mais vinte paus pelo boneco quando Noah recusou uma atrás da outra três das espingardas que lhe oferecia para disparar, até que por fim se mostrou satisfeito com uma.

— Quer atirar você? — propôs a Rafa.

O rapaz olhou para ele confuso.

— Não posso — sussurrou.

Noah foi derrubando os pinos um por um. Rafa festejava tanto cada acerto que no momento em que acertou no que representava o número vinte já estavam reunidas ao redor deles várias dezenas de pessoas. A cara do vendedor era digna de se ver. Alternava os olhares na direção de Noah e do boneco gigante, que já dava como perdido, com bufos indignados ante cada acerto do inspetor e a cada festejo do menino. Quando derrubou o último pino, uma grande ovação se propagou entre os que os rodeavam enquanto o homem quase arrancava a espingarda de suas mãos, antes de ir buscar o boneco com um gancho e entregá-lo a Rafa.

Noah se sentiu feliz passeando com toda a tranquilidade enquanto ia apreciando os olhares e as felicitações do garoto, que carregava orgulhoso o boneco, quase tão grande quanto ele.

— Quando você faz aniversário, Rafa?

— Pr-primeiro de feve-reiro.

— E quantos anos vai fazer?

Ele aspirou ruidosamente antes de responder.

— Dezoito anos.

— Você sabe que no ano que vem já pode tirar a carta de motorista, não sabe?

Rafa deteve-se, virando-se de modo que Noah pudesse ver seu rosto.

— Se não posso di-dirigir um carrinho de bate-bate, c-como é que vou dirigir um carro de verdade?

— Você sabe o que é um veículo adaptado?

Rafa negou com a cabeça.

— Conheci um homem em Glasgow que tinha perdido uma perna e uma mão num acidente. Fizeram para ele um carro com uma embreagem manual, e tinha a alavanca do acelerador perto do volante. Ele prendia o braço em uma saliência do volante. Ele dirigia um carro azul-marinho e levava com ele toda a família.

O rapaz inspirou fundo antes de falar, e depois o fez muito devagar:

— Nunca vi nada assim.

— Pois existe. Os mecânicos os adaptam às necessidades de cada pessoa.

Rafa ficou em silêncio. Parecia estar meditando sobre esse assunto.

— Vá por mim. Você vai começar a dirigir antes de eu aprender a fazê-lo bem depois de andar a vida toda dirigindo pela esquerda. Ontem tive que levar o carro do meu amigo Mikel e quase sofri um acidente por duas vezes.

— Sério? — o garoto perguntou, achando graça.

— Juro. Uma vez quando estava passando pela ponte e outra contornando uma rotatória.

O menino riu com gosto, e Euri, contagiada por sua alegria, saltou até junto de seu rosto a fim de lhe dar uma lambida.

— Eu gos-gostaria muito de dirigir. Seria capaz de fazer bem — disse, mais animado.

— Rafa, ontem eu conheci a sua mãe. Ela estava um pouquinho preocupada. Você contou para ela que era meu ajudante, apesar de ter prometido que não iria dizer nada a ninguém.

— E eu não disse nada a ninguém... Mas à *ama* não se mente.

Noah sorriu.

— Tem razão. E não estou bravo por causa disso, mas a sua mãe me contou que você não quer ir para o centro fazer reabilitação, nem frequentar as aulas.

Rafa deixou pender a cabeça sobre o peito, escondendo-se em parte atrás do boneco.

Noah se deteve, obrigando o garoto a fazer o mesmo.

— Rafa, olhe para mim. Por que você não quer ir?

— As pessoas di-di-dizem que aquela é a escola dos idiotas. — E depois, em voz muito mais baixa, acrescentou: — E eu não s-sou idiota.

— Todos somos idiotas, Rafa. Agora há pouco, na cabine telefônica, você me viu oferecendo uma música a uma mulher de quem eu gosto. Você me perguntou por que ela não é minha namorada, e eu prometi que te explicaria. Sabe por que ela não é a minha namorada? Porque me sinto um idiota. Eu me sinto um imbecil, porque acho que não sou suficiente para ela, que não seria capaz de dar o meu melhor, não poderia ser um bom namorado, nem um bom marido, não poderia fazer nada daquilo que se espera que eu faça...

Rafa o encarava com a máxima atenção, com os olhos muito abertos.

— Mas isso não ééé verdade. Você é um detetive, você pega os m-maus, é importante.

— Pode até ser, mas que diferença isso faz se eu me sinto tão inútil que me deixa paralisado?

— Não g-gosto que riam de m-mim.

— E isso faz você ser um idiota, Rafa. Cada vez que você deixa de fazer alguma coisa, eles ganham, então eles têm razão.

Rafa baixou a cabeça, percebia-se que estava zangado. Euri se mexia nervosa à volta dele, andando de um lado para o outro, ciente da tensão.

— Você já percebeu que eu estou doente. A minha doença não tem cura, assim como acontece com você, mas a diferença é que eu nem posso melhorar. E vá por mim, se houvesse um lugar aonde eu pudesse ir, algo que eu pudesse fazer, alguém que pudesse me ajudar, eu não deixaria escapar essa oportunidade.

Rafa levantou a cabeça e o encarou. Noah tocou em seu ombro, sentindo a tensão de sua musculatura debaixo da camisa.

— Você não para de dizer que não é idiota, mas está se comportando como um se decidir que não quer melhorar.

— Está certo — disse o rapaz.

— Está certo?

— Vou ao centro.

— E?

— E à reabilitação.

— Muito bem. Você conhece a escola de direção Kart?

Rafa assentiu.

— Ontem eu falei com o proprietário. Ele me disse que com dezessete anos e meio você já pode se candidatar ao exame, e depois pode fazer o exame com o seu próprio carro adaptado assim que fizer dezoito.

Rafa olhava para ele boquiaberto. Levantou a mão a fim de limpar um pouco de baba.

— Na próxima segunda-feira, logo que terminarem as festas, vamos matricular você. Lá na escola vão te dar livros, e você pode começar a estudar já. Quero que você seja aprovado de primeira, não me faça jogar dinheiro pela janela. Fui claro no que eu disse?

Rafa assentiu, sorrindo.

— Em troca, eu quero que você vá à reabilitação e que em setembro comece a frequentar as aulas. Vamos procurar um carro e um mecânico que o adapte. E temos que nos apressar, eu não tenho muito tempo, nem sei se vou poder ver você conseguir isso, portanto vai ter que me dar a sua palavra.

Rafa colocou o boneco debaixo do braço... E depois estendeu a mão.

— Te dou a minha palavra.

E foi então que Noah quebrou a regra dos homens escoceses no que tocava aos abraços. Em seguida, começou a chover outra vez com intensidade.

Apesar da chuva, o ambiente festivo havia tomado conta de toda a cidade, mas nas Siete Calles era total. Grupos de amigos vestidos com suas camisas coloridas se aglomeravam às portas dos bares. O de Maite não era exceção, estava lotado, a tal ponto que, mesmo apesar da chuva, alguns bebiam na rua, resguardados debaixo dos respectivos guarda-chuvas, junto à porta do estabelecimento. Noah estacou de repente antes de entrar. Pediu a Rafa que esperasse por ele ali por um momento enquanto subia até seu quarto. Não lhe escapou o olhar indulgente do rapaz, talvez mais consciente do que o próprio Noah do respeito que Maite lhe infundia.

Noah entrou em seu quarto da La Estrella e tirou debaixo de uma pilha de roupa, que guardava naquele guarda-roupa que parecia um caixão, um envelope pardo com a cópia da fotografia de casamento de Maggie Davidson, a jovem esposa de John Clyde. Ele a examinara por breves instantes no dia em que a tirou de sua caixa de correio em Glasgow, e na época não havia visto nada que Gibson não lhe tivesse descrito. Uma jovem pálida, sem graça, com excesso de peso e com o cabelo na altura das orelhas, apertada dentro de um vestido de noiva barato. A razão que levara John a escolhê-la para se casar continuava a ser um mistério. Noah pousou a foto em cima da cama, tirou da carteira a de Clarissa O'Hagan e as comparou. Depois retirou do monte de meias a pequena agenda preta. Procurou os nomes de cada uma das vítimas de John Bíblia em 1968 e 1969 e as da lista de mulheres desaparecidas ao longo daqueles catorze anos e que pudessem se enquadrar no mesmo perfil. Guardava uma descrição pormenorizada de cada uma. Não precisava delas porque, só de reler seus nomes, a imagem dos rostos delas, na maioria das vezes em preto e branco, voltava com tanta força como se as tivesse na sua frente.

Tinha além disso uma relação pormenorizada das roupas que usavam no momento em que desapareceram, de suas bolsas, dos sapatos, das joias ou adornos e, no caso de usá-los, da maquiagem e do perfume. Procurou folheando rapidamente uma página após a outra até que encontrou o que estava à procura. Myriam Joyce, a jovem desaparecida no campus de Edimburgo, e que veio a revelar-se ser a neta de uma benfeitora da universidade, usava naquele dia uma bolsa assinada por Vivienne Westwood, preta, simples e cara. Releu a descrição: atravessada por três grandes agulhas imitando alfinetes de babá. Nesse momento foi como se Noah se transferisse por magia para aquele pequeno quarto sem janelas em Harmony Cottage. Quase sentiu nas mãos o toque do fecho de correr enferrujado quando abriu a bolsa para examinar a etiqueta com o grande V, que era na época a imagem de marca de Westwood, e os velhos programas da paróquia que a tia de John ali tinha guardado quando usava essa bolsa. Passou duas páginas da agenda até encontrar o nome de Clarissa e a descrição dos pequenos brincos vermelhos de rubi, que haviam pertencido a sua falecida mãe e que reluziam como duas gotas de sangue nas orelhas da mulher de John na fotografia de seu casamento.

Quase esbarrou numa jovem na frente do bar de Maite.

— Senhor Scott Sherrington — cumprimentou-o a mulher.

Vestida com uma blusa regional, com o cabelo ruivo solto e ondulado pela umidade e debaixo do guarda-chuva, Noah demorou alguns segundos para reconhecer a doutora Elizondo. Reparou nesse instante que não sabia seu primeiro nome. Ela se afastou do grupo com quem bebia e se aproximou de Noah quase até roçar nele.

— Você faltou à consulta de hoje.

— Eu me senti esquisito o dia todo — desculpou-se ele.

— Esquisito ou mal?

— As duas coisas, acho eu. Antes eu conseguia distingui-las muito bem, mas o que aconteceu comigo deixou bem evidente que tenho dificuldade para diferenciar um pressentimento de um ataque do coração — disse, tentando fazer piada. — Às cinco horas me levantei e me vesti para ir à consulta, mas foi impossível, tenho muita dificuldade para subir as escadas, mas calculo que deve custar para todo mundo, tendo em vista o estado das escadas. Só me pergunto como é que você consegue descê-las. Não sente medo?

Ela o ouvia absorta e ficou pensativa durante alguns segundos. De repente disse:

— Venha comigo um instante, por favor.

Noah fez sinal a Rafa para que esperasse e seguiu a doutora até a porta da La Estrella. A mulher abriu a porta com sua chave, entrou na escada e acendeu a luz.

— Caramba, estou vendo que já consertaram. Já quase tinha me acostumado a subir no escuro.

A doutora Elizondo avançou até se colocar no espaço ovalado que formava o vão da escada.

— Fique ao meu lado — pediu.

Assim que ele o fez, ela perguntou:

— Diga-me, Noah, você está vendo a escada inclinada?

Noah levantou a cabeça e viu que o corrimão se estendia numa perfeita elipse até os pisos superiores, tão iluminados como o primeiro andar. Incrédulo, subiu ao lado da doutora até o primeiro andar e examinou a balaustrada outra vez. As escadas apresentavam o desgaste na planta normal de uma casa antiga, mas nada mais, estavam perfeitamente na horizontal.

De novo na frente do bar, o ruído das gargalhadas e das conversas era audível acima da música festiva que tocava como pano de fundo. Ladeado por Euri e por Rafa, Noah parou por um instante antes de entrar varrendo o olhar pela freguesia no interior e procurando Maite. Esta usava um vestido azul, e o cabelo liso até os ombros ficara ondulado em grossos caracóis, decerto por causa da umidade. Ria de algo que um freguês tinha dito. Uma vez mais, achou-a linda. Suspirou e inspirou fundo ao mesmo tempo que tentava guardar dentro de si a nova sensação de estar se precipitando por uma descida muito inclinada numa montanha-russa. Perguntou-se até que ponto nada daquilo era real, até que ponto aquilo era uma ilusão como as escadas que o absorveriam rumo ao vazio. A conversa com a doutora Elizondo o deixara perturbado.

— Há duas vertentes neste caso, Noah. A psiquiátrica me diz sobre a escalada que pressupõe para você procurar a resposta para o que te levou ao meu consultório. Acho que você está muito perto; aliás, creio que já a conhece, só precisa verbalizá-la, mas, seja lá o que for que guarda aí dentro, te causa tanto medo como esse abismo que vai te engolir se você cair em direção ao vão da escada.

Ele balançou a cabeça, atônito.

— Eu realmente as via inclinadas, doutora.

— Eu acredito. A resposta está dentro de você. Projete o seu medo na sessão que tem comigo, porque você sabe que já está muito perto. Por alguma razão, hoje era o dia, algo se moveu ao seu redor para tornar inevitável que você falasse hoje sobre isso. À medida que você foi se aproximando do que te assusta, o seu cérebro projetou essa sensação de que você iria cair no abismo, e hoje a levou ao ponto de te deixar paralisado. Amanhã quero te ver no meu consultório; se às cinco horas você não subir, desço eu para te buscar na La Estrella. Quero que você pense nisso, Noah. O que é que está acontecendo? O que é diferente hoje?

Ele gostaria de ter sido sincero.

Hoje vou morrer.

No entanto, perguntou a ela qual era a outra vertente possível no seu caso. E, embora ela tenha sugerido que talvez se devesse a um desequilíbrio químico, Noah tinha certeza de que só o dissera para acalmar sua aflição ao se dar conta de que não havia nada de estranho com as escadas. Em parte sabia que seu mal-estar também provinha do fato de ter prometido à médica que iria ao hospital, quando afinal já tinha decidido que não faria isso de forma nenhuma. Não tinha tempo, havia coisas demais em que pensar. Quando saíram da porta do prédio, ele a reteve por mais alguns segundos.

— Quero te fazer uma pergunta sobre o paciente enigma.

Ela esperou enquanto assentia.

— Desconfio que ele ofereceu por mais de uma vez objetos e peças de roupa das vítimas às mulheres da família dele. Eu acho que ele as obrigou a usá-los.

— Você acha que elas sabiam de onde essas coisas provinham?

Ele pensou na foto da jovem esposa de John Clyde exibindo no dia de seu casamento os brincos da mãe de Clarissa, ou naquela bolsa que a mãe, ou alguma das tias, levara para as reuniões da paróquia.

— Não, acho que não.

A doutora Elizondo fitou-o com atenção e insistência.

— Você assistiu *Psicose*, o filme de Alfred Hitchcock?

— Claro.

— Pois então, a peruca de Bates é a chave. Norman Bates era um cara tranquilo, uma boa pessoa até, mas vestia as roupas da mãe quando cometia os seus crimes. Era a maneira que ele tinha de encenar até que ponto ela o dominava e era perversa com ele. É por isso que tem importância se elas sabiam de onde provinham as roupas e os objetos. Caso soubessem, isso implicaria que o nosso paciente enigma mata para elas, e entregar as roupas e os objetos para elas seria uma espécie de oferenda. No entanto, se o nosso paciente enigma está fazendo o oposto de Norman Bates, e veste com os pertences das suas vítimas as mulheres da sua família que ignoram a sua proveniência, é bastante óbvio: está projetando nelas esses assassinatos. São elas que ele quer matar, e obrigá-las a usar as roupas e os objetos das vítimas é a sua maneira de representar isso.

Noah parou na porta do bar. Os pensamentos se misturavam, confusos, estabelecendo ligações que iam e vinham entre as vítimas, a família de John Clyde, as jovens desaparecidas em Bilbao, a amiga de Begoña que estava menstruada... Viu a si mesmo empacado na porta do bar de Maite, tentando pensar em qualquer coisa que o fizesse evitar o imenso desconforto, os nervos, a falta de jeito e a extraordinária alegria cada vez que voltava a vê-la. Sempre pensara que as borboletas no estômago eram uma licença poética. Nunca na vida se sentira tão aturdido. Chegou inclusive a passar por sua cabeça a possibilidade de ir embora quando Rafa lhe deu um ligeiro empurrão.

— Entramos?

Noah deu um passo na direção do interior do bar tentando controlar o ligeiro tremor das mãos. Viu os irlandeses, barulhentos e semiembriagados, em seu lugar habitual perto da porta, e Lizarso, que, no fundo, erguia uma mão a fim de chamar sua atenção. Então Maite olhou para a porta. Quando os olhos de ambos se encontraram, ela primeiro ficou muito séria, e depois, muito devagar, em seu rosto foi-se desenhando um sorriso pleno. Nesse momento, Noah Scott Sherrington sentiu-se tão feliz como nunca havia se sentido em toda a sua vida. À medida que se encaminhava para o fundo do estabelecimento, viu que a velinha ardia de novo aos pés da Nossa Senhora de Begoña.

Lizarso estava eufórico. Notava-se que tinha novidades. Noah reparou que mal conseguia se conter enquanto Maite colocava entre eles duas cervejas e um refrigerante para Rafa. Esperou que ela se afastasse e se inclinou de modo que Noah pudesse ouvi-lo.

— Hoje foi considerada admissível a denúncia relativa à segunda garota que desapareceu na sala Arizona. Por sorte a queixa foi efetuada na Ertzaintza. Com esta são três as mulheres oficialmente desaparecidas.

Scott Sherrington deixou sair todo o ar. De novo aquele palpite. Lizarso prosseguiu:

— Chama-se Alicia Aguirre, vinte e oito anos, casada. O marido não estava com ela, era um encontro de mulheres, comemoravam o aniversário de uma delas. Uma das amigas afirma que ela estava menstruada quando desapareceu. Quase desistiu de ir porque não se sentia bem, mas tomou um analgésico e melhorou.

Noah levantou a cabeça a fim de encará-lo. Lizarso o incentivou com um gesto para que voltasse a se aproximar.

— A garota que estava fazendo aniversário ganhou uma Polaroid, e ela tirou várias fotos dentro da discoteca — disse, sacando uma do bolso interno do casaco.

Noah e Rafa se inclinaram a fim de vê-la. A foto estava escura, o excesso de luz que vinha da parte lateral a iluminara de uma forma irregular. Mostrava um grupo de dez mulheres entre os vinte e cinco e os trinta e cinco anos sorrindo para a câmera. Fora captada na área do bar, e pelo ângulo era provável que tivesse sido tirada por um garçom do interior do balcão.

— Repare nas pessoas lá atrás.

Viam-se as cabeças de um grupo que passava e um homem solitário que olhava na direção das garotas.

— Eu acho que é ele — disse Lizarso.

Noah olhou por breves instantes para o ertzaina e de novo para a fotografia.

— É capaz de ser...

— Também p-poderia ser o outro — opinou Rafa. — O que p-parece...

Os dois homens se viraram para fitá-lo.

— Bem observado — aplaudiu Noah.

— Sim, bem observado — admitiu também Lizarso. — Só que não temos conhecimento de que o Collin estivesse em Bilbao no dia em que foi tirada esta fotografia. Como eu disse, ele apareceu um dia depois da sua chegada, o que significa uma semana depois da chegada do Murray. É claro que já poderia estar aqui dias antes. Eu já falei que ainda não sabemos como foi que ele entrou no país. Interrogamos as amigas da moça. Algumas se lembravam de tê-la visto conversando com um homem, e como de costume forneceram uma descrição vaga e até mesmo contraditória. Quando perguntei a elas se poderia ser o homem que aparece na foto, elas disseram que sim, que não e que não tinham certeza. No que na realidade se mostravam todas de acordo é que consumiram bastante bebida alcoólica. Mas essa não é a coisa mais interessante que aparece na foto. Vejam de novo.

Noah observou de perto e com atenção os perfis das pessoas que passavam por trás do grupo das moças. Um dos homens era vagamente familiar para ele.

— É...?

— É o Kintxo — afirmou o menino.

Lizarso balançou a cabeça devagar e de maneira afirmativa.

— E não é só isso. Esta tarde, enquanto vocês andavam pelas feiras se divertindo, fui visitar o seu amigo da banca de jornais da Gran Vía para perguntar a ele quem andava comprando os jornais escoceses. Ele me deu uma descrição que se encaixa em você e a de mais dois sujeitos: um que poderia ser o Murray, e do terceiro ele me deu o nome, porque o conhece das Siete Calles: Joaquín Orueta, vulgo Kintxo. Ele disse que isso lhe chamou a atenção porque chegou depois do outro tipo ir embora e pediu que vendesse para ele, sem tirar nem pôr, os mesmos jornais que este havia comprado.

Noah sorriu, surpreso.

— Isso, junto com os comentários que ele fez para a Maite, confirma que o Kintxo anda seguindo o Murray.

Lizarso viu que Maite se encontrava ali perto e guardou silêncio até que ela se afastou de novo pelo balcão.

— Não sei quem está seguindo quem. Perguntei sobre a vida dos pais do Kintxo no Reino Unido. Viveram um tempo em Aberdeen antes de se mudar para Edimburgo, o pai trabalhava numa plataforma de petróleo, e adivinha o que...

Noah respondeu.

— O Kintxo trabalhou nessa mesma plataforma em Aberdeen quando esteve fora.

— Sim.

— Só falta você me dizer que ele estudou na Universidade de Edimburgo.

Lizarso sorriu.

— Não, não passou nos exames de admissão.

Lizarso ficou de pé ao ver que os irlandeses se preparavam para sair do bar numa grande algazarra e em altos berros.

— Não creio que hoje aguentem muito, começaram cedo — disse, apontando com o queixo para o ruidoso grupo.

Noah tirou uma nota e levantou-a no ar, chamando Maite. Ela se aproximou da aparelhagem de som e pegou uma fita. Colocou-a em cima do balcão para que ele pudesse vê-la. Na capa de *Human Racing*, Nik Kershaw, de lado, olhava para a câmera por trás de suas sobrancelhas escuras. Noah tinha ouvido falar das músicas de apaixonados que alguns casais partilhavam, das de desamor com que outros se sentiam tão identificados e que pareciam escritas com suas próprias lágrimas. Desde a primeira vez que havia escutado aquela música, Noah continuava a se perguntar como é que o jovem Nik tinha sido capaz de radiografar toda a confusão, toda a tristeza, as perguntas, os anseios e o desespero de um homem sem opções no final de sua vida.

Maite sorriu com timidez.

— Adorei a música. E a dedicatória também.

Noah não disse nada, ficou olhando para ela em silêncio, sentindo que começava a tremer e implorando para que ela não percebesse isso.

— Não conhecia Nik Kershaw, mas depois de ouvir a sua música mandei a Begoña comprar o disco. Não entendo uma palavra, mas a Bego fala inglês, frequentou um bom colégio e desde pequena praticou com o pai. Ela traduziu a letra para mim, e eu achei um pouco estranha... Não sei se é romântica de alguma maneira...

Noah assentiu sem saber o que dizer. Nervoso, envergonhado pela presença de Rafa e de Lizarso, que não perdiam uma palavra. Sentia que lhe tremiam as pernas, e um vazio no estômago que aumentava como se fosse desmaiar a qualquer momento.

— Seria bom nós conversarmos — disse ela.

Wouldn't be good, pensou ele, se bem que não foi isso que disse.

— Agora eu preciso ir... — conseguiu dizer, um pouco sem jeito e sentindo-se estúpido de imediato.

Ela sorriu.

— Não me refiro a este momento. Eu também tenho que trabalhar. Mais tarde...

— Maite, não posso. Te dou minha palavra de que se fosse outra coisa eu iria desistir de fazer, mas o que eu tenho que fazer esta noite é muito importante... É trabalho...

— O Mikel já me explicou.

Noah lançou uma rápida vista de olhos a Lizarso enquanto se perguntava o que é que ele teria contado a Maite. Ela explicou.

— Que você precisa entrevistar esses jogadores, rapazes jovens que frequentam as discotecas. Já entendi, é normal... Vou assistir aos fogos com umas amigas, e depois vamos dar uma volta pelos arraiais. Por volta das três horas estarei no café Brasil, perto do Arenal...

Noah se sentia abatido.

— Maite... Não sei se vou conseguir chegar a tempo.

— Claro que consegue — interrompeu Lizarso. — Ele vai estar lá. Pontual. Eu me encarrego do trabalho.

Mal tinham transposto a porta do bar, Lizarso desatou a gargalhar, acompanhado por Rafa, e com Euri pulando ao redor deles.

— Mas que belo Romeu! Oferecendo músicas na rádio.

— Eu o peguei n-na c-cabine-e da rua Correo — disse Rafa.

Lizarso fitou-o, fingindo indignação.

— Para evitar que o amigo Mikel ficasse sabendo, hã? E quem é esse raio do Nik Kershaw?

— Pois parece que é o tipo de que eu precisava — respondeu Noah, abrindo o guarda-chuva —, embora me pareça que eu também te devo alguma coisa. Quando foi que você falou com ela?

— Bom, reparei na cara que ela fez no outro dia quando eu te disse que estava na hora de ir para as discotecas. Expliquei a ela que o seu trabalho é localizar os jogadores jovens sem que o clube saiba de nada.

— Odeio ter que mentir para ela — disse Noah, pesaroso.

— Pois então conte a verdade.

Noah resfolegou.

— Não posso.

— Se as suas intenções forem sérias, você vai ter que contar, e não parece que ela vai deixar mais opções que não sejam intenções sérias. Ela é desse tipo de mulher — disse ele, sorrindo.

Scott Sherrington, no entanto, não sorria. Percebeu o que estava acontecendo. Era muito fácil se deixar arrastar pela ilusão de que as coisas podiam ocorrer da melhor maneira, pela esperança. Mas não havia esperança para ele.

A partir da praça Unamuno viram que o grupo dos irlandeses se embrenhava na passagem dos elefantes.

Noah consultou as horas em seu relógio.

— Rafa, acho que está na hora de você voltar para casa. Com certeza a sua mãe já deve estar começando a ficar preocupada.

Rafa apertou a mão de Lizarso com jeito de despedida, mas quando chegou a vez de Noah abriu os braços, envolvendo-o num abraço desajeitado.

Eles ficaram parados na frente das grandes escadas de Mallona. Enquanto observavam o menino e a cadela subirem as escadinhas coladas ao prédio, em direção à entrada das portas principais, Lizarso comentou:

— Caramba, *mister* Scott Sherrington, parece que o senhor está registrando progressos importantes nas relações pessoais.

O sorriso que começava a se esboçar no rosto de Noah anuviou-se quando ouviu Euri latir, e viu que o grupo de garotos que importunara Rafa saía ao encontro dele vindo da viela formada pelo acesso às portas de entrada. Alertado, Mikel Lizarso se virou para trás a fim de olhar, no momento exato em que um dos rapazes arrancava das mãos de Rafa o boneco e começava a sacudi-lo. Euri latia como louca, avançando e retrocedendo junto a Rafa, sem deixar que os outros meninos se aproximassem dele. Noah já havia desatado a correr na direção das escadas e o ertzaina o seguiu. Talvez para se distinguir da enorme escadaria que subia até o antigo cemitério e chegava ao santuário de Begoña, o acesso às portas de entrada da calçada tinha amplos degraus, com um espaço tão grande entre eles que mais parecia uma ladeira onde tinham sido talhados alguns degraus. Noah caiu no chão quando chegou ao quinto. Lizarso, que já o havia ultrapassado, virou-se por um momento para olhar para ele, dividido entre ajudar Rafa ou seu amigo. Arquejando, Noah levantou uma mão para lhe indicar que continuasse.

Entretidos como estavam importunando Rafa, os garotos nem sequer se deram conta de sua chegada. Lizarso abriu os braços cortando-lhes o caminho de fuga e os empurrando na direção do interior do beco, enquanto fazia sinal a Rafa para descer as escadas e ver como Noah estava.

Estava sem fôlego. Sentia o coração bater acelerado, ainda que compassado, como um tambor de galeras em plena batalha. Virou-se até ficar sentado no chão encharcado e inspirou fundo o ar fresco e úmido daquela cidade, sempre com um travo metálico e de fuligem. Tapou o rosto com as mãos, fechando os olhos e apertando-os com força de modo a reprimir o choro, que como uma onda o assolava de dentro. Ficou assim durante um minuto, fingindo se concentrar em respirar e incapaz de responder às perguntas do rapaz, certo de que se dissesse uma única palavra que fosse desataria a chorar e não conseguiria mais parar. Euri, dotada do instinto de que Icíar lhe falou para reconhecer a ansiedade brotando de dentro, sentou-se ao seu lado e apertou contra Noah o seu franzino corpo peludo. Noah ofegou, mas seus esforços não eram destinados a respirar, mas sim a acalmar, reprimir, aniquilar a angústia que crescia em seu peito como uma bola de estopa e piche incandescente. Estava morrendo. E, como qualquer animal que está morrendo, pensou em voltar para casa, em procurar um lugar tranquilo, em parar de lutar. O pensamento constituiu um bálsamo de paz. Conseguiu acalmar a respiração. Devagar, afastou as mãos do rosto. Euri aproveitou a oportunidade para lhe dar um par de lambidas na cara, enquanto Noah via Rafa descendo de novo as escadas a fim de recuperar o guarda-chuva que havia rolado até o início da escadaria, voltando para junto dele a fim de cobri-lo.

Lizarso se juntou a eles de imediato. Trazia o boneco debaixo do braço. Devolveu-o ao rapaz.

— Como você está? — perguntou, olhando para Noah, preocupado.

— Não é nada. Senti uma cãibra nas pernas. Tem acontecido isso o dia todo. Assim que eu comer alguma coisa já passa.

Lizarso fitou-o desconfiado, mas não disse nada para não deixar Rafa ainda mais preocupado.

— Nunca mais vão voltar a mexer com você — disse, dirigindo-se ao menino e procurando desviar a atenção dele do rosto pálido de Noah. — Quando mostrei o distintivo, eles se borraram de medo.

Rafa sorriu divertido e Lizarso prosseguiu:

— Você devia ter visto como eles tremiam! Dois deles começaram a chorar. Anotei os nomes e os endereços deles, e avisei que vou te perguntar todos os dias se voltaram a te importunar. Se voltarem a fazer isso, uma patrulha da Ertzaintza vai aparecer na porta da casa deles para prendê-los.

Rafa, de súbito muito sério, perguntou:

— Você vai mesmo fazer isso? Vai prendê-los se eles se meterem comigo?

Mikel tirou um cartão do bolso e lhe entregou.

— Te dou a minha palavra. Se alguém se meter contigo, pode me ligar.

Ainda ofegante, Noah estendeu um braço na direção do ertzaina para que este o ajudasse a ficar de pé.

— Você não acha que deveria esperar um pouco? — disse o policial, estendendo a mão para ele.

Noah se levantou e sacudiu a água do fundilho da calça.

— Estou bem. Mas vou ter que voltar à La Estrella para trocar de roupa.

Depois de lhe jurar que estava bem, Rafa concordou por fim em ir embora. Esperaram até ele entrar na porta do prédio.

Noah fez um gesto na direção daquele lugar.

— Bom trabalho esse que você fez com o garoto.

— Não foi nada — respondeu Lizarso, virando-se para a rua Tendería.

— Embora seja provável que façam a ronda de costume, você deveria ir atrás dos irlandeses. Eu te alcanço daqui a pouco.

O ertzaina se mostrou firme.

— Nada disso, vamos embora! Os irlandeses que se lixem! Vá trocar de roupa e depois vamos jantar.

Ele preferia ter ficado sozinho. Quando chegou ao quarto da La Estrella, as cãibras se sucediam e suas pernas doíam tanto que quase não podia andar. Tomou dois diuréticos com um trago do tônico de digitalina e trocou a calça por outra enxuta. Contudo, seu desejo de solidão não tinha tanto a ver com o fato de Lizarso o acompanhar num momento de grande fraqueza como com a necessidade premente de chorar, de se debulhar em lágrimas. Não podia continuar a se enganar e não queria continuar a enganá-los. Passara o dia todo se sentindo uma merda, as coisas avançavam depressa e uma sensação começava a crescer dentro de seu peito, uma espécie de desespero que nunca tinha sentido até então, que não fazia parte dos estágios descritos no processo de luto, no processo de morte iminente. Em nenhum dos livros que abordavam a própria morte tinha lido que surgiria um momento em que se sente a necessidade de chorar por nós mesmos com uma dor intensa e profunda, com toda a consternação de ter perdido, com toda a amargura de saber que não é possível voltar atrás. Só queria chorar, chorar por si mesmo e pela vida desperdiçada, chorar pelos filhos que não teria, pelo toque da pele de Maite, por todos os beijos que guardava e que, agora sabia, eram para ela e para mais ninguém. Estava morrendo e queria fazer isso sozinho.

Depois de ter mudado de roupa, saiu da pensão. O derradeiro olhar foi para a cama vazia e para a janela que havia deixado aberta a fim de refrescar o quarto com sua cortina ondulando ao compasso da respiração do dragão. Do mesmo modo como no dia em que abandonou seu apartamento de Earl Street em Glasgow. Hoje teve certeza de que, se Lizarso não estivesse com ele, a morte o teria encontrado ali. Com a única diferença de que hoje teria ficado à espera dela.

No entanto, Lizarso estava lá. Às vezes precisamos de uma encenação, de um ver para crer sem dar lugar a dúvidas, e para Lizarso tinha sido o instante em que vira Noah desabar. Não havia tropeçado, não havia escorregado, limitou-se a cair no chão como uma torre fulminada por um raio, por um tiro certeiro e mortal. Todo o otimismo que exibia quando saíram do bar tinha desmoronado de forma tão violenta como Noah naquelas escadas. Não foi necessário dizer uma única palavra. Noah teve certeza de que sua insistência em acompanhá-lo, em não o deixar sozinho, tinha a ver com o fato de que de algum modo o jovem policial também pressentia qual era o destino de Noah naquela noite.

Pediram croquetes de bacalhau e chocos recheados na sua tinta, e até acompanharam a refeição com um vinho Paternina Banda Azul. Noah deu algumas dentadas e engoliu a duras penas, embora tenha sido forçado a reconhecer que, assim que a comida quente chegou ao seu estômago, começou a se sentir melhor. Brindaram. No entanto, não falaram muito. Quando dois homens são amigos, tal como quando duas pessoas se amam, podem permanecer juntos em silêncio sem que isso pressuponha o menor constrangimento, ou talvez porque os dois pressentiam que só havia um assunto naquela noite, o assunto de que não queriam falar.

Com um pouco mais de cor nas faces, Noah saiu para a rua, cerrou os olhos com força e abriu de imediato o guarda-chuva logo que sentiu a água no rosto. Localizaram metade dos irlandeses no bar Guria. Hoje estavam mais bêbados do que de costume. Michael e Cillian, "o Tenebroso", retiraram-se antes da meia-noite, e Murray e Collin chegaram à pensão Toki-Ona quando soava uma da manhã. Noah e Mikel se abrigaram no vão da escada da La Estrella enquanto esperavam. Quinze minutos depois, Murray voltava a sair. Dirigiu bastante debaixo de chuva e sem rumo definido, passando pela porta das discotecas, reduzindo a velocidade sem chegar a parar o carro. Lizarso manteve a distância, num Renault 5 amarelo que era tudo menos discreto. Na segunda vez que passaram na frente do Holiday, o ertzaina encostou o carro no acostamento da calçada e desligou o motor.

— Tenho certeza de que ele vem para cá. Está dando voltas só para despistar. É quase como se estivesse confirmando que não está sendo seguido — comentou.

— Você acha que ele nos viu?

— A nós não, nem o Collin, mas o Kintxo não prima pela discrição. Também não me parece que isso lhe cause grande preocupação. Trata-se apenas de precaução.

Cinco minutos mais tarde, John Murray voltou a passar por eles e estacionou quatro lugares mais à frente. Vigiando no interior do carro, deram tempo para ele chegar à bilheteira, comprar o ingresso e entrar na casa.

John Murray não perdeu tempo naquela noite. Concentrou-se em duas jovens pouco depois de entrar. Mikel e Noah puderam constatar que ele as seguia a certa distância, fingindo dar uma volta ou observar as pessoas que dançavam na pista. As duas amigas estavam sozinhas, deveriam rondar os trinta anos e havia certa diferença entre elas. Uma de salto alto, minissaia e top; a outra, calça jeans, uma blusa e um casaco leve de malha. Parecia esse tipo de parceria de última hora entre pessoas, quiçá colegas de trabalho, que querem sair e ficaram sem planos com os seus grupos habituais. Dançaram bastante, e depois a da minissaia começou a papear com um homem que dançava ali perto e não tirava os olhos de cima dela. A outra foi recuando até ficar de lado, e por fim saiu da pista. Nem dois minutos demorou para John se aproximar para falar com ela. Noah observou que se mantinha a certa distância, evitando invadir seu espaço. Respeitoso. Chegava um pé à frente de modo a sussurrar no ouvido dela, mas depois recuava, sorria e esperava que fosse ela a chegar perto dele a fim de lhe responder. Um verdadeiro cavalheiro. Viram os dois irem na direção do balcão. John arranjou um banco para a moça, que lhe agradeceu sem parar de sorrir, pediu as bebidas e pagou com uma nota grande. Durante a primeira meia hora, John a ouviu com atenção e foi ela quem fez as despesas de grande parte da conversa, e ainda assim parecia encantada. A certa altura, sua amiga chegou ali de mão dada com o sujeito que conhecera na pista de dança. Disse algo à amiga e se encaminharam para a área dos sofás. John pediu outra rodada de bebidas e voltou a tirar uma nota das grandes. Alguns minutos depois, pediu desculpas à jovem e foi ao banheiro.

— Vou atrás dele — disse Lizarso —, e você fica de olho na moça.

Noah observou a maneira como vários homens olhavam para ela durante os minutos em que esteve sozinha. Contudo, o segundo copo ao lado do seu deve ter dissuadido os caçadores.

Lizarso regressou com a chuva do exterior colada ao cabelo e à roupa.

— Vai agir hoje — disse, confiante.

Noah inspirou fundo o ar. Sim, sabia que era isso; aquela sensação de que algo estava prestes a acontecer não o havia abandonado durante todo o dia.

— Não foi ao banheiro. Ele saiu, e sabe o que ele fez? Mudou o carro de lugar. Da frente da porta da discoteca, deslocando-o três ruas mais para dentro, numa área escura e sossegada. Não quer que ninguém se lembre dessa moça entrando no carro. Agora sim está no banheiro, suponho que se enxugando. Não tinha guarda-chuva e não pode aparecer molhado perto dela sem uma boa explicação.

Quando se voltaram para o balcão, viram Kintxo, que surgira de algum lugar e estava ao lado da moça. Perguntou alguma coisa a ela e a princípio ela respondeu com amabilidade, falaram em tom amigável, mas ele insistiu, e era evidente que estava incomodando. O sorriso tinha evaporado do rosto da jovem, e suas respostas eram taxativas. Kintxo fez dois gestos apontando para um determinado ponto da sala, quiçá para os banheiros. Viram com nitidez quando ela negou com a cabeça. A moça olhou por cima do ombro de Kintxo com certo alívio. John Murray estava voltando e caminhava na direção do balcão. Então, aconteceu algo absolutamente inesperado. Kintxo agarrou a jovem pelo braço e a puxou até fazê-la descer do banco onde estivera sentada. Ela tentou se livrar dele empurrando-o ao mesmo tempo que gritava com ele. Mesmo acima do barulho da música, foi audível o que dizia: *Me deixe em paz*. O grupo de bebedores que se encontrava mais próximo rodeou Kintxo de imediato. Noah viu um empregado sair a toda velocidade de trás do balcão em sua direção, e os seguranças já se encaminhavam para lá a fim de aplacar a discussão prestes a eclodir. Ele procurou John no meio das pessoas e o encontrou parado a meio caminho, sereno, observando como um espectador o modo como se desenrolavam os acontecimentos entre Kintxo e a moça. Então deve ter percebido alguma coisa, porque virou o rosto na direção de Noah, como se tivesse recebido um chamamento dali. Noah nunca viria a saber com certeza absoluta se os olhares de ambos tinham chegado a se cruzar. As luzes do salão começaram a baixar muito depressa, um apagão, e Noah Scott Sherrington caiu desamparado no chão.

Kintxo

Kintxo chegara sozinho à sala Holiday, mas não estava com disposição para festejar. Um único pensamento preenchia sua mente nos últimos dias. As garotas. Trazia no bolso de trás da calça vários recortes de notícias de jornal dobrados com todo o cuidado. Não havia lugar para mais nada.

Vigiava o casal fazia um bom tempo. Assim que viu que o sujeito se afastava, aproximou-se da jovem. Estava muito nervoso, mas tentou sorrir.

— Olá.
— Olá — respondeu ela.
— Eu vi você conversando com um cara.

Ela sorriu.

— Sim, estou com ele.
— É o seu namorado?

Ela sorriu de novo, encantada.

— Não, bom, eu o conheço há pouco tempo.

Kintxo olhou ao redor, inquieto. Esperava terminar o que viera fazer antes que ele voltasse.

— Acontece que eu vi vocês dois conversando, e a cara dele não me é estranha. Como ele se chama?
— Chama-se John, é inglês.
— John Murray?
— Não me falou o sobrenome. Mas você pode esperar aqui e perguntar a ele, não deve demorar para voltar. Foi ao banheiro. Deve ter fila para entrar, como sempre.
— Ele te pediu para sair com ele?

Ela não deixou de se mostrar amistosa, mas parou de sorrir.

— Desculpe, mas esse assunto não é da sua conta.

Kintxo resfolegou impaciente, olhando ao redor.

— Preste bem atenção no que eu vou te dizer. Não vá com esse tipo, não saia daqui com ele.

— Por que está dizendo isso? Não te conheço, nem sei quem você é. O que você está me dizendo?

— O que estou dizendo é que esse cara é perigoso.

— Sim, claro! E você é o meu salvador com quem eu tenho que sair daqui, não é verdade? Cai fora, desaparece!

— Não, não quero que você venha comigo. Quero que vá embora com a sua amiga, ou quem quer que seja, menos com esse homem. Estou avisando, porque você corre perigo.

Ela se irritou, surpresa e alarmada com a menção da amiga. Fazia quanto tempo que aquele homem estaria a observá-la? Olhou ao redor como se procurasse alguém a quem pedir ajuda e então sorriu aliviada.

— Olha lá, seu cretino. Lá vem o John. Fale com ele se tiver coragem.

Kintxo perdeu a paciência. Agarrou-a pelo braço, arrastando-a para fora do banco, e se aproximou, colando-se a ela a fim de sussurrar em seu ouvido.

— Ele vai te matar. Já matou outras. Pelo amor de Deus, não vá com ele!

O grupo mais próximo de rapazes e moças que se encontrava no balcão já tinha se virado para trás a fim de olhar para eles quando ele a puxou, mas o rodearam, alarmados ao ouvi-la gritar.

— Me deixe em paz!

Ele não pôde fazer mais nada. Várias mãos o agarraram pelos ombros, pelos braços. Dois seguranças da discoteca, grandes como armários, o encostaram no balcão, torcendo seus braços atrás das costas. A jovem não parava de gritar dizendo que Kintxo era um louco e as pessoas se juntaram a sua volta dispostas a assistir ao espetáculo. Em todo o caso, Kintxo se deu por satisfeito, porque quando viraram chegou a ver John, que o observava de longe, optar pela fuga, dirigindo-se sozinho para a porta da discoteca. Kintxo sorriu. O falso John batia em retirada. Não ia correr o risco de voltar para junto da moça enquanto ela contava para quem quisesse ouvir que aquele doido varrido tentara avisá-la de que seu acompanhante pretendia matá-la. Ia ser uma decepção para ela. Reparou então que nem sequer sabia seu nome, um nome que não chegaria a aparecer nos jornais como a próxima desaparecida. *Um a zero, falso John. Eu ainda te pego,* pensou Kintxo enquanto o atiravam para a rua debaixo de chuva.

John Bíblia

Sentado no carro, com o motor desligado e as luzes apagadas, John analisava o que acabara de acontecer na discoteca. Fazia dias que vinha pensando na possibilidade de parar. Eram muitos os sinais que começavam a chegar, e talvez não tivesse tido o tempo necessário para interpretá-los. Precisava refletir de maneira mais profunda e, sobretudo, mais sincera. Sentia que tudo estava caminhando depressa demais e que lhe faltava tempo para rever cada pormenor, para analisar cada gesto, os maiores e os menores. Sua cabeça fervilhava. Recordações, sonhos e pesadelos se misturavam em sua mente, e não conseguia ordená-los. Tinha o pressentimento de que estava acontecendo alguma coisa ao seu redor, sentia como pequenas molas de um relógio girando em algum lugar que não era capaz de ver, e, no entanto, acarretava consequências gigantescas para sua vida.

 Seria capaz de jurar que tudo começara a correr mal a partir daquela jovem. Não tinha tanto a ver com o caso de ter sobrevivido ao estupro e à asfixia como com o fato de ele não ter sido capaz depois de lhe desferir o golpe de misericórdia. Não era assim tão estranho, ele não era um monstro, um desses assassinos depravados capazes de cometer aberrações com os corpos. Ele jamais perdia o controle, só lhe acontecera isso uma vez, com Lucy Cross; mas, desde que recebeu o sinal no dia em que fez treze anos, sempre mantivera a distância aquele demônio. Matava aquelas porcas, sim, mas era um impulso avassalador que se verificava num momento culminante de repulsa. Não era a mesma coisa libertar sua raiva contra uma cabra lasciva, que sabia de sobra que nesses dias não devia aproximar-se de um homem, do que assassinar a sangue-frio uma jovem ferida, e semimoribunda. Ele não era assim. Havia uma emoção predominante em seu ato de punição que era a resistência, a aversão e o ódio a uma prática infame, mas não era um ímpio.

Sim, essa explicação teria sido válida caso não tivesse ouvido o choro. Aquela criatura moribunda, soluçando na parte traseira do seu carro, despertara um fantasma do passado. Seu eco havia permanecido em sua mente durante horas, até mesmo depois de ter fechado o contêiner, depois de chegar à pensão, depois de encher os ouvidos com algodão, e de repente tinha cessado. Voltara a ouvi-lo havia duas noites, quando, depois de julgar que tudo tinha passado, e após uma execução perfeita, ouviu-o com nitidez proveniente da cabana dos barcos. Se fosse outro tipo de homem, um desses que não sabem interpretar sinais, seria capaz de chegar a ter sérias dúvidas acerca de sua saúde mental.

E, esta noite, Kintxo. Era o ex-marido da fulana do bar. Tinha-o visto por ali cravando umas cervejas e tomando dinheiro da sua ex. John o recriminou por não se ter dado conta mais cedo de que, embora parecesse um caloteiro e um traste, era também um *paizinho*. John não tinha filhos e também não tinha pai, portanto não era nenhum especialista no assunto, mas tinha ouvido falar de Kintxo no bar e achava patético que se permitisse que alguém que abandonou há tempos o seu filho fingisse ter recuperado um instinto que nunca possuiu, e aparecesse quando o filho já era adulto, quando já não precisava dele, quando já lhe havia acontecido tudo de mau, quando estava prestes a morrer, e o próprio Deus tivesse sido obrigado a se manifestar para evitá-lo... Sorriu, deu-se conta de que estava divagando, mas achava dramático e ao mesmo tempo vergonhoso aquele comportamento de Kintxo. De qualquer maneira, John devia ter imaginado, pela forma como olhou para ele quando o viu conversando com a amiga de sua filha, que não se conformaria com um aviso na forma de um par de olhares gélidos. Para variar, nem sequer tinha sido John quem tinha dado o primeiro passo. A menina era linda, muito vistosa e atraente, com um cabelo ruivo como uma princesa escocesa. Não pudera deixar de admirar sua beleza desde a primeira vez que a viu no bar.

Embora Lucy fosse muito mais nova quando a perdeu, havia algo nela que o fazia lembrar-se dela. E um dia de repente ela se virou e sorriu para ele. Mais tarde voltara a cruzar com ela na rua, e sempre o cumprimentava com educação. Uma tarde, enquanto a menina esperava pela amiga na porta, parou para conversar com ela durante um tempo. Não deveriam estar falando nem havia cinco minutos quando Kintxo chegou. Ele se limitou a se despedir com naturalidade e foi embora, mas os homens como Kintxo, quando descobrem seu instinto paternal, sentem-se pais de toda a humanidade, responsáveis por todas as crianças do mundo, e se dedicam a deixar donativos na caixa de esmolas da igreja e a tratar dos joelhos esfolados das crianças que caem no parque. John calculava que desse modo aplacavam sua consciência por terem sido para os próprios filhos uns pais de merda. Há pelo menos um par de noites que começou a tomar consciência de que se encontrava com frequência demais com aquele tipo. A princípio não dera muita importância ao assunto. Apesar de se encontrar em Bilbao havia apenas duas semanas, já conhecia muitas pessoas de vista, de encontrá-las nos bares, nas discotecas, nos pubs. No caso de um *bon vivant* aproveitador como Kintxo, também não achara estranho. Por isso, não esperara que acontecesse o que aconteceu hoje. O sujeito interpretava e levava muito a sério seu papel protetor, e John demorou um bom tempo recapitulando mentalmente quantas vezes estava certo de tê-lo visto rodeando e quantas mais seria provável que tivesse estado muito perto. Elaborou uma lista na sua cabeça e decidiu que iria fazer umas constatações antes de regressar à pensão; contudo, de uma coisa tinha certeza; embora não soubesse por quanto tempo, teria que parar. Havia sido um idiota ao desdenhar o maior dos sinais recebidos, o fatídico e poderoso presságio que o levara a cruzar o mar, e o fardo sinistro de que só ele tivera consciência desde que chegou a Bilbao, desde que se afastou delas pela primeira vez na vida. Olhou para a bola de papel azul-celeste perto do banco do passageiro. Arremessara-a para lá assim que a leu. Não precisava voltar a endireitar o papel para repetir palavra por palavra o que dizia o telegrama: *John, é urgente, telefone. Situação desesperadora.*

John não duvidava de que estivessem desesperadas, mas sabia que cada uma daquelas palavras significava outra coisa: *Pequeno Johnny, você não pode fugir de nós, nunca vamos libertar você. Vá lá para fora e faça o seu trabalho, menino, se não quiser levar uma surra.*

Os olhos se encheram de lágrimas e, numa tentativa de reprimi-las, começou a esmurrar o volante enquanto gritava com todas as forças.

Primeiro dirigiu debaixo de chuva para a zona portuária por trás da Campa de los Ingleses. Como de costume, a guarita dos guardas do porto permanecia às escuras e sem sinal algum de que houvesse alguém lá dentro. Aproximou-se do contêiner que costumava utilizar e, a partir do interior do carro e com uma lanterna, observou o selo de segurança que usava para ter certeza de que ninguém andara por ali a bisbilhotar. Estava intacto. Depois dirigiu até a área dos fundos da câmara municipal, e estacionou ali. Vestiu o casaco fino que escolhera para aquela noite em que seus planos eram outros e enfiou na gola a lanterna de mão, subiu o zíper e levantou a gola a fim de se proteger da chuva. Ainda não tinha caminhado dez metros e já estava ensopado. É óbvio que não estava vestido para andar debaixo de um aguaceiro, mas, como bom escocês que era, não se amedrontava com facilidade, e esperou que a chuva que sempre lhe havia concedido amparo e proteção, aliada à escuridão que ele se havia encarregado de propagar pela zona do cais, tivesse sido suficiente para manter afastados os curiosos, os casais que procuravam discrição e os viciados que só queriam encontrar um bom lugar para se drogar. Dirigiu-se à avenida ladeada de fachadas suntuosas, que aludiam a um passado residencial burguês daquela área urbana, e atravessou o arvoredo e os jardins, deixando que a escuridão o engolisse.

Foi direto à margem. Caminhou colado à balaustrada até chegar às escadas do antigo cais que funcionou desde o Campo de Volantín até Uribitarte. Constatou satisfeito que a penumbra também reinava na outra margem. Desenhava uma elipse perfeita que estendia seu domínio sobre as águas agitadas da ria. Quase não conseguia ver os pés. O céu coberto de nuvens e a poluição se encarregaram de esconder a escassa claridade que pudesse vir dali, mas ainda assim não se atreveu a acender a lanterna enquanto não chegou ao cimo das escadas. Entre o desuso e a chuva, aquela escadaria constituía uma armadilha mortal. Coberta de limo e de liquens que haviam crescido ao longo de toda a sua superfície, via-se tingida de verde e preto. Tapou a lanterna de forma parcial com o casaco e apontou o feixe de luz para o chão. Com muito cuidado, foi descendo. Mesmo correndo o risco de estragar a calça, ajoelhou-se agarrando-se ao parapeito das escadas e espreitou apreensivo, ciente de quão perigoso aquilo era. Não tinha como ver a porta lateral do lugar onde se encontrava, mas acreditava que pelo menos poderia avistar a corrente na porta da frente do casebre. Dirigiu a luz para esse ponto e constatou, contrariado, que a saliência que formava o passeio cobria a pequena construção e ocultava a porta a partir do lugar onde estava. Apontou então o feixe de luz para as águas que caíam sujas de lama e de espuma, e as viu correr a toda velocidade lá embaixo. A preamar só se verificaria por volta das quatro da manhã, e só então, e olhando da água, poderia saber se os cadeados tinham sido violados. Sentiu o sangue gelar ao julgar ouvir um gemido baixinho, como se fosse o início de um lamento.

— Acho que você me deve uma ou duas explicações. — A voz atrás dele o assustou de tal maneira que perdeu o equilíbrio, sentiu-se escorregar para a frente e teve consciência do vazio ante suas mãos enquanto gesticulava procurando um lugar onde se agarrar.

Por um momento, teve certeza de que acabaria nas águas do canal, mas no último instante sua mão esquerda encontrou no espelho do degrau o rebordo metálico que durante décadas o barqueiro deveria ter usado para amarrar o barco. Ofegando de puro pânico, ficou sentado nas escadas arruinando sem remédio suas roupas enquanto tentava pensar. Escutou os passos do homem que tinha se dirigido a ele do alto da balaustrada. Estava se aproximando. John se virou, mas ainda tremia demais para ser capaz de ficar de pé sobre as escadas escorregadias. Rodou o corpo, apoiando o braço direito no degrau superior, e apontou a lanterna para o lugar de onde vinha a voz. Era Kintxo. John descartou a hipótese de ele o ter seguido até ali; se assim fosse, teria avistado o homem na Campa de los Ingleses, ou durante todo o tempo que permanecera dentro do carro depois de sair da discoteca Holiday. Não, Kintxo tinha ido ali de propósito e com um objetivo definido, e John soube com toda a certeza que essa não era a primeira vez. Negou com a cabeça, autorrecriminando-se, enquanto voltava a pensar em como o mau agouro daquelas bruxas o alcançava desde o outro lado do oceano. O sujeito levantou uma mão, tentando proteger os olhos da luz intensa, no entanto não arredou pé dali e nem se deixou intimidar. Ergueu a voz para que o ouvisse bem, apesar da chuva que aumentava de intensidade, e começou a descer as escadas.

— A primeira coisa que você tem que me explicar é quem é você.

John tentou pensar com rapidez.

— Sou eu, John Murray.

Kintxo desceu mais um degrau.

— Ah, não, não sei quem demônios você é, mas não é John Murray. Conheci o Murray quando trabalhei com ele nas plataformas de petróleo da costa de Aberdeen, e preciso dizer que você não é nem sequer parecido com ele.

John permaneceu imóvel e em silêncio. Tremendo. Pensando.

Kintxo desceu mais um degrau, situando-se a menos de dois metros da cabeça de John.

— Murray é um sobrenome muito comum. Com certeza você está me confundindo com outra pessoa... — declarou, tentando ganhar tempo.

— Pois é, mas acontece que o John Murray que eu conheço devia ter chegado a Bilbao para começar a trabalhar para a MacAndrews no porto, e daí eu descubro que você está ocupando o lugar dele, portanto me diga de uma vez por todas quem diabos você é.

John não sabia o que fazer. Uma luta corpo a corpo estava totalmente fora de cogitação, nunca tinha sido bom de briga, e o fato é que, além do mais, Kintxo era um tipo alto, corpulento e forte. Permaneceu em silêncio enquanto sentia como toda a tramoia que havia construído ao seu redor começava a desmoronar.

— Tem razão — admitiu, tentando ganhar tempo. — O Murray me falou desse trabalho. Eu estava desempregado fazia muito tempo, e apareceu outra oportunidade para ele, e acabou desembarcando em La Rochelle; não se importou que eu ocupasse o lugar dele. Pode perguntar ao comandante Finnegan, que trabalha para a MacAndrews e nos trouxe no barco.

Kintxo desceu outro degrau, escorregou um pouco no verdete do chão, mas recuperou o equilíbrio. Não disse nada, podia ser que estivesse meio embriagado, ou talvez estivesse apenas pensando. John esperou ter plantado nele a semente da dúvida com o que lhe tinha contado.

A avaliar por sua resposta, dava a ideia de que sim.

— Não sei... Em todo caso, o pior de tudo não é você se passar pelo John Murray. Estou convencido de que você não presta. Vi você falando com a minha filha e a amiga dela, e não achei graça nenhuma nisso.

Ele se deteve a fim de procurar algo nos bolsos. Por um momento, John receou que fosse uma arma, mas era apenas um pedaço de papel com múltiplas dobras. Kintxo o desdobrou diante do feixe de luz da lanterna, e John reconheceu de imediato um dos retratos falados que tinham vindo a ser publicados nos jornais escoceses havia duas semanas.

— Eu acho que parece bastante contigo — disse, atirando na direção de John o papel já todo molhado.

John dava voltas à inteligência tentando decidir o que fazer. Moveu o feixe de luz da lanterna, fazendo-o incidir exatamente sobre o retrato, e fingiu examiná-lo, deixando seu próprio rosto, e também Kintxo, mergulhados por completo na escuridão.

— Não sei quem é — mentiu —, mas parece muito com o Collin, um irlandês que está hospedado na mesma pensão que eu. É mais alto do que eu, mas algumas pessoas têm tendência a nos confundir.

Kintxo não respondeu, estava na dúvida. Tinha descido outro degrau. Tinha os pés junto ao retrato, que se desfazia como pasta debaixo da chuva, mas John não afastou o feixe de luz. Como um morcego, intuía a presença dele movendo-se devagar, talvez um pouco tocado, mas não tão bêbado a ponto de não ser capaz de controlá-lo. Esperou alguns segundos enquanto implorava que a dúvida tivesse plantado sua semente nele. Então Kintxo se inclinou a fim de olhar de novo para o retrato, que se encontrava perto do rosto de John, e disse:

— Estou desde já te avisando: nunca mais quero ver você...

John agarrou-se com força aos tornozelos de Kintxo e os puxou. O homem caiu primeiro para trás, ficando sentado nas escadas, mas devia estar bastante menos embriagado do que John havia calculado, porque reagiu lançando-se para a frente. Nesse momento agarrou John pelo pescoço, que, aproveitando a inércia e o puxão de seu inimigo, se levantou com toda a rapidez de que foi capaz e com todas as suas forças bateu em sua cabeça com a lanterna. Kintxo emitiu um som semelhante a uma sucção. E não disse nada, mas inclinou-se um pouco para a frente. John bateu nele de novo. Não via nada, mas ouviu os ossos se quebrando debaixo da carne de seu rosto. Continuou a espancá-lo até sentir afrouxar a mão que lhe agarrava o pescoço. Depois, o sujeito caiu em cima dele. A cabeça de Kintxo ficou apoiada no ombro de John como se fossem um estranho par de dança, e em seguida todo o peso do corpo cedeu e arrastou os dois homens escada abaixo.

John largou a lanterna enquanto tentava por todos os meios se agarrar a algum lugar. Sentiu quando duas unhas suas se separavam da carne ao tentar fazê-lo. Kintxo pesava pelo menos vinte quilos a mais do que ele. Escorregou e ficou atravessado ao longo dos primeiros degraus que estavam submersos na água. Seu corpo prendeu John, que esperneou aterrorizado ao sentir a água gelada da ria nos sapatos. Ficou imóvel, arquejando, à espera, à escuta. Sentia debaixo das mãos o tapete esponjoso e viscoso que formavam as algas que nos últimos degraus se misturavam com os liquens e o musgo. Não conseguia ouvir nada além da chuva e de seu próprio coração latejando com tanta força que causava no ouvido interno a sensação de estar ouvindo chicotadas. Não via nada. Tomando todo o cuidado do mundo para não voltar a escorregar, virou-se devagar e encontrou a lanterna, ainda acesa, cinco degraus acima. Sem arriscar levantar e tremendo da cabeça aos pés, arrastou-se engatinhando até conseguir alcançá-la. Por instinto levou-a ao peito, como se fosse algum tipo de tábua de salvação. Depois reparou que estava cheia de sangue e de uma coisa esbranquiçada, como uma espécie de muco que tinha ficado colado à lanterna. Pensou que devia apagá-la, uma luz tão forte como aquela bailando no meio da escuridão podia ser perfeitamente visível do outro lado do rio. Pôs o dedo no botão, mas não se atreveu. Não queria ficar ali no escuro.

Precisava pensar e tinha que fazê-lo com rapidez. Despiu o casaco e, ao puxar o punho, prendeu a manga nas unhas que tinham quebrado e estavam meio penduradas; arrancou uma. Xingou, colocando a mão debaixo da axila a fim de conter a dor. Levou um minuto longo e ominoso em que sua mente, que trabalhava a toda velocidade, não parou de recapitular os aspectos funestos do infortúnio que se abatera sobre ele. Como o raio de uma maldição. Controlada a dor, usou o casaco para embrulhar nele a lanterna, amortecendo assim a luz e conseguindo uma base sobre a qual não rodasse de modo a deixá-la pousada nas escadas. A luz era fraca, mas, acostumado como estava à escuridão, era mais do que suficiente. Tinha que se encarregar de Kintxo. Com metade do corpo em cima do último degrau e a outra dentro da água, o vulto oscilava meio encalhado no refúgio que formava o antigo cais, contrastando com a força com que corria o rio, alimentado pela chuva constante dos últimos dias. Tal como as crianças pequenas, John desceu de novo, arrastando o traseiro sobre as algas e o limo, até que seus pés tocaram na água. A parte esquerda do rosto de Kintxo era a que se encontrava virada para dentro. John não teve dúvidas de espécie nenhuma de que estava morto. Uma região semelhante à superfície de um punho sobre a testa, e a área um pouco além da raiz do cabelo estava enfiada por completo para dentro. A chuva intensa que caía nesse momento não conseguia arrastar a densa massa mucosa que brotava da ferida. Tinha que empurrá-lo para que as águas o arrastassem. Com a ponta do pé, John atingiu-o no rosto. O corpo não arredou do lugar, mas a cabeça do homem oscilou, voltando-se para o outro lado.

Um pensamento cruzou sua mente como um raio. John abriu a boca, aspirando todo o ar que conseguiu. Olhou ofegante para o vulto inerte ao mesmo tempo que voltava a se lembrar de que andara a rondá-lo desde o momento em que vira aquele homem desabar diante de seus olhos na discoteca. Como um projetor de cinema com efeitos especiais incluídos, John regressou àquela noite nas margens do lago Katrine, em que um raio proveniente do próprio céu havia fulminado o tipo que o perseguia, tal como acontecera hoje. Subjugado pela certeza de sua premonição, John sentiu o corpo tremer, extasiado pela tensão acumulada na briga, pelo palpite de mau agouro que fora aumentando nos últimos dias até pesar como uma maldição. Sentiu-se de novo o eleito, segurou-se entre a escada e a parede que continha o rio. Enquanto o fazia, não pôde deixar de pensar nas ratazanas que se ocultavam entre as fendas atrás de si. Com um misto de asco e de profunda fúria encolheu as pernas e esticou-as com todas as forças, dando pontapés no corpo de Kintxo. O cadáver se deslocou flutuando até o limite das escadas, onde foi engolido pela corrente, que o levou rio abaixo.

John se arrastou com dificuldade escada acima, acometido por intensos tremores, que teriam tornado impossível que se pusesse de pé, caso o tivesse tentado. Pegou a lanterna e o casaco e subiu engatinhando até o patamar superior da escada. Chegou à conclusão de que estava na hora de apagar a luz, mas antes procedeu a uma contabilização dos danos sofridos. Seus sapatos e a calça estavam ensopados e sujos do muco verde-escuro das algas e do musgo, mas isso era o de menos: o casaco e a camisa estavam cobertos de sangue. Era tanto, e sentia-se tão encharcado, que o mais provável é que lhe tivesse chegado à roupa íntima. Consultou o relógio, passava pouco das três da manhã, e em plenas festas patronais da cidade. A chuva intensa havia empurrado alguns para as respectivas casas, mas os bilbaínos, a exemplo dos escoceses, tinham uma resistência natural à chuva que se transformava num superpoder se se misturasse com álcool; então a resistência fugia de todos os parâmetros, apesar de chover de uma maneira que em qualquer outro lugar teria deixado as ruas desertas. Voltar para casa naquele estado estava totalmente fora de cogitação. Arquejando de pura frustração, tomou uma decisão. Despiu a roupa toda, exceto os sapatos e a calça. Tinha razão, o sangue havia penetrado até a pele. Usou a parte de trás da camisa para esfregar o corpo debaixo da chuva intensa. Depois fez uma trouxa com a roupa e apagou a lanterna. Como num pesadelo infantil, assim que a escuridão o rodeou sentiu à sua volta uma presença tão palpável como antes havia sido a de Kintxo. Um rumor. Um suspiro. Um choro muito suave que, John sabia, provinha do interior do casebre. Hesitou um instante, ponderando regressar às escadas a fim de jogar fora a trouxa de roupa, mas ao mesmo tempo soube que por nada neste mundo voltaria a se aproximar daquele lugar no escuro.

Começou a caminhar na direção da avenida, dominando o impulso de correr na penumbra. Mesmo antes de alcançar o limite da área, que se encontrava no escuro, localizou a grelha de uma sarjeta. Amaldiçoando de novo sua sina, introduziu os dedos feridos nas frestas da grelha, arquejando de dor e de autocomiseração. Puxou-a até conseguir deslocá-la pouco mais de cinco centímetros. Empurrou, quase enfiou à força, as peças de roupa no interior. Custou-lhe um pouco mais que a lanterna entrasse pela estreita abertura e desaparecesse para sempre. Quando o conseguiu, levantou-se, e, ajudando com os pés, voltou a colocar a grelha no lugar. Suspirou com um alívio temporário, ciente de que as dificuldades não tinham acabado. Estava seminu, ensopado até os ossos, e se sentia tão fraco e maltratado como se tivesse acabado de escapar do inferno. No entanto, aquela noite estava apenas começando para ele. Precisava regressar à pensão, havia coisas que em hipótese alguma podia abandonar ali, e depois tinha que passar despercebido até que chegasse um sinal. Preparava-se para atravessar pelo meio da rua quando viu na sua direção um grupo de rapazes e moças vestidos com blusões iguais como se fossem uma seita. Hesitando entre prosseguir ou voltar para trás, percebeu que já era tarde demais, uma das moças apontava para ele. John chegou ao passeio cabisbaixo, e, ao subir, com certeza um pouco de limo que trazia colado aos sapatos o fez escorregar. Tropeçou, recuperando o equilíbrio e provocando as gargalhadas da pandilha.

— Que porre, meu amigo! É melhor ir para casa.

John nem sequer levantou a cabeça, continuou a andar desengonçado e simulando um ou outro tropeço. Afinal de contas, um irlandês caindo de bêbado e passeando na chuva sem camisa não era a coisa mais estranha que se podia ver naquelas festas em Bilbao.

Collin

Envolto numa capa escura, permanecera oculto no negrume, encostado a uma das colunas que suportavam as floreiras que enfeitavam o passeio. Tinha um grande guarda-chuva preto, mas optara por fechá-lo porque o crepitar da chuva sobre o tecido esticado produzia um matraquear ensurdecedor que o impedia de ouvir a conversa entre os dois homens. De pouco havia servido. O barulho da chuva quase não lhe permitira ouvir mais nada além do murmúrio que provava que estavam falando. Quando viu Kintxo descendo as escadas, aproximou-se um pouco mais. Não conseguiu entender o que diziam, mas Collin tinha certeza de que os traços descritos pelo feixe de luz da lanterna durante a briga tinham sido visíveis desde a lua. Descuido imperdoável da parte de Murray. Ficou tentado a aplaudir quando viu que este embrulhava depois a lanterna no casaco. Quase adivinhou o restante de seus atos, depois de matar Kintxo. No início ele teria optado por levar o corpo embora, mas depois teve que reconhecer que o conhecimento de Murray sobre a natureza da ria era muito superior ao seu. De seu privilegiado ponto de observação sobre o passeio, chegara a vislumbrar o cadáver. Por um breve momento, no lugar onde terminava a elipse de escuridão, mesmo um instante antes de as correntes do Nervión o terem sugado para o fundo. Àquela velocidade, iria parar no Cantábrico num espaço de poucos minutos.

Viu John ir embora e atravessar a avenida, fingindo-se de bêbado. Não deixava de ter sua graça. Collin regressou ao cais e também usou uma pequena lanterna para inspecionar as escadas. Havia algo no meio do caminho. Desceu com cuidado e, embora tenha tentado, não conseguiu apanhá-lo do chão, pois só de lhe tocar o papel se desfez entre seus dedos. O rosto que se via impresso era indecifrável, mas Collin já tinha visto um número suficiente de cartazes de pessoas procuradas pela polícia para saber reconhecer o que estava vendo. Com a ponta dos dedos, retirou a foto até transformá-la numa pasta que jogou no rio. Voltando para trás, inspecionou o lugar onde Murray tinha se despido. Estava limpo. Em seguida, examinou a sarjeta. À luz de sua pequena lanterna, examinou os símbolos cunhados na tampa e estalou a língua, enojado. Introduziu os dedos na ranhura e afastou a grelha até o meio. Não era uma sarjeta, era um sistema de hidrantes, um buraco com cerca de setenta centímetros de profundidade atolado de válvulas de irrigação e descarga. Observou durante alguns segundos as peças de roupa ensanguentadas enquanto negava com a cabeça, decepcionado.

O garoto

O garoto faz treze anos. Observa seu rosto no pequeno espelho do banheiro enquanto a mãe e as tias esperam por ele na porta da rua a fim de irem assistir à missa de domingo. Suas vozes chegam até ele através das frestas do velho postigo desconjuntado que faz as vezes de janela. Observa o olhar que o espelho lhe devolve. Um garoto bonito que em breve se transformará num rapaz, o cabelo castanho despenteado na franja. Tem dois dentes meio tortos e nunca sorri. Seu rosto impávido reflete uma calma que aprendeu a fingir desde muito pequeno. O garoto se permite, no entanto, sorrir com tristeza para o seu reflexo, quase aplaudindo sua magnífica interpretação, porque o garoto que exterioriza tanta calma por dentro está desesperado.

Não aguenta mais. Há um mês que Lucy Cross desapareceu e duas semanas desde que suspenderam as buscas. John não parou de pensar nela nem por um instante. Quando fecha os olhos, volta a vê-la morta a seus pés, seu corpo tombado de bruços no meio das rochas do riacho. A água molha seu cabelo como se tivesse decidido lavá-lo ali. O horror do que fez e o peso da culpa o deixaram doente. Perdeu peso, e todos os domingos recorre ao pretexto de seu aspecto enfermiço para não ter que ir à missa. Hoje não lhe serviu de nada. A mãe e as tias insistiram até não restar outra alternativa a não ser ceder. Está vestindo o terno dos domingos, que em seus ombros parece pendurado num cabide. Perdeu tanto peso que quando tira o cinto dos passantes a calça desliza pelos seus quadris. John olha ao redor.

O lavatório está rachado, o postigo desconjuntado, e as gotas de água condensadas que se formam debaixo da descarga pingaram sobre a tampa de madeira do vaso durante anos, até deformá-lo com a umidade e desenhar nele círculos escuros de bolor preto. John não sabe se será capaz de aguentar seu peso, mas vai fazer, pelo menos durante um tempo. Ajusta o cinto em torno do pescoço e o amarra ao cano de cobre da velha descarga. Então, a tampa do vaso cede, de podre que está, e até mesmo o fraco peso de John é suficiente para desencaixá-lo das dobradiças. Um de seus pés vai parar no interior do vaso; o outro fica pendurado do lado de fora enquanto ele esperneia. Dói. Achava que a maior angústia lhe viria dos pulmões, da sensação de sentir rebentar os alvéolos, mas onde mais sente dores é nas costas. A coluna vertebral verga e arqueia com espasmos elétricos e incontroláveis que o fariam gritar se pudesse. E, no momento exato em que parece que já não será capaz de aguentar mais, John perde os sentidos com um poderoso estertor que arranca da parede as cavilhas podres que sustentam a descarga e os quinze litros de água que contém. A descarga, o garoto e os canos retorcidos precipitam-se no chão.

John não chega a ouvi-lo, mas o estrondo é descomunal.

Quando John recobra os sentidos, ainda tem o cabelo molhado e está no quarto da mãe. O doutor Baker sentou-se ao seu lado, e o garoto pensa que com certeza o levaram para ali porque seria bem embaraçoso explicar ao médico o motivo por que o cavalão de um menino de treze anos dorme com as tias. Baker é um bom homem. Manda as mulheres saírem e durante mais de uma hora conversa com o garoto, que, no entanto, não diz uma única palavra. Sente a garganta em chamas. Baker fala e John presta atenção ao que ele diz, porque desde a primeira frase que proferiu demonstra sua extraordinária clarividência. O doutor sabe que era amigo de Lucy Cross e entende o que ele está a passar. É a primeira vez em sua vida que alguém demonstra empatia por ele. Depois fala das crianças que trouxe ao mundo e dos pacientes a quem fechou os olhos. Baker compreende o inevitável da vida e da morte, e o propósito de cada uma. E depois diz uma coisa que muda tudo: *Uma pessoa pode tomar decisões a respeito de quando quer morrer; no entanto, ninguém consegue continuar vivo apenas por se mostrar disposto a isso. O fato de você estar vivo agora é graças ao desígnio de alguém que se encontra acima de você. Você está vivo por milagre.*

O garoto passa o dia inteiro na cama da mãe. Pensando em Deus e em Seus desígnios. O doutor Baker deu indicações às mulheres para que não o incomodassem, para que o deixassem descansar. O garoto as ouve sussurrar na sala de estar e espera até ouvir o tilintar dos pratos do jantar para sair do quarto. As mulheres interrompem os cochichos quando o veem aparecer, vestido apenas de cueca. Seu corpo começa a mostrar os sinais próprios da adolescência, e ele está ciente de que nem daí a um milhão de anos se teria mostrado nesses trajes na frente delas um dia antes. Sua pele é branca e sem marcas, como a de uma criança pequena, mas em seus olhos existe algo que nunca viram e que provoca inquietação, pois contrasta com sua aparência geral, que poderia ser até patética. Com o pescoço ornado pela marca que começa a ficar acastanhada, no ponto onde o cinto mordeu a pele, o rapaz avança como um pequeno imperador. O garoto toca no ombro da mãe, que o fita com uma expressão inquiridora. O garoto não diz nada, mas indica para ela outra cadeira ao lado de uma de suas irmãs. A mãe encolhe os ombros, não entende o que ele quer dizer. O garoto fecha o punho e com todas as forças desfere um murro na mesa que faz saltar as colheres dentro dos pratos, sobressaltando as três mulheres. A mãe leva a mão ao peito e, em silêncio, levanta-se e cede a ele o lugar na cabeceira da mesa. O garoto se senta, pega a colher e com uma expressão de intensa dor consegue tomar um pouco de sopa. Depois olha para as mulheres, uma por uma. Elas baixam a cabeça. Em seguida forma um punho com a mão fechada e ergue o polegar sobre seu ombro de modo a indicar algo atrás de si. O garoto fala e sua voz já não é a do mesmo menino, é rouca e destemperada.

— Tira as suas coisas do meu quarto — diz para a mãe.

John se dá conta de que o garoto morreu nessa manhã, e não se importa. A partir de agora, nunca mais ninguém voltará a considerá-lo um garoto, nem sequer ele mesmo. Toma outra colher de sopa e sorri, apesar do tanto que lhe dói.

Bilbao. Quarta-feira, 24 de agosto de 1983

— Maite.

Ela se debruçou sobre Noah sorrindo. Não conseguia dizer outra coisa além de seu nome, mas não era preciso mais nada. Notou as pontas dos cabelos dela roçando seu peito e se sentiu feliz.

— Maite — repetiu.

— Olá, Noah, abra os olhos.

O quarto era amplo e não tinha porta nem janela, mas sim uma enorme parede de vidro através da qual ele pôde ver o teto da sala contígua. Havia muita gente ali, contou quatro homens e mais um na sua frente. Aquele que falava.

— Olá, Noah, sou o doutor Sánchez. Sabe onde se encontra?

Falava com um sotaque estranho, quiçá da Andaluzia. Noah suspirou.

— Suponho que num hospital.

— No hospital de Cruces, em Bilbao. Sabe por que está aqui?

Hesitou.

— Bom, achei que...

— Achou que ia morrer, não é verdade?

— Eu me senti péssimo o dia todo, parecia... — disse num sussurro.

— Parecia o fim?

Noah respondeu com outra pergunta.

— Quanto tempo eu estive...?

— Inconsciente apenas alguns minutos, mas depois nós o mantivemos sedado para que descansasse e para poder fazer alguns exames que acarretam certo desconforto se a pessoa estiver consciente. Hoje é quarta-feira, 24 de agosto, é quase meio-dia e continua chovendo. A propósito, quem é Maite? O senhor não parou de chamar por ela.

Noah sorriu.

— Que exames vocês fizeram? Está doendo tudo.

— Vamos explicar tudo em detalhes, mas primeiro tenho boas notícias para você, e outras não tão boas.

Noah se perguntou se todos os cardiologistas frequentariam o mesmo curso para dar más notícias. Aquele discurso lhe dizia alguma coisa.

— Estes são os doutores Martín, Trujillo, Ferraz e Punset. São cardiologistas especialistas em insuficiência cardíaca avançada. — Os médicos saudaram com um gesto sutil como se fossem césares romanos. — Eles estão em Bilbao para participar de um congresso que terá início na próxima segunda-feira, mas neste momento ministram cursos sobre as suas técnicas aqui em Cruces e ficaram interessados no seu caso. Por um lado, é evidente que não era o fim, pois o senhor está vivo — disse, sorrindo. — Por outro lado, poderia ter morrido se o seu amigo não o tivesse trazido para o hospital a tempo, mas não teria sido por causa da miocardiopatia de que o senhor padece, mas sim pela maneira como tem tomado a sua medicação. Não admira que se sinta mal.

O logotipo da pasta que o médico segurava nas mãos era familiar.

— Por sorte o seu amigo se lembrava de ter visto no seu quarto os relatórios médicos. Quando o senhor chegou aqui nós não sabíamos bem o que se passava com o senhor. E devo lhe dizer que foi uma temeridade da sua parte viajar no estado em que se encontra, mas sobretudo correu um grande perigo por não estar sendo acompanhado por um médico.

Outro dos cardiologistas, talvez Punset, tomou a palavra.

— Os medicamentos que lhe receitaram já são perigosos por si mesmos, a literatura está cheia de crimes cometidos com digitalina, mas acredite quando lhe digo que também poderia chegar a se matar com diuréticos. Tenho certeza de que o seu médico lhe disse isso. Esse tipo de medicação precisa ser ajustada de forma constante, dependendo das necessidades de cada paciente, que vão variando à medida que os dias passam.

— Sou o único responsável — respondeu Noah, chamando para si toda a culpa.

O médico muniu-se de paciência antes de falar.

— Senhor, estou ciente da terrível carga emocional que pressupõe uma doença como aquela de que padece e suas circunstâncias. No entanto, o senhor não pode tomar esses medicamentos como se fossem balas. Os diuréticos fizeram descer os seus níveis de potássio e de magnésio até limites muito perigosos. Os enjoos, as cãibras, a confusão mental, a depressão, a taquicardia são causadas pela falta de potássio, não pela miocardiopatia. A intoxicação por digitalina sempre se deve ao seu próprio mecanismo de ação, que é um dos mecanismos de produção de taquicardias auriculares e ventriculares. O aumento do tônus vagal pode provocar bloqueios no nódulo auriculoventricular. A soma desses dois efeitos origina as típicas arritmias da intoxicação digitálica, a taquicardia auricular com bloqueio atrioventricular.

Noah levantou a mão, interrompendo-o.

— Mais devagar, por favor. Não estou entendendo nada.

O doutor Sánchez tomou a palavra de novo.

— O senhor com certeza sentiu náuseas, vômitos, diarreia, problemas de visão, pontos negros nos olhos ou visão de halos amarelados, além de confusão e prostração. O senhor está intoxicado. Tomou uma dose excessiva de tudo e esteve a ponto de se matar. Compreende agora?

Noah assentiu.

— Vamos mudar o seu diurético — disse o médico, observando por breves instantes o gesto de assentimento dos demais. — Quero que tome furosemida, um comprimido por dia. Também vou trocar sua digitalina por outra em comprimidos. Reparamos que a trazia numa garrafa de bolso. Se andou tomando digitalina em tragos, é estranho que não tenha conseguido se matar. Apenas um comprimido por dia. Apenas um. Também constatamos que falta um comprimido de nitroglicerina. Vamos mudá-lo por outro mais seguro: cafinitrina. O senhor pode usá-lo para melhorar a dispneia caso sinta muita falta de ar.

Estendeu uma mão até tocar no ombro de Scott Sherrington, como se no fundo lamentasse pregar um sermão nele.

— Podia ter se matado, Noah, mas apesar de tudo tenho boas notícias.

— Eu já começava a perder a fé — ele brincou.

— Fizemos um hemograma completo e alguns dos resultados já chegaram. Pedimos para repetir alguns e esclarecer outros. Vamos tê-los nas próximas horas, mas queremos que se mantenha em observação.

"O outro exame que fizemos foi um cateterismo. Trata-se de um procedimento arriscado, mas mais rigoroso do que o ecocardiograma. Por intermédio de uma agulha se instala um introdutor na artéria femoral, por onde se vão introduzindo e retirando os cateteres. Dessa maneira alcançamos as cavidades direitas do coração e também a artéria pulmonar, a fim de medir a pressão e a resistência pulmonares, que no seu caso são muito importantes.

"Não vou massacrá-lo com informações técnicas. Nós verificamos a pressão capilar pulmonar. Sondamos as duas artérias coronárias injetando um contraste para ver como circula o sangue e constatamos que não existe nenhuma obstrução. Ao compararmos os resultados com o ecocardiograma bidimensional modo M que realizaram em Edimburgo, observamos o que se denomina bloqueio de ramo esquerdo. Em termos de comparação, o diâmetro do ventrículo esquerdo aumentou e a força com que o seu músculo cardíaco projeta o sangue diminuiu."

— Isso é ruim — disse Noah.

— Não é bom — interveio outro dos cardiologistas. — Mas também constatamos, e essas são as boas notícias, que não há lesões nas coronárias, válvulas normais, pressão capilar pulmonar normal e resistência pulmonar arterial três unidades Wood. Registre este dado, é importante.

Noah mostrou uma expressão de quem não estava entendendo.

— Quando existe insuficiência cardíaca, como o seu coração não consegue bombear o sangue de forma correta até a aorta, a pressão no interior das cavidades esquerdas aumenta e se transmite ao pulmão. Numa linguagem mais simples, ele fica encharcado, e é isso que provoca a falta de ar.

— E são essas as boas notícias?

Os cardiologistas se entreolharam. O mais velho de todos tomou a palavra, pedindo com um gesto permissão para se sentar na cama.

— Noah, já ouviu falar do transplante de coração?

— Claro, o meu médico de Edimburgo me disse que não passa de ficção científica.

— Admito que possa parecer. A história do transplante de coração atual teve início na década de sessenta com o doutor Christiaan Barnard, na Cidade do Cabo. Outros médicos já haviam experimentado fazê-lo na França e nos Estados Unidos com animais, mas Barnard foi o primeiro que se atreveu a fazê-lo com seres humanos. Por acaso ele esteve na Espanha e mostrou a sua técnica ao doutor Martínez-Bordiú. Foi ele que realizou o primeiro transplante que aconteceu na Espanha, num paciente que sofria de miocardiopatia dilatada, como o senhor. No entanto, embora a técnica cirúrgica de transplante quase não tenha mudado desde então, os pacientes morriam devido à rejeição do órgão, por ser um elemento estranho ao hospedeiro, e a reação imunológica da rejeição fazia o coração transplantado deixar de funcionar poucos dias depois.

— O doutor Handley me contou.

— Mas a situação está mudando, senhor Scott Sherrington, com o aperfeiçoamento dos fármacos antirrejeição. Imunossupressores, administrados pelo resto da vida, conseguem diminuir a rejeição, e acreditamos que vão permitir que os pacientes continuem a viver durante anos e décadas com uma qualidade de vida mais do que aceitável.

Noah dirigiu sua pergunta ao médico mais jovem.

— Isso é verdade?

— Sim, Noah. O primeiro transplante de coração com recurso a imunossupressores foi realizado em Barcelona no mês de maio, e poucas semanas mais tarde foi realizado o segundo em Madri, numa menina granadina de onze anos. Os dois pacientes continuam vivos e com uma boa esperança de vida.

Noah se endireitou um pouco mais na cama. Outro dos médicos, Trujillo, julgava recordar, tomou a palavra.

— Depois do transplante, os pacientes recebem um tratamento imunossupressor forte com três fármacos: prednisona, ciclosporina e azatioprina, cujas doses vão sendo reduzidas pouco a pouco durante o primeiro ano.

— Compreendo, mas por que vocês estão me contando isso?

— Há pouco eu lhe disse que, de todos os resultados obtidos através de cateterismo, o mais importante era o que tinha a ver com a resistência pulmonar, no seu caso três unidades Wood. O restante dos resultados das suas análises de sangue, o estado dos seus rins e fígado é bom. Embora pareça uma contradição, o senhor goza de boa saúde e, obviamente, nós temos a considerar o fato inquestionável de que a sua doença não tem cura. Não vai melhorar. E a morte é iminente no seu caso. A soma de todos esses aspectos faz do senhor o candidato perfeito para um transplante.

Noah fitou-os um por um, tentando assimilar tudo o que lhe haviam explicado.

— Um transplante.

— Um cardiologista extrator retira o órgão de um doador em morte cerebral, claro que existe uma série de questões técnicas para transportar o órgão, e outro cirurgião o implanta no receptor. Neste caso, o senhor.

Outro dos médicos adiantou-se.

— A primeira coisa e a mais importante é saber se o senhor tem alguma objeção.

Noah fitou-o, abatido. Depois negou.

— Não, como o seu colega se encarregou de dizer com toda a clareza, a minha morte é um fato iminente. — Encolheu os ombros. — Não tenho nada a perder.

Os médicos assentiram, satisfeitos.

Noah levantou uma mão.

— E... como seria? O que seria preciso fazer? Quais seriam os passos?

— Bom — adiantou-se o doutor Sánchez. — Há muito trabalho pela frente. Em primeiro lugar, o que chamamos um estudo de indicação de transplante, no qual repetiríamos todas as análises para nos assegurarmos, na medida do possível, de que tudo corre bem. Um estudo por parte do anestesista e de um internista especializado em infecções, mas sobretudo a nossa principal tarefa será que o senhor receba todas as informações e compreenda aquilo com o que vai estar se comprometendo, porque nos meses posteriores à operação, e durante todo o ano seguinte, vai viver praticamente entrando e saindo do hospital. Além do tratamento com imunossupressores, nas primeiras semanas, de tantos em tantos dias vai ter que ser feita uma biópsia do coração. Através de um cateter que se introduz pela artéria femoral até a jugular e com uma pinça se extraem alguns fragmentos do miocárdio a fim de serem estudados em termos histológicos e ver se existe rejeição ou não. De acordo com os resultados, as doses de imunossupressores serão aumentadas ou diminuídas, mas o senhor precisa saber que estes fármacos reduzem a resposta imunológica. O senhor vai correr um risco mais elevado de sofrer infecções graves, pelo que será necessário manter algumas medidas de assepsia importantes, sobretudo durante os três primeiros meses após o transplante.

— Acho que eu poderia fazê-lo.

Outro dos cardiologistas replicou:

— Não é suficiente achar, tem que ter certeza. Esse aspecto nos preocupa, visto que desde que a doença lhe foi diagnosticada o senhor não demonstrou grande cuidado com a sua saúde, não foi a consultas médicas para ajustar a medicação. Com toda a certeza, uma parte dos danos sofridos foi causada pelo senhor mesmo. Precisamos ter certeza de que o senhor compreende e assume não apenas os riscos, mas a responsabilidade que isso pressupõe.

Noah deixou sair todo o ar enquanto refletia sobre o assunto. Tinham razão.

— É verdade que cuidar da minha saúde não foi a minha prioridade, mas eu peço que compreendam que eu não tinha nenhuma convicção de que isso serviria para mais nada além de prolongar o meu sofrimento. É muito diferente quando existe esperança.

— Compreendemos muito bem. Digamos que, se o senhor se comprometer, vamos começar a trabalhar. Temos que estar preparados porque, embora possam passar semanas, ou meses, antes de surgir um doador compatível, também é algo que pode acontecer de um momento para o outro — disse o doutor Martín.

— Eu me comprometo. Farei tudo o que for preciso.

— Pois então, a primeira coisa a fazer é transferi-lo de hospital. No de Cruces nunca se realizaram procedimentos desse tipo, por isso pensamos na Clínica Universitária de Navarra, em Pamplona. Fica relativamente perto, uma ambulância demora três horas a levá-lo até lá e quando chegar uma equipe estará à sua espera para começar de novo todos os exames.

— Hoje?

— Sim, hoje mesmo. Como eu lhe expliquei, queremos começar tudo o quanto antes, para que esteja preparado caso surja um órgão compatível.

— Não posso ir hoje — ele respondeu, olhando ao redor, como se em qualquer canto daquele quarto se encontrasse a razão de seu argumento. — Não poderíamos esperar uns dias?

— Noah, acabamos de lhe explicar o quanto tudo isso é complicado, e qual é a sua situação. Vou reajustar toda a sua medicação, mas a sua doença piora a cada dia que passa, e as suas unidades Wood de resistência pulmonar de que eu falei, e que são tão importantes para nós, continuam a aumentar, estão no nível três. Se ficarem acima de quatro ou de cinco vão tornar o transplante inviável.

— Não creio que demore muito tempo, só mais alguns dias.

Os médicos entreolharam-se, preocupados. Foi o de mais idade o encarregado de falar. Na voz dele era palpável a enorme decepção:

— Não sei o que é que você tem em mente, Noah, mas mais vale que tome bem a medicação, porque, se continuar a se tratar como fez até agora, não posso garantir que tenha pela frente esses dias de que fala. Tempo é a única coisa de que você não dispõe.

— Só mais uns dias, por favor. Se quiserem eu posso assinar agora mesmo o meu termo de responsabilidade, o que quer que seja preciso...

Lizarso entrou no cubículo de observação e ficou a olhar para ele.

— Porra, que susto você me deu!

Apesar de lhe terem dito que era meio-dia, ali não havia luz natural, e atribuiu em parte às lâmpadas fluorescentes a extraordinária palidez do ertzaina. Não pôde evitar sorrir.

— Ainda por cima dá risada — disse o policial, aproximando-se. — Achei que você ia morrer, seu canalha! Não tem graça nenhuma.

Noah estendeu uma mão na direção dele, e Lizarso a tomou, apertando-a.

— Não estou rindo — respondeu Noah —, acontece que me dei conta de que você gosta de mim, e isso me deixa feliz.

— Pois você podia ter perguntado, evitando assim toda esta encenação, quase me borrei todo. — Lizarso soltou sua mão e endureceu a expressão do rosto. — Sério, Noah, achei que você fosse morrer.

— Sim, eu também.

— Espero que não se importe que eu tenha entrado no seu quarto, porque eu vi os relatórios no outro dia quando fui à La Estrella. Lembrei disso, comentei o fato com os médicos e eles disseram que era muito importante.

— Está bem. O que foi que aconteceu quando eu caí? Como foi que terminou a coisa com o Kintxo? A última coisa de que me lembro é do Murray voltando do banheiro. Ele assistiu a tudo, e acho até que me viu também.

— Tenho as minhas dúvidas se será muito conveniente falarmos sobre isso agora.

— Pelo amor de Deus! Estou morrendo! Você acha que vai mudar alguma coisa se você me contar ou não? — exclamou, fazendo um gesto para que Lizarso se sentasse na cama.

O ertzaina resfolegou. Era evidente que estava exausto. Deixou-se cair.

— A verdade é que desde o momento em que você desmaiou não prestei muita atenção. Vi os seguranças jogarem o Kintxo para a rua. Não vi mais o Murray, imagino que, quando percebeu a confusão armada, tenha decidido cair fora; quem eu vi foi a moça. Ela estava no meio do grupo de curiosos que nos rodearam quando os caras da ambulância te levaram dali. Não vi ninguém com ela. Perguntei se estava bem e o que o cara tinha dito. Ela me falou que era um doido varrido que queria ficar com ela e que insistia para que não saísse com o seu acompanhante, porque ele a mataria.

— Está vendo? Não restam dúvidas, o Kintxo deve ter visto alguma coisa que lhe pareceu muito suspeita. Talvez não tanto a ponto de ir à polícia, mas o suficiente para tentar evitá-lo.

Lizarso fitava-o pensativo.

— O que você quer dizer quando diz que acha que o Murray te viu?

— Não tenho certeza. É um pressentimento. Ele observava de longe o que estava acontecendo entre o Kintxo e a menina, e eu o estava observando. Um segundo antes de desabar, reparei que a luz diminuía, como se desaparecesse o mundo e, naquele instante, eu seria capaz de jurar que ele dirigiu os olhos para o lugar onde eu estava, como se sentisse que estava sendo vigiado, como se tivesse me detectado.

— Você acha que ele conseguiria te reconhecer?

— Sempre acreditei que não. As circunstâncias em que nos vimos no meio da tempestade, quase na escuridão, cheios de lama, molhados... Mas ele estava comigo quando eu sofri o primeiro ataque, tenho certeza de que ver alguém desabar da mesma maneira deve ter soado pelo menos familiar. E há outra coisa que não tive chance de te dizer ontem à noite; primeiro porque o Rafa estava conosco, e depois as coisas se desenrolaram tão depressa... Descobri que ele andou oferecendo peças de roupa das vítimas às mulheres da família. Quando nós revistamos a casa dele havia uma caixa cheia de roupas fora de moda, coisas que elas tinham deixado para trás quando fugiram. Me chamou a atenção uma bolsa muito peculiar, ontem vi uma garota usando uma parecida e me lembrei disso. Foi criada nos anos setenta por uma estilista próxima dos Sex Pistols. Era uma peça única. E quando vasculhei na casa do Clyde, encontrei lá dentro objetos pessoais da mãe dele ou das tias. Acho que ele também ofereceu os brincos de uma das vítimas à sua jovem esposa. Ela estava usando esses brincos na única foto que encontramos do dia do casamento.

— Porra!

— E não é tudo. A doutora Elizondo acha que existe algo de doentio em obrigar as parentes a vestir as peças de roupa das vítimas. Ela acha que elas são o objeto do ódio dele. Passou a vida inteira matando mulheres que as representam.

— Porra! — voltou a exclamar Lizarso. — A propósito, quem é a doutora Elizondo?

Noah sorriu.

— É a minha psiquiatra.

— Você vai ao psiquiatra? — surpreendeu-se Lizarso.

— Bom, estou morrendo, persigo um assassino em série e me apaixonei pela primeira vez na vida. Você tem que admitir que é uma loucura.

Lizarso assentiu com cara de sério.

— Mas ela também está me ajudando com o caso, está fazendo uma espécie de diagnóstico remoto com base em tudo o que sabemos dele. Ela chama de "estudo de personalidade provável". Isso, aliado à conversa que pudemos escutar quando ele falou com a mãe, confirma em parte a opinião de Elizondo, de que se trata de uma relação familiar estranha em que a dependência e a subserviência são uma via de mão dupla. A doutora acha que ter quebrado o vínculo com as mulheres da sua casa pela primeira vez na vida lhe deu uma perspectiva muito diferente. A secretária da MacAndrews me contou que o Murray recebeu ontem um telegrama dos Estados Unidos. Não sabemos o que dizia, mas sim que o deixou pior que uma barata. Acho que, apesar das advertências de John, voltaram a entrar em contato com ele. A sensação que pode ter ao receber um telegrama depois de ter pedido para elas não voltarem a ligar é a de que nunca vão deixá-lo em paz, que sempre vão encontrar uma maneira de manter os laços que as unem a ele. Acho que elas o sufocam.

— Seria ótimo saber o que diz esse telegrama.

— Acho que elas se tornaram um fardo para John, e essa é a primeira vez que ele vive fora da influência dessas mulheres, e creio que isso o agrada. Penso que a doutora Elizondo tem razão, o John é agora um homem livre. Nas palavras do grande Robert Ressler, está prestes a evoluir, não sei dizer em que direção, se vai desaparecer ou se vai acelerar, continuando a matar até o apanharmos, mas eu estaria mais disposto a apostar na primeira. Pode ser que ele esteja farto, mas o homem que vi ontem à noite observando de longe o que estava acontecendo era a parcimônia em pessoa. Sempre soube que o que distinguia John Bíblia é o fato de ele ter um objetivo, e creio que o seu objetivo está se transformando em outro.

— O que vai acontecer agora? — perguntou Lizarso, fazendo um gesto que englobava o quarto do hospital.

— Vou descansar por umas horas enquanto não chegam os resultados das análises, e depois vão me mandar para casa.

— Não vão fazer mais nada com você?

— Já te disse que não podem fazer nada por mim — respondeu, evitando mencionar a conversa que tivera com os cardiologistas. — Ajustaram a minha medicação, com certeza vou me sentir melhor.

— Mas...

Noah cortou o que quer que ele se preparasse para dizer.

— Escute, Mikel, tem uma coisa que eu quero te dizer. É a respeito da conversa que tivemos no outro dia. Não sei o que se passou, aquele não era eu. Suponho que me sinto algo amargurado, mas sempre tentei ser um bom policial, e isso é porque sempre acreditei na justiça, no que é certo. Eu me tornei policial para proteger e servir, e essa é a única coisa que eu fiz bem na vida, a única de que não me arrependo. Então, esqueça todas as asneiras que eu te disse. O idealismo é uma coisa fantástica. Afinal de contas, o que é um homem se não tiver um ideal em que acreditar?

Com a boca tapada pela mão, Lizarso deixou sair todo o ar pelo nariz sonoramente.

— Não julgue que não pensei bastante nisso.

— Pois então deixe de fazer isso. Eu estava transtornado e equivocado.
— Não, não estava.

Noah fitou-o, surpreso.

— Talvez por isso mesmo eu tenha me incomodado tanto. Não sei se foi um dos seus malditos pressentimentos, mas o caso é que você pôs o dedo na ferida.

Noah aguardou em silêncio.

— Estou há um ano na Ertzaintza, pertenço à primeira formação. O meu primeiro dia como policial, quando saí da academia, com o uniforme novo na minha moto de patrulha das estradas, sabe qual foi a primeira coisa que fiz? Dirigi até a minha aldeia, em Aia. Não sei como se sentiriam os cavaleiros medievais quando se dirigiam a um torneio, com a armadura vestida e montados no seu cavalo, mas creio que devia ser parecido com o que eu senti naquele dia. Responsabilidade, orgulho, honra. Parei na taberna vestido com o meu uniforme, entrei e pedi um café. Todos os homens que estavam no bar vieram me cumprimentar, apertaram minha mão e me deram tapinhas nas costas.

— Entendo o que você está dizendo. Foi uma estupidez da min...

Mikel interrompeu-o erguendo uma mão.

— Uns dois meses depois, chamaram-nos um dia porque uns trabalhadores da Fábrica de Pneus Michelin, da filial de Hernani, tinham invadido a Deputação Foral de Guipúscoa, em San Sebastián. Andavam há algumas semanas se concentrando nos jardins, na frente da porta principal, debaixo das arcadas quando chovia, e sempre de forma pacífica. Mas nesse dia havia uma sessão plenária, vários deputados reunidos, e não sei o que deu neles para entrar exigindo falar com o deputado geral. Deveriam ser cerca de cinquenta e ficaram ali de pé, interrompendo o plenário, mas sem nenhum tipo de violência. No total foram destacadas duas brigadas. Entramos no edifício, identificamos os sujeitos e pedimos que saíssem, mas eles disseram que não iriam embora sem falar com o deputado. Como se comportavam de maneira pacífica, nós nos retiramos para a recâmara por trás da sala principal, e ali ficamos aguardando. Assim que entrei reconheci o meu tio, irmão do meu pai; fazia mais de trinta anos que trabalhava na Michelin, e também me viu, mas disfarçamos os dois, também não era situação para nos cumprimentarmos ali. Noah, eu sempre respeitei a luta dos trabalhadores nesta terra. Aonde quer que você vá vão te dizer que aqui se trabalha duro, mas o que os operários conseguiram alcançar no País Basco não se alcançou em muitos outros lugares... E isso foi feito dando o sangue pelas empresas, mas reclamando também o que era seu por direito. O movimento operário no País Basco é motivo de orgulho, porque quando os trabalhadores pressionam a fim de obter melhores condições num convênio, todo o povo os apoia. Acho que, de alguma maneira, todo mundo entende que esse tecido faz parte de uma rede que nos engloba a todos, e, quando os operários de uma empresa entram em greve, todos fazem greve. As suas mulheres não fazem compras, as crianças não vão à escola, o comércio fecha, não há transportes. Paralisam o país. As entidades patronais sabem disso, e é provável que tenha sido por isso que os trabalhadores do País Basco conseguiram obter as melhores condições de trabalho possíveis, mas não abusam. Aqui se trabalha e se tem um sentido de honra em ser operário que, talvez você tenha razão, nos irmana um pouco com os irlandeses.

"Estávamos ali fazia mais ou menos uma hora quando de repente chegou a ordem para expulsá-los. Todos nos entreolhamos, e depois olhamos para o nosso chefe. Como assim expulsá-los? Alguns começaram a protestar dizendo que não iam desandar a pôr essa gente dali para fora debaixo de porrada. Então nos explicaram que não seria necessário, eles sairiam e tudo acabaria num minuto. Nem sequer tínhamos viseiras, nem máscaras, apenas o capacete.

"Noah, juro pela saúde do meu pai que não sei que tipo de porcaria nós lançamos naquele dia, mas assim que aquilo começou a sair achamos que íamos morrer. Era nos olhos, no nariz, na boca, picava, ardia, penetrava nos pulmões e fechava tudo, nos impedindo de respirar. O nosso chefe tinha razão, nem foi preciso um minuto. Dentro de poucos segundos estava todo mundo lá fora, incluindo nós. Todos enlouquecidos pelo pânico, manifestantes, deputados e os próprios ertzainas. A maioria correu para o parque da praça de Guipúscoa para procurar água. Muitos acabaram no lago dos patos tentando tirar da pele aquela merda.

"Filhos da puta foi o mais bonito que nos disseram, mas o que mais me doeu foi que nos tenham chamado de traidores. Mercenários. Assim que pudemos, fugimos recolhendo os companheiros que estavam estendidos no gramado, entramos nas viaturas e fomos embora, quase fugimos dali. Lembro-me das caras dos meus colegas dentro da viatura. Envergonhados, devastados, tossindo, meio intoxicados por aquele veneno. Saiu em todos os jornais. Quando voltei ao bar da minha aldeia, houve quem me recusasse de cara o cumprimento, outros me perguntaram como foi que pudemos ter feito uma coisa daquelas.

"Depois de uns dias, alguns colegas se sentiam melhor, outros pior. O chefe falou conosco, disse que isso não voltaria a acontecer, que iam renunciar àquele gás e que nos dariam máscaras da próxima vez. Alguns colegas aplaudiram. Eu tive que sair para ir vomitar. Nos dias seguintes, cheguei a cogitar seriamente a hipótese de abandonar a corporação. Foi então que me propuseram fazer parte dos adjuntos do Departamento do Interior. Ingressei nesse grupo de cabeça. Ainda hoje o meu tio não fala comigo; os meus primos, então, me desprezam. O meu pai, sim, mas sei que sente vergonha. Me disse que não era boa ideia frequentar a taberna."

— Sinto muito — disse Noah.

— Está vendo? Você acertou em cheio. Estou bem aqui, sinto que estamos no bom caminho, formando de alguma maneira o que vai ser um dia o Departamento do Interior do Governo Basco. Por enquanto é como se estivéssemos brincando de espiões, tentando recolher informações, sondar o terreno, mas avançamos. Isso é bom e ruim ao mesmo tempo. Não sei se os meus colegas encaram a coisa por esse prisma, mas eu não posso deixar de pensar no que vai acontecer no dia em que assassinarem o primeiro ertzaina, porque agora eu sei que isso vai acabar acontecendo.

Noah suspirou. Não disse nada porque, nesse exato momento, o médico, acompanhado por uma enfermeira, irrompeu no cubículo sem porta. Não esperou que Lizarso saísse.

— Muito bem, Noah. Já temos os resultados das análises que faltavam, e tudo continua a apontar na mesma direção que falamos esta manhã, mas, se me permite que eu te trate por você, a decisão é sua, então vamos te dar alta. A enfermeira vai entregar a você todas as receitas dos novos medicamentos. Não esqueça de tomá-los da maneira como te explicamos.

Depois, dirigindo-se a Lizarso, acrescentou:

— Se você gosta do seu amigo, deveria tentar convencê-lo. É uma questão de vida ou morte, e não se trata de uma frase feita.

Maite

Maite baixou a porta ondulada do bar do lado de dentro, até deixá-la a dois palmos do chão. Lá fora a chuva caía com intensidade num aguaceiro que ao ressaltar atirava as gotas de água de novo para cima. Suspirou melancólica. Sempre gostara de chuva, mas já chovia... fazia quantos dias? Cinco, seis, sem parar. Voltou para trás do balcão a fim de subir o volume de som da música. Aquele costumava ser um momento de prazer. Ia limpando o interior do balcão enquanto ainda permaneciam no bar os últimos fregueses. Depois descia a porta até deixar apenas uma fresta para arejar e, enquanto terminava de arrumar tudo, ficava sozinha no seu estabelecimento. O mesmo que erguera com seu próprio esforço, que lhe havia permitido sustentar a filha e cuidar de sua vida sem depender de ninguém. O local estava meio decrépito, tinha sido o bar do velho cassino, havia anos que os andares superiores estavam condenados, mas ela tinha conseguido alugar o andar de baixo por um bom preço e mais tarde comprá-lo. Um momento agradável da rotina diária. O cansaço acumulado durante o dia evaporava quando ela voltava a ficar sozinha, aumentava o volume da música enquanto varria e lavava o chão, diminuía a intensidade das luzes e se sentava um pouco no centro do estabelecimento pensando como iria pintá-lo na estação seguinte ou nos concertos que gostaria de fazer assim que juntasse um pouco mais de dinheiro. Então, sentia-se feliz.

Enquanto pegava o balde para lavar o chão, virou-se para trás a fim de olhar, desiludida, para a velinha que ardia aos pés de Nossa Senhora de Begoña.

— Ai, *Amatxu*! — disse, muito baixinho.

Admitiu então que sua tristeza não provinha da chuva. Era uma mulher basca, já passara outras festividades com chuva. Choveu no dia de seu casamento com Kintxo, e no dia em que nasceu sua filha Begoña; chovia no dia em que abriu o bar pela primeira vez. Não, não era por causa da chuva, isso nunca a havia detido. Tirou o balde da área do balcão e começou a lavar o chão; a tristeza se transformou em raiva à medida que pensava no quanto havia sido idiota. Tinha se apaixonado por aquele fulano como uma garotinha. Tinha trinta e cinco anos e não se recordava de se ter sentido assim desde que era uma adolescente. Escorreu de novo o pano e esfregou com força até fazer desaparecer as manchas do chão. A irritação que sentia começou a aumentar. Quanto mais pensava, mais boba se sentia. Era evidente que ele não tinha interesse nenhum nela, e não entendia como pudera ser cega a ponto de não se dar conta disso. Ele a havia deixado esperando por duas vezes, com a diferença de que hoje nem sequer havia aparecido com uma desculpa absurda qualquer. De forma inconsciente, virou-se para o lugar que Noah costumava ocupar. Suspirou ao pensar nele. Havia em sua maneira de olhar uma tristeza silenciosa e serena que era um mistério para ela. Julgava ter visto uma timidez sincera, cautelosa. E Maite se perguntou como podia parecer tão honesto, tão verdadeiro, e aquele beijo... Se era um vigarista, tinha o método mais refinado de que já ouvira falar. Ao longo daqueles anos, e atrás do balcão de um bar, havia cortado pela raiz os avanços de todo tipo de pilantras, canalhas e homens bons. Percebeu o quanto isso era descabido, que, se seu próprio relato fosse o de uma amiga, teria dito para ela: *Filha, você ficou doida! Como é possível que tenha se apaixonado? Como é possível que você não pense em outra coisa? Como é possível que você ache que o ama? Como é possível?*

    Meteu o pano no balde, depois o torceu com fúria e violência no escorredor. Voltou a dirigir um olhar para a velinha consagrada a Nossa Senhora de Begoña, e, enquanto os olhos se enchiam de lágrimas, continuou a lavar o chão com vigorosas passadas cheias de raiva.

"Wouldn't it be good if we could live without a care?"
Não seria bom se pudéssemos viver sem preocupações?

O trajeto entre a porta da urgência do hospital de Cruces e o carro, que se encontrava relativamente perto, os deixou ensopados. Noah não tinha querido esperar, apesar de Lizarso insistir em dizer que tinha um guarda-chuva no porta-malas do carro. Assim que se sentaram, o ertzaina perguntou:

— A que se referia o médico quando disse que eu deveria tentar te convencer? Do que é que eu tenho que te convencer, Noah?

Noah deixou sair todo o ar pelo nariz antes de se decidir a falar. Lizarso havia sido sincero com ele, era seu amigo, e afinal de contas lhe devia isso.

— Existe a possibilidade de uma operação.

— Uma operação que pode te curar?

— Bom, pode curar e pode me matar, mas isso no meu caso é o de menos. Vou morrer de qualquer maneira.

— Mas isso é fantástico! — exclamou, com alegria genuína. — Você tinha dito que não havia nada a fazer.

— Mikel, me escolheram porque me encontro numa situação *in extremis*. Eu me encaixo perfeitamente naquilo de que eles necessitam: por uma questão de resistência, pela minha idade, pela minha condição física e porque me resta muito pouco tempo de vida. Mas não se trata de uma panaceia, estamos falando de uma cirurgia muito complicada, muito perigosa, só foram realizadas umas poucas, não sei se você já ouviu falar de transplantes.

— Sim, aqui há uns meses saiu qualquer coisa a esse respeito na imprensa. É incrível, Noah; é evidente que é perigoso, imagino que muito complicado, mas sempre é melhor isso do que a outra alternativa, ou não é?

Noah permaneceu em silêncio.

— E por que eu tenho que te convencer? Você está convencido, não é verdade?

— Queriam me transferir para um hospital de Pamplona hoje mesmo. Se eu tivesse aceitado, a esta hora já estaria lá.

Mikel Lizarso ficou em silêncio observando-o. O único som que se ouvia era o da chuva que caía batendo com força de encontro ao carro. A água escorria como uma enchente pelo para-brisa, não se via nada lá fora.

— Não, eu sei o que você está fazendo, sei o que você pretende, e te compreendo, você sabe que compreendo, mas ontem, quando você desmaiou na discoteca, achei que tivesse morrido, porra, não sentia o seu pulso. Esse médico não exagera quando diz que é questão de vida ou morte.

— Ele vai fazer alguma coisa. Está se preparando para matar outra jovem, ou para fugir, ou as duas coisas...

— Você não vai apanhá-lo se estiver morto.

Noah fechou os olhos e apertou os lábios.

— Alguma coisa está prestes a acontecer. Tenho um pressentimento.

Lizarso deu a partida no carro e olhou para Noah, preocupado.

— Meu amigo, só espero que desta vez você não esteja enganado.

Estacionaram perto da igreja de São Nicolau. Mikel tirou o guarda-chuva do porta-malas, e Noah não levantou nenhuma objeção enquanto este o acompanhava até a porta da pensão. Quando chegaram, uma franja de luz dourada se infiltrava debaixo da porta ondulada do bar de Maite e através das vidraças por cima da porta. Os homens pararam. Lizarso observou Noah, que contemplava aquele fragmento de luz.

— Você acha que consegue levantar a porta sozinho?

Noah sorriu-lhe.

— Cai fora!

— Levo o guarda-chuva ou deixo com você? Acho que você vai ter que enfrentar uma tempestade ali dentro.

— Desaparece de uma vez!

No rosto de Lizarso se desenhou um sorriso rasgado. Deixou Noah junto à fachada e se afastou, embora ainda se tenha voltado para trás uma vez sorrindo.

"You must be joking, you don't know a thing about it"
Você deve estar brincando, não sabe nada disso

Noah se abaixou um pouco e puxou a porta para cima. Maite lavava o chão de costas para a porta. No rádio tocava de novo "Amor de Hombre".

— Estamos fechados! — ela disse enquanto se virava. Ao vê-lo, exibiu primeiro uma expressão de grande surpresa, depois ficou quieta, em silêncio.

Noah começou a falar.

— Maite, eu preciso te explicar muitas coisas e, se você me der uma chance para isso, eu te conto tudo esta noite.

Ela baixou os olhos, decepcionada.

— Você não me deve nenhuma explicação. Volte amanhã, o bar já está fechado.

Noah virou as costas, mas não saiu do estabelecimento. Dirigiu-se à porta ondulada, baixou-a atrás de si e se virou de novo para ela.

— Maite, acabaram de me dar alta do hospital de Cruces. — Levantou na mão direita o saco de plástico com o logotipo do hospital onde trazia a pasta com seus relatórios, as receitas e o casaco com o revólver que havia despido. Pousou-o em cima de um dos bancos. — Passei a noite toda lá e o dia todo também, e vou te contar o que eu vim dizer, porque não sei se vou ter outra oportunidade para fazer isso. E depois, se você quiser, vou embora.

Ela o encarou e sentiu que sua respiração acelerava. Pareceu a ela que estava muito atraente. Vestia uma calça escura e uma camisa branca com as mangas arregaçadas até os cotovelos. A chuva ondulara seu cabelo, deixando-o preto e brilhante, em contraste com a pele tão pálida e aqueles olhos azuis, orlados pelo vermelho das olheiras, que se espalhavam ao redor. Não parecia doente, talvez insone, quem sabe cansado, mas não doente. Assentiu sem sorrir. Autorizando-o a falar. Se bem que nem em sonhos poderia imaginar o que ele lhe iria contar.

Noah avançou até ficar na frente dela, fechou os olhos durante um par de segundos, como se estivesse a reunir coragem ou a procurar dentro de si as palavras certas.

— Maite, eu te amo.

Ela abriu a boca, surpresa, e levou a mão ao peito.

— Ai, *amatxu maitia*!

— É a mais pura verdade — prosseguiu ele. — Acho que te amo desde a primeira vez que entrei no seu bar. Não consigo parar de pensar em você, e só me sinto feliz quando te vejo. Eu sei que essas coisas não se fazem assim, que você merece que te convide para jantar, que te leve para dançar, que te compre flores, que te corteje e que me declare como manda o figurino, você merece tudo, mas eu não tenho tempo, Maite.

Ela baixou os olhos, cravando-os nas mãos dele, e viu que ainda trazia um curativo no lugar onde tivera o acesso do soro. Estendeu a mão e pegou na dele, sentindo então como tremia. Maite nunca tinha visto um homem tremer. Quando se aproximou mais, constatou como cheirava bem e como era alto. Assim que ela ficou nas pontas dos pés, Noah se inclinou para a frente e a beijou. Quando a soltou, ela sorria. Ele não. Soltou um profundo suspiro, ainda angustiado.

Ela o fitou sem compreender o que se passava com ele.

— Eu também te am...

Noah pousou os dedos sobre sua boca, impedindo-a de falar.

— Antes de mais nada, há outra coisa que você precisa saber. Estou doente, Maite, foi por essa razão que passei o dia inteiro no hospital, e foi por esse motivo que não compareci ao encontro de ontem à noite. Estou doente e vou morrer se fizer amor contigo.

Maite sorriu.

— Eu também vou morrer.

Noah desatou a gargalhar. Ela olhava para ele sorrindo, desconcertada. O riso de Noah se extinguiu de repente e só conseguiu rir com tristeza enquanto seus olhos se inundavam de lágrimas.

— Não, Maite, é literal. Eu vou morrer de verdade.

— O que você está dizendo? — perguntou ela, alarmada.

— É por isso que eu não posso te amar, Maite. Foi por essa razão que não te contei nada antes, a razão pela qual não posso ficar com você.

Então ela voltou a beijá-lo, e tornou a fazê-lo outra vez quando Noah tentou replicar, uma e outra vez, e outra, e mais outra... E foi assim que Noah constatou que a doutora Elizondo também tinha razão sobre Maite. Não era o tipo de mulher que deixasse que ninguém tomasse decisões por ela.

Bilbao. Quinta-feira, 25 de agosto de 1983

Começava a amanhecer e continuava a chover como se nunca mais fosse parar. Tal como todas as manhãs nos últimos dias, Noah pensou no tempo que lhe podia restar. Não fazia a mínima ideia de quanto seria, mas havia algo que sabia com certeza naquela manhã, e era que havia passado a noite mais doce da sua vida. Jamais teria imaginado que dois amantes pudessem se beijar tanto. Nunca beijara tanto uma pessoa, nunca havia recebido tantos beijos. Possuía os lábios de Maite impressos em cada recanto de seu corpo. Nas mãos, nos pés, entre o cabelo, nos olhos, nas pontas de cada um de seus dedos, na cova da nuca, na base do crânio. E na boca. Tinha seu perfume, sua saliva e seu calor gravados com beijos em cada centímetro de sua pele, e soube que nunca na vida tinha sido tão amado. Contemplou-a cochilando ao seu lado e sorriu maravilhado com a força daquela mulher que, tal como adivinhara desde a primeira vez que a viu, jamais lhe daria trégua, e a quem nunca seria capaz de negar nada. Enquanto vivesse.

A princípio havia resistido, de alguma maneira achava que lhe devia isso, que lhe devia a verdade sobre seus sentimentos, mas também sobre sua expectativa de vida. Se, como a doutora Elizondo dizia, era egoísta escolher pelos outros, não teria sido honesto ocultar dela todos os elementos de juízo. Por fim acabou descobrindo que era indiferente ter tentado fazê-la entender tudo o que lhe contou, todas as explicações, chegou até a abrir na frente dela o relatório médico. Ela o escutou com atenção, formulando de vez em quando uma ou outra pergunta. Examinou os relatórios e os folhetos informativos dos medicamentos, mas a cada réplica dele respondia sempre da mesma maneira, com mais beijos. Houve apenas uma coisa de que não falou, e foi daquela remota possibilidade de receber um novo coração no seu peito. Também teria sido egoísta. Sabia que, se tivesse dado falsas esperanças, ela o teria abraçado disposta a se sacrificar por ele. Em certo momento, Maite pegou as chaves do bar com uma mão e a dele com a outra.

— Hoje a Begoña vai dormir na casa da Edurne. Quero que você passe a noite comigo. E isso você pode fazer. Não é verdade?

Noah assentiu.

Não fizeram amor, mas também não dormiram. Beijaram-se e conversaram, e, entre um beijo e outro, Noah contou-lhe tudo, tudo, tudo mesmo: como seus pais se conheceram, a escola primária que frequentou, os primeiros amigos, o acidente absurdo com um aquecedor que pusera fim à vida de seus pais, seu desejo de ser policial, e a mulher que poderia ter se tornado sua esposa, John Bíblia, todo o tempo que andava a persegui-lo, e a noite em que chegou por um instante a apanhá-lo, o choro fantasmagórico que ambos ouviram e o que sentiu quando morreu.

— Como foi isso, Noah? O que é que há ali?

E o que não fora capaz de contar ao doutor Handley, o que não quisera dizer a Gibson, o que ainda não tinha contado à doutora Elizondo, o que o havia feito acordar aterrorizado todas as noites, a parte do sonho vivido que não queria voltar a reviver, o que julgava que nunca poderia contar a ninguém, contou a Maite como se ela sempre tivesse sido a única destinatária dessa história, com a mesma naturalidade com que surgia em sua mente, com palavras que nunca havia empregado para explicar o medo, e menos ainda numa língua que não era a sua.

— Primeiro foi como uma rajada quente de vento. Como se uma onda de ar morno me tivesse trespassado. Não senti dor, não senti nada. De repente ficou tudo escuro, embora de alguma maneira eu tivesse consciência de mim mesmo. Então a escuridão que me rodeava me envolveu por completo, como uma gelatina fria, e começou a se infiltrar em todos os poros da minha pele de modo a se apoderar de mim. À medida que me ia vencendo, eu deixava de ser eu e ia me transformando em nada. Foi impressionante, porque até mesmo o último reduto do meu coração, do meu cérebro ou da minha alma lutava para não desaparecer, para não morrer, não queria, não se entregava à morte.

Então me trouxeram de volta. E, a partir desse dia, cada vez que adormeço acordo sem saber se morri ou não. Os meus pais me batizaram pela

Igreja Presbiteriana, mas nunca me considerei um crente. Nunca tinha me preocupado, Maite. Fui policial a minha vida inteira. Tinha como certo que um dia poderia receber um tiro e morrer, como tantos outros, estendido e abandonado num beco. Mas agora me assusta, agora que estou ficando sem tempo, tenho consciência de que não fui quase nada nesta vida. Não é que esteja querendo ir para o céu nem nada que se pareça, mas teria preferido ser água do oceano ou areia na praia, uma partícula nas tripas de um peixe. Se pelo menos morrer fosse como dormir, como descansar, mas não é, Maite. Não há nada ali. Apenas a escuridão pronta para me devorar, para se infiltrar por todos os meus poros até se apoderar de mim.

Maite deu um abraço muito apertado nele e falou, com segurança:

— Se esse momento chegar, vai ser diferente. Agora você tem alguma importância nesta vida, na minha vida, é o meu amor, Noah, e isso deve servir para alguma coisa.

Em seguida, dedicou-se a percorrer seu corpo com dedos frios e beijos cálidos.

— Vou selar todos os poros da sua pele com amor, vou fazer um escudo de beijos, e a morte não vai te alcançar. Prometo, meu amor. Vou te fazer meu e ter você como parte de mim, neste mundo e no outro.

Noah sorriu.

— Já foi diferente. Ontem, quando acordei no hospital, a primeira coisa que eu vi foi você, a primeira coisa que escutei foi a sua voz. O médico me disse que passei o tempo chamando o seu nome enquanto estive sedado.

O telefone tocou em algum lugar na casa, e Maite saiu da cama a fim de atender enquanto dizia:

— Com certeza é a Begoña. Ela sempre me telefona quando acorda.

Ouviu a voz de Maite ao longe, o tom maternal e carinhoso com que respondia à filha. Sorrindo como um menino, inclinou-se sobre o lugar onde ainda permanecia o vestígio do perfume dela e aspirou fundo, desejando apenas que ela voltasse para junto dele.

Maite regressou de imediato, nua e transtornada. Percorreu o quarto, mas antes de deitar na cama ligou o rádio.

A voz do locutor encheu o quarto, ouvindo-se acima do som da água que batia nas vidraças.

A chuva continua a roubar o brilho dos festejos da Semana Grande, mas apesar de tudo o Arenal bilbaíno fica lotado durante a *sokamuturra* no início da tarde, e à noite vive-se a festa com intensidade. Se anteontem o toureiro Manolo Vázquez se despediu de forma emotiva da praça de Bilbao e cortou a primeira orelha das festividades, ontem o triunfador foi Ruiz Miguel, que fez vibrar a plateia. Nem sequer os mais velhos da casa se recordam de uma Semana Grande tão chuvosa.

Noah reparou que ela se mostrava um pouco mais séria do que antes.

— Está tudo bem?

— Sim, era a Begoña, que está um pouquinho preocupada com o pai. Lembra que te contei no outro dia sobre o quanto ele estava sendo chato nos últimos tempos em relação aos horários, insistindo em acompanhá-las até em casa...? Eles combinam de se encontrar todas as noites no Arenal, ele vai buscá-las e as deixa aqui ou as leva para casa da Edurne. Ontem ele não apareceu. E agora a menina me disse que ligou para casa dele e não atende o telefone.

Por um instante, Noah voltou a ver Kintxo tentando dissuadir aquela garota de acompanhar o Murray. Erguendo-se e se apoiando no cotovelo, olhou para Maite.

— É costume dele agir dessa maneira?

— Antigamente sim, quando a Begoña era menor, às vezes eu passava semanas sem ter notícias dele. Mas quando ele voltou do trabalho nas plataformas de petróleo tinha mudado. Não sei se depois de ter visto que a garota estava crescendo tomou consciência de que ia perdê-la ou se ele mesmo amadureceu. A verdade é que nos últimos anos ele se mostrou muito atento a ela, embora nunca tenha ficado tão controlador como agora. E agora veja só, depois de perturbar tanto, não aparece.

— E isso não te preocupa?

— Conheço o Kintxo, sempre foi um folião, e os velhos hábitos são difíceis de perder. Claro que não vou dizer uma coisa dessas à minha filha, mas pode ser que esteja dormindo com alguma fulana ou que tenha ganhado o prêmio de um bingo e esteja por aí gastando o dinheiro. Aposto mais na segunda hipótese, e, quando vi que ontem não apareceu no bar para me pedir alguma coisa, já achei esquisito. Já dizia a minha mãe: *Logo aparece quando lhe der fome.*

Noah já tinha contado a ela que se encontrava em Bilbao perseguindo um homem perigoso. Nesse momento cogitou a possibilidade de lhe dizer que tinha certeza de que se tratava de Murray, e de que Kintxo também estava certo disso, pelo modo como tentou convencer a jovem na discoteca a não ir com ele, e o quanto lhe parecia suspeito que, depois de ter conseguido frustrar os planos do outro, não atender o telefone. Lizarso tinha dito que havia presenciado a forma como os seguranças o expulsaram da discoteca atirando-o no meio da rua. Talvez Maite tivesse razão e ele estivesse dormindo na casa de alguma amiga ou comemorando sua sorte no jogo. Não queria assustá-la. Então, inclinou-se e a beijou de novo. Entretanto, o rádio voltava a tocar "Amor de Hombre". Ela cantarolou a letra: "Ay, amor de hombre, que estás haciéndome llorar una vez más".[11]

— Não sei por que você gosta tanto desta música. O amor não deve fazer chorar. — Ergueu uma mão na direção do rosto dela e a acariciou. — Eu nunca vou te fazer chorar, Maite.

— Pois então não morra, porque, se isso acontecer, pode ter certeza de que vou chorar por você como nunca fiz por ninguém neste mundo.

---

11 Ai, amor de homem, que está me fazendo chorar uma vez mais. (N. T.)

John Bíblia

Telefonara muito cedo para o escritório, antes mesmo de abrirem. Deixou uma mensagem na secretária eletrônica. Hoje não iria trabalhar. Estava doente. E não mentira. Tinha chegado à porta da pensão em plena noite. Enchancado até os ossos e seminu, esperou atento na escuridão, até se certificar de que não havia ninguém acordado. Depois de um banho em que se havia esfregado como se pretendesse arrancar a própria pele, tratou dos dedos feridos e cobriu-os, incapaz de arrancar por completo a unha que ficara separada como as pequenas asas de um inseto pousado sobre seu dedo, apenas presa pela base. Abriu a cama e enfiou na mochila uma muda de roupa, todo o dinheiro que possuía, os documentos em nome de Robert Davidson que obteve alguns meses antes a partir dos originais, e os que havia roubado do cadáver de John Murray. Ajoelhou-se na frente da cama como um bom menino que se preparava para fazer suas orações e inseriu a mão através de um corte no colchão. O envelope tinha lá dentro mais quatro, e em cada um deles uma única palavra: *Bilbao*. John enfiou o envelope na cintura, assegurando-se de que ficava tapado pelo casaco leve que vestiu em seguida, depois varreu com os olhos o quarto onde fora John Murray e se preparou para sair enquanto refletia sobre o fato de que havia sido mais feliz vestindo a pele daquele desgraçado do que em toda a sua vida anterior. Apagou a luz.

No momento exato em que se preparava para sair apercebeu-se de que havia um envelope no chão. Decerto que fora a dona da pensão a deslizá-lo por debaixo da porta, tinha passado por cima do envelope mais cedo sem dar por isso. Apanhou-o apreensivo enquanto voltava atrás a fim de ler a mensagem. Como é que o haviam localizado? Tinha certeza de que não lhes dissera em momento algum onde se encontrava hospedado. Até onde chegavam os membros serpenteantes daquelas hidras? Imaginava que a culpa devia ser daquela telefonista bisbilhoteira da MacAndrews. Sim, tinha certeza de que fora isso mesmo. Passara a semana inteira lhe entregando recados dos telefonemas delas, inclusive um telegrama. Se uma mulher telefonava para o local de trabalho do filho dizendo que precisava entrar em contato com ele com urgência, quem não iria informar o endereço da pensão onde se hospedava o seu rebento?

Subjugado pela angústia, recuou quase até tocar no colchão e sentou-se às escuras. Era um hábito que havia adquirido quando era muito pequeno. Ficar quieto, parado no escuro, perto do tanque fundo e na frente do lago, para deixar que os pensamentos fluíssem no mais absoluto silêncio, contrastando com o turbilhão desencadeado dentro de si. O toque do papel queimava sua pele e penetrava até a carne viva de suas unhas meio arrancadas. Mesmo às escuras era capaz de distinguir a roupa pendurada, no cabide atrás da porta, o livro meio lido em cima da mesinha de cabeceira e o logotipo da MacAndrews na bata abandonada na cadeira debaixo da janela. Sentiu uma profunda melancolia e pensou no quanto teria gostado de poder ficar ali. Continuar a ser John Murray, falar todas as tardes sobre política com os amigos, continuar a inspecionar contêineres, conversar com estivadores e contramestres, navegando em sua pequena lancha ria acima e ria abaixo. Era a primeira vez na vida que experimentava a sensação de viver fora da teia de aranha que elas haviam tecido ao redor do pequeno Johnny.

Agora, a partir de fora, começara a compreender muitas coisas. A princípio julgou que todos os seus infortúnios tinham sido desencadeados desde aquela garota que não fora capaz de matar. Se fechasse os olhos voltava a vê-la morta, encolhida numa postura fetal, como uma menina pequena que adormecera chorando. Para tentar resolver suas dúvidas e suas preocupações, tinha ido à procura de uma nova vítima. A execução fora perfeita, mas algo dentro de John havia mudado. Tinha aquele choro gravado a ferro e fogo na memória, o frágil esboço do cadáver encolhido como um bebê, os joelhos fletidos, os punhos apoiados de leve no rosto. A imagem dela se fundia em seus sonhos com a daquele outro menino, o garoto que havia desterrado para um lugar muito profundo de sua mente e que ali permanecera o tempo inteiro sem que ele o visse. O garoto que chorava sem fazer barulho para evitar enfurecê-las e que, entorpecido e hirto de frio, adormecia embrulhado na manta puída para tapar a lenha. Agora percebia que poderia continuar a consumar sua tarefa para sempre, mas já não fazia sentido algum, porque pela primeira vez na vida, desde Lucy, teve consciência de que havia matado um ser humano. O prazer, a sensação do dever cumprido, o impulso, tudo havia evaporado. De repente, deu por si a se perguntar se alguma vez o tivera ou se o desejo irreprimível de castigá-las provinha não tanto da necessidade de aplicar um castigo como da vontade de eliminar a dor do garoto que precisava arrancar o sangue dos trapos menstruais ou do menino que era obrigado a beber do sacrifício.

Amaldiçoando-as, acendeu o pequeno abajur e abriu o envelope. A mensagem era breve. *Edurne telefonou duas vezes. Deixou o seu número.*

John aspirou de forma ruidosa o ar daquele quarto, chocado com a surpresa. Edurne, a princesa escocesa de cabelos ruivos. A ela, sim, tinha dito onde se encontrava hospedado. Guardou o bilhete no bolso e, depois de escutar os rangidos da casa e se assegurar de que não havia mais ninguém acordado, saiu do quarto. Chovia com intensidade, mas ainda não começara a amanhecer. Dirigiu-se à praça Unamuno. Ao passar pela esquina, aproximou-se dos sacos de lixo amontoados uns em cima dos outros perto das escadas de Mallona, tirou o envelope de debaixo da roupa e o enfiou no primeiro que encontrou aberto.

Euri

Rafa acordou com as lambidas de Euri em seu rosto. Afastou-a várias vezes, mas, diante da insistência do animal, acabou despertando.

— O que está acontecendo com você, m-minha l-linda?

A cadela choramingou, indicando-lhe a porta.

— Quer sair, m-minha l-linda?

Euri deu duas voltas sobre si mesma, excitada.

Rafa sentou-se na cama e olhou lá para fora. Ainda não havia amanhecido.

— É-é muito cedo, Euri. Tem c-certeza?

Sonolento, começou a vestir a roupa. Foi até a porta da rua e pegou a chave, a capa e a guia de Euri.

A voz da mãe chegou até ele vinda do quarto.

— Aonde você vai, querido? É muito cedo.

— A Euri quer ir fazer xixi. Não demoro.

— Está chovendo muito.

— A Euri não se importa, e eu também não.

— Leva a capa, e obrigue-a a se sacudir antes de entrar em casa.

Euri fez menção de fazer xixi assim que saiu, mas Rafa a puxou para que não o fizesse tão perto da porta do prédio. Quando espiou para as escadas, viu Murray, que vinha da rua Tendería em linha reta, não havia mais ninguém na rua toda. Não era a primeira vez que o via durante um de seus passeios com Euri ao amanhecer. Tal como no dia em que o viu quebrar as lâmpadas da rua na frente da ria. Rafa deu um passo para trás, refugiando-se na escuridão que formava o beco que dava acesso às portas dos prédios. Viu quando Murray foi direto até a pilha de sacos de lixo que o caminhão que costumava passar de manhã pelo Casco Viejo ainda não havia recolhido. O homem olhou ao redor, como se receasse que alguém pudesse vê-lo, tirou algo de debaixo da roupa e enfiou num dos sacos abertos, dando depois um nó nas pontas. Afastou-se em passo apressado debaixo das cortinas de chuva que varriam a rua.

"You've got no problem"
Você não tem problema nenhum

Noah desligou o rádio para poder ouvir Maite. Queria saborear o sossego da casa nas primeiras horas da manhã, a sensação da presença da mulher que, mesmo sem a ver, era a dona e senhora daquele lugar. Queria sentir o efeito e a emoção de fazer parte de sua vida por um momento. Sentado na cama, e iluminado pelo estanho da luz dessa manhã, olhou ao redor e por um instante teve uma visão do futuro que poderia ter tido ao lado dela, e gostou. Bebeu o café que ela lhe trouxera antes de ir tomar banho e se concentrou em ouvi-la cantarolar debaixo da água quente enquanto a chuva continuava a fustigar as vidraças. Sentiu-se feliz. Viu as horas e surpreendeu-se ao constatar que já passava das nove. A escassa luz que penetrava vinda da rua convidava a pensar que era muito mais cedo, num dia que não chegaria a amanhecer por completo. Levantou-se da cama e vestiu a roupa de baixo enquanto dirigia sua voz para o banheiro.

— Maite, posso usar o seu telefone?

— Claro, pode usar o que quiser. Você está na sua casa.

Noah sorriu. Sabia que em noventa por cento das vezes em que se empregava essa frase a sinceridade não era total, mas teve certeza de que Maite o disse do fundo do coração.

Discou o número do escritório da MacAndrews.

— Olá, sou eu. Se não puder falar diga que foi engano e eu volto a ligar dentro de quinze minutos.

— Fique sossegado, estou sozinha no escritório. As outras meninas tiraram o dia de folga e o senhor Goñi está na outra sala. Hoje o sedutor não veio trabalhar, telefonou muito cedo, antes de eu chegar, e deixou uma mensagem na secretária eletrônica. Disse que está doente, que não vem hoje e que não acha que esteja em condições de poder vir amanhã. Se fosse outro, pensaria que se tratava de uma desculpa, pois amanhã é sexta-feira de roupas temáticas, mas a verdade é que faz dias que ele não se sente bem, parece uma alma penada, e hoje a voz me pareceu bem sincera.

— Aquelas mulheres voltaram a ligar para ele?

— Não, mas ele acabou de receber outro telegrama. Quer saber o que diz?

— Não, Olga, você já fez mais do que o suficiente, pode se meter numa encrenca das grandes se ele descobrir. Ler a correspondência alheia é crime.

— Não neste caso. O senhor Murray deu ordem para não aceitar nenhum telegrama que chegasse em seu nome. Ontem à tarde devolvi um. Por isso é provável que o que chegou esta manhã não esteja endereçado a John Murray, mas sim ao inspetor naval da MacAndrews. Oficialmente sou sua secretária e estou autorizada a tratar de qualquer correspondência que chegue à empresa.

— Diz o quê?

— Parece uma oração: *Não nos abandone*.

Assim que desligou, ele discou o número de Lizarso.

— Acho que de algum modo a família de John sabe que ele vai desaparecer — disse depois de lhe contar o teor do telegrama. — Hoje não foi trabalhar, telefonou avisando que está doente, e há outra coisa: o Kintxo não apareceu para ir buscar a filha e a amiga dela ontem à noite. A Maite acha que não há motivo para preocupação.

— E você?

— Pois a verdade é que não sei o que pensar...

— Telefonei para você na La Estrella, e a bruxa do Oeste me disse que você não estava.

— Estou na casa da Maite.

Quase pôde ver Lizarso sorrir do outro lado da linha.

— Você não imagina o quanto fico satisfeito com essa notícia.

Noah ficou perturbado, algo envergonhado. Por sorte, Lizarso mudou de assunto.

— Se eu te telefonei não foi para bater papo, mas sim por causa do Rafa. Estou preocupado com ele. Ele me ligou muito cedo, estava tão nervoso que precisei mandá-lo repetir a mensagem três vezes antes de perceber o que dizia. Ele me disse que está na posse das provas, as provas de que o

Murray é o John Bíblia. Pedi que ele não saísse de casa, estava agora me preparando para dar um pulo lá. Noah, não sei em que confusão o garoto se meteu, talvez não tenha sido boa ideia dar asas a ele. O Rafa não é como os outros. É...

— Não se atreva — advertiu Noah.

— É frágil, Noah.

— Eu sei. Nos encontramos lá.

Noah desligou o telefone e se dirigiu de novo para o quarto. Maite tinha acabado de sair do banho. Deixou cair a toalha em que se embrulhava quando o viu entrar. O telefone tocou de novo no corredor.

— Mas que coisa... — protestou ela enquanto se embrulhava na toalha a caminho do telefone a fim de atender. Demorou apenas dois minutos. Quando voltou para o quarto, seu rosto estava transtornado.

Noah ficou preocupado no mesmo instante.

— Era da Guarda Civil do Porto de Santurce. Dizem que a Cruz Vermelha resgatou um corpo da água, um homem de cerca de quarenta anos. Estava com os documentos do Kintxo. Está morto. Me pediram para ir reconhecer o corpo.

Maite fez questão de que ele a acompanhasse. Noah voltou a telefonar a Lizarso para lhe dar a notícia e dizer que não poderia ir com ele à casa de Rafa. Chamaram um táxi e no caminho foram buscar Begoña, que não parou de chorar durante todo o trajeto. Sentado ao lado do motorista, ele se virou para trás de modo a olhar para Maite, que abraçava a filha. Mantinha-se serena e acariciava a cabeça de sua menina como se esta fosse muito pequena.

O posto da Guarda Civil situava-se no edifício da Administração dos Portos, e dali as acompanharam num Patrol até a pequena guarita ocupada pelo contingente da Cruz Vermelha do porto. Um guarda mostrou a eles, numa bandeja, os documentos, a carteira, um anel de sinete com iniciais e uma corrente de ouro que o morto usava ao pescoço.

Begoña redobrou o choro ao ver os objetos.

— São do *aita*, *ama*.

Maite assentiu olhando para o guarda.

— Se reconheceram os objetos, o último passo é que uma de vocês reconheça o corpo, para termos certeza absoluta.

Maite se soltou do abraço da filha.

— Eu faço isso.

— Devo avisá-la — disse o guarda — que ele apresenta uma violenta pancada na cabeça. Deformou parcialmente o crânio e pode não ser tão fácil a sua identificação.

A jovem soluçou desesperada ao ouvir as palavras do guarda, que foi fulminado pelo olhar que Maite lhe lançou.

— Por que ele está com uma pancada? Quem foi que bateu nele? — perguntou Begoña.

— Talvez ninguém. O mais provável é que tenha batido com a cabeça quando caiu. O canal do rio tem uma maré muito alta e com muita força, as margens estão escorregadias, e ele também havia bebido bastante.

— Como pode saber uma coisa dessas? — perguntou Maite.

— As análises confirmaram, mas consta que anteontem ele se envolveu numa briga numa discoteca. Os seguranças o expulsaram e o puseram na rua de madrugada por se meter com uma jovem. Pelo seu aspecto, julgamos que ele estava na água desde esse horário.

— Não é verdade — disse Noah, interpondo-se entre o guarda e Begoña e dirigindo-se à menina. — Eu estava nessa discoteca e presenciei tudo. O seu pai tentou prevenir uma garota, mas houve um mal-entendido e ela interpretou tudo ao contrário.

— Bom, então quem vai fazer a identificação? — impacientou-se o guarda.

— Eu — respondeu Maite.

— Talvez eu possa fazê-lo — ofereceu-se Noah.

Contudo, ela não deu margem a discussões.

— Não, você ouviu o que ele disse, talvez não seja tão simples, você o viu no máximo meia dúzia de vezes. Precisamos ter certeza. — Fulminando de novo o guarda civil com o olhar, passou à sua frente e foi atrás do enfermeiro da Cruz Vermelha.

— Sinto muito — desculpou-se o sujeito, dividindo seus olhares entre Noah e a garota. — É meu dever avisá-los.

Ele se despediu de Maite com um forte abraço junto ao táxi que as levaria de volta a casa. Noah desejava estar ao lado dela mais do que tudo no mundo, mas viu a coragem e a firmeza da mulher que amava e a desolação de Begoña, que mal conseguia andar, abatida pela dor, e compreendeu que precisava conceder a elas tempo e espaço.

Decidiu o que faria ali mesmo: enquanto o guarda reunia os dados de Maite, viu pela janela um grande rebocador que encaminhava na direção da ria um cargueiro de grande tonelagem que lhe pareceu familiar. Olhou para o calendário de modo a ter certeza.

Se hoje é quinta-feira e aqui é Bilbao, esse é o Lucky Man.

O taciturno comandante Finnegan fez um gesto de assentimento autorizando-o a entrar quando o viu de pé diante da escotilha da ponte. Estava fazendo anotações em seu diário de bordo, e se ficou surpreendido quando o viu não o deixou transparecer.

— Scott Sherrington — disse como saudação, embora tenha continuado de imediato com o que estava a fazer, deixando que os segundos decorressem com lentidão.

Noah nem pestanejou. Colocou-se atrás do leme e pôs as mãos nos bolsos em sinal de respeito. Havia dois lugares no mundo onde não se devia tocar em nada: o local de um crime e uma ponte de comando.

Esperou paciente que o comandante terminasse, lhe dando tempo para guardar o diário no armário e enroscar com cuidado a tampa da caneta com que estivera a escrever.

Noah percorreu com o olhar a zona portuária da Campa de los Ingleses.

— Dizem que este lugar recebeu o nome pelo fato de antigamente ali ter existido um cemitério. Era aqui que enterravam os marinheiros britânicos que morriam em Bilbao.

— Eu julgava que era por causa do futebol.

— Também — admitiu Noah.

Depois, e no mais puro estilo Finnegan, perguntou:

— O senhor é membro do IRA, comandante?

— Não — respondeu.

— Simpatizante, talvez?

— Não — respondeu com a mesma calma, como se estivesse a recusar um café.

— A polícia daqui acredita que pelo menos uma vez o senhor trouxe até Bilbao algum membro do IRA.

— Até pode ser que sim... — admitiu. — Não é coisa que eu pergunte a ninguém que entra no meu barco.

— Também acham que algum desses homens pode ter trazido com ele um carregamento de armas.

— Não no meu barco.

— Quem sabe...

— Tenho o controle de toda a carga que entra e sai. Se um carregamento de armas, ou fosse lá o que fosse, viajasse no meu barco, eu saberia.

Noah suspirou. Como era complicado falar com aquele homem!

— Como eu desconfiava, confirmou-se que o sujeito que eu segui até aqui não era John Murray.

Lester Finnegan nem vacilou. Continuou a fitá-lo em silêncio.

— Desconfio que o verdadeiro John Murray continua aguardando identificação e reclamação no necrotério dos bombeiros do porto de La Rochelle. Murray era um trabalhador das plataformas de petróleo que foi recrutado como inspetor naval pela MacAndrews, a empresa a que pertence este barco.

O comandante inspirou fundo e Noah percebeu que acertara em cheio.

— Suponho que, além dos contêineres de carga e do pessoal que precisa se deslocar entre um porto e outro, a empresa deve ter pedido em alguma ocasião que transportasse coisas de outra natureza: componentes, peças sobressalentes, extintores, material de escritório, objetos pessoais, livros de contabilidade ou inclusive correio...

O comandante assentiu.

— Eles o preparam em embalagens ou em sacos e, assim que chega ao porto de destino, alguém do escritório vem buscar. É mais barato do que o correio normal, e também é infinitamente mais seguro.

— E diga-me uma coisa, comandante, quando o funcionário da MacAndrews John Murray embarcou no *Lucky Man*, fez isso acompanhado por encomendas da empresa com destino a Bilbao?

A cara de surpresa do comandante Lester Finnegan foi genuína.

Ele assentiu sem dizer nada.

— Calculo, comandante, que, se o homem que desembarcou do seu navio neste porto não era John Murray, é pouco provável que soubesse que deveria levar consigo a carga com a qual entrou a bordo.

John Bíblia

Perambulara sem rumo durante as primeiras e desagradáveis horas da manhã. Não parecia verão. A luz escassa e as temperaturas em constante declínio deixaram de imediato em evidência o quanto sua indumentária era inadequada. Com a roupa de novo encharcada, procurara um bar afastado o suficiente do Casco Viejo. Queria estar abrigado, protegido e tomar um café que lhe permitisse se aquecer, chegara inclusive a comprar um jornal para ter alguma coisa para fazer, para parecer ocupado. As manchetes se dividiam entre os festejos e a política. O *lehendakari* qualificava como infelizes as palavras do secretário de Estado para a segurança, Rafael Vera; falavam de tensão com o governador da Biscaia devido à ordem para hastear as bandeiras no município. Tentou em vão se concentrar o suficiente para procurar o alívio de que tanto precisava, contudo, nervoso e desconfiado, engoliu o café quase fervendo e abandonou o jornal em cima da mesa. Não conseguia permanecer durante muito tempo em parte nenhuma. Saiu de novo para a rua debaixo de chuva. Passava do meio-dia quando chegou à porta do hotel. O luxuoso Carlton era o mais afastado da pensão Toki-Ona que conseguia imaginar. Até decidir o que iria fazer, precisava de um lugar onde se sentir a salvo, e o suntuoso hotel era o último local onde iriam procurá-lo. Usando os documentos do cunhado, instalou-se num quarto. Sentia-se respaldado em sua decisão ao ver a recepção apinhada de gente. Havia muitos homens mais ou menos de sua idade, de diferentes nacionalidades. O recepcionista lhe disse que faziam parte de um numeroso grupo de médicos que iria começar a chegar nas próximas horas para assistir a um grande congresso que se realizaria na cidade.

— O senhor também é médico, então? — perguntara, num inglês pavoroso.

E John assentira sem dizer mais nada.

Quando entrou na suíte e despachou o funcionário, correu o ferrolho, encostou-se à porta e se deixou escorregar por ela até ficar sentado no chão. Estava exausto, ferido, morto de medo. Recapitulou tudo o que sabia, o que recordava de cada notícia que havia lido na imprensa nos últimos dias. Não podia ser, aquele homem estava morto, ele mesmo o havia constatado. E, no entanto, quando o viu desabar na discoteca, houve algo que lhe pareceu tão familiar que nunca mais lhe saiu da cabeça até que, ao ver o cadáver de Kintxo, percebeu por quê. John acreditava nos sinais. Estava convencido de que o céu lhe enviava um. Fizera-o naquela noite quando as moças começaram a sair dos respectivos túmulos, um raio enviado do céu acabou com aquele agente, e o próprio Deus voltara a fulminar aquele sujeito, se é que era mesmo ele, agora que o perseguia de novo. John não podia ter certeza absoluta, era algo com que aprendera a viver, mas também sabia que não era preciso, pois era melhor estar a salvo do que ter certeza. Não podia continuar a pensar, tinha consciência do quanto estava ferido, das consequências de sua luta corpo a corpo com Kintxo, dos socos, dos arranhões, das unhas arrancadas, da vida abandonada. Precisava se recuperar, tinha que fazê-lo para poder pensar. A duras penas conseguiu chegar à cama enorme. Atirou-se sobre ela e em menos de um minuto adormeceu.

"I'd stay right there if I were you"
Se eu fosse você, não sairia daí

O restante da manhã se complicou bastante. Ele desceu ao porão com o comandante Lester Finnegan. O contramestre lembrava-se de que tinha sido o próprio Murray a escolher o lugar onde colocar as duas pesadas caixas. Um canto afastado, seco e escuro. Depois, limitou-se a partir do princípio de que a dada altura enviariam alguém da MacAndrews para buscá-las. Contudo, as caixas não eram da MacAndrews, nem sequer de Murray. Depois de decidir em conjunto com o comandante o que fariam, foi falar com os amigos.

Almoçou com Rafa e com Lizarso num restaurante chamado Guria, um estabelecimento dos mais antigos que se mudara, uns dias antes de terem início as festas, de Barrencalle Barrena para a Gran Vía. Foi forçado a admitir que foi o melhor prato de bacalhau que havia experimentado na vida. A refeição prolongara-se enquanto discutiam os passos que dariam em seguida. Noah estava exausto.

Depois de explicar em que circunstâncias tinha sido encontrado o corpo de Kintxo, escutou com crescente preocupação o relato de como Rafa vira John se desfazer de seus troféus jogando-os no lixo, como os havia recuperado e como lamentava não ter podido segui-lo de modo a saber para onde ia. Noah deu graças a Deus por assim ter sido, enquanto pensava que talvez Lizarso tivesse razão e que tinha sido um erro dar asas ao rapaz. Sem estragar o entusiasmo geral, viu-se obrigado a convencê-los de que uns absorventes internos e uns externos sujos de sangue e guardados em envelopes provavam que John Murray era John Bíblia apenas para eles. Para a polícia não passaria de uma prova do gosto mais do que discutível da coleção de Murray, e se limitariam a achar que ele era um porco e eles, uns doidos varridos. A teoria de que teriam pertencido às jovens desaparecidas era apenas isso: uma teoria. E, se nunca chegassem a recuperar os corpos, não haveria maneira de determinar que haviam pertencido a elas.

Depois, teve que contar a eles sobre a descoberta que fizera no *Lucky Man* e convencer Lizarso da conveniência de não fazer nada por agora, e as coisas tinham se complicado mais do que esperava. Quarenta pistolas Colt M1911 e munição, um presentinho do IRA para o ETA, decerto financiado a partir de Nova York. Logo que contou a Lizarso, foi obrigado a contê-lo para que este não corresse para junto de um telefone. Tinha sido difícil persuadi--lo de que não podiam dar o alerta, pelo menos por enquanto.

Era mais do que evidente que o comandante Finnegan não queria se meter em confusão e manteria a boca mais fechada do que era habitual nele. E Noah também não estava interessado em ser forçado a passar horas dando explicações à polícia sobre quem era John Murray, por que razão desconfiava de que estava morto e quem achava que era o fulano que usava seu nome. A última coisa de que precisava era que toda a polícia do País Basco se pusesse à procura de John Murray-Bíblia por terrorismo. O argumento que acabou por convencer Lizarso foi o de que as armas só podiam estar relacionadas com o verdadeiro John Murray, um homem que jazia morto no necrotério dos bombeiros de La Rochelle, na França. Revelar a descoberta do armamento podia pôr em risco a operação antiterrorista que o governo basco tentava levar a cabo. Se se descobrisse que o verdadeiro Murray estava morto, não se poderia provar nenhuma relação com Michael, "o Tenebroso", e com Collin e, antes que se dessem conta, já teriam desaparecido. Se era verídica a informação sobre o encontro de cúpulas de ambas as facções na fronteira francesa, o mais prudente era não levantar ondas agora. As armas não iriam a parte nenhuma, e devido às festas da cidade não estava previsto que o *Lucky Man* zarpasse de Bilbao antes da semana seguinte.

Se as coisas corressem como Noah acreditava, John Bíblia estava soltando as amarras e se preparava para partir. Tinha matado Kintxo, as mulheres de sua família não paravam de atormentá-lo, arranjara uma desculpa para não ir trabalhar e se desfizera de seus troféus. Este último fato era o que mais o preocupava. Os troféus de um assassino se encontravam, de acordo com as teorias do agente Robert Ressler, carregados de simbolismo e de significado. Renunciar a eles podia apontar, como supunha Lizarso, para o fato de que já havia fugido. Contudo, Noah tinha o pressentimento de que ele ainda não havia terminado seu trabalho, de que ainda havia coisas a fazer. Se tivesse fugido, que necessidade teria de justificar sua ausência na MacAndrews dizendo que estava doente? Não, Noah estava convencido de que se desfazer de seus troféus tivera para John Bíblia o mesmo significado que mandar queimar seus navios para o imperador Constâncio, uma declaração de intenções que falava com clareza de não voltar atrás. As pessoas que melhor o conheciam no mundo, as mulheres de sua família, sabiam disso, daí a súplica do telegrama: *Não nos abandone*. Porque era isso que John Bíblia ia fazer, incendiaria tudo atrás de si, tal como o imperador Constâncio; não pretendia recuar.

Noah estava muito cansado, por isso insistiu que chamassem um táxi à porta do restaurante, queria mostrar a eles algo que havia visto quando regressava da conversa que tivera com o comandante Finnegan e não se sentia com forças para caminhar debaixo de chuva. Apesar de passar pouco mais das cinco da tarde, o céu estava tão escuro que parecia que ia anoitecer, e além disso chovia com intensidade.

— Dizem que em Guipúscoa está chovendo demais. Já começa a haver problemas em Deba e em Orio — declarou Lizarso.

Noah deu o endereço ao motorista.

— Quero que nos leve ao cais da Campa de los Ingleses e que volte pela margem do rio o mais perto possível do passeio de Uribitarte.

O taxista não levantou objeções. Quando regressavam pela via paralela ao passeio, Noah pediu que ele reduzisse a velocidade enquanto espiava pela janela do carro à procura de alguma coisa.

— Aqui está — disse de repente —, pare o carro.

Saiu caminhando debaixo de chuva até o passeio junto ao rio enquanto Lizarso se empenhava em vão para cobri-lo com o guarda-chuva. Boquiabertos, Rafa e o ertzaina olharam na direção do local para onde Noah apontava.

— Quando o Rafa nos disse que viu o John quebrar as lâmpadas dos postes da rua desta região, não percebi qual era o objetivo. Constatei da outra margem que de fato assim era, e que ele também havia se encarregado de apagar as luzes daquele lado no Campo de Volantín. Mas o meu erro foi fazê-lo da outra margem. Espreitei e vi que havia uma doca que coincidia exatamente com a da margem da frente, mas nada mais. Quando desembarquei do *Lucky Man* da primeira vez, um táxi me levou pelo centro da cidade. Durante este tempo em que me encontro em Bilbao nunca tinha passado por este lado do passeio. Mas hoje reparei nisto — disse, apontando para uma pequena construção engastada bem debaixo do passeio, de modo que era invisível de cima. Apesar de as escadas do cais ficarem muito perto, seu formato evidenciava que o acesso só era possível pela água e com a preamar.

— É a cabana dos ba-barqueiros do *gasolino* — disse Rafa. — As pessoas chamavam as-ssim aos botes que atravessavam do Campo de Volantín até aqui.

Lizarso dividia seus olhares entre a cabana abandonada e o semblante preocupado de Noah.

— Está pensando em quê?

— Descartei este lugar quando o vi porque o acesso não era bom para as zonas pantanosas entre as arcadas que sustentam o passeio. Achei que ele as levaria para um local, guardando as devidas distâncias, o mais parecido possível com o que ele escolheu para enterrar suas vítimas anteriores. Espiei o cais da frente e desci um pouco as escadas. Era só isso, um lugar para que os passageiros entrassem e saíssem do barco, não se podia chegar à zona lamacenta das arcadas que existe por baixo do passeio. Quando Olga me confirmou que ele costumava se deslocar entre o porto e a Campa de los Ingleses num barco, tive certeza de que o fazia dessa maneira. Aproveitar para sepultá-las nas margens lodosas quando a maré está baixa me pareceu que seria a maneira de agir mais semelhante à que havia feito perto da sua casa. John gostava de ter o seu cemitério particular por perto, passar por ele todos os dias. E, depois do bom resultado que obteve ali, tive certeza de que ele tentaria fazer aqui algo do gênero. No entanto, não vi esse casebre.

— Você acha que elas estão aí? A maré está quase cheia, mas acho que está começando a baixar, é difícil saber ao certo com o caudal do rio, as marcas habituais não servem. Mais tarde vou dar um telefonema para saber. Mas, se a preamar acabou de acontecer, vai voltar a haver outra por volta das cinco da manhã.

— Não tenho certeza absoluta, mas, se não fosse assim, qual seria o objetivo dele ao se assegurar de que toda esta região ficasse escura durante a noite? É um bom lugar, sem acesso. Além disso, o canal fede, com todas as descargas de esgoto que existem na região é fácil que o cheiro da putrefação passe despercebido. Por outro lado, também é verdade que ele não podia deixá-las aí para sempre, devia ter outro plano.

Saíram do táxi no Arenal. Apesar da tristeza do dia e da chuva que não cessava, constataram ao passar a ponte que na zona de *txosnas* desde o teatro Arriaga, e estendendo-se por toda a Ribera, o ambiente festivo prosseguia como se nada fosse.

Na parte velha da cidade, o estado das ruas não era muito melhor. Antes de percorrer cinquenta metros Noah já tinha os pés ensopados. A partir dos beirais dos telhados a água escorria fazendo um barulho, quase metálico, chocando-se contra o solo encharcado. Nas esquinas de algumas casas, as calhas que vinham dos telhados desaguavam mesmo sobre o pavimento. E a luz daquele dia, que não chegara a sê-lo por completo, começava a escurecer pouco a pouco. Quando chegaram às imediações da catedral, Noah sentiu uma imensa nostalgia ao ver a porta do bar de Maite corrida. Precisava estar com ela. Eram quase seis da tarde quando entraram na porta da rua da pensão La Estrella. Sentia-se esgotado, mas teve que reconhecer que o ajuste da medicação estava fazendo efeito. Seus tornozelos apresentavam um aspecto quase normal apesar de estar de pé desde muito cedo e de ter tido que voltar a tomar os remédios há algumas horas. Mudou de mão o saco da farmácia onde havia se abastecido a caminho de casa para se agarrar ao corrimão, e muito devagar iniciou a descida até a pensão acompanhado por Rafa, que não queria deixá-lo de maneira nenhuma, e de Lizarso, que olhava para ele o tempo todo como se a qualquer momento fosse desabar de novo. Apesar de subir muito devagar, Noah verificou que os dois preferiam subir atrás dele, não soube se por deferência ou por segurança. Quando alcançaram o patamar do primeiro andar, viram que no início do lance de escadas seguinte estava sentada uma mulher que ficou de pé assim que os viu.

— Doutora Elizondo — disse Noah, quase sem fôlego.

Antes de dizer alguma coisa, ela fitou os homens que o acompanhavam.

— Ah, não se preocupe, pode falar sem rodeios, são meus amigos. Rafa e Mikel Lizarso, já tinha te falado deles — tranquilizou-a.

Depois das apresentações, Elizondo concentrou-se em Noah.

— Fico muito feliz em vê-lo. — Soou bastante sincera. — Quando vi que você faltou à consulta, vim até a La Estrella, como lhe prometi. Tenho trabalhado em diferentes hipóteses sobre o comportamento do paciente enigma e reparei que havia um aspecto extraordinariamente revelador que podia ser crucial. Foi então que a sua senhoria me contou que você esteve internado, que o seu amigo tinha vindo aqui buscar os relatórios médicos. Ela não soube me dizer em que hospital você estava, então liguei para todos, mas quando consegui te localizar no Serviço de Observação de Cruces já haviam lhe dado alta. Vim aqui hoje de manhã, mas também não te encontrei, por isso decidi sentar aqui até você aparecer.

— Aconteceram tantas coisas, doutora, que nem sei por onde começar. Acho que o melhor será conversarmos lá dentro — disse Noah tirando a chave.

A porta se abriu do lado de dentro, o que deu a todos a impressão de que a proprietária da La Estrella tinha ouvido a conversa do outro lado. A mulher sorriu para ele com aquela expressão tão característica sua, entre o recato, a afetação e a tolice.

— Bem-vindo, *mister* Scott, fico contente porque afinal o seu problema não passou de um susto. — Depois, torcendo o nariz, olhou para o numeroso grupo que o acompanhava.

— Como o senhor estava no hospital, pude deixar o seu amigo entrar, mas já conhece as normas em relação às mulheres.

— Sou médica dele — disse Elizondo, exibindo diante dos olhos dela um cartão.

— Ah, sim, a senhora é a médica lá de cima, bem me pareceu quando veio aqui — disse, fazendo um gesto na direção das escadas, e ciente do tipo de médica que ela era —, mas eu achei...

Noah levou a mão à cintura de Elizondo e a empurrou para o interior do corredor, ficando parado na frente da proprietária. Lizarso entrou atrás dele.

— Eu sou o amigo — disse, encolhendo os ombros.

— Eu sou o ajudante — disse Rafa, imitando o gesto.

Antes de a mulher ter tempo de dizer alguma coisa, Noah sacou a carteira.

— Com toda esta confusão, acabei esquecendo que hoje faz uma semana que estou aqui. Vou lhe pagar outra adiantada — disse, pondo o dinheiro em sua mão, depois tirou mais duas notas verdes e as juntou ao monte. — E isto é pelo incômodo.

— A propósito — disse a mulher, com voz melosa —, o senhor me pediu que o avisasse quando vagasse o quarto que dá para a rua. O cavalheiro que o ocupava foi embora.

Noah hesitou.

— Pode ir vê-lo mais tarde, se quiser. A porta está aberta. Se preferir pensar sobre o assunto, demore o tempo que precisar, não creio que o alugue tão cedo. O tipo de gente que procura um quarto durante as festas não é nada recomendável. Vômitos, gritos, gargalhadas. O senhor sabe bem que esta é uma casa decente e como eu gosto das coisas.

Deixou-a plantada no meio do corredor murmurando desejos de melhoras do seu estado de saúde e celebrando sua generosidade.

Doutora Elizondo

A escassa luz pardacenta que entrava através da claraboia pelo pátio era insuficiente. Noah ligou o interruptor da luz do teto. O brilho mortiço de uma lâmpada de cento e vinte e cinco watts deixou cair sobre suas cabeças um halo lânguido. Sentou-se na cama com evidente alívio e acendeu também o pequeno abajur da mesinha de cabeceira. Ao ver seus amigos ali, Noah tomou consciência da pobreza do aposento. As cortinas acinzentadas, o ruidoso colchão, o guarda-roupa que parecia um caixão duplo, o pequeno espelho tipo barbeiro. Lizarso encostou-se ao lavatório, Rafa ao caixilho da janela e a doutora pediu permissão a Noah com um gesto, que já vira em outros médicos, para se sentar aos pés da cama.

— Conte para nós, doutora.

— Foi o dado que você me forneceu quando falamos da última vez, aquele relativo ao paciente enigma ter oferecido peças de roupa e objetos das vítimas às mulheres da família dele. Não existe muita documentação a respeito das motivações dos assassinos para levar troféus consigo. O motivo para usarmos esse nome parte da semelhança com a caça, mas não tem por que ser exatamente dessa maneira em todos os casos. Em alguns poderia ser uma recompensa, mas também uma recordação, algo que o assassino utiliza para relembrar o momento da morte. Eles guardam, estimam, usam e, em alguns casos, recorrem a eles para obter excitação sexual.

"O fato de desejar que sejam as mulheres da sua família a usá-los me fez pensar de imediato na projeção, como acontece com o exemplo do filme *Psicose*, sobre o qual comentei. Bates põe a peruca e as roupas da mãe para ser ela. Quando o paciente enigma veste as mulheres de sua família com as roupas das vítimas, está nos dizendo que o verdadeiro objetivo da sua ira são elas. Mantenho aquilo que te disse."

— Durante as poucas semanas em que ele está em Bilbao — referiu Noah —, as relações com essas mulheres mudaram muito. Sabemos que ele deixou instruções antes de abandonar sua casa e que voltou a entrar em contato com elas do porto de Liverpool. Assim que chegou a Bilbao, assumiu o posto de trabalho na MacAndrews, e foi ele mesmo quem forneceu a elas sua nova identidade e um número de telefone da empresa onde trabalha. Elas deixavam os recados para que ele telefonasse para elas, quase todos os dias. Contudo, algo se passou no decurso destas duas semanas. Por conta das exigências delas, pode-se dizer que ele foi espaçando os contatos. Os recados implorando para que, por favor, ele retornasse dobraram. Lizarso interceptou uma ligação em que, muito irritado, ele as proibia de voltar a telefonar para a empresa. Elas obedeceram, mas apenas em parte, e nos últimos dias começaram a enviar telegramas para ele. A pessoa que lhe entregou o primeiro disse que ele ficou muito irritado quando o recebeu. Tanto que não conseguiu ocultar sua fúria. Deu ordem para não aceitar nenhum telegrama em seu nome, mas elas não parecem dispostas a desistir e começaram a enviá-los para a empresa.

A doutora assentiu, avaliando a informação, enquanto se virava a fim de ouvir o que Lizarso estava perguntando:

— O que eu não entendo é: se o que ele deseja é matá-las, por que razão ainda não o fez?

— O melhor exemplo volta a ser Norman Bates — respondeu a doutora. — Uma relação de dependência cimentada em anos de abuso, de submissão e de maus-tratos. Bates matou a mãe, mas isso não foi suficiente para se livrar dela. Creio que o paciente enigma se livrou de suas familiares de modo casual, quando se viu obrigado a fugir; sem intenção, cortou o cordão umbilical que os unia, e não pretende restabelecê-lo. Pode ser que, ao viver a sua vida, tenha descoberto facetas dele próprio que nem sequer sabia que existiam.

— Nesse caso, cada vez que mata uma garota, de algum modo está castigando a elas — disse Lizarso.

— Sim, mas não é só isso. Essa é a chave reveladora a que eu me referia. Não se trata apenas de elas serem as destinatárias da sua ira — elucidou Elizondo. — Norman esfaqueava as mulheres que achava atraentes para encenar a submissão e o controle a que a mãe o mantinha subjugado.

Todos assentiram.

— O paciente enigma mata de uma maneira quase tranquila, depois da violência inicial. É uma forma de matar próxima, íntima, lenta, em que são necessários proximidade e tempo, e é provável que as vítimas percam os sentidos muito antes de morrer, pelo que ele deve continuar a apertar para asfixiá-las, muito perto delas, observando o modo como a vida as abandona. Trata-se de um tipo de morte muito cruel e pessoal, e não requer tanta fúria e ira como um esfaqueamento. Não sei se vocês me compreendem, é mais calmo, como o rancor, como o ressentimento.

Noah assentiu.

— Como a vingança.

— Exato — concordou ela. — Mas o elemento fundamental é que ele também as estupra, existe uma agressão sexual que seria totalmente despropositada no caso de Norman Bates, porque o tipo de sentimento que a mãe tinha por ele não era de natureza sexual.

— Você acha que John foi vítima de abusos? — interveio Lizarso.

— Prefiro chamá-lo de paciente enigma, e sim, acredito que tenha sofrido abusos de natureza sexual, e a chave da sua animosidade, do seu ressentimento, está no fato de todas as suas vítimas estarem menstruadas.

— Ah, meu Deus — conseguiu dizer Lizarso enquanto franzia os lábios numa expressão de asco. — Então...

— Os abusos que o paciente enigma sofreu estão diretamente ligados ao sangue menstrual — asseverou a doutora.

— Ele leva consigo os absorventes internos e os externos, todos sujos, mas no início, quando deixava os cadáveres abandonados, jogava em cima deles os absorventes internos e os externos limpos. Às vezes chegava a colocá-los de forma estratégica nas costas ou nas axilas das vítimas — recordou Noah.

— É uma mensagem — afirmou Elizondo. — Que diz: *Não deveriam fazer.*

Noah assentiu.

— Eu sempre acreditei que de algum modo essa era a razão que o levava a escolhê-las. Mas continua a ser um mistério para mim como é que ele consegue saber.

— Lembra do que nós conversamos sobre o estresse pós-traumático? — perguntou Elizondo, dirigindo-se primeiro a Noah e depois a todos. —

Há anos que se fala da sua existência, mas foi apenas depois de os soldados norte-americanos começarem a regressar do Vietnã que os quadros dessa doença passaram a ser tão frequentes a ponto de se poder estudá-los e documentá-los. As pessoas que sofreram uma situação traumática, na qual se viram ameaçadas com gravidade ou que sentiram que a sua vida corria perigo, desenvolvem às vezes um transtorno através do qual voltam a reviver várias vezes as sensações e as circunstâncias do episódio que motivou o seu trauma. É muito assustador, porque os pacientes relatam estar vivendo, escutando e sentindo a mesma sensação daquele momento, e por isso a reação delas é muitas vezes de grande temor, ou inclusive de violência quando tentam se defender. De tudo isso, o que chama mais a atenção é que o gatilho que deflagra uma situação dessas é com frequência um pequeno sinal, um sinal que passaria despercebido a qualquer um, mas que eles relacionam com o momento do trauma. Pode ser um som, uma palavra, um tom de voz, mas também um cheiro, um perfume, um fedor... O instinto de sobrevivência os tornou especialistas em reconhecê-lo, em distinguir esse sinal entre um milhão de outros. A capacidade de detectar as situações de perigo e se adiantar a elas tem sido o ponto fulcral na evolução humana, faz parte da nossa evolução. A sobrevivência das espécies depende da sua capacidade de se esquivar do seu predador, e a sobrevivência do predador depende da sua capacidade de detectar a sua presa.

— Está dizendo que ele as fareja? — perguntou Noah.

— Sim, mas não é só isso. Se o trauma dele está relacionado com os abusos nessa circunstância, deve ter aprendido a identificar a maneira como elas se vestem, os seus movimentos, a forma como se comportam. Sinais que, embora possam ser imperceptíveis para a maioria, não há dúvida de que estão aí. E tenho certeza de que nós seríamos capazes de detectá-los se a nossa vida ou a nossa segurança dependessem disso.

— Os pressentimentos não existem, são informação e instinto — disse Noah.

— E o que você acha que ele vai fazer a partir de agora? Está se distanciando da família, desfez-se dos seus troféus — perguntou o ertzaina.

— Vai tentar renascer.

— Renascer — repetiu Noah.

— Ele acredita que tem direito a uma nova vida; nos últimos dias descobriu que pode viver de outra maneira, está quebrando vínculos e o passo seguinte vai ser desaparecer para voltar a aparecer em outro lugar com uma nova identidade, e viver a vida que acha que tem direito a viver. Longe delas, livre.

Noah consultou o relógio e olhou para Lizarso.

— Devem estar prestes a sair para efetuar a ronda habitual. O melhor seria descermos já.

— Nem pensar — opôs-se Lizarso, fazendo um sinal a Rafa. — Não faz nem vinte e quatro horas que te deram alta no hospital e você mal conseguiu subir as escadas. Você não vai a lugar nenhum. Vai ficar aqui com a doutora. Vamos eu e o Rafa. Se vir alguma coisa esquisita telefono, e espero que esteja aqui para atender.

Rafa se aproximou de Noah a fim de lhe dar um abraço antes de sair.

Assim que foram embora, a doutora virou-se de modo a olhar para Noah.

— E agora vamos falar de você.

Maite

Maite deslizou com suavidade a mão pelo cabelo da filha. Tinha parado de chorar havia bastante tempo. Desde que haviam regressado da identificação ia alternando os períodos de choro com outros em que evocava recordações do pai. Não fora capaz de convencê-la a comer alguma coisa, mas há um instante aceitara tomar um leite com chocolate. Abraçadas em cima da cama de Maite, viam televisão sem som. Begoña a surpreendeu com seu comentário.

— *Ama*, o Noah parece ser legal.

— E é — respondeu, cautelosa.

— Você gosta muito dele, não gosta?

Ela demorou a responder. Begoña se endireitou a fim de olhar para ela.

— Sim, eu sei que sim, dá para ver. Não sei por que você não fala nada. E depois quer que eu te conte as minhas coisas...

— Acontece que eu não acho que hoje seja o dia mais adequado para falar sobre esse assunto.

— Não sei por quê, você acha que eu sou alguma tapada? O *aita* sempre vai ser o meu pai, mas acho que nunca foi seu marido, e se foi deixou de ser há muito tempo.

— Bego, não me parece que você precise se preocupar com isso agora.

— Claro que eu preciso me preocupar. Tenho que me preocupar contigo, como você se preocupa comigo. Agora só temos uma à outra — a menina respondeu, com tristeza.

— Tem razão — admitiu Maite, suspirando.

— Olha, *ama*, o *aita* andava com outras mulheres.

— Você sabia disso?

— Claro que sim. Ele chegou a me apresentar duas namoradas, com quem teve um relacionamento um pouco mais sério.

— Não sabia.

— Uma de Indautxu, a outra de Leioa. A última foi no Natal passado.

— Você nunca me contou nada...

— Também, com o tempo que duravam!

As duas riram bastante.

— Estou te avisando porque pode ser que amanhã no funeral apareçam três ou quatro.

Riram de novo. E então Begoña foi buscar um lenço para enxugar as lágrimas que agora eram de riso, enquanto acrescentava:

— Já imaginou a cena, todas vestidas de luto?

Quando, por fim, conseguiram parar de rir, abraçaram-se.

— Pois então, *ama*, eu achei o Noah muito legal, e me pareceu um amor por ter defendido o *aita* quando o guarda disse aquilo. Ele nunca iria assediar uma garota.

— Claro que não, *maitia*.

— Era muito protetor e não só comigo. Precisava ver como ele ficou quando viu esse irlandês se meter com a Edurne.

Maite se afastou um pouco da filha para poder ver seu rosto.

— Que irlandês?

— Um dos amigos do Michael, o mais novo. Fala muito bem espanhol. No início só nos cumprimentava, mas a Edurne gosta dele...

— É muito velho para vocês, e você não tinha me contado nada...

— O que você pode dizer é que ele é muito mais velho do que a Edurne, porque eu não tenho nada com ele. Além disso, ainda não tínhamos feito o novo pacto de contar tudo uma à outra. Se você me contar o que se passa na sua vida, eu conto para você o que se passa na minha.

Maite suspirou e sorriu.

— Está certo. Eu gosto do Noah. Gosto muito, muitíssimo.

"I got it harder"
É cada vez mais difícil para mim

Como sempre, o encontro com a doutora Elizondo deixara-o perturbado. Em sua mente se misturavam os fatos conhecidos em torno de John Bíblia, as hipóteses que no decorrer daqueles catorze anos se tinham ido modificando ou descartando e a teoria da doutora Elizondo sobre a origem da compulsão que o levava a matar. E, por outro lado, a conversa que tinham tido depois de Rafa e Lizarso terem ido embora. As palavras da doutora ainda ressoavam em sua mente.

— Você disse ao Rafa que, se houvesse uma única oportunidade de se curar, até mesmo de melhorar, você iria aonde quer que fosse, faria o que fosse necessário. As suas orações foram atendidas. Esses médicos te disseram aonde você tem que ir e o que precisa fazer. Receio, senhor Scott Sherrington, que de acordo com as suas próprias regras esteja agindo como um idiota.

Noah não respondeu.

— E agora, além do mais, existe a Maite. O que aconteceu entre vocês é extraordinário, Noah.

— Eu sei.

— E você vai renunciar a isso para continuar a perseguir um homem que quase te custou a vida?

Noah fitou-a, surpreso.

— Achei que você seria capaz de compreender, acabo de te ouvir falar sobre ele e você estava tão fascinada como eu. Ele mata mulheres há catorze anos. Na casa dele havia dezenove envelopes e havia mais quatro dentro do que o Rafa encontrou no lixo. Vinte e três, vinte e três mulheres brutalmente assassinadas. Não posso deixá-lo escapar assim sem mais nem menos.

— O meu envolvimento no caso do paciente enigma não tem nada a ver com isso, agora o meu paciente é você. E não te peço que o deixe escapar. O Lizarso pode se encarregar do caso, e eu ajudo.

Noah fechou os olhos e balançou a cabeça, sem dizer nada.

— Já sei qual é o seu problema — disse ela. — É o seu ego. É isso, não é? Você não pode permitir que, depois de ter passado todo esse tempo perseguindo esse homem, seja outro quem vá acabar por prender o John Bíblia.

— Não se trata disso, doutora. Não sei se você sabe o quanto a situação é complicada. Se eu não morrer durante a operação, é muito provável que isso aconteça nas semanas seguintes por causa de alguma infecção, mas o que mais me tortura é saber que ser internado nessa clínica neste exato momento não me garante que apareça um coração compatível. O mais provável é morrer como um inválido, aguardando numa cama que alguém morra para que eu possa viver.

Ela o fitou com a máxima atenção.

— Então é isso. Você acha que alguém precisa morrer para que você viva.

— De certa maneira, é isso mesmo.

— Não, não é, Noah. O doador viveu a vida dele, uma vida que terminou sem a sua intervenção, sem que o seu desejo ou a sua intenção de que morra ou de que continue vivo conte ou tenha, em absoluto, alguma coisa a ver. A doação de órgãos acontece apenas depois de existir total garantia de que não há como voltar atrás.

— Não há nada depois, doutora.

Ela olhou para ele, surpresa, sem perceber muito bem a que se referia.

— Foi isso que eu vi quando estive morto, é isso que tem me torturado durante todo este tempo, o que eu vi, doutora. Eu vi o que há depois da morte. Não há nada. No início apenas escuridão e frio, depois a escuridão nos devora e deixamos de existir, nos tornamos parte dela, sentimos com toda a dor da nossa alma como vamos deixando de existir até desaparecer. Passamos a ser nada. — Ele fez uma pausa e depois sussurrou: — E eu sinto um medo imenso.

A doutora Elizondo escutava-o boquiaberta. Desolada. Nunca pensou que responderia assim a um paciente, e o fez como o doutor Handley quando Noah lhe pediu a verdade.

— Ah, Noah. Sinto muito.

A suave pancada na porta o fez adivinhar a presença da proprietária da La Estrella, como um espectro vitoriano, inclinada para a frente de modo a poder ouvir através das frestas.

— Sim?

— *Mister* Scott, o seu amigo está no telefone.

Noah dirigiu-se ao aparelho. Lizarso parecia preocupado.

— O John não saiu com eles. Os outros três estão tão calmos, semiembriagados já, como se nada fosse. Estamos na passagem dos elefantes. No bar anterior telefonei para a pensão Toki-Ona, pedi para falar com o Murray. A dona disse que ele não está bem, que passou o dia inteiro deitado e que pediu para não ser incomodado. O que você acha?

Ele soprou, deixando sair todo o ar dos pulmões.

— Não sei.

— Pois então, das duas uma, ou ele está tão mal que não pôde sair ou a doutora tem razão e ele já fugiu.

De volta a seu quarto, passou na frente do outro que havia vagado. Além de ter uma janela que dava para a rua, era mais espaçoso, tinha um guarda-roupa maior e uma cama de casal. Com as palavras de Lizarso ainda ecoando em sua cabeça, e iluminado apenas pela luz do corredor atrás dele, encaminhou-se para a janela e afastou a cortina a fim de olhar lá para fora. Situava-se bem em frente à pensão Toki-Ona. Ao longe ouviu o telefone, que tocava de novo, e quando se virou para trás deu de cara com a proprietária da pensão parada na frente da porta, bloqueando a entrada da escassa luz que vinha do corredor. Ela acendeu o lustre do teto. Noah constatou que era tão fraca como a do seu próprio quarto. O rosto da senhoria denotava uma espécie de tensão que a princípio ele não soube identificar.

— Uma mulher perguntou pelo senhor — disse, com aspereza.

Noah deu um passo disposto a sair para o corredor, mas a proprietária o deteve.

— Já desligou. Disse que era a sua namorada.

Noah não pôde evitar sorrir.

— Deixou recado?

— Sim, que está esperando lá embaixo.

Ele fechou a porta do quarto atrás de si e passou roçando a proprietária, que parecia relutante em desviar-se.

— Eu fico com o quarto. Me mudo assim que regressar.

— Não se esqueça de que é mais caro — disse a mulher, com ar enfadonho. — E a proibição de trazer mulheres para cá continua vigente.

Noah se virou para trás por um instante a fim de lhe dirigir um sorriso esplendoroso.

Desceu o mais depressa que pôde. Abriu a porta da rua, mas não havia ninguém ali. Espiou para a rua e então reparou que por debaixo da porta ondulada do bar de Maite se projetava um pequeno rasto de luz. Viu sobre a porta um cartaz que avisava do fechamento por luto. Assim que transpôs a porta, Maite se lançou em seus braços e ambos se fundiram num beijo apaixonado.

— Passei o dia inteiro pensando em você — disse Noah.

— Eu também.

— Te amo — ele disse, e as palavras saíram de sua alma.

— E eu a você — respondeu ela, rindo e colando-se mais ainda ao seu corpo, até que Noah se separou um pouco.

— É melhor parar, Maite, porque não poder fazer amor é literal.

Ela riu, toda derretida.

Noah examinou o rosto dela.

— Como você está?

— Bem...

— E a Begoña?

— Tem momentos. Às vezes chora; outras vezes me abraça carinhosa como uma menininha. Não quis comer nada o dia todo. Agora a deixei vendo um pouco de televisão. Desci para colocar o aviso na porta, e porque me telefonaram da Associação de Comerciantes. Dizem que em alguns locais da Ribera as águas nos ralos estão subindo devido às chuvas. Mas aqui está tudo bem.

Noah estreitou-a de novo junto ao seu corpo e assim ficaram durante alguns minutos. Abraçados, beijando-se, sorrindo.

— Há uma coisa que eu quero te dizer. Compreendo que você precisa estar com a sua filha, que é isso que você deve fazer, mas eu quero que você saiba que daria qualquer coisa para poder dormir outra vez com você. O que me resta de vida.

— Mas nós não dormimos! — ela brincou.

— Seja como for, eu quero estar com você.

— Vai acontecer logo. Deixa passar o dia de amanhã. Vai acontecer o enterro, vai ser um duro golpe, mas a Begoña está bem. Firme, forte. Percebi que tenho uma mulher em casa e que ela é bem esperta.

— Maite, você quer que eu... vá amanhã?

— Não, Noah. Vamos estar nós, a família do Kintxo, amigos dele, vamos ficar bem, não se preocupe. Mas eu agradeço a sua oferta e por ter dito à Begoña que o pai dela não assediou aquela menina. Eu posso acreditar em muitas coisas sobre o Kintxo, mas nessa não. Noah, eu sei que você não me contou quem é o homem que está seguindo para não me assustar, mas hoje a Begoña ne disse uma coisa. Ela disse que a fúria do pai no outro dia foi motivada porque ele viu esse irlandês, o mais novo, conversando com as pequenas, especialmente com a Edurne.

— É provável que elas não precisem se preocupar com isso. Inclusive é possível que ele já tenha ido embora.

Ela o encarou muito séria.

— Você veio de tão longe atrás dele. Pretende persegui-lo de novo?

Noah pensou em tudo o que a doutora Elizondo havia dito e nas decisões que precisava tomar antes de seu tempo se esgotar.

— Maite, há uma coisa que eu preciso te contar, não hoje, não é o momento adequado. Agora você precisa voltar para junto da sua filha, mas te dou a minha palavra de que, se ele foi embora, não vou atrás dele. Não vou arredar o pé de perto de você, o tempo que me restar vai ser para você. Mas além disso vou fazer tudo o que puder para que esse tempo seja o mais longo possível.

Do ralo da pia brotou um som gorgolejante, como de afogamento e movimento em algum lugar lá dentro.

— O seu bar já foi inundado alguma vez?

— Não, mas também nunca choveu tanto assim em tão pouco tempo. Pelo jeito você vai ter o seu dilúvio, Noah. Espero que também tenha uma arca.

Bilbao. Sexta-feira, 26 de agosto de 1983

A cama nova e maior também lhe pareceu mais hostil. Talvez porque depois de um tempo olhando para ela tenha percebido que a colcha florida parecia bastante com outra que havia herdado do inquilino anterior no apartamento de Glasgow. Aquela debaixo da qual se imaginou morto caso tivesse decidido ficar ali. Estava muito cansado, e, embora soubesse, por uma mistura de intuição e de apreensão, que não seria capaz de pregar o olho a noite inteira, a prudência também o levara a pensar que, para seu bem, precisava se deitar algumas horas durante a madrugada. Afastou a colcha por completo, mas, não satisfeito com isso, num arroubo, sepultou-a no fundo do guarda-roupa. Sentia saudade de Maite, como se sente saudade do próprio lar. Era estranho e ao mesmo tempo maravilhoso, porque só havia passado uma noite com ela. No entanto, ansiava pela presença dela como se anseia por algo familiar, por tudo o que tem a ver com o calor, com a segurança e com o amor.

Passou as primeiras horas da noite sentado perto da janela observando a porta da rua da pensão e as luzes por trás das vidraças do primeiro e do segundo andares. Não sabia que quarto John ocupava, e, ao ver os tênues clarões das pequenas luzes de presença através da chuva, Noah rezou para que ele ainda estivesse lá. Olhou ao redor, apreensivo. Havia algo de estranho naquele quarto, pensou que tinha a ver com o modo como cheirava. Não havia rastro olfativo do inquilino anterior, e isso deveria ser ótimo, mas causava uma sensação de mausoléu encerrado, onde havia muito tempo não existia vida. Ansiou pelo perfume da roupa lavada que entrava pela janela do pátio e percebeu então que também sentia a falta do pequeno *Otus scops*, que com seu canto parecia manter tutelados os batimentos de seu coração.

À medida que a madrugada avançava, as luzes foram se apagando, mas o descanso não chegava para Noah. Estava cada vez pior. Um ligeiro enjoo acompanhava a sensação de estar a ponto de vomitar uma refeição indigesta, apesar de, desde aquelas saborosas lascas de bacalhau do almoço, não ter voltado a ingerir nada. Os pés não estavam inchados, mas uma constante sensação de formigamento percorria suas pernas. Depois de se ter tornado especialista em tomar o próprio pulso, achou-o bastante acelerado, e ao consultar o relógio verificou que só se tinham passado três horas desde a última dose de digitalina. Nada corria bem. A sensação premente de que algo de extraordinário estava prestes a acontecer o obrigava a respirar fundo, tomando grandes golfadas de ar que intercalava com suspiros, sempre insuficientes. Perguntou-se quanto desse estresse pós-traumático, de que havia falado a doutora Elizondo, havia naquilo que estava sentindo.

Por acaso só se lembrava dos sinais de um momento de extrema angústia? Seria aquela chuva incessante prenunciadora do fim do mundo? Uma maldita colcha que lhe havia servido de mortalha era suficiente para desencadear toda aquela apreensão? Tentou racionalizar sua angústia ao mesmo tempo que enumerava as sensações daquela outra noite quando, enquanto esperava que descessem as cancelas da passagem de nível, viu atravessar a toda velocidade o Capri cor de laranja de John Clyde, e o modo como tudo se havia precipitado a partir daquele instante. Chegou à conclusão de que não, é óbvio que durante as duas últimas semanas tinha vivido momentos de angústia demais para se dar ao luxo de ignorá-los, mas o pressentimento era tão claro que quase podia mastigá-lo. A sua mente retornava uma e outra vez as imagens das donzelas do lago saindo dos respectivos túmulos, o modo como John havia levantado os braços debaixo de chuva como uma estrela de rock e aquele casebre a que só se podia chegar durante a preamar.

Nunca o ser humano se encontra tão sozinho como de madrugada. As horas mais apreensivas e obscuras. A suave luz do pequeno abajur que deixara acesa na mesinha de cabeceira começou a se transformar em trevas, e o medo de morrer regressou. Qualquer vislumbre do calor dos beijos que ela lhe tinha dado apagou-se, o espaço diminuto que havia guardado com a esperança na promessa de se esforçar para viver que fizera evaporou à mesma velocidade que suas forças. Enquanto sentia como o medo ganhava terreno sobre ele, reparou que sua respiração acelerava e uma camada de suor frio cobria todo o seu corpo, como uma mortalha molhada. Completamente derrotado pelo desespero e pela certeza de estar morrendo, começou a ouvir um tambor. Um tambor longínquo que rufava cada vez mais depressa e descompassado. Então se deu conta de que não era um tambor, de que era seu pulso retumbando em seu ouvido interno à medida que a taquicardia se apoderava do comando de seu coração. Sentiu-se o único homem da Terra acordado no meio da noite, no meio de uma solidão tão grande que desejou apenas sair para a chuva com rapidez, apesar de saber que fazê-lo o mataria, que era provável que não chegasse; quis correr com todas as suas forças, desejou atravessar as ruas até a casa de Maite e chegar perto dela, para que tomasse conta dele como havia prometido, para morrer nos braços dela, para não ter que fazê-lo sozinho, para não deixar de existir. Tentou respirar enquanto uma intensa sensação de opressão esmagava seu peito. Tremendo e quase sem controle das mãos, foi buscar um dos pequenos comprimidos perolados. Colocou-o debaixo da língua sentindo como o amargor do medicamento lhe atravessava a mucosa suave como uma broca de profundidade que perfurava o vaso sanguíneo que ali se encontrava.

John Bíblia

Acordou debaixo do suave calor dos lençóis de quatrocentos fios do Hotel Carlton. Dormira nu, e sua primeira sensação foi de pura sensualidade. Por entre as cortinas se infiltrava a luz acinzentada da manhã. Olhou para o relógio e sorriu, surpreso com as horas. A partir do momento em que havia se atirado na cama, só se lembrava de ter acordado uma vez. Em plena noite, com os olhos colados de sono e coberto de suor. Percebeu que ainda estava de roupa, e inclusive com os sapatos molhados com que chegara ao hotel. Ficou de pé apenas o suficiente para tirar tudo e, nu, enfiou-se entre os macios lençóis brancos. Em questão de segundos voltou a adormecer. Teria sido capaz de dormir quarenta dias e quarenta noites, sabendo que seu sono era uma travessia pelo deserto, uma necessidade de gerar a si mesmo com um novo homem para ser capaz de renascer.

Deslizou as mãos sobre a pele e debaixo dos lençóis e encontrou seu sexo duro e túrgido. Esticando-se, apertou o botão da música ambiente inserido sobre a cabeceira da cama e sintonizou o rádio. Saiu da cama e afastou os grossos cortinados que se arrastavam vários centímetros pelo chão. Os vidros da janela estavam repletos de gotas de chuva, e John levantou uma mão a fim de acariciá-las do lado de dentro. O locutor contava que, entre o dia anterior e o de hoje, tinham caído tantos litros de água em Bilbao como em todo o ano anterior, e continuaria a chover. John inspirou fundo o ar mais fresco junto às vidraças. Apoiou a testa e sentiu a umidade enquanto pensava no homem que o havia perseguido desde a margem do lago Katrine depois de regressar da morte e que, em outro lugar da grande Bilbao, contemplava a chuva através de uma vidraça muito semelhante, ao mesmo tempo que pensava nele. John tinha certeza. E a certeza não o fez se sentir acossado, nem perseguido, nem hostilizado. Tomar consciência da sua presença o fizera repensar uma série de aspectos em que deveria ter parado para pensar fazia bastante tempo. Tinha agido de forma impetuosa, sem parar para interpretar os sinais, sem parar para deliberar. Deixara que a inércia o arrastasse, consumindo suas forças como o garoto que havia sido, chorando até o amanhecer.

Quando naquela noite as damas do lago abandonaram os respectivos túmulos, devia ter percebido. Um sinal tão portentoso não podia estar apenas destinado a uma mudança de cenário. A tempestade as libertava, tirava-as de seus sepulcros fazendo-o entender que aquilo havia terminado; mas o pobre John, o torpe John, o tonto John, continuara a fazer a única coisa que sabia fazer, o que durante muito tempo acreditara ser sua missão.

Os sinais não eram benevolentes, não eram evidentes, não eram simples de compreender, nem fáceis de acatar. Desde aquele sinal inicial, quando se encontrava pendurado pelo pescoço na descarga de Harmony Cottage com treze anos, ou a primeira vez que viu um retrato falado seu num jornal, ou a noite em que as damas do lago saíram de seus túmulos, até aquele outro em que uma pobre desgraçada não morreu e John não conseguiu matá-la. O céu tivera que lhe enviar o sinal da maneira mais cruel para fazê-lo entender que não era o que sempre acreditara ser. John não era um monstro, não era um vampiro, nem um íncubo, não era uma besta, nem um desalmado. Fora preciso descer ao inferno, temer por sua vida, enlouquecer de angústia, para tomar consciência de que, a quase três mil quilômetros de sua casa, a motivação para matar tinha perdido o significado. Nos últimos dias se perguntara se alguma vez o tivera, ou se não haviam sido apenas a dor e a angústia à procura de uma válvula de escape para fugir. Hoje teve a resposta.

Talvez a par daquele homem que olhava através de uma janela repleta de chuva como a sua, naquela cidade escura, John era a pessoa que mais sabia no mundo sobre pulsões, desejos e paixões rasteiras. Sobre a força indômita que impele um indivíduo a levar a cabo uma ação para satisfazer a tensão interna. Durante anos tinha tentado compreendê-lo não para se justificar, não havia nada que justificasse o que fizera com Lucy; o único objetivo daquela busca era acalmar a necessidade que só se via satisfeita por um momento, umas horas, umas semanas, uns meses. John não era um desses tarados que a literatura descrevia; pervertidos sexuais colecionadores de cadáveres, nigromantes desequilibrados, pobres diabos enterrados em dejetos. John era diferente, porque John tinha amado, e, agora sabia, não nasceu um monstro. Elas o tinham criado, elas o tinham alimentado com sangue, com o sacrifício, com o morto e coagulado. Elas o tinham batizado em sangue, vampirizando-o. John entendia e admirava o homem que como ele observava a chuva por entre os vidros, compreendia seu desejo de prendê-lo, porque era o mesmo que John queria. Soube que de alguma maneira se encontravam irmanados em seu objetivo, os dois queriam acabar para sempre com John Bíblia. Pegou o telefone e pediu chá, suco de laranja, torradas, manteiga, compota, ovos estrelados, queijos, presunto e bolinhos. Precisava estar forte. Hoje libertaria suas donzelas.

"You couldn't dream how hard I got it"
Você não imagina como é difícil para mim

Noah aumentou o volume do aparelho. O rádio emitia alertas por horas, e, embora a maior parte dos problemas se centrasse na província adjacente, já se falava de áreas de montanha onde os agricultores começavam a passar por dificuldades devido ao transbordamento de riachos e pequenos afluentes. Oficialmente, os eventos desse dia continuavam de pé, mas no início da tarde foi preciso suspender a *sokamuturra* no Arenal, porque de acordo com as notícias o caminhão que transportava as cabeças de gado estava retido para os lados de Deba. De plantão diante da janela, a única diferença em relação à noite eram uns graus a mais de temperatura e de saturação de luz. Noah sentia saudade do dragão respirando do pátio interior e da cadência soporífera e monótona com que enfunava e recolhia as cortinas, assinalando, como um xamã, os padrões adequados para respirar. Hoje não houve amanhecer, não houve despertar, talvez por isso tivesse obviado a contagem dos danos de cada manhã. Como um piloto que ficou sem combustível e renuncia a olhar para o altímetro. Sentia as horas contadas, consumindo-se como os fósforos da pequena vendedora do conto infantil, à medida que deixava o tempo passar acorrentado a seu posto de vigia.

Com a luz da manhã e o aroma do café recém-passado, pareceu reviver. A proprietária da La Estrella tinha trazido para ele uma xícara fumegante junto com o *El Correo Español – El Pueblo Vasco* por volta das nove horas. Leu a primeira página na diagonal enquanto bebia o café sem perder de vista a porta da Toki-Ona. Nas manchetes, o comandante-geral de Burgos declarava num discurso: *A autoridade militar é a encarregada da defesa da bandeira*. Procurou na página criminal alguma novidade e acabou atirando o jornal em cima da cama. Tivera uma breve conversa com Lizarso, que lhe telefonara perto das dez da manhã. E outra, mais breve ainda, com Maite, antes de esta sair para o funeral. Contudo, procurara desligar de imediato, pela mesma razão por que não havia dormido, convencido de que no preciso espaço de tempo em que fechasse os olhos, em que se afastasse por um instante das vidraças, algo aconteceria. Eram duas e meia da tarde quando aquele algo por fim aconteceu.

Ele viu John sair da pensão Toki-Ona. Antes de transpor a porta da rua, tapara a cabeça com o capuz de uma capa de chuva. Noah reconheceu na manga e nas costas o logotipo da MacAndrews, e viu que trazia na mão um saco de lixo, não volumoso demais. Noah pegou, imitando-o, sua própria versão da capa que havia sido oferecida pelo comandante Lester Finnegan e saiu atrás dele.

John caminhava a um bom ritmo, mas Noah não teve problemas em alcançá-lo ao chegar ao Arenal. Dezenas de pessoas tinham se aglomerado ali. Noah não percebeu se para algum evento festivo ou se para ver o canal, que baixava estrondoso e tão turvo que suas águas pareciam cor de laranja de ferrugem, de argila e de barro. Sentiu sua batida, como um sopro em círculo que o empurrou impiedoso ao atravessar a ponte. Bíblia não caminhava com muita pressa, mas parecia saber perfeitamente para onde se dirigia. Quando chegaram à praça Circular seguiu a direito pela Gran Vía. A avenida subia numa ligeira inclinação, que passaria quase despercebida a qualquer um e que para Noah representou uma escalada. A distância entre ele e John foi aumentando à medida que o fazia sua frequência cardíaca, e sua respiração começava a se tornar ofegante. Scott Sherrington avançava abrindo a boca, procurando que o ar fresco e úmido lhe proporcionasse a quantidade de oxigênio que lhe faltava. Por sorte, e embora a avenida se encontrasse animada, havia muito menos gente do que nas imediações das Siete Calles.

Os transeuntes e os curiosos pareciam naquela tarde atraídos de forma inexorável pelas águas agitadas da ria. Teve que se esforçar e apertar o passo quando viu que chegavam à praça Moyúa. Se John virasse ali para alguma das ruas que desembocava na elipse, iria perdê-lo. Quando chegou à esquina, Noah estava sem fôlego. Deteve-se no cruzamento da esplanada e da rua Ercilla e observou que John atravessava passando por cada rua adjacente. Enquanto esperava na faixa de pedestre da alameda de Recalde, Noah apressou-se atrás dele, sem fôlego, ao ver que continuava contornando a rotatória na direção da avenida seguinte; se bem que, antes de alcançar a rua Elcano, e para infinita surpresa de Noah, entrou pela porta principal do Grande Hotel Carlton. Noah sentia tanto calor no rosto, e tanta angústia no estômago, que com uma palmada atirou o capuz da capa para trás a fim de permitir que a chuva fria aliviasse a sensação febril. Sentiu que a praça começava a girar muito depressa. Tentando recuperar o controle, inclinou-se para a frente apoiando as mãos nos joelhos. De repente foi como se uma câmara de vácuo tivesse caído sobre ele. À falta de ar juntou-se a sensação de estar submerso, os ouvidos tapados por completo e uma vibração intensa, como a de um terremoto debaixo da água. Uma buzina repetitiva chamou sua atenção, obrigando-o a olhar. Um furgão azul tinha parado junto à calçada, quase ao seu lado. Os vidros embaçados o impediam de ver o interior, e só se deu conta de que eram Lizarso e Rafa quando o rapaz abriu a porta, fazendo sinais para que entrasse.

— Por que você não avisou? — repreendeu-o o ertzaina assim que entrou.

Noah se recostou, tentando se estender o máximo possível no espaçoso banco traseiro, atrás de Rafa e ao lado de Euri. Debateu-se para manter os olhos abertos enquanto o torpor do enjoo o vencia inexorável. Levou a mão ao abridor da porta e só teve tempo de abri-la antes de vomitar, na grelha de escoamento que corria junto à calçada, pouco mais além de água com cor de café, mas tão ácida que lhe deixou na boca um travo de metal oxidado muito semelhante ao do sangue.

Seu aspecto deplorável não apaziguou Lizarso, que, longe de se acalmar, voltou a fitá-lo com ar de censura.

— Olha só o estado em que você está! É um irresponsável! Será que pretende se matar?

Deve ter contagiado com sua tensão a cadela, que mesmo naquele espaço exíguo deu duas voltas sobre si mesma e latiu, nervosa.

— Não grite com ele — pediu Rafa, abalado. — N-não vê que ele está m-muito mal?

— Não gritar com ele? — repetiu o ertzaina, tentando se dominar, ao ver o nervosismo do rapaz.

— Tudo... muito rápido — arquejou Noah, com a testa alagada de suor, ao mesmo tempo que tentava se livrar da volumosa capa que pingava.

— Ainda bem que o Rafa estava atento... Viu vocês dois quando saíram, seguiu vocês a pé, e foi uma coincidência que tenha me visto chegando em San Antón. Afinal, onde é que o sujeito se meteu?

Noah ergueu uma mão trêmula apontando na direção da entrada principal do hotel. Rafa e Lizarso olharam para lá e depois voltaram a olhar de novo para Noah, incrédulos.

Maite

Olhou entristecida para os pratos intactos de comida em cima da mesa. Tinha cozinhado mais para ter alguma coisa para fazer do que por ter pensado em algum momento que uma das duas fosse comer o que quer que seja. Assomou à porta da sala para ver Begoña. Embrulhada numa manta e quase em posição fetal, ela olhava para a tela da televisão. Maite sabia que não estava prestando atenção ao programa, mas pelo menos tinha parado de chorar. Vê-la assim lhe trouxe recordações dos sábados de sua infância, quando esperavam pacientes que terminassem os noticiários e passassem os desenhos animados que ela adorava. Dias felizes, sem preocupações. Pensou que parecia menor e mais frágil do que era na realidade, mas sem dúvida que naquela manhã havia passado por uma dura prova.

Chegaram ao cemitério de Vista Alegre seguindo o carro funerário num táxi. O restante dos familiares e alguns amigos íntimos de Kintxo já aguardavam ali. A chuva incessante, que parecia se intensificar mais a cada minuto que passava, limitara os cumprimentos e as conversas, e mantido a distância entre os presentes, que se abrigavam como podiam debaixo dos respectivos guarda-chuvas. A água caía com tanta força que as coroas de flores presas ao exterior do carro funerário pareciam alagadas e tão desenxabidas como estandartes gotejantes, com as pétalas esmagadas. O martelar estrondoso do aguaceiro sobre o tecido esticado dos guarda-chuvas produzia uma sensação de vazio ensurdecedor. A família de Kintxo era proprietária de um pequeno jazigo na parte mais setentrional do cemitério. O solo ao redor dos túmulos era composto por uma grossa camada de grãos de mármore, branca e tão brilhante que a água arrancava diminutos clarões às pequenas pedras. Quatro operários tinham retirado a laje grossa, deixando-a repousar em cima do túmulo contíguo. Enquanto desenrolavam as cordas com que desceriam o caixão, todos se voltaram ao ouvir o ranger das pedras sob o peso dos seis homens que o transportavam. Begoña soltou um gemido lastimoso quando os viu chegar e não parou mais de chorar à medida que aproximavam o caixão da cova. Contudo, o sofrimento atingiu seu auge quando começaram a descer a urna. Maite teve que segurá-la, como se fosse uma bonequinha de trapos molhada. Ela se dobrava pela cintura enquanto chorava com profundos e sentidos soluços, contagiando com sua angústia os presentes, que se voltavam a fim de olhar para ela, certos de que ninguém como ela sentia aquela dor. Com os pés mergulhados nas poças que iam se formando no meio do cascalho, Maite amparava sua menina enquanto o padre rezava a oração pelo defunto, e também quando os operários voltaram a colocar a grossa laje sobre a sepultura. Quando os funcionários da agência funerária amontoaram as coroas de flores, que de tão encharcadas mais pareciam trapos molhados sobre o túmulo. Amparou-a quando a chuva se intensificou tanto que os impactos da água sobre o guarda-chuva começaram a atravessar o tecido, salpicando seus cabelos e rostos de diminutas gotículas, como se fossem vaporizadas. Amparou-a muito tempo depois de ter cessado a compassiva insistência dos familiares, empenhados em tirá-las do cemitério. Amparou-a até só restarem elas duas e apenas aquela sensação de morte e de solidão. Amparou-a até que Begoña lhe pediu que se fossem embora dali.

Enquanto guardava na geladeira os pratos de comida intocados, voltou a reviver tudo. Sim, sem dúvida que tinha sido uma dura prova. O que Maite não tinha maneira de saber naquele momento era que a prova mais dura daquele dia ainda estava por chegar. O som do telefone a arrancou de seus pensamentos. Recordaria mais tarde que naquele instante desejara que fosse Noah.

Ouviu a mensagem de sua interlocutora e suspirou aborrecida. Quando desligou, dirigiu-se ao corredor a fim de ir buscar suas galochas. Ainda embrulhada na manta, Begoña assomou à porta da sala.

— *Ama*, quem era?

— Era a Miren, da mercearia ao lado do bar. Ela falou que a rua já está alagada, já atingindo um palmo, e que na loja dela começou a sair água pelo vaso e pela pia do banheiro. Disse que fechou a loja e que vai para casa. Vou ver como está o bar e levantar um pouco as coisas mais baixas para o caso de a água subir mais.

— Vou com você.

Maite fitou-a, examinando a palidez do rosto da filha.

— Tem certeza?

— Sim, não quero ficar aqui sozinha. Além disso, vai me fazer bem me distrair um pouco.

John Bíblia

"Wouldn't It Be Good" tocava no rádio, e John pensou que sim, que seria ótimo. Nu na frente do espelho do quarto no Hotel Carlton, já se encontrava há um bom tempo observando seu reflexo. De vez em quando se virava um pouco para ver parte das costas, dos ombros, do traseiro. Levantava uma mão e tocava no rosto, ou então a deslizava para trás sobre o cabelo pintado de escuro. No chão, a roupa que havia arrancado aos puxões na tarde anterior, como se se despojasse de uma pele alheia. Deu-se conta então de que fazia muito tempo que não se admirava, era até possível que não tivesse voltado a ver o autêntico John Bíblia desde aquele dia em que se mirou no espelho enferrujado do banheiro de Harmony Cottage, antes de se pendurar pelo pescoço. A pele pálida ainda conservava partes avermelhadas nos pontos onde havia se esfregado para eliminar todo o sangue de Kintxo; de alguma maneira continuava a senti-lo em seu corpo, apesar de já ter tomado banho quatro vezes. Detestava sangue. Atrás dele, o fulgor prateado da luz ofuscante do mês de agosto refletindo na chuva entrava pela varanda que dava para a praça Moyúa. Aproximou-se da janela da sacada e apoiou a testa nas vidraças. Sentia nos pés a suavidade do tapete que cobria o chão, e também o ambiente aquecido e luxuoso de sua suíte rodeando sua pele e, em contraste, a frescura da chuva. Um locutor que disse chamar-se Luis Bengoa Zubizarreta garantia nesse instante na Rádio Bilbao que a chuva caía sem parar fazia cento e vinte horas.

A varanda lhe proporcionava uma vista magnífica, mas, ainda assim, lamentou que estivesse tão longe do rio, que decerto correria já muito cheio. No rádio começavam a aventar a possibilidade de retirar os carros de algumas áreas alagáveis, onde se costumava estacionar, e das proximidades das margens. Como uma projeção, viera à sua ideia a imagem das marcas que as sucessivas subidas da água tinham deixado no interior da antiga cabana dos barqueiros. E essa imagem havia começado a delinear o que cada vez mais lhe parecia uma ideia melhor. Quando fechava os olhos, voltava a ver o corpo de Kintxo engolido pelas águas da ria. Em sua mente agitada se misturava com os das damas do lago saindo de seus túmulos arrastadas para as profundezas do lago Katrine. Suspirou agradecido diante da descoberta que aquilo pressupunha. Recapitulou os prós e os contras, ciente de que, se as libertasse como às damas do lago, havia a possibilidade de algum dos corpos vir a ser encontrado. Mas agora isso era indiferente para ele, tal como lhe fora indiferente quando a tempestade desenterrou suas donzelas. Não usavam nem roupa, nem joias, nem um único objeto que pudesse se relacionar com quem elas tinham sido; o avançado estado de decomposição já as tinha tornado anônimas, e a ação da água turbulenta faria o resto. Precisava deixá-las ir. E celebrou o momento em que percebeu como teria que fazê-lo: só precisava abrir as portas da cabana dos barcos e permitir que as águas a inundassem; tal como acontecera no lago, elas sairiam sozinhas cavalgando as correntes, e as águas iriam arrastá-las com o ímpeto daquele Nervión indomável até o fundo das fossas mais profundas do golfo da Biscaia, no mar Cantábrico. Mas não ainda, precisava ter paciência. John aspirou o suave perfume do luxo que o rodeava, consciente de que apesar de estar na mesma cidade se encontrava a um milhão de anos-luz da pensão Toki-Ona.

Olhou reticente para as roupas amontoadas no chão, como se fossem a indumentária de um estranho que devia voltar a vestir. Contudo, tinha que fazê-lo, pela última vez precisava regressar à ria. Sentiu um calafrio ao recordar o choro que julgara ter ouvido brotar do interior do casebre. Passou os dedos por sua pele, que ficara arrepiada só de se lembrar disso. Parado de novo na frente do espelho, acariciou-a, feliz por ser ele mesmo, satisfeito por ter encontrado o sinal. Consciente pela primeira vez na vida de quem era e por que motivo fazia o que fazia. Lúcido como nunca antes, voltou a acariciar o próprio rosto, o peito, os quadris, os lábios; levou a mão aos órgãos genitais, que agora não eram uma arma. John tocou-se tomando consciência de que o desejo que sempre ansiara sentir partia de si mesmo. Enquanto contemplava seu corpo nu no espelho daquela suíte, John se masturbou, arrebatado pela sensualidade de sua própria pele, sem necessidade de violência nem de medo. Quando terminou, pegou o telefone e pediu mais comida. Sentia-se como um daqueles abençoados pelos milagres de Nossa Senhora de Lourdes, que relatavam um apetite insaciável ao sair do estado vegetativo e ressurgir com a alma limpa. Quando desligou, reparou no bilhete de Edurne ao lado do aparelho. Levantou o fone e deixou soar o apito do sinal de discagem, enquanto pensava onde seria seguro se encontrar com ela. Não queria se aproximar demais da pensão Toki-Ona, tampouco desejava que a conversa se prolongasse. Só queria vê-la. Discou o número e quase suspirou aliviado quando urgiu uma gravação na qual uma voz masculina avisava os fornecedores de que a loja e o armazém estariam fechados até o final da Asta Nagusia. A mensagem que deixou gravada foi breve, um lugar e uma hora. Decidiu tomar um banho enquanto esperava pela comida.

John estava se enxugando quando ouviu bater na porta. Sorriu, enrolou a toalha em volta da cintura e abriu para o serviço de quarto.

O sorriso congelou em seu rosto.

Coberto dos pés à cabeça com a roupa impermeável da MacAndrews, Collin abriu diante de seu rosto o saco de plástico que trazia e mostrou a ele as peças de roupa ensanguentadas e todas amarfanhadas que havia lá dentro.

— Acho que você tem algumas coisas para explicar, John Murray.

John recuou ao mesmo tempo que empalidecia. Seminu, descalço e molhado, sentiu-se pequeno diante da imponente presença de Collin, que continuou a avançar à medida que fechava a porta atrás de si.

— Precisei gastar horas de telefonemas até te encontrar. Qual é o seu nome agora? Robert Davidson? Interceptei esses documentos da primeira vez que revistei o seu quarto.

— Collin, eu... Não.

Collin apontou um dedo acusador para ele enquanto negava, balançando a cabeça.

— Eu já sei o que você fez, mas quero te ouvir falar.

John fechou os olhos.

— Sou um assassino — disse.

Sentiu a mão fria de Collin pousando no seu ombro.

— Não, você é um soldado, assim como eu.

John abriu os olhos, confuso.

Collin deu um nó no saco e o atirou em um canto do quarto, depois desabotoou o casaco, deixou-o cair e foi se sentar aos pés da cama.

— Quem era esse tal Kintxo e de onde você o conhecia?

John pensou com rapidez à medida que recapitulava na mente tudo o que se recordava que Kintxo havia dito sobre Murray.

— Eu o conheci faz uns anos, trabalhamos juntos nas plataformas de petróleo de Aberdeen. Na época ele parecia um bom sujeito, mas quando cheguei aqui começou a fazer comentários muito estranhos comigo. Disse que desconfiava das pessoas com quem eu me dava. Sempre parava nos bares, não trabalhava, cheguei inclusive a ouvir rumores de que podia ser um informante.

— Sim, eu também ouvi o mesmo.

John suspirou aliviado.

— Tentei colocá-lo no seu lugar, mas era um fanfarrão que falava demais.

— Você falou para ele das armas?

John não respondeu. Fitou-o em silêncio enquanto tentava entender ao que ele se referia. Collin deve ter interpretado o desconcerto estampado na cara de John como prudência.

— Sou o contato, porra! É a mim que você tem que entregá-las. Do contrário, como você poderia saber? Esse tipo descobriu alguma coisa sobre as armas, sim ou não?

— Não — respondeu.

— Então, se não sabia, por que você foi até o esconderijo?

Ele podia deduzir que Collin presenciara o momento em que matou Kintxo, mas será que achava que o lugar onde tudo aconteceu era um esconderijo de armas? John duvidou. Era evidente que o calmo e introvertido John Murray que conhecera durante a viagem de barco no *Lucky Man* estava muito longe de ser o homem sem vida e sem passado que John havia presumido. Assim que viu como ele o olhava quando despia a camiseta no camarote que partilhavam, deduziu que a introspeção do marujo se devia em boa parte a sua orientação sexual. Por um equívoco seu, partira do princípio de que um homem tímido e taciturno como Murray não poderia esconder mais segredos além de sua homossexualidade. John se tornara um especialista em distinguir os que possuíam esse tipo de fome e tanto fazia que fossem homens ou mulheres; quando um indivíduo acha que por fim alguém gosta dele, é fácil aceitar ser acompanhado até em casa, que entre em carros alheios, que concorde em ir para uma área escura (ou para o interior de um contêiner) e inclusive que se deixe convencer a se despir. Percebeu que Murray era um sujeito muito mais complicado do que pensara no início logo que chegou a Bilbao e os irlandeses foram buscá-lo na pensão a fim de levá-lo com eles; o que não podia imaginar na época era que o solitário John Murray estivesse tão comprometido com a causa. Chegou à conclusão de que as razões de Murray e as suas podiam ser exatamente as mesmas.

— Foi por conta de uma coisa que o Kintxo me disse. Ele me fez desconfiar que talvez tivesse me seguido outras vezes e andasse bisbilhotando por ali. Voltei para constatar. Logo por azar, ele me seguiu e aconteceu o que você presenciou.

— Foi por isso que você desapareceu da pensão?

— Eu não queria prejudicar vocês por causa disso.

Collin pareceu refletir sobre as palavras dele. Quando voltou a falar, seu tom de voz foi muito mais amistoso.

— O corpo apareceu flutuando ontem no porto de Santurce, mas pode ficar sossegado, não creio que sejam capazes de relacioná-lo conosco de maneira nenhuma. Ninguém te viu. Devo admitir que foi boa ideia quebrar todas as lâmpadas de rua, e por sorte eu estava ali para terminar de limpar — disse, erguendo as sobrancelhas na direção do saco pousado no canto.

Sem saber o que fazer, John resfolegou e disse:

— Obrigado.

— Não há de quê. E esqueça essa tolice do assassinato. Você não é um assassino, é um soldado, um combatente. Não vai demorar para aprender. Matar um homem numa luta corpo a corpo nunca é fácil. Com certeza os nossos amigos Michael e Cillian, com toda a sua demagogia, iriam se borrar se tivessem que fazer a mesma coisa. Dentro das circunstâncias, você não se saiu mal. A sua missão era trazer as armas até aqui, e você cumpriu.

Collin levantou-se de onde estava e começou a inspecionar os restos de comida do almoço de John. Pegou um pedaço de bacon frito e ressecado e começou a mastigá-lo.

— Quando cheguei, tive as minhas dúvidas a seu respeito, devo reconhecer. Por um lado, parecia muito arriscado encarregar alguém sem experiência de trazer um carregamento clandestino. É verdade que o seu cargo nessa empresa é uma vantagem para você poder se movimentar pelo porto, mesmo assim... No entanto depois, quando vi que os dias passavam e você não dizia nada, você foi ganhando pontos. Tenho que admitir que o esconderijo é bom, e foi muito sensato não tentar levá-las por nenhum dos acessos portuários. Nós temos informações que apontam que andam à procura delas. Não sabem ao certo o quê, nem quantas, mas essa tal reunião com a cúpula do ETA em Bidart é a voz de Deus. Vamos buscá-las hoje.

— Vamos buscá-las?

— Você e eu.

— E o Michael e o Cillian?

— O Michael não é de confiança. Não é mau sujeito, mas quando bebe fala demais. Foi por essa razão que o enviamos para cá, e quanto ao Cillian, você já viu, passa metade do tempo bêbado. Vou deixar esses dois de fora. Amanhã você vai comigo até a França e nós vamos levar um presentinho para eles.

John ficou em silêncio. Collin olhou para ele de frente e sorriu como se falasse com um garotinho.

— As pistolas, meu amigo. Eu também prefiro uma AK-47, mas os nossos irmãos bascos preferem as canhotas.

Collin levou a mão atrás das costas, sacou uma arma e a estendeu.

John ficou olhando para ela sem se atrever a tocar nela.

— É para você. Se você vai me acompanhar, precisa ir armado.

John pegou a arma como se fosse um inseto.

Collin fitava-o, divertido.

— Anda, vamos. Guarda. É sua.

John baixou os olhos. Continuava coberto apenas pela toalha com que havia saído do banho. Dirigiu-se à pilha de roupas que se encontravam no chão. Agachou-se, pegou o casaco e guardou a pistola dentro dele.

— Pelo amor de Deus! Que diabo você está fazendo? Será que não te ensinaram nem o básico? — disse, arrebatando-lhe a peça de roupa da mão e tirando de novo a pistola. — Como é que você guarda uma pistola sem verificá-la primeiro? Nem sabe se está carregada!

— Sinto muito — desculpou-se John —, não tenho experiência com armas.

Collin segurou a pistola pelo cano e a entregou de novo.

— Pegue — ordenou, colocando-a outra vez nas mãos dele.

John obedeceu, se bem que Collin, com um puxão, arrebatou-a de novo.

— Pegue com mais força, porra, como se fossem tirar de você, e use as duas mãos.

As mãos de John tremiam de leve, e Collin observou sem piedade até que se mostrou satisfeito.

— Agora verifique o carregador.

John inclinou a arma para poder examiná-la. No entanto, Collin voltou a segurar no cano, mantendo-o direito e apontando para o próprio estômago. Deslizou a mão até a coronha e apertou um pequeno botão. O pente do carregador deslizou por debaixo da pistola até a mão de Collin. Ergueu-o no ar diante dos olhos de John.

— Agora você precisa contar as balas. Este carregador é de oito. Quantas você está vendo aqui?

— Sete.

— Isso é porque ficou uma no tambor. Se você não verificasse, essa bala poderia fazer voar o seu dedo do pé quando colocasse a pistola na cintura. Agora atire em mim.

A surpresa no rosto de John foi genuína.

— Anda, vamos. Imagine que precisa me dar um tiro. O que você faria?

John pôs o dedo sobre o gatilho e ergueu a arma até a testa de Collin.

O irlandês sorriu.

— Você tem colhões — disse, levantando a mão a fim de lhe tirar a arma de novo, mas desta vez John a mantinha bem segura. — Muito bem, mas você cometeu dois erros — continuou Collin, agarrando de novo o cano e empurrando-o até quase apontar para o chão. — Quando disparar, a arma vai sair projetada para cima, mais ainda se você nunca disparou. Portanto, se quiser arrebentar os miolos de alguém, é melhor apontar para o saco. E o mais importante — disse tocando com a ponta do dedo indicador numa diminuta mola junto ao gatilho: — Antes de disparar, verifique se destravou a arma. Mais um conselho de graça: nunca deixe alguém te apontar uma arma sem antes ter verificado que esta não está travada.

John destravou a arma e a estava erguendo de novo quando bateram à porta. Quase como por magia, surgiu outra pistola na mão de Collin, puxou o gatilho da arma e apontou para a porta num décimo de segundo.

— É o serviço de quarto — tranquilizou-o John, enquanto voltava a travar a arma, ciente de que não tinha que fazer nada. Pelo menos por agora.

Collin guardou a arma e sorriu.

— Vai me fazer bem comer qualquer coisa. E você, é melhor se vestir. Vamos sair.

John se deteve.

— Vamos sair agora?

— Claro, vamos buscá-las agora.

— É melhor esperarmos que anoiteça.

— Esperar que anoiteça? Afinal de contas, onde você esteve este tempo todo? O rio vai transbordar. A polícia está avisando todo mundo para se afastar das margens. Temos que fazer.

Lizarso também pensava nesse momento nas autoridades e em que, graças à chuva torrencial e ao fato de a uma hora dessas andarem ocupadas alertando todos para retirar os carros das proximidades do rio, ninguém veio importuná-los. Sintonizou a Rádio Euskadi e ouviu as últimas notícias. Tomavam como certo que a ria transbordaria com a preamar. Durante o tempo que permaneceram à espera no interior da Transit, no cruzamento da rua Elcano com a praça Moyúa, tinham começado a se formar charcos significativos que retardavam o trânsito. De seu lugar de motorista, Lizarso não perdia de vista a entrada do Hotel Carlton. Além disso, podia ver Rafa, que tinha saído do carro e permanecia encostado na esquina de uma loja da avenida Recalde, e pelo espelho retrovisor vigiava Noah, que se concentrava em respirar com os olhos fechados.

— Para ser sincero, não te compreendo. Num momento você está lutando pela vida, como deve ser, e no seguinte você começa a jogá-la no lixo de maneira estúpida, como se não se importasse com nada nem ninguém, nem sequer com você mesmo.

— Te dou a minha palavra — sussurrou Noah — de que não tive tempo para nada. Nem eu contava com isso. Estava convencido de que o cara tinha fugido, mas por outro lado sentia um palpite forte de que algo ia acontecer, como uma conjugação de astros, algo tremendamente poderoso e mortal.

— Sim, eu também li *Júlio César*. Como diabos não vai ser poderoso e mortal se nós estamos perseguindo um assassino em série? Estou falando de você, porra! Esta manhã a doutora Elizondo me disse que ontem você estava convencida a se submeter ao tratamento.

Noah abriu os olhos e levantou a cabeça.

— Você falou com a Elizondo? — perguntou, surpreso.

— Sim, claro que falei com a Elizondo — respondeu, imitando seu tom de voz. — Eu me preocupo contigo, todos nos preocupamos. Ou você acha que o Rafa, como não te diz nada, não está preocupado? Quando saímos da sua pensão ontem, estivemos conversando. Porra, Noah! Você não imagina como é importante para esse menino. Eu já temia que você iria fazer alguma coisa do gênero, por isso pedi que ele não perdesse de vista a porta da sua pensão. Tenho certeza de que ele nem dormiu, e se não fosse por ele...

Noah acariciou a pelagem de Euri, que, sentada a seu lado, observava pela janela do carro, sempre de olho no dono.

— Juro que a noite passada, enquanto eu montava guarda, decidi que, se o cara tivesse fugido, hoje eu iria ao hospital, que eu iria tentar.

— Olha! — disse Lizarso, interrompendo-o e apontando para a entrada do hotel.

John e Collin saíram atravessando na direção da rua Ercilla e começaram a descer a avenida. Rafa já vinha se aproximando do carro.

John se protegia debaixo de um guarda-chuva com o emblema do hotel, e Noah percebeu que era muito provável que o homem que tomara por John fosse Collin com a capa de chuva de Murray. Lizarso deu a partida, arrancou e os seguiu a certa distância e muito devagar, de uma maneira que teria chamado a atenção em outro dia qualquer, mas que com os charcos e as poças gigantescas que estavam se formando era quase a forma de conduzir da maioria das pessoas. Viram os dois virarem na rua Colón de Larreátegui e, sempre descendo, chegaram às proximidades da ponte da câmara municipal, por onde atravessaram.

O Nervión corria impressionante, e sua cor alaranjada habitual tinha se aproximado do amarelo e do castanho das encostas argilosas que havia arrastado à sua passagem. Noah viu o barco *Consulado de Bilbao*, que, amarrado na frente da câmara municipal, oscilava embalado pelo ímpeto das águas. Já tinha reparado no barco outras vezes, mas nunca havia parecido tão espetacular, talvez porque a linha de flutuação se encontrava quase no mesmo nível do cais, e a marca de sua escora sobressaía de forma visível.

Os dois homens passaram na frente da câmara municipal.

— Aonde eles vão? — sussurrou Noah ao vê-los se enfiarem pelas ruas na parte de trás do edifício, em direção a Matico.

Em Uribarri, e apesar de ainda ser cedo, a discoteca Ovni tinha as luzes da fachada acesas, e por um momento pensaram que poderiam ir para lá, mas então viram que bem na frente da porta se encontrava estacionado o carro branco que a MacAndrews atribuíra a John Murray. Quando entraram no veículo, o trajeto foi quase o inverso, só que, depois de passar a ponte, seguiram pelo passeio de Uribitarte até a doca da Campa de los Ingleses. Assim que o carro entrou na zona portuária, tiveram que se conformar em observá-los de longe. Noah voltou a vestir a capa, saiu do carro debaixo do forte aguaceiro e permaneceu muito quieto, escutando e tentando adivinhar algum movimento entre a densa cortina de chuva. Um enorme sorriso se desenhou no rosto de Noah quando ouviu o ruído semelhante a um petardo do barco a motor sendo ligado.

— Não acredito que ele vá levá-lo para lá, mas já sei onde é que vão — disse, apressando-se a voltar para o carro. — Dê a volta e acelere.

Maite

A água não havia subido na rua onde moravam, mas à medida que se iam aproximando da catedral o nível das poças foi aumentando até que, na realidade, chegou ao tornozelo dele. Quando passaram pela rua Tendería, viu que a água estava prestes a alcançar o degrau de acesso ao bar. Maite levantou a porta ondulada e a desceu atrás delas assim que entraram. Acenderam as luzes e se apressaram a começar a trabalhar. A certa altura Begoña ligou o rádio; a estação Ser ouvia-se muito mal. Sintonizou a Rádio Nacional, mas no fim de alguns minutos também começaram a ser ouvidas as interferências que faziam oscilar a voz do locutor. Transferiram para cima do balcão as caixas de papelão, os frascos de azeitonas, os pacotes de café, os guardanapos de papel e tudo o que ocupava a parte inferior do balcão. A água começou a entrar no bar como uma pequena poça sem importância com apenas alguns milímetros que, no entanto, propagou-se com rapidez até os fundos do estabelecimento.

Elas correram para a cozinha, colocando nos lugares mais altos os alimentos e os utensílios das prateleiras mais baixas. Begoña parou com os olhos muito abertos.

— *Ama*, a água está entrando dentro das minhas botas.

Quando terminaram a tarefa na cozinha, a água já batia nos joelhos delas.

Maite subiu por um momento ao balcão, que se encontrava um pouco mais elevado, a fim de verificar os aparelhos elétricos.

— Tenho para mim que deveríamos desligar o quadro de luz, pois a água já entrou no balcão, e estou preocupada com os motores das máquinas. É capaz de haver algum curto-circuito.

Begoña dirigiu o olhar na direção do velho contador de eletricidade.

— *Ama*, nós estamos com os pés dentro da água. Não podemos tocar naquilo, senão ainda vamos acabar esturricadas.

Maite concordou. Aquele quadro elétrico datava dos tempos em que o edifício foi usado como cassino, pelo menos cem anos antes. Havia dezenas de comutadores inutilizados e um arcaico sistema de fusíveis que Maite substituía cada vez que derretiam, e, embora nos últimos anos tenham ido se desenvencilhando com pequenos consertos, trocar a instalação elétrica era um dos projetos que tinha para o seu bar. Pegou uma vassoura e com o cabo foi acionando os disjuntores e os comutadores, deixando o bar completamente às escuras, com exceção da escassa luz que entrava pelas vidraças por cima da porta do estabelecimento. O armazém ficava separado do restante por uma porta vaivém grossa. Maite usou um engradado de cerveja para prender a folha da porta e permitir que a escassa luz penetrasse até a despensa. Descobriu, aflita, que algumas das caixas que ali armazenava já se encontravam debaixo d'água. A despensa ficava em um desvão elevado a dois metros do chão, que cobria praticamente a mesma superfície que o armazém, apesar de Maite quase nunca a usar, porque as escadas eram íngremes demais e a altura não permitia que se mantivesse de pé. Empoleirada sobre os primeiros degraus, manteve o equilíbrio enquanto Begoña ia lhe passando as garrafas que retirava de caixas transformadas em papa.

Quando terminaram, voltaram para o bar. Maite levantou a porta ondulada e se assustou ao constatar a força com que a água se arrastava pela rua. Olhou para a filha.

— É muito perigoso sair, Begoña. Vamos ficar aqui e esperar a água baixar. Nunca subiu mais de cinquenta ou sessenta centímetros no Casco Viejo. Vamos ficar bem.

Baixou de novo a grade e fechou as portas, prendendo-as, em seguida dirigiu-se ao telefone e ligou primeiro para a pensão La Estrella. A proprietária respondeu num tom de voz muito seco que Noah não estava e desligou em seguida. Maite suspirou tentando pensar. Não sabia a quem telefonar. A verdade é que não se podia fazer grande coisa. Da maneira como estava a rua, a única coisa era comunicar a alguém que estavam ali para o caso de a situação piorar. Ocorreu a ela que mantinha havia anos uma amizade com uma vizinha idosa no mesmo andar de seu prédio. Com certeza ela estava em casa. Discou seu número de telefone e ao segundo toque atendeu.

— Rosa, sou eu, a Maite.

— Quem fala?

— Rosa, sou eu, a Maite. Está chovendo muito, a água está batendo no meu quadril. Acho que não vai subir muito mais, mas, se as coisas se complicarem, ligue para a Polícia Municipal e diga que nós estamos...

— Quem fala?

— Rosa, sou eu, a Maite. Não está me ouvindo? Eu e a Begoña estamos no bar.

A linha ficou em silêncio. Maite olhou desconcertada para o telefone e apertou o gancho várias vezes, tentando restabelecer a comunicação. Experimentou ligar de novo, mas a linha estava muda.

Quando ouviu a voz trêmula de Begoña, deu-se conta de que começava a ficar assustada.

— O que foi que aconteceu? O que ela disse?

— Não sei, a ligação caiu, não sei se me ouviu. A Rosa está um pouquinho surda — disse Maite, pensativa. — Talvez devêssemos ter ligado para a sua amiga Edurne.

Begoña cerrou os lábios e inclinou a cabeça para o lado.

— Não acredito que ela esteja em casa — disse, consultando o relógio. — Os pais estão fora e ela me ligou mais cedo para me dizer que ia encontrar com o tal irlandês.

— Está falando sério? Espero que ela não tenha podido sair com esta chuva. Escute bem o que eu te digo: pode ser que seja uma sorte o fato de estar chovendo deste jeito.

Na rua, na entrada, a força da água empurrou a porta ondulada de encontro à porta interior, fazendo alguns dos vidros saltarem devido à pressão.

Por instinto, as duas recuaram até o armazém e subiram para o desvão. O espaço não permitia que elas permanecessem de pé e, sentadas, o teto roçava suas cabeças, mas pelo menos estavam enxutas. Ficaram ali encolhidas e quietas, falando em sussurros, como numa igreja, e tentando descortinar alguma coisa no meio do tilintar e das pancadas surdas dos objetos que no bar começavam a flutuar. A porta do armazém, que permanecia aberta travada com a caixa que Maite ali havia colocado para esse efeito, fechou-se de repente, mergulhando-as na mais absoluta escuridão.

Edurne

A maioria das pessoas tem um conceito de boa e de má sorte bastante equivocado ou, no mínimo, tendencioso. A repetição do erro como dogma pode chegar a nos convencer de que temos pouca sorte ou de que somos afortunados demais só porque desconhecemos as demais opções.

Podiam contar-se pelos dedos de uma mão as vezes, até onde alcançava a memória, que havia caído uma forte nevasca em Bilbao. Por se encontrar ao nível do mar Cantábrico, tratava-se de uma terra de chuvas abundantes que em minutos desfaziam os escassos flocos que chegavam a solidificar. Contudo, no dia em que Edurne nasceu tudo correu mal. Caiu sobre a cidade uma dessas históricas nevascas que paralisaram a vida cotidiana durante alguns dias. Seus pais costumavam contar essa história no dia de seu aniversário e nos almoços de família. A câmara municipal não dispunha de limpa-neves nem de sal; os ônibus não usavam correntes nos pneus e os poucos táxis que se encontravam de serviço eram disputados quase no tapa. Por sorte viviam então a dois escassos quilômetros da clínica onde a criança devia nascer. Quando a mãe entrou em trabalho de parto, de madrugada, e no meio da nevasca, dirigiram o carro da família até que os pneus derraparam e saíram da faixa de rolagem, batendo no letreiro de um ponto de ônibus. Não sofreram qualquer dano, mas o veículo ficou ali encalhado. Fizeram a pé o último quilômetro e, quando entraram no setor de urgência, o local estava deserto. Apenas meia dúzia de enfermeiras e um médico de clínica geral que haviam entrado de serviço no dia anterior e ainda não tinham voltado para as respectivas casas. Avisaram o ginecologista, obviamente, mas suas expressões denotavam que ele não chegaria a tempo. Quando o parto ameaçou acontecer de um momento para o outro, verificaram alarmados que o bebê ia nascer de nádegas. Naquela época só se sabia o sexo da criança depois do nascimento, e, embora nunca o tenham confessado, acalentavam a esperança de que fosse um menino. A mãe de Edurne se lembrava do nervosismo das enfermeiras e do ar sério do médico enquanto ela, mãe pela primeira vez e assustada, chorava chamando pela mãe, e o marido fumava dois maços de cigarros na sala de espera. Um parto terrível, demorado e agonizante, que, no entanto, teve como resultado uma bebê saudável, pálida e ruiva como uma princesa escocesa, além de muitos pontos na mãe. Deram a ela o nome de Edurne, numa homenagem àquele dia.

O que vamos fazer? Você não teve sorte quando chegou a este mundo, filha.

E foi dessa maneira que sua história foi contada durante toda a vida, sem saber que aquela menina trazia a estrelinha da sorte gravada na testa.

Isso porque os rostos circunspectos das enfermeiras quando telefonaram para o ginecologista não se deviam apenas às complicações meteorológicas. O ginecologista, aturdido e confuso, atendeu o telefonema e chegou inclusive a entrar no carro a fim de se deslocar até o hospital. Amanheceu adormecido dentro do veículo quando o frio intenso o acordou horas depois de Edurne ter vindo ao mundo. Corria o boato havia bastante tempo de que o médico consumia mais fármacos para si mesmo do que para suas pacientes. Três meses mais tarde foi despedido na sequência de dois episódios abomináveis: no primeiro, deixou cair no chão um bebê durante o parto; no segundo, uma mãe e seu bebê vieram a falecer devido à negligência médica de sua parte ao se apresentar no bloco operatório drogado até mais não poder. Nada foi divulgado, pois teria sido publicidade negativa para a clínica, dando-lhe uma péssima imagem.

Naquele dia 26 de agosto de 1983, resguardada debaixo da cornija do cinema Trueba, Edurne esperou e se cansou de esperar, observando assombrada como a quantidade de água que descia pela rua Colón de Larreátegui ia se transformando de corrente em regato e, por momentos, num verdadeiro rio. Durante pouco mais de meia hora, manteve a esperança de que John chegasse. Depois continuou ali apenas porque não se via capaz de atravessar e descer a rua Ripa em direção à ponte.

Os pais de Edurne, que estavam passando uns dias na costa cantábrica, assinalariam aquele 26 de agosto como mais um dia fatídico em suas vidas, porque sua loja, uma das melhores sapatarias do Casco Viejo, foi um dos primeiros locais a alagar: ficaram arruinadas todas as mercadorias da loja e o grande armazém contíguo.

    E foi assim que a família de Edurne continuou a cultivar a ideia absurda de que tinham pouca sorte, sem saber que, pela segunda vez, uma tempestade os havia salvado de um destino infinitamente pior.

John Bíblia

John teve dúvidas quando viu a força com que a corrente descia pelo rio. O nível das águas estava bastante acima do nível da maré, para a qual ainda faltavam algumas horas; contudo podia fazê-lo, navegara durante toda a sua vida nas águas do lago. John abandonou o guarda-chuva e saltou para a lancha procurando uma capa de trabalho que guardava debaixo do cabeçote do motor. E foi aí que percebeu o primeiro sinal de apreensão em Collin, ainda que nesse instante não tivesse certeza absoluta, não até se manifestar no segundo.

Antes de ligar o motor, tiveram que esvaziar a água da chuva que havia se acumulado no interior da embarcação, se bem que chovia tanto que o gesto possuía algo de despropositado. John acionou a chave da ignição ao mesmo tempo que implorava para que o motor afogado não arrancasse. No entanto, ele ligou. Assim que soltaram a amarra, a corrente arrastou a lancha rio abaixo e embora John, agarrado com toda a força ao leme, tenha evitado levá-la para o centro do caudal, em detrimento das margens, sentia a força colossal da corrente, que por debaixo do barco era dez vezes mais poderosa. A água apresentava uma cor lamacenta e parecia tão densa como se um imenso lamaçal deslizasse sob a superfície. Um objeto, decerto um galho grosso dos muitos que se viam arrastados pelas águas, bateu no barco, desestabilizando-o levemente.

Por um momento, John viu o pânico no rosto de Collin, que se sentou, agarrando com uma das mãos o cabo de uma das defensas que pendiam num dos costados da lancha. A mente de John trabalhava a mil por hora. À medida que se aproximavam do casebre, tomava consciência da exígua margem de manobra que possuía, mas não sentia medo, muito pelo contrário. Uma espécie de excitação crescia dentro dele. Tirou o capuz da capa e, com o cabelo colado ao crânio por causa da chuva, e agarrado com toda a força ao leme, John se sentiu tão poderoso e sensual como naquela noite em que havia erguido os braços saudando a tempestade, às margens do lago Katrine. Aquele olhar no rosto de Collin encontrava-se carregado de informações. Notava-se de longe sua falta de experiência como marinheiro, a tez empalidecida denunciava o receio que lhe causavam as águas turbulentas. *É até provável que o idiota do irlandês não saiba nadar*, pensou. John já tinha visto aquela expressão muitas vezes. Criado à margem de um lago poderoso e traiçoeiro, sabia reconhecer aqueles que jamais haviam sentido o chão balançar debaixo dos pés.

Quando avistou o casebre, colou-se o mais que pôde à margem esquerda para evitar a corrente que se empenhava em arrastá-los para o centro do rio. Passaram pelas escadas do antigo cais, e, assim que chegaram diante da cabana, John guinou tentando manobrar a lancha na direção do espaço por baixo do passeio, que ficara reduzido de forma considerável devido à altura da maré. A água já se erguia um palmo acima do solo exterior do casebre, e John não teve dificuldade em imaginar o suave balanço dos corpos à medida que começavam a flutuar. Lançou uma amarra para a margem manifestamente insuficiente para imobilizar a lancha e, antes que Collin tivesse tempo de reagir, pegou uma vara, prendeu-a a uma das arandelas de amarração da cabana e puxou com todas as suas forças até que a embarcação, pouco a pouco, foi se aproximando da construção. Depois, e recorrendo apenas a uma das mãos, tirou do bolso uma chave que entregou ao irlandês.

— Você mesmo vai ter que fazer isso. O motor não tem força suficiente para nos sustentar com esta corrente. Se eu soltar a vara, o fato de sermos arrastados vai ser o menor dos nossos problemas.

Como havia calculado, constatou pela sua expressão que, para Collin, a possibilidade de que a água os levasse, e quiçá os afundasse, era aterradora.

O irlandês pegou a chave e se dirigiu à popa da embarcação, que John havia arrimado contra a porta lateral do casebre. A água estava tão alta que suas cabeças roçavam a parte de cima. Collin se ajoelhou sobre a caixa que formava a popa. A água subia tão depressa que, se esperassem um pouco mais, não teriam tempo para abrir o cadeado antes de a embarcação ficar encalhada contra o teto que formava o passeio sobre suas cabeças.

Collin tocou no cadeado com as pontas dos dedos. John o viu manipulá-lo, esticando-se apreensivo. Tirou-o, atirando-o para dentro da embarcação, e começou a puxar as correntes. Assim que a porta foi libertada, a pressão da água no interior empurrou-a para fora e ficou aberta. O fedor atingiu-os com sua carga sinistra e sua mensagem mortífera. John, que observava cada gesto do irlandês, viu que este primeiro recuou como se tivesse recebido um soco, depois começou a voltar devagar. John chegou a ver o gesto instintivo com que levou a mão ao rim direito a fim de pegar a pistola. O rosto crispado de horror, surpresa e asco, tanto asco que a meio caminho se viu sacudido por uma náusea intensa, dobrou-se num violento arranque, e ele vomitou o banquete do serviço de quarto.

Nesse momento, John soltou a vara, e a embarcação foi sacudida para a frente arrastada pela corrente. Collin caiu borda afora, deixando a pistola sobre o tombadilho, e desapareceu sob as águas. Com um puxão, John soltou a amarra e se posicionou no leme, permitindo que as águas arrastassem um pouco a embarcação até conseguir tirá-la de debaixo das arcadas que sustentavam o passeio. Acelerando ao máximo o motor, tentou subir os quase cinco metros que o separavam das escadas do antigo cais, mas a força da água era tamanha que, mesmo com a engrenagem no máximo, quase não conseguia se deslocar do mesmo lugar. Prendeu a manivela e o leme e, usando outra vara, esticou-se de forma semelhante à que havia feito o defunto Collin. Precisava alcançar aquela velha arandela de amarração, que já havia salvado sua vida na outra noite quando estivera a ponto de cair do cais. Um metro e meio era o que o separava das escadas escorregadias; um metro e meio que a embarcação, com o motor no máximo, não era capaz de percorrer devido ao embate da enchente.

Ele dirigiu o olhar para o casebre e pôde ver que pela porta aberta saía flutuando um dos corpos embrulhado na lona verde. As águas do Nervión o acolheram como uma oferenda, engolindo-o de imediato. John sorriu e, respaldado por sua boa sorte, tomou impulso e saltou para as escadas. A batida de encontro ao rebordo pontiagudo do exterior rasgou por completo a perna de sua calça, e teve certeza de que a pele também. As pontas dos seus dedos em carne viva se chocaram com força contra o cimento áspero, que já havia arrancado suas unhas na outra noite. John arquejou de dor enquanto tomava consciência da importância de não cair naquele momento. Uma perna tinha ficado pendurada no vazio, apenas se encontrava agarrado pelos dedos feridos, e o outro pé começava a escorregar sobre o limo viscoso que cobria as escadas do antigo cais. Rezou com todo o fervor ao deus que não escutava as crianças e, dando um impulso com as poucas forças que lhe restavam, conseguiu levantar o joelho o suficiente para fincá-lo no rebordo pontiagudo de concreto. Sentiu a carne rasgar, mas conseguiu se pôr a salvo, enquanto a lancha se inclinava e era engolida pela força da água, que, como a uma pequena casca de noz, virou-a, afastando-a, arrastada pela enchente.

Se estivesse em outro lugar, se as circunstâncias fossem diferentes, John teria concedido a si mesmo alguns segundos para saborear a doce sensação de alcançar terra firme como um náufrago. Mas aquele lugar lhe causava tanto medo que a certeza do perigo continuou a pairar sobre ele como uma ave de mau agouro. Estava ferido, dolorido e molhado; a princípio não havia se dado conta, mas percebeu então que a água estava subindo com rapidez e acabaria por cobri-lo dentro de poucos segundos se não agisse rápido. Vencendo a dor, subiu as escadas de quatro, repetindo como uma coreografia decorada os passos da outra noite. No momento em que alcançou o passeio, sentiu que a água cobria suas mãos.

"Stay out of my shoes if you know what's good for you"
Fique longe do meu caminho se tem amor à vida

O trajeto de volta até a região da câmara municipal tinha sido bem mais difícil que o de ida. Às poças e charcos enormes juntavam-se agora os esgotos que vazavam e as sarjetas que haviam perdido as grelhas, empurradas pela força da água que brotava em seu interior. O trânsito estava interrompido em muitas ruas. Os semáforos não funcionavam. Tentavam ver alguma coisa através dos vidros embaçados, mas o limpador de para-brisa da Transit não dava conta de afastar a imensa cortina de chuva que nesse momento caía sobre Bilbao. O rádio falava de cheias rio acima, povoações isoladas devido a enxurradas, locais alagados nas áreas ribeirinhas, e caos. O sinal das emissoras de rádio ia e vinha de forma intermitente. Lizarso mudou da Rádio Euskadi para a Rádio Nacional, com a mesma sorte. Fazia vinte minutos que um grande apagão havia se propagado por toda a cidade, deixando às escuras as casas e as ruas, onde a iluminação pública tinha sido ligada mais cedo devido à falta de luz. As pessoas discavam os mesmos números nos quais dias antes pediam músicas para mandar apelos angustiantes a familiares ou para contar que suas lojas estavam sendo inundadas sem que pudessem fazer nada. Os números da proteção civil, da polícia e dos bombeiros haviam entrado em colapso. Viam-se veículos parados por toda parte, com as luzes de emergência acesas e os motores ligados. Os rostos chocados dos motoristas, que, sem saber o que fazer nem para onde ir, assomavam por entre as nuvens de vapor arrancadas dos vidros, contemplando aquele céu indiferente que se abatia sobre a cidade, como num dilúvio universal. O Nervión transbordou no momento exato em que alcançaram o passeio de Campo de Volantín, e a água começou a se espalhar com tanta velocidade pelo terreno como o fogo por um rastilho de pólvora. Faltava bastante para chegar à zona do cais, e havia carros parados à frente e atrás do furgão. Noah limpou com a mão o vapor condensado do vidro do seu lado e, entre a chuva e os promontórios de cimento que sustentavam as floreiras do passeio, viu um homem que, como se tivesse emergido do solo, se punha de pé. Noah abriu a porta da Transit e saiu do carro debaixo de chuva, que com seu estrondo abafou as vozes de Lizarso e de Rafa.

— O Rafa não sai do carro! — gritou, esperando que conseguissem ouvi-lo.

Collin

Tinha sido apanhado de surpresa. No momento em que retirou as correntes e a porta ficou aberta, o fedor proveniente da cabana fora tão intenso que o fizera vomitar. Não era a primeira vez que cheirava a morte; num primeiro instante, chegara a pensar que talvez a inundação tivesse feito um cano partido ter acabado por despejar ali.

Até mesmo à fraca luz daquela tarde de dilúvio, chegara a vislumbrar a forma alongada e inchada que tinham os corpos em avançado estado de decomposição. Havia mais de um, não tivera tempo de contá-los, o cheiro de morte o deixou de imediato em estado de alerta. Estava se virando, conseguira alcançar a arma sobre o rim direito, mas então a embarcação deu um violento safanão e perdeu o pouco equilíbrio que tanto lhe havia custado manter sobre a coberta encharcada. O puxão para trás e para o lado o atirou por cima da aleta de bombordo.

Numa coisa John tinha razão: Collin, o irlandês, não era um bom nadador. Desde que tocou na água, seu corpo parecia o de uma boneca de trapos. Perdeu de repente a noção do que estava em cima e embaixo, não conseguia ouvir mais nada a não ser o rugido da água e não conseguia ver, embora seus olhos estivessem abertos devido ao pânico. Sentiu-se absorvido de imediato. Os braços e as pernas revirados num torvelinho contínuo, e então sentiu a força que o sacudia diminuir um pouco. Tirou uma mão para fora da água e, ao topar com um objeto, agarrou-se à vara que havia ficado pendurada no gancho do cais debaixo do passeio. Agarrou-se com as duas mãos até que os nós dos dedos ficaram brancos, e emergiu tossindo, aterrado. Olhou ao redor e viu que, por algum efeito da corrente, o rio o havia sugado empurrando-o para a diminuta área de exclusão mais calma, debaixo das arcadas.

Agarrando-se com todas as forças, inclinou a cabeça para trás a fim de tentar ver onde Murray se havia metido. Nesse momento, a embarcação passou flutuando à deriva e se inclinou de lado, voltando-se e deixando a quilha da lancha de pernas para o ar.

Não tinha maneira de saber o que se tinha passado nem se Murray tinha tido, inclusive, menos sorte do que ele, mas partia do princípio de que ele conseguira chegar às escadas do cais abandonando a lancha depois.

Collin analisou sua situação. Estava encurralado naquele pequeno refúgio junto à cabana, agarrado à vara com todas as forças, não tinha outra saída a não ser se dirigir ao interior da construção. Abandonar a proteção debaixo do passeio e nadar dez metros contra a corrente estava completamente fora de questão. Já tinha experimentado a força da água, e era impossível. A alternativa consistia em se deixar arrastar até, quem sabe com um pouco de sorte, alcançar alguma das escadas que circundavam o passeio. A maneira como a corrente subaquática o havia sugado o fez pensar que acabaria no mar Cantábrico antes de acabar o dia.

Sua única hipótese era tentar chegar à saliência na parte da frente da cabana, que formava uma protuberância diante da porta. Se conseguisse e fosse capaz de içar o corpo até o beiral, teria uma chance de alcançar o passeio. A curta distância que pressupunha dobrar a esquina era intransponível. Não havia ali lugar nenhum onde pudesse se agarrar, e sabia de sobra que suas forças não seriam suficientes para lutar contra a corrente.

Erguendo-se sobre os braços, apoiou-se no pequeno parapeito de pedra que percorria o lado inferior do passeio e, vencendo sua repulsa, lançou-se na direção da parte aberta do casebre. A água subia com rapidez, e lá dentro já atingia quarenta centímetros. Os corpos, como múmias plastificadas, flutuavam no exíguo espaço, balançando como se disputassem entre si o direito de quem sairia primeiro. O fedor era insuportável. Collin empurrou a porta, que oscilou sacudida pela força das águas. Com as costas apoiadas na parede traseira, começou a dar pontapés na porta precária, decerto já bastante enfraquecida pela ação das sucessivas marés vivas; no terceiro empurrão se soltou das antigas dobradiças, que ficaram penduradas no caixilho poroso e amarelado, e tombou enganchada na outra folha pelas correntes que a haviam segurado. A água entrou na construção com mais força, e Collin viu os cadáveres amortalhados que se deslocavam inclinando-se como macabras traineiras. Um deles, embrulhado numa lona verde e tão inchado que as cordas que o amarravam se haviam retesado até desaparecer por entre as protuberâncias abauladas, saiu flutuando em direção às águas e foi arrastado rio abaixo de imediato. Os outros dois corpos rodaram até ficar atravessados, obstruindo a porta lateral. Collin apareceu na saliência, enquanto observava as águas caudalosas e enfurecidas que deixariam o casebre sob seus domínios. Deu um salto esticando as mãos e cravando os dedos no rebordo do cimento. Muniu-se de toda a coragem de que foi capaz para se impelir para cima e agarrou a barra de ferro do parapeito do passeio enquanto a água o impelia como se tivesse um elevador debaixo dos pés. Com as forças que lhe restavam, segurou-se ao corrimão, envolvendo-o com os braços, enquanto aguentava o impulso da avenida de água que nesse momento o cobriu até a cintura.

"The heat is stifling, burning me up from the inside"
O calor é sufocante, me queimando por dentro

Só faltavam os trovões e os raios para iluminar a noite repentina que havia caído sobre Bilbao, mas, de resto, o cenário era idêntico ao daquela outra noite em que Noah morreu enquanto tentava prender John Bíblia. Avançou escondendo-se atrás das floreiras, à medida que seu coração acelerava e todas as sensações que compunham a mais perfeita encenação de um estresse pós-traumático se punham em marcha ao seu redor. Acima do som torrencial da chuva caindo, e aquele outro ruído ensurdecedor do Nervión a sair de seu caudal, Noah escutou seu coração fazer bum, bum, bum, feito chicotadas cadenciadas. Afastou o capuz da capa, precisava ter livres todos os ângulos de visão. A água escorria pelo seu rosto com tanta força que doía, e o obrigava a semicerrar os olhos para poder ver alguma coisa e a reviver aquela sensação que havia chegado a odiar. Pensou que o homem junto à margem se movia com dificuldade, ou será que estaria, quem sabe, a se deleitar observando como a corrente arrastava para fora de seu sepulcro as donzelas de Bilbao?

Noah sabia que era John, porque só podia ser John. Um pressentimento do tamanho de Bilbao assolou-o, e soube que para um dos dois havia chegado o momento. A força do palpite foi tamanha que seu pulso acelerou pelo efeito da adrenalina enquanto sentia como as laterais de seu campo de visão se fundiam até ficarem pretas. Um intenso enjoo o sacudiu e o fez perder o equilíbrio. Apoiou-se numa das altas floreiras, fechou os olhos e se concentrou em respirar fundo pelo nariz, esforçando-se para vencer a tontura que o deixou por alguns segundos fora de combate.

Não era uma dama do rio o que havia chamado a atenção de Bíblia. Por uma fração de segundo, pensou que se tratava de uma alucinação, mas a característica capa impermeável que Collin usava o ajudou a identificar o homem que, agarrado ao corrimão de ferro do passeio, lutava para não ser arrastado pelas águas.

John fitou-o, irritado. Chegou inclusive a negar com a cabeça, como se estivesse diante de uma criança rebelde. Levou a mão à arma que trazia no flanco, mirou, baixou-a um pouco a fim de amortecer o coice, destravou a arma e disparou.

Sentado no chão encharcado, Noah inclinou-se para a frente para tentar ver alguma coisa enquanto o coração acelerava e uma intensa sensação de opressão começava a se propagar, palpitando desde o centro do peito, como uma luz de alarme acesa. Faltavam-lhe menos de cinquenta metros para chegar junto dele quando viu John levantar o braço na direção da ria, como se estivesse fazendo um sinal a alguém. Baixou-o, apontando para os pés, e disparou uma arma que Noah não tinha visto do ângulo onde se encontrava. Reconheceu o som inconfundível do tiro, embora tivesse certeza de que mais ninguém tinha ouvido o disparo, perdido no meio do imponente estrondo da enchente. Não conseguia ver contra quem disparava, embora só pudesse ser contra Collin. Com o coração aos pulos e agachado atrás da floreira, Noah pegou o revólver que trazia sobre o rim direito e, tal como havia feito naquela outra noite, aproximou-o do rosto de modo a incutir-lhe a força e a coragem suficientes para acabar com aquilo. O enjoo tinha desaparecido, o coração batia muito depressa porém de forma compassada, e as frias rajadas de vento que cavalgavam as águas do Nervión refrescavam a sua pele, fazendo-o sentir-se desperto e desenvolto. Pôs-se de pé e, agarrando a arma com as duas mãos, avançou na direção de John pela lateral. A água batia em seus joelhos.

John sentia-se ébrio de euforia, todos os sinais do céu coincidiam sobre sua cabeça como o presságio do nascimento de um novo messias. Ainda segurava a arma na maltratada e ferida mão direita. Apesar do muito que pesava, deleitou-se com o tiro perfeito, e com a cara de estupefação de Collin, à medida que seguia um por um todos os passos que este lhe havia ensinado. Exaltado como no batismo de seu renascimento, ergueu os braços e o rosto para o céu. E então ouviu aquela voz:

— John Clyde, baixe a arma. Você está preso!

John fechou os olhos e começou a negar com a cabeça. Profundamente contrariado. Voltou a ouvir a voz:

— John Clyde, baixe a arma.

Mas John não pousou a arma, embora também não a tenha apontado; pendia flácida, como que abandonada ou esquecida em sua mão. Em vez de obedecer, foi se virando devagar até ficar frente a frente com Scott Sherrington, exibindo uma expressão de irritação e de impaciência no rosto que conseguiu desconcertar o inspetor.

— Não, não, está enganado. Não me chamo John Clyde — disse, com convicção.

— Prefere John Bíblia?

O rosto de John se contraiu como se tivesse sido insultado.

— Você não está entendendo — declarou, levantando as duas mãos na frente do rosto. Contemplou a pistola, quase surpreso, como se não esperasse que estivesse ali, e apontou a arma para o policial.

Encharcado até os ossos por causa da chuva, e com a camisa e o fino casaco colados ao corpo como uma segunda pele, John parecia pequeno, franzino e extraordinariamente mais jovem do que na realidade era. Fazia lembrar um pouco o retrato falado que Scott Sherrington havia estudado milhares de vezes, no entanto, observando-o melhor, percebeu também por que motivo as mulheres se sentiam atraídas por ele. Mesmo com a perna da calça rasgada e suja de limo e de sangue, e apontando uma arma, encontrava-se subjacente em John algo de asseado, belo, quase virginal.

Noah não se deixou comover. Engatilhou o revólver e se inclinou um pouco para o lado, fletindo os braços. Falou com calma e determinação.

— Baixe a arma, John, senão juro por Deus que não vou ter escrúpulo nenhum em matar você.

Chegou a pensar que a menção a Deus havia influenciado de alguma maneira. John não baixou a arma, mas mexeu o braço devagar para a direita até deixar Noah fora da mira de fogo. Então disparou. Desta vez Noah ouviu o disparo com toda a nitidez. Por instinto, virou-se a fim ver o lugar para onde John havia dirigido o tiro.

Rafa ainda estava de pé. Por um segundo, teve certeza de que não o havia atingido, mas então uma pétala escura abriu-se na testa dele, deixando sua expressão detida entre a dor e a surpresa. Caiu de costas, amortecido pela altura da água que continuava a subir. Noah correu até ele. Ao mesmo tempo que sentia o mundo escurecer a seu redor, conseguiu ver Euri aos saltos perto do corpo, completamente encharcada, e Lizarso, que avançava, empunhando sua Star com uma única mão. Noah caiu de joelhos ao lado do rapaz e tentou manter a cabeça dele fora da água, enquanto seu coração se despedaçava em definitivo. Levou uma mão ao peito, sentindo que a dor o destroçava, esmagando-o, sufocando-o, e por último explodindo numa onda de dor que lhe parou o coração com a mesma força devastadora com que o Nervión destruía a cidade. Seu último pensamento foi uma mistura de muitos. No entanto, sobretudo, pensou que morrer com dor era o justo quando se morria de desgosto.

Mikel Lizarso

A partir do momento em que Noah abriu a porta e pulou para fora do furgão, o ertzaina Mikel Lizarso percebeu que tudo iria correr mal. Depois não saberia como explicar, mas teve um desses pressentimentos de que falava Scott Sherrington. Talvez porque como nas fatídicas conjugações de planetas, talvez porque, decerto fascinado pelo espetáculo da água cobrindo o passeio e vindo na direção deles, o motorista que vinha atrás não freou a tempo e se chocou com o furgão. Talvez pelo modo como Euri desatou a latir; mas, acima de tudo, porque ainda lhe ressoava nos ouvidos a advertência de Noah antes de fechar a porta: *O Rafa não sai do carro!*

Viu o motorista que havia batido nele sair de seu veículo e se dirigir à porta do carro, levando as mãos à cabeça. Perdera Noah de vista, e Euri latia feito louca. Lizarso baixou o vidro para tentar localizar o amigo por entre a chuva, mas o outro sujeito se interpôs bem na frente, desfazendo-se em desculpas e insistindo em dizer que tinha seguro. Ele saiu do furgão, identificou-se como ertzaina e ordenou que voltasse para o carro enquanto a torrente de água proveniente do rio quase batia em seus joelhos. O tipo não o escutava, prosseguia com sua ladainha sobre o seguro, e Mikel se esforçava para vislumbrar alguma coisa por cima do ombro dele. E deve ter sido então, nesse espaço de tempo, à medida que afastava o fulano que tinha na frente, mostrando-lhe o distintivo, e se virava para o interior do furgão a fim de avisar Rafa para que ficasse ali, que constatou que em algum momento o rapaz tinha saído, seguido pela cadela. Virou-se na direção do passeio e os localizou cinquenta metros mais à frente. Desatou a correr, travado pela corrente de água lamacenta que vinha da margem, chamou-o várias vezes, embora o estrondo da chuva, as buzinadas dos carros e o ruído como o ronco de um monstro que vinha do rio abafassem sua voz. Sacou a arma quando viu Noah apontar para John Bíblia, e chegou a se encontrar a poucos metros de Rafa quando o filho da puta apontou para o rapaz e disparou. Viu-o cair impelido pela força do disparo e ouviu Noah gritar de um modo que jamais esqueceria. Rafa estava morto. Soube disso com a absoluta certeza dos pressentimentos, depois, tudo sucedeu com extrema lentidão, como se alguém tivesse reduzido a velocidade com que girava o mundo. Viu John avançar com dificuldade em direção à rua principal lutando contra a força da corrente lateral, que quase batia em seus quadris e que era cada vez mais forte. Viu a Star, como uma extensão de seu braço, apontada para John Bíblia, viu o ponto de mira, destravou a arma e descreveu com o olhar a trajetória que faria a bala em seguida. Apertou o gatilho.

O impacto no peito não derrubou John, mas o fez cambalear, retrocedendo inclinado de lado. A arma caiu de sua mão sem força, e encolheu o braço junto ao corpo com um gesto de proteção, quase como se estivesse se abraçando. Houve algo mais, uma dessas coisas em que durante os anos seguintes Lizarso pensaria muitas vezes. John levantou a cabeça como se tivesse ouvido alguma coisa, algo que só ele conseguia ouvir. Seu rosto refletiu tamanho pavor que o ertzaina nunca tinha visto antes. Olhou ao redor como um louco e continuou a recuar até o lugar onde antes estivera o corrimão, que já era invisível. Viu como as águas do Nervión o arrancavam daquele lugar, arrastando-o em direção ao caudal das águas do rio.

Então o ertzaina Mikel Lizarso virou-se para o lugar onde se encontravam seus amigos. Euri latia enlouquecida puxando a manga do dono, tentando levá-lo para a parte que a água menos cobria; Noah continuava de joelhos, quase coberto pelo lodo. Achou que chorava abraçado a Rafa, mas à medida que se foi aproximando percebeu que jazia desmaiado sobre o corpo do rapaz. Agachou-se ao seu lado tentando achar sua pulsação no pescoço. Não o encontrou.

O tipo que batera em seu furgão continuava na rua, observando, sem dúvida alertado pelos latidos de Euri e pela curiosidade de ver o que fazia um ertzaina correndo em direção à margem alagada. Ao perceber que havia ali mais gente, conseguiu convencer meia dúzia de homens a se aproximar para que os ajudassem. Viu-os empalidecer quando olharam para o ferimento de Rafa. Não havia orifício de saída da bala. Se não fosse pelo sinistro círculo escuro aberto em sua testa, diria que parecia estar dormindo. Quando os homens o levantaram do chão, Lizarso viu que em torno de sua boca se inflavam pequenas bolhas rosadas de baba e de sangue. Ainda respirava. Não tinha como saber se Noah também respirava. Embora se tenha curvado até colar o ouvido ao peito dele, não fora capaz de ouvir mais do que um ligeiro ruído, como se a corrente do Nervión circulasse de alguma forma subterrânea no fundo do peito de seu amigo. Pegando-o pelos braços e pelos pés, foram-nos puxando na direção da estrada.

Com imensa dificuldade, conseguiram abrir as portas traseiras do furgão, que tinham ficado danificadas devido ao choque, colocaram os dois corpos na parte traseira, e o motorista do veículo de trás, sentindo-se em parte responsável, usou o próprio cinto para prender as duas portas.

— Não creio que você consiga chegar a um hospital. A rua está alagada e as sarjetas arrebentadas e inutilizadas, e além do mais a polícia deve ter bloqueado a circulação na ponte. A água lá deve ter chegado acima.

— Vou passar, sou ertzaina.

O sujeito não disse mais nada. Ficou ali de pé, debaixo de chuva e com água até os joelhos. Viu-o manobrar o carro e se enfiar pelo passeio desaparecido debaixo d'água, em sentido contrário, convencido de que o pobre diabo não tinha entendido nada.

Maite

Quando ficaram às escuras, Begoña abraçou-se com força à mãe, mas não gritaram. Conscientes da importância de saber o que estava acontecendo, aguçaram o ouvido tentando perceber alguma coisa que lhes fornecesse um sinal do que estava havendo. Durante alguns minutos, não foi mais que um ruído, um sussurro longínquo. Contudo, desataram aos gritos quando a água as alcançou. Begoña começou a chorar e Maite sentiu que as lágrimas ardiam em seus olhos, mas se conteve; se ela também se abandonasse ao pânico, sua filha morreria de medo. A água começou a subir com muita rapidez, batia em seus quadris, chegou ao peito delas, ao pescoço, até que a dada altura, para conseguir respirar, tiveram que inclinar a cabeça para trás para que a água não tapasse sua boca.

Permaneceram assim, imóveis, no escuro e de mãos dadas, enquanto Maite se atormentava pensando na maneira estúpida como havia arrastado sua filha para a morte. Tinha sido muito burra quando decidiu se abrigar ali, no entanto foi assolada por outro pensamento: se a água tinha atingido mais de dois metros de altura no interior do bar, o que estaria acontecendo lá fora? A paisagem que se desenhou em sua mente era tão aterradora que não conseguiu evitar soltar um gemido. Sua angústia agiu como um tambor, disparando as emoções de ambas. Ouviu a filha chorar, e ao apertá-la de encontro a seu corpo sentiu que tremia. Emocionou-se com a valentia dela, seu comedimento, e, embora estivesse apavorada, chorava baixinho, como um ratinho a se afogar na água.

Estendeu as mãos até o lugar onde julgava que podia estar o rosto dela e com as pontas dos dedos distinguiu as lágrimas ardentes que brotavam de seus olhos.

— Não chore, meu amor, é pior.

O ratinho parou de chorar.

— Tem razão — sussurrou.

Então se deram conta de que a água havia baixado um pouco, de que, apesar de ainda bater em seu pescoço, permitia a elas manter a cabeça erguida e continuar a respirar. Nos minutos seguintes, pouco a pouco, a água foi baixando até chegar de novo à altura do peito.

— Vai correr tudo bem — atreveu-se a dizer Maite. — A água está descendo e a ajuda vai chegar logo. Você vai ver.

Acabava de dizer isso quando sentiu algo estranho. Levantou a mão e percebeu que o que tinha sentido era uma gota caindo em sua cabeça. Sacudiu o mais que pôde a água da mão e voltou a colocá-la sobre o cabelo para se assegurar. Havia uma infiltração que pingava do andar de cima. A certeza foi assustadora para ela, porque, se havia água sobre suas cabeças, o mundo lá fora tinha mudado mais do que sua mente era capaz de imaginar. Um ruído surdo retumbou, propagando-se na água. E apenas alguns segundos depois outra vez, e de novo, chegando a se verificar com uma cadência que fez lembrar a Maite a ondulação batendo num quebra-mar muito, muito longe dali. Aquele ruído surdo aumentou como se alguém estivesse ligando uma batedeira dentro da água, e foi-se tornando mais grave, mais intenso. Maite agarrou Begoña e abraçou-a, protegendo a cabeça da menina de encontro a seu peito.

Ocorreram-lhe um pensamento e umas palavras. O pensamento foi para Noah, as palavras, para sua filha.

— Te amo, vida minha — foi a última coisa que disse antes de as paredes do antigo cassino caírem sobre elas.

Mikel Lizarso

Quando Lizarso voltasse a recordar esse episódio, nem sequer guardaria na memória o fato de ter passado a ponte, mas é evidente que o fez. Tempos depois recordaria inclusive ter visto o barco *Consulado de Bilbao* balançando à deriva antes de afundar em definitivo a pique, enquanto a grande avenida de água, que inundaria a cidade até o segundo andar de seus edifícios, chegava ao Arenal. Sem ouvir, sem ver, sem sentir. Ensopado até os ossos e dirigindo na contramão em algumas faixas. Recordava, no entanto, com grande nitidez outras coisas: que nem uma única vez se havia voltado para olhar para os corpos, que no rádio se ouvia a trilha sonora original do filme *Blade Runner: O caçador de androides*, que quando viu que a água passava por cima do capô ergueu uma prece aos céus: *Não pare, não pare,* e que Euri uivou o caminho todo. Não, esta última coisa não recordava com tanta nitidez, ou melhor, só percebeu que não parara de o fazer quando chegaram à entrada da urgência do hospital de Cruces, porque, nesse exato segundo, Euri emudeceu. Como se tivesse compreendido que todo o seu esforço já não fazia sentido. Meteu o focinho entre as patas da frente e enroscou-se como um novelo no banco do passageiro, tremendo. A pequena e corajosa Euri, a cadela da chuva, com sua pelagem ensopada em água, parecia ainda menor. Seria capaz de jurar que entre esse instante e o momento em que um enfermeiro abriu a porta fazendo-lhe perguntas se haviam passado horas. Lembrava-se de se ter identificado, lembrava-se dos sinais desajeitados na direção da parte traseira do furgão, mas não tinha certeza de ter dito muito mais. Depois, as macas, os estetoscópios, o pessoal médico amontoado sobre os corpos, e uma pressa própria da urgência e que a Lizarso lhe pareceu totalmente incongruente. Uma enfermeira se dirigiu a ele.

— O senhor, o ertzaina. É doador de sangue?

Assentiu.

— De que tipo?

— O negativo.

— Pois então entre, vamos precisar de você.

Ficou de pé, imóvel diante das portas de vaivém da urgência, muito tempo depois de as macas terem desaparecido, e só se mexeu quando sentiu o focinho frio de Euri a empurrá-lo na palma da mão. Juntos transpuseram a porta. O que se recordava com toda a nitidez era de alguém vir falar com eles dizendo que o cão não podia ficar ali e que ele havia sacado de seu distintivo respondendo:

— É ertzaina.

Maite

O estrondo que se seguiu ao desmoronamento foi monumental. Nunca saberia dizer quanto tempo permaneceram ali, mergulhadas na escuridão. Ensurdecidas pelo estrépito. Sentia o corpo da filha tremendo junto ao seu, tentou abrir os olhos, e pareceu que se encontravam sepultadas debaixo de toneladas de areia; um ligeiro piscar de olhos lhe deu a sensação de ter centenas de pequenos cortes dilacerando sua córnea. Fechou-os apertando-os de novo. Com falta de ar, inspirou fundo, tentando respirar, e os pulmões arderam como se tivesse inalado fogo.

— *Ama...* — chegou até ela a voz rouca de Begoña.

Maite puxou o peitilho da própria blusa ensopada, tapando a boca.

— Bego, respire através da camiseta e não abra os olhos. — Dizer aquelas palavras custou-lhe um ataque de tosse. A boca tinha gosto de gesso e bolor, e a pele do rosto queimava com uma sensação tensa e ao mesmo tempo lancinante.

Ficaram encurraladas num bolsão no interior do desmoronamento, mas era impossível calcular quantas toneladas de escombros tinham por cima, nem quão estável era essa bolha onde se encontravam. Tentando manter a serenidade, foi experimentando se mexer devagar. Continuavam com água pela cintura, mas agora era uma espessa papa de escombros, pó e gesso.

"The sweat is coming through each and every pore, I don't wanna be here no more"
O suor exala através de cada poro da minha pele, não quero mais estar aqui

A dor física, que num piscar de olhos lhe havia parecido insuportável, cessou de repente quando seu coração se quebrou; mas a outra, a da imensa tristeza que sentia pela morte de Rafa, continuou a torturar seu peito como uma armadilha denteada. Noah chorava desconsolado. Cobriu os olhos com as mãos para não ter que ver o ferimento obsceno que perfurava sua testa, a testa do seu menino, que, nesse momento soube, era seu filho na morte. Recusar-se a olhar para ele não lhe serviu de muito, tinha seus grandes e brilhantes olhos escuros cravados na alma. Muito ao longe ouvia Euri latir. Viu Lizarso, com a Star na mão e o braço estendido na direção de John. Viu a bala e a trajetória de um tiro certeiro que atingiu o peito de Bíblia. Viu John aterrado ante a certeza de sua morte, arrastado pelas águas, enquanto ouvia aquele choro pavoroso, que na realidade era apenas para ele. Viu Lizarso se inclinar sobre os corpos alquebrados procurando seu pulso e viu as lágrimas que se misturavam com as gotas de chuva no rosto daquele homem que era seu amigo. Viu os homens que vinham correndo da estrada e que, meio que se arrastando, tiravam os corpos da água e os colocavam na parte traseira daquele furgão cor azul com as portas amassadas. Euri começou a uivar.

E então Noah se virou para contemplar Bilbao. Viu a grande avenida de água que se derramava pelas encostas e que arrasava a cidade. Viu como a água subia destruindo as *txosnas* das festas instaladas em toda a área ribeirinha. Viu a torrente de água suja rebentando as janelas do glorioso teatro

Arriaga e enchendo suas dependências de lodo e de galhos, de plásticos e de sedimentos pesados enterrados durante centenas de anos no leito do rio. Viu as encostas das colinas que rodeavam as Siete Calles desmoronando num misto de cascalho, árvores arrancadas e cimento desgarrado, e o Casco Viejo sepultado debaixo de toneladas de lama e detritos. Viu os carros que flutuavam à deriva, os homens empoleirados no alto dos telhados das oficinas, as mulheres chorando por trás das cortinas das cozinhas, o olhar triste dos animais arrastados para a morte, os moradores que se afogavam no interior de suas lojas, os que eram engolidos pela enxurrada desde suas casas demolidas, e que nunca seriam encontrados. Mil e quinhentas toneladas de chuva. Cinco metros de altura em alguns lugares. Caíram seiscentos litros de água por metro quadrado num espaço de poucas horas. Noah viu o dilúvio. E chorou por aquela cidade, pelos cadáveres embrulhados em lona que flutuavam no rio, pelos cães afogados, por Rafa, por Lizarso, pela doutora Elizondo, por sua vida desperdiçada, por Maite, seu amor recém-encontrado. Euri continuava a uivar, e seu queixume transformou-se na única coisa que importava, na âncora que o manteve agarrado ao fio de vida que segurava seu coração em fibrilação.

Noah chorou até que as lágrimas lhe limparam os olhos, e então, acima de toda a destruição, Noah pôde ver. Viu o ertzaina dirigindo na contramão com sua funesta carga na traseira do furgão e, elevando-se um pouco mais, pôde ver Maite e Begoña cobertas por uma camada de pó de cimento, abrindo caminho em direção a um buraco no teto do velho cassino e saindo de entre as ruínas. Sorriu ao ver aquela mulher que era a sua mulher, e aquela menina que teria sido a sua filha, e desterrou em definitivo seu desgosto ao tomar consciência de quanto amor levava consigo. Ao longe, Euri continuava a uivar. Olhou para trás a fim de ver uma vez mais aquela tragédia que parecia o fim do mundo que destruiu a cidade, e teve inclusive um vislumbre do renascimento que viria depois, do *auzolan* nas ruas, do orgulho e da esperança que voltariam a erguer Bilbao. Contudo decidiu não continuar a olhar, preferia ver o sol que começava a sossegar sua alma e se dirigiu para lá. O calor acalmou sua mente e, pouco a pouco, foi começando a aquecê-lo e eliminando de sua pele qualquer recordação do frio. Ainda era capaz de ouvir os uivos da cadela da chuva. No entanto, havia muita gente a sua espera ao sol, ao longe julgou avistar seus pais que lhe sorriam, e outras pessoas de quem guardava uma vaga lembrança, mas que teve certeza de que haviam feito parte de sua vida. Viu um grupo de mulheres entre as quais reconheceu Clarissa O'Hagan, com o cabelo solto brilhando ao sol, e Noah se sentiu satisfeito, porque pensou que estava linda com o cabelo penteado dessa maneira. Virou-se uma vez mais a fim de contemplar a cidade que sucumbia sob a destruição do dilúvio e chegou à conclusão de que já não tinha medo, de que se dirigiria rumo ao sol.

Noah, escutou com perfeita nitidez a voz de Maite, que chamava por ele, que o reclamava como havia jurado, como se reclama o que é seu por direito. E, apesar da calidez do sol que amornava sua alma, apesar de já quase ter decidido se dirigir para lá, virou-se para trás a fim de voltar para junto dela.

Então viu Rafa de pé na sua frente. Não havia nem sinal em sua testa do ferimento obsceno que apresentava o corpo no furgão, e além disso também havia perdido a rigidez nos membros e no rosto. Noah quis falar com ele, mas se deu conta de que não podia, porque já não havia palavras. Rafa sorriu para ele, como se soubesse coisas que Noah não sabia. Sempre foi um rapaz esperto. Levantou a mão e tocou no peito de Noah, e, no momento exato em que o fazia, Noah ouviu o dragão respirar. Percebeu que estivera a acompanhá-lo o tempo todo, e quase conseguiu sentir o suave frufru de um milhão de cortinas que compunham a pleura daquela criatura, que havia permanecido adormecida desde o momento em que Noah desembarcou em Bilbao. Percebeu que estava acordando, que aquele ser mitológico, poderoso e quase eterno possuía um coração forte pronto para acompanhar seus poderosos pulmões. Euri emudeceu e, durante alguns segundos, Noah ouviu tão só o silêncio, o silêncio total e absoluto da morte, o silêncio que conseguia engolir o clamor da cidade que perecia debaixo da água, e então, quando pensou que aquele silêncio seria para sempre, Noah começou a ouvir o coração do dragão. Bum, bum. Bum, bum. Retumbando com tanta força que fazia vibrar o ar ao seu redor. Bum, bum. Bum, bum. Noah queria saber, queria entendê-lo, por isso virou-se para olhar de novo, para compreender aquele prodígio que fazia o coração do dragão lhe bater dentro do peito.

Ouviu com nitidez a voz que o chamava, e até julgou reconhecê-la.

— Noah, está acordado? Abra os olhos.

Obedeceu.

— Olá, Noah.

Mesmo parcialmente oculto pela máscara cirúrgica, Noah reconheceu o doutor Sánchez.

— Olá, senhor doutor.

O médico sorriu satisfeito, virando-se de modo a olhar para os outros três médicos que o acompanhavam.

— Bom, o seu cumprimento já me prova que você sabe quem eu sou e onde você está. Como você se sente?

— E os meus amigos? — A voz saiu num sussurro.

— Vai poder vê-los daqui a pouco, mas antes responda à minha pergunta. Como se sente?

Noah refletiu sobre a pergunta durante alguns segundos.

Sentia-se esgotado, e o escasso esforço que fez para cumprimentar os médicos despertara em seu peito uma dor aguda e lancinante, que ia *in crescendo*, tal como a preamar.

— Terrivelmente cansado, e sinto dor no peito.

— As duas coisas são normais, mas vamos permitir que doa. Procure não se mexer — disse o médico, erguendo uma das mãos até um ponto acima da cabeça de Noah. Rodou o botão do soro e Noah viu como o gotejamento acelerou até se transformar quase num pequeno fluxo.

A dor que havia há pouco aumentava em ondas cada vez maiores, e como uma maré, retrocedeu até se esconder na escuridão.

— Melhor?

Noah assentiu, fechando os olhos, aliviado.

— Agora vamos deixar você dormir, mas antes tenho aqui algumas pessoas que estão há horas à espera para vê-lo. Elas estavam muito preocupadas com você. É um pouquinho complicado na UTI, mas julgamos que vão ficar mais tranquilas se constatarem que você está bem. Apenas cinco minutos, depois você precisa descansar.

Noah assentiu.

Maite, Lizarso e a doutora Elizondo haviam vestido sobre suas roupas batas verdes como as dos médicos. Maite tinha o cabelo apanhado dentro de uma touca e uma máscara cobria seu rosto. Noah sorriu ao vê-la. Levantou uma mão na direção dela. Não lhe escapou a maneira como Maite olhava para os médicos, como que a pedir autorização. Quando estes assentiram, tomou a mão de Noah entre as suas. Usava luvas cirúrgicas, mas até mesmo através do látex Noah sentiu suas mãos fortes e muito frias.

— Olá, meu amor — disse ela.

— Olá — respondeu ele, sorrindo. — Ainda estou aqui.

— Eu te disse que não te deixaria partir, que te reclamaria. Agora você é propriedade minha.

— Eu te ouvi chamando por mim.

Mesmo com a máscara, ele detectou o sorriso rasgado.

— Você não pode imaginar como estou feliz por te ver — disse a doutora.

— Estava enganado. Há algo ali — disse, dirigindo-se a Maite e à doutora Elizondo.

— Há o quê, Noah? — perguntou esta última.

— Sol.

— Sempre acreditei nisso — respondeu ela, confiante.

Os médicos recuaram cedendo a Lizarso o lugar junto da cama. O ertzaina apertou de leve a mão do amigo. Só de olhar para ele, Noah notou que os olhos de Lizarso denotavam o cansaço, o desvelo e algo mais. Parecia derrotado, a pele pardacenta, os olhos tristes. Noah achou que ele tinha envelhecido dez anos. Soube por quê. A última recordação consciente de Noah era Rafa prostrado sobre a água com um tiro na testa. Não havia nada para perguntar, já conhecia a resposta. Ainda assim sussurrou seu nome.

— Rafa.

Ouviu o ertzaina inspirar fundo. Abanou a cabeça como que indeciso entre negar ou assentir.

— Não resistiu, Noah. Foi muito forte e aguentou bastante, ainda respirava quando chegamos ao hospital. Passaram muito tempo em volta dele, tentando de tudo, mas...

Noah fechou os olhos, apertando-os com força. Duas grossas lágrimas escaparam debaixo das pestanas.

— Eu ouvia os uivos da Euri — sussurrou Noah —, não parei de ouvi-la o tempo todo. Como se ela soubesse de tudo...

— Tem razão, se você pudesse vê-la... Não se afastou de mim desde aquele momento. Eu a levei para casa, mas nem quis entrar. Está me esperando lá fora.

Noah se recompôs a fim de perguntar:

— E o John?

— Morto. Eu o acertei no peito. Caiu na água e a ria arrastou.

— Encontraram?

— Sim, muito perto de uma das suas vítimas, flutuando no mar Cantábrico. Os plásticos em que ele as embrulhava eram visíveis inclusive no meio da lama. Havia outro corpo obstruindo a entrada da cabana. Calculamos que havia mais, não sabemos quantas, foram arrastadas pela água, mas hão de aparecer. Foi montada uma enorme operação de busca.

Fez uma pausa e olhou para os médicos e depois para Maite e para a doutora.

— Você precisa saber que as cheias se agravaram. Houve uma grande inundação que atingiu cinco metros em alguns lugares. Há dezenas de mortos e muitos desaparecidos, ainda não se contabilizou o número total. Vão aparecendo cadáveres todos os dias.

Noah franziu a sobrancelha, confuso.

— Achei que tivesse sonhado.

— Foi mais um pesadelo — declarou a doutora Elizondo. — A destruição é colossal, a cidade já não é a mesma que você conheceu. Há toneladas de lama e de pedras nas ruas; todo o comércio e os bares do Casco Viejo foram afetados. Muitas pessoas ficaram sem casa e foram perdidos milhares de postos de trabalho. Eu até poderia ter trazido o jornal para você, mas não foi possível imprimi-lo.

Noah abriu os olhos, chocado, procurando o olhar de Maite.

— Vocês estão bem? E a Begoña?

— Sim, estamos bem, não se preocupe com isso agora. Assim que você melhorar, eu te conto as nossas aventuras em detalhes. O bar do cassino não existe mais, vai ter que começar do zero, mas nós estamos bem, e estaremos à sua espera em casa para cuidar de você quando sair do hospital.

Como que por magia, Noah viu-se transportado para aquele lugar, e até o momento em que desejara que esse fosse o seu lar. Até mesmo a cama que haviam partilhado uma única noite, a tepidez da manhã, a voz de Maite cantando debaixo do chuveiro, o ruído da chuva batendo nas vidraças da varanda e o aroma do café. Recordou o quanto havia desejado perpetuar aquele momento, que aqueles fossem seus lençóis, sua cama, sua casa. Era muito bom ter um lugar para onde poder voltar. Sorriu ciente da maneira como algumas palavras podiam mudar tudo.

— Como se sente? — perguntou Lizarso.

— Não sei, é uma sensação esquisita. Eu me sinto bem, mas tenho uma dor aqui — disse, levando a mão ao peito. — Dói o tempo todo, assim que me mexo, de uma maneira estranha, nunca tinha doído assim.

Os médicos, chefiados pelo doutor Sánchez, rodearam a cama de novo.

— Noah, nós queríamos que os seus amigos estivessem perto de você para te explicarmos algumas coisas. A dor terrível que você está sentindo é perfeitamente normal, chama-se dor pós-cirúrgica, é muito aguda nos primeiros dias, mas depois vai atenuando e acaba por desaparecer. É o que se sente depois de uma operação.

— Mas eu fui operado?

Os médicos assentiram.

— Você já sabia da gravidade do estado em que se encontrava nos dias anteriores. Quando chegou aqui, no dia 26, o seu estado de saúde era crítico.

— Morte súbita — sussurrou Noah.

— Não, dessa vez foi um ataque cardíaco, mas... vamos chamar de "típico".

— Mas estive morto, eu sei, porque desta vez tenho recordações.

Os médicos se entreolharam e mais uma vez foi o doutor Sánchez o encarregado de falar.

— Verificou-se uma taquicardia motivada pelo estresse do momento, e o músculo cardíaco entrou em fibrilação. Não se trata de uma parada total, mas a fibrilação é um movimento muito fraco e tênue, semelhante a um tremor, mas insuficiente para manter a irrigação e a pressão. Por sorte, o seu amigo o trouxe para cá com muita rapidez. Era esse o seu estado quando deu entrada no hospital, por isso decidimos operá-lo.

— Mas... Me operaram como? Não estou entendendo nada. Os senhores mesmos me disseram que neste hospital não se realizavam procedimentos cardíacos...

— Não se esqueça de que, quando conversamos, você assinou uma autorização para o tratamento. O nosso dever era tentar te salvar, e ocorreram várias coincidências felizes, por exemplo, o fato de todos esses eminentes cardiologistas se encontrarem na cidade.

— Disseram que não havia nenhuma operação que pudesse curar uma miocardiopatia dilatada. Você mesmo me disse. Todos vocês disseram — insistiu Noah.

— E não há, Noah. Você chegou *in extremis*, os cardiologistas estavam aqui, já havíamos realizado o estudo de viabilidade e compatibilidade para o seu transplante... — O médico parou de falar por um momento e olhou para Maite, para Lizarso e, por último, para a doutora Elizondo, quase implorando por ajuda antes de prosseguir. — E apareceu um doador compatível.

Noah deixou escapar todo o ar num suspiro e quando falou parecia que estava sufocando. Quase mais para si mesmo do que para os outros, disse:

— Fizeram um transplante em mim?

Maite interpôs-se entre Noah e os cardiologistas.

— Era a sua única possibilidade, Noah, caso contrário você teria morrido.

Ele olhou para Maite com a máxima atenção.

— Eu já estava morto... lembro muito bem disso.

E, enquanto Noah proferia essas palavras, voltaram a sua mente as imagens da cidade perecendo sob as águas, os uivos desolados de Euri, o sol que brilhava acima dos montes com uma promessa de eterna primavera, aqueles que o aguardavam ali, um milhão de cortinas enfunadas como a pleura de um dragão e de repente, com toda a nitidez, Rafa. Fechou os olhos a fim de agarrar a recordação que se diluía. Rafa sorriu antes de levantar a mão na direção dele.

Quando abriu os olhos, viu que Maite o fitava preocupada. Fez um pequeno gesto indicando-lhe que se afastasse para poder olhar para os médicos. Quando falou, e apesar da fraqueza, seu tom de voz havia recuperado a moderação, o comedimento e a convicção habituais no inspetor Scott Sherrington. Noah perguntou como um policial:

— Quem foi o doador?

Os médicos entreolharam-se negando com a cabeça antes de responder.

— Não podemos fornecer essa informação a você, Noah, lamentamos. Mas o protocolo é muito cla...

— Quem foi o doador? — insistiu, interrompendo a explicação.

— Nunca abrimos essa informação, faz parte do procedimento. Você assinou o termo de responsabilidade — respondeu com firmeza o doutor Sánchez.

Então ouviu o suspiro que Maite soltou quando desabou. Uma lágrima caiu de seu rosto sobre a mão de Noah que ela segurava. A doutora Elizondo havia fechado os olhos. Procurou Lizarso e encontrou todas as respostas no olhar do amigo. Dirigindo-se aos médicos, tentou ser de novo o inspetor Scott Sherrington.

— Quem foi o doador? — repetiu, enquanto seus olhos ficavam marejados.

— Noah, nunca abrimos essa informação — repetiu o médico fraquejando.

Noah desatou a chorar com amargura.

— Por favor — suplicou.

O médico assentiu.

A voz de Noah sou dilacerada.

— Como foram capazes?

— Noah, nós fizemos o que pudemos para salvá-lo, mas ele faleceu e era um doador compatível.

— Era um garoto. — A voz de Scott Sherrington tremeu de indignação.

— Era tão alto e tão forte como você, e do mesmo grupo sanguíneo que o seu.

— Um garoto — repetiu.

— A mãe dele autorizou a doação.

Noah fechou os olhos enquanto repetia.

— Não, não, não.

Os apitos da máquina que controlava sua pulsação eram cada vez mais rápidos. Um alarme começou a tocar por cima de sua cabeça e também na sala dos enfermeiros.

Noah chorava com amargura, Maite tentou agarrar sua mão, mas ele a levou ao peito, ao lugar onde a dor era insuportável.

— Vocês têm que tirar, tirem de mim — balbuciou entre lágrimas.

Lizarso tapou o rosto e cobriu a boca enquanto olhava alarmado para Maite. Ela se debruçou sobre Scott Sherrington.

— Não faça isso, Noah, não faça — rogou Maite. — Não desperdice a vida. Agora não é apenas sua.

Quatro enfermeiras do serviço de urgência vieram correndo empurrando um carrinho. Os apitos do monitor cardíaco continuaram a acelerar. Os médicos afastaram Lizarso e Maite e se inclinaram sobre Noah.

Ele fechou os olhos, consumido pela dor, enquanto o médico espetava em seu braço a agulha e lhe injetava um fármaco que o arrastou de imediato para a inconsciência. Seu derradeiro pensamento foi uma mistura entre os apitos do monitor cardíaco e o rosto acinzentado de uma pequena coruja, enquanto se perguntava como era possível que houvesse ali um *Otus scops*.

Abriu os olhos e foi como olhar através de um prisma de múltiplas faces, todas elas batidas e desfocadas. Viu Rafa. Escondia-se na parte de trás de uma máscara cirúrgica, vestia uma bata verde e uma daquelas toucas que não conseguia ocultar por completo seu cabelo forte, farto e escuro. Seus olhos sorriam repletos de curiosidade e de amor.

— Rafa — sussurrou.

— Olá, *mister* — saudou-o Icíar.

Noah ficou em estado de choque por alguns segundos.

— Achei que era...

— E sou, em parte, assim como é a Euri, e como agora também você é.

Noah ficou em silêncio.

— Disseram que você ficou muito aborrecido quando soube. E por isso, embora tenham me explicado não sei muito bem o quê sobre o protocolo, pensei que tinha que vir ver você.

Noah suspirou.

— O Rafa gostava muito de você — disse ela.

Noah começou a chorar. E ela estendeu uma mão na direção da sua e, depois, com infinito cuidado, colocou a outra sobre seu peito.

— Durante o pouco tempo que vocês estiveram juntos, você acalentou mais entusiasmo e esperança no coração dele que em toda a sua vida. Noah, eu me sinto feliz por saber que o coração do meu filho continua batendo, mas sobretudo que bate dentro de você, num amigo, no peito de alguém que gostou dele de verdade.

Noah fechou os olhos.

— Vou abandonar Bilbao — disse ela.

Ele abriu os olhos.

— Vai embora?

— Sou de uma pequena aldeia de Guipúscoa, Icíar, está lembrado? As minhas irmãs vivem lá. Estava aqui só por causa dele, nas cidades as pessoas como o Rafa dispõem de mais oportunidades. Além disso, com a inundação, fiquei desempregada. A fábrica onde eu trabalhava ficou destruída. Os donos ainda não sabem se poderão reabri-la.

— Deixe um número de telefone com a Maite. Para que possamos ter notícias suas.

Ela fez um gesto vago, ambíguo, e Noah teve certeza de que não o faria.

— Antes de partir eu quero te pedir um favor.

— Claro. Tudo o que você quiser.

Ela voltou a colocar a mão sobre seu peito e, pouco a pouco, foi-se inclinando até ouvir o bater de seu coração.

— Não o rejeite, Noah. Deixe que a esperança, o entusiasmo e toda a bondade do meu filho continuem pulsando. Prometa para mim.

Sem se atrever a abrir os olhos, e à medida que ia sentindo bater em seu peito o poderoso coração do dragão, Noah fez aquela promessa.

NÃO É O FIM.

Semanas mais tarde

Algumas coisas que o médico disse e que Maite perguntou:

Médico: Estamos muito satisfeitos, Maite. Está correndo tudo muito bem, não há rejeição, não há infecções... Por enquanto ele vai ter que permanecer uma longa temporada no hospital, quase dois meses mais, e, assim que lhe dermos alta e ele for para casa, pelo menos durante o primeiro ano, vai ter que regressar de forma constante para irmos fazendo exames nele. Vai ser complicado e incômodo, mas acreditamos que em breve vai poder começar a levar uma vida quase normal.

Maite: Senhor doutor, tenho uma pergunta, e a verdade é que me sinto um pouco envergonhada — mordeu o lábio, nervosa —, mas logo que lhe derem a alta hospitalar, quando é que o senhor acha que o Noah poderá fazer amor?

Algumas coisas que o médico disse e que Noah perguntou:

Médico: Está correndo tudo muito bem, Noah. Não há rejeição, mas você já sabe que ainda vai ter que permanecer durante mais algum tempo no hospital, e durante o próximo ano a sua vida será um vaivém constante de casa para o hospital para fazermos exames, mas estamos muito satisfeitos. Acreditamos que você vai poder levar uma vida boa.

Noah: Senhor doutor, tenho uma pergunta. Assim que for para casa, quando é que você acha que vou poder fazer amor?

Nota da autora

Na qualidade de romancista, e enquanto escrever ficção, vou verificar, reescrever e reinterpretar a história. É esse o meu trabalho. No entanto, por questão de respeito para com os profissionais que forjaram a história verdadeira, devo explicar a vocês que o primeiro transplante de coração da era moderna com o uso de imunossupressores foi realizado no Hospital de Santa Creu i Sant Pau de Barcelona, em maio de 1984, a cargo da equipe do doutor Josep Maria Caralps. Poucas semanas mais tarde se efetuou o segundo transplante de coração no Hospital Universitário Puerta de Hierro de Madri, a cargo da equipe dos doutores Diego Figueroa e Luis Alonso Pulpón, numa menina granadina de onze anos, que continua viva nos dias de hoje, levando uma vida normal. Tive a imensa sorte de contar com a assessoria de um dos médicos que assistiram a esse transplante, na época como jovem estagiário, e a quem presto o devido reconhecimento nos agradecimentos.

No País Basco não existe nenhum hospital que faça, ou que tenha feito, transplantes de coração. Seus pacientes são encaminhados para o Hospital Universitário de Valdecilla, em Santander, ou para a Clínica Universitária de Navarra, em Pamplona.

Mantive-me fiel aos fatos históricos, mas me permiti antecipar a ação em apenas um ano, de modo a fazê-la coincidir com a grande inundação de Bilbao.

A história do transplante de coração da era moderna teve início na década de sessenta com o doutor Christiaan Barnard, na Cidade do Cabo. Barnard foi o primeiro a se atrever a realizá-lo em seres humanos e por isso entrou para a história da medicina. Ele ensinou sua técnica ao doutor Cristóbal Martínez-Bordiú, e este realizou o primeiro transplante na Espanha num paciente que sofria de miocardiopatia dilatada. Embora a técnica não tenha mudado muito desde então, os pacientes morriam devido à rejeição do órgão. A revolução no transplante de coração deveu-se ao desenvolvimento e aperfeiçoamento dos fármacos antirrejeição, denominados imunossupressores.

Além disso, o meu querido Nik Kershaw lançou a sua "Wouldn't It Be Good" como parte integrante do álbum *The Riddle* em 1984, mas também tomei a "licença poética" de incluir a música como trilha sonora da trama deste romance que decorre um ano antes.

Excerto de "Wouldn't It Be Good", a música de Nik Kershaw

I got it bad
You don't know how bad I got it
You got it easy
You don't know when you've got it good
It's getting harder
Just keeping life and soul together
I'm sick of fighting
Even though I know I should
The cold is biting
Through each and every nerve and fiber
My broken spirit is frozen to the core
I don't wanna be here no more
Wouldn't it be good to be in your shoes
Even if it was for just one day?
Wouldn't it be good if we could wish ourselves away?
Wouldn't it be good to be on your side?
The grass is always greener over there
Wouldn't it be good if we could live without a care?
You must be joking
You don't know a thing about it
You've got no problem
I'd stay right there if I were you
I got it harder
You could dream how hard I got it
Stay out of my shoes

If you know what's good for you
The heat is stifling,
Burning me up from the inside
The sweat is coming through each and every pore,
I don't wanna be here no more.

*

Doeu em mim
Você não sabe o quanto foi ruim para mim
Para você é fácil
Você não sabe como tudo corre bem para você
Está ficando mais difícil
Apenas mantendo a vida e a alma juntas
Estou farto de lutar, apesar de saber que deveria
O frio morde através de cada nervo e fibra
Meu espírito destroçado está congelado até a medula
Não quero mais estar aqui
Não seria bom estar no seu lugar?
Mesmo que fosse apenas por um dia?
Não seria bom se pudéssemos evaporar?
Não seria bom estar do seu lado?
A grama é sempre mais verde do lado de lá
Não seria bom se pudéssemos viver sem preocupações?
Você deve estar brincando, não sabe nada disso
Você não tem problema nenhum
Se eu fosse você, não sairia daí
É cada vez mais difícil para mim
Você não imagina como é difícil para mim
Fique longe do meu caminho se tem amor à vida
O calor é sufocante, me queimando por dentro
O suor exala através de cada poro da minha pele, não quero mais estar aqui.

Agradecimentos

Em cada um dos meus romances a documentação e a pesquisa consomem boa parte da minha vida, mas em nenhum até hoje tanto como neste, por isso é imprescindível fazer chegar os meus agradecimentos a todas as pessoas que puseram à minha disposição os seus conhecimentos, as suas experiências, as suas confissões e o seu entusiasmo.

À Ertzaintza, a polícia autônoma do País Basco. E em especial a Josu Bujanda Zaldua, chefe da Ertzaintza, e a Jon Ziarsolo, diretor dos Serviços Centrais de Inteligência. Obrigada pelo seu apoio e pela sua sinceridade. Recolher o testemunho de profissionais da polícia com a sua bagagem, que falam do idealismo e do entusiasmo sobre os quais se cimentou uma instituição como a Ertzaintza, significou para mim um privilégio. E mais ainda constatar que aquele espírito, o orgulho do jovem ertzaina que regressava à sua aldeia montado na moto, com o seu uniforme novo e acabado de sair da academia, prevalece em vocês. Nunca mudem. Ao ertzaina Pedro Gorbea, por me abrir a gaveta da memória, por ser um policial honesto e um bom homem e, sobretudo, por me emprestar a Euri. Agora ela também vive no meu coração e creio que muito em breve no de muitos dos meus leitores. Ao ertzaina Rubén Anidos, por ser, uma vez mais, colaborador indispensável e ponte entre os profissionais que entrevistei para este romance.

À associação Aspace e em particular a Mari Jose Pousada, a primeira pessoa com paralisia cerebral que conheci. Quando eu tinha quatro anos, Mari Jose costumava frequentar a minha casa, muitas vezes a minha mãe cuidava dela enquanto a sua trabalhava. Naquela época, as crianças com paralisia cerebral não recebiam nenhum tipo de instrução. Um dia, quando a minha mãe me ajudava nos trabalhos de leitura numa daquelas cartilhas escolares em que aprendíamos a ler, descobrimos que Mari Jose também aprendia por sua vez, só de me ouvir. Ainda me lembro das lágrimas da sua mãe Carmen quando a minha lhe mostrou como a menina era capaz de ler reconhecendo cada uma das letras. A Javier Pagaza, uma pessoa com paralisia cerebral com uma vida muito interessante, magnífico caráter e um carisma tão grande como Bilbao. Foi uma honra conhecê-lo. A Andrés Izarra, um dos sócios-fundadores da Aspace Biscaia, pela sua orientação sobre a situação social e econômica no momento em que decidiram criar essa associação. Andrés é pai de um homem de cinquenta anos com paralisia cerebral e, no presente momento, é também um grande amigo meu. À psicóloga Lorena Benítez, por me transmitir a sua experiência com pessoas com paralisia cerebral, e como elas veem o mundo e a sociedade em que vivem. Obrigada pela sua sensibilidade e pela sua maravilhosa capacidade de comunicação. À doutora Marta Pascual, médica de reabilitação com mais de vinte anos de experiência com pessoas com paralisia cerebral, por fornecer conhecimentos mais técnicos sobre o que é, na realidade, a paralisia cerebral e por lançar uma luz sobre o desconhecimento que ainda se possui em relação a esse assunto. Obrigada pelo seu trabalho. E a Esther Turrado Monedero, responsável pela comunicação da Aspace Biscaia, que foi vital para me pôr em contato com todas as pessoas maravilhosas da Aspace que tanto me ensinaram.

Ao jornalista César Coca, pela sua colaboração na documentação relativa à Bilbao dos dias anteriores à inundação de 1983. César pôs à minha disposição recordações pessoais, vários passeios por Bilbao, um esconderijo perfeito e o extenso arquivo do jornal *El Correo*, anteriormente conhecido como *El Correo Español – El Pueblo Vasco*. As coisas teriam sido muito mais complicadas para mim sem a sua ajuda.

Os meus agradecimentos à empresa de transporte marítimo MacAndrews, na pessoa de Diego Ruigómez, diretor-geral do Containerships CMA-CGM Group. Obrigada pela sua amabilidade e por colocar à minha disposição tanto *know-how*. Espero que possam me desculpar por usar a sua empresa irrepreensível como elemento imprescindível no meu romance, mas a maneira como fazem parte da história de Bilbao transformou-os de alguma maneira no meu "álibi" para este romance.

Ao doutor Manuel Anguita, eminente cardiologista, um dos melhores, dos que se encontraram presentes naquela mítica cirurgia do primeiro transplante bem-sucedido na Espanha. Ex-presidente da Associação Espanhola de Cardiologia, cardiologista no hospital Reina Sofía de Córdova e um santo homem pela extraordinária paciência necessária para explicar cardiologia avançada a uma leiga como eu. Obrigada pela sua ajuda e pela sua amizade. Tiro meu chapéu para você.

A Ramón García e, através dele, a todos os profissionais que faziam e continuam a fazer rádio, por toda a música que me proporcionaram na minha adolescência. E porque, quando tudo falha, sempre resta o rádio. Acho que vocês nunca poderão ter uma ideia de até que ponto isso foi importante.

A Jabi Elortegi, realizador do documentário *1983 Euskadi Inundada*, pelo seu magnífico e impressionante trabalho ao recolher histórias tão incríveis como a de Jon e Miren Elizondo, que foram os protagonistas reais e sobreviventes do desmoronamento do Cassino de Bermeo, tal como se relata neste romance na pele de Maite e Begoña.

Ao escritor Ian Rankin, que conheci por curiosidade por causa do seu grupo, The Dancing Pigs, e depois pessoalmente no festival literário Quais du Polar de Lyon, e a quem agradeço pelo seu romance *Black and Blue*, que em 1997 me colocou na pista de John Bíblia. Você não estava enganado, meu amigo: creio que ainda continua vivo e, tal como você mesmo disse, não é o único.

A Andrew O'Hagan, pelo seu brilhante ensaio *The Missing*, que foi crucial para compreender a marca que a presença (e posterior desaparecimento) de John Bíblia causou na sociedade escocesa.

Uma vez mais, ao inspetor da Polícia Foral Patxi Salvador, perito em balística e em armas, por me ajudar nesta particular viagem no tempo.

A Pedro García Fernández, psicólogo especialista em abusos e antropólogo, pela sua inestimável ajuda para desvendar alguns aspectos do comportamento de John Bíblia que foram necessários quando realizava o perfil de personalidade provável deste indivíduo. (Antes que me esqueça: Pedro é também um excelente autor de histórias em quadrinhos.)

Ao meu amigo Santiago Posteguillo, pela sua ajuda nas façanhas bélicas do imperador Constâncio. Nunca me cansarei de te escutar. Obrigada, mestre.

A Anna Soler-Pont, minha agente há onze anos, os meus agradecimentos para você têm inúmeras razões: você me acompanhou ao longo do caminho rumo a cada uma das minhas metas, me ensinou que os percursos que conduzem à concretização dos sonhos são infinitos, que jamais se renderá e que sempre joga na minha equipe. Rimos, brindamos, trabalhamos muito, mas este ano também choramos juntas, e isso me concedeu uma dimensão do amor que você dedica aos seus autores que me faz sentir que sempre será minha sócia, minha parceira, enquanto me restarem histórias para contar, sonhos para realizar e vida para viver.

À deusa Mari.[12] É o justo. Sou sua cronista.

---

12 Mari é a divindade mais importante da mitologia basca, deusa da natureza e personificação da grandeza e majestade das montanhas, governante dos espíritos e dos demônios, trovões e relâmpagos. (N. T.)